國家古籍整理出版專項資助項目

況周頤全集

三

況周頤 著
鄧子勉 編輯校點

人民文學出版社

歷代詞人考略

三十七卷

《歷代詞人考略》，清稿本，藍絲欄，藏南京圖書館。據總目，是書凡五十七卷。實存前三十七卷，分裝十二册。自三十八卷起，乃有目無文。卷端下題『烏程劉承幹翰怡輯錄』，蓋原書爲劉氏出資請況氏編纂，劉氏後又請人重新誊錄，略有删併增補等。今存稿附有《删訂歷代詞人考略條例》和《第二次删訂條例》，爲散頁，可探知是書編輯原委等之一斑。又，浙江圖書館藏有《宋人詞話》，七册，清稿本，紅方格，毛裝，每册封面墨筆題曰『況蕙風撰宋人詞話』，不分卷，但每册有目錄。核以兩書，所收詞人互有出入；又核以所徵引的文獻等，均當出自況氏原稿。只是《歷代詞人考略》較《宋人詞話》多有删節或省抄，而後者對徵引的文獻往往是逐錄詳細，一字不漏。今據南圖藏本《歷代詞人考略》爲底本，以《宋人詞話》比勘。僅見於《宋人詞話》而不見於《歷代詞人考略》的詞人，則另彙輯一起，仍冠以『宋人詞話』之名，附於《歷代詞人考略》之後。

歷代詞人考略

刪訂歷代詞人考略條例

○此書纂述極有用，爲詞學不可少之品。惜原稿貪多務得，轉成疵累，今刪削之，約去其半，庶乎可觀。

○刪除大要，在關乎詞者留之，不關者去之。其每一段中亦有支辭，並刪節原文以歸簡要。古人引書，亦多節引，非完全鈔録也。

○原書多鈔録原詞，連編累牘，雖家絃戶誦之作，一字不遺，不免遺譏大雅。今定例，凡有專集者，不録全詞，但著調名及首句；其無專集者，略登一二首，以見其人詞筆之一斑。

○詞考貴博，自宜窮搜冷僻，但亦不能任情拉扯，其有以詩爲詞及毫無記述意味者，亦汰去。若於人，妓女雖照例可收；至於王八，從來不入選，如李師師之本夫亦録之，太辱沒衣冠矣，汰之。

○原來書名未定，或作《歷朝詞林考鑒》，或作《歷代詞人考略》。因『詞林』與『翰院』作混，且作詞亦無取乎鑒戒，故用『考略』之名。

○原來行款參差，秩序紛亂，刻板甚不整齊，今略分爲詞話、詞評、詞考三類，無者闕之，較有端緒。

分類頂格，但加括弧。其按語則低一格以別之，庶整齊而令讀者醒目。

○原來坿考一門最無意味，詞人之遺聞軼事鈔不勝鈔，與詞無干者，只可一律淘汰。

○一事甲名下引之，乙下又引之，丙下又引之，太覺繁複，今僅留其一。其一事兩書略同者，汰略留詳，或兩引之，而去其重複之語。

○按語要有考據斷制，方見精采。今於按中語過於空衍者，刪去浮詞，略加考訂。

○原來唐五代六卷、宋三十三卷，有二卷共一本者，今視其頁數，少者並之，共成三十七卷。

○原每卷一目錄，今合並作總目。自三十八卷起，可續於其後。

○原有補遺數次，今均並入正書。

○序及凡例，照例全書完成方可作。

○原稿宋尚未完。既曰歷代，必須完全。王忠慤公嘗欲作《詞錄》，謂可至元而止，因詞迄明而衰也，今可從之〔一〕。

【校記】

〔一〕眉批云：『原於詞人時代頗作意考核，不爲荒率，但仍有不合者。改訂數人，但恐尚未盡。付刊時，仍宜細檢引□之，時代亦然。』又『條例』末空白處有批補語數行，迻錄於此：『此書原收之本數如下：唐五代，六本；宋，卅一本（三十三卷，內有兩卷一本者二冊，餘每卷一冊）。又，宋重複，九本（七至十四）。今交之本數如下：唐五代底稿，卅七本；又刪去底稿，卅七本（又重複及補遺二本，同在一函）；重複宋，九本；刪訂清稿，十二本。』

第二次删訂條例

○此次續來之二十卷，與前十二本接續，宋代已全。但此二十卷，詞人時代次序混亂，合前十二本觀之，須重新排列。今另訂目錄，接鈔前目之後，十二本目中亦加删補。前次宋代未全，故不能合全局而改訂也。

○此二十卷除尋常詞人外，又分數類附後，如中官、盜賊，置於最末；次及釋子，次道流，次閨秀，次妓女，次女鬼，猶之史傳之附忠義、儒林、循吏、列女等門，義例甚合。惟其時代前後甚爲紛亂，與前十二本不同。其故：因北宋及南宋初詞家有名者多，其時代仕履多有可考；至南宋晚季無名者多，但據《詞選》錄其詞，僅知爲宋人而已。又有姓名不全者，或僅別號，或只官爵，當時仍欲考查。及宋代已全，未考出者，遂一律置之宋末。其實内尚有北宋者，有南宋初者，細加考察，不能得其時代者，不過十之一，其餘均可約定。今除少數無可考核，仍置宋末，並加注明外，餘皆一一重加編排，内有十卷完全改動。

○二十卷中，有名人亦有時代錯誤者。如吳夢窗，及與辛、姜倡和，其受知吳潛，乃在晚年，竟列之景定以後；文文山實祐始通籍，乃列之理宗之初，其前輩諸人反出其後。又如岳珂太後，廖瑩中太前，此類均爲改正。

○據選本入錄者爲《梅苑》、《樂府雅詞》、《陽春白雪》、《絶妙好詞》等，其時代有考者，固已照時代排列；無考者，則全置宋末。不知作詞人時代，雖不可考，而選詞人時代未嘗不可考。如《梅苑》爲黄大輿所輯，黄爲北宋末人，其所選必無南宋人詞，此等詞家卽可置於北宋末。黄大輿之前，《樂府雅詞》爲曾慥所選，曾爲紹興時人，所選諸詞卽可列於曾慥之前。餘如輯《陽春白雪》之趙問禮爲理宗時人，選《絶妙好詞》之周密爲理、度間人，各如其時代列之，便無錯誤。蓋選詞者只能録其以前及同輩所作，不能及其以後之人也。此等處均一一改正。

○閨秀、妓女，不可混亂。原本有閨秀誤入妓女者，有妓女誤入閨秀者，均爲改正。

○古人詞多混亂，如甲詞誤以爲乙作，丙詞誤以爲丁作，必當辨正。有南宋兩人詞中誤入歐陽文忠詞三首，必當辨正，乃竟據以入録，並無案語，似不知爲歐詞者。在生冷詞家，所作失考，亦無妨；若歐詞，家絃戸誦，北宋人詞又與南宋人不同，不爲揭明，豈不貽譏固陋？今均加辨正。

○宋人没於元，高隱不仕者，選本多列在元代，實乃宋之遺民，仍當屬宋。原本於此三致意焉，其理甚正。惟宋人入元不仕者既當屬宋，其入元出仕者便當入元。原本於仕元者，有數家仍列宋代，未免自亂其例。今提出七人，另爲一本，將來編元代詞人時，列入元初可也。

○宋末遺老甚多，宜自爲一類。今自各卷抽出，成一卷，殿於宋末，列之釋、道之前，表彰正義，庶乎有合。

○查前十二本中，有内臣裴湘與閨秀曾子布妻二人，與後重複，蓋當時未擬分類，故裴湘列於仁宗時，而曾妻卽坿列曾子布後，今删前留後，免於重複。

○二十卷中當改列於北宋及南宋初者有三十二人，雖經注明某人當列某卷某人之後，但頭緒太多，恐鈔者有誤，已代鈔，分别列入各卷之中，此項不必再鈔矣。

○詞人有專集者，此書必注明有某種刻本，俾讀者易於探索，其例甚善。但彊村刻詞中，所有之詞未全注出，蓋蕙風輯此書時，彊村詞尚未刻全也，今爲補注。又近年海寧趙氏萬里又繼朱氏輯刻詞若干家，爲蕙風所未見，今亦爲補注。

○既曰歷代，尚少金、元、明三朝，必當補全，方成完璧。必不得已，明人可省，金、元必不可少也。

歷代詞人考略卷一

唐一

明皇帝

明皇帝諱隆基，睿宗第三子。延和元年受禪，卽皇帝位。天寶十四載，安祿山陷京師，車駕幸蜀，太子卽位，靈武尊爲上皇。寶應元年崩，謚玄宗孝皇帝。

〔詞話〕

《開元軼事》：明皇諳音律，善度曲，嘗臨軒縱擊，製一曲曰《春光好》，方奏時，桃李俱發。又製一曲曰《秋風高》奏之，風雨颯然，帝曰：『此事不喚我作天公，可乎？』詞俱失傳，唯《好時光》一闋云：『寶髻偏宜宮樣，蓮臉嫩體紅香。眉黛不須張敞畫，天教入鬢長。莫倚傾國貌，嫁取箇有情郎。彼此當年少，莫負好時光。』

《梅妃傳》：江采蘋九歲誦二南詩。開元中選侍明皇，見寵。所居悉植梅花，號稱梅妃。爲楊太真逼遷上陽宮。明皇於花萼樓念之，會夷使貢珠，命封一斛賜妃，妃謝以詩，明皇以新聲度曲，曰《一斛珠》。

桉：明皇帝《好時光》詞，見《尊前集》及《全唐詩》。此詞不假琱琢，是謂頑豔。《教坊記》曰：開元十一年初，製《聖壽樂》以歌舞之。所司先進曲名，以墨點者舞。舞有曲，教坊惟得舞《伊州》、《五天重》來疊，不離此兩曲，餘悉讓內家也。舞曲有二：《垂手羅》、《回波樂》、《蘭陵王》、《春鶯囀》、《半社渠》、《借席》、《烏夜啼》之屬，謂之軟舞；《阿遼曲》、《柘枝》、《黃麞》、《拂林》、《大渭州》、《達摩》之屬，謂之健舞。崔令欽所編曲名三百餘調始此。明皇精曉宮律，往往蘭英荃豔萌芽。開、天盛時，明皇自潞州還京師，平內難，半夜斬長樂門關領兵入宮，製《夜半樂》、《還京樂》二曲。楊貴妃生日，命小部張樂長生殿，會南方進荔支〔一〕，因以《荔支香》名新曲，並見《唐書·禮樂志》。開元初，大酺於勤政樓，觀者喧聚，莫得魚龍百戲之音。高力士請命永新出歌，可以止喧。永新出奏曼聲，至是廣場寂寂，若無一人。大酺曲名自此始，見《太平樂府》。念奴，天寶中名倡，明皇嘗曰：『此女眼色媚人。』製曲曰《念奴嬌》，見《碧雞漫志》。明皇幸蜀，霖雨彌旬，棧道中聞鈴聲，明皇悼念貴妃，爲製《雨霖鈴》曲，見《楊貴妃外傳》。具徵詞學寢興。六朝五季之間，唐賢實筦鑰喉衿之，而明皇膺期首出，當時禁闈清暇，珠玉揮毫，何止一二短章而已。李謩擫笛宮墻，僅得數般新曲，可知清詞麗句，九天咳唾，非人間所得聞，矧復求之千載而下？此《好時光》一闋，或猶疑爲非明皇作，然《尊前集》其書已古，嚮來選本及詞話多有從之者矣。又按：隋煬帝《海山記》載帝多泛東湖，因製湖上曲《望江南》八闋。《海山記》爲唐韓偓所作，彊邨朱先生疑此八詞爲韓氏假託，謂煬帝時不當有雙調《望江南》也。韓冬郎詞傳於世者，亦僅卽屬假託，亦甚可貴。煬帝又有《夜飲朝眠曲》，曰：『憶睡時。待來剛不來。卸妝仍索伴，解珮更相催。博山思結夢，沈水未成灰。』『憶起時，投籤初報曉。被惹香黛殘，枕隱金釵裊。笑動林中烏，除卻司晨鳥。』是爲唐詞之濫觴，見《曲洧舊聞》。

【校記】

〔一〕南方：底本作『南京』，據《碧鷄漫志》改。

昭宗皇帝

昭宗諱曄，懿宗第七子。文德元年嗣立。光化三年爲宦官劉季述等所幽，立太子裕。天復元年反正，宦官韓全誨等劫幸鳳翔。三年，還京師。天祐元年遷洛陽，爲朱全忠所弒，在位十六年。

〔詞話〕

《中朝故事》：乾寧三年，鳳翔李茂真與朝臣有隙，將欲構亂，干犯神京。上乃順動，欲幸太原。行止渭北華州，韓建迎歸郡中。上鬱鬱不樂，時登城西齊雲眺望。明年，製《菩薩蠻》二首，曰：『登城遙望秦宮殿。茫茫只見雙飛燕。渭水一條流。千山與萬丘。　遠烟籠碧樹。陌上行人去。何處是英雄。迎奴歸故宮。』又一曰：『飄颻且在三峯下。秋風往往堪沾灑。腸斷憶仙宮。朦朧烟霧中。　思夢時時睡。不語常如醉。早晚是歸期。穹蒼知不知。』

《蓮子居詞話》：古男子稱奴，見《世說》。錢竹汀先生《養新錄》曰：『奴卽儂之轉聲。』《唐詩紀事》載昭宗《菩薩蠻》詞：『何處是英雄。迎奴歸故宫。』則天子亦以此自稱矣。

〔詞評〕

《江鄰幾雜志》：陝府昭宗御製《菩薩蠻》詞『何處有英雄，迎儂歸故宫』，與太宗詩『昔乘匹馬去，今驅萬乘來』，氣象不侔矣。

桉：昭宗《菩薩蠻》詞，肆口而成，聲情慷慨，雖處困厄之中，猶有清雄之氣。攷《杜陽雜編》，宣宗嘗製《奉邊陲》曲，可知和陵斁精宫闕，學有淵源。後起若李後主、宋徽宗，近於婞家深造，韻度過之，而其骨幹之不相及，據此二曲，卽可論定，此其所以爲唐音也。『秋風往往堪沾灑』，饒有無限悲涼，所謂『對此茫茫，百端交集』，苕苕數百年，非稼軒、遺山輩，未易得其彷彿。

李景伯裴談、楊廷玉

景伯，柏仁人。景龍中爲給事中，遷諫議大夫。景雲中進太子右庶子，累遷右散騎常侍，致仕。開元中卒。

〔詞話〕

《新唐書・李懷遠傳》：中宗嘗宴侍臣及朝集使，酒酣，令各爲《迴波辭》，衆皆爲諂佞之辭及自要榮位。次至景伯，曰：『迴波爾時酒巵，微臣職在箴規。侍宴既過三爵，喧譁竊恐非儀。』中宗不悦。中書令蕭至忠稱之，曰：『此真諫官也。』

〔詞考〕

《日知錄》： 劉肅《大唐新語》： 中宗宴興慶池，侍宴者並唱《迴波詞》，給事中李景伯歌曰：『迴波詞。持酒巵。微臣職在箴規。侍宴既過三爵，諠譁竊恐非儀。』首二句三言，下三句六言，蓋《迴波詞》體也。今《通鑑》作『迴波爾時酒巵』，恐傳寫之誤。

桉：《大唐新語》謂景伯此詞首二句三言，其說絕新，亭林翁稱引，蓋足依據。則凡《迴波詞》皆當如此讀，『爾』字、『時』字，皆當作『詞』、作『持』矣。唯沈佺期一首『時』不能改『持』也。

又桉：《全唐詩》載裴談詞《迴波樂》云：『迴波爾時栲栳。怕婦也是大好。外邊祇有裴談，內裏無過李老。』又《朝野僉載》： 蘇州嘉興令楊廷玉，則天之表姪，貪猥無饜，著詞曰『迴波爾時廷玉，打獠取錢未足。姑婆見作天子，旁人不得抵觸』云云。此等詞本不足存，唯唐詞流傳絕少，廷玉時代猶在李景伯之前，故坿記於此。

沈佺期

佺期，字雲卿，內黃人。擢進士第，長安中累遷通事舍人。預修《三教珠英》，轉考功員外郎，陞給事中。坐交張易之，流驩州，稍遷台州錄事參軍。神龍中拜起居郎，加修文館直學士。歷中書舍人、太子詹事。開元初卒。有集十卷。

〔詞話〕

《本事詩》：沈佺期會以罪謫，遇恩還秩，朱紱未復。嘗內宴羣臣，皆歌《迴波樂》，撰詞起舞，因是多求遷擢。佺期詞云：『迴波爾時佺期。流向嶺外生歸。身名已蒙齒録，袍笏未復牙緋。』中宗即以緋魚賜之。是時佩魚須有特恩。

桉：唐人詞有䜊聲颸誼者，如『搖蓮』作『遥憐』之類，猶是古樂府之遺。有借聲屬對者，如『齒録』之『録』作『緑』對『緋』之類。唐人開其端，北宋人往往沿用之，洎南宋而此風寖革。彊合，不足言巧也。《唐詩紀事》云：『佺期嘗侍宴，爲弄詞悦帝。』『弄詞』二字甚新。世之爲詞者慎勿爲弄詞，庶幾尊重詞格，不爲俗論詬病耳。又桉：歐陽文忠《浣溪沙》云：『白髮戴花君莫笑，《六么》摧拍盞頻傳。』借『六么』作『緑腰』對『白髮』。可徑作『緑腰』，卻寫作『六么』，當時沿襲唐人風尚如此。

張説

説，字道濟，一字説之。其先范陽人，徙洛陽。武后策賢良方正第一，授左補闕。預修《三教珠英》，擢鳳閣舍人。忤旨，配流欽州。中宗召還，拜兵部員外郎，累遷工部、兵部侍郎，修文館學士。景雲中拜中書侍郎，知政事。開元初進中書令，封燕國公。尋出刺相州，左轉岳州，召拜兵部尚書，仍知政事。敕爲朔方軍節度大使，令巡五城。後爲集賢院學士、尚書、左丞相、開府儀同三司。卒謚文貞，有集。

〔詞話〕

《全唐詩》載張說《舞馬詞》云：『萬玉朝宗鳳扆，千金率領龍媒。眄鼓凝驕躞蹀，聽歌弄影徘徊。』又：『天鹿遥徵衛叔，日龍上借羲和。將共兩驂爭舞，來隨八駿齊歌。』又：『綵旄八佾成行，時龍五色因方。屈膝銜杯赴節，傾心獻壽無疆。』又：『帝皁龍駒沛艾，星闌驥子權奇。騰倚驤洋應節，繇驕接跡不移。』又：『二聖先天合德，羣靈率土可封。擊石驂驔紫燕，摐金顧步蒼龍。』又《聖君出震應籙》：『神馬浮，河獻圖。足蹋天庭鼓舞。心將帝樂踟躕。』

〔詞評〕

《餐櫻廡詞話》：張說之《舞馬詞》：『眄鼓凝驕躞蹀，聽歌弄影徘徊。』『凝驕』二字，傳馬之神絕佳，驕而能凝，駿骨之所以千金也。彼畫皮者，烏足語此？

按：《唐書·禮樂志》：明皇嘗命教舞馬四百蹄，各爲左右，分部目，衣以文繡，絡以金珠，每千秋節，舞於勤政樓下。賜讌設酺，其曲數十疊，馬聞聲，奮首鼓尾，縱橫應節。又：施三層板牀，乘馬而上，抃轉如飛，或命壯士舉榻，馬舞其上，歲以爲常。道濟詞：『五色因方，屈膝銜杯』云云。又史志所未詳也。

崔液

液，字潤甫，小字海子，安喜人。登進士第一人，官至殿中侍御史。坐兄湜反，配流，逃匿郢州，遇赦還。有文集十卷。

〔詞話〕

《全唐詩》載：潤甫《踏歌詞》云：『綠女迎金屋，仙姬出畫堂。鴛鴦裁錦袖，翡翠貼花黄。歌響舞分行。豔色動流光。』又：『庭際花微落，樓前漢已横。金壺催夜盡，羅袖舞寒輕。樂笑暢歡情。未半著天明。』元注：『此詞五言六句，與《抛毬樂》相似，惟於第五句用韻不同。或將第二首末二句作上七言下三言，讀者誤。

桉：陳暘《樂書》：《踏歌》，隊舞曲也。《唐輦下歲時記》：先天初，上御安福門觀燈，令朝士能文者爲《踏歌》。

李白

白，字太白，自號青蓮居士，又號酒仙翁，亦自稱海上釣鰲客，賀知章號之爲謫仙。綿州人，《新唐書》本傳：其先隋末以罪徙西域，神龍初遁還，客巴西綿州，在唐爲巴西郡。一作山東人，《舊唐書》本傳。一作隴西成紀人。李陽冰譔《草堂集序》。涼武昭王暠九世孫。初隱岷山，州舉有道，不應。天寶初，游長安，賀知章薦於明皇，召見金鑾殿，論當世事，奏誦一篇，有詔供奉翰林。白嘗侍帝，醉使高力士脱韡，力士恥之，擿其詩以激楊貴妃。帝欲官白，妃輒沮止，賜金放還。後坐永王璘事流夜郎。會赦還，依當塗令李陽冰。代宗立，以左拾遺召，已卒。有《李翰林集》。桉：太白鄉貫各書不同，實則白本隴西成紀人，産於蜀，流寓山東，明胡應麟考之甚詳，見《少室山房筆叢》，茲不備録。

〔詞話〕

《開元遺事》：李白於便殿對帝撰詞，時天寒筆凍，莫能書字。帝敕宫嬪十人侍白左右，各執牙筆呵之，其受聖眷如此。

唐《國史補》：李白在翰林，多沈飲。玄宗令撰樂詞，醉不可，待以水沃之，白稍能動，索筆，一揮十數章，文不加點。後對御，令高力士脱鞾，上令小閹排出之。

《松窗摭異録》：開元中，禁中初重木芍藥，即今牡丹也，得四本，紅、紫、淺紅、通白者，上移植於興慶池東沈香亭前。會花方繁開，上乘照夜白，太真妃以步輦從。宣賜翰林供奉李白立進《清平調》辭三章，白欣然承旨，猶苦宿酲未解，因援筆賦之。龜年遽以詞進，上命梨園子弟約略調撫絲竹，遂促龜年以歌，太真妃持玻瓈七寶盞，酌西涼州蒲桃酒，笑領歌，意甚厚。上因調玉笛以倚曲，每曲徧將换，則遲其聲以媚之。太真妃飲罷，斂繡巾重拜上。龜年常語於五王，獨憶以歌得自勝者，無出於此，抑亦一時之極致耳。上自是顧李翰林尤異於他學士。會高力士終以脱鞾爲深恥，異日，太真妃重吟前題，力士戲曰：『比以妃子怨李白深入骨髓，何反拳拳如是？』太真妃驚曰：『何翰林學士能辱人如斯？』力士曰：『以飛燕指妃子，是賤之甚矣。』太真妃深然之。上嘗三欲命李白官，卒爲宫中所捍而止。

《湘山野録》：『平林漠漠烟如織』云云，此詞不知何人寫在鼎州滄水驛樓，復不知何人所作。魏道輔泰見而愛之，後至長沙，得古集於曾子宣内翰家，乃知李白所撰。

《能改齋漫録》：『河漢女，玉練顔。雲軿往往在人間。九霄有路去無跡，裊裊香風生佩環。』此太白《桂殿秋》詞也。有得於石刻，而無其腔，劉無言倚其聲歌之，音極清雅。

《六研齋二筆》：白樂天孫白龜年住嵩山，遇李太白招之，曰：『我自水解後，放遁山水間。因思故鄉，西歸嵩峯中，帝飛章薦奏，見辟掌牋奏於此，今已百年矣。近過潼關，有一詞曰：「曾宴桃源深洞。一曲歌鸞舞鳳。常記別伊時，明月落花烟重。如夢，如夢。和淚出門相送。」』乃書一卷遺之，曰：『讀此可辨九天禽語。』夫太白詞麗，然與禽語何關？

〔詞評〕

《花庵絶妙詞選》：李太白《菩薩蠻》、《憶秦娥》二詞，爲百代詞曲之祖。

《通義堂文集》：李太白、溫飛卿精於詞律，說唐之詞人倡始者，以李太白爲最著，繼起者以溫飛卿爲最高。自歐陽炯《花間集序》推重二家，後此論詞者莫不首舉青蓮，次及金荃，奉若準繩，毫無異議。誠以二家之詞不獨天才超卓，抑且格律精嚴。太白開口成文，揮翰霧散。元注：見樂史《李翰林別集序》。

《蓼園詞選》：李太白《菩薩蠻》入首二句，意興蒼涼壯闊，第三、第四句說到樓、到人，又自靜細孤寂，真化工之筆。第二闋『闌干』字跟上『樓』字來，『佇立』字跟上『愁』字來，末聯始點出『歸』字來，是題目歸宿。所以愁者，此也；所以『寒山傷心』者，亦此也。更覺前闋淩空結撰，意興高遠，至結句仍含蓄不說盡，雄渾無匹。又：《憶秦娥》乃太白於君臣之際，難以顯言，因託興以抒幽思耳。言至今簫聲之咽，無非秦地女郎夢想從前秦樓之月耳。夫樓乃簫史與弄玉夫婦和諧吹簫、引鳳升仙之所，至今誰不慕之？豈知今日秦樓之月乃是灞陵傷別之月耳？第二闋，漢之樂遊原極爲繁盛，今際清秋古道之音塵已絶，惟見淡風斜日，映照陵闕而已。嘆古道之不復，或亦爲天寶之亂而言乎？然思深而託興遠矣。

《藝概》：梁武帝《江南弄》、陶弘景《寒夜怨》、陸瓊《飲酒樂》、徐孝穆《長相思》〔一〕，皆具詞體，而堂廡未大。至太白《菩薩蠻》之繁情促節、《憶秦娥》之長吟遠慕，遂使前此諸家悉歸環内。又：太白《菩薩蠻》、《憶秦娥》兩闋，足抵少陵《秋興八首》，想其情境，殆作於明皇西幸後乎？

《人間詞話》：太白純以氣象勝，『西風殘照，漢家陵闕』，寥寥八字，遂關千古登臨之口。後世惟范文正之《漁家傲》、夏英公之《喜遷鶯》，差足繼武，然氣象已不逮矣。

《餐櫻廡詞話》：太白《清平樂》云：『夜夜長留半被，侍君魂夢歸來。』又云：『花貌些子時光。』《草堂》詩中必無此等質句，而詞則有之，豈非以詞之體格直接古樂府，當視詩尤爲近古乎？後人言情之作輒蹈纖佻，甚弗率其初祖矣。

〔詞考〕

《花庵詞選》：唐吕鵬《遏雲集》載應制詞四首，以後二首無清逸氣韻，疑非太白所作。

《碧雞漫志》：太白進《清平調》詞，張君房《脞説》指爲《清平樂》曲，明皇宣白進此詞，乃是令白於《清平調》中製詞。蓋古樂取聲律高下合爲三，曰清調、平調、側調，此之謂三調。明皇止令就擇上兩調，偶不樂側調故也。況白詞七字絶句，與今曲不類，而《尊前集》亦載此三絶句，止目曰《清平調》。然唐人不深考，妄指此三絶句耳。此曲在越調，唐至今盛行。今世又有黄鐘宫、黄鐘商兩音者，歐陽炯稱白有應制《清平樂》四首，往往是也。

《夢溪筆談》：小曲有『咸陽沽酒寶釵空』之句，云是李白所製，然李白集中有《清平樂》詞四首，獨欠是詩。而《花間集》所載『咸陽沽酒寶釵空』，乃云是張泌所爲，莫知孰是也。

《唐詞紀事》：《憶秦娥》，商調曲也，《鳳樓春》卽其遺意，李白之『簫聲咽』用仄韻，孫夫人之『花深深』用平韻，張宗瑞復立新名曰《碧雲深》。

《藝苑卮言》：《昔昔鹽》、《阿濫堆》、《烏鹽角》、《阿那朋》之類，皆歌曲名也，起自羌胡。自《昔昔鹽》排律外，餘多七言絶句，有其名而無其調。隋煬帝、李白，調始生矣，然《望江南》、《憶秦娥》則以詞起調者也，《菩薩蠻》則以詞按調者也。

《少室山房筆叢》：今詩餘名《望江南》外，《菩薩蠻》、《憶秦娥》稱最古，以《草堂》二詞出太白也，近世文人學士或以實然。余謂太白在當時，直以風雅自任，卽近體盛行，七言律鄙不肯爲，寧屑事此？且二詞雖工麗，而氣衰颯，於太白超然之致，不啻穹壤。藉令真出青蓮，必不作如是語。詳其意調，絶類溫方城輩。蓋晚唐人詞，嫁名太白，若懷素草書，李赤姑孰耳。原二詞嫁名太白有故，《草堂》詞，宋末人編，青蓮詩亦稱《草堂集》，後世以二詞出唐人而無名氏，故僞題太白，以冠斯編耶？元注：見魏顥《李翰林集序》。

《蓮子居詞話》：唐詞《菩薩蠻》、《憶秦娥》二闋，花庵以後咸目爲出自太白。然太白集本不載，至楊齊賢、蕭士贇注始附益之，胡應麟《筆叢》疑其僞託，未爲無見；謂詳其意調，絶類溫方城，殊不然，如『暝色入高樓，有人樓上愁』、『西風殘照，漢家陵闕』等語，神理高絶，卻非金荃手筆所能。

《餐櫻廡詞話》：唐人詞三首，永觀堂爲余書扇頭，《望江南》云：『天上月，遥望似一團銀。夜久更闌風漸緊，以元注：爲奴吹卻月邊雲。照見附元注：負心人。』前調云：『五梁台上月，一片玉無暇元注：瑕。以里元注：迤邐看歸西口去，橫雲出來不敢遮。靉靆繞天涯。』《菩薩蠻》云：『自從宇宙光戈戟。狼烟處處熏天黑。早晚豎金雞。休磨戰馬蹄。淼淼三江小元注：水，半是□元注：不易辨，似「儒」字生類元注：淚。老尚逐今財。問龍門，何日開。』並識云：『詞三闋，書於唐本《春秋後語》紙背，今藏上虞羅氏。《樂府雜錄》云：『《望江南》始於朱崖李太尉鎮浙西日爲亡伎謝秋娘所撰。』《杜陽雜編》亦云：『《菩薩蠻》乃宣宗大中初所製，明胡元瑞《筆叢》據之，病太白集中《菩薩蠻》四詞爲僞作。然崔令欽《教坊記》末所載教坊曲名三百六十五中已有此二調。崔令欽，見《唐書·宰相世系表》，乃隋恆農太守宣度之五世孫，是其人當在睿、元二宗之世。其書紀事訖於開元，亦足略推其時代。據此，《望江南》、《菩薩蠻》皆開元教坊舊曲，此詞寫於咸通間，距李贊皇鎮江西時二十餘年，距大中末不過數年，而敦煌邊地已行此二調，益知段安節與蘇鶚之說非實錄也。』

桉：世謂李白《菩薩蠻》、《憶秦娥》二詞爲百代詞曲初祖，唯是長短句之作，唐以前見之屢矣。如梁武帝《江南弄》云：『眾花雜色滿上林。舒芳耀彩垂輕陰，連手躞蹀舞春心。舞春心。臨歲腴。中人望，獨踟躕。』梁僧法雲《三洲歌》一解云：『三洲斷江口，水從窈窕河旁流。嗁將別，共來長相思。』二解云：『三洲斷江口，水從窈窕河旁流。歡將樂，共來長相思。』梁臣徐勉《迎客曲》云：『絲管列，舞曲陳。含羞未奏待嘉賓。羅絲管，陳舞席。斂袖嘿脣迎上客。』《送客曲》云：『袖繽紛，聲委咽。歌曲未終高駕別。爵無算，景已流。空紆長袖客不留。』並皆六朝君臣風華靡麗之語，後來詞家之濫觴，特至太白《菩薩蠻》、《憶秦娥》而詞格始成耳。又《詞品》

曰：無名氏《回紇曲》一名《抛球樂》，又名《莫思歸》云：『陰山瀚海信難通。幽閨少婦罷裁縫。緬想邊庭征戰苦，誰能對鏡治愁容。久戍人將老，須臾變作白頭翁。』長歌之哀，通於痛哭，必陳、隋、初唐之作也，是則已成詞格者，亦在太白兩調前。又桉：唐人樂府元用律絶等詩雜和聲歌之，其並和聲作實字，長短其句以協曲拍者，爲填詞。開元、天寶肇其端，元和、太和衍其流，大中、咸通以後，迄於南唐、二蜀，尤家工戶習，以盡其變。凡有五音二十八調，各有分屬，今皆失傳。《花庵絶妙詞選》黄叔暘云：『凡看唐人詞曲，當看其命意造語工緻處，蓋語簡而意深，所以爲奇作也。』

劉長卿

長卿，字文房，河間人。開元末登進士第，至德中爲監察御史，以檢校祠部員外郎爲轉運使判官，知淮西鄂岳轉運留後，授鄂岳觀察使。坐吴仲孺奏誣，貶潘州南巴尉，尋有爲之辨者，除睦州司馬，終隨州刺史。有集十卷。

〔詞話〕

《全唐詩》載：劉文房詞《謫仙怨》云：『晴川落日初低。惆悵孤舟解攜。鳥向平蕪遠近，人隨流水東西。白雲千里萬里，明月前溪後溪。獨恨長沙謫去，江潭春草萋萋。』

桉：此詞本集作律詩，題云《苕溪酬梁耿别後見寄》。細審體格，於詞爲近。且六言無律詩，如以爲六言絶句二首，前後正不必同韻也。

元結

結，字次山，自稱元子，桉：著《元子》十篇。號猗玗子，又稱浪士，呼漫郎、漫叟，更號聱叟。少居商餘山，後家瀼濱。天寶十二載，擢進士上第，復舉制科。以蘇源明薦召詣京師，上時議三篇，擢右金吾兵曹參軍，攝監察御史，爲山南西道節度參謀，以討賊功遷監察御史裹行，進水部員外郎。代宗立，丐侍親，歸樊上，授著作郎。久之，拜道州刺史，進授容管經略使，加左金吾衛將軍。還京師。卒贈禮部侍郎。

〔詞話〕

《苕溪漁隱叢話》：山谷云：元次山《欸乃曲》，欸音媼，乃音靄，湘中節歌聲。子厚《漁父詞》有『欸乃一聲山水綠』之句，誤書『欵欠』，少年多承誤，妄用之，可笑。苕溪漁隱曰：『余遊浯溪，讀磨崖《中興頌》，於碑側，有山谷所書《欸乃曲》，因以百金買碑本以歸，今錄入《叢話》。』元次山集《欸乃曲》注云：『欸音襖，乃音靄，棹舡之聲。』《洪駒父詩話》謂：『欸音靄，乃音襖。』遂反其音，是不曾看元次山集及山谷此碑而妄爲之音耳。

《演繁露》：元次山《欸乃曲》，殆舟人於歌聲之外別出一聲，以互相共歌也。

《歷代詩話》：楊升庵曰：『朱子辨證柳宗元詩「欸乃一聲山水綠」，注：「欸乃」，一本作「襖靄」。按，欸音靄，乃音襖，近日倒讀之，誤矣。《項氏家說》云：「劉蜕文集有《湘中靄乃歌》，劉言史

《瀟湘》詩有『閒歌曖乃深峽裏』，靄乃也，欸乃也，皆一事，但用字異耳。此雖字音之微，而『襖靄』當作『靄襖』，自朱子始正，世俗倒讀之，誤。」靄乃，欸乃，自項平菴始正前人混淆之失。』吴旦生曰：黄山谷謂元次山《欸乃曲》，欸音靄，乃湘中節歌聲也。《次山集》音注亦云：『棹舟之聲。』《嘯餘譜》云是漁歌。張邦基以爲嶺外之音，非也。《冷齋夜話》作⿱欸乃，合二字書之，其説益紛。升庵以爲欸音靄、乃音襖，是矣。據《説文長箋》云：『了欸，船艫搖曳聲，有《了欸歌》，譌作「乃款」，又倒其詞。』作款乃，謬甚，然則字當從《説文》，而音卽當作襖靄。此柳集注云『一作襖靄』亦有據也。山谷之於元集亦如之，字作欸乃，蓋俗寫之譌，升庵屢證之而實未確考耳。《字彙》云：『篆作了，象氣出之難也。又作𠄎。』

桉：欸乃之音雖諸説不同，要爲棹舟時之呼聲，殆有聲無義者。《詞譜》：『《欸乃曲》注云：「欸乃爲唐人唱歌和聲，所謂號頭者，桉：今北方人謂之打號子。蓋逆流而上棹船勸力之聲也。」』其説最允。觀次山詩序謂：『舟行不進，作《欸乃曲》，令舟子唱之。』其爲勸力可知。作艫聲者，誤矣。次山此曲共五首，見《全唐詩》，實卽七言絕句，與《楊柳枝》、《採蓮子》等詞相同。

韓翃 柳氏、郎大家宋氏、夷陵女子

翃，字君平，南陽人。天寶十二載登進士第。侯希逸鎮淄青，辟爲從事；罷府，十年不出。李勉鎮夷，復辟爲幕屬。建中初除駕部郎中，知制誥，終中書舍人。有詩集五卷。

〔詞話〕

《太平廣記》參《唐詩紀事》：　韓君平有友人，每將妙伎柳氏至其居。窺韓所與往還皆名人，必不久貧賤，許配之。未幾，韓成名，從辟淄青，置柳都下。三歲，寄以詞云：『章臺柳，章臺柳。昔日青青今在否。縱使長條似舊垂，也應攀折他人手。』柳答詞云：『楊柳枝，芳菲節。可恨年年贈離別。一葉隨風忽報秋，縱使君來豈堪折。』後果爲番將沙叱利所劫。翃會入中書，道逢之，謂永訣矣。是日，臨淄大校置酒，疑翃不樂，具告之。有虞候將許俊，以義烈自許，卽詐取得之，以授翃。侯希逸聞之曰：『似我往日所爲也，俊復能之。』桉：　韓翃《章臺柳》詞第二句『昔日青青』，《詞綜》作『往日依依』。

桉：　韓君平爲大曆十才子之一，其詞僅見此短調，蓋倚聲之學方當萌芽。以長短句言情，較詩筆尤曲達，才俊之士，間一爲之耳。柳姬答詞，清疏婉雋，直欲駕君平而上之。唐媛詞流傳絕尠，奚翅一字一珠？　又桉：　唐郎大家宋氏擬晉女劉妙容《宛轉歌》云：『風已清。月朗琹復鳴。掩抑非千態，殷勤是一聲。　歌宛轉，宛轉和且長。願爲雙黃鵠，比翼共翱翔。』夷陵女子《夷陵歌》云：『楊柳楊柳，裊裊隨風急。西樓美人春夢中，翠簾斜捲千條入。』竝見《全唐詩》，皆長短句風格，於詞爲近，設令著以調名，傳之宮律，以謂爲詞，寧非佳構？　以唐媛詞傳世少，故坿著之。

韋應物

應物，字未詳，長安人。初以三衛郎事明皇。天寶時，扈從遊幸，後辟從事河陽。永泰中授京兆府功曹，遷洛陽丞。兩軍騎士驕横，繩以法，被訟棄官。起爲鄠令。大曆十四年除櫟陽令，復謝病歸。建中二年由前資除比部員外郎，出爲滁州刺史。頃之，改江州，追赴闕，擢左司郎中。貞元初復出蘇州刺史。太和中以太僕少卿兼御史中丞，爲諸道鹽鐵轉運江淮留後。罷，居永定，卒。有集十卷。

〔詞話〕

《樂府紀聞》：韋應物曉音律，夜泊靈壁舟中，聞笛聲酷似天寶梨園法曲李謩所吹者，詢之，乃謩外甥許雲封也。韋授以李謩笛。許曰：『此非外祖所吹者，遇至音必裂。』强令試之，遂吹《六州徧》，一疊而裂。

《唐詩紀事》：韋蘇州性高潔，鮮食寡欲，所居必焚香掃地，而冥心象外，唯顧況、皎然輩得與唱詶。其小詞不多見，唯《三臺令》、《轉應曲》流傳耳。

桉：蘇州詞流傳者有《三臺令》、《調笑令》各二首，均載《全唐詩》中。《調笑令》即《轉應曲》也。

竇弘餘

弘餘，金城人，官至台州刺史。

〔詞話〕

《全唐詩》載竇弘餘詞《廣謫仙怨》並序云：『天寶十五載正月，安祿山反，陷沒洛陽。王師敗績，關門不守，車駕幸蜀，途次馬嵬驛，六軍不發，賜貴妃自盡，然後駕行。次駱谷，上登高，下馬望秦川，遥辭陵廟，再拜，嗚咽流涕，左右皆泣。謂力士曰：「吾聽張九齡之言，不到於此。」乃命中使往韶州以太牢祭之。因上馬，索長笛吹，笛曲成，潸然流涕，佇立久之。時有司旋録成譜，及鑾駕至成都，乃進此譜，請名曲。帝謂：「吾因思九齡，亦别有意，可名此曲爲《謫仙怨》。」其旨屬馬嵬之事，厥後以亂離隔絶，有人自西川傳得者，無由知，但呼爲《劍南神曲》，其音怨切，諸曲莫比。大曆中，江南人盛爲此曲，隨州刺史劉長卿左遷睦州司馬，祖筵之内，長卿遂撰其詞，吹之爲曲，意頗自得，蓋亦不知本事。余既備知，聊因暇日撰其詞，復命樂工唱之，用廣其不知者。』詞云：『邊塵突闕衝關。金輅提攜玉顔。雲雨此時瀟散，君王何日歸還。傷心朝恨暮恨，回首千山萬山。獨望天邊初月，蛾眉猶自彎彎。』

桉：觀弘餘序中之語，則劉文房之作非六言詩，明矣。

顧況

況，字逋翁，晚號華陽山人，海鹽人。至德二載登進士第。德宗時，以祕書郎召，遷著作郎，貶饒州司戶參軍。後結廬茅山，屢召不起。年九十卒，人謂尸解去。有集二十卷。

桉：《詞譜》載顧逋翁詞《漁父引》云：『新婦磯邊月明。女兒浦口潮平。沙頭鷺宿魚驚。』此詞與張志和《漁歌子》極爲宋人傳誦，黄庭堅、徐俯曾取二詞合爲《浣溪沙》歌之云云。

歷代詞人考略卷二

唐二

張松齡

松齡，一名鶴齡，金華人。官浦陽尉。

〔詞話〕

《羅湖野錄》：張松齡以《漁歌子》詞招其弟志和曰：『樂在風波釣是閒。草堂松桂已勝攀。太湖水，洞庭山。風狂浪急且須還。』後家鶯脰湖旁仙去，吳人爲建望仙亭。

桉：張松齡《漁歌子》詞『松桂』一作『松檜』，『浪急』一作『浪起』。寥寥二十餘言，融景入情，略無筆墨痕迹。《唐書·志和傳》云：『兄鶴齡恐其遁世不還，爲築室越州東郭，茨以生草，椽棟不施斤斧。嘗欲以大布製裘，嫂爲躬績織，及成，衣之，雖暑，不解。友于之愛，足爲矜式矣。』

張志和

志和，本名龜齡，字子同，自稱烟波釣徒，又號玄真子，金華人，松齡弟。年十六，擢明經。校：《續仙傳》云：『山陰人，進士擢第。』並與史異。以策干肅宗，見賞重，命待詔翰林，授左金吾衛錄事參軍，因賜名。後坐事貶南浦尉，會赦還，以親既喪，不復仕。居江湖，世傳以爲仙去。嘗譔《漁歌》，憲宗圖真，求其歌，不能致。

〔詞話〕

《雲笈七籤·續仙傳》：　玄真子張志和，魯公顔真卿與之友善。真卿爲湖州刺史，與門客會飲，乃唱和爲《漁父詞》，其首唱卽志和之詞，曰『西塞山邊白鳥飛』云云。真卿與陸鴻漸、徐士衡、李成矩共唱和二十五首，遞相誇賞。而志和命丹青剪素，寫景夾詞，須臾成五本，花木、禽魚、山水，景像奇絕，蹤跡今古無倫，真卿與諸賓客傳玩，歎服不已。

《花菴詞選》：　張志和著《玄真子》，亦以爲號，每垂釣不設餌，志不在魚也。《漁歌子》五首，極能道漁家之事。

《竹坡詩話》：　唐肅宗賜張志和奴，名漁童，使捧釣收綸，蘆中鼓枻；　婢名樵青，使蘇蘭薪桂，竹裏煎茶。號玄真子，屬和《漁歌子》者無算。

《苕溪漁隱叢話》：　《夷白堂小集》云：　『山谷道人向爲余言：　「張志和《漁父詞》雅有遠韻。志和善丹青，必有形於圖畫者，而世莫之傳也。」嘗以其詞增損爲《浣溪沙》，誦之，有矜色。」

〔詞評〕

《藝概》：張志和《漁歌子》『西塞山前白鷺飛』一闋，風流千古，東坡嘗以其成句用入《鷓鴣天》，又用於《浣溪沙》，然其所足成之句，猶未若原詞之妙通造化也。太白《菩薩蠻》、《憶秦娥》，張志和《漁歌子》，兩家一憂一樂，歸趣難明，或靈均《思美人》、《哀郢》，莊叟濠上近之耳。

〔詞考〕

《丹鉛總錄》：張志和《漁父曲》：『車子釣，撅頭船。樂在風波不用仙。』唐譚用之詩云：『碧玉蜉蝣迎客酒，黃金轂轆釣魚車。』又云：『翩翾鑾榼薰晴浦，轂轆魚車響釣船。』是其事也。《宋史》：洞庭湖賊楊么四輪激水船行如飛，今失其制。

《歷代詩話》：張志和《漁父詞》云『西塞山前白鷺飛』，吳旦生曰：有兩西塞，一在武昌，一在霅川，故讀此詩者往往誤認之。《經鉏堂雜志》云：西塞，郡城南一帶遠山是也，謂之西塞者，下菰城爲屯兵之處，坐西向東故也。《唐書》：志和謁顔真卿於湖州，真卿以舟敝漏，請更之。志和曰：「願浮家泛宅，往來苕霅間。」其時顔公及門客會飲，乃唱和爲《漁父詞》，志和首唱，得五首，其第四首有『霅溪灣裏釣魚翁』之句，此屬霅川之西塞無疑。皮日休詩：『西塞山前終日客。』建文初，韓公望湖州道中詩：『南潯賈客舟中市，西塞人家水上耕。』

桉：張子同詞《漁歌子》五首見花菴《絕妙詞選》。據《續仙傳》，當時顔魯公諸人皆有唱和之作，惜今失傳。又宋高宗《和漁父詞序》云：『紹興元年七月十日，余至會稽，因覽黃庭堅所書張志和《漁父詞》十五首，戲同其韻，賜辛永宗』云云，見《紹興府志·古蹟門》。據此，則玄真子詞有十五首，惜傳世僅五首耳。

王建

建，字仲初，潁川人。大曆十年登進士第，辟魏博幕府，歷渭南尉、昭應丞，入爲祕書丞，轉太常寺丞，擢侍御史。太和中，出爲陝州司馬，從軍塞上。後卜居咸陽。有集十卷。

〔詞話〕

《花菴詞選》：顧起綸跋王仲初《古調笑》：融情會景，猶不失題旨。

《古今詞話》：花菴詞客曰：王仲初以宫詞百首著名，《三臺令》、《轉應曲》，其餘技也。

《六一詞話》：王建《霓裳詞》云：『弟子部中留一色，聽風聽水作霓裳。』今教坊尚存其聲，而其舞則廢不傳矣。近世有《望瀛府》、《獻仙音》二曲，乃其遺聲也。《霓裳曲》前世傳記論説頗詳，不知『聽風聽水』爲何事。白樂天有《霓裳羽衣歌》甚詳，亦無『風』、『水』之説。第記之，必有知者爾。

桉：王仲初詞《宫中三臺》即《翠華引》、《江南三臺》、《調笑令》，並見《全唐詩》坿詞。

劉禹錫

禹錫，字夢得，彭城人，系出中山。貞元九年登進士第，又登宏辭科，辟淮南節度使記室，入爲監察御史，轉屯田員外郎，判度支鹽鐵案，兼崇陵使判官，貶連州刺史、朗州司馬。元和十年召還，復出爲播州刺史，易連州，又徙夔州、和州，入爲主客郎中。俄分司東都。宰相裴度薦爲禮部郎中、集賢直學士。度罷，出爲蘇州刺史，以政最賜金紫服，徙同、汝二州，遷太子賓客。會昌時，加檢校禮部尚書，卒，贈戶部尚書。有《劉賓客文集》三十卷、《外集》十卷。

〔詞話〕

劉禹錫《竹枝詞自序》：四方之歌，異音而同樂。歲正月，余來建平，里中兒聯歌《竹枝》，吹短笛擊鼓以赴節，歌者揚袂睢舞，以曲多爲賢。聆其音，中黄鐘之羽，卒章激訐如吳聲。雖傖儜不可分，而含思宛轉，有《淇澳》之豔。昔屈原居沅湘間，其民迎神，詞多鄙陋，乃爲作《九歌》，到於今荊楚鼓舞之。故余亦作《竹枝詞》九篇，俾善歌者颺之，附於末。後之聆巴歈，知變化之自焉。

《唐書·劉禹錫傳》：『禹錫廕朗州司馬，州接夜郎諸夷，每祠，歌《竹枝》鼓吹，禹錫倚其聲作《竹枝詞》十餘篇。』倚聲字始此。

《耆舊續聞》：周德華在崔芻言郎中席上唱《柳枝詞》，如劉禹錫之『春江一曲柳千條』、賀知章之『碧玉栽成一樹高』、楊巨源之『江邊楊柳麴塵絲』，而不取溫庭筠、裴諴所作〔一〕，二人有愧色。

《苕溪漁隱叢話》：《竹枝歌》云：『楊柳青青江水平，聞郎江上唱歌聲。東邊日出西邊雨，道是無情也有情。』予嘗舟行苕溪，夜聞舟人唱吳歌，歌中有此後兩句，餘皆雜以俚語，豈非夢得之歌自巴渝流傳至此乎？

《草堂詩餘》箋：劉禹錫別有《瀟湘神》詞云：『斑竹枝，斑竹枝，淚痕點點寄相思。楚客欲聽瑤瑟怨，瀟湘深夜月明時。』亦《竹枝》之流也。

《古今詞話》：『春去也，多謝洛城人。弱柳從風疑舉袂，叢蘭浥露似沾巾。獨坐亦含顰。』劉賓客詞也，一時傳唱，乃名爲《春去也》曲。又《柳枝》，樂府作《折楊柳》，爲漢鐃歌橫吹曲。『上馬不捉鞭，反拗楊柳枝。蹀坐吹長笛，愁殺行客兒。』蓋邊詞別曲也。舊詞如劉禹錫云：『清江一曲柳千條，二十年前舊板橋。曾與美人橋上別，更無消息到今朝。』一曰《壽杯詞》，如：『千門萬戶喧歌吹，富貴人間只此聲。年年織作昇平字，高映南山獻壽觥。』語意自別。

〔詞評〕

《餐櫻廡詞話》：唐賢爲詞往往麗而不流，與其詩不甚相遠也。劉夢得《憶江南》『春去也』云云，流麗之筆，下開北宋子野、少游一派。唯其出自唐音，故能流而不靡，所謂風流高格，調其在斯乎？

桉：劉夢得詞《瀟湘神》云：『湘水流，湘水流。九疑雲物至今愁。君問二妃何處所，零陵香草露中秋。』前調『斑竹枝』云云見前詞話。《竹枝詞》九首又二首，《楊柳枝》詞九首又二首，《浪淘沙》詞九首，《拋毬樂》詞二首，《紇那曲》詞二首，並見《劉賓客文集》卷第二十七，末坿識云：『右已上詞，先不入集，伏緣播在樂章，今坿於卷末。和白樂天春詞，依《憶江南》曲拍爲句「春去也」』

云云見前詞話，見《外集》卷第四。

【校記】

〔一〕裴：底本作『斐』，據《全唐詩》卷五百六十三等改。

白居易吴二娘

居易，字樂天，自號香山居士，又號醉吟先生。其先太原人，徙下邽。貞元十四年登進士第，補校書郎。元和元年對制策乙等，調盩厔尉，爲集賢校理，召入翰林爲學士。遷左拾遺兼京兆戶曹參軍，拜左贊善大夫。貶江州司馬，徙忠州刺史。入爲司門員外郎，以主客郎中知制誥轉中書舍人。遷杭州刺史，以太子左庶子分司東都。復拜蘇州刺史，病免。文宗立，以祕書監召，遷刑部侍郎，封晉陽縣男。開成初，進馮翊縣侯。會昌初，以刑部尚書致仕。卒贈尚書右僕射，謚曰文。有《白氏長慶集》七十五卷。

〔詞話〕

《花菴詞選》：白樂天《長相思》：『汴水流，泗水流。流到瓜州古渡頭。吴山點點愁。』黃叔暘云：『此四句皆談錢塘景。』又前調『深畫眉，淺畫眉』云云，蓋詠閨怨二詞，非後世作者所及。《白香詞譜箋》桉：泗水在今徐州府城東北，受汴水，合流而東南入邳州，韓愈詩『汴泗交流郡城角』是也。瓜州，即瓜州渡，在今揚州府南，皆屬江北地，與錢唐相去甚遠。叔暘謂談錢唐景，未知所指。

《花菴詞選》：顧起綸跋白樂天：始調、换頭，去題漸遠。揆之本來，詞體稍變矣。

〔詞評〕

《歷代詞話》：花菴詞客云：白樂天《長相思》、《望江南》，縟麗可愛，非後世作者可及。《花非花》一首，尤纏綿無盡。

又：楊慎云：白樂天詞《花非花》云云，蓋其自度之曲，因情生文，雖《高唐》、《洛神》，奇麗不及也。張子野衍之爲《御街行》，亦有出藍之色。

桉：《升菴詩話》：『吴二娘，杭州名妓也，有《長相思》一詞云：「深花枝，淺花枝。深淺花枝相間時。花枝難似伊。巫山高，巫山低。暮雨瀟瀟郎不歸。空房獨守時。」白樂天詩：「吴娘暮雨瀟瀟曲，自别江南久不聞。」又：「夜舞吴娘袖，春歌蠻子詞。」自注：「吴二娘歌詞有『暮雨瀟瀟郎不歸』之句」云云，《絶妙詞選》以此爲白樂天詞，誤矣。吴二娘，亦杜公之黄四娘也，聊表出之。』吴二娘《長相思》詞與白香山『深畫眉』闋後段全同，升菴云云，未詳其所自出，坿著於此。又桉：白文公《長相思》『深畫眉』闋，又見歐陽文忠《六一詞》。

戴叔倫

叔倫，字幼公，金壇人。貞元十六年登進士第。劉晏管鹽鐵，表主運湖南嗣曹。王皋領湖南江西，表佐幕府；皋討李希烈，留叔倫領府事，試守撫州刺史。俄卽真封譙郡男，加金紫服，遷容管經略使。

請度爲道士。有《述藁》十卷。

〔詞話〕

《古今詞話》：金壇戴叔倫有《轉應曲》云：『邊草，邊草。邊草盡來兵老。山南山北雪晴。千里萬里月明。明月，明月。哀笳一聲愁絶。』即《調笑令》也。筆意回環，音調宛轉，與韋蘇州一闋同妙。

桉：戴詞『哀笳一聲愁絶』，《全唐詩》『哀笳』作『胡笳』。或云：一句之中哀與愁不應並用，作『胡笳』較勝。然笳聲之哀，令人生愁，於誼亦叶。

元稹

稹，字微之，河南人。擢明經入等，補校書郎。元和元年舉制科第一，拜左拾遺。當路者惡之，出爲河南尉。母喪，服除。拜監察御史，按獄東川。俄分司東都，貶江陵士曹參軍，徙通州司馬，改虢州長史。元和末，召拜膳部員外郎，擢祠部郎中，知制誥，遷中書舍人，翰林承旨學士，出爲工部侍郎。未幾，進同中書門下平章事。俄罷相，出爲同州刺史，徙浙東觀察使。太和三年，召爲尚書左丞。俄拜武昌節度使。卒贈尚書右僕射。有《元氏長慶集》一百卷。

〔詞話〕

《古今詞話》：《才調集》曰：元稹歌云：『櫻桃花，一枝兩枝千萬朶。花甎曾立，采花人窣破。羅裙紅似火。』此亦長短句，比《章臺柳》少疊三字，然不可列於古風也，錄之爲《櫻桃歌》。

桉：元微之詞未經前人著録，『櫻桃花』云云，格調於詞爲近，惜無調名，即名《櫻桃歌》可耳。

李德裕

德裕，字文饒，贊皇人。以蔭補校書郎。穆宗初，擢翰林學士，授御史中丞。敬宗初，遷浙西觀察使。大和三年，拜兵部侍郎，出爲鄭滑節度使，入拜中書門下平章事，封贊皇縣伯，拜兵部尚書。俄貶爲太子賓客分司東都。起爲浙西觀察使，遷淮南節度使。武宗立，召爲門下侍郎，同中書門下平章事，拜司空，進司徒，拜太尉，封趙國公。大中二年，貶爲崖州司戶參軍，卒。懿宗時，贈尚書左僕射。

〔詞話〕

《樂府雜録》：《望江南》，始自朱崖李太尉鎮淛日爲亡妓謝秋娘所撰，本名《謝秋娘》，後改此名，亦曰《夢江南》。

〔詞考〕

《古今詞話》：唐詞載李德裕步虛詞，即《雙調·搗練子》。唐詞本無換頭，《搗練子》本無雙調，近刻列爲李白《桂殿秋》二首，李集之考覈者多矣，不聞《菩薩蠻》、《憶秦娥》而外，别有《桂殿秋》也。吳虎臣得於石刻，而無其腔，劉無言倚其聲歌之，其説亦未足信。劉禹錫作《瀟湘神》，起處疊三字一句，亦即《搗練子》，但爲迎神、送神之詞耳。

桉：李贊皇詞《擣練子》云：『河漢女，玉練顔。雲軿往往在人間。九霄有路去無迹，裊裊香風生佩環。』又：『仙女下，董雙成。漢殿夜涼吹玉笙。曲終卻從仙官去，萬戶千門惟月明。』兩詞各自爲韻，謂是雙調合爲一闋，非也。此二詞或以爲李太白作。《御選歷代詩餘》作李德裕，必有所據。至《望江南》詞調，尤託始於贊皇，固當列爲唐代詞家矣。

杜牧

牧，字牧之，人號爲小杜，以別於少陵。萬年人。進士擢第。復舉賢良方正，登乙第，釋褐宏文館校書郎，試左武衛兵曹參軍，辟江西團練府巡官，試大理評事。又爲淮南節度府掌書記，拜監察御史，分司東都。以弟顗病棄官，授宣州團練判官，拜殿中侍御史，内供奉。遷左補闕，吏館修撰，轉膳部、比部員外郎。歷黄、池、睦三州刺史，遷司勳員外郎，轉吏部。又以弟病免歸。復乞爲湖州刺史，入拜考功郎中、知制誥，遷中書舍人，卒。有《樊川集》二十卷。

〔詞話〕

《賭棋山莊詞話》：《詞綜》一書，采摭精富矣，而失載杜樊川之《八六子》。桉：是詞見顧梧芳《尊前集》，竹垞『凡例』曾列是書，不知此詞何以弗采。其詞云：『洞房深。畫屏燈照，山色凝翠沈沈。聽夜雨冷滴芭蕉，驚斷紅窗好夢，龍烟細飄繡衾。辭恩久歸，長信鳳帳，蕭疏椒殿閒扃。輦路苔侵。繡簾垂、遲遲漏傳丹禁。蕣華偷悴，翠鬟羞整，愁重、望處金輿漸遠，何時綵仗重臨。正銷魂，梧桐又移翠陰。』唐詞傳世甚罕，零璣斷璧，俱屬可寶。第此詞後片一連四句無韻，不應如是之疏。檢《詞綜》所選，少游之作亦然，第上片又微有不同，而《詞律》楊纘、晁補之等篇，則第四句皆有韻。紅友疑杜、秦俱有錯悮，是也。　又桉：洪文敏曰：『少游《八六子》詞：「片片飛花弄晚，濛濛殘雨籠晴。正銷凝，黄鸝又啼數聲。」余家舊有建本《蘭畹集》載杜牧之一詞，記其末句』云云。元注：《容齋四筆》。然則詞調俱在，而吴子律《詞話》謂『詞不全』，而並忘調名，失攷之甚矣。　又桉：杜詞或是三聲互叶，『禁』字、『整』字、『遠』字，皆韻。

桉：杜牧之詞《八六子》『洞房深』云云，又見《全唐詩》坿詞。後段『愁重望處』，『重』作『坐』。小杜清狂，自是詞人標格。誦白石道人《揚州慢》，換頭以下令人想望低徊，爲之意遠，惜其倚聲之作僅此吉光片羽耳。

温庭筠

庭筠，本名岐，一名庭雲，字飛卿，太原人。大中初應進士，不第。徐商鎮襄陽，署爲巡官，與令狐綯不協，失意歸。商知政事，用爲國子助教；商罷，貶方城尉，遷隋縣尉，卒。有《握蘭集》三卷、《金荃集》十卷。桉：朱氏彊邨所刻庭筠詞，依梅禹金藏明寫本，名《金奩集》。

〔詞話〕

《北夢瑣言》：温庭筠詞有《金荃集》，蓋取其香而軟也。

《樂府紀聞》：宣宗愛唱《菩薩蠻》，令狐綯假溫庭筠手撰二十闋以進，戒勿泄，而遽言於人，且曰『中書堂内坐將軍』，以譏其無學也，由是疏之。

《古今詞話》：趙崇祚《花間集》載溫飛卿《菩薩蠻》甚多，合之呂鵬《尊前集》，不下二十闋。

《橫雲山人詞話》：溫飛卿所作詞曰《金荃集》，唐人詞有集曰《蘭畹》，蓋皆取其香而弱也。然則雄壯者固次之矣。溫庭筠『雁柱十三絃，一一春鶯語』，陳無己『彈到斷腸時，春山眉黛低』，皆彈琴箏俊語也。

〔詞評〕

《苕溪漁隱叢話》：溫庭筠工於造語，極爲綺靡，《花間集》可見矣。《更漏子》一首『玉爐香』云云尤佳。又《玉樓春》云：『衰桃一樹近前池，似惜容顏鏡中老。』欲改『近』字爲『頫』字、『暎』字，便覺一分積露。

《花草蒙拾》：弇州謂蘇、黄、稼軒爲詞之變體，是也；謂溫、韋爲詞之變體，非也。夫溫、韋視晏、李、秦、周，譬賦有《高唐》、《神女》，而後有《長門》、《洛神》；詩有古詩《録别》，而後有建安、黄初、三唐也，謂之正始則可，謂之體變則不可。又『蟬鬢美人愁絶』，果是妙語，飛卿《更漏子》、《河瀆神》，凡兩見之，李空同所謂自家物終久還來耶。按：飛卿《歸國遙》云『藕絲秋色染』，《菩薩蠻》云『藕絲秋色淺』，二句僅易一字，『染』字勝。溫、李齊名，然溫實不及李。李不作詞，而溫爲《花間》鼻祖，豈亦同能不如獨勝之意耶？

《賭棋山莊詞話》：太白如姑射仙人，溫尉是王、謝子弟，溫尉詞當看其清真，不當看其繁縟。胡元任謂：『庭筠工於造語，極爲奇麗。然如《菩薩蠻》云：「梧桐樹，三更雨。不道離情正苦。一葉葉，一聲聲。空階滴到明。」語彌淡，情彌苦，非奇麗爲佳者矣。設色，詞家所不廢也。今試取溫尉與夢窗較之，便知仙凡之別矣。』蓋所爭在風骨，在神韻。溫尉生香活色，夢窗所謂『七寶樓臺，拆碎不成片段』，又其甚者，則浮豔耳。阮亭揣摩《花間》，沾沾於『䰀苣』二字義，是猶見其表而遺其裏歟？須知『檀欒金碧，婀娜蓬萊』，未必便低便俗，於『寶函鈿雀，畫屏鷓鴣』，亦視驅遣者造詣何如耳。

《龍壁山房文集》：《懺盦詞序》：唐之中葉，李白沿襲樂府遺音爲《菩薩蠻》、《憶秦娥》之闋。王建、韓翃、溫庭筠諸人復衍推之，而詞之體以立。其文窈深幽約，善達賢人君子愷惻怨悱不能自言之情，論者以庭筠爲獨至。

黄叔暘云：飛卿詞極流麗，宜爲《花間集》之冠。

張皋文云：飛卿之詞深美閎約。信然。又云：飛卿醖釀最深，故其言不怒不懾，備剛柔之氣。又云：鍼縷之密，南宋人始露痕迹，《花間》極有渾厚氣象，如飛卿則神理超越，不復可以迹象求矣。然細繹之，正字字有脈絡。

《介存齋論詞雜著》：詞有高下之別，有輕重之別，飛卿下語鎮紙，端己揭響入雲，可謂極兩者之能事。

劉融齋云：溫飛卿詞精妙絶人，然類不出乎綺怨。

王永觀云：張皋文謂飛卿之詞『深美閎約』，余謂此四字唯馮正中足以當之。劉融齋謂飛卿詞精豔絶人，差近之耳。

〔詞考〕

《皺水軒詞筌》： 弇州曰：『油壁車輕金犢肥，流蘇帳曉春雞報。』非歌行麗對乎？ 然是天成一段詞也，著詩不得。 桉： 溫集作《春曉曲》，不列之詩。《花間》采溫詞至多，此亦不載，僅《草堂》收之耳。 然細觀全闋，惟中聯濃媚，如『籠中嬌鳥暖猶睡』，亦不愧前語，至『簾外落花閒不埽』，已覺其勁，至『衰桃一樹近前池，似惜紅顔鏡中老』，尤不婍妮也，作歌行爲當。

《蓮子居詞話》： 飛卿《菩薩蠻》二十首，以《全唐詩》校之，逸其四之一，未審《金荃詞》所載何如也。 長洲顧氏嗣立言所見宋板《金荃集》八卷，末《金荃詞》一卷，而其刻飛卿詩，則不及詩餘，益集外詩以傳合宋本卷數，致使零篇賸句，幾與《乾𦠆子》同不傳，亦可惜已。

明寫本《金奩集》鮑以文跋： 右《金奩集》一卷，計詞一百四十七闋，明正統辛酉海虞吳訥所編《四朝名賢詞》之一也。 編纂各分宮調，此他詞集及《詞譜》所未有，間取《全唐詩》校勘，中雜韋莊四十七首、張泌一首、歐陽炯十六首，溫詞祇六十三首，疑是前人彙集四人之作，非飛卿專集也。 桉： 飛卿有《握蘭》、《金荃》二集，《金奩》豈卽《金荃》之譌耶？

桉： 溫飛卿詞有以麗密勝者，有以清疏勝者。 永觀王氏以『畫屏金鷓鴣』概之，就其麗密者言之耳。 其清疏者，如《更漏子》『梧桐樹』云云，亦爲前人所稱，未始不佳也。 彊村朱氏所刻《金奩集》（奩，俗字當作籢，一作匳。）依鮑淥飲手寫本。 淥飲疑『金奩』卽『金荃』之譌，其說大誤。『金荃』自是。 飛卿詞名《金奩集》，乃彙集韋莊、張泌、歐陽炯及飛卿四家之詞者，烏得以一家詞名名之？ 四家詞並多豔體，故名之曰《金奩》。 如嫥刻飛卿詞，則必仍用《金荃》舊名矣。 彊邨跋語中，考之綦詳。

裴諴〔一〕桉：《花草粹編》作裴識

諴，字通理，聞喜人。以父廙補京兆參軍，歷郎中，擢大理少卿，改司農卿，進湖南觀察使。入拜大理卿，襲晉國公，半封。爲涇原節度使，加檢校刑部尚書，徙鳳翔、忠武、天平、邠寧、靈武等軍，進檢校尚書右僕射，卒贈司空，謚昭。

〔詞話〕

《雲溪友議》：裴郎中諴，晉國公次子也。足情調，善談諧。舉子溫岐爲友好，作歌曲，迄今飲席多是其詞焉。裴君既入臺，而爲三院所謔，曰能爲淫豔之歌，有異清潔之士也。裴君《南歌子》詞云：『不是廚中弗，爭如炙裹心。井邊銀釧落，輾轉恨還深。』二人又爲《新添聲楊柳枝》詞，飲筵競唱其詞而打令也，詞云：『思量大是惡因緣。只得相看不得憐。願作琵琶槽那畔，美人長抱在胷前。』溫岐曰：『一尺深紅朦麴塵。天生舊物如此新〔二〕。合歡桃核終堪恨，裹許元來別有人。』《雲溪友議》原載裴詞《南歌子》三首，《楊柳枝》裴、溫各二首，今不全錄。

桉：裴通理名，《花草粹編》作『識』，與字『通理』義相切合，唯《雲溪友議》係唐人書，固當從之。

【校記】

〔一〕裴：底本作『斐』，下文同，據《全唐詩》卷五百六十三等改。按：裴誠或作裴諴。

〔二〕天生舊物：底本作『舊物天生』，據原詩格律改。

魏扶

扶，字相之。大中三年四月同中書門下平章事。四年六月卒。桉：據《新唐書·宣宗本紀》及《宰相世系表》。

桉：魏相之詞《一七令》云：『愁。迥野，深秋。生枕上，起眉頭。閨閣危坐，風塵遠遊。巴猿啼不住，谷水咽還流。送客泊舟入浦，思鄉望月登樓。烟波早晚長羈旅，絃管終年樂五侯。』見《御選歷代詩餘》。

段成式

成式，字柯古，西河人。以父文昌推蔭入官，爲祕書省校書郎，累遷尚書郎。咸通初，爲江州刺史。桉：一作吉州刺史。一云連典九江、縉雲、廬陵三郡。除太常少卿。解印，寓居襄陽，卒。有《酉陽雜俎》。

〔詞話〕

《餐櫻廡詞話》：段柯古詞僅見《閒中好》，寥寥十許字，殊未饜人意。《海山記》中隋煬帝《望江南》八闋，或以謂柯古所託，亦無碻據。余喜其《折楊柳》詩云：『公子驛騮往何處，綠陰堪繫紫游繮。』此等意境，入詞絕佳，尤允當於高格。

按：段柯古詞《閒中好》云：『閒中好，塵務不縈心。坐對當窗木，看移三面陰。』見《全唐詩》。《新唐書》稱柯古子安節善樂律，能自度曲，惜無倚聲之作流傳於世也。

歷代詞人考略卷三

唐三

皇甫松

松，一作嵩，字子奇，新安人。

〔詞話〕

《樂府解題》：清商曲有《采蓮子》，卽《江南弄》中《采蓮曲》，如李白『耶溪采蓮女』、劉方平『落日晴江曲』，又王昌齡『亂入池中看不見，聞歌始覺有人來』、張潮『賴逢鄰女曾相識，並著蓮舟不畏風』，殊有風致。然必以皇甫松、孫光憲之排調有襯字者爲詞體。

〔詞評〕

《古今詞話》：花菴詞客曰：皇甫松爲牛僧孺甥，以《天仙子》詞著名，總不若《摘得新》二首爲有達觀之見。

《詞暵》：皇甫松以《天仙子》、《摘得新》著名，然總不如《憶江南》二闋尤能以韻勝也。其詞曰：

『蘭燼落，屏上暗紅蕉。閒夢江南梅熟日，夜船吹笛雨瀟瀟。人語驛邊橋。』『樓上寢，殘月下簾旌。夢見秣陵惆悵事，桃花柳絮滿江城。雙髻坐吹笙。』

《餐櫻廡詞話》：詞以含蓄爲佳，亦有不妨說盡者。皇甫子奇《摘得新》云：『繁紅一夜經風雨，是空枝。』語淡而沈痛欲絶。《采蓮子》云：『船動湖光灩灩秋。貪看年少信船流。無端隔水抛蓮子，遥被人知半日羞。』寫出閨娃稺憨情態，匪夷所思，是何筆妙乃爾。

桉：皇甫子奇詞《摘得新》云：『酌一巵。須教玉笛吹。錦筵紅蠟燭，莫來遲。繁紅一夜經風雨，是空枝。』又：『摘得新。枝枝葉葉春。管絃兼美酒，最關人。平生都得幾十度，展香裀。』《天仙子》云：『晴野鷺鷥飛一隻，水葓花發秋江碧。劉郎此日別天仙，登綺席。淚珠滴。十二晚峯青歷歷。』又：『躑躅花開紅照水，鷓鴣飛遶青山觜。行人經歲始歸來，千萬里。錯相倚。懊惱天仙應有以。』及《詞暎》所稱《憶江南》二首，並見《全唐詩》坿詞。

鄭符 張希復

符，字夢復，滎陽人，累官祕書監。

〔詞話〕

沈雄《古今詞話》：唐人《閒中好》三首，《詞品》不載，前人斥爲三首三體，難入詞調。殊不知梓人之誤，卽《古今詞譜》、《詞隱》亦衹登其二，以爲二體。余於舊本按之，其鄭夢復云：『閒中好，此趣人不知。盡日松爲侶，輕風度僧扉。』覺前此倒置之者，反無旨趣。其段成式云：『閒中好，塵務不關心。坐對牀前木，看移三面陰。』其張善繼云：『閒中好，雲外度鐘遲。卷上論題筆，畫中僧姓支。』仍然三首一調矣，登之。

桉：鄭夢復詞《閒中好·題永壽寺》云：『閒中好，盡日松爲侶。此趣人不知，輕風度僧語。』見《御選歷代詩餘》。沈偶僧臆改此詞，作平叶，俾與段、張二家詞合。其說別無依據，第標新逞異，襲明人慣技，姑備一說可耳。即以詞論，亦復遠遜『輕風度僧語』得清遠之趣，改『僧扉』，尤點金成鐵。張希復，字善繼，常山人。歷官集賢校理學士。其《閒中好》一詞，見《花草粹編》。

司空圖

圖，字表聖，自稱知非子，又稱耐辱居士，本臨淄人，遷虞鄉。咸通十年登進士第，主司王凝奇之。凝左授商州刺史，圖請從；凝拜宣歙觀察使，辟置幕府。召爲殿中侍御史，以不忍去凝，赴闕，遲留，責授光祿寺主簿，分司東都。辟陝帥幕，召爲禮部員外郎，賜緋魚袋，遷郎中。僖宗自蜀還次鳳翔，召圖知制誥，拜中書舍人。河北亂，乃寓華陰。景福中，以諫議大夫徵。乾寧中，以戶部侍郎徵。皆不出。朱全忠篡，召爲禮部尚書，不食，卒。有《一鳴集》三十卷。

〔詞話〕

《唐詩紀事》：司空圖隱王官谷，自目爲耐辱居士。豫爲冢棺，遇勝日，引客坐壙中，賦詩詞，徘徊不已。客或難之，則曰：『君何不廣也？生死一致，吾寧暫遊此中哉！』每歲時，祠禱歌舞，與閭里耆老相樂。有《酒泉子》詞云：『買得杏花，十載歸來方始坼，假山西畔藥闌東。滿枝紅。旋開旋落旋成空。白髮多情人更惜，黄昏把酒祝東風。且從容。』

〔詞評〕

《餐櫻廡詞話》：司空表聖《酒泉子》云：『黄昏把酒祝東風。且從容。』歐陽文忠《浪淘沙》云：『把酒祝東風。且共從容。』表聖句上多『黄昏』字，便益悽惋。彼之時，何時乎？所謂『斜陽正在，烟柳斷腸處』矣。歐陽歇拍云：『可惜明年花更好，知與誰同？』表聖《吳村看杏花》詩：『莫算明年人在否，不知花得更開無。』詞意亦較淒苦，皆時會爲之也。

按：司空表聖詞傳於世者，祇《酒泉子》一闋（《一鳴集》不載），然如耐辱居士歌云：『咄諾。休休休，莫莫莫。伎倆雖多，性靈惡。賴是長教閒處著。休休休，莫莫莫。一局棊，一爐藥。天意時情且料度。白日偏催人快活。黄金難買堪騎鶴。若曰爾何能，答曰耐辱莫。』《短歌行》云：『烏飛飛，兔蹶蹶。朝來暮去驅時節。女媧祇解補青天，不解煎膠黏日月。』竝皆長短句，何不可作詞觀？又《楊柳枝》壽杯詞云：『恰值小娥初學舞，擬偷金縷押春衫。』『昨日流鶯今不見，亂螢飛出照黄昏。』則句尤婉麗，蓋《柳枝》本詞體也。

鍾輻

輻，金陵人。校：《唐摭言》云虔州南康人。後周中選甲科第二，不仕。年八十餘卒。一云，唐咸通末，以廣文生爲蘇州院巡。

校：輻詞《卜算子慢》云：『桃花院落，烟重露寒，寂寞禁烟晴晝。風拂珠簾，還記去年時候。惜春心、不喜閒窗繡。倚屏山、和衣睡覺，醺醺暗消殘酒。　獨倚危闌久。把玉筯偷彈，黛蛾輕鬥。一點相思，萬般自家甘受。抽金釵、欲買丹青手。寫別來、容顏寄與，使知人清瘦。』

康駢

駢，校：《唐書·藝文志》作軿。字駕言，校：一作駕輕。貴池人。乾符四年進士，爲崇文館校書郎。田頵守宣州，聘駢入幕，常爲頵畫策禦寇。後薦爲戶部郎，遷中書舍人。有《劇談錄》二卷。

校：康駕言詞《廣謫仙怨》云：『晴山礙目橫天。綠疊君王馬前。鑾輅西巡蜀國，龍顏東望秦川。　曲江魂斷芳草，妃子愁凝暮烟。長笛此時吹罷，何言獨爲嬋娟。』見《全唐詩》。

韓偓

偓，字致堯，桉：《唐書》作致光，誤。小字冬郎，自號玉山樵人，萬年人。龍紀元年登進士第，佐河中幕府，召拜左拾遺，以疾解。後累遷左諫議大夫。宰相崔允判度支，表以自副。以薦爲翰林學士，遷中書舍人。從昭宗幸鳳翔，遷兵部侍郎，進承旨。帝意欲相者三四，讓不敢當。朱全忠惡之，貶濮州司馬，再貶榮懿尉，徙鄧州司馬。天祐二年，復召爲學士，還故宮。偓不敢入朝，挈家南依王審知，卒。有《香奩集》。

〔詞話〕

《全芳備祖》：　韓冬郎《浣溪沙》二首，絕非和魯公嫁名者，亦以『香奩』名詞。

〔詞評〕

《皺水軒詞筌》：　凡寫迷離之況者，止須述景，如『小窗斜日到芭蕉，半牀斜月疏鐘後』，不言愁而愁自見。因思韓致光『空樓鴈一聲，遠屏燈半滅』，卽已足色悲涼，何必又贅『眉山正愁絕』耶？　覺首篇『時復見愁燈，和烟墜金穗』，如此結句，更自含情無限。

《聽秋聲館詞話》：　韓致堯遭唐末造，力不能揮戈挽日，一腔忠憤，無所於洩，不得已，託之閨房兒女，世徒以《香匳》目之，蓋未深究厥旨耳。余最愛其『碧闌干外繡簾垂』一絕，與『靜中樓閣深春雨，遠處簾櫳半夜燈』句，言外別具深情。又《浣溪沙》：　『宿醉新愁慢髻鬟。六銖衣薄惹軒寒。慵紅悶翠掩青鸞。羅韈況兼金菡萏，雪肌仍是玉琅玕。骨香腰細更沈檀。』與前詩均自《離騷》中『製芰荷以爲衣』數語融化而出，至《生查子》『侍女動妝匳』云云，其蒿目時艱，自甘貶死，深鄙楊涉輩之意，更昭然若揭矣。

桉：韓致堯詞尚有《浣溪沙》一首，『攏鬌新收玉步搖』云云，見《全唐詩》坿詞。其《生查子》又一闋云：『秋雨五更頭，桐竹鳴騷屑。卻似殘春間，斷送花時節。空樓鴈一聲，遠屏燈半滅。繡被擁嬌寒，眉山正愁絕。』自《尊前集》已下，各選家皆不録。《全唐詩》收作古體詩，題曰《五更》入《香匳集》。細審之，格調於詞爲近。賀黄公多見舊籍，以『時復見殘燈』二句爲首篇，則此闋其次篇矣。《唐詩紀事》亦云其《生查子》二首，殆必有本，當從之。

張曙

曙，小字阿灰，成都人。龍紀元年進士，累官至右補闕。

〔詞話〕

《北夢瑣言》：張褘侍郎有愛姬，早逝，悼念不已。因入朝未回，其猶子右補闕曙，才俊風流，因增大阮之悲，乃製《浣溪沙》詞云：『枕障熏爐隔繡帷。二年終日兩相思。杏花明月始應知。天上人間何處去，舊歡新夢覺來遲。黄昏微雨畫簾垂。』詞成，置於几上。大阮退朝，凭几無憀，忽睹此詞，不覺哀痛，曰：『此必阿灰所作，然於風教，還亦不可。以某叔姪年顔相似，姑恕之可矣。』語曰：『小舅小叔，相槌相搊。』戲謔在所不免也。

校：張曙詞《浣溪沙》『枕障熏爐』云云，《花菴詞選》作張泌，誤。又校：《歷代詩餘》：『張曙侍郎，禕子當作犄子，龍紀元年進士。』《全唐詩》小傳云：『曙，吏部侍郎聚之子，大順中登進士第。』龍紀、大順，相距僅一二年，兩書所紀，未知孰是。

許岷

岷，字及占籍待攷。

校：許岷詞《木蘭花》二首，其一云：『小庭日晚花零落。倚戶無聊妝臉薄。寶箏金鴨任生塵，繡畫工夫全放卻。有時覷著同心結。萬恨千愁無處說。當初不合儘饒伊，贏得如今長恨別。』其二云：『江南日暖芭蕉展。美人折得親裁剪。書成小簡寄情人，臨行更把輕輕撚。其中撚破相思字。卻恐郎疑蹤不似。若還猜妾倩人書，誤了平生多少事。』並見《全唐詩》坿詞。《木蘭花》後段換韻，與牛松卿『春入橫塘』闋同體。

林楚翹

楚翹，字及占籍待攷。

桉：林楚翹詞《菩薩蠻》云：『畫堂春晝垂珠箔。臥來揉惹金釵落。簟滑枕頭移。鬢蟬狂欲飛。笑拖嬌眼慢。羅袖籠花面。重道好郎君。人前莫惱人。』見《歷代詩餘》。《五代詩話》引《雅言系述》：林楚才，賀州富川人。工韻語，《贈黄損》云：『身閒不恨辭官早，詩好常甘得句遲。』疑或楚翹暠季行也，時代政合。

無名氏

無名氏，唐人。

〔詞話〕

《詞苑》：東都防河卒於濬汴日，得一石刻，有詞無調。摭詞中四字，名之曰《魚遊春水》，教坊倚聲歌之，詞云：『秦樓東風裏。燕子還來尋舊壘。餘寒猶峭，紅日薄侵羅綺。嫩草方抽碧玉簪，媚柳輕拂黄金蘂。鶯囀上林，魚遊春水。　幾曲闌干偏倚。又是一番新桃李。佳人應怪，歸遲梅妝淚洗。鳳簫聲絶無歸雁，望斷清波無雙鯉。雲山萬重，寸心千里。』凡八十九字，而風花、鶯燕、動植之物曲盡，此唐人語也。

無名氏二

無名氏，唐人。

〔詞話〕

《詞苑》：宣和間，掘地得石，刻一詞，唐人作也。本無調名，後人名之爲《後庭宴》，詞云：『千里故鄉，十年華屋。亂魂飛過屏山簇。眼重眉褪不勝春，菱花知我銷香玉。雙雙燕子歸來，應解笑人幽獨。斷歌零舞。遺恨清江曲。萬樹綠低迷，一庭紅撲簌。』

《詞統》：無名氏有《撲蝴蝶》詞云：『烟條雨葉，綠徧江南岸〔一〕。思歸倦客，尋春來較晚。岫邊紅日初斜，陌上飛花正滿。淒涼數聲羌管。怨春短。玉人應在，明月樓中畫眉懶。鸞箋錦字，多少魚雁斷。恨隨去水東流，事與行雲共遠。羅衾舊香猶暖。』一篇情景周摯，換頭句逼真，周、秦之先聲也。

《餐櫻廡詞話》：唐無名氏《撲蝴蝶》云：『玉人應在，明月樓中畫眉嬾。鸞箋錦字，多少魚雁斷。』《片玉詞·風流子》云：『玉容知安否？香箋共錦字，兩地悠悠。』蓋由此出。

桉：唐詞失譔人姓名者，自宋已還，詞選、詞話中所見甚夥。而《詞苑》、《詞統》所載二闋，尤爲佳勝，亟記之。

【校記】

〔一〕徧：底本作『偏』，據文意改。

雲謠集〔一〕

《雲謠集》，不具譔人姓名。

〔詞話〕

《餐櫻廡詞話》：唐人《雲謠集雜曲子》三十首，鳴沙石室祕籍也。有目無詞者十二首，有詞者只三首。《鳳歸雲》云：『征夫數歲，萍寄他邦。去便無消息，累換星霜。愁聽砧杵疑塞鴈，□□□此三□增行。孤眠鸞帳裏，枉勞魂夢，夜夜飛颺。想君薄行。更不思量。誰爲傳書，與妾表哀腸。倚牖無言垂血淚，闇祝三光。萬般無那處，一鑪香盡，又更添香。』又云：『怨綠窗獨坐，修得爲君書。前闋起調二句，句四字，此二句句五字，疑「怨」字、「爲」字是襯。征衣裁縫了，遠寄邊塞。此字應平應叶，「塞」疑傳寫之譌。想得爲君貪苦戰，不憚崎嶇。中朝沙里□此□增，□馮三尺，勇戰姦愚。豈知紅□此□增，□淚如珠。枉把金釵，卜卦□皆虛。魂夢天涯無暫歇，枕上□此□增，虛待公卿迴日，容顏憔悴，彼此何如。』兩詞譌奪已甚，幾不能句讀，尤不成片段。頃稍加整比，增□六，疑襯字二，疑失叶，譌字一，便兩闋皆可分段。前後段句法字數並同，惟後闋起詞多二襯字耳。又。又。並闕。《天仙子》云：『鷰語啼時三月半。烟蘸柳條金線亂。五陵原上有仙娥，攜歌扇。香爛漫。留住九華雲一片。犀玉滿頭花滿面。負妾一雙偷淚眼。淚珠若得似真珠，拈不散。

知何限。串向紅絲應百萬。』又已下詞並闕《竹枝子》、《洞仙歌》、《破陣子》、《換沙溪》、《柳青娘》、《傾盃樂》。《浣溪沙》作《換沙溪》，僅見。

桉：《餐櫻廡詞話》又載唐人詞三首，二《望江南》、一《菩薩蠻》，亦無名氏作。原詞見太白條下，不重錄。

【校記】

〔一〕雲：底本作『玄』，下文均同，據此集本名改。

船子和尚

和尚名德誠，蜀人，青原下三世藥山儼禪師法嗣。自離藥山至華亭，泛一小舟，隨緣度日，時人因號船子和尚。其後覆舟而逝。唐咸通十年，僧藏暉卽其覆舟處建寺。

〔詞話〕

《五燈會元》：秀州華亭船子德誠禪師泛一小舟，隨緣度日，以接四方往來之者，時人莫知其高蹈，因號船子和尚。有偈曰：『有一魚兮偉莫裁，混融包納信奇哉。能變化，吐風雷，下線何曾釣得來。』『別人衹看採芙蓉。香氣長粘遶指風。兩岸映，一船紅。何曾解染得虛空。』『問我生涯衹是船。子孫各自睹機緣。不由地，不由天。除卻蓑衣無可傳。』桉：此三調《漁歌子》。

《紹興雲間志》：船子和尚《漁歌子·題松澤西亭》三首云：『一葉虛舟一副竿。了然無事坐烟灘。忘得喪，任悲歡。卻教人喚有多端。』又：『一任孤舟正又斜。乾坤何路指生涯。抛歲月，卧烟霞。在處江山便是家。』又：『愚人未識主人公。終日孜孜恨不同。到彼岸，出樊籠。元來只是舊時翁。』

桉：船子和尚又有《撥棹歌》三十首，吕益柔敘而刻之，見《松江府志》。

吕巖

巖，桉：一作嵒。始名紹先，字洞賓，自號回道人，世稱回仙，又稱純陽真人，京兆人。桉：一云關右人，一云蒲坂人。咸通中，桉：一作會昌中。屢舉進士不第，乃罷舉，隱終南山得道。一云咸通中及第，兩調縣令，值黄巢亂，始棄官。一云舉進士不第，官德化令。

〔詞話〕

《苕溪漁隱叢話》：山谷云：『秋風吹渭水，落葉滿長安。黄塵車馬道，獨清閒。自然爐鼎，虎繞與龍盤。九轉丹砂就，琴心三疊，蘂珠看舞胎仙。　便萬釘寶帶貂蟬。富貴欲薰天。黄粱炊未熟，夢驚殘。是非海裏，直道作人難。袖手江南去，白蘋紅蓼，再遊湓浦廬山。』往三十年，有人書此曲於州東茶圈酒肆之柱間，或愛其文指趣，而不能歌也。中間樂工或按而歌之，輒以俚語竄入，睟然有市井氣，不類神仙中人語也。十年前，有醉道士歌此曲廣陵市上，童兒和之，乃合其故時語。此道士去後，乃以物色迹逐之，知其爲吕洞賓也。苕溪漁隱曰：近時吴江長橋垂虹亭屋山壁上草書一詞，人亦以爲呂仙作，其果然邪？詞曰：『蜚梁欹水』云云，按：此闋乃宋人林外詞，見《四朝聞見録》。又：回仙有《沁園春》一闋，明内丹之旨，語意深妙。惜乎世人但歌其詞，不究其理，吾故表而顯之，云：『七返還丹，在人先須，煉己待時。正一陽初動，中宵漏永，温温鉛鼎，光透簾幃。造化爭馳。虎龍交合，進火工夫猶鬭危。曲江上、看月華瑩靜，有箇烏飛。當時，自飲刀圭。又誰信、無中養就兒。辨水源清濁，木金間隔，不因師指，此事難知。道要玄微，天機深遠，下手速修猶太遲。蓬萊路，仗三千行滿，獨步雲歸。』

〔詞考〕

《苕溪漁隱叢話》：回仙於京師景德寺僧房壁上題詞云：『明月斜，秋風冷。今夜故人來不來，教人立盡梧桐影。』相傳此詞自國初時卽有之。柳耆卿詞云：『愁緒終難罄。人立盡、梧桐碎影。』用回仙語也。《古今詞話》乃云：『耆卿作《傾杯》秋景一闋，忽夢一婦人云：「妾非今世人，曾作前詩，數百年無人稱道，公能用之夢覺，說其事。」世傳乃鬼謠也。』此語怪誕，無可考據，蓋不曾見回仙留題，遂妄言耳。又《復齋漫録》云：『《異聞集》載沈既濟作《枕中記》云：開元中，道者呂翁經邯鄲道上邸舍中，以囊中枕借盧生睡事，此之呂翁非洞賓也。』蓋洞賓嘗自序，以爲呂渭之孫，仕德宗朝。今云開元，則呂翁非洞賓，無可疑者。苕溪漁隱曰：回仙嘗有詞云：『黄粱猶未熟，夢驚殘。』尚用《枕中記》故事，可見其非呂翁也。

《古今詞譜》：《如夢令》，小石調曲，有傳自莊宗者，有傳自呂僊者。莊宗於宮中掘得石刻，名曰《古記》。復取調中二字爲名，曰《如夢令》，所謂『如夢，如夢。殘月落花烟重』是也。不知先曾有一闋云：『嘗記溪亭日暮。沈醉不知歸路。興盡欲回舟，誤入藕花深處。爭渡，爭渡。驚起一行鷗鷺。』傳是呂僊之曲。別刻又云無名氏作，非呂僊也。張宗瑞寓以新詞，曰《比梅》。近選以莊宗曾宴桃源深洞，又名《宴桃源》。桉：《如夢令》『常記溪亭』闋，又見李清照《漱玉詞》，此詞意境與《漱玉》它作不甚相類。

《物外清音》：《解紅》相傳爲呂仙作，余考解紅爲和魯公歌童，其詞曰：『百戲罷，五音清。《解紅》一曲新教成。兩箇瑤池小仙子，此時奪卻柘枝名。』魯公自製曲也。桉：《解紅》舞衣紫緋，繡襦銀帶，戴花鳳冠，五代時飾焉。有呂仙在唐季，預爲此腔耶？

桉：呂洞賓詞見《全唐詩》坿詞三十首，皆鼎籙家言。其《促拍滿路花》前段末二句，《苕溪漁隱叢話》作『琴心三疊，蘂珠看舞胎仙全』；《全唐詩》作『一粒刀圭，便成陸地神仙』，視《叢話》遠遜。

楊貴妃

貴妃，小字玉環，永樂人。桉：一作廣西容州普寧人。蜀州司戶參軍元琰女。初籍女官，號太真，召入禁中，稱娘子，體制與皇后同。天寶初，進冊貴妃。安祿山反，從帝幸蜀，次馬嵬驛，六軍不發，請誅妃以謝天下。帝不得已，與訣，遂縊於佛室。

〔詞話〕

《詞統》：楊太真亦有一詞贈善舞張雲容者，詞云：『羅袖動香香不已。紅蕖裊裊秋烟裏。輕雲嶺上乍搖風，嫩柳池邊初拂水。』此《阿那曲》也。

桉：《古今詞譜》曰：唐人爲《阿那曲》，宋人爲《雞叫子》。唐女郎姚月華嘗賦二曲，宋閨秀朱淑真亦曾爲之，其音節甚婉麗也。《新義錄》孫璧文云：『雲容，楊貴妃侍兒，善爲《霓裳》舞。妃從幸繡嶺宮時，賦此詞贈之。』

唐昭宗宮人

昭宗宮人，姓名占籍無攷。

〔詞話〕

《古今詞話》：《尊前集》曰：唐昭宗宮人作《巫山一段雲》二首，非昭宗作也。其一云：『縹緲雲間質，輕盈掌上身。袖羅斜舉動埃塵。明豔不勝春。　翠鬌晚妝烟重。寂寂陽臺一夢。冰眸蓮臉見誰新。巫峽更何人。』其二云：『蝶舞梨園雪，鶯啼柳岸烟。小池殘日豔陽天。苧蘿山又山。　青鳥不來愁絕。忍看鴛鴦雙結。春風一等少年心。閒情恨不禁。』二首各一體，比舊調用六字句換頭，而第二調歇拍又換韻叶者。

桉：此二首，《全唐詩》作昭宗詞，非是。《尊前集》其書已古，其說自必可從。昭宗登華州城，賦《菩薩蠻》『登樓遥望秦宫殿』云云，筆情沈鬱，與此兩詞迥乎不同。《全唐詩話》云：『廣明寇亂之後，唐祚日衰，遺詩隻字，皆其播遷所製，詎有此閒情之作耶？』

鄭仙姑女奴

女奴無姓名，唐代、德間人。

〔詞話〕

《處州府志》：鄭仙姑姊妹二人同心學道，求謝自然師之。每静夜，焚香求度，忽一女奴歌曰：『坎離坤兑分子午。須認取、自家宗祖。地雷震動山頭雨。要洗濯、黄芽出土。捉得金精牢閉固。煉丹庭、要生龍虎。他人問汝甚人傳，但説先生姓吕。』姊妹聞而習之。

桉《集仙録》：謝自然居果州南充縣，年十四，修道築室於金泉山。貞元十年白日升天。韓愈有《謝自然》詩。鄭仙姑師謝自然，則貞元已前人矣。其女奴所歌詞，字數、斷句竝與宋柳永《思歸樂》調同；後段末句少一字，尤爲脗合；唯歇拍上一句不叶韻，與柳詞異，平仄亦間有出入耳。

李冶

冶，字季蘭，唐女冠。與劉長卿同時，有集一卷。

校：李季蘭詞『緑徧香階』句，見宋朱秋娘《采桑子》集閨秀詞句，惜其全闋不可得見矣（眉批：李季蘭『緑遍香堦』一詞載《花草粹編》，『季蘭』作『秀蘭』；《粹編》並載朱秋娘集句，有此詞句，是卽其人）。季蘭有集一卷，見《直齋書録解題》。《全唐詩》載其古體《相思怨》云：『彈著相思曲，絃腸一時斷。』詞有說盡反佳者，如此詩之類是。又《八至》詩云『至近至遠東西』，語直質而意曲深。其所以爲佳之故，亦非深於詞者不能道。

盛小叢 劉采春

小叢，浙東妓。

〔詞話〕

《全唐詩》注：李尚書訥爲浙東廉使，夜登越城樓，聞歌聲激切，召至，乃小叢，歌《突厥三臺》詞也。時崔侍御元範至府幕赴闕，李餞之，命小叢歌餞，在座各爲一紙贈之，其爲名流所重如此。

校：盛小叢所歌詞云：『雁門山上雁初飛（眉批：「雁門山上雁初飛」，「山」字疑當作「關」）。馬邑闌中馬正肥。日旰山西逢驛使，殷勤南北送征衣。』雖七言四句，然據《全唐詩》注，自是《突厥三臺》詞，不得謂爲詩也。唯是小叢所歌，未必卽其所作，姑以屬之小叢云爾。唐人詩皆可歌，皆有和聲，以字填之，卽成爲詞。近人填詞，以雕琢爲工，尖巧相尚，不能風骨騫舉，上追唐音，蓋昧於詞所從出久矣。又按：《雲谿友議》：劉采春善弄陸參軍，歌聲徹雲，容華莫比。元公微之贈詩曰：『更有惱人腸斷處，選詞能唱望夫歌。』《望夫歌》者，卽《羅嗊》之曲也。采春所唱一百二十首，皆當代才子所作，其詞五六七言皆可和者。采春一唱是曲，閨婦行人莫不漣泣云云。所謂皆可和者，卽增入和聲，付之歌喉也。宋人詞往往有襯字，蓋又增一和聲耳。采春所唱《羅嗊曲》，《全唐詩》及《花草粹編》、《古今詞話》並卽以爲采春所作，亦猶盛小叢之《突厥三臺》也。

王麗真

麗真，姓名外無可攷。

〔詞話〕

沈雄《古今詞話》：《才鬼錄》曰：唐中涓宿宮妓館，見童子捧酒核，導三人至，皆古衣冠，相謂曰：『崔常侍來何遲。』俄一人至，有離別意，共聯四句，爲《字字雙》曲：『牀頭錦衾斑復斑。架上朱衣殷復殷。空庭明月閒復閒。夜長路遠山復山。』似非王麗真一人詞也。《詞品》竟作王麗真，諸選又以王建詞爲《字字雙》云：『宛宛轉轉勝上紗。紅紅綠綠苑中花。紛紛泊泊夜飛鴉。寂寂寞寞離人家。』意亦近似。而又見一集中爲《宛轉曲》，宜從之。

桉：《字字雙》『牀頭錦衾』闋，《才鬼録》云云，並無王麗真作之説，竹垞《詞綜》署王麗真女郎，蓋沿升菴《詞品》之譌。升菴所本，不復可攷。《全唐詩》既收此詞爲崔常侍詩，又入坿詞，署王麗真女郎。既復見，又兩歧，尤疏於檢勘矣。

後梁

李夢符

夢符，梁開平中洪州帥鍾傳客。

〔詞話〕

《郡閣雅談》：李夢符，不知何許人。梁開平中鍾傳鎮洪州日，與布衣飲酒，狂吟放逸。嘗以釣竿懸一魚，向市肆唱《漁父引》賣其詞，好事者爭買之。得錢，便入酒家。其詞有千餘首，傳于江表。略記其一兩首云：『村寺鐘聲度遠灘。半輪殘月落前山。徐徐撥棹卻歸灣。浪疊朝霞錦繡翻。』又曰：『漁弟漁兄喜到來。婆官賽了坐江隈。柳榆杓子木瘿盃。爛煮鮫魚滿岸堆。』詧攷取狀，答曰：『掐花飲酒何妨事，樵唱漁歌不礙時。』遂不敢復問。或把冰入水，及出，身上氣如蒸。鍾氏亡，亦不知所在。

按：李夢符《漁父引》，當時自立調名，其必非七言絶句，明矣。兩首平仄竝同，詞體固當如是。意境夷猶容與，不以促節爲嫌。

後唐

莊宗皇帝

莊宗，本姓朱邪，唐懿宗時賜姓李氏。其先出於西突厥，諱存勖，小字亞子。天祐五年，嗣立爲晉王。破燕滅梁，遂卽帝位，在位四年，崩，謚曰光聖神閔孝皇帝。

〔詞話〕

《北夢瑣言》：唐莊宗自傅粉墨，爲優人之戲，《一葉落》、《陽臺夢》，皆其所製詞也。同光末，兵變，登道旁塚上。野人獻雉，詢其地，曰：『此愁臺也。』乃罷飲。《一葉落》云：『一葉落，褰珠箔。此時景物正蕭索。畫樓月影寒，西風吹羅幕。吹羅幕，往事思量著。』《陽臺夢》云：『薄羅衫子金泥鳳。困纖腰怯銖衣重。笑迎移步小蘭叢，嚲金翹玉鳳。　嬌多情脈脈，羞把同心撚弄。楚天雲雨卻相和，又入陽臺夢。』舊本有改『金泥鳳』『鳳』字爲『縫』字者。

〔詞考〕

《苕溪漁隱叢話》：東坡言：『《如夢令》曲名本唐莊宗製，一名《憶仙姿》，嫌其不雅，改云「如夢」。莊宗作此詞，卒章云：「如夢，如夢，和淚出門相送。」取以爲之名。』《古今詞話》云：後唐莊宗修内苑，掘得斷碑，中有字三十二眉批：『三十二』之『二』字，應是『三』字之訛。曰：「曾宴桃源深洞。一曲舞鸞歌鳳。長記欲別時，殘月落花烟重。如夢，如夢。和淚出門相送。」莊宗使樂工入律歌之，名曰《古記》。』但《詞話》所記多是臆説，初無所據，故不可信，當以坡言爲正。

〔詞評〕

《爰園詞話》：晚唐五代小令填詞，用韻多詭譎不成文者，聊爲之可耳，不足多法。《尊前集》載後唐莊宗《歌頭》一首，爲字一百三十六，此長調之祖，然不能佳。

《餐櫻廡詞話》：後唐莊宗《歌頭》慢詞，一詞備四時之景，體格甚創。金董解元《哨徧》前段説春景，後段説到夏秋，略昉莊宗詞爲之，此外不多覯也。

按：《舊五代史·後唐莊宗本紀》稱其洞曉音律，其詞凡《一葉落》、《陽臺夢》、《歌頭》、《憶仙姿》四調，並見《尊前集》。《歌頭》元注：大石調。云：『賞芳春，暖風飄箔。鶯啼綠樹，輕烟籠晚閣。杏桃紅，開繁蕚。靈和殿，禁柳千行，斜金絲絡。夏雲多、奇峯如削。紈扇動微涼，輕綃薄。梅雨霽，火雲爍。臨水檻，永日逃煩暑，泛觥酌。露華濃，冷高梧，彫萬葉。一霎晚風，蟬聲新雨歇。惜惜此光陰，如流水，東籬菊殘時，嘆蕭索。繁陰積，歲時暮，景雜留，不覺朱顏失卻。好容光，旦旦須呼賓友，西園長宵，宴雲謠，歌皓齒，且行樂。』一詞備四時之景，體格甚創，誠如《餐櫻詞話》所云：『迹其連情發藻，亦復精穩沈著，特調近艱澁耳。』又《六研齋二筆》：白樂天、孫鼃年住嵩山，遇李太白，示以一詞『曾宴桃源深洞』云云，謂近過潼關所作，卽唐莊宗《憶仙姿》闋，其説謬悠，不足置辨。

和凝 徐光溥

凝，字成績，須昌人。梁舉明經，登進士第。辟義成軍節度使從事，歷鄆、鄧、洋三州從事。唐天成中，入拜殿中侍御史。歷禮部、刑部員外郎，改主客員外郎，轉郎中，知制誥，入翰林，充學士，兼權知貢舉。明宗朝，遷中書舍人、工部侍郎。晉初，拜端明殿學士兼判度支，爲翰林學士承旨。天福五年，拜中書侍郎同中書門下平章事。少帝卽位，加右僕射，轉左僕射。漢高祖時，授太子太保，封魯國公。宋初，遷太子太傅。卒，輟視朝兩日，詔贈侍中。有《紅葉集》。

〔詞話〕

《北夢瑣言》：晉相和凝少年時好爲曲子詞，布於汴洛。洎入相，專託人收拾焚毀。然相公厚重有德，終爲豔詞所玷。契丹入夷門，號爲曲子相公。

《舊五代史·和凝傳》：平生爲文章，長於短歌豔曲。校：所謂曲卽詞也。尤好聲譽，有集百卷，自篆於版，模印數百帙，分惠於人焉。

《詞暎》：和成績《河滿子》詞『寫得魚牋無限，其如花鎖春輝。目斷巫山雲雨，空教殘夢依依。

卻愛熏香小鴨，羨他長在屏幃。』末二語爲世所傳詠。

《詞苑叢談》：晉宰相和凝有《河滿子》詞曰：『正是破瓜年紀，含情慣得人饒。桃李精神鸚鵡舌，可堪虛度良宵。卻愛砑羅裙子，羨它長束纖腰。』亦《香匳》佳句也。

《蓮子居詞話》：和凝《采桑子》：『蝤蠐領上訶梨子。』朱竹垞云：訶梨，婦女雲肩也。考雲肩，見《元史》。五代時未得有此。《本草》：『訶梨勒子，似橄欖，六稜。』殆當時婦女領上有此飾，如姚翻『日照茱萸領』云云。

〔詞評〕

沈雄《古今詞話》：江尚質曰：《花間》詞，狀物描情，每多意態，直如身履其地，眼見其人。和凝之『幾度試香纖手煖，幾回嘗酒絳脣光』，孫光憲之『翠袂半將遮粉臆，寶釵長欲墜香肩』是也。

《餐櫻廡詞話》：和魯公《江城子》云『輕撥朱絃，恐亂馬嘶聲』，二語熨帖入微，似乎人人意中所有，卻未經前人道過，寫出柔情密意，真質而不涉尖纖。又一闋云：『歷歷花間，似有馬蹄聲。』尤爲渾雅，進乎高詣。

桉：和成績詞，如《臨江仙》『麥秀兩歧』、《江城子》五闋，介在豔與清之間。《望梅花》、《菩薩蠻》，則近於玉屑清言矣。《餐櫻廡詞話》摘其《江城子》『輕撥朱絃』二語，以謂熨帖入微。余喜其《臨江仙》云：『嬌羞不肯入鴛衾，蘭膏光裏兩情深。』尤能狀難狀之情景。又桉：《十國春秋》：後蜀徐光溥，時號睡相，以豔詞挑前蜀安康長公主罷相云云。『睡相』與『曲子相公』，風趣略同，其詞無傳，作坿記於此。光溥姓名不見於史傳。

歷代詞人考略卷四

南唐

中主

中主，姓李氏，名璟，初名景通，又名景，字伯玉，徐州人。唐裔，南唐烈祖昪長子，封齊王。昪元七年嗣位。周顯德五年，奉表臣屬，去年號，奉正朔，降稱國主。宋建隆元年，遷南都，薨。請於宋，許復帝號，謚文宣孝皇帝，廟號元宗。有詞，與後主詞合刻爲《南唐二主詞》。

〔詞話〕

陸游《南唐書·馮延巳傳》：延巳工詩，雖貴且老，不廢。如『鴛瓦數行曉日，鑾旗百尺春風』，識者謂有元和詞人氣格，尤喜爲樂詞。元宗嘗因曲宴內殿，從容謂曰：『「吹皺一池春水」，何干卿事？』延巳對曰：『安得如陛下「小樓吹徹玉笙寒」之句。』

馬令《南唐書·王感化傳》：感化善謳歌，聲韻悠揚，清振林木，繫樂部爲歌版色。元宗嗣位，宴樂擊鞠不輟。嘗乘醉命感化奏《水調》詞，感化唯歌『南朝天子愛風流』一句，如是者數四。元宗輒悟，覆杯嘆曰：『使孫、陳二主得此一句，不當有銜璧之辱也。』感化由是有寵。元宗嘗作《浣溪沙》二闋，『菡萏香消，半捲真珠』云云，手寫賜感化。後主卽位，感化以其詞札上之，後主感動，賞賜甚優。

〔詞評〕

《藝苑卮言》：『細雨夢回雞塞遠，小樓吹徹玉笙寒』、『青鳥不傳雲外信，丁香空結雨中愁』，非律詩俊語乎？然是天成一段詞也，著詩不得。又：《花間》猶傷促碎，至李王父子而妙極矣。『「風乍起，吹皺一池春水」，干卿何事？』曰『未若陛下「小樓吹徹玉笙寒」』，此語不可聞鄰國，然固是詞林本色佳話。

《雪浪齋日記》：荊公問山谷：『作小詞，曾看李後主詞否？』云：『曾看。』荊公云：『何處最好？』山谷以『一江春水向東流』爲對，荊公云：『未若「細雨夢回雞塞遠，小樓吹徹玉笙寒」最好。』桉：《詞苑》云：『細雨夢回』二句，元宗詞，荊公誤以爲後主也。

《詩話總龜》：《翰苑名譚》云：李煜作詩大率多悲感愁戚，如『青鳥不傳雲外信，丁香空結雨中愁』、『鬢從今日愁添白，菊似去年依舊黃』，皆思清句雅可愛。桉：『青鳥』二句是元宗詞，作後主詩，誤。

《漫叟詩話》：李璟有詞云『手捲真珠上玉鉤』，後人改爲『珠簾』，非所謂知音者。

《皺水軒詞筌》：『「細雨夢回雞塞遠，小樓吹徹玉笙寒」，不可使聞於鄰國。』然細看詞意，含蓄尚多。至少游『無端銀燭殞秋風。靈犀得暗通』，『相看有似夢初回，只恐又拋人去幾時來』，則竟爲蔓草之偕臧，頓丘之執別，一一自供矣。

《人間詞話》：南唐中主詞：『菡萏香銷翠葉殘。西風愁起綠波間。』大有衆芳蕪穢、美人遲暮之感。乃古今獨賞其『細雨夢回雞塞遠，小樓吹徹玉笙寒』，故知解人正不易得。

〔詞考〕

陳振孫《書録解題》：《南唐二主詞》，中主李璟、後主李煜撰。卷首四闋《應天長》、《望遠行》各一，《浣溪沙》二，中主所作，重光嘗書之，墨蹟在盱江。姚氏題云：『先皇御製歌詞，余嘗見之於麥光紙上，作撥蹬書。有晁景迂題字。』今不知何在矣。餘詞皆重光作。

劉繼增《南唐二主詞箋序》云：《南唐二主詞》編輯緣起不可攷，康熙二十八年，吾邑亦園侯氏文燦刻《名家詞》十種，首列之，見王文簡《居易録》。阮文達《四庫未收書目》、近江陰金氏《粟香室叢書》所刻者，即其本也。此本卷末印記爲明萬曆四十八年春常熟呂遠所刻，目録下綴陳直齋《書録解題》一條，其編次大略與侯本同。惟侯本分題中主、後主，此則前後連屬不分爲異。《解題》有云：『卷首闋《應天長》、《望遠行》各一，《浣溪沙》二，中主作，餘皆重光作。』蓋宋時元本如此，故陳氏特表而出之。中間注引，似亦出宋人手。唯卷末《搗練子》一闋，侯本所無。注引升庵《詞林萬選》，乃明人書，疑不類。旋得汲古閣舊鈔本，編次悉同，獨無此闋，知爲呂氏所補，非元有也。三本相校，呂本爲長；侯本刻在呂本後六十九年，時地相近，而自序乃云『所刻諸詞，見者絶少』，豈呂本當時印行未廣，侯氏未之見耶？案：《欽定詞譜》成於康熙五十四年，中列南唐李景《望遠行》詞，注云『從二主詞元本校定』，是當時元本固在。審所校字句，雖與此本合，而此本後主詞『亭前春逐紅英盡』一闋，調爲《采桑子》，《詞譜》於此調注云：『李煜詞名《醜奴兒令》』；又『晚妝初了明肌雪』一闋，調爲《玉樓春》，《詞譜》於此調注云：『李煜詞名《惜春容》』，則所謂元本當是又一本矣。第此元本，《四庫》既未著録，無從訂證。呂氏此刻雖在明季，尚存宋時之舊，好古家所當珍視者也。爰與舊鈔本、侯本及諸選本校其異同而爲之箋，别爲補遺坿於後。

校：南唐中主詞，傳於世僅四首，其《浣溪沙》一作《山花子》二首，見馬令《南唐書》。合之《應天長》、《望遠行》二首，卽《南唐二主詞》卷端之四首也。《應天長》闋又見馮正中《陽春集》、歐陽文忠《六一詞》，其文小異。然萬曆本《二主詞》首載此調，觀《直齋書録解題》所考，至爲碻切，可知必非它家之作矣。《二主詞》除呂刻、侯刻外，尚有沈氏《晨風閣叢書》本，乃海寧王忠慤公手校，坿補遺、校記、考證頗詳。

後主

後主，名煜，初名從嘉，字重光，自號鍾隱，又稱中峯白蓮居士、中峯隱居、中峯隱者，校：據海岳《畫史》。又號鴛鴦寺大師。中主璟第六子，以次及封吴王。宋建隆二年，中主遷都南昌，立爲太子，留監國。中主薨，嗣立於金陵，在位十有五年。至開寶八年，國滅，入宋。太平興國三年七月，被害殂。

〔詞話〕

馬令《南唐書》本注：後主繼室周氏，昭惠后之母弟也。警敏有才思，神彩端靜。昭惠感疾，后嘗出入臥內，而昭惠未之知也。一日，因立帳前，昭惠驚曰：『妹在此耶？』后幼，未識嫌疑，卽以實告曰：『已數日矣。』昭惠惡之，返臥不復顧。昭惠殂，后未勝禮服，待年宫中。明年，鍾太后殂，後主服喪。故中宫位號久而未正。至開寶元年，始議立后爲國后。后自昭惠殂，常在禁中，後主樂府詞有『衩韈步香階，手提金縷鞋』之類，多傳於外。至納后，乃成禮而已。翌日，大宴羣臣，韓熙載以下皆爲詩以諷焉，而後主不之譴。

《古今詞話》：李後主《菩薩蠻》『銅簧韻脆』、『花明月暗』兩詞，皆爲繼立周后作也。

《樂府紀聞》：後主歸宋後，每懷故國，詞調愈工。其賦《浪淘沙》、《虞美人》云云，舊臣聞之，有泣下者。

《南唐拾遺記》：後主歸朝後，每懷江國，且念嬪妾散落，鬱鬱不自聊。作《浪淘沙令》『簾外雨潺潺』云云，含思悽惋，未幾下世。

《唐餘紀傳》：李重光以七夕日生，是日燕飲，聲伎徹於禁中。太宗銜其有『故國不堪回首』之詞，至是又愠其酣暢，乃命楚王元佐等，攜觴就其第而助之歡。酒闌，煜中牽機毒藥而死。

〔詞評〕

《捫蝨新語》：帝王文章，自有一般富貴氣象。國朝，江南遺徐鉉來朝，欲以辭勝。至誦後主秋月詩，太祖但笑曰：『此寒士語耳，吾不爲也。吾微時，夜自華陰道，逢月出，有句云：「未離海底千山暗，纔到天中萬國明。」』鉉聞驚服。太祖雖無意爲文，然出語雄健如此。以予觀李氏據江南全盛時宫中詞曰：『簾日已高三丈透』云云，議者謂與『時挑野菜和羹煮，旋砍生柴帶葉燒』者異矣。然太祖一日與朝臣議論不合，歎曰：『安得桑維翰者與之謀事乎？』左右曰：『維翰愛錢。』太祖曰：『措大家眼孔小，賜與十萬貫，則塞破屋子矣。』以此言之，不知彼所謂『金鑪香獸』、『紅錦地衣』，當費幾萬貫。此語得無是措大眼孔乎？

《詞苑》：南唐後主歸國，臨行，作《破陣子》詞云：『最是蒼黄辭廟日，教坊獨奏别離歌，垂淚對宫娥。』東坡謂：『後主既爲樊若水所賣，舉國與人，故當痛哭於九廟之前而後行，乃揮淚對宫娥，聽教坊離曲，何哉？』

《能改齋漫録》：《顔氏家訓》云：『别易會難，古人所重。江南餞送，下泣言離。北方風俗，不屑此事。歧路言别，歡笑分手。』李後主長短句蓋用此耳，故云『别時容易見時難』，又云『别易會難無可奈』。顔説又本《文選》陸士衡《答賈謐》詩云：『分索則易，攜手實難。』

《後山詩話》：王斿，平甫之子。嘗云：『今語例襲陳言，但能轉移耳。』世稱秦少游《千秋歲》詞『春去也，飛紅萬點愁如海』爲新奇，不知李國主已云：『問君能有幾多愁。恰似一江春水向東流。』但以『江』爲『海』耳。

《野客叢書》：《後山詩話》謂秦少游『愁如海』之句出於江南李後主，僕謂李後主之意又有所自。白樂天詩曰『欲識愁多少，高於灎澦堆』，劉禹錫詩曰『蜀江春水拍天流，水流無限似儂愁』，得非祖此乎？則知好處前人皆已道過，後人但翻而用之耳。

《詞品》：唐詞『眼重眉褪不勝春』，李後主詞『多少淚，斷臉復横頤』，元人樂府『眼餘眉賸』，皆祖唐詞之語。

《花草蒙拾》：鍾隱入汴後，『春花秋月』諸詞，與『此中日夕只以眼淚洗面』一帖，同是千古情種，較長城公煞是可憐。

《詞苑叢談》：南唐李後主重光作《烏夜啼》一詞最爲悽惋，『無言獨上西樓』云云，所謂『亡國之音哀以思』也。又：李後主宮中未嘗點燭，每至夜，則懸大寶珠，光照一室如日中。嘗賦《玉樓春》宮詞曰：『歸時休放燭花紅，待踏馬蹄清夜月。』

《兩般秋雨盦隨筆》：南唐李後主詞『最是倉皇辭廟日，不堪重聽教坊歌，揮淚對宮娥』，譏之者曰：『倉皇辭廟，不揮淚於宗社〔一〕，而揮淚於宮娥，其失業也宜矣。』不知以爲君之道責後主，則當責之於在位之日〔二〕，不當責之於亡國之時。若以填詞之法繩後主，則此淚對宮娥揮，爲有情；對宗社揮，爲乏味也。此與宋蓉塘譏白香山詩謂『憶妓多於憶民』，同一腐論。

《藝苑卮言》：『歸來休放燭花紅，待踏馬蹏清夜月』，致語也；『問君能有幾多愁，卻是一江春水向東流』，情語也，後主直是詞手。

《人間詞話》：詞至李後主而眼界始大，感慨遂深，遂變伶工之詞而爲士大夫之詞。周介存置諸溫、韋之下，可謂顛倒黑白矣。『自是人生長恨水長東』、『流水落花春去也，天上人間』，《金荃》、《浣花》，能有此氣象耶？又：溫飛卿之詞，句秀也；韋端己之詞，骨秀也；李重光之詞，神秀也。又：詞人者，不失其赤子之心者也。故生於深宮之中，長於婦人之手，是後主爲人君所短處，亦即爲詞人所長處。又：客觀之詞人，不可不多閱世，閱世愈深，則材料愈豐富，愈變化，《水滸傳》、《紅樓夢》之作者是也。主觀之詞人，不必多閱世，閱世愈淺，則性情愈真，李後主是也。

周介存云：李後主詞如生馬駒不受控捉。又云：毛嬙、西施，天下美婦人也，嚴妝佳，淡妝亦佳，麤服亂頭，不掩國色。飛卿，嚴妝也；端己，淡妝也；後主則麤服亂頭矣。

孫清瑞云：李重光詞，天仙化人，卻是當行本色。

王佑遐云：蓮峯居士詞，超逸絶倫，虚靈在骨。芝蘭空谷，未足比其芳華；笙鶴瑤天，詎能方兹清怨。後起之秀，格調氣韻之間或月日，至得十一於千百，若小晏，若徽廟，其殆庶幾。斷代南渡，孠音闃如，蓋間氣所鍾，以謂詞中之帝，當之無愧色矣。

〔詞考〕

《苕溪漁隱叢話》：《西清詩話》云：南唐後主在圍城中作《臨江仙》，詞未就而城破。嘗見其殘稿點染晦昧，心方危窘，不在書耳。藝祖曰：『李煜若以作詞工夫治國治家，豈爲吾所俘也？』苕溪漁隱曰〔三〕：余觀《太祖實錄》及《三朝正史》云：開寶七年十月，詔曹彬、潘美等率師伐江南，八年十一月拔昇州。今後主詞『櫻桃落盡』云云，乃詠春景，非十一月城破時作。《西清詩話》『後主作長短句未就而城破』，其言非也。然王師圍金陵一年，後主在圍城中春間作此詞，則不可知。

《墨莊漫錄》：宣和間，蔡寶臣致君收南唐後主書數軸，來京師，以獻蔡絛約之。其一乃王師攻金陵，城垂破時，倉皇作一疏禱於釋氏；又有長短句《臨江仙》『櫻桃結子春光盡』云云，而無尾句，劉延仲爲補之曰：『何時重聽玉驄嘶。撲簾飛絮，依約夢回時。』

《耆舊續聞》：蔡絛作《西清詩話》，載江南李後主《臨江仙》，云『圍城中書，其尾不全』。以予攷之，殆不然。予家藏李後主《七佛戒經》，又雜書二本，皆作梵葉，中有《臨江仙》，塗注數字，未嘗不全。其詞云：『櫻桃落盡春歸去，蝶翻輕粉雙飛。子規嗁月小樓西。玉鉤羅幕，惆悵暮烟垂。別巷寂寥人散後，望殘烟草低迷。爐香間裊鳳凰兒。空持羅帶，回首恨依依。』後有蘇子由題云：『淒涼怨慕，真亡國之音也。」

《侯鯖錄》：金陵人謂中酒曰酒惡，則知後主詞曰『酒惡時拈花蕊嗅』，用鄉人語也。

《香海棠館詞話》：楊升庵《詞品》云：『李後主《搗練子》二闋，嘗見一舊本，俱係《鷓鴣天》，其「雲鬢亂」一闋前段云：「節候雖佳景漸闌。吳綾已煖越羅寒。朱扉日莫隨風掩，一樹藤花獨自看。」「深院靜」闋前段云：「塘水初澄似玉容。所思還在別離中。誰知九月初三夜，露似珠珍月似弓。」其詞姑勿具論。』試問《搗練子》平側與《鷓鴣天》後半同耶？異耶？升庵大儒，填詞小道，何必自欺欺人。

《織餘續述》：李後主詞《虞美人》起調云『春花秋葉何時了』，選本迻寫，多誤『秋月』。《尊前集》、《花庵詞選》並作『葉』，當從之，與下『月明中』不復，細審字亦較勝。

桉：後主詞無上上乘，一字一珠，勿庸撰擇。如《菩薩蠻》句『抛枕翠雲光。繡衣聞異香』，《子夜歌》句『縹色玉柔擎』，此等句，尚非其至，亦復豔異無倫。後主《阮郎歸》『東風吹水日銜山』云云，原題云『呈鄭王十二弟』，從善，字子師，元宗第七子，後主封鄭王。詞後識云：『後有隸書，東宮書府印。』蓋編詞者曾見後主墨蹟。此詞又見歐陽文忠《六一詞》、馮正中《陽春集》，又《蘭畹集》以爲晏殊作。今據《二主詞》所署題及識語，其誤不辨自明矣。

【校記】

〔一〕宗社：底本作『宗旨社』，『旨』爲衍文，刪。

〔二〕在位：底本作『垂淚』，旁批『在位』。眉批：『二字疑有誤，復查，乃「在位」二字。』

〔三〕隱：底本脱，此補。

馮延巳

延巳，一名延嗣，字正中，其先彭城人。唐末徙家新安，又徙廣陵。南唐元宗優待藩邸舊僚，自元帥府書記爲校書郎，累官翰林學士承旨，進中書侍郎，出知撫州。秩滿還朝，拜左僕射同平章事，改太子太傅。有《陽春集》一卷。

〔詞話〕

馬令《南唐書》本傳：延巳著樂府百餘闋，其《鶴沖天》詞云：『曉月墜，宿雲披。銀燭錦屏圍。建章鐘動玉繩低。宮漏出花遲。』又《歸國謠》云：『江水碧。江上何人吹玉笛。扁舟遠送瀟湘客。蘆花千里霜月白。傷行色。明朝便是關山隔。』見稱於世。

《侯鯖録》：余往在中都，見一士大夫家收南唐李後主一詞，下有『馮延巳』三字，詞中復云『聖壽南山永同』，恐延巳作也。案：此詞六言十句，調名《壽山曲》，《陽春集》中未列，王刻補遺有之。

《猗覺寮雜記》：梅用南枝事共知，《青瑣集》中『詠梅』云，南唐馮延巳詞云『北枝梅蕊犯霜開』，則南北枝事，其來遠矣。

《詩話總龜》：南唐馮延巳詞有『鬥鴨闌干獨倚』之句，人疑鴨未嘗鬥。余按：《三國志·孫權傳》注引《江表傳》：『魏文帝遣使求鬥鴨，羣臣奏宜勿與。權曰：「彼居諒陰中，所求如此，豈可與言禮哉？」具以與之。』《陸遜傳》：『建昌侯慮作鬥鴨闌，遜曰：「君侯宜勤覽經典，用此何爲？」』《南史·王僧達傳》：『僧達爲太子舍人，坐屬疾，而往揚州橋觀鬥鴨，爲有司所劾。』《新唐書》：『齊王祐善養鬥鴨，方未返時，狸咋鴨四十餘，絕其頭去。及敗，牽連誅死者四十餘人。』則古蓋有之。又《唐田令孜傳》：『僖宗好鬥雞，數幸六王宅興慶池，與諸王鬥鵞，直五十萬。』則鵞亦能鬥也。

《詞苑叢談》：南唐宰相馮延巳有樂府一章，名《長命女》，云：『春日宴，綠酒一杯歌一遍。再拜陳三願。一願郎君千歲，二願妾身長健，三願如同梁上燕。歲歲常相見。』其後有以其詞改爲《雨中花》云云。味馮公之詞，典雅豐容，雖置在古樂府中，可以無愧。一遭俗子竄易，不惟句意重復，抑且鄙惡甚矣。

《古今詞話》：卍字本佛經，胷前吉祥相也。又髮右旋而結此形，馮延巳詞『卍字迴闌旋著月』。又『碧波池皺鴛鴦浴』，馮延巳《蝶戀花》語也。唐中主極愛賞之，謂可當『細雨夢回』兩句。

〔詞評〕

《雪浪齋日記》：荊公問山谷：『江南詞何處最好？』山谷以『一江春水向東流』爲對。荊公云：『未若「細雨夢回雞塞遠，小樓吹徹玉笙寒」，又「細雨濕流光」最妙。』桉：『細雨濕流光』，馮延巳《南鄉子》詞句。

《蓉城集》：『宮瓦數行曉日，龍旂百尺春風』，殊有元和氣象。《陽春詞》尚饒蘊藉，堪與李氏齊驅。

《柳塘詞話》：馮正中樂府思深語麗，韻逸調新，多至百首。有雜入六一集中者，黃山谷、陳後山雖以庸濫目之，然諸家駢金儷玉，而《陽春詞》特爲言情之作。

《詞概》：馮正中詞，晏同叔得其俊，歐陽永叔得其深。

《賾爲明鏡室詞話》：如冠九山《心菴詞序》云『明月幾時有』，詞而仙者也；『吹皺一池春水』，詞而禪者也。

馮煦《唐五代詞選》自序：吾家正中翁鼓吹南唐，上翼二主，下啓歐、晏，實正變之樞紐，短長之流別。

《人間詞話》：馮正中詞雖不失五代風格，而堂廡特大，開北宋一代風氣，與中、後二主詞，皆在《花間》範圍之外，宜《花間集》中不登其隻字也。又：正中詞除《鵲踏枝》、《菩薩蠻》十數闋最煊赫外，如《醉花間》之『高樹鵲銜巢，斜月明寒草』，余謂韋蘇州之『流螢渡高閣』、孟襄陽之『疏雨滴梧桐』不能過也。又：歐九《浣溪沙》詞『綠楊樓外出秋千』，晁補之謂：『只一「出」字，便後人所不能道。』余謂此本於正中《上行杯》詞『柳外秋千出畫牆』，但歐語尤工耳。又：『畫屏金鷓鴣』，飛卿語也，其詞品似之；『絃上黃鶯語』，端己語也，其詞品亦似之；正中詞品若欲於其詞句中求之，則『和淚試嚴妝』殆近之歟！

蕙風詞隱云：《陽春》一集，爲臨川、珠玉所宗。愈瓌麗，愈醇樸。南渡名家，霑丐膏馥，輒臻上乘。

〔詞考〕

《詞家辨證》：朱竹垞云：『庭院深深』一闋，載馮延巳《陽春錄》，刻作歐九，誤也。

四印齋本《陽春集》補遺況周頤跋：《古今詞話·詞品》下卷引馮延巳詞『卍字迴闌旋著月』，今此詞全闋未見。又《詞辨》上卷引陳氏《樂書》曰：『《後庭花破子》，李後主、馮延巳相率爲之。』『玉樹後庭前，瑶草妝鏡邊。去年花不老，今年月又圓。莫教偏，和花和月，天教長少年。』此詞李作，惜馮作未載明，各本選録李詞，亦無此闋。

按：馮正中《陽春集》一卷，有侯氏刻本，計一百十八闋。四印齋所刻，則多補遺七闋。馮詞如古畲錦，如周、秦寶鼎彝，琳瑯滿目，美不勝收。詞之境詣至此，不易學，並不易知，未庸漫加撰擇，與後主詞實異曲同工也。

潘佑

佑，幽州人，以陳喬、韓熙載薦，除祕書省正字。後主在東宫，以佑直崇文館；及即位，遷虞部員外郎兼史館修撰，改知制誥，遷中書舍人。上疏極論時政，無所施用，因請休官。命專修國史，悉罷他職。復上疏，辭過激切，後主惡之，坐劾被收，聞命自剄，年三十六。徙其家饒州。

〔詞話〕

《鶴林玉露》：南唐張泌、潘佑、徐鉉、湯悅，俱有才名。後主於宫中作紅羅亭，四面栽紅梅，欲以艷曲記之。佑應令云：『樓上春寒三四面。桃李不須誇爛漫。已失了東風一半。』時已失淮南，故佑以詞諷諫云。

〔詞評〕

《餐櫻廡詞話》：　南唐潘佑詞：『桃李不須誇爛漫。已失了春風一半。』是時已失淮南，託恉諷諭，所以爲佳。宋李元膺《洞仙歌》云：『一年春好處，不在濃芳小豔。疏香最嬌軟。到清明時候，百紫千紅花正亂。已失春風一半。』句由佑出，只是愛惜景光，亦復宛宛入情。余髫年最喜誦之。

《七頌堂詞繹》：　詞有與古詩同義者，『瀟瀟雨歇』，《易水》之歌也；『同是天涯』，《麥蘄》之詩也；『又是羊車過也』，《團扇》之辭也；『夜夜岳陽樓中』，日出當心之志也；『已失了東風一半』，鯢居之諷也；『瓊樓玉宇』，《天問》之遺也。

　　桉：《全唐詩》坿記斷句：『桃李不須誇爛漫。已失了春風一半。』注韓熙載作，未詳所本。羅大經，宋人，時代距南唐未遠，所記當較可信。故從其説。

張泌

泌，桉：《全唐詩》小傳作佖。字子澄，淮南人。初官句容尉。上書陳治道，後主徵爲監察御史。歷考功員外郎，進中書舍人，改内史舍人。後歸宋，仍入史館，遷郎中。歸，寓毘陵。有集一卷。

〔詞話〕

《古今詞話》：　《才調集》曰：　江南張泌爲李後主内史，以《江城子》二闋得名。國亡仕宋。與錢俶謚議，泌每奏駁其人。少與鄰女浣衣善，經年不見，夜必夢之。女別字，泌寄以詩云『別夢依依到謝家』云云，浣衣爲之隕涕。又《花間集》曰：張子澄時有幽豔語，『露濃香泛小庭花』是也。時遂有以《浣溪沙》爲《小庭花》者。

〔詞評〕

《餐櫻廡詞話》：張子澄句『杏花凝恨倚東風』，又『斷香輕碧鎖愁深』，妙在『凝』字、『碧』字，若換用它字，便無如此神韻。『碧』字尤爲人所易忽。

〔詞考〕

《花庵詞選》：張泌《江城子》：『碧闌干外小中庭。雨初晴。曉鶯聲。飛絮落花，時節近清明。睡起捲簾無一事，勻面了，沒心情。』又：『浣花溪上見卿卿。眼波明。黛眉輕。高綰綠雲，金簇小蜻蜓。好是問他來得麽，還笑道，莫多情。』注：『唐詞多無換頭，如此詞，兩段自是兩首，故兩押「情」字。今人不知，合爲一首，誤矣。』

桉：張子澄詞，其佳者能蘊藉，有韻致。有《浣溪沙》十首，見《花間集》。其《河傳》云：『夕陽芳草，千里萬里。雁聲無限起。』又云『斜陽似共春光語』，祇是不盡之情、目前之景，卻未經人道過。

成幼文

幼文，江南人，仕南唐爲大理卿。

〔詞話〕

《古今詞話》：江南成幼文爲大理卿，詞曲妙絶，嘗作《謁金門》云：『風乍起，吹皺一池春水。』中主聞之，因案獄稽滯，召詰之，且謂曰：『卿職在典刑，「一池春水」，又何干於卿？』幼文頓首謝。

〔詞評〕

《蕙廬詞話》：成幼文《謁金門》起處九字，千錘百鍊，卻似以無意得之。

桉：《謁金門》詞『風乍起』云云，陸放翁以爲馮延巳作，《古今詩話》云成幼文作。《直齋書録解題》云：『《陽春録》一卷，南唐馮延巳撰。世言「風乍起」闋爲延巳所作，或云成幼文也。今此集無有，當是幼文作。』與《古今詞話》所云相合。而半唐翁所刻《陽春集》出自舊鈔，此詞適在卷中。究係成作、馮作，殊難斷定。《古今詞話》謂其詞曲妙絶，可知其夙擅倚聲，其人所恃以傳，不僅在『一池春水』也。

漁者

漁者，自號回回客，姓名無攷。

〔詞話〕

《茆亭客話》：南唐元宗時，一漁者持蓑笠綸竿，擊短板，唱《漁家傲》，而舌爲鳴榥之聲以參之。自號回回客，人疑爲呂洞賓。音清悲如烟波間，聽者無厭。詞曰：『二月江南山水路。李花零落春無主。一箇鯉魚無覓處。風兼雨。玉龍生甲歸天去。』唱於金陵凡半年，了無悟者。里巷村落皆謌焉。元宗果以甲辰歲二月殂，歌中之語皆驗。

桉：南唐漁者，蓋當時隱逸之士，通曉術數，故能爲詞讖。其自號回回客，冀假託呂仙，駴俗聽聞，庶幾覺悟云爾。詞頗入格不俗。

昭惠國后

昭惠后周氏，大司徒宗之女，小名娥皇，後主立爲國后。

〔詞話〕

《塡詞名解》：南唐大周后，卽昭惠后，嘗雪夜酣讌，舉杯屬後主起舞。後主曰：『汝能刱爲新聲，則可。』后卽命箋綴譜，喉無滯音，筆無停思，譜成，名《邀醉舞破》。又《恨來遲破》亦昭惠作。二詞俱失，無有能傳其音節者。又：《念家山破》，後主煜所作。昭惠后亦作《邀醉舞破》、《恨來遲破》，既久而忘之。後主追悼昭惠，詢問舊曲，無復曉者。宮人流珠獨能記憶，故三曲復有名傳。

桉：南唐昭惠后不獨能創新聲，且能奏《霓裳羽衣》大曲。陸游《南唐書》：『昭惠國后通書史，善歌舞，尤工琵琶。故唐盛時《霓裳羽衣》最爲大曲，亂離之後，絕不復傳。后得殘譜，以琵琶奏之，於是開元、天寶之遺音復傳於世。內史舍人徐鉉聞之於國工曹生，鉉亦知音，問曰：「法曲終則緩，此聲乃反急，何也？」曹生曰：「舊譜實緩，宮中有人易之，非吉徵也」』云云。則李蕃之後，一人而已，惜所作《邀醉舞破》二詞未傳於世。

耿玉真

玉真，姓名外無可攷。

〔詞話〕

馬令《南唐書·盧絳傳》：病痁且死，夜夢白衣婦人，頗有姿色，歌《菩薩蠻》勸絳尊酒。其辭云：『玉京人去秋蕭索。書簷鵲起梧桐落。欹枕悄無言。月和殘夢圓。背燈惟暗泣。甚處碪聲急。眉黛小山攢。芭蕉生暮寒。』歌數闋，因謂絳曰：『子之疾，食蔗卽愈。』詰朝，求蔗食之，疾果差。迨數夕，又夢前白衣麗人曰：『妾乃玉真也，他日富貴，相見於固子坡。』絳寤，襟懷豁然，唯不測固子坡之說。後入宋，臨刑，有白衣婦人同斬，姿貌宛如所夢。問其姓名，曰耿玉真，其地則固子坡也。

〔詞考〕

《古今詞話》：世傳盧絳夢女子唱《菩薩蠻》詞：『眉黛遠山攢。芭蕉生暮寒。』此詞人能道之，而楊文公云：『獨自凭闌干。衣襟生暮寒。』未知孰是。

桉：耿玉真《菩薩蠻》詞，特盧絳夢中聞其歌以勸酒，事涉冥幻，未必此詞卽是玉真所作也。詞則頗佳，故列之以殿南唐。

歷代詞人考略卷五

前蜀

前蜀主王衍

前蜀主衍，本名宗衍，字化源，舞陽人。建幼子，初封衛王，永平三年立爲皇太子。開崇賢府，置官屬；後更曰天策府。建卒，衍嗣位。在位七年，降後唐，遇害。

〔詞話〕

《北夢瑣言》：蜀主衍裹小巾，其尖如錐。宮妓多衣道服，簪蓮花冠，施脂夾粉，名曰醉妝。自製《醉妝詞》云：『者邊走，那邊走。只是尋花柳。那邊走，者邊走。莫厭金杯酒。』又嘗宴於怡神亭，自執板歌《後庭花》、《思越人》曲。蜀王衍俘繫入秦，至劍閣，見山川之美，賦詩云：『不緣朝闕去，來此結茅廬。』時人笑之。至咸陽，又作曲子云『盡是一場贏得』，與夫無愁入井者，所較無多也。

《堯山堂外紀》：蜀主衍嘗自執板唱《霓裳羽衣》、《後庭花》、《思越人》曲。

《十國春秋》：蜀王衍奉其太后、太妃禱青城山，宮人皆衣雲霞之衣。後主自製《甘州曲》，令宮人唱之，其辭哀怨，聞者悽慘。詞曰：『畫羅裙。能結束，稱腰身。柳眉桃臉不勝春。薄媚足精神。可惜許，淪落在風塵。』衍意本謂神仙而在凡塵耳。後降中原，宮伎多淪落人間，始驗其語。

〔詞評〕

《古今詞話》沈雄曰：蜀王衍詞，唯以《甘州曲》中『畫羅裙。能結束，稱腰身』三句爲最。

桉：前蜀主王化源詞傳於世者，僅《醉妝詞》、《甘州曲》二首。《北夢瑣言》所載過咸陽作『盡是一場贏得』句，其全闋亦失傳。萬氏《詞律·甘州曲》調，據衍詞定譜，可惜下脱『許』字，末作七字一句。此詞音節婉麗，全在一『許』字得掩抑之致，詎可脱落？『能結束』句『結』作『解』，亦不如作『結』較勝。竊謂香膽詞人，於此等處，未經考訂，殊少會心也。

韋莊

莊，字端己，杜陵人。乾寧元年登進士第，授校書郎，轉左補闕。王建爲西川節度使，昭宗遣李珣宣慰，辟莊判官行，遂留掌書記。尋以起居舍人召，建表留之；及稱號，拜左散騎常侍，進吏部侍郎，判中書門下事，累官至吏部尚書同平章事。卒謚文靖。有集二十餘卷，《浣花集》五卷。

〔詞話〕

《古今詞話》：韋端己著《秦婦吟》，稱爲『秦婦吟秀才』。乾寧初舉進士。以才名寓蜀，蜀主建羈留之。莊有寵人，姿質豔麗，兼善詞翰。建聞之，託以教内人爲詞，强奪去。莊追念悒怏，作《荷葉杯》、

《小重山》云云，情意淒怨，人相傳播，盛行於時。又：《天仙子》卽《萬斯年曲》，《樂府解題》曰龜茲樂也，《教坊記》有是名，《詞譜》爲黃鐘宮曲，朱崖李太尉爲應制體。《花間集》多賦天台仙子，單調也，有平仄二體。韋莊詞：『金似衣裳玉似身。眼如秋水鬢如雲。霞裾玉帔一羣羣。來洞口，望烟分。劉阮不歸春日曛。』和凝詞：『洞口春紅飛蔌蔌。仙子含愁眉黛綠。阮郎何事不歸來，嬾燒金，慵篆玉。流水桃花空斷續。』又韋莊詞：『深夜歸來長酩酊。扶入流蘇猶未醒。醺醺酒氣麝蘭和。驚夢覺。笑呵呵。長道人生能幾何？』三詞俱不一體。其張先所賦『雲破月來花弄影』，則又仄韻雙調，不在此選者。

《堯山堂外紀》：韋端己思舊姬作《荷葉杯》詞云：『絕代佳人難得，傾國花下見無期。一雙愁黛遠山眉。不忍更思惟。　閒掩翠屏金鳳。殘夢。羅幙畫堂空。碧天無路信難通。惆悵舊房櫳。』又：『記得那年花下，深夜，初識謝娘時。水堂西面畫簾垂。攜手暗相期。　惆悵曉鶯殘月。相別。從此隔音塵。如今俱是異鄉人。相見更無因。』又《小重山》詞云：『一閉昭陽春又春。夜寒宮漏永，夢君恩。臥思前事暗消，羅衣溼，新搵舊啼痕。　歌吹隔重閽。遶庭芳草綠，倚長門。萬般惆悵向誰論。凝望立，宮殿欲黃昏。』流傳入禁掖，姬聞之，不食死。

《蓼園詞選箋》：韋端己以才名入蜀，值王建割據，遂被羈留爲蜀散騎常侍，判中書門下事。《謁金門》云：『柳外飛來雙羽玉。弄晴相對浴。』其自惜皜皜之白乎？歇拍云『寸心千里目』，可以悲其志矣。

《餐櫻廡詞話》：韋端己《定西番》云：『挑盡金鐙紅燼，人灼灼，漏遲遲。未眠時。』韋有《傷灼灼詩序》云：『灼灼，蜀之麗人也。近聞貧且老，殂落於成都酒市中，因以四韻弔之，嘗聞灼灼豔於花』云云。《定西番》所云灼灼，疑指其人盛時。其又一闋有云：『塞遠久無音問，愁銷鏡裏紅。』是時玉容消息，卽已不堪回首矣。

〔詞評〕

《詞源》：詞之難於令曲，如詩之難於絕句。不過十數句，一句一字閒不得。末句最當留意，有有餘不盡之意始佳，當以唐《花間集》中韋莊、溫飛卿爲則。

《餐櫻廡詞話》：韋端己《浣溪沙》云：『咫尺畫堂深似海，憶來唯把舊書看。』《謁金門》云：『新睡覺來無力。不忍把君書跡。』一意化兩，並皆佳妙。

《皺水軒詞筌》：小詞以含蓄爲佳，亦有作決絕語而妙者，如韋莊『誰家年少，足風流。妾擬將身嫁與，一生休。縱被無情棄，不能羞』之類是也。牛嶠『須作一生拚，盡君今日歡』，抑亦其次。柳耆卿『衣帶漸寬終不悔，爲伊消得人憔悴』，亦卽韋意而氣加婉矣。

《願爲明鏡室詞話》：韋端己、馮正中諸家詞，流連光景，惆悵自憐，蓋亦易漂搖於風雨者，若第論其吐屬之美，又何加焉？

《蓮子居詞話》：韋相清空善轉，殆與溫尉異曲同工。所賦《荷葉杯》，真能攄摽擗之憂，發踟躕之愛。

周介存云：韋端己詞，清豔絕倫，初日芙蓉春月柳，使人想見風度。

〔詞考〕

《丹鉛總録》：韋莊《應天長》詞云：『想得此時情切，淚沾紅袖黦黦』，字義與『涴』同，而字則讀如『涴』字入聲，始得其叶。然《説文》、《玉篇》俱無『黦』字。惟元詞中『馬驟黦，人語喧』，北音作平聲，四轉作入聲，正叶。

桉：韋文靖詞與温方城齊名，熏香掬艷，眩目醉心，尤能運密入疏，寓濃於淡。《花間》羣賢殆勘其匹。《全唐詩》載其詞五十二首，所作《秦婦吟》因傷時太甚，祕之不傳，前敦煌石室書出，其中乃有寫本，已佚名作，復傳於世。詩爲七言長古，實《長恨歌》、《連昌宫詞》之亞也，宜其以詩得名。

牛嶠

嶠，字松卿，一字延峯，隴西人。唐宰相僧孺之後。乾符五年登進士第，歷拾遺、補闕、校書郎。王建以節度使鎮西川，辟爲判官。及開國，拜給事中，有集三十卷、歌詩三卷。

〔詞話〕

升菴《詞品》：《南史》：『王晞詩：「日薹當歸去，魚鳥見留連。」』俗本改『薹』作『暮』，淺矣。孟蜀牛嶠詞『日薹天空波浪急』，正用晞語。

《古今詞話》：牛松卿事蜀爲給事中，其《楊柳枝》詞『不忿錢塘蘇小小，引郎松下結同心』，見推於時。又：姜堯章曰：牛松卿《望江南》詞，一詠燕，一詠鴛鴦，是詠物而不滯於物者也。詞家當法此。又：陸放翁曰：牛嶠《定西番》爲塞下曲，《望江怨》爲閨中曲，是盛唐遺音。及讀其『翠娥愁。不擡頭。莫信彩箋書裏。賺人腸斷字』，則又刻細似晚唐矣。又：沈雄曰：對句易於言景，難於言情。且開放則中多迂濫，收整則結無意緒，對句要宜活句也。牛嶠之《望江南》『不是鳥中偏愛爾，爲緣交頸睡南塘』，其下可直接『全勝薄情郎』，此即救尾對也。又：輪臺，古遷謫地。岑參詩『西去輪臺萬里餘』，牛嶠詞『星漸稀，漏頻轉。何處輪臺聲怨』。中呂宮，《樂章集》有《輪臺子》。

〔詞評〕

《花草蒙拾》：牛給事『須作一生拚。盡君今日歡』，狎昵已極。南唐『奴爲出來難。教君恣意憐』，本此。至『檀口微微靠人，緊把腰兒貼』，風斯下矣。

《十國春秋》：嶠尤善製小詞，《女冠子》云：『繡帶芙蓉帳，金釵芍藥花。』《菩薩蠻》云：『山月照山花。夢回燈影斜。』皆佳句也。

《金粟詞話》：牛嶠『須作一生拚。盡君今日歡』，是盡頭語。作豔語者，無以復加，柳七亦自有唐人妙境。今人但從淺俚處求之，遂使《金荃》、《蘭畹》之音，流入『挂枝』、『黄鶯』之調，此學柳之過也。

《餐櫻廡詞話》：昔人情語、豔語，大都靡曼爲工。牛松卿《西溪子》云：『畫堂前，人不語，絃解語。彈到昭君怨處。翠蛾愁。不擡頭。』《望江怨》云：『惜别花時手頻執。羅幃愁獨入。馬嘶殘雨春蕪溼。倚門立。寄語薄情郎，粉香和淚泣。』繁絃柱促間，有勁氣暗轉，愈轉愈深。此等佳處，南宋名作中，間一見之。北宋人雖緜博如柳屯田，顧未克辨。又：牛松卿句『斂眉含笑驚』，五字三層意，別是一種密法。『眼看唯恐化，魂蕩欲相隨』，別是一種說得盡，與『須作一生拚』云云不同。

桉：牛松卿諸詞，竝見《全唐詩》五代詞。切忌但學其表面，所患除表面無可學，松卿詞蓋猶有内心者。

毛文錫

文錫，字平珪，南陽桉：《十國春秋》作『高陽』。人。年十四登進士第。仕前蜀，爲翰林學士承旨。永平四年遷禮部尚書，判樞密院事。通正元年，進文思殿大學士，拜司徒。天漢時，宦官唐文扆譖之，貶茂州司馬。後復事孟蜀，以詞章供奉内廷。

〔詞話〕

《苕溪漁隱叢話》：唐毛文錫詞云：『鴛鴦對浴銀塘暖，水面蒲梢短，垂楊低拂麴塵波。』汪彦章詩云：『垂垂梅子雨，細細麴塵波。』然則『麴塵』亦可於水言之也。或云：『《周禮》「鞠衣」注云：「黄桑，服也。色如鞠塵，象桑葉始生者。草名，花色黄。」世遂以鞠塵爲麴塵。』其說非是。

《十國春秋》：文錫與歐陽炯等五人，以小詞爲後蜀主所賞。文錫有《前蜀紀事》二卷、《茶譜》一卷。尤工豔語，所譔《巫山一段雲》詞，當世傳詠之。

《花草蒙拾》：詞中佳氣多從詩出，如毛司徒『夕陽低映小窗明』，顧太尉『蟬吟人静，斜日傍，小窗明』，皆本『黄奴夕陽如有意，偏傍小窗明』。若蘇東坡之『與客攜壺上翠微』，元注：《定風波》。賀東山之『秋盡江南草未凋』，元注：《太平時》。皆文人偶然遊戲，非向《樊川集》中作賊。

〔詞評〕

《古今詞話》：毛文錫詞大致匀淨，不及熙震。其所譔《紗窗恨》可歌也。又：葉石林曰：毛詞以質直爲清致，殊不知流於率露，致令諸人之評庸陋詞者，必曰：『此乃仿毛文錫之《贊成功》而不及者乎？』逮覽其全集，而詠其《巫山一段雲》，其細心微詣，直造蓬萊頂上。

《餐櫻廡詞話》：《花間集》毛文錫三十一首，余祇喜其《醉花間》後段『昨夜雨霏霏，臨明寒一陣。偏憶戍樓人，久絶邊庭信。』情景不奇，寫出政復不易。語淡而真，亦輕清，亦沈著。又：毛文錫《應天長》云：『漁燈明遠渚，蘭櫂今宵何處。』柳屯田云：『今宵酒醒何處，楊柳岸、曉風殘月。』毛詞簡質而情景具足，後人但能歌柳詞耳。知者亦不易，誠哉是言。

桉：毛平珪詞竝見《花間集》。葉石林所稱《巫山一段雲》，非其至者。

庾傳素

傳素，仕前蜀王建，起家蜀州刺史，累官至左僕射兼中書侍郎同平章事。天漢元年，爲宦者唐文扆所譖，罷爲工部尚書。未幾，改兵部。衍嗣位，加太子少保，復兼中書侍郎同平章事。

桉：庾傳素詞《木蘭花》云：『木蘭紅豔多情態。不是凡花人不愛。移來孔雀檻邊栽。折向鳳皇釵上戴。是何芍藥爭風彩。自共牡丹長作對。若教爲女嫁東風，除卻黃鶯難匹配。』蓋卽詠《木蘭花》者。見《御選歷代詩餘》。

牛希濟

希濟，隴西人，嶠兄子。蜀王衍時累官至翰林學士、御史中丞。蜀亡，降唐。同光三年，拜爲雍州節度副使。

〔詞評〕

《皺水軒詞筌》：牛希濟《黃陵廟》曰：『風流皆道勝人間。須知狂客拚死爲紅顔。』抑何狂惑也，然詞則妙矣。

《歷代詞話》：仇遠曰：牛希濟《臨江仙》芊緜溫麗極矣，自有憑弔淒涼之意，得詠史體裁。

桉：牛希濟詞《生查子》二首、《臨江仙》四首、《謁金門》一首，見《花間集》及《全唐詩》。

魏承班

承班，前蜀駙馬都尉，官至太尉。桉：承班父名宏夫，王建錄爲養子，賜姓名王宗弼，官至守太師兼中書令，判六軍輔政，封齊王。

〔詞評〕

《古今詞話》：元遺山曰：魏承班俱爲言情之作，大旨明淨，不更苦心刻意以競勝者。又：《柳塘詞話》曰：魏承班詞較南唐諸公更淡而近，更寬而盡，盡人喜效爲之。愚桉：『相見綺筵時，深情黯共知。難話此時心，梁燕雙來去。』亦爲弄姿無限，只是一腔驀出。至『好天涼月盡傷心，爲是玉郎長不見』、『少年何事負初心，淚滴縷金雙衽』，有故意求盡之病。

桉：魏承班詞，沈偶僧言其有故意求盡之病，余謂不妨說盡，衹是少味耳，如『嫁得薄情夫，長抱相思病』、『王孫何處不歸來，應在倡樓酩酊』，此等句有何意味，耐人涵泳玩索耶？唯《謁金門》云：『烟水闊。人值清明時節。雨細花零鶯語切。愁腸千萬結。　雁去音徽斷絕。有恨欲憑誰說？無事傷心猶不徹。春時容易別。』又云：『春欲半。堆砌落花千片。早是潘郎長不見。忍聽雙語燕。　飛絮晴空颺遠。風送誰家絃管。愁倚畫屏凡事嬾。淚霑金縷線。』前調云：『長思憶。思憶佳辰輕擲。霜月透簾澄夜色。小屏山凝碧。　恨君何太極。記得嬌嬈無力。獨坐思量愁似織。斷腸烟水隔。』《全唐詩》班詞二十闋，如右三闋，尚覺行間句裏饒有清氣。五代詞自是詞流之詞，余謂承班可云駙馬之詞，世有知音，或不以爲過當。

李珣

珣，字德潤。先世波斯人，家於梓州。蜀主衍時，以秀才與賓貢，國亡不仕。有《瓊瑤集》一卷。

桉：《十國春秋》云若干卷，當是。近所傳，非足本。

〔詞話〕

《花菴詞選》：李珣桉：作詢，誤。《巫山一段雲》『有客經巫峽』云云，元注：唐詞多緣題，所賦《臨江仙》則言仙事，《女冠子》則述道情，《河瀆神》則詠祠廟。大概不失本題之意，爾後漸變，去題遠矣。如此二詞，實唐人本來詞體如此。

《十國春秋》：珣以小詞爲後主所賞，嘗製《浣溪沙》詞，有『早爲不逢巫峽夜，那堪虛度錦江春』，詞家互相傳誦，所著有《瓊瑤集》若干卷。元注：『夜』字原本係『夢』字。

《餐櫻廡詞話》：周草窗云：李珣、歐陽炯輩，俱蜀人，各製《南鄉子》數首以誌風土，亦《竹枝》體也。珣所作《南鄉子》十七闋，首闋云：『思鄉處。潮退水平春色暮。』似乎誌風土之作矣。乃後闋句云『采真珠處水風多』，又云『夾岸荔支紅蘸水』，又云『越南雲樹望中微』，又云『愁聽猩猩嗁瘴雨』，又云『越王臺下春風暖』，又云『刺桐花下越臺前』，又云『騎象背人先過水』，又云『出向桄榔樹下立』，又云『拾翠采珠能幾許』，又云『孔雀雙雙迎日舞』，又云『謝娘家接越王臺，一曲鄉歌齊撫掌』，又云『椰子酒傾鸚鵡醆』，又云『慣隨潮水采珠來』。珣，蜀人，顧所詠皆東粵景物，何耶？其《巫山一段雲》：『嗁猨何必近孤舟。行客自多愁。』《河傳》云：『依舊十二峯前。猨聲到客船。』則誠蜀人之言矣。

又：李德潤《河傳》云：『想佳人花下，對明月春風。恨應同。』高竹屋《齊天樂·中秋夜懷梅溪》：『古驛烟寒，幽垣夢冷，應念秦樓十二。』兩家用意略同，高詞傷格，不可學；李詞則否。其故當細審之。

〔詞評〕

《織餘續述》：蜀李珣詞《望遠行》云：『休暈繡，罷吹簫。』閨人刺繡，顏色濃淡深淺之間，細意熨貼，務令化盡鍼縷痕迹，與畫家設色無異，謂之『暈繡』。此二字入詞，絕新。又《臨江仙》云：『彊整嬌姿臨寶鏡，小池一朵芙蓉。』妙絕形容，卻無形容之迹，卽是暈繡工夫。

蕙風詞隱云：李秀才詞清疏之筆，下開北宋人體格。

桉：五代人小詞大都奇豔如古蕃錦，唯李德潤詞有以清勝者，如《酒泉子》云：『秋雨連緜，聲散敗荷叢裏。那堪深夜枕前聽，酒初醒。』前調云：『秋月嬋娟，皎潔碧紗窗外。照花穿竹冷沈沈，印池心。』《浣溪沙》云：『翠疊畫屏山隱隱，冷鋪文簟水潾潾。斷魂何處一蟬新。』蕙風詞隱所云『下開北宋體格』者也。有以質勝者，《西溪子》云：『歸去想嬌嬈。暗魂消。』《中興樂》：『忍孤前約，教人花貌，虛老風光。』宋人唯吳夢窗能爲此等質句，愈質愈厚，蓋五代詞已開其先矣。宋人《黃氏客話》稱李德潤國亡不仕，詞多感慨之音。《漁父》及《漁歌子》數闋，具見襟情高澹，故能晚節堅貞。『曾見錢唐八月濤』，殆卽所云感慨之音乎？又《定風波》云：『往事豈堪容易想。惆悵。故人迢遞在瀟湘。縱有回文重疊意，誰寄。解髻臨鏡泣殘妝。』蓋寓故國故君之思，非尋常情語也。

尹鶚

鶚，成都人。仕前蜀，爲翰林校書郎，累官至參卿。

〔詞評〕

張玉田云：尹參卿詞，以明淺動人，以簡淨成句者也。

《皺水軒詞筌》：寫景之工者，如尹鶚『盡日醉尋春。歸來月滿身』。

《古今詞話》：尹鶚《秋夜月》頗覺遵古而非正賞之音，《杏園芳》更多頹唐之句。

《柳塘詞話》：尹鶚《杏園芳》第二句『教人見了關情』，末句『何時休遣夢相縈』，遂開柳屯田俳調。至其《臨江仙》云：『西窗鄉夢等閒成。逡巡覺後，特地恨難平。』又：『昔年於此伴蕭娘。相偎竚立，牽惹敘衷腸。』流遞於後，令讀者不能爲懷，豈必曰《花間》、《尊前》句皆婉麗也？

《餐櫻廡詞話》：尹鶚《女冠子》云：『霞帔金絲薄，花冠玉葉危。』押『危』字甚安。《秋夜月》歇拍云：『論心正切。夜深窗透，數條斜月。』能於旖旎中得幽靜之處。『金絲薄』，『薄』字改『弱』，對『危』更稱。

校：唐無名氏《醉公子》：『門外猧兒吠。知是蕭郎至。剗韈下香階，冤家今夜醉。扶得入羅幃。不肯脱羅衣。醉則從他醉，還勝獨睡時。』前輩謂讀此可悟作詩之法。韓子蒼曰：『只是轉折多耳。且如喜其至是一轉，而苦其『今夜醉』又是一轉，『入羅幃』是一轉，而『不肯脱羅衣』又是一轉，二句自家開釋，又是一轉，直是賦盡醉公子也。』見《懷古錄》。尹鶚《菩薩蠻》云：『隴雲暗合秋天白。俯窗獨坐窺烟陌。樓際角重吹。黄昏方醉歸。　荒唐難共語。明日還應去。上馬出門時。金鞭莫與伊。』由未歸説到醉歸，由『荒唐難共語』，想到明日出門時，層層轉折，與無名氏《醉公子》略同。『金鞭莫與伊』尤有不盡之情，癡絶，昵絶。《全唐詩》鶚詞十六闋，此闋最爲佳勝。《秋夜月》全闋云：『三秋佳節。罥晴空，凝翠露，茱萸千結。菊蘂和烟輕撚，酒浮金屑。徵雲雨，調絲竹，此時難輟。歡極一片，豔歌聲揭。　黄昏慵別。炷沈烟，熏繡被，翠帷同歇。醉竝鴛鴦雙枕，煖偎春雪。語丁寧，情委曲，論心正切。夜深窗透，數條斜月。』所謂開屯田詞派者也。

昭儀李氏

李氏，名舜弦，梓州人。珣女弟，前蜀主王衍冊立爲昭儀。

〔詞話〕

《茅亭客話》：　梓州李珣，其先波斯人。珣有詩名，以秀才豫賓貢事蜀主衍。國亡不仕。其妹爲衍昭儀，亦能詞，有『鴛鴦瓦上忽然聲』句。

桉：　李昭儀詞斷句『鴛鴦瓦上忽然聲』，當是詠雪之作，調名不可攷矣。

後蜀主孟昶

後蜀主昶，初名仁贊，字保元，道號玉霄子。邢州人。知祥三子。知祥爲兩川節度使，昶爲行軍司馬；及稱號，以爲東川節度使、同中書門下平章事。明德元年，知祥病，昶爲太子監國。知祥卒，遂嗣位。在位三十一年，出降宋，至京師七日而卒。

〔詞話〕

《溫叟詩話》：蜀主孟昶令羅城上盡種芙蓉，盛開四十里，語左右曰：『古以蜀爲錦城，今觀之，真錦城也。』嘗夜同花蘂夫人避暑摩訶池上，作《玉樓春》詞云：『冰肌玉骨清無汗。水殿風來暗香滿。繡簾一點月窺人，攲枕釵横雲鬢亂。　起來瓊戶啓無聲，時見疏星渡河漢。屈指西風幾時來，只恐流年暗中換。』

《苕溪漁隱叢話》：《漫叟詩話》：『楊元素作《本事曲》記《洞仙歌》：「冰肌玉骨，自清涼無汗。水殿風來暗香滿。繡簾開、一點明月窺人，人未寢、攲枕釵横雲鬢亂。　起來攜素手，庭戶無聲，時見疏星渡河漢。試問夜如何，夜已三更，金波淡、玉繩低轉。細屈指、西風幾時來，又不道、流年暗中偷換。」錢塘有老尼，能誦後主詩首章兩句，後人爲足其意，以填此詞。』又東坡《洞仙歌》序云：

『僕七歲時，見眉州老尼，姓朱，桉：一作姓宋。忘其名，年九十餘，自言嘗隨其師入蜀主孟昶宮中。一日，大熱，蜀主與花蘂夫人夜起，避暑摩訶池上，作一詞，朱具能記之。今四十年，朱已死矣。人無知此詞者，獨記其首兩句云：「冰肌玉骨，自清涼無汗。」暇日尋味，豈《洞仙歌令》乎？乃爲足之云。』苕溪漁隱曰：《漫叟詩話》所載《本事曲》云『錢唐一老尼能誦後主詩首章兩句』，與東坡《洞仙歌》序全然不同，當以序爲正也。

《西溪叢話》：孟蜀王水殿詩，東坡續爲長短句『冰肌玉骨清無汗』云云，一云昶與花蘂夫人避暑摩訶池上所詠《玉樓春》詞也。一云東坡少年遇美人，喜《洞仙歌》，又邂逅處景色暗相似，故檃括，稍協律以贈之也。

《古今詞話》：沈雄曰：東京士人檃括東坡《洞仙歌》爲《玉樓春》，以記摩訶池上之事，見張仲素《本事記》。魯直檃括子同《漁父詞》爲《鷓鴣天》，以記西塞山前之勝，見《山谷詞》。是真簡而文矣。

又：曾氏《雅》編曰：蜀主昶止有《相見歡》一首云：『無言獨上西樓。月如鉤。寂莫梧桐深院鎖清秋。翦不斷，理還亂，是離愁。別是一般滋味在心頭。』此蜀主之絶妙好詞也。落句人皆襲之，以爲美談。

《十國春秋》：後蜀主孟昶好學爲文，皆本於理。居恆謂李昊、徐光溥曰：『王衍浮薄而好輕豔之詞，朕不爲也。』然昶亦工聲曲，有《相見歡》詞。

《蓮子居詞話》：古來詞不全者，後蜀主孟昶《洞仙歌令》、花蘂夫人《采桑子》，宋司馬棫女鬼《黃金縷》〔一〕、戴復古妻《祝英台近》、無名子《唐多令》，明張紅橋《蝶戀花》、小青《南鄉子》。

校：　後蜀主孟保元詞『冰肌玉骨』云云，自宋已還，諸家之説各異，以『冰肌玉骨清無汗。水殿風來暗香滿』爲蜀主詩首二句，後人足成《玉樓春》者。《漫叟詩話》據楊元素《本事曲》記也。以『冰肌玉骨，自清涼無汗』爲蜀主詞《洞仙歌》首二句，因足成之者，東坡《洞仙歌》自序也。以《玉樓春》全闋爲蜀主作者，《漫叟詩話》也。謂東坡櫽括蜀主《玉樓春》爲《洞仙歌》者，《西溪叢話》所引之一云也。謂東京士人櫽括東坡《洞仙歌》爲《玉樓春》者，《古今詞話》沈雄之説也。諸説紛歧，莫衷一是，唯坡公詞序最爲可據。誠如胡元任所云，乃嚮來選家著録蜀主之作，並皆《玉樓春》一首，或者别有碻據，不止漫叟一家之言，時代茗遠，無從攷定，姑並存其説可耳。曾氏《雅》編載蜀主《相見歡》『無言獨上西樓』云云，一作南唐李後主詞，未審《十國春秋》所云《相見歡》即是此闋否？

【校記】

〔一〕司馬棫：宋人筆記等所載均作『司馬櫄』，吳蘅照當誤。

顧敻

敻，前蜀通正時，以小臣給事内庭。久之，擢某州刺史。後事孟知祥，累遷至太尉。

〔詞話〕

《升菴詩話》：俗謂柔言索物曰『泥』，乃計切，諺所謂軟纏也。字又作『詎』。《花間集》『黄鶯嬌囀詎芳妍』，桉：顧夐《虞美人》句。又『記得詎人微斂黛』。夐《浣溪沙》句。

《花草蒙拾》：顧太尉『換我心，爲你心。始知相憶深』，自是透骨情語，徐山民『妾心移得在君心。方知人恨深』，全襲此，然已爲柳七一派濫觴。

《古今詞話》：『衰柳數聲蟬。魂消似去年』，顧太尉《醉公子》句。《花間集》曰：陳聲伯愛之，擬衍一絕句云：『擁被忽聽門外雨，山中又作去年秋。』兩俱脱化。

《十國春秋》：顧夐雅善小詞，有《醉公子》曲，爲一時豔稱。

《餐櫻廡詞話》：顧太尉《河傳》云：『櫂舉。舟去。波光渺渺，不知何處。岸花汀草共依依。雨微。鷓鴣相逐飛。』孫光憲之『兩槳不知消息，遠汀時起鸂鶒』，碻是檃括顧詞。兩家並饒簡勁之趣，顧尤毫不著力，自然清遠。

〔詞評〕

蕙風詞隱云：顧夐豔詞多質樸語，妙在分際恰合，孫光憲便涉俗。又云：顧太尉，五代豔詞上駟也，工緻麗密，時復清疏，以豔之神與骨爲清，其豔乃益入神入骨，其體格如宋院畫工筆折枝小幀，非元人設色所及。

桉：顧夐詞《全唐詩》附五十五首，皆豔詞也。濃淡疏密，一歸於豔，誠如蕙風詞隱所云『五代豔詞之上駟也』。其《酒泉子》云『謝娘斂翠恨無涯』，翠眉但言翠，僅見。《荷葉杯》云『我憶君詩最苦』，又云『紅箋寫寄表情深』、《浣溪沙》云『無言斜倚小書樓』，詩箋、書樓入詞，亦罕見。

鹿虔扆

虔扆，桉：一作虔扆。孟蜀時登進士第，累官爲學士。廣政間，出爲永泰軍節度使，進檢校太尉，加太保。

〔詞話〕

《樂府紀聞》：鹿虔扆初讀書古祠，見畫壁有周公輔成王圖，期以此見志。國亡不仕，詞多感慨之音。

《古今詞話》：倪元鎮曰：鹿公抗志高節，偶爾寄情倚聲，而曲折盡變，有無限感慨淋漓處。

《十國春秋》：鹿虔扆，不知何地人，與歐陽炯、韓琮、閻選、毛文錫等，俱以工小詞供奉後主。虔扆《思越人》詞有『雙帶繡窠盤錦薦，淚侵花暗香消』之句，推爲絕唱。

〔詞評〕

《餐櫻廡詞話》：鹿太保，孟蜀遺臣，堅持雅操。其《臨江仙》云：『烟月不知人事改，夜闌還照深宮。』含思悽惋，不減李重光『晚涼天淨月華開。想得玉樓瑶殿影，空照秦淮』之句。

《織餘續述》：鹿虔扆詞『約砌杏花零』，『約』字雅鍊；『殘紅受約於風』，極婉款妍倩之致。

桉：鹿太保詞，《全唐詩》坿六首，與《花間集》同。《臨江仙》全闋云：『金鎖重門荒苑静，綺窗愁對秋空。翠華一去寂無蹤。玉樓歌吹，聲斷已隨風。烟月不知人事改，夜闌還照深宮。藕花相向野塘中。暗傷亡國，清露泣香紅。』《思越人》全闋云：『翠屏欹，銀燭背，漏殘清夜迢迢。雙帶繡窠盤錦薦，淚侵花暗香銷。　珊瑚枕膩鴉鬟亂。玉纖慵整雲散。若是適來新夢見。離腸爭不千斷？』

歷代詞人考略卷六

後蜀二

歐陽炯

炯，華陽人。事王衍，爲中書舍人。《宣和畫譜》『貫休傳』云大學士。後事孟蜀。廣政三年，武德軍節度判官，累官翰林學士，進門下侍郎同平章事。蜀亡，從昶歸宋，授左散騎常侍。

〔詞話〕

《蓉城集》：歐陽炯，卽首敘《花間集》者，每言『愁苦之音易好，懽愉之語難工』。其詞大抵婉約輕和，不欲强作愁思者也。

《堯山堂外紀》：歐陽炯事孟蜀後主，時號五鬼之一。曾約同僚納涼於寺，寺僧可朋作《耘田鼓歌》以刺之，遂撤飲。炯始作《三字令》。有歐陽彬作《生查子》者，其弟也。

《十國春秋》：炯善文章，尤工詩詞，有小詞十七章，人時時稱道之。其《漁父》歌，詞家尤多和作。

〔詞評〕

沈雄《古今詞話》：歐陽炯《清平樂》通首十『春』字，初在句首，既入句中，始則單行，旋而雙見，安頓變化，究不若高賓王《卜算子》全用『春』字，亦復警切，復生動。

《花草蒙拾》：《花間》字法最著意設色，異紋細豔，非後人纂組所及。如『荳蔻花間趖晚日』、『淚沾紅袖黦』、『猶結同心苣』、『畫梁塵黦』、『洞庭波浪颭晴天』，山谷所謂古蕃錦者，其殆是耶？

《餐櫻廡詞話》：《花間集》歐陽炯《浣溪沙》云：『蘭麝細香聞喘息，綺羅纖縷見肌膚。此時還恨薄情無。』自有豔詞以來，殆莫豔於此矣。半唐僧鶩曰：『奚翅豔而已，直是大且重。苟無《花間》詞筆，孰敢爲斯語者？』又：歐陽炯《春光好》云：『胷鋪雪，臉分蓮。理繁絃。』宋江致和《五福降中天》句云：『秋水嬌橫俊眼，膩雪輕鋪素胷。』由炯句出。因『膩雪』字，益見『鋪』字形容之妙。又《浣溪沙》句『宛風如舞透香肌』，『宛』字妙絕，能傳出如舞之神，無一字可以易之。此等字用得的當，便新而不纖不尖。

桉：歐陽炯詞豔而質，質而愈豔，行間句裏，卻有清氣流行，大概詞家如炯，求之晚唐五季，亦不多覯。其《定風波》云：『暖日閑窗映碧紗。小池春水浸晴霞。數樹海棠紅欲盡。爭忍。玉閨深掩過年華。　獨凭繡牀方寸亂。腸斷。淚珠穿破臉邊花。鄰舍女郎相借問。音信。教人羞道未還家。』此等詞，如淡妝西子，肌骨傾城。又桉：衛尉少卿趙崇祚輯《花間集》十卷，炯爲之序，蓋《花間》一集，炯實爲之命名也。

歐陽彬

彬，衡山人，炯弟。廣政初，爲嘉州刺史，歷尚書左丞，寧江軍節度使。

桉：歐陽彬詞《生查子》云：『盡日畫堂歡，入夜重開宴。翦燭蠟烟香，促席花光顫。待得月華來，滿院如鋪練。門外簇驊騮，直待更深散。』見《全唐詩》。

劉保乂

保乂，《九國志》作保義。青州人。廣政初，官戶部郎中，充諸王侍讀，轉給事中〔一〕，賜金紫。

桉：劉侍讀詞《生查子》云：『深秋更漏長，滴盡銀臺燭。獨步出幽閨，月晃波澄綠。菱荷風乍觸，一對鴛鴦宿。虛櫂玉釵驚，驚起還相續。』見《全唐詩》。

【校記】

〔一〕事：底本作『侍』。眉批：『「轉給侍中，賜金紫」句之「侍」字，應是「事」字之誤。』據改。

薛昭藴薛昭緯

昭藴，孟蜀時累官至侍郎。

〔詞話〕

《丹鉛總録》：唐人好畫蕃馬於屏，《花間詞》云『細草平沙，蕃馬小屏風』是也。〔一〕

《餐櫻廡詞話》：中國櫻花不繁而實，日本櫻花繁而不實。明祝允明《懷星堂集略》有《和日本僧省佐諫詠其國中源氏園白櫻花》詩，中國人詠櫻花殆始於此。薛昭藴詞《離别難》云：『摇袖立。春風急。櫻花楊柳雨淒淒。』櫻花入詩詞，宋已前尤罕覯也。

〔詞評〕

《餐櫻廡詞話》：清與豔，皆詞境也。薛昭藴《浣溪沙》云：『紅蓼渡頭秋正雨，印沙鷗跡自成行。整鬟飄袖野風香。　不語含嚬深浦裏，幾回愁煞櫂船郎。燕歸帆盡水茫茫。』此詞清中之豔，其豔在神。

桉：薛昭藴詞，《全唐詩》坿載十九首，其中《浣溪沙》『粉上依稀有淚痕』，又『握手河橋柳似金』，又『江館清秋纜客船』，及《喜遷鶯》、《小重山》、《離别難》等六首，體格於兩宋差近。又桉：薛昭緯恃才傲物，每入朝省，弄笏而行，旁若無人，好唱《浣溪沙》詞。知舉後，有一門生辭歸鄉里，臨歧獻規曰：『侍郎重德，某乃受恩，爾後請不弄笏與唱《浣溪沙》，幸甚。』時人以爲至言。

見《北夢瑣言》。昭緯，乾寧中爲禮部侍郎，貢舉得人，文章秀麗，爲崔引所惡，出爲磎州刺史，卒。見《萬姓統譜》。昭緯有唱詞之好，當心夙擅倚聲，惜所作無傳，坿記於此。

【校記】

〔一〕底本此後半頁又四行（共十一行）爲空白。

毛熙震

熙震，蜀人，官祕書監。

〔詞話〕

《齊東野語》：蜀人毛熙震，其集止二十餘調，中多新警，而不爲儇薄者也。

《逸老堂詩話》：《墨莊漫錄》載『婦人弓足始於五代李後主』，非也。予觀六朝樂府有《雙行纏》，其辭云：『新羅繡行纏，足趺如春妍。他人不言好，獨我知可憐。』《花間集》詞云『慢移弓底繡羅鞋』，則此飾不始於五代也。或謂起於妲己，乃瞽史以欺閭巷者，士夫或信以爲真，亦可笑哉。

《蓮子居詞話》：《花間集》詞『慢移弓底繡羅鞋』，婦人纏足見詠於詞者始此。劉熙《釋名》：『晚下如舄，婦人短者著之。』今人緣以爲高底之製，即古重臺履也。

《餐櫻廡詞話》：閨人時妝，鬟髮覆額，如黝髹可鑑。以梳之小而精者，約正中，片髮入其齒中，闊與梳相若，梳齒向上局曲而旋覆之，令齒仍向上。髮密而厚，梳齒藏不見，〔一〕則翦起爲美觀。《花間集》毛熙震《浣溪沙》云『象梳欹鬢月生雲』，清姒嘗改爲『象梳扶鬢雲藏月』，蓋賦此也。又：顧太尉《玉樓春》云：『曉鶯簾外語花枝，背帳猶殘紅蠟燭。』毛祕監《臨江仙》云：『幽閨欲曙聞鶯囀，紅窗月影微明。好風頻謝落花聲。隔帷殘燭，猶照綺屏箏。』似推衍顧句意。顧詞『猶殘』，『殘』字作『餘』字解，唐詩中屢見之。

〔詞評〕

《柳塘詞話》：毛祕監詞『象梳欹鬢月生雲』、『玉纖時急繡裙腰』、『曉花微斂輕呵展。裊釵金燕軟』，不止以濃豔見長也，卒章情致尤爲可愛。其《後庭花》云：『傷心一片如珪月，閒鎖宮闕。』《清平樂》云：『正是銷魂時候，東風滿院花飛。』《南歌子》云：『嬌羞愛問曲中名，楊柳杏花時節幾多情。』試問今人弄筆，能出一頭地否？

《織餘續述》：毛熙震詞『整鬟時見纖瓊』，纖瓊，手也，字豔而新。又『閒步落花旁』，語小而境佳，此等句須留意體會。又：『曉花微歛輕呵展』尤緻絕可喜。

按：毛熙震詞豔處、質處並近溫方城，《全唐詩》坿二十九首。《木蘭花》云：『掩朱扉，鉤翠箔。滿院鶯聲春寂寞。勻粉淚，恨檀郎一去不歸花又落。對斜暉，臨小閣。前事豈堪重想著。金帶冷，畫屏幽，寶帳慵薰蘭麝薄。』《小重山》云：『梁燕雙飛畫閣前。寂寥多少恨，嬾孤眠。曉來閒處想君憐。紅羅帳，金鴨冷沈烟。誰信損嬋娟。倚屏啼玉筋，濕香鈿。四支無力上鞦韆。羣花謝，愁對豔陽天。』或筆豔而凝，或體麗而清，其於五季，信卓然名家矣。

【校記】

〔一〕不見：底本作『不不見』，衍一『不』字，删。

閻選

選，後蜀布衣，時稱閻處士。

〔詞話〕

《十國春秋》：閻選，故布衣也。酷善小詞，有《臨江仙》云：『畫簾深殿，香霧冷風殘。』又云：『猿啼明月照空灘。』

〔詞評〕

《餐櫻廡詞話》：李德潤〔一〕《臨江仙》云：『强整嬌姿臨寶鏡，小池一朵芙蓉。』閻選《謁金門》云：『美人浴。碧池沼蓮開芬馥。』並皆形容絕妙，尤覺落落大方，是人是花，一而二，二而一，不必用『如』、『似』等字，是詞中暗字訣之一種。又：閻選《臨江仙》云：『猿嗁明月照空灘。孤舟行客，驚夢亦艱難。』佳處在下二句。《十國春秋》祇稱引上一句，可云買櫝還珠。又云：『藕花珠綴，猶似汗凝妝。』亦極罕譬之妙，自慧心豔想中來。珠綴，雨也。起調云：『雨停荷芰逗濃香。』

桉：五代人詞，清豔兼擅。近人但學其豔，且猶失之膚浮。蕙風詞隱嘗云：五代詞不必學，爲不善學者發也。閻處士《虞美人》『楚腰蠐領團香玉』云云，《謁金門》『美人浴。碧池沼蓮開芬馥』云云，此以豔勝者也。《浣溪沙》『寂寞流蘇冷繡』云云，界在清豔之間者也。《花庵詞選》録此一闋，抉擇至當。《定風波》『江水沈沈帆影過』云云，此清疏之筆，視李德潤《漁歌子》、《定風波》諸作，襟抱稍不逮耳；以視韋端己輩，則尤韻度相懸矣。其豔語至『一枝嬌臥醉芙蓉』、『酥融香透肉』，已一分無可加。乃至《虞美人》云：『偷期錦浪荷深處。一夢雲兼雨。臂留檀印齒痕香。深秋不寐漏初長。儘思量。』雖質語，詞家所許，然分際太過，不免傷雅傷格。唯如《八拍蠻》之『顰頞不知緣底事，遇人推道不宜春』，《謁金門》之『雙髻綰雲顏似玉。素娥輝淡綠』，則其秀在骨，其豔入神，卷中最佳之句也。

【校記】

〔一〕潤：底本作『閏』，據《全宋詞》改。

釋貫休

貫休，字德隱，俗姓姜氏，蘭谿人。幼落髮於和安寺，年二十，受具足戒於洪州開元寺。後隱南岳。入蜀，歷龍樓待詔、明因辨果功德大師、祥驎殿首座引駕、內供奉講唱大師、道門子使，選鍊校授文章應制大師、兩街僧錄，封司空太僕卿、雲南八國旗鎮國大師、左右街龍華道場對御講讚大師，兼禪月大師大沙門，賜紫，食邑八千戶。卒，奉敕建塔，謚曰白蓮之塔。有《禪月集》校：即舊《西岳集》。二十五卷。

桉：貫休《擣練子·嘲商客》云：『萑蕭蕭，楓摵摵，落日江頭何處客。斜倚帆檣不喚人，五湖浪向心中白。』見舊《西岳集》。

慧妃徐氏

妃，姓徐氏，桉：一云費氏，誤。青城人。徐匡璋女。後蜀主昶册爲貴妃，升號慧妃，別稱花蘂夫人。廣政二十七年，宋師圍成都，蜀亡，隨昶俘繫至京師。宣召入宮，不屈，輸織室，賜死。

〔詞話〕

《太平清話》：花蘂夫人製《采桑子·題葭萌驛壁》，纔半闋，而爲軍騎促行，後有無賴子續成之『三千宮女如花貌』云云。花蘂至宋，尚有『十四萬人齊解甲，更無一箇是男兒』之句，豈有隨昶行而作此敗節之語？

《新義錄》：《壑瓠集》曰：諸書所載花蘂夫人有三。一爲蜀王建妾，建納徐耕二女，長爲翊聖淑妃，次爲順聖賢妃，淑妃號花蘂夫人。一徐皆能詩。《輟耕錄》載，夫人，徐匡璋女，昶拜貴妃。或以爲費氏，則誤矣。《詩人玉屑》等書俱云姓費，蜀之青城人，以才色事昶，歸中國。入汴時，題葭萌驛壁云：『初離蜀道心將碎，離恨綿綿。春日如年。馬上時時聞杜鵑。』調《醜奴兒令》也。書未畢，軍騎催行，遂止半闋。後有人續之云：『三千宮女皆花貌，妾最嬋娟。此去朝天。只恐君王恩愛偏。』昶至宋，召夫人入宮，而昶遂死。太祖以蜀亡問夫人，答詩云：『君王城上豎降旗，妾在深宮那得知〔一〕。

十四萬人齊解甲，更無一箇是男兒。』太祖賞愛之。夫人心嘗憶昶，因自畫昶像以祀，太祖見訊，詭稱張仙。後輸織室，以罪賜死。《鐵圍山叢談》云：夫人心嘗憶昶，昌陵惑之，屢造毒爲患，不能遂。太宗在晉邸時，數諫昌陵，而未克去。一日，從上獵苑中，夫人在側，晉邸方調弓矢引滿，擬走獸，忽回射夫人而死。一爲南唐李後主煜之妃，閩人王某女。煜降宋，妃入宮，太祖嬖之，號小花蘂。一日，游苑中，使奉晉王酒。晉王故不飲，曰：『必得夫人手摘一花來，乃飲。』太祖命之。甫至樹下，晉王從後射殺之，太祖歡飲如故。元注：間見《雜錄》。以折花者，金城夫人也，非花蘂。《萩園雜記》：『小花蘂，南唐宮人，墓在閩之崇安。』但既入宋，死後未必發葬閩地，恐崇安之墓或譌傳耳。元注：又崔寧妾亦號花蘂夫人，卽召募戰士敗楊子琳者。是蜀有三花蘂夫人，合之南唐宮人，共有四人矣。

《蕙風簃二筆》：《聞見近錄》：金城夫人得幸太祖，頗恃寵。一日，宴射後苑，上酌巨觥以勸太宗。顧庭下曰：『金城夫人親折此花來飲。』上遂命之，太宗引射殺之。《鐵圍山叢談》亦載此事，譌『金城』作『花蘂』，而『花蘂』遂蒙不白之冤矣。桉：《郡齋讀書志》云：花蘂夫人俘輸織室，以罪賜死，烏得有宋宮寵幸？鄉於《近錄叢談》所記互異，未定孰是孰非。及證以晁氏之說，始決知誤在《叢談》。而《采桑子》後段之誣，尤不辨自明，而花蘂之冤雪矣。又：晉王射殺花蘂夫人事，李日華《紫桃軒又綴》謂是閩人之女，南唐李煜選入宮，煜降，宋祖嬖之云云，此又一說。據此，則亦必非作宮詞及《采桑子》之花蘂夫人也。

桉：後蜀花蘂夫人《采桑子》詞事，《蕙風簃筆記》辨之綦詳，其據《郡齋讀書志》決定蔡絛《叢談》之誤，尤爲碻當。夫人被召入宋宮，陳詩『十四萬人齊解甲，更無一箇是男兒』云云，情詞之間，甚爲激昂慷慨。言爲心聲，詎甘心玉瓶者而能爲是？當是陳詩之後，即以悟旨獲罪被害，觀於晁云俘輸織室，設令業已改節，服事宋主，何得猶謂之俘？晁氏時代，詎宋初未遠，其説自必可信。《讀書志》著執，文無關褒貶，尤無容心於夫人，曲爲之地也。

【校記】

〔一〕知：底本脱，據《後山詩話》補。

吳越

忠懿王

忠懿王，姓錢氏，諱俶，字文德，臨安人。文穆王元瓘子，忠獻王佐弟。佐卒，倧廢，俶以次立。歷漢、周，襲封吳越國王，賜王冊金印。宋建隆初，加天下兵馬大元帥。太平興國三年，詔入朝，舉國歸京師。雍熙四年八月卒，謚忠懿。

〔詞話〕

《後邨詩話》：吳越後王來朝，太祖爲置宴，出内妓彈琵琶，王即席獻詞云：『金鳳欲飛遭掣搦。情脈脈，行即玉樓雲雨隔。』太祖起拊其背，曰：『誓不殺錢王。』

《兩山墨談》：宋邵伯溫曰：『南唐主李煜以太平興國三年七月七日卒。吳越王錢俶以雍熙四年八月二十四日卒。二君歸宋，奉朝請於京師，其卒之日，俱其始生之辰也。太宗於是日遣中使賜以器幣，與之燕飲，皆飲畢而暴卒，蓋太宗殺之也。』予按野史，李後主以七夕誕辰，命故妓於賜第作樂侑飲，聲聞於外。太宗聞之，大怒，又傳其小詞有『小樓昨夜又東風。故國不堪回首夢魂中』之句，桉：後主詞各傳本並作『月明中』，當是水南先生所見舊本獨異。緣是怒不可解。是日，命秦王移具過飲。既畢，而李主遇牽機藥發於庭前，反卻數十回，遂卒。是李之禍，詞語促之也。予因記錢鄧王有《玉樓春》詞亦云：『帝鄉春雨鎖春愁，故國山川空淚眼。』其感懷傷事，不減於李主。然則其誕辰之禍，豈亦緣是耶？

《古今詞話》：吳越王妃每歲歸，臨安王以書遺之云：『陌上花開，可緩緩歸矣。』吳人用其語爲《緩緩歌》。後蘇東坡爲易其詞歌之：『陌上山花無數開。路人爭看翠軿來。』卽古《清平調》也。

桉：吳越忠懿王詞僅存兩斷句，其全闋無從攷見矣。蓋《玉樓春》闋，當時作於禁中，或外間未嘗流布。而『帝鄉烟雨』云云調《漁家傲》，尤涉避忌，傳誦罕聞，且有因此得禍之說，宜乎並其它所作亦湮沒失傳矣。

南漢

黄損

損，字益之，桉：一作益叔。連州人。梁龍德二年登進士第。仕南漢劉龑幕府，歷永州團練副使，累進尚書左僕射。以極諫忤意，退居永州，卒。或曰仙去。有《三要書》、《桂香集》、《射法》。

〔詞話〕

《詩餘廣選》：賈人女裴玉娥善箏，與黄損有婚姻約。損贈詞云：『無所願，願作樂中箏。得近佳人纖手子，砑羅裙上放嬌聲，便死也爲榮。』後爲呂用之劫歸第，賴胡僧神術，復歸損。詞内七言二句，本唐崔懷寶詩，多有以此詞爲崔作者。

〔詞考〕

《餐櫻廡隨筆》：明古吳劉晉充譔《天馬媒》傳奇，演唐人黄損事。《歷代詩餘》載損此詞，調《望江南》。元注：據傳奇，損，咸通朝人。《詩餘》損詞列溫庭筠之後、皇甫松之前。『生平無所願』作『平生願』，『纖手子』作『纖手指』。《詩餘廣選》云：『賈人女裴玉娥善箏，與黄損有婚姻約，損贈詞』云云，元注：首句作『無所願』，『纖手子』云『子』不作『指』，與傳奇合。後爲呂用之劫歸第，賴胡僧神術，復歸損。此云胡僧，傳奇則云氤氳使者幻形爲道人也。又《粤東詞鈔》第一首，卽損此詞，則傳奇所演未可以子虚烏有目之矣。

校：黄益之《望江南》詞，《全唐詩》作崔懷寶。《天馬媒》傳奇以損爲咸通朝人，又云狀元及第，並未詳所據。唯《御選歷代詩餘》列損詞温庭筠後、皇甫松前，則亦以損爲唐人矣。而『詞人姓氏』則又列之南漢南漢只損一家，蓋當時詞臣分編，編詞一人，編姓氏又一人，偶不相符合也。兹譔小傳，謹依《詩餘》『姓氏』，因《雅言雜載》亦云：『損，龍德二年進士。』可資旁證也。又校：《麗情集》：薛瓊瓊，開元中第一箏手，中官楊羔潛取以還，崔懷寶飲羔薰香酒，曰：『此以春草所造。』羔令崔作詞方得見瓊瓊。崔曰：『平生無所願，願作樂中箏』云云。此别一説。選本有從之作崔詞者，録存備攷。

楚

伊用昌

用昌，南岳道士。嘗謁馬氏，其後與妻乞食江浙間。

〔詞話〕

《全唐詩話》：伊用昌，不知何許人，與其妻乞食，多在江左廬陵、宜春諸郡。出語輕忽，常爲人毆擊。愛作《望江南》詞，與妻唱和，詞皆有旨。妻有殊色，人以言笑戲調，不可犯。夫妻在南城縣，丐死牛肉食之，死。後有見之者，夫妻皆躡虛而行。發視所埋處，唯爛牛肉，無別物。

桉：伊用昌詞《望江南》云：『江南鼓，梭肚兩頭欒。釘著不知侵骨髓，打來只是沒心肝。空腹被人謾。』見《御選歷代詩餘》。《全唐詩話》云與妻倡和，其妻之詞惜無傳作。

南平

孫光憲

光憲，字孟文，自號葆光子，資州人。桉：《十國春秋》作貴平人，《北夢瑣言》作富春人，自序言生自岷峨，則當爲蜀人。《花間集》曰蜀之資州人。其曰富春，蓋舉郡望。唐時爲陵州判官。天成初，避地江陵。高季興據荊南，辟掌書記。南平三世，在幕府，歷黄州刺史。桉：陳振孫曰：光憲仕荊南高從誨爲黄州刺史。《詞林紀事》云歸宋，授黄州刺史，誤。光憲未嘗拜宋命。拜荊南節度副使，朝儀郎，檢校祕書少監，試御史中丞，賜紫金魚袋。隨高繼沖歸宋，以薦將用爲學士，未及而卒。有《荊臺》、《橘齋》、《筆傭》、《鞏湖》諸集。

〔詞話〕

《逸老堂詩話》：唐詩云：『殘霞蹙水魚鱗浪，薄日烘雲卵色天。』東坡詩云：『笑把鴟夷一尊酒，相逢卵色五湖天。』正用其語。《花間集》詞云：『一方卵色楚南天。』注以『卵』爲『泖』，非也。桉：

《花間集》注未經見。注東坡詩者亦改『卵色』爲『柳色』。王梅溪亦不及此，何耶？

《古今詞話》：《花間集》曰：孫字葆光，蜀之資州人，爲荊南高從誨記室，後官祕書。兵戈之際，以金帛購書數萬卷。詞見《橘齋》、《蓉湖》諸集；所箸《北夢〔二〕瑣言》，亦多采詞家逸事。桉：今傳本《花間集》無此文。

《十國春秋》：光憲雅善小詞，蜀人輯《花間集》采其詞至六十餘篇。

《蜀故》：孟蜀時，孫光憲、毛熙震、李珣有《後庭花》曲，皆賦後主故事，不著宮調，而調各四句，似令也。

〔詞評〕

《古今詞話》：孫巨源曰：小詞有絕無含蓄，自爾入妙者，孫葆光之《浣溪沙》也。又：花庵詞客曰：孫葆光『一庭花雨溼春愁』，佳句也。

《皺水軒詞筌》：傷離念遠之詞，無如查莖『斜陽影裏，寒烟明處，雙槳去悠悠』，令人不能爲懷。然尚不如孫光憲『兩槳不知消息，遠汀時起鸂鶒』，尤爲黯然。又：孫光憲『翠袂半將遮粉臆，寶釵長欲墜香房』，直覺儼然，如在目前，疑於化工之筆。

蕙風詞隱曰：孫孟文倚聲媲家，惜一二俗句爲纇，五代人往往不免，北宋庶幾醇雅，南宋更進於厚矣。

〔詞考〕

《聽秋聲館詞話》：《生查子》調，五代以後多用四十字體，惟陳亞之詞云：『相思意已深，白紙書難足。字字苦参商，故要檀郎讀。　分明記得約當歸，遠至櫻桃熟。何事菊花時，猶未回鄉曲。』係四十二字。或言『記得約當歸』，語氣已足，『分明』二字，似衍。不知孫光憲、魏承班詞，亦間作七字句；且『記得』而言『分明』，語益沈摯，下文接言自春徂秋，何事未回？思愈切，怨愈深矣。孫詞云：『暖日驟花驄，鞾鞍垂楊陌。芳草惹烟青，落絮隨風白。　誰家繡轂動，香塵隱約神仙客。狂煞玉鞭郎，咫尺音容隔。』『誰家』二字似不可少，其諷世人見利爭趨意，當於言外得之。校：《生查子》前後段各四句，句五字。光憲此調七首，其六首換頭竝三字二句，五字一句，亦它家所罕有。

桉：孫孟文詞，《全唐詩》坿八十首，甄錄最多，並皆穠至緜麗，語不涉俗。斷句如『一隻木蘭船，波平遠浸天』，又『極浦幾回頭，烟波無限愁』，又『暗澹小庭中，滴滴梧桐雨』，遙情深致，便似北宋人佳句。又『窈窕一枝芳柳入腰身』、『滿庭噴玉蟾』『入』字，『噴』字，鍊。

【校記】

〔一〕夢：底本作『窗』，據書名改。

閩

國后陳氏

后姓陳氏，名金鳳，唐福建觀察使陳巖假女。閩王審知時，被選入府。嗣主延鈞封爲淑妃。龍啓改元，立爲國后。

〔詞話〕

《閩外傳》：端陽日，造綵舫數十於西湖，每舫載宮女二十餘人，衣短衣，鼓楫爭先，延鈞御大龍舟以觀。金鳳作《樂游曲》，使宮女同聲歌之，曲曰：『龍舟搖曳東復東。採蓮池上紅更紅。波瀇瀇，水溶溶。奴隔荷花路不通。』又曰：『西湖南湖鬥綵舟。青蒲紫蓼滿中洲。波渺渺，水悠悠。長奉君王萬歲游。』

〔詞評〕

《賭棋山莊詞話》：《樂游曲》，諸家選詞概不收録，然其音節與張志和《漁歌子》極相類，是固絕妙好詞者。紅友《詞律》據以爲譜，真不爲無見也。《天籟軒詞譜》收及遼蕭后《回心院》詞，而獨置此曲不登，是殆一時失檢耳。

桉：侯官鄭杰《閩中録》：陳巖，福建建州人，金鳳爲巖假女，占籍仍不可攷。其《樂游曲》二章語豔而質，饒有六朝遺韻。

歷代詞人考略卷七

宋一

徽宗皇帝

帝諱佶，神宗第十一子，在位二十五年。內禪皇太子，尊帝爲教主道君太上皇帝。靖康二年北狩，紹興五年崩於五國城，廟號徽宗。有《崇觀宸奎集》、《御製集》。

〔詞話〕

《能改齋漫録》：徽宗天才甚高，於詩文外，尤工長短句。嘗爲《探春令》云：『簾旌微動，峭寒天氣，龍池冰泮。杏花笑吐香紅淺。又還是、春將半。清歌妙舞從頭按。等芳時開宴。況去年、對著東風，曾許不負鶯花願。』《聒龍謠》云：『紫闕岧嶢，紺宇邃深，望極絳河清淺。霜月流天，鎖穹隆光滿。水精宮、金鎖龍蟠，玳瑁簾、玉鉤雲捲。動深思，秋籟蕭蕭，比人世、倍清燕。瑤堦迴，玉籤鳴，漸祕省引水，轆轤聲轉。雞人唱曉，促銅壺銀箭。拂晨光、宮柳烟微，蕩瑞色、御爐香散。從宸遊，前後爭趨，向金鑾殿。』宣和乙巳冬幸亳州途次御製《臨江仙》云：『過水穿山前去也，吟詩約句千餘。淮波寒重雨疏疏。烟籠灘上鷺，人買就船魚。　古寺幽房權且住，夜深宿在僧居。夢魂驚起轉嗟吁。愁牽心上慮，和淚寫回書。』

《詞苑叢談》：徽宗北轅後，賦《燕山亭・杏花》一闋，哀情哽咽，髣髴南唐李主，令人不忍多聽。詞曰：『裁翦冰綃，輕疊數重，冷淡胭脂勻注。新樣靚妝，豔溢香融，羞殺蕊珠宮女。易得凋零，更多少、無情風雨。愁苦。問院落淒涼，幾番春暮。　憑寄離恨重重，這雙燕、何曾會人言語。天遙地遠，萬水千山，知他故宮何處？怎不思量，除夢裏、有時曾去。無據。和夢也、有時不做。』又：宋徽宗北去，戲作小詞云：『孟婆，孟婆，你做些方便。吹箇船兒倒轉。』孟婆，風名。

《雲麓漫鈔》：徽廟既內禪，尋幸淮浙，嘗作小詞，名《月上海棠》，末句云『孟婆且與我做些方便』，而隆祐保祐之功，蓋讖於此。諺語謂風爲孟婆，非也。段公路《北戶錄》云：『南方祝船神，名曰孟姥、孟公。』梁簡文《船神記》云：『又呼爲孟公、孟姥。』劉思貞云：『玄冥爲水官，死爲水神。』冥、孟，聲相似，卽玄冥也。

〔詞評〕

《皺水軒詞筌》：南唐主《浪淘沙》曰：『夢裏不知身是客，一晌貪歡。』至宣和帝《燕山亭》則曰：『無據。和夢也、有時不做。』其情更慘矣。嗚呼！此猶《麥秀》之後有《黍離》也。

按：有宋一朝，詞稱極盛，上自禁掖，下迄閭巷，靡不擘貫音闋。《古今詞話》：沈雄曰：『或問詞盛於宋而宸翰無聞，何也？余謂：錢俶之「金鳳欲飛遭掣搦」，爲藝祖所賞；李煜之「一江春水向東流」，爲太宗所忌。開創之主，非不知詞，不以詞見耳。嗣則有金珠乞詩之宮嬪，有提舉大晟之官僚，按月律進詞，承宣命珥筆，寵諸詞人，良云盛事而必宸翰之遠播哉！』嚮嘗徵諸載籍，天水守文之主輒於詞流契合甚深，沈氏云云，未免語焉弗詳。夏鄭公進《喜遷鶯令》，爲真宗所稱獎，見《青箱雜記》。小宋作《鷓鴣天》，傳唱達禁中，仁宗遂以内人賜之，見《詞林海錯》。東坡以中秋作《水調歌頭》，内侍録呈，神宗讀至『又恐瓊樓玉宇，高處不勝寒』，曰：『蘇軾終是愛君。』見《復雅歌詞》。又仁宗嘗語張文定、宋景文曰：『孟子可謂知樂矣，今樂猶古樂。』又曰：『自排徧以前，音聲不相侵亂，樂之正也。自入破之後，始侵亂矣，至此則鄭衛也。』見《隨手雜録》。當仁宗之世，海宇昇平，萬機多暇，引商刻羽，尤所擅長。《花菴詞選》：景祐中，太史奏老人星見，柳永作《醉蓬萊》進呈。仁宗讀至『太液波翻』句，曰：『何不言「波澄」？』則文人推敲之能事矣。胡銓《玉音問答》：隆興元年五月三日晚，侍上於内殿之祕閣，上命潘妃執玉荷杯，唱《萬年歡》，乃仁廟所製，此詞惜不傳，所謂祇應天上，難得人間，以迄於今，知音耆古之士，滋缺憾焉。徽宗繼體裕陵，天才睿敏，詩文書畫而外，長短句尤卓然名家。雖間關北狩，猶有『裁翦冰綃』之作，未嘗少損其風懷。求之古帝王中，唯南唐後主庶幾分鑣平轡，其處境亦大略相同也。唯是後主所作皆小令，徽宗則多慢詞，蓋後主天姿軼倫，而徽宗又深之以學力矣。

欽宗皇帝

帝諱桓，徽宗長子。在位二年，北狩。紹興三十一年崩於燕京，廟號欽宗。

〔詞話〕

《宣和遺事》：金天輔十一年三月，二帝出靈州往西汙州。某夕，宿一林下，時月微明，有番酋吹笛，其聲嗚咽特甚。太上口占一詞曰：『玉京曾憶舊繁華。萬里帝王家。瓊林玉殿，朝喧絃管，暮列笙琶。　花城人去今蕭索，春夢繞胡沙。家山何處，忍聽羌笛，吹徹梅花。』太上謂帝曰：『汝能賡乎？』帝乃繼韻曰：『宸傳四百舊京華。仁孝自名家。一旦姦邪，傾天坼地，忍聽搊琶。　如今塞外多離索，迤邐遠胡沙。家邦萬里，伶仃父子，向曉霜花。』歌成，二人相執大哭。

桉：二詞調寄《眼兒媚》，又見《南燼紀聞》欽宗詞，更易數字，『四百』作『二百』、『忍聽搊琶』作『攬亂琵琶』、『塞外』作『在外』、『遠胡沙』作『走塵沙』、『向曉』作『寒月』，蓋意欲見異，而紀事乃與《宣和遺事》政同，則仍傳寫《遺事》之文耳。

高宗皇帝

帝諱構，字德基，徽宗第九子，宣和三年封康王。靖康元年使金，見留，得還。勤王兵奉帝至應天府，元祐皇后詔帝卽位，在位三十六年。紹興元年，移蹕臨安府，是爲行都。三十二年，內禪皇太子，尊爲太上皇。帝累上尊號曰光堯。淳熙十四年崩，廟號高宗。有《御製集》。

〔詞話〕

《江行雜錄》：光堯當內修外攘之際，尤以文德服遠，至於宸章睿藻，日星昭垂者非一。紹興二十八年，將郊祀，有司以太常樂章篇序失次，文義弗協，請遵真宗、仁宗朝故事，親製祭享樂章，詔從之，自郊社宗廟等，共十有四章，肆筆而成，睿思雅正，宸文典贍，所謂大哉王言也。至於一時閒適寓景而作，則有《漁父詞》十五章，又清新簡遠，備騷雅之體。其詞有曰：『薄晚烟林澹翠微。江邊秋月已明輝。縱遠柁，適天機。水底閒雲片段飛。』又曰：『青草開時已過船。錦鱗躍處浪痕圓。竹葉酒，柳花氈。有意沙鷗伴我眠。』又曰：『水涵微影澹虛明。小笠輕蓑未要晴。明鏡裏，縠紋生。白鷺飛來空外聲。』詞不能盡載。觀此數篇，雖古之騷人詞客老於江湖、擅名一時者不能企及。

桉：唐張志和製《漁父詞》，清超絕俗，和者甚多，皆遜原唱。雖東坡、山谷，均就其詞改爲他調以求協律，亦均自以爲不穩。惟高宗所和，同工異曲，幾駕原唱而上之，信乎宸章不同凡響。惜原有十五首，傳世者僅三首耳。徽、欽所作，含思淒惋，聲調嗚咽。若高宗《漁父詞》，則調高韻遠，是誠中興氣象也。

孝宗皇帝

帝諱昚，字元永，太祖少子秦王德芳六世孫秀王子偁子，初名伯琮。紹興二年，選育於禁中，賜名瑗。十二年，封普安郡王。三十年，立爲皇子，更名瑋，進封建王，賜字元瓌。三十二年，立爲皇太子，改名昚，賜字元永。受内禪，卽皇帝位，在位二十七年。淳熙十六年，内禪皇太子，尊帝爲至尊壽皇聖帝。紹熙五年崩，廟號孝宗。

〔詞話〕

胡銓《玉音問答》：　隆興元年五月三日晚，侍上於内殿之祕閣，喚内侍司廚滿頭花備酒。上御玉荷杯，銓用金鴨杯。上飲訖，親唱一曲，名《喜遷鶯》，且謂銓曰：『朕每在宮中，不妄作歌，祗侍太上宴時，有旨令唱，始作之。今夕與卿相會，朕意甚歡，故作此樂卿耳。』又曰：『昨朕苦嗽，故聲音稍澀，卿勿嫌。』

《皺水軒詞筌》：　余偶見一古帖，皆宋高、孝、光、寧書也〔二〕。寧宗有看杏花一詞：『花似醺容上玉肌。方論時事卻嬪妃。芳陰人醉漏聲遲。　珠箔半鉤風乍暝，瑚梁新語燕初飛。斜陽猶送水精巵。』《東皋雜錄》曰：　徽宗《探春令》：『杏花笑吐香猶淺。又還是，春將半。』『記去年、對著東風，曾許不負鶯花願。』高宗《漁父詞》：『水涵微雨湛虛明，小笠輕蓑未要晴。』一深於情景，一善於意態，卽操觚嫥家不過如是。孝宗亦有『珠箔乍開風正煖，雕梁斜倚燕交飛』，蓋《浣溪沙》也。

按：《雜錄》所引《浣溪沙》句，卽《詞筌》所記杏花詞，輾轉傳寫，字有不同耳。唯《詞筌》謂是寧宗作，《雜錄》則屬之孝宗。嘗攷慶元已還，宮廷之内雅故罕聞。史稱孝宗讀書彊記，天資特異。據《乾淳起居注》，當日慈寧侍養，一游一豫，輒命從臣譔進新詞。孝宗承風騷絫葉之遺緒，而康與之、曾覿、張掄、吳琚輩，復趨蹌左右之，卽染擩，亦復深造。今觀此詞，風致清宛，決爲孝宗作無疑。《古今詞話》：　淳熙間，宗室趙彥端賦西湖詞，有『波底夕陽紅溼』句，爲孝宗所賞，曰『我家裏人也會作此等語』云云，亦孝宗精諳宮闈之一證。

【校記】

〔一〕底本此後半頁又五行（共十六行）爲空白。核以《皺水軒詞筌》所載，前後文字相銜接，實不缺。

徐昌圖

昌圖，莆陽人。太祖時，守國子博士，累遷殿中丞。

〔詞評〕

《餐櫻廡詞話》：徐昌圖《臨江仙》云『回頭烟柳漸重重』，只是寫景，恰隱括無限離情，只一『漸』字，便抵卻無數層折，斯爲傳神之筆。

〔詞考〕

沈雄《古今詞話》：徐昌圖，唐人。《木蘭花》一詞，縟麗可愛，今入《草堂》之選，然莫知其爲唐人也。《尊前集》有徐昌圖《臨江仙》、《河傳》二首，俱唐音也。昌圖爲肅宗時進士，至宋太宗時，世次遙遙，而必欲屈之爲博士，以列於宋人，不可解也。或曰是兩人。

桉：《詞綜》箸錄徐昌圖《臨江仙》一闋，編次高宗皇帝後，爲有宋一代詞家之冠。沈氏云云，意謂朱氏誤列而駁正之，其曰宋太宗時，卽太祖時之誤。考昌圖《木蘭花》詞，《花庵》、《尊前》並錄之。《花庵》列王建後、張志和前，是爲唐人。《尊前》列孫光憲後，則爲南平人。伏閱《御選歷代詩餘》『詞人姓氏』，徐昌圖列南平莆陽人，與兄昌嗣並有才名。陳洪進歸宋，令昌圖奉表入汴，太祖命爲國子博士，累遷殿中承，與《詞綜》昌圖小傳政合，事實尤翔碻可據。沈雄所云昌圖爲唐肅宗時進士，未知何本。卽令肅宗朝進士果有徐昌圖其人，亦以是兩人之説爲近。今觀此詞數闋，實爲五代北宋宗派，去唐音尚遠，故從《詞綜》。嘗觀北宋人詞，大都清空婉麗。昌圖《臨江仙》過拍云：『回頭烟柳漸重重。淡雲孤雁遠，寒日暮天紅。』意境沈著，實濫觴南渡風格。入《花間》，以淡勝；入《草堂》，以重勝。宜乎金風亭長以之弁冕全帙也。《木蘭花令》云：『沈檀烟起盤紅霧。一剪霜風吹繡戶。漢宮花面學梅妝，謝女雪詩裁柳絮。　長垂天幕孤鸞舞。旋炙銀笙雙鳳語。紅窗酒病嚼寒冰，冰損相思無夢處。』又有《臨江仙》、《河傳》二首，見《尊前集》；《玉樓》一首，見《歷代詩餘》〔一〕。

【校記】

〔一〕底本此後半頁又四行（共十五行）爲空白。

陶穀

穀，字秀實，新平人。本唐彥謙之孫，避晉祖諱，改姓陶。起家校書郎，單州軍事判官。天福九年，加倉部郎中，俄拜中書舍人。歸漢，爲給事中。仕周，爲翰林學士加承旨。顯德六年，遷吏部侍郎。宋初，轉禮部尚書，依前翰林承旨。乾德二年，判吏部銓，兼知貢舉。再爲南郊禮儀使，累加刑、戶二部尚書。開寶三年卒，贈右僕射。有《清異錄》行世。

〔詞話〕

《南唐近事》：陶穀學士奉使，恃上國勢，下視江左，辭色毅然不可犯。韓熙載命妓秦弱蘭詐爲驛卒女，每日弊衣持帚埽地。陶悅之，與狎，因贈一詞，名《風光好》云：『好因緣，惡因緣。祇得郵亭一夜眠。別神仙。　琵琶撥盡相思調。知音少。再把鸞膠續斷絃。是何年？』明日，後主設宴，陶辭色如前。乃命弱蘭歌此詞勸酒，陶大沮，即日北歸。《詞林紀事》張宗橚桉：沈叡達《雲巢編》謂陶使吳越，惑倡女任社娘，因作此詞。任大得陶貲，後用以刱仁王院，落髮爲尼。與《南唐近事》異，未知孰是？

《蘆浦筆記》：陶穀贈歌姬秦弱蘭《風光好》有『鸞膠續斷絃』之句。桉：東方朔《十洲記》：『仙家煑鳳喙及麟角，煎作膠，名爲續絃。能續弓弩絕絃。』卻非鸞膠，豈其誤耶？不如杜詩『麟角鳳觜世莫識』，煎膠、續絃，奇自見。

桉：陶穀詞事，爲秦弱蘭，抑任社娘，勿庸深攷。夫大德不踰閑，小德出入，可也。陶穀委質四姓，尚何風節之足云，宜韓熙載之謀有以中之於微也。繇來偶寄閒情，亦復何傷行誼？范文正名德碩望，有《慶朔堂》之詩；何文縝爲靖康中盡節名臣，有贈侍兒惠柔《虞美人》詞『重來約在牡丹時』云云，類此雅故，曷勝僂指？唯是汗顏盤敦，貽譏與國，如穀所爲，則大不可耳。

潘閬

閬，字逍遙，大名人。嘗居洛陽賣藥。太宗朝，有薦其能詩者，召見崇政殿，賜進士及第，授四門國子博士。後坐事，遁入中條山，題詩鐘樓。寺僧疑而迹之，復逸去。尋出自首，謫信州，移太平。真宗朝爲滁州參軍。有《逍遥詞》一卷。

〔詞話〕

《湘山野録》：閬有清才，嘗作《憶餘杭》一闋：『長憶西湖，盡日凭闌樓上望』云云。錢希白愛之，自寫於玉堂畫壁〔一〕。

《古今詞話》：潘閬狂逸不羈，坐事繫獄，往往有出塵之語。《詞品》曰：『有憶西湖《虞美人》一闋，於時盛傳。東坡愛之，書於玉堂屏風。』《詞綜》曰：『潘閬有《酒泉子》三闋，石曼卿見此詞，使畫工繪之作圖。』柳塘沈雄起而辯之非《虞美人》，亦非《酒泉子》，乃自製《憶餘杭》也。舊刻詞曰『長憶西湖湖水上，盡日凭闌樓上望』云云。復見《詞綜》，共刻三首。其二首首句俱失三字，今爲正之。其一：『長憶孤山山影獨。山在湖心如黛簇。』其云：『長憶西湖添碧溜，靈隱寺前天竺後。』如失『山影獨』三字、『添碧溜』三字，便不成詞矣。

〔詞評〕

陸淞云：潘閬『憶孤山』詞，句法清古，語帶烟霞，近時罕及。

謹按：《御選歷代詩餘》『詞人姓氏』：潘閬，大名人。皕宋樓所藏舊鈔本《逍遥詞》卷端姓名上亦冠以『大名』，四印齋所刻，即皕宋樓舊鈔本。而《尚友録》則云江都人。《四朝聞見録》云『居錢塘』，《南宋古蹟攷》遂徑作錢塘人。當是占籍大名，若江都、錢塘，皆游寓及之。後人傾慕才名，輒引爲鄉望耳。《逍遥詞》『長憶西湖』闋，錢希白易自寫於玉堂畫壁，見《湘山野録》；東坡書於玉堂屏風，見《古今詞話》。二說不同，未知孰是。卷尾致茂秀小簡云《酒泉子》曲子十一首，今祇存十首。《詞綜》箸錄第四、五、六首。其第三首『憶西湖』云：『吳姬箇箇是神仙。競泛木蘭船。』語不嫌質，尤不嫌說盡。第七首『憶高峯』云：『昔年獨上最高層。月出見微稜。』第九首『憶龍山』云：『別來已白數莖頭。早晚卻重遊。』第十首『憶觀潮』後段云：『弄濤兒向濤頭立。手把紅旗旗不溼。別來幾向夢中看。夢覺尚心寒。』句皆清新，境尤高絕，非食人間烟火者所能道。

【校記】

〔一〕底本此後半頁又七行（共十八行）爲空白。

蘇易簡

易簡，字太簡，梓州銅山人。太平興國五年登進士，覆試擢甲科第一。由知制誥入爲翰林學士。續唐李肇《翰林志》二卷以獻，太宗賜詩嘉之。遷給事中，參知政事。後以禮部侍郎出知鄧州，移陳州。卒，贈禮部尚書。有集二十卷。

〔詞話〕

《續湘山野錄》：太宗嘗酷愛宮調中十小調子，命近臣十人各探一調撰一詞。蘇翰林易簡探得《越江吟》曰：『神仙神仙瑤池宴。〔一〕片片。碧桃零落春風晚。翠雲開處，隱隱金轝挽。玉麟背冷清風遠。』

《古今詞話》：宋初以詞章卓著名者，梓州蘇易簡作《越江吟》，載《百琲明珠》，蜀之大魁自此始。

桉：蘇易簡《越江吟》見《花草粹編》卷四，與《續湘山野錄》不同，曰：『非烟非霧瑤池宴。片片。碧桃冷落黄金殿。蝦鬚半捲天香散。春雲和，孤竹清婉。入霄漢。紅顔醉態爛熳。金輿轉。霓旌影亂。簫聲遠。』宜興萬氏收入《詞律》，『春雲』作『青雲』，『影亂』作『影斷』。秀水杜氏校刊《詞律》，識其後云：『桉《花草粹編》第二句作「片片。碧桃冷落誰見」，第二「片」字、「見」字均叶。萬氏以「桃」字爲句，落「誰見」二字，而以「冷落」二字屬下句，均誤。』今以《粹編》證之，易簡《越江吟》『冷落』二字下碻無『誰見』二字，杜氏之説真杜譔矣。杜氏又云：『桉《詞譜》「青雲」作「春雲」、「影斷」作「影亂」，應遵改。』不知《粹編》本作『春』、作『亂』，是竝未見《粹編》也。易簡《越江吟》見於《湘山野錄》者，句調長短與《粹編》所載迥乎不同，此調《詞律》及《詞律拾遺》均失載。文瑩與易簡時代相距至近，所錄較可據矣。

【校記】

〔一〕第二個『仙』字底本作『山』，據《續湘山野錄》等改。

寇準

準，字平仲，下邽人。年十九，登太平興國中進士。知巴東成安縣，累遷殿中丞，通判鄆州，召試學士院，授右正言，直史館，擢尚書虞部郎中、樞密院直學士，拜樞密副使，改同知院事，拜參知政事。坐廷辯馮拯事，罷知鄧州。真宗即位，遷知開封府，進尚書右僕射、集賢殿大學士、同中書門下平章事，封萊國公。爲丁謂所構，貶雷州司戶參軍，卒。仁宗朝贈中書令，謚忠愍。有《巴東集》。

〔詞話〕

《溫公詩話》：寇萊公詩思融遠，年十九成進士。初，知巴東縣，有詩云：『野水無人渡，孤舟盡日橫。』又嘗爲《江南春》詞云：『波渺渺，柳依依。孤村芳草遠，斜日杏花飛。江南春盡離腸斷，蘋滿汀洲人未歸。』一時膾炙。

《湘山野錄》：寇萊公因早春宴客，自譔樂詞，俾工歌之，曰：『春早。柳絲無力，低拂青門道。暖日籠歸鳥。初坼桃花小。遙望碧天淨如埽。曳一縷、輕烟縹緲。堪惜流光謝芳草。任玉壺傾倒。』

《夢溪筆談》：《柘枝》舊遍數極多，如《羯鼓錄》所謂《渾脱解》之類，今無復此遍。寇萊公好《柘枝》舞，會客必舞《柘枝》，每舞，必盡日，時謂之柘枝顛。今鳳翔有一老尼，猶萊公時柘枝妓，云當時《柘枝》尚有數十遍，今日所舞《柘枝》比當時十不得二三。老尼尚能記其曲，好事者往往傳之。

《苕溪漁隱叢話》：王右丞《送元二安西》絕句『渭城朝雨浥輕塵』云云，近世人又歌入《小秦王》，更名《陽關》，用詩中語也。舊本《蘭畹集》載寇萊公《陽關引》，其語豪壯，送別之曲當爲第一。亦以此絕句填入詞，云：『塞草烟光闊。渭水波聲咽。春朝雨霽輕塵歇。征鞍發。指青青楊柳，又是輕攀折。動黯然，知有後會甚時節。更進一杯酒，歌一闋。嘆人生、最難歡聚易離別。且莫辭沈醉，聽取《陽關》徹。念故人〔二〕、千里自此共明月。』東坡取《蘭畹集》，不載此詞，何也？

〔詞評〕

楊升菴云：萊公小詞數首率皆清麗，如《江南春》、《陽關引》、《阿那曲》，作詞不媿唐人。《詞苑叢談》：寇萊公《夜度娘》曲云：『烟波渺渺一千里，白蘋香散東風起。惆悵汀洲日暮時，柔情不斷如春水。』升菴舉似大復，認爲唐音。

按：《湘山野錄》所載萊公早春宴客詞，調寄《甘草子》。此調第四句，柳耆卿作『雨過月華生』，楊無咎作『夢破艣聲中』〔二〕，它家竝同。萊公作『暖日籠歸鳥』，通首每句叶韻，音節尤佳。第二句，柳作『亂灑衰荷』，楊作『永夜西樓』，萊公作『柳絲無力』，平仄亦異。其《江南春》一闋，伏閱《御選歷代詩餘》注云：『此寇準自度腔，有「江南春盡離腸斷」之句，因以名調。』

【校記】

〔一〕『念』字後，底本空四行。

〔二〕『艣』字後，底本空半頁（共十一行）。

王禹偁

禹偁，字元之，鉅野人。九歲能文。太平興國八年登進士，授成武主簿，徙知長洲縣。端拱初，召試，擢右拾遺，直史館。拜左司諫、知制誥。坐劾妖尼，貶商州團練副使，量移解州。進拜左正言，直弘文館。出知單州。尋召爲禮部員外郎，再知制誥。至道元年，入翰林爲學士，知審官院兼通進銀臺封駁司。又坐謗訕，罷爲工部郎中，知滁州、揚州。真宗即位，召還，知制誥。又坐實録直書，出知黄州，徙蘄州，卒。有《小畜集》六十二卷。

〔詞話〕

《詞苑》：王元之有《小畜集》，其《點絳脣》詞「水村漁市。一縷孤烟細」之句，清麗可愛，豈止以詩擅名？

桉：王元之《點絳脣》起調云：「雨恨雲愁，江南依舊稱佳麗。」歇拍云：「平生事。此時凝睇。誰會凭闌意。」寓沈著於清空之中，雖寥寥數十字，饒有無限感慨。《詞苑》所稱「水村漁市」二句，第工於寫景耳。

丁謂

謂，字公言，初字謂之，長洲人。登淳化三年進士甲科，爲大理評事，通判饒州。天禧初，拜同中書門下平章事、昭文館大學士，封晉國公。仁宗卽位，貶崖州司戶參軍，徙雷州、道州。明道中，授祕書監致仕，居光州，卒。

〔詞話〕

《古今詞話》江尚質曰：賢如寇準、晏殊、范仲淹、趙鼎，勳名重臣，不少豔詞。卽丁謂、賈昌朝、夏竦，亦有綺語流傳，以及蔡京、蔡絛各有賞識，累辟大晟府職，當不以人廢言也。

桉：《宋史·丁謂傳》稱謂善談笑，尤喜爲詩。至於圖畫、博弈、音律，無不洞曉。宰輔重臣以洞曉音律箸稱，史傳殊罕見。謂詞《蝶戀花》二闋皆應制之作，見花菴《絕妙詞選》。

夏竦

竦，字子喬，德安人。太平興國初，以父承皓死契丹之難，錄爲丹陽縣主簿。舉賢良方正，擢光祿寺丞，通判台州。慶曆中，同中書門下平章事，判大名府。召入爲宰相，改樞密使，封英國公。罷知河南府，遷武寧軍節度使，進鄭國公。卒贈太師、中書令，謚文正。劉敞言：『竦姦邪，謚爲正，不可。』改謚文莊。有集一百卷。

〔詞話〕

《青箱雜記》：夏子喬竦，慶曆間所謂一不肖者，然文章有名於世。景德中，水殿按舞。時竦翰林內直，上遣中使取新詞，竦援毫立成《喜遷鶯令》以進，曰：『霞散綺，月垂鉤。簾捲未央樓。夜涼銀漢截天流。宮闕鎮清秋。瑤臺樹。金莖露。鳳髓香盤烟霧。三千珠翠擁宸遊。水殿按涼州。』上覽之，大蒙稱獎。

〔詞評〕

《七頌堂詞繹》：『霞散綺，月沈鉤。』有勸而無諷，其人去賦《清平調》者，不知幾里？然是鈞天廣樂氣象，較之文正公窮塞主，不侔矣。

按：夏竦《喜遷鶯令》特尋常應制之作，謂之清詞麗句則可，以云驚才絕豔，則未也。仁宗稱獎之，殆賞其援毫立成，不假思索。自古文人遭遇，亦有不蘄然而然者。

趙抃

抃，字閱道，西安人。進士及第，爲武安軍節度推官，歷知崇安、海陵、江源三縣，通判泗州。以曾公亮薦，擢殿中侍御史。英宗朝，除龍圖閣直學士，知成都。神宗初，召知諫院，擢參知政事。與王安石議政不協，求去，除資政殿學士，出知杭州。尋以太子少保致仕。卒贈太子少師，謚清獻。

〔詞話〕

《歷代詩餘》：趙清獻詞《點絳脣》云：『秋氣微涼，夢回明月穿簾幕。井梧蕭索。正繞南枝鵲。寶瑟塵生，金雁空零落。情無托。鬢雲慵掠。不似伊恩薄。』《新荷葉》云：『雨過回塘，圓荷嫩綠新抽。越女輕盈，畫橈穩泛蘭舟。波光豔粉，紅相間、脈脈嬌羞。菱歌隱隱漸遙，依約凝眸。隄上郎心，波間妝影遲留。不覺歸時，暮天碧襯蟾鉤。風蟬噪晚，餘霞映、幾點沙鷗。漁笛不道有人，獨倚危樓。』

按：《新荷葉》一闋，《草堂詩餘》以爲僧仲殊作。今觀此詞，綺麗特甚，不類緇流之筆，證以《樂府雅詞·拾遺》、《花草粹編》竝作趙詞，可知《草堂》之誤也。

晏殊

殊，字同叔，撫州臨川人。七歲能屬文，景德初以神童召試，賜同進士出身，擢祕書省正字。慶曆中拜集賢殿學士，同平章事，兼樞密使。出知永興軍，徙河南府。以疾歸京師，留侍經筵。卒贈司空兼侍中，謚元獻。有《臨川集》、《紫薇集》、《珠玉詞》。

〔詞話〕

《貢父詩話》：晏元獻尤喜馮延巳歌詞，其所自作亦不減延巳。樂府《木蘭花》云：『重頭歌詠響璁琤，入破舞腰紅亂旋。』重頭、入破，皆管絃家語也。

《賓退錄》：《詩眼》云：晏叔原見蒲傳正，云：『先公平日小詞雖多，未嘗作婦人語也。』傳正云：『「緑楊芳草長亭路，年少抛人容易去。」豈非婦人語乎？』晏曰：『公謂「少年」爲何語？』傳正曰：『豈不謂其所歡乎？』晏曰：『因公之言，遂曉樂天詩兩句，蓋「欲留所歡待富貴，富貴不來所歡去」。』傳正笑而悟。余按：全篇『緑楊芳草長亭路，年少抛人容易去』云云，蓋真謂所歡者，與樂天『欲留年少待富貴，富貴不來年少去』之句不同，叔原之言失之。

《能改齋漫録》：晏元獻早入政府，迨出鎮，皆近畿名藩，未嘗遠去王室〔一〕。自南都移陳，離席，官妓有歌『千里傷行客』之詞，公怒曰：『予生平守官未嘗去王畿五百里，是何「千里傷行客」也？』

《花草蒙拾》：或問詩詞、詞曲分界。予曰『無可奈何花落去〔二〕，似曾相識燕歸來』，定非《香奩》

詩；『良辰美景奈何天，賞心樂事誰家院』，定非《草堂》詞也。

〔詞評〕

王晦叔云：晏元獻公長短句，風流藴藉，一時莫及，而温潤秀潔，亦無其比。

〔詞考〕

《四庫全書》『珠玉詞提要』：馬端臨《經籍考》載殊詞有《珠玉集》一卷，此本爲毛晉所刻，與端臨所記合，蓋猶舊本。《名臣錄》亦稱殊詞名《珠玉集》，張子野爲之序。子野，張先字也。今卷首無，先序蓋傳寫佚之矣。殊賦性剛峻，而詞語特婉麗，故劉攽《中山詩話》謂：『元獻喜馮延巳歌詞，其所自作亦不減延巳。』趙與旹《賓退錄》記殊幼子幾道嘗稱殊詞不作婦人語。今觀其集綺豔之詞不少。蓋幾道欲重其父名，乃故作是言，非確論也。集中《浣溪沙》春恨詞『無可奈何花落去，似曾相識燕歸來』二句，乃殊《示張寺丞王校勘》七言律中腹聯。《復齋漫錄》嘗述之。今復填入詞內，豈自愛其造語之工，故不嫌復用耶？唐許渾集中『一尊酒盡青山暮，千里書回碧樹秋』二句，亦前後兩用，知古人原有此例矣。

《古今詞話》：晏殊詞『雁過南雲，行人回淚眼』，或問晏詞何出，楊慎舉陸機《思親賦》『指南雲以寄欽』、陸雲《九愍詞》『眷南雲以興悲』爲據。

《皕宋樓藏書志》：陸敕先校宋本《珠玉詞》跋：七月二十四日校，凡二鈔本，其一卽底本也。章次皆同，而此刻獨異。據卷首，有潛翁手注，云依宋刻本。

桉：《歸田錄》云：『晏元獻喜評詩，嘗曰：「老覺腰金重，慵便玉枕涼。」未是富貴語，不如「笙歌歸院落，燈火下樓臺」，此善言富貴者也。』斯恉可通於填詞，凡言情寫景亦何莫不然？昔張端義云：『柳詞皆無表德，只是實說。』『腰金』、『玉枕』等字，卽表德之謂矣。元獻《浣溪沙》云：『無可奈何花落去，似曾相識燕歸來。小園香徑獨徘徊。』《踏莎行》云：『一場愁夢酒醒時，斜陽卻照深深院。』《蝶戀花》云：『消息未知歸早晚。斜陽只送平波遠。』此等詞無須表德，竝無須實說，所謂『不著一字，盡得風流』，羅羅清疏，卻按之有物，此北宋人所以不可及也。

【校記】

〔一〕『未』字後，底本原空七行。

〔二〕此句後，底本空半頁（共十一行）。

賈昌朝

昌朝，字子明，獲鹿人。天禧初，真宗祈穀南郊，昌朝獻頌，召試，賜同進士出身。主晉陵簿，除國子監說書。景祐中授崇政殿說書，累遷尚書禮部郎中、史館修撰，進龍圖閣直學士，權御史中丞。慶曆三年，拜參知政事，尋拜同中書門下平章事兼侍中。嘉祐元年，封許國公。英宗卽位，加左僕射，進魏國公。卒謚文元。有集百二十二卷。

〔詞話〕

《古今詞話》：賈昌朝《木蘭花令》詞：『都城水綠嬉游處。仙棹往來人笑語。紅隨遠浪泛桃花，雪散平沙飛柳絮。東君欲共春歸去。一陣狂風和驟雨。碧油紅旆錦障泥，斜日畫橋芳草路。』黄叔暘云：『文元公生平惟賦此一詞，極有風味。』

按：賈昌朝《木蘭花令》换頭云：『東君欲共春歸去。一陣狂風和驟雨。』語不甚深，卻具渾脱流轉之妙，不著鉤勒形迹。此詞過拍云：『紅隨遠浪泛桃花，雪散平沙飛柳絮。』歇拍云：『碧油紅旆錦障泥，斜日畫橋芳草路。』皆以華整見長，賴有换頭二句運掉之，乃能如花菴所云，極有風味耳。

杜衍

衍，字世昌，山陰人。擢進士甲科，補揚州觀察推官。仁宗朝爲御史中丞。寶元二年，遷刑部侍郎，拜同平章事、集賢殿大學士兼樞密使。慶曆七年，以太子少師致仕。皇祐元年，特遷太子太保，進太子太師，知制誥，封祁國公。卒贈司圖兼侍中，謚正獻。

〔詞話〕

《歷代詩餘》：杜祁公詞退寓南都《滿江紅》云：『無名無利，無榮無辱，無煩無惱。夜燈前、獨歌獨酌，獨吟獨笑。又值羣山初雪滿，又兼明月交光好。便假饒百歲擬如何，從它老。知富貴，誰能保？知功業，何時了？算簞瓢金玉，所爭多少。一瞬光陰何足道，但思行樂常須早。待春來攜酒殢東風，眠芳草。』〔一〕

校：此詞第二句『榮』下衍『無』字。史稱衍清介，不殖私産，退寓南都凡十年，第室卑陋，才數十楹，居之，裕如也。其襟懷沖夷，不騖榮利，於此詞見之矣。

【校記】

〔一〕此則，《宋人詞話》置於校語之下。

王琪

琪，字君玉，華陽人，後徙舒。珪弟。起進士，調江都主簿。上時務十二事，除館閣校勘、集賢校理。歷開封府推官，直集賢院，知制誥。會奉使契丹，因感疾還。上介誣其詐，責信州團練副使。久之，以龍圖閣待制知潤州，轉運使，復知制誥，加樞密直學士。以禮部侍郎致仕，卒。有《謫仙長短句》。

〔詞話〕

《苕溪漁隱叢話》：陳輔之《詩話》云君玉有《望江南》十首〔一〕，自謂謫仙。荊公酷愛其『紅綃香潤入梅天』之句。

《復齋漫錄》云：晏元獻赴杭州，道過維揚，憩大明寺，瞑目徐行，使侍史讀殿間詩板，戒其勿言爵里姓氏，終篇者無幾。又別誦一詩『水調隋宮曲』云云，徐問之，江都尉王琪詩也。召至同飯，飯已，又同步池上。時春晚，已有落花，晏云：『每得句，書牆壁間，或彌年未嘗强對，且如「無可奈何花落云」，至今未能對也。』王應聲曰：『似曾相識燕歸來。』自此辟置館職，遂躋侍從矣。

〔詞評〕

《能改齋漫録》：歐陽文忠愛王君玉燕詞云『烟徑掠花飛遠遠，曉牕驚夢語匆匆』。梅聖俞以爲不若李堯夫燕詩云：『花前語澀春猶冷，江上飛高雨乍晴。』君玉全章云：『江南燕，輕颺繡簾風。二月池塘新社過，六朝宫殿舊巢空。頡頏恣西東。王謝宅，曾入綺堂中。烟徑掠花飛遠遠，曉牕驚夢語匆匆。偏占杏梁紅。』

按：君玉《望江南》詞『紅綃香潤』云云，王荊公愛之；『烟徑掠花』云云，歐陽文忠愛之，取其不黏不脱，而句復婉麗耳。其又一闋云：『江南岸，雲樹半晴陰。帆去帆來天亦老，潮生潮落日空沈。南北别離心。興廢事，千古一沾巾。下孤烟漁市遠，柳邊疏雨酒家深。行客莫登臨。』此詞以風格勝，近於清剛雋上。顧二公所賞會，迺在彼不在此，信虖解人難索矣。

【校記】

〔一〕有眉批云：『詞乃十首，非十二首，見《歷代詩餘》。』按原文『十』作『十二』，『二』被圈去。

葉清臣

清臣，字道卿，長洲人。天聖二年舉進士對策，擢第二，授太常寺奉禮郎。累官翰林學士，權三司使。皇祐初，罷爲侍讀學士，知河陽，卒。贈左諫議大夫。有集一百六十卷。

〔詞話〕

《塵史》：前廣西漕李朝奉浞，江寧人。言昔日内相葉清臣道卿守金陵，爲《江南好》十闋，有云：『承相有才裨造化，聖皇寬詔養疏頑。贏取十年閒。』意以爲雖補郡，不越十年，必復任矣。去金陵十年而卒。

桉：葉道卿《賀聖朝》云：『不知來歲牡丹時，再相逢何處。』歐陽永叔《浪淘沙》云：『可惜明年花更好，知與誰同。』皆有不盡之意，而道卿尤以質以淡勝。其全闋云：『滿斟緑醑留君住。莫悤悤歸去。三分春色二分愁，更一分風雨。　花開花謝，都來幾許。且高歌休訴。不知來歲牡丹時，再相逢何處。』　又桉：《吴興掌故集》：『葉清臣，烏程人。』與《宋史》本傳異。

歷代詞人考略卷八

宋二

錢惟演

惟演，字希聖，吳越王俶之子。少補牙門將。歸宋，爲右屯衛將軍，召試學士院，改太僕少卿，直祕閣。預修《冊府元龜》，爲翰林學士。累遷工部尚書，拜樞密使加同中書門下平章事。判河南府，改泰寧軍節度使。坐擅議宗廟，且與后家通婚姻，落平章事，爲崇信軍節度使。卒，特贈侍中，謚曰思，後又改謚文僖。有《典懿集》三十卷，《擁麾集》，卷數未詳。〔一〕

〔詞話〕

《花菴詞選》：錢惟演《玉樓春》詞云：『城上風光鶯語亂。城下烟波春拍岸。綠楊芳草幾時休，淚眼愁腸先已斷。　情懷漸覺成衰晚。鸞鏡朱顏驚暗換。昔年多病厭芳尊，今日芳尊惟恐淺。』此公暮年之作，詞極淒惋。

《侍兒小名錄》：錢思公謫漢東日，撰《玉樓春》詞，每酒闌歌之，聞則泣下。後閣有白髮歌姬，乃舊日鄧王舞鬟驚鴻也。遽言：『先王將薨，預戒挽鐸中歌《木蘭花》，引紼爲送。今相公其將危乎？』果薨於隨州。鄧王舊曲亦嘗有『帝鄉烟雨鎖春愁，故國山川空淚眼』之句。

《能改齋漫錄》：錢文僖公留守西洛，嘗對竹思鶴，寄李和文公詩云〔二〕：『瘦玉蕭蕭伊水頭。風宜清夜露宜秋。更教仙居傍邊立，盡是人間第一流。』此淮寧府城上莎，猶是公所植。公在鎮，每宴客，命廳籍分行，剗襪步於莎上，傳唱《踏莎行》，一時勝事，至今稱之。

〔詞評〕

《古今詞話》：錢希聖耑意小詞，其《越江吟》、《浣溪沙》不媿唐人也。

校：史稱惟演召試學士院，以笏起草，立就。文辭清麗，與楊億、劉筠相上下，於書無所不讀，家儲文籍侔祕府云云。《玉樓春》詞歇拍云：『昔年多病厭芳尊，今日芳尊惟恐淺。』所謂清麗之辭矣。又有詠筍一闋，亦《玉樓春》調，見《御選歷代詩餘》〔三〕。

【校記】

〔一〕『謚曰思』二句：《宋人詞話》作：『太常張瓌按謚法敏而好學曰文、貪而敗官曰墨，請謚文墨。朝議以惟演無貪黷狀，而晚節率職自新，取謚法追悔前過曰思，改謚曰思，後又改謚文僖。』

〔二〕李氏詩，底本未迻錄，據《宋人詞話》補。

〔三〕《宋人詞話》此後有『惟演易名，張瓌初擬「文墨」，二字絕新』三句。

陳堯佐

堯佐，閬中人，少從种放讀書終南山。端拱三年登進士甲科，歷魏縣、中牟尉。天禧中，爲三司戶部副使，擢知制誥，進樞密直學士，拜樞密副使、同中書門下平章事，以太子太師致仕。卒贈司空兼侍中，謚文惠。有《愚丘集》、《遺興集》。

〔詞話〕

《湘山野錄》：呂申公累乞致仕，仁宗倚眷之重，久之不允。它日，復叩於便坐。上度其志不可奪，因詢之曰：『卿果退，當何人可代？』申國曰：『知臣莫若君，陛下當自擇。』仁宗堅之，申公遂引陳文惠堯佐曰：『陛下欲用英俊經綸之臣，則臣所不知。必欲圖任老成，鎮靜百度，周知天下之良苦，無如陳某者。』仁宗深然之，遂大拜。後文惠公極懷引薦之德，無以形其意，乃撰燕詞一闋，攜觴相館，使人歌之曰：『二社良辰，千家庭院。翩翩又見新來燕。鳳凰巢穩許爲鄰，瀟湘烟暝來何晚。亂入紅樓，低飛綠岸。畫梁時拂歌塵散。爲誰歸去爲誰來，主人恩重珠簾捲。』申公聽歌，醉笑曰：『自恨捲簾人已老。』文惠應曰：『莫愁調鼎事無功。』老於嵒廊，醖藉不減。

《猗覺寮雜記》：張曲江爲李林甫所忌，甚危，作《歸燕》詩贈之云：『無心與物競，鷹隼莫相猜。』林甫意稍釋。陳文惠用呂申公薦入相，文惠作新燕詞歌以侑酒云：『爲誰歸去爲誰來，主人恩重珠簾捲。』詠燕一也，或以解怨，或以感恩。

桉：文惠詠燕詞，調寄《踏莎行》。此詞風格平平，卽語句亦未見精警，唯是契合，以風雅之道酬報，無世俗之情，則其人其事，胥可傳耳。《東軒筆錄》云：李淑在翰林奉詔，譔陳文惠神道碑，於文章但云『平生能爲二韻小詩』而已，淑之言，誠刻谿已甚，卽亦可見選聲訂韻，非文惠所擅長矣。

王益

益，字舜良，臨川人。荊公之父。祥符八年進士，任蜀之新繁令，至都官員外郎。

〔詞話〕

《能改齋漫錄》：晁以道云：杜安世『燒殘絳蠟淚成痕。街鼓報黃昏』，或譏其黃昏未到，那得燒殘絳蠟。或云王荊公父益都官所作，曾有人以此問之，答曰：『重簷邃屋，簾幙擁密，不到夜已可然燭矣。』韓魏公以此賞杜公，杜云乃王益作，荊公時在座，聞語離席。

桉：《漫錄》所記王益詞，調寄《訴衷情》，全闋云：『燒殘絳蠟淚成痕。街鼓報黃昏。碧雲又阻來信，廊上月侵門。　愁永夜，拂香茵，待誰溫？夢蘭憔悴，擲果淒涼，兩處銷魂。』詞格出自《花間》，較稍淡而近耳。北宋接武南唐風會，固當如是。又有《好事近》催妝詞，見《御選歷代詩餘》，蔣子平《山房隨筆》云探花王昂榜下擇壻時作。

林逋

逋，字君復，錢唐人。力學好古，弗趨榮利。初放游江淮間，久之，歸杭州，結廬西湖之孤山，二十年足不及城市。真宗聞其名，賜粟帛，詔長吏歲時勞問。嘗自爲墓於其廬側，臨終爲詩，有『茂陵它日求遺稿，猶喜曾無封禪書』之句。既卒，州爲上聞，仁宗嗟悼，賜謚和靖先生。有《和靖先生集》附詞。

〔詞話〕

《吹劍錄》：讀林和靖《梅》詩及『春水淨於僧眼碧，晚山濃似佛頭青』之句，可想見其清雅。而《長相思》詞云：『君淚盈，妾淚盈，羅帶同心結未成。江頭潮已平。』情之所鍾，雖賢者不能免，豈少時作耶？

《歷代詩餘》『詞話』：林君復有詠梅《霜天曉角》詞云：『冰清雪潔。昨夜梅花發。甚處玉樓三弄聲，摇動枝頭月。　夢絕金獸爇。曉寒蘭燼滅。要捲珠簾清賞，莫掃階前雪。』又咏草《點絳脣》詞云：『金谷年年，亂生春色誰爲主？餘花落處。滿地和烟雨。　又是離歌，一闋長亭暮。王孫去。萋萋無數。南北東西路。』〔一〕

《西廬詞話》：《剡川詩鈔》言『和靖是奉化黄賢邨人，其地卽漢四皓黄公所居，古鄞邑也。宋元諸志不載，惟《奉化縣志》有之』。史稱和靖錢唐人，而和靖本集有《將歸四明夜坐話別任君》詩，則縣志不爲無據。亦猶楊文元本鄞人，其居慈湖，及身而遷，後以慈湖著稱，史家遂以爲慈谿人耳。

〔詞評〕

《詩話總龜》：林和靖不特工於詩，且工於詞，如詠草一首：『金谷年年，亂生春色誰爲主？』終篇不露一『草』字，與覺範詠梅一首『風吹平野，一點香隨馬』終篇不露一『梅』字，同一雅潔〔二〕。

《金粟詞話》：林處士梅妻鶴子，可稱千古高風矣。乃其惜别詞如『吴山青，越山青』一闋，何等風致。《閒情》一賦，詎必玉瑕珠纇耶？〔三〕

校：唐羅鄴《詠草》詩：『不似萋萋南浦見，晚來烟雨正相和。』林和靖『滿地和烟雨』句，未必即由鄴詩出，而其佳處，政復如驂之靳。

【校記】

〔一〕『又咏草』以下，底本無，據《宋人詞話》補。

〔二〕此句，底本後有半頁空白（共十一行）。

〔三〕按：此後《宋人詞話》有『附攷』一項，凡一則，迻録於下：

《孤山志》：世傳和靖梅妻鶴子，以本傳所云不娶無子故也。然明洪鐘嘗疑之，謂當時必有所爲，慨世遠人亡，後生莫究其因，不知宋梅堯臣與和靖交好，生則倡和，殁則序其詩，其詩以傳。有云先生少時多病，不娶無子諸孫，大言能掇拾所爲詩，則其不娶有由也。況教兄子有成進士，又嘗以詩招姪宗云：『中林獨處，仍多病，早晚能來慰所思。』是家山清供，無子而有子矣。又，年歲不見于史傳，惟聖俞序中有年六十二之語，又不書卒于何年，故無從爲之作譜。其祖名克己，爲吴越王錢氏通儒院學士，見《西湖書院志》。而父之名字莫可考，皆缺憾也。又：和靖墓在孤山之陰，和靖自營，墓堂有詩以誌。紹興十六年建四聖延祥觀，盡徙諸院刹及士民之墓，獨處士墓詔勿徙。咸淳間賈秋壑題石，曰和靖先生墓，金華王庭書，林詠爲記。

李遵勖

遵勖，字公武，崇矩孫，繼昌子。舉進士。大中祥符間，召對便殿，尚萬壽長公主。初名勖，帝益『遵』字，升其行爲崇矩子。授左龍武軍駙馬都尉，賜第永寧里。官至寧國軍節度使，徙鎮國軍，知許州。卒贈中書令，謚和文。有《閒宴集》二卷、《外管芳題》七卷。

〔詞話〕

《能改齋漫録》：李和文公作《望漢月》詞，一時稱美，云：『黄菊一叢臨砌。顆顆露珠妝綴。獨教冷落向秋天，恨東君、不曾留意。　雕闌新雨霽，緑蘚上、亂鋪金蘂。此花開後更無花，願愛惜、莫同桃李。』時公鎮澶淵，寄劉子儀書云：『澶淵營髦有一二擅喉轉之技者，唯以「此花開後更無花」爲酒鄉之資耳。』『不是花中唯愛菊，此花開後更無花』，乃元微之詩，和文述之爾。又：『帝城五夜宴遊歇。殘燈外，看殘月。都人猶在醉鄉中，聽更漏初徹。　行樂已成閒話説。如春夢，覺時節。大家重約探春行，問甚花先發。』李駙馬正月十九日所譔《滴滴金》詞也。京師上元，國初放燈止三夕，錢氏納土進錢買兩夜，其後十七、十八兩夜燈因錢氏而添，故詞云五夜。

桉：《宋史》遵勖本傳：『所居第園池冠京城，嗜奇石，募人載送，有自千里至者。構堂引水，環以佳木，延一時名士大夫與宴樂。師楊億爲文。億卒，爲制服。及知許州，奠億之墓，慟哭而返。又與劉筠相友善，筠卒，存恤其家』云云。當日推襟送衺，大都名流碩彥。今觀《漫録》所載兩詞，意境清超，不爲華貴所揜，蓋澤躬於儒雅深矣。

聶冠卿

冠卿，字長孺，新安人。舉進士，授連州軍事推官。大臣交薦，召試學士院，校勘館閣書籍，遷大理寺丞，爲集賢校理，通判蘄州。累官翰林學士，判昭文館兼侍讀學士。有《蘄春集》十卷。

〔詞話〕

《苕溪漁隱叢話》：《復齋漫錄》云：翰林學士聶冠卿嘗于李良定公席上賦《多麗》詞『想人生，美景良辰堪惜』云云，蔡君謨時知泉州，寄良定公書云：『新傳《多麗》辭，述宴游之娱，使病夫舉首增歎耳。』

〔詞評〕

《新安志》：長孺，慶曆中學士，以詞著名，率多曼詞。

黄叔暘云：聶冠卿詞不多見，其《多麗》一首有『露洗華桐，烟霏絲柳』四句，所謂玉中之拱璧，珠中之夜光。每一觀之，撫玩無斁。

苕溪漁隱曰：冠卿詞有『露洗華桐，烟霏絲柳』之句，此正是仲春天氣。下句乃云：『綠陰搖曳，蕩春一色。』其時未有綠陰，真語病也。

校：《宋史》冠卿本傳云：『初，翰林侍講學士馮元脩大樂，命冠卿檢閱事迹。又預譔《景祐廣樂記》，宜其於聲律之學犟究有素矣。』又云：『冠卿奉使契丹，其主謂曰：「嘗觀所箸《蕲春集》，詞極清麗。」』彼所謂詞，自是概論詞章，非媾指長短句而言。然卽長短句以觀，卽亦何媿清麗之目耶？

韓琦

琦，字稚圭，安陽人。天聖五年，舉進士第二人，授將作監丞，通判淄州。嘉祐元年，拜同中書門下平章事、集賢殿大學士，遷昭文館大學士，封儀國公。英宗嗣位，進封衛國公，拜右僕射，再進封魏國公。神宗立，拜司空兼侍中。熙寧元年，判大名府，充安撫使；六年還，判相州；八年，換節永興軍，未拜而卒。贈尚書令，謚忠獻。徽宗追論定策勳，贈魏郡王。有《安陽集》。

〔詞話〕

《詞苑》：韓稚圭《點絳脣》詞：『病起懨懨，庭前花影添顦顇。亂紅飄砌，滴盡珍珠淚。惆悵前春，誰向花前醉。愁無際，武陵凝睇，人遠波空翠。』公，經國大手，而小詞乃以情韻勝人。

《能改齋漫錄》：韓魏公皇祐初鎮揚州，《本事集》載公親譔《維揚好》詞四章，所謂『二十四橋千步柳，春風十里上珠簾』者是也。其後熙寧初，公罷相，出鎮安陽，公復作《安陽好》詞十章，其一云：『安陽好，形勢魏西州。曼衍山河環故國，昇平歌吹沸高樓。和氣鎮飛浮。籠畫陌，喬木幾春秋。花外軒窗排遠岫，竹間門巷帶長流。風物更清幽。』其二：『安陽好，戟戶使君宮。白晝錦衣清宴處，鐵楹丹樹畫圖中。壁記舊三公。　棠訟悄，池館北園通。夏夜泉聲來枕簟，春來花氣透簾櫳。行樂興何窮。』餘八章不記。

桉：宋慶曆八年始析河北、大名、真定、高陽爲四路，各置帥，更命儒臣以緝邊。魏公自鄆州徙鎮郡圃，號衆春會。歲饑，涉春未嘗一遊。陳舍人薦彥升在幙府，以詩請公云：『水底魚龍思鼓吹，沙頭鷗鷺望旌旗。』公亟答之云：『細民溝壑方援手，別館鶯花任送春。』見《石林詩話》。《點絳脣》云：『亂紅飄砌，滴盡珍珠淚。』與『別館鶯花』句政復不妨竝傳。

李師中

師中，字誠之，楚丘人。年十五，上封事言時政。舉進士，知洛川縣。轉太子中允，知敷政縣。權主管經略司文字，提點廣西刑獄，攝帥事。熙寧初，拜天章閣待制，河東都轉運使，知秦州。與王安石不協，削職，知舒州。尋復待制，知瀛州。坐自稱薦，吕惠卿摭其語以爲網上，貶和州團練副使安置，還右司郎中，卒。

桉：李師中詞《菩薩蠻》云：『子規啼破城樓月。畫船曉載笙歌發。兩岸荔支紅。萬家烟雨中。　佳人相對泣。淚下羅衣溼。從此信音稀。嶺南無雁飛。』蓋之官廣右時作，其雲鬟玉臂之思乎？據《宋史》本傳，杜衍、范仲淹、富弼皆薦其有王佐才，其志尚甚高，不容於時而層黜，氣未嘗少衰。始事州縣，邸狀報包拯參知政事，師中曰：『包公何能爲？今鄞縣王安石者，眼多白，甚似王敦，它日亂天下，必斯人也。』其器識卓越如此，顧乃能爲情語，亦猶韓魏公之『人遠波空翠』，寇萊公之『柔情不斷如春水』，蓋非深於情者，無氣節可言也。

吳感

感，字應之，吳郡人。天聖二年，省試第一；九年，又中書判拔萃科。仕至殿中丞。

〔詞話〕

《中吳紀聞》：吳應之以文章知名，居小市橋，有侍姬曰紅梅，因以名其閣。嘗作《折紅梅》詞『喜輕澌初泮』云云，傳播人口，春日郡宴，必使倡人歌之。元注：楊元素《本事集》誤以爲蔣堂侍郎有小鬟號紅梅，吳殿丞作此詞贈之。

桉：吳應之嘗作《折紅梅》二詞，其『喜輕澌初泮』一闋，朱竹垞以爲杜安世作，選入《詞綜》。又一闋『睹南翔征雁』云云，見《花草粹編》。

鄭獬

獬，字毅夫，安陸人。皇祐五年，舉進士第一，通判陳州。入直集賢院度支判官，修起居注，知制誥。神宗初，召獬夕對內東門，命草三制，賜雙蓮燭，送歸舍人院，遂拜翰林學士，權發遣開封府。坐不肯用按問新法，爲王安石所惡，出爲侍讀學士。知杭州，徙青州，引疾祈閒，提舉鴻慶宮，卒。有《鄖溪集》。

〔詞話〕

《能改齋漫録》：鄭毅夫樂章有『玉環妾意無渝問，君心朝槿何如』，玉環，韋皋事；朝槿，王僧孺詩語也。王賦《山上采蘼蕪》云：『妾意在寒松，君心逐朝槿。』

校：鄭毅夫《好事近》云：『江上探春回，正值早梅時節。兩行小槽雙鳳，按《涼州》初徹。謝娘扶下繡鞍來，紅韡蹋殘雪。歸去不須銀燭，有山頭明月。』見花菴《絶妙詞選》。又一闋云：『把酒對江梅，花小未禁風力。何計不教零落，爲青春留得。故人莫問在天涯，尊前苦相憶。好把素香收取，寄江南消息。』見《花草粹編》〔一〕，兩詞皆輕清雋逸，妙造自然，而詠梅一闋，尤以淡勝。

【校記】

〔一〕編：底本作『篇』，據原書名改。

張昇

昇，字杲卿，韓城人。舉進士，爲楚丘主簿。至和二年，拜御史中丞。嘉祐三年，擢參知政事、樞密使，以彰信軍節度使同中書門下平章事，判許州，改鎮河陽三城。拜太子太師，致仕。卒贈司徒兼侍中，謚康節。

〔詞話〕

《過庭録》：張康節公居江南，有詞『一帶江山如畫』云云。公晚年鰥居，有侍妾晏康，奉公甚謹，未嘗少違意。公嘗召而謂曰：『吾死，亦當從我爾。』妾亦恭應曰：『唯命是從。』公薨，妾相繼果死，人以爲異。

〔詞評〕

《詞品》云：張杲卿《離亭燕》悲壯可傳。

按：張康節《離亭燕》云：『悵望倚層樓，紅日無言西下。』秦少游《滿庭芳》云：『凭闌久，疏烟淡日，寂寞下蕪城。』兩歇拍意境相若，而張詞尤極蒼涼蕭遠之致。

劉述

述，字孝叔，湖州人。舉進士，爲御史臺主簿。神宗立，召爲侍御史。以久次授吏部郎中，兼判刑部。坐不以王安石爭謀殺刑名爲是，又與劉琦、錢顗共上疏劾安石，出知江州。踰年，提舉崇禧觀，卒。紹興初贈祕閣修撰。

〔詞話〕

《湘山野録》：劉孝叔吏部公述，深味道腴，東吴端清之士也。方仕之際，已恬於進取，譔一闋以見志曰：『挂冠歸去舊烟蘿。閒身健，養天和。功名富貴非由我，莫貪它。這歧路，足風波。水精宫裏家山好，物外勝遊多。晴溪短棹，時時醉唱裏稜羅。天公奈我何。』後將引年，方得請爲三茆宫僚，始有『養天和』之漸。夫何已先朝露，歌此闋幾卅年。信乎！一林泉與軒冕難爲必期。

桉：述詞又見《御選歷代詩餘》及《詞律拾遺》〔一〕，調名《家山好》。《詩餘》署無名氏，《詞律》署沈公述。《詩餘》『詞人姓氏』有沈公述名，無字及履貫。《詞律》此詞殆據《詩餘》收入，其決爲沈公述作，與夫易劉而沈，何緐傳譌，皆不可攷。此詞是何調名，《野録》失載。以字句審之，與《花上月令》、《繫裙腰》兩調，竝大同小異。其以換頭句之末三字爲名，是否自《歷代詩餘》始，亦不可攷。後段『裏稜羅』三字，《詩餘》作『裡稜羅』。　又桉：《嘉泰吳興志》：劉述，歸安人，登景祐元年進士第。　又桉：沈公述有《念奴嬌》『杏花過雨』一闋、《望海潮》『山光凝翠』一闋，見《花菴詞選》及《花草粹編》。《念奴嬌》又見《草堂詩餘》，當別是一人。

【校記】

〔一〕此句前《宋人詞話》有數語，迻録於下：

《野録》所記劉公述卽劉述公字，或時輩稍後推尊爲謙之詞耳。述，《宋史》有傳，其字孝叔，官吏部，竝與《野録》合。《野録》作於熙寧間，述官吏部，政神宗朝末年，提舉崇禧觀。《野録》故云得請爲三茆宫僚官，終吏部郎中，故稱吏部公。《野録》方屬稿，述已先朝露，則文瑩時輩稍後明甚。傳云述官都官員外郎，六年不奏考工課，爲侍御史知雜事，又十一年不奏課。《野録》又云方士之際，已澹於進取，此其證矣。

柳永

永，字耆卿，初名三變，字景莊，崇安人。《御選歷代詩餘》、《詞綜》竝作樂安人。景祐元年進士，歷官屯田員外郎。有《樂章集》九卷。

〔詞話〕

《能改齋漫錄》：仁宗留意儒雅，務本理道，深斥浮豔虚薄之文。初，進士柳三變好爲淫冶謳歌之曲，傳播四方。嘗有《鶴沖天》詞云：『忍把浮名，换了淺斟低唱。』及臨軒放榜，特落之，曰：『且去淺斟低唱，何要浮名？』景祐元年方及第。後改名永，方得磨勘轉官。又：宣和間七夕，宰執近臣禁中賜宴，上曰：『七夕何故百司無假？』宰相王公黼對曰：『古今無假。』上爲一笑。蓋用柳耆卿七夕詞以對。桉：耆卿七夕詞《二郎神》换頭云：『閒雅。須知此景，古今無價。』

《苕溪漁隱叢話》：《後山詩話》云：柳三變遊東都南北二巷，作新樂府，骫骳從俗，天下詠之，遂傳禁中。宋仁宗頗好其詞〔一〕，每對酒，必使侍妓歌之再三。三變聞之，作宫詞，號《醉蓬萊》，因内官達後宫，且求其助。後仁宗聞而覺之，自是不復歌此詞矣。會改京官，乃以無行黜之。又：《藝苑雌黄》：柳三變喜作小詞，然薄於操行，當時有薦其才者〔二〕，上曰：『得非填詞柳三變乎？』曰：『然。』上曰：『且去填詞。』由是不得志，日與獧子縱遊娼館酒樓間，無復檢約，自稱云『奉聖旨填詞柳三變』。嗚呼！小有才而無德以將之，亦士君子之所宜戒也。柳之樂章，人多稱之，然大概非羇旅窮愁之詞，則閨閣淫媟之語，若以歐陽永叔、晏叔原、蘇子瞻、黄魯直、張子野、秦少游輩較之，萬萬相遼。彼其所以傳名者，直以言多近俗，俗子易悅故也。皇祐中，老人星現，永應制譔詞，忤旨，士大夫惜之。余謂柳作此詞，借使不忤旨，亦無佳處，如『嫩菊黄深，拒霜紅淺，竹籬茅舍間』，何處無此景物？方之李謫仙、夏英公等應制辭，殆不啻天冠地履也。世傳永嘗作《輪臺子》蚤行詞，頗自以爲得意。其後張子野見之云：『既言「悤悤策馬登途，滿目淡烟衰草」，則已辨色矣，而後又言「楚天闊，望中未曉」，何也？抑何語意顛倒如是？』

《花菴詞選》：耆卿《醉蓬萊》詞云：『漸亭皋葉下，隴首雲飛，素秋新霽。華闕中天，鎖蔥蔥佳氣。嫩菊黄深，拒霜紅淺，近寶階香砌。玉宇無塵，金莖有露，碧天如水。正值昇平，萬機多暇，夜色澄鮮，漏聲迢遞。南極星中，有老人呈瑞。此際。宸遊鳳輦何處，度管絃聲脆。太液波翻，披香簾捲，月明風細。』叔暘注云：永爲屯田員外郎，會太史奏老人星見。時秋霽，宴禁中，仁宗命左右詞臣爲樂章，內侍屬柳應制。柳方冀進用，作此詞奏呈。上見首有『漸』字，色若不懌。讀至『宸遊鳳輦何處』，乃與御製真宗挽詞暗合，上慘然。又讀至『太液波翻』，曰：『何不言「波澄」？』投之於地，自此不復擢用。

《鶴林玉露》：孫何帥錢塘，柳耆卿作《望海潮》詞贈之『東南形勝』云云，此詞流播，金主亮聞歌，欣然有慕於『三秋桂子，十里荷花』，遂起投鞭渡江之志。

《畫墁錄》：柳三變既以詞忤仁廟，吏部不放改官，三變不能堪，詣政府。晏公曰：『賢俊作曲子麼？』三變曰：『祇如相公亦作曲子。』公曰：『殊雖作曲子，不曾道「綵線慵拈伴伊坐」。』柳遂退。

《方輿勝覽》：范蜀公嘗曰：『仁宗四十二年太平，鎮在翰苑十餘載，不能出一語詠歌，乃於耆卿詞見之。』仁宗嘗曰：『此人任從風前月下，淺斟低唱，豈可令仕宦？』遂流落不偶，卒於襄陽。死之日，家無餘財，羣妓合金葬之於南門外。每春月上冢，謂之弔柳七。

《古今詞話》：宋無名氏《眉峯碧》詞云：『蹙損眉峯碧。纖手還重執。鎮日相看未足時，便忍使鴛鴦隻。薄暮投村驛。風雨愁通夕。窗外芭蕉窗裏聲，分明葉上心頭滴。』宋徽宗手書此詞以問曹組，組亦未詳。徽宗曰：『朕黏於屏以悟作法。』真州柳永少讀書時，遂以此詞題壁，後悟作詞章法。一妓向人道之，永曰：『某亦頗變化多方也。』然遂成屯田蹊徑。

《詞旨》：近時詞人多不詳看古曲，下句命意處，但隨俗念過便了。如柳詞《木蘭花》云『坼桐花爛漫』，此正是第一句，不用空頭字在上，故用『坼桐花爛漫』也。有人不曉此意，乃云：此花名爲坼桐，於詞中云『開到坼桐花』，開了又坼，此何意也？

《詞苑叢談》：《木蘭花慢》柳耆卿清明詞，得音調之正，蓋『傾城』、『盈盈』、『歡情』，於第二字中有韻。近見吴彦高中秋詞，亦不失此體。餘人皆不能。

〔詞評〕

《侯鯖錄》：東坡云：世言柳耆卿曲俗，非也。如《八聲甘州》云：『漸霜風淒緊，關河冷落，殘照當樓。』此語於詩句不減唐人。

李端叔云：耆卿詞鋪敘展衍，備足無餘，較之《花間》所集，韻終不勝。

孫敦立云：耆卿詞雖極工，然多雜以鄙語。

劉潛夫云：耆卿有教坊丁大使意。

陳質齋云：柳詞格不高，而音律諧婉，詞意妥貼，承平氣象形容曲盡，尤工於羈旅行役。

張叔夏云：柳詞亦自批風抹月中來，風月二字在我發揮，柳則爲風月所使耳。

彭羨門云：柳七亦自有唐人妙境，今人但從淺俚處求之，遂使《金荃》、《蘭畹》之音流入《挂枝》、《黄鶯》之調，此學柳之過也。

《詞辨》周介存云：耆卿爲世訾謷久矣，然其鋪敘委宛，言近意遠，森秀幽淡之趣在骨。又云：耆卿樂府多，故惡濫可笑者多，使能珍重下筆，則北宋高手也。

《詞概》：詞有點染，耆卿《雨淋鈴》云：『多情自古傷離別。更那堪、冷落清秋節。今宵酒醒何處，楊柳岸、曉風殘月。』上二句點出離別。『冷落』、『今宵』二句乃就上二句染之。點染之間，不得有他語相隔，隔則警句亦成死灰矣。

劉融齋云：耆卿詞細密而妥溜，明白而家常，善於序事，有過前人。唯綺羅香澤之態所在多有，故覺風期未上耳。

〔詞考〕

《四庫全書》『樂章集提要』：《樂章集》一卷，宋柳永譔。陳振孫《書録解題》載其《樂章集》三卷，今止一卷，蓋毛晉刊本所合併也。宋詞之傳於今者，唯此集最爲殘闕。晉此刻亦殊少勘，正譌不勝乙，其分調之顯然舛誤者，如《笛家》『別久』二字、《小鎮西》『久離闕』三字、《小鎮西犯》『路遼繞』三字、《臨江仙》『蕭條』二字，皆係後段換頭，今乃截作前段結句。字句之顯然舛誤者，如《尾犯》之『一種芳心力』，『芳』字當作『勞』；《浪淘沙慢》之『幾度飲散歌闌』，『闌』字當作『闋』，『如何時』，『如』字當作『知』；《浪淘沙令》之『有一箇人人』，『一』字屬衍，『促盡隨紅袖舉』，『促』字下闕『拍』字；《破陣樂》之『各明珠』，『各』字下脱『采』字；《定風波》之『拘束教吟詠』，『詠』字當叶韻作『和』字；《鳳歸雲》之『霜月夜』，『夜』字下脱『明』字；《如魚水》之『蘭芷汀洲望中』，『中』字當作『裏』；《望遠行》之『亂飄僧舍，密灑歌樓』二句，上下倒置；《紅窗睡》之『如削肌膚紅玉瑩』句，已屬叶韻，又誤增『峯』字；《河傳》之『露清江芳交亂』，『清』字當作『淨』；《塞鴻》之『漸西風緊』，『緊』字屬衍；《訴衷情》之『不堪更倚木蘭』，『木蘭』二字當作『蘭棹』；《夜半樂》之『嫩紅光數』，『光』字當作『無』，『金斂爭笑賭』，『斂』字當作『釵』。萬樹作《詞律》，嘗駁正之，今竝從其說。其必不可通者，則疑以傳疑，姑仍其舊焉。

《蓮子居詞話》：傳譌舛錯，惟《樂章集》信不易訂。如《浪淘沙慢》一百三十三字，《女冠子》一百十一字，《傾杯樂》九十五字、又一百八字，《引駕行》一百二十五字，《望遠行》一百四字，《秋夜月》八十二字，《洞仙歌》一百十九字、又一百二十三字、又一百二十六字，《長壽樂》八十三字，《破陣樂》一百三十二字。世乏周郎，無從顧誤，不能不爲屯田惜已。又：屯田《女冠子》一百十四字體：『樓臺悄似玉。向紅爐煖閣，院宇深沈，廣排筵會，聽笙歌猶未徹，漸覺寒輕，透簾穿戶。』紅友云：凡三十二字，方叶韻。或謂『玉』字讀若『裕』，以入作叶，未碻。『宇』字似韻，然上下讀不去，爲傳譌無疑。按：『玉』字韻，以入作叶，如《惜香》以吉叶髻、戲，坦菴以極叶氣、瑞，北宋有此例。『宇』字亦韻，『院宇深沈，廣排筵會』，深沈院宇，證以所錄伯可詞，僅數襯字不合，餘悉同。又：屯田《訴衷情近》七十五字體：『雨晴氣爽，竚立江樓望處。澄明遠水生光，重疊暮山聳翠。』紅友於『翠』字注韻，殊不知『處』字卽韻。蔣勝欲《探春令》處、翅、住、指竝叶可證，且從無至第四句二十二字纔起韻之理。又：屯田《迷仙引》，紅友《詞律》疑其脫誤，今細繹之，殆無譌也。後片云：『萬里丹霄，何妨攜手同去句去句，便棄卻、烟花伴侶。免教人見妾，朝雲暮雨。』上『去』字叶，下『去』字疊，頓折成文，猶北曲《醉春風》體也，且辭意完足，雖無他詞可證，卽亦不證可耳。朱竹垞題《水蓼花譜》，此解上『去』字不叶，下『去』字不疊，併七字一句，終未爲得也。

朱彊邨《樂章集跋》：毛斧季據含經堂宋本及周氏、孫氏兩鈔本校正《樂章集》三卷，勞巽卿傳鈔本，老友吳伯宛得之京師者。《直齋書錄解題》：《樂章集》九卷；《汲古閣祕本書目》：《柳公樂章》五本，注云：今世行本俱不全，此宋版，特全。俱不經見。伯宛又寄示清常道人趙元度校焦弱侯三卷本，毛子晉所刻似從之出，而删其《惜春郎》、《傳花枝》二調；然毛刻不分卷，亦不云何本。海豐吳氏重梓毛本，繆小珊、曹君直引梅禹金及諸選本一再校勘，又采案吾郡陸氏藏宋本入記而別刊之。攷《皕宋樓藏書志》稱曰毛斧季手校本，非宋槧也。以校勞氏鈔本，篇次悉同，而字句頗有乖違，往往與萬紅友說合。或傳寫者據《詞律》點竄，已非斧季真面。杜小舫校《詞律》，徐誠齋編《詞律拾遺》，兼舉宋本，又與毛校不盡合符。茲編顯有脫譌，雜采周、孫二鈔，恐非宋槧，未可盡爲依據。繆、杜諸所據本又未寓目，無從折衷。姑就諸本鉤稽異同，粗爲隄正。其貳文別出，非顯屬恉謬者，具如疏記，以備參榷。柳詞傳誦既廣，別墨寔繁，選家所見，匪盡辜較。今止唯是之從，亦依違不能斠若也。

校：吾友況夔笙舍人《香海棠詞話》云：『作詞有三要：重，拙，大。』吾讀屯田詞，又得一字，曰寬。寬之一字未易幾及，卽或近似之矣，總不能無波瀾。屯田則愈抒寫愈平淡。林宗云：『叔度汪洋，如千頃之波，澄之不清，淆之不濁。』吾謂屯田詞境亦然。嚮來行文之法最忌平鋪直敘，屯田卻以鋪敘擅場，求以兩宋詞人，政復不能有二。

【校記】

〔一〕『好』字後，底本空七行。

〔二〕『才』字後，底本有半頁空白（共十一行）。

歷代詞人考略卷九

宋三

陳彭年

彭年，字永年，南城人。雍熙二年，第進士，調江陵府司理參軍。咸平三年，召試學士院，遷祕書丞。大中祥符中，加集賢殿修撰，選右諫議大夫兼祕書監，編次太宗御集，賜勳上柱國，召入翰林，充學士，同修國史。拜刑部侍郎，參知政事。卒贈右僕射，謚文禧。有集一百卷。

〔詞話〕

《湘山野錄》：初，申國長主爲尼，掖庭嬪御隨出家三十餘人，詔兩禁送於寺，賜齋饌，傳宣各令作詩送，惟陳文僖公彭年詩尚有記者，云：『盡出花鈿散寶津，雲鬟初翦向殘春。因驚風燭難留世，遂作蓮池不染身。貝葉乍翻疑軸錦，梵聲纔學誤梁塵。從兹豔質歸空後，湘浦應無解佩人。』或云作詩之說恐非，好事者能於《鷓鴣天》曲聲歌之。

桉：《瑞鷓鴣》一名《太平樂》，又名《舞春風》，又名《桃花落》。《古今詞譜》曰：『南呂宮曲，又入平調，卽平韻七言律，仄韻卽《玉樓春》也。』《湘山野錄》所載陳文僖作能於《鷓鴣天》曲聲歌之者，卽《瑞鷓鴣》曲，凡五拍，見《樂府紀聞》。《詞律》此調錄侯寘詞爲譜，注云：『卽七言律詩，分前後段，前段第三四句，後段第一二句，俱作對語。但首句第二字平聲起，不可誤。』今據文僖之作，政仄仄平平起。紅友云『第二字非平不可』，殆偶未見陳詞耳。《詞律拾遺》亦未收二仄起一體。

范仲淹

仲淹，字希文，吳縣人。大中祥符八年，舉進士，爲廣德軍司理參軍。以晏殊薦爲祕閣校理。明道中，擢右司諫，累官至權知開封府，以忤呂夷簡貶知饒州。西北用兵，起爲陝西招討副使兼知延州，改知慶州。屢進樞密直學士、右諫議大夫，充陝西路安撫招討使。召還，拜樞密副使，除參知政事。卒贈兵部尚書、楚國公，謚文正。有集二十九卷。

〔詞話〕

《東軒筆錄》：范文正守邊日作《漁家傲》樂歌數闋，皆以『塞下秋來』爲首句，頗述鎮邊之勞苦。歐陽公嘗呼爲『窮塞主』之詞。及王尚書素出守平涼，文忠亦作《漁家傲》一詞以送之，其斷章曰：『戰勝歸來飛捷奏。傾賀酒。玉階遙獻南山壽。』顧謂王曰：『此真元帥之事也。』

《中吳紀聞》：范文正與歐陽文忠席上分題，作《剔銀燈》，皆寓勸世之意。文正云：『昨夜因看蜀志。笑曹操孫權劉備。用盡機關，徒勞心力。只得三分天地。屈指細尋思，爭如共、劉伶一醉。人世都無百歲。少癡騃，老成尩悴。只有中間些子年少，忍把浮名牽繫。一品與千金，問白髮如何回避。』

《詞苑》：范文正公《蘇幕遮》詞云：『碧雲天，紅葉地。秋色連波，波上寒烟翠。山映斜陽天接水。芳草無情，更在斜陽外。黯鄉魂，追旅思。夜夜除非，好夢留人睡。明月樓高休獨倚。酒入愁腸，化作相思淚。』公之正氣塞天地，而情語入妙至此。

《詞苑叢談》：范文正、司馬溫公、韓魏公，皆一時名德重望。范《御街行》曰：『紛紛墜葉飄香砌。夜寂靜，寒聲碎。珍珠簾捲玉樓空，天澹銀河垂地。年年今夜，月華如練，長是人千里。愁腸已斷無由醉。酒未到，先成淚。殘燈明滅枕頭攲，諳盡孤眠滋味。都來此事，眉間心上，無計相回避。』人非太上，未免有情，當不以此累其白璧也。

〔詞評〕

《皺水軒詞筌》：廬陵譏范希文《漁家傲》爲窮塞主詞，自矜其『戰勝歸來飛捷奏。傾賀酒。玉階遙獻南山壽』爲真元帥之事。按：宋以小詞爲樂府，被之管絃，往往傳於宮掖。范詞如『長烟落日孤城閉。羌管悠悠霜滿地。將軍白髮征夫淚』，令『綠樹碧簾相掩映，無人知道外邊寒』者聽之，知邊庭之苦如是，庶有所警觸，此深得《采薇》、《出車》『楊柳』、『雨雪』之意。若歐詞，止於諛耳，何所感耶？

《蓮子居詞話》：范公《漁家傲》自得《東山》詩意，小序：『君子之於人，序其情而閔其勞，所以悅也。』必以《六月》、《采芑》繩之，無乃非姬公之志與？瞿佑《歸田詩話》襲窮塞主之說，言公以總帥而出此語，宜乎士氣不振而無成功，書生之見，直足噴飯。

王元美云：范希文『都來此事，眉間心上，無計相迴避』，類易安而小遜之，其『天澹銀河垂地』，語却自佳。

沈際飛云：『芳草無情，更在斜陽外』、『行人更在青山外』兩句，不厭百回讀。

《金粟詞話》：范希文《蘇幕遮》一調前段多入麗語，後段純寫柔情，遂成絕唱。

桉：范文正《蘇幕遮》詞，《詞苑》第稱其情語入妙，殆猶未窺文正於微也。文正一生並非懷土之士，所爲『鄉魂』、『旅思』以及『愁腸』、『思淚』等語，似沾沾作兒女想。何也？觀前闋可以想其寄託，開首四句不過借秋色蒼茫，以隱抒其憂國之意。『山映斜陽』三句，隱隱見世道不甚清明，而小人更爲得意之象。芳草喻小人，唐人已多用之。後段則因心之憂愁，不自聊賴，始動其鄉魂旅思，而夢不安枕，酒皆化淚矣。其實憂愁非爲思家也！文正當宋仁宗之時，揚歷中外，身肩一國之安危，雖其時不無小人，究係隆盛之日，而文正乃憂愁若此，此其所以先天下之憂而憂乎？即《漁家傲》後段『燕然未勒』句，亦復悲憤鬱勃，窮塞主安得有之？

宋祁

祁，字子京，安陸人，徙居雍丘。天聖二年，與兄庠同舉進士，禮部奏祁第一，庠第三，章獻太后不欲以弟先兄，乃擢庠第一，而寘祁第十，人呼曰二宋，以大小別之。祁釋褐復州軍事推官。召試，授直史館，再遷太常博士，同知禮儀院，轉尚書工部員外郎，權三司度支判官，擢天章閣待制、知制誥。累出知壽、陳、杭、益、定、鄭等州，累進工部尚書、翰林學士承旨。卒謚景文。有《出麾小集》、《西州猥稿》。

〔詞話〕

《詞林海錯》：宋祁爲學士，一日，遇内家車子數輛於繁臺，不及避，車中有搴簾者曰：『此小宋也。』祁驚訝不已，爲作《鷓鴣天》詞云：『畫轂雕輪狹路逢。一聲腸斷繡簾中。身無彩鳳雙飛翼，心有靈犀一點通。　金作屋，玉爲籠。車如流水馬如龍。劉郎已恨蓬山遠，更隔蓬山一萬重。』傳唱達禁中，仁宗聞之，問第幾車子，有内人自陳。頃之，宣學士赴宴，從容語之。祁惶懼，仁宗曰：『蓬山不遠。』遂以内人賜之。

《聞見後錄》：宋子京在翰林時，同院李獻臣以次有六學士。一日，張貴妃詞頭下議行告庭之禮未決，子京遽以制上。妃怒，抵於地，曰：『何學士敢輕人？』子京出知安州，以長短句詠燕子有『因爲銜泥汙錦衣，垂下珠簾不敢歸』之句，或傳入禁中，仁皇帝覽之，一歎，尋召還玉堂署。

《能改齋漫錄》：侍讀劉原父守維揚，宋景文赴壽春，道出治下，原父爲具以待宋，又爲《踏莎行》詞以侑歡云云。宋卽席爲《浪淘沙近》以别原父云：『少年不管。流光如箭。因循不覺韶光换。至如今，始惜月滿花滿酒滿。　扁舟欲解垂楊岸。尚同歡宴。日斜歌闋將分散。倚蘭橈，望水遠天遠人遠。』

《古今詞話》：宋子京爲天聖中翰林，以賦采侯，中博學宏詞科第一，有『色映堋雲爛，聲連羽月遲』之句，時呼爲宋采侯。每夕臨文，必使麗姝爇雙椽燭，卽張子野所謂『紅杏枝頭春意鬧尚書』也。

〔詞評〕

《皺水軒詞筌》：詞莫病於淺直，如杜牧《清明》詩：『借問酒家何處有，牧童遥指杏花邨。』本無高警，政在『遥指』不言，稍具畫意。宋子京演爲《錦纏道》詞，後半曰：『向郊原踏青，恣歌攜手。醉醺醺、尚尋芳酒。問牧童、遥指孤邨，道杏花深處，那裏人家有。』何傖父也！未審賦落花時伎倆何在。然其《蝶戀花》云『繡幕茫茫羅帳捲』云云，真半臂忍寒人語，讀之令人齒頰生香。

李端叔云：宋景文以餘力遊戲爲詞，而風流閒雅，超出意表。

劉融齋云：宋子京詞是宋初體，張子野始創瘦硬之體，雖以佳句互相稱美，其實趣尚不同。

桉：宋子京詞以《玉樓春》『紅杏枝頭』句得名，其全闋云：『東城漸覺風光好。皺縠波紋縈客棹。綠楊烟外曉雲輕，紅杏枝頭春意鬧。　浮生長恨歡娱少。肯愛千金輕一笑。爲君持酒勸斜陽，且向花間留晚照。』此詞前段寫景，後段言情，歇拍復融情入景，章法分明，詞恉婉約，倚聲正軌。看似無奇，然而學之實難，卽知其何以難學亦不易。

韓維

維，字持國，雍丘人，忠獻公億之子。以進士奏名禮部，方億輔政，不肯試大廷。受蔭入官，歐陽修薦爲檢討，知太常禮院。神宗卽位，除龍圖閣直學士。熙寧三年，爲御史中丞，進資政殿學士，加大學士，拜門下侍郎。出知鄧州，改汝州。以太子少傅致仕，轉少師。元符元年卒。紹聖中坐元祐黨，謫崇信軍節度副使。徽宗初，悉追復舊官。有《南陽集》。

〔詞評〕

《餐櫻廡詞話》：詞境以深靜爲至，韓持國《胡擣練令》過拍云：『燕子漸歸春悄。簾幙垂清曉。』境至靜矣。而此中有人，如隔蓬山，思之，思之，遂由靜而見深。蓋寫景與言情非二事也。善言情者，但寫景而情在其中。此等境界，唯北宋人詞有之，持國此二句，尤妙在一『漸』字。

桉：韓持國《踏莎行·次韻范景仁寄子華》云：『歸鴈低空，遊蜂趁暖。凭高目向西雲斷。具茨山外夕陽多，展江亭下春波滿。雙桂情深，千花明煥。元注：雙桂樓，千花閣〔一〕。良辰誰是同遊伴。辛夷花謝早梅開，應須次第調絃管。』范蜀公詞，前人未經箸錄，持國所和《踏莎行》，其元唱亦失傳，惜哉！子華名絳，《宋史》有傳，維之兄也。詞題僅稱子華，或維兄而絳弟耶？又桉：韓持國《南陽詞》僅五闋，《西江月·席上呈子華》云：『早歲相期林下，高年同在尊前。風花繡舞乍晴天。綠蟻新浮酒面。身外虛名電轉，人間急景梭傳。當筵莫惜聽朱絃。一品歸來强健。』又《踏莎行》『歸雁低空』闋，又《減字木蘭花·潁州西湖》云云，又《浪淘沙》云云，此二闋字多殘缺，不錄。又《胡擣練》『夜來風橫』闋，其《踏莎行》後有子華和詞，字亦不全。

【校記】

〔一〕閣：底本闕，據《文淵閣四庫全書》本《南陽集》補。

韓縝

縝，字玉汝，維弟。登進士第，簽書南京判官。神宗朝以天章閣待制知秦州。哲宗立，拜尚書右僕射兼中書侍郎。元祐元年，罷爲觀文殿大學士，知潁昌府，移永興、河南，拜安武軍節度使。以太子太保致仕。紹聖四年卒，贈司空，謚莊敏。

〔詞話〕

《樂府紀聞》：韓縝有愛姬，能詞。韓奉使時，姬作《蝶戀花》送之云：『香作風光濃著露。正恁雙棲，又遣分飛去。密訴東君應不許。淚波一灑奴衷素。』神宗知之，遣使送行。劉貢父贈以詩：『《卷耳》幸容留婉孌，《皇華》何啻有光輝。』莫測中旨何自而出，後乃知姬人别曲傳入内庭也。韓亦有詞云：『鎖離愁，連緜無際，來時陌上初薰。繡幃人念遠，暗垂珠露，泣送征輪。長行長在眼，更重重、流水孤雲。但望極樓高，盡日目斷王孫。消魂。池塘别後，曾行處、緑妒輕裠。恁時攜素手，亂花飛絮裏，緩步香茵。朱顏空自改，向年年、芳草長新。徧緑野，嬉遊醉眼，莫負青春。』此《鳳簫吟》詠芳草以留别，與《蘭陵王》詠柳以敘别同意，後人竟以『芳草』爲調名，則失《鳳簫吟》元唱意矣。

桉：韓莊敏《鳳簫吟》詠芳草以留别，前段云：『長行長在眼，更重重、遠水孤雲。』語淡可學。後段『亂花飛絮裏』五字，令人不堪回首，輒喚奈何，所謂其豔在骨也。

劉几

几，字伯壽，洛陽人。以父任爲將作監主簿，第進士。范仲淹辟通判邠州。孫沔薦其才，換如京使，知寧州，進皇城使，領恆州刺史。曾公亮薦之，爲太原、涇原路總管。神宗卽位，轉四方館使，知保州，治狀爲河北第一。踰六年，卽請老還，爲祕書監，致仕。元豐三年，詔詣太常定雅樂，再加通議大夫。

〔詞話〕

《花草粹編》：劉几在神宗時與范蜀公重定大樂，洛陽花品曰狀元紅，爲一時之冠。樂工花日新能爲新聲，汴伎郜懿以色著，祕監致仕劉伯壽尤精音律。熙寧中，几攜花日新就郜懿歡詠，仍譔此曲，填詞以贈之，人有謂爲高達者。詞云：『三春向暮，萬卉成陰，有嘉豔方坼。嬌姿嫩質。冠羣品，共賞傾城傾國。上苑晴晝暄，千素萬紅猶奇特。綺筵開，會詠歌才子，壓倒元白。別有芳幽苞小，步障華絲，綺軒油壁。與紫鴛鴦、素蛺蝶。自清旦、往往連夕。巧鶯喧脆管，嬌燕語雕梁留客。武陵人，念夢役意濃，堪遣情溺。』

《宋史·范鎮傳》：鎮於樂尤注意，自謂得古法，獨主房庶以律生尺之說。初，仁宗命李照改定大樂，下王朴樂三律。神宗時詔鎮與劉几定之，鎮作律尺、龠合、升斗、豆區、鬴斛，欲圖上之，又乞訪求真黍以定黃鐘。而劉几卽用李照樂加用四清聲而奏。樂成，詔罷局，賜賚有加。鎮曰：『此劉几樂也，臣何與焉？』乃請大府銅爲之，逾年而成，比李照樂下一律有奇。

《石林燕語》：几本進士，元豐間換文資，以中大夫致仕。居洛中，率騎牛，挾女奴五七輩，載酒持被囊，往來嵩少間。初不爲定所，遇得意處，卽解囊藉地，傾壺引滿，旋度新聲，自爲辭，使女奴共歌之。醉則就臥不去，雖暴露，不顧也。嘗召至京師議大樂，旦以朝服趨局，暮則易布裘，徒步市廛間，或倡優所集處，率以爲常。神宗亦不之責。其自度曲有《戴花正音集》行於世，人少有得其聲者。

桉：劉伯壽《狀元紅》詞不過詠花而已，乃能連情屬藻，長篇斐然，中間千素萬紅，步障綺軒，紫鴛素蝶，巧鶯嬌燕，觸緒紛來，有餘不盡，頗似柳屯田詞格。蓋劉與柳，皆聲律專家也，惜劉詞傳者祇此一闋，誠吉光片羽矣。宋同時有三李定，郜懿之子，卽劾東坡之李資深也。劉几，宋亦有二，其一劉愚次子，《宋史》附見愚傳。

謝絳

絳，字希深，其先陽夏人。祖懿文，爲鹽官縣令，葬富陽，遂爲富陽人。以父濤任試祕書省校書郎。大中祥符八年，舉進士甲科，授太常寺奉禮郎，知汝陰縣。楊億薦絳文章，召試，擢祕書校理。仁宗卽位，遷太常博士，爲國史編修官，再遷兵部員外郎，擢知制誥，判吏部流內銓，太常禮院，出知鄧州，卒。有集五十卷。

〔詞評〕

《餐櫻廡詞話》：清真詞《望江南》云『惺松言語勝聞歌』，謝希深《夜行船》云『尊前和笑不成歌』，皆熨帖入微之筆〔一〕。

桉：謝希深《夜行船》全闋云：『昨夜佳期初共。鬢雲低、翠翹金鳳。尊前和笑不成歌，意偷傳、眼波微送。　草草不容成楚夢。漸寒深、翠簾霜重。相看送到斷腸時，月西斜、畫樓鐘動。』此詞情景逼真，不假琱琢，黄花莽云：『後段語最奇。』竊嘗尋繹至再，以謂清空則近之，於奇之一字無當也。

【校記】

〔一〕此後，《宋人詞話》有『附攷』一項，凡二則，迻錄於下：

《儒林公議》：謝絳，吳人。有詞藻，然輕點利脣吻，罕測其心，人謂之十一面觀音。

《富春遺事》：希深居富陽小隱山，别築室曰讀書堂，構雙松亭於前，倚山臨江，雜植花果沼荷圩稻，環流布種，頗稱幽人之居。

歐陽修

修，字永叔，永豐人。天聖中，擢進士甲科，補西京留守推官，召試學士院，爲館閣校勘。慶曆初，拜右正言，知制誥。坐朋黨，出知滁州，復龍圖閣直學士，知應天府。以翰林學士修《唐書》，加史館修撰。《唐書》成，拜禮部侍郎、樞密副使、參知政事。定議立英宗，以觀文殿學士、刑部尚書知亳州。以太子少師致仕。卒贈太子太師，謚文忠。有《六一居士詞》三卷，本名《平山集》，一名《近體樂府》。

〔詞話〕

《樂府紀聞》：歐陽永叔中歲居潁日，自以集古一千卷、藏書一萬卷、琴一張、棊一局、酒一壺，以一翁老於五物間，稱六一居士，有《六一詞》。

《能改齋漫錄》：梅聖俞在歐陽公座，有以林逋草詞『金谷年年，亂生青草誰爲主』爲美者，聖俞因別爲《蘇幕遮》一闋，歐公擊節賞之，又自爲一詞云：『闌干十二獨凭春。晴碧遠連雲。千里萬里，二月三月，行色苦愁人。　謝家池上，江淹浦畔，吟魄與離魂。那堪疏雨滴黄昏。更特地，憶王孫。』蓋《少年游令》也。不唯前二公所不及，雖置諸唐人溫、李集中，殆與之爲一矣。今集本不載此篇，惜哉！

《後山叢談》：文元賈公居守北都，歐陽永叔使北還，公預戒官妓辦詞以勸酒，妓唯唯；復使都廳召而喻之，妓亦唯唯。公怪歎，以爲山野。既燕，妓奉觴歌以爲壽，永叔把盞側聽，每爲引滿。公復怪之，召問，所歌皆其詞也。

《湘山野録》：歐陽公頃謫滁州，一同年將赴閬倅，因訪之，卽席爲一曲，歌以爲送，曰『記得金鑾同唱第，春風上國繁華』云云，其飄逸清遠，皆太白之品流也。公不幸晚爲僉人搆婬豔數曲射之，以成其毀。予皇祐中都下已聞此闋，歌於人口者二十年矣。嗟哉！不能爲之力辯。

《墨莊漫錄》：揚州蜀岡上大明寺平山堂前，歐陽文忠公手植柳一株，謂之歐公柳，公詞所謂『手種堂前楊柳，別來幾度春風』者。

《碧雞漫志》：歐陽永叔云『貪看《六么花十八》』，此曲內一疊名《花十八》，前後十八拍，又四花拍，共二十二拍。樂家者流所謂花拍，蓋非其正也。曲節抑揚可喜，舞亦隨之，而舞築球《六么》〔一〕，至《花十八》，益奇。

《堯山堂外紀》：歐陽永叔任河南推官，親一妓。時錢文僖爲西京留守，梅聖俞、尹師魯同在幕下。一日，宴於後園，客集，而歐與妓俱不至，移時方來。錢責妓云：『末至，何也？』妓云：『中暑，往涼堂睡覺，失金釵，猶未見。』錢曰：『若得歐推官一詞，當爲償汝。』歐即席云『柳外輕雷池上雨』云云，坐皆擊節，命妓滿斟送歐，而令公庫償釵。

〔詞評〕

《詞苑叢談》：『山色有無中』，歐公詠平山堂句也。或謂平山堂望江左諸山甚近，公短視故耳。東坡爲公解嘲，乃賦快哉亭詞云：『長記平山堂上，攲枕江南烟雨，杳杳沒孤鴻。認得醉翁語，山色有無中。』蓋山色有無，非細雨不能也。然公起句是『平山闌檻倚晴空』，晴空，安得烟雨？恐東坡終不能爲歐公解矣。又：『庭院深深深幾許』，此歐陽文忠公《蝶戀花·春暮》詞也。李易安酷愛其語，遂用作『庭院深深』調數闋。

《能改齋漫錄》：晁無咎評樂章：『歐陽永叔《浣溪沙》云：「隄上遊人逐畫船。拍隄春水四垂天。綠楊樓外出秋千。」要皆絕妙，然只一「出」字，自是後人道不到處。』余桉：唐王摩詰《寒食城東卽事》詩云：『蹴踘屢過飛鳥上，秋千競出垂楊裏。』歐陽公用『出』字，蓋本此。

《渚山堂詞話》：歐公舊有春日詞云『綠楊樓外出秋千』，前輩歎賞，謂止一『出』字，是人著力道不到處。他日詠秋千，作《浣溪沙》云：『雲曳香緜綵挂高。絳旗風颭出花梢。』予謂雖同用『出』字，然視前句，其風致大段不侔。

《茘子雜志》：詩餘茘子之詠，作者既少，遂無擅長。獨歐公《浪淘沙》一首，稍存感慨悲涼耳。

《古今詞話》：毛騤曰：詞家意欲層深，語欲渾成。大抵意層深者，語便刻畫；語渾成者，意便膚淺。兩難兼也。永叔詞云：『淚眼問花花不語，亂紅飛過秋千去。』此可謂層深而渾成者，又絕無費力之跡。

《人間詞話》：永叔『人間自是有情癡，此恨不關風與月』、『直須看盡洛城花，始與東風容易別』，於豪放之中有沈著之致，所以尤高。

羅大經云：歐陽雖遊戲作小詞，亦無愧唐人《花間集》。

王元美云：永叔極不能作麗語，乃亦有之，曰『隔花嗁鳥喚行人』，又『海棠經雨臙脂透』。

尤展成云：六一婉麗，實妙於蘇。

宋尚木云：永叔，其詞秀逸。

〔詞考〕

《古今詞話》：《西清詩話》謂歐詞之漫近者，是劉煇僞作。又云：元豐中崔公度跋馮延巳《陽春詞》，云其間有入六一詞者。今柳三變詞亦有雜入《平山堂集》者，則知浮豔者皆非公作也。

《四庫全書》『六一詞提要』：《六一詞》一卷，宋歐陽修譔。修詞，陳振孫《書錄解題》作一卷。此爲毛晉所刻，亦止一卷，而於總目中注：『原本三卷。』蓋廬陵舊刻兼載樂語，分爲三卷。晉刪去樂語，乃併爲一卷也。曾慥《樂府雅詞》序有云：『歐公一代儒宗，風流自命，詞章窈眇，世所矜式。乃小人或作豔曲，謬爲公詞。』蔡絛《西清詩話》云歐陽修之淺近者，謂是劉煇僞作。《名臣錄》亦云『修知貢舉，爲下第舉子劉煇等所忌，以《醉蓬萊》、《望江南》誣之』，則修詞中已雜它人之作。又元豐中崔公度跋馮延巳《陽春錄》，謂其間有誤入六一詞者，則修詞又或羼入它集。蓋在宋時已無定本矣。晉此刻亦多所釐正，然諸選本中有梅堯臣《少年游》『闌干十二獨凭春』一首，吳曾《能改齋漫錄》獨引爲修詞，且云『不唯聖俞、君復二詞不及，雖求諸唐人溫、李集中，殆難與之爲一』，則堯臣當別有詞，此詞斷當屬修。晉未收此詞，尚不能無所闕漏。又如《越溪春》結語『沈麝不燒金鴨，玲瓏月照梨花』，係六字二句，集內尚沿坊本，誤『玲』爲『冷』，『瓏』爲『籠』，遂以七字爲句。是校讎亦未盡無譌，然終較它刻爲稍善，故今從其本焉。

《詞苑叢談》：朱竹垞云：『庭院深深』一闋，載馮延巳《陽春錄》，刻作歐九，誤也。又：王銍《默記》載歐陽公《望江南》雙調云：『江南柳，葉小未成陰。人爲絲輕那忍折，鶯憐枝嫩不勝吟。留取待春深。十四五，閒抱琵琶尋。堂上簸錢堂下走，恁時相見已留心。何況到如今。』歐公有盜甥之疑，上表自白云『喪厥夫而無託，攜幼女以來歸』。張氏此時，年方七歲，錢穆父素恨公，笑曰：『正是學簸錢時也。』歐知貢舉，下第舉人復作《醉蓬萊》譏之。愚按：歐公詞出《錢氏私志》，蓋錢世昭因公《五代史》中多毀吳越，故詆之。此詞不足信也。

桉：歐公『江南柳』之誣，《詞苑叢談》嘗辨之矣。周淙《輦下紀事》云：德壽宮劉妃，臨安人，入宮，爲紅霞帔，後拜貴妃。又有小劉妃者，以紫霞帔轉宜春郡夫人，進婕妤，復封婉容，皆有寵宫中。號妃爲大劉孃子，婉容爲小劉孃子。婉容入宮時，年尚幼，德壽賜以詞云：『江南柳，嫩綠未成陰。攀折尚憐枝葉小，黃鸝飛上力難禁。留取待春深。』德壽之詞與《默記》所傳歐公之作，廑小異耳。錢世昭《私志》稱彭城王錢景臻爲先王，景臻追封當建炎二年，世昭爲景臻之孫愐（景臻第三子）之猶子。以時代攷之，蓋亦南宋中葉矣。（《四庫全書提要》於錢世昭、王銍時代並未攷定。）竊疑後人就德壽詞衍爲雙調以誣歐公，世昭遂錄入《私志》，王銍因載之《默記》。唯錢穆父固與歐公同時，然公詞既可假託，卽自白之表，穆父之言亦何不可造作之有？竊意歐陽文集中未必有此表也。

又桉：《詞苑叢談》（辨證）引朱竹垞云：『「庭院深深」一闋，載馮延巳《陽春綠》，刻作歐九，誤也。』而《叢談》（品藻）又云：『李易安酷愛其語，遂用作「庭院深深」調數闋。』由後之說，則是《陽春錄》誤載，必矣。易安，宋人，性復彊記，嘗與明誠坐歸來堂烹茶，指堆積書史，言某事在某卷某葉某行，以是否決勝負，爲飲茶先後。何至於當代名作、向所酷愛者記述有誤？竹垞云云，未免負此佳證。

【校記】

〔一〕而：底本作『而而』，其中一『而』字當係衍文，徑刪。

歷代詞人考略卷十

宋四

蘇舜欽

舜欽，字子美，銅山人。易簡之孫。以父耆任，補太廟齋郎，調滎陽尉。尋第進士，改光祿寺主簿，知長垣縣，遷大理評事。范仲淹薦其才，仁宗召試，擢集賢校理、監進奏院。坐用鬻故紙公錢，爲李定、王拱辰、劉元瑜輩捃摭，奏劾除名。後爲湖州長史，卒。有《滄浪集》。

〔詞話〕

《東軒筆錄》：蘇子美謫居吴中，欲游丹陽。潘師旦深不欲其來，宣言於人，欲拒之。子美作《水調歌頭》，有『擬借寒潭垂釣，又恐沙鷗猜我，不肯傍青綸』之句，爲是也。

校：蘇子美《水調歌頭》全闋云：『瀟灑太湖岸，淡泞洞庭山。魚龍隱處，烟霧深鎖渺瀰間。方念陶朱張翰，忽有扁舟急槳，撇浪載鱸還。落日暴風雨，歸路遶汀灣。丈夫志，當景盛，恥疎閒。壯年何事顦顇，華髮改朱顏。擬借寒潭垂釣，又恐鷗猜鷺忌，不肯傍青綸。刺棹穿臍蘆荻，無語看波瀾。』蓋賦滄浪亭之作。子美《滄浪亭記》『予遊吴中，過郡學，東顧，草樹鬱然，崇阜廣水，不類乎城中。並水得微徑於雜花修竹之間，東趨數百步，有棄地，三向皆水，旁無居民，左右皆林木相虧蔽。予愛而徘徊，遂以錢四萬得之』云云。子美詞用第七部元寒韻，唯『綸』字屬第六部真諄韻，宋人詞罕見如此通用者。

梅堯臣

堯臣，字聖俞，宣城人。以從父廕補太廟齋郎，歷主簿、縣令，稅湖州，簽署忠武、鎮安兩軍節度判官。初，大臣屢薦堯臣宜在館閣，嘗一召試，賜進士出身，餘輒不報。嘉祐初，學士趙槩等列言於朝，乃擢國子監直講〔一〕，累官至尚書屯田都官員外郎。有《宛陵集》六十卷。

〔詞話〕

《能改齋漫錄》：梅聖俞在歐陽公座，有以林逋草詞『金谷年年，亂生青草誰爲主』爲美者，聖俞因别爲《蘇幕遮》一闋云：『露堤平，烟墅杳。亂碧萋萋，雨後江天曉。獨有庾郎年最少。窣地春袍，嫩色宜相照。　接長亭，迷遠道。堪怨王孫，不記歸期早。落盡梨花春又了。滿地殘陽，翠色和烟老。』歐公擊節賞之。

《古今詞話》：《輟耕錄》曰梅聖俞《禽言》四章。沈雄曰：此與文與可題竹《十字令》俱長短句，金元人皆有和詞，而不可以被管絃者也，非詞也。又《漫叟詩話》曰：呂士隆知宣州，好笞伎。適杭伎到，喜之。一日，欲答宣伎，伎曰：『不敢辭，恐杭伎不安。』士隆宥之。梅聖俞爲詞：『莫打鴨，打鴨驚鴛鴦。鴛鴦新向池中落，不比孤洲老鴰鶬。』此亦長短句，若足一句，即謝秋娘也。

《碧雞漫志》：《鹽角兒》，《嘉祐雜志》云：梅聖俞説：『始教坊家人市鹽，於紙角中得一曲譜，翻之，遂以名。』今雙調《鹽角兒令》是也，歐陽永叔嘗製詞。

桉：林和靖詠草云：『餘花落處。滿地和烟雨。』梅聖俞句云：『落盡梨花春又了。滿地殘陽，翠色和烟老。』梅詞亦從林出，只著一『老』字，便别是一意境。

【校記】

〔一〕直：底本作『青』，據官職名改。

司馬光

光，字君實，夏縣人。寶元初，中進士甲科，除奉禮郎，累官天章閣待制，知諫院。治平間，爲諫議大夫、龍圖閣直學士。熙寧初，遷翰林學士、御史中丞，進樞密副使，不拜，以端明殿學士知永興軍安撫使。徙知許州，不赴。請判西京御史臺，歸洛。譔《資治通鑑》成，加資政殿學士。元祐元年，拜尚書左僕射兼門下侍郎。卒贈太師溫國公，謚文正。有《傳家集》。

〔詞話〕

《歷代詩餘》『詞話』：司馬溫公詞云：『漁舟容易入深山。仙家日日閒。綺窗紗幌映朱顏。相逢醉夢間。 松露冷，海霞斑。 悤悤整棹還。 落花寂寂水潺潺。 重尋此路難。』蓋《阮郎歸》本意也。

《侯鯖錄》： 司馬文正公言行俱高，然亦每有謔語。 嘗作詩云： 『由來獄吏少和氣，皋陶之狀如削瓜。』又有長短句云： 『寶髻鬆鬆梳就，鉛華淡淡妝成。 青烟紫霧罩輕盈。 飛絮遊絲無定。 相見爭如不見，有情何似無情。 笙歌散後酒初醒。芸窗本： 醒。 深院月斜人靜。』風味極不淺，乃《西江月》詞也。

《渚山堂詞話》： 《錦堂春》長闋，乃司馬溫公感舊之作，全篇云： 『紅日遲遲，虛廊轉影，槐陰迤邐西斜。 綵筆工夫，難狀晚景烟霞。 蝶尚不知春去，漫遶幽砌尋花。 奈猛風過後，縱有殘紅，飛落誰家？ 始知青萍無價，嘆飄零宦路，荏苒年華。 今日笙歌叢裏，特地咨嗟。 席上青衫濕透，算感懷、何止琵琶？ 怎不教人易老，多少離愁，散在天涯。』公端勁有守，而所賦嫵媚悽惋，殆不能忘情，豈其少年所作耶？ 古云賢者未能免俗，正謂此耳。

《聽秋聲館詞話》： 司馬溫公《西江月》云云，極豔冶之致。 或謂決非公作，此如歐陽文忠『堂上簸錢』詞，當時忌者託名以相浼耳。 抑知靖節《閒情》，何傷盛德？ 同時范文正、韓忠獻均有麗詞，安知不別有寄託？ 若謂綺語不宜犯，以訓子弟則可，不應以律前賢。

桉： 曹子建《洛神賦》云： 『動無常則，若危若安。 進止難期，若往若還。』蒙嘗謂： 昔人文言橅寫美人神態，殆無逾此。 司馬溫公《西江月》過拍云： 『青烟紫霧罩輕盈，飛絮遊絲無定。』亦能傳神光離合、驚鴻遊龍之妙，得『飛絮遊絲』句，然後青烟紫霧成爲生香活色，此二語非冰雪聰明不能道。

王安石

安石，字介甫，臨川人。慶曆中，擢進士第，知鄞縣。嘉祐三年，爲度支判官，遷直集賢院，同修起居注，知制誥。神宗在潁邸，聞其名；及即位，命知江寧府。數月，召爲翰林學士兼侍講。熙寧二年，拜參知政事，三年，拜同平章事，七年，罷，八年，復相。屢謝病，出判江寧府。元豐二年，復拜左僕射，封舒國公，改封荊。卒贈太師，謚曰文，追封荊王。晚居金陵，自號半山老人。有《臨川集》，詞一卷。

〔詞話〕

《侯鯖錄》：荊公云：古之歌者皆先有詞後有聲，故曰『詩言志，歌永言，聲依永，律和聲』，如今先撰腔子，後填詞，卻是『永依聲』也。

《泊宅編》：介甫嘗晝寢，謂葉濤曰：適夢三十年前所喜一婦人作長短句贈之，但記其後段：『隔岸桃花紅未半。枝頭已有蜂兒亂。惆悵武陵人，不管清夢斷。亭亭佇立春宵短。』

《石林詩話》：俞澹，字清老，滑稽善諧謔，洞曉音律，能歌，荊公喜之。晚年作《漁家傲》等樂府數闋，每山行，即使澹歌之。

《古今詞話》：金陵懷古，諸公寄調於《桂枝香》者三十餘家，獨介甫爲絕唱。東坡見之，歎曰：『此老乃野狐精也。』東坡羨服之語，非引用劉壐遇狐故事？

《花草蒙拾》：『假使當時俱不遇，老了英雄。』舒王自負語也。僕則謂彥回幸作中書郎而死，故當不失名士。

〔詞評〕

《苕溪漁隱叢話》：魯直書荆公集句《菩薩蠻》詞碑本云：『花是去年紅，吹開一夜風。』因閲《臨川集》，乃云：『今日是何朝。看余渡石橋。』余謂不若『花是去年紅。吹開一夜風』爲勝也。

《碧雞漫志》：王荆公長短句不多，合繩墨處，自雍容奇特。

《詞源》：詞以意爲主，不要蹈襲前人語意。如王荆公金陵《桂枝香》云云，清空中有意趣，無筆力者未易到。

《聽秋聲館詞話》：『但起東山謝安石，爲君談笑淨胡塵』，太白詩也。人或譏其大言不慚，然其時鄴侯、汾陽均未顯用，殆有所指，非自況也。至王荆公《浪淘沙》云『伊吕兩衰翁，歷徧窮通』、『興王只在笑談中，及至而今千載下，誰與爭功』，則隱然欲與爭雄矣。乃新法一行，卒蒙世詬，何哉？公學問卓絶，緣好更張、好立異、好人諛，已有此三好，遂致病國殃民而不自覺。後世以經濟自負者，當以公爲鑑。逮蔡京輩創爲紹述，土崩之勢遂成，此公所不及知者。公又有《漁家傲》云：『平岸小橋千嶂抱。揉藍一水縈花草。茅屋數間窗窈窕。塵不到。時時自有清風埽。午枕覺來聞語鳥。欹眠似聽朝雞早。忽憶故人今總老。貪夢好。茫茫忘了邯鄲道。』使公九原有知，亦曾自悔誤貪好夢否耶？吁！公非小人，而所用盡小人，謂爲禍梯，夫復奚辭？

黄花菴云：半山老人《漁家傲》詞極能道閒居之趣。

《雪浪齋日記》云：荆公《漁家傲》詞略無塵土思。

桉：荆公《桂枝香》换頭云：『自昔豪華競逐。嘆門外樓頭，悲恨相續。』用杜牧之詩『門外韓擒虎，樓前張麗華』句意。

王安禮

安禮，字和甫，安石弟。早登科，吕公弼薦於朝。神宗召對，欲驟用之。安石當國，辭以爲著作佐郎、崇文院校書，遷直集賢院，進知制誥，以翰林學士知開封府事。元豐四年，拜中大夫、尚書左丞。御史張汝賢論其過，以端明殿學士知江寧府。紹聖初，還職，知永興軍，移知太原府。卒贈右銀青光禄大夫。

〔詞話〕

《古今詞話》：介甫弟和甫，名安禮，有《瀟湘逢故人慢》云：『引多少、夢魂歸結，洞庭雨棹烟蓑。』弟平甫，名安國，有《減字木蘭花》云『簾裏餘香馬上聞』，人不能及也。

桉：王和甫《瀟湘逢故人慢》全闋：『薰風微動，方櫻桃弄色，萱草成窠一作窩。翠帷敞輕羅。冰簟初展，幾尺湘波。疎簾廣厦，寄瀟灑、一枕南柯。引多少、夢中歸緒，洞庭雨棹烟蓑。驚迴處，閒晝永，但時時、燕雛鶯友相過。正綠影婆娑。況庭有幽花，池有新荷。青梅煮酒，幸隨分、贏得高歌。功名事、到頭在，歲華忍負清和。』見《樂府雅詞·拾遺》。過拍『夢中歸緒』四字，《古今詞話》引作『夢魂歸結』，不如作『歸緒』較勰。

王安國

安國，字平甫，安禮弟。於書無所不通。數舉進士，又舉茂才異等。有司考其所獻序言爲第一，以母喪不試，廬於墓三年。熙寧初，韓絳薦其材行，召試，賜及第，除西京國子教授。官滿，至京師，授崇文院校書，改祕閣校理。屢以新法力諫安石，又質責曾布誤其兄。深惡呂惠卿之姦，惠卿銜之，及安石罷相，惠卿遂因鄭俠事陷安國，坐奪官放歸田里。有《王校理集》。

〔詞話〕

《倦游雜録》：王平甫熙寧中判官告院，忽於秋日作宮詞《點絳脣》一解以示魏泰。泰曰：『斷章有流離之思，何也？』明年，果得罪，廢歸金陵。其詞曰：『秋氣微涼，夢回明月穿簾幕。井梧蕭索。正繞南枝鵲。　寶瑟塵生，金鴈空零落。情無託，鬢雲慵掠。不似君恩薄。』

《東軒筆録》：王安國性亮直，嫉惡太甚。王荊公初爲參知政事，閒日因閱讀晏元獻公小詞，而笑曰：『爲宰相而作小詞，可乎？』平甫曰：『彼亦偶然自喜而爲爾，顧其事業，豈止如是耶？』時呂惠卿爲館職，亦在坐，遽曰：『爲政必先放鄭聲，況自爲之乎？』平甫正色曰：『放鄭聲，不若遠佞人也。』呂大以爲議己，自是尤與平甫相失也。

校：王平甫《減字木蘭花》全闋云：『畫橋流水。雨濕落紅飛不起。月破黄昏。簾裏餘香馬上聞。　徘徊不語。今夜夢魂何處去。不似垂楊。猶解飛花入洞房。』歇拍與和魯公『卻愛薰香小鴨，羨它長在屏幃』等句，俱從龍標『玉顔不及寒鴉色，猶帶昭陽日影來』悟出。平甫又有《清平樂》云：『留春不住。費盡鶯兒語。滿地殘紅宫錦汙。昨夜南園風雨。小憐初上琵琶。曉來思遶天涯。不肯畫堂朱戶，春風自在楊花。』歇拍尤超逸可誦，竊謂較『簾裏餘香』句勝也。又桉：平甫《點絳脣》『秋氣微涼』闋，《樂府雅詞·拾遺》、《御選歷代詩餘》竝署趙抃名，《詩餘》殆承《雅詞》之誤。《花草粹編》作王和甫，下注《倦遊雜錄》，則誤『平』爲『和』耳。《雜錄》具詳平甫作詞之年，與夫魏泰論詞之應，事實碻鑿，要當據以爲斷。

沈子山

子山，官宿州獄掾。

〔詞話〕

《能改齋漫録》：宿州營妓張玉姐，字溫卿，本蘄澤人。色技冠一時，見者皆屬意。沈子山爲獄掾，最所鍾愛。既罷，途次南京，念之不忘，爲《剔銀燈》二闋。其一云：『一夜隋河風勁。霜濕水天如鏡。古柳堤長，寒烟不起，波上月無流影。那堪頻聽。疏星外、離鴻相應。須信道、情多是病。酒未到、愁腸還醒。數疊蘭衾，餘香未減，甚時枕鴛重並。教伊須更。將盟誓、後約言定。』其二云：『江上秋高霜早。雲靜月華如埽。候鴈初飛，啼螿正苦，又是黄花衰草。等閒臨照。潘郎鬢、星星易老。那堪更、酒醒孤棹。望千里、長安西笑。臂上妝痕，胸前淚粉，暗惹離愁多少。此情難表。除非是、重相見了。』

〔詞考〕

《蓮子居詞話》：《能改齋漫録》云宿州獄掾沈子山眷營妓張温卿，别後賦《剔銀燈》詞事，載《詞苑叢談》。而其《剔銀燈》詞與《漫録》不同，未審《叢談》據何本也。沈子山，《叢談》作『波子山』，與《詞綜》同。

桉：沈子山，《詞苑叢談》、《歷代詩餘》、《詞綜》竝作波子山，誤。波姓絶稀，唯《後漢書》有波才，見《靈帝本紀》。《宋史·沈邈傳》：『邈，字子山，信州弋陽人。進士及第，起家補大理評事，知侯官縣，通判廣州。慶曆初，爲侍御史，擢天章閣待制，加刑部郎中，知延州，卒。邈疏爽有治才，然性少檢，在廣州時，歲游劉王山，會賓友，縱酒而與閭里婦女笑言無間』云云。作《剔銀燈》詞之沈子山，疑卽沈邈，時代政合，其爲宿州獄掾當在未第進士時，故史傳弗具。又桉：《叢談》、《紀事》移載《漫録》之文，子山兩詞，止録其一，無『一夜隋河』一闋，其所録之一闋，字句卻與《漫録》竝同。吳子律乃謂全不同，何耶？

張先

先，字子野，吳興人。天聖八年，第進士，知吳江縣，爲嘉禾郡倅。桉：子野《天仙子》詞『水調數聲』闋題云：『時爲嘉禾小倅，以病眠，不赴府會。』宋嘉禾郡，今嘉興府。晏殊尹京兆，辟爲通判，累官都官郎中。有《安陸集》，詞一卷。

〔詞話〕

《樂府紀聞》：客謂張子野曰：『人咸目公爲張三中，謂公詞有「心中事，眼中淚，意中人」也。』子野曰：『何不謂之張三影？』客不喻，子野曰：『「雲破月來花弄影」、「嬌柔嬾起，簾壓捲花影」〔一〕、「柳徑無人，墜輕絮無影」，此生平得意者。』

《高齋詩話》：子野嘗有詩云『浮萍斷處見山影』，又長短句云『雲破月來花弄影』，又云『隔牆送過秋千影』，並膾炙人口，世謂張三影。

《嘉泰吴興志》：子野詩格清麗，尤長於樂府，有『雲破月來花弄影』、『浮萍破處見山影』、『無數楊花過無影』之句，時號爲張三影。

《入蜀記》：倅廨花月亭有小碑，乃張先『雲破月來花弄影』樂章，云得句於此亭也。

《能改齋漫録》：張子野長短句『雲破月來花弄影』，往往以爲古今絶唱，然予讀古樂府唐氏瑤《暗别離》云：『朱絃暗斷不見人，風動花枝月中影。』意子野本此。〔二〕

《遯齋閒覽》：張子野郎中以樂章擅名一時，宋子京尚書奇其才，先往見之，遣將命者謂曰：『尚書欲見「雲破月來花弄影」郎中。』子野屏後呼曰：『得非「紅杏枝頭春意鬧」尚書耶？』遂出，置酒盡歡。蓋二人所舉，皆其警策也。

《黄孏餘話》：欲見『雲破月來花弄影』郎中，此宋子京語也。范公稱《過庭録》記張子野《一叢花》詞云：『不如桃杏，猶解嫁東風。』歐陽永叔尤愛之。子野謁永叔，永叔倒屣迎之，曰：『此乃「桃杏嫁東風」郎中。』歐公標目，又與小宋不同。世但知子野以三影自誇，否則稱爲張三中而已。

《後山詩話》：杭妓胡楚、龍靚，皆有詩名。張子野老于杭，多爲官妓作詞，而不及靚靚。獻詩云：『天與碧芳十樣葩，獨分顔色不堪誇。牡丹芍藥人題徧，自分身如鼓子花。』子野於是爲作詞也。

《詞品》：張子野《減字木蘭花》『垂螺近額』，又晏小山詞『雙螺未綰同心結』。桉：『垂螺』、『雙螺』，蓋當時角妓未破瓜時髮飾之名，今秦中妓及搬演旦色猶有此制。

《苕溪漁隱叢話》：東坡云：吾昔自杭移高密，與楊元素同舟，而陳令舉、張子野皆從余過李公擇於湖，遂與劉孝叔俱至松江。夜半月出，置酒垂虹亭上。子野年八十五，以歌詞聞於天下，作《定風波令》，其略云：『見說賢人聚吳分，試問，也應傍有老人星。』坐客懽甚，有醉倒者，此樂未嘗忘也。今七年耳，子野、孝叔、令舉皆爲異物，而松江橋亭今歲七月九日海風駕潮，平地丈餘，蕩盡無復孑遺矣。追思曩時，真一夢耳。又苕溪漁隱曰：吳興郡圃今有六客亭，即公擇、子瞻、元素、子野、令舉、孝叔，時公擇守吳興也。東坡有云：余昔與張子野、劉孝叔、李公擇、陳令舉、楊元素會于吳興，時子野作六客詞，其卒章云：『盡道賢人聚吳分，試問，也應旁有老人星。』凡十五年，再過吳，而五人者皆已亡之矣。時張仲謀與曹子方、劉景文、蘇伯固、張秉道爲坐客，仲謀請作後六客詞，云：『月滿苕溪照夜堂。五星一老鬬光芒。十五年間真夢裏，何事，長庚對月獨淒涼。緑鬢蒼顔同一醉，還是，六人吟笑水雲鄉。賓主談鋒誰得似，看取，曹劉今對兩蘇張。』又：胡宿詩：『風花飛有態，烟絮墜無痕。』張先詞：『柳徑無人，墜飛絮無影。』二人詩詞頗相類。〔三〕

《石林詩話》：張先郎中能爲詩及樂府，至老不衰。居錢唐，蘇子瞻作倅，時先年已八十餘，視聽尚精彊，家猶畜聲妓。子瞻嘗贈以詩云：『詩人老去鶯鶯在，公子歸來燕燕忙。』蓋全用張氏故事戲之。先和云：『愁似鰥魚知夜永，嬾同蝴蝶爲春忙。』極爲子瞻所賞。然俚俗多喜傳詠先樂府，遂掩其詩聲，識者皆以爲恨云。

《道山清話》：晏元獻尹京日，辟張先爲通判。新納侍兒，公甚屬意。先能爲詩詞，公雅重之，每張來，令侍兒出侑觴，往往歌子野所爲之詞。其後王夫人寖不容，公即出之。一日，子野至，公與之飲，子野作《碧牡丹》云：『步障搖紅綺。曉月墮，沈烟砌。緩板香檀，唱徹伊家新製。怨入眉頭，斂黛峯横翠。芭蕉寒，雨聲碎。鏡華翳。閒照孤鸞戲。思量去時容易。鈿盒瑶釵，至今冷落輕棄。望極藍橋，但暮雲千里。幾重山，幾重水。』令營伎歌之，至末句，公憮然曰：『人生行樂耳，何自苦如此？』亟命於宅庫支錢若干，復取前所出侍兒，既來，夫人亦不復誰何也。

《詞苑叢談》：《師師令》，因張子野所製新詞贈妓李師師得名也，詞云：『香鈿寶珥，拂菱花如水。學妝皆道稱時宜，粉色有、天然春意。蜀綵衣裳勝未起。縱亂霞垂地。都城池苑誇桃李。問東風何似。不須回扇障清歌，脣一點、小于花蘂。正直殘英和月墜。寄此情千里。』〔四〕

《古今詞話》：子野於玉仙觀道中逢謝媚卿，作《謝池春慢》：『繚牆重院，間有流鶯到。繡被掩餘寒，畫閣明新曉。朱檻連空闊，飛絮無多少。徑莎平，池水渺。日長風靜，花影閒相照。塵香拂馬，逢謝女、城南道。秀豔過施粉，多媚生輕笑。鬭色鮮衣薄，碾玉雙蟬小。歡難偶，春過了。琵琶流怨，都入相思調。』〔五〕一時傳唱幾徧。

〔詞評〕

蘇子瞻云：子野詩筆清妙，歌詞乃其餘技耳。

晁無咎云：張子野與柳耆卿齊名，人以爲子野不及耆卿富，而子野韻高，是耆卿所乏處。

李端叔云：子野詞才不足而情有餘。

周止菴云：子野清出處生脆，味極雋永，只是偏才，無大起落。

《花草蒙拾》：『生香真色人難學』，爲『丹青女易描，真色人難學』所從出，千古詩文之訣，盡此七字。

《詞統》：張先以三影名者，因其詞中有三影字，故自譽也。然以『雲破月來花弄影』爲最，餘二影字不及。

《靜志居詩話》：張子野吴興寒食詞『中庭月色正清明，無數楊花過無影』，余嘗歎其工絶，在世所傳三影之上。

〔詞考〕〔六〕

《少室山房筆叢》：天聖間，一時有兩張先，皆字子野，第進士。其能詩、壽考悉同。一博山人，號三影；一吴興人，爲都官郎中。見《齊東野語》。愚桉：『紅杏枝頭春意鬧』尚書欲見『雲破月來花弄影』郎中，將命之語，人或疑之。子野自謂：『何不謂之張三影？如「嬌柔嬾起，簾壓捲花影」、「柳徑無人，墜輕絮無影」，並前句爲三影，豈博山人爲之乎？且吴興近杭，子野至，多爲官妓作詞，常與東坡作六客詞，而年最耄，載在《癸辛雜識》。不聞有兩人同號張三影者也。

《蓮子居詞話》： 張子野《師師令》，相傳爲贈李師師作。桉： 子野天聖八年進士見《齊東野語》，至熙寧六年，年八十五見《東坡集》。 熙寧十年，年八十九，卒見《吳興志》。 自子野之卒，距政和、重和、宣和年間，又三十餘年，是子野已不及見師師，何由而爲是言乎？ 調名《師師令》，非因李師師也。 好事者率意附會，並忘子野年幾何矣，豈不疏與？

桉： 三影之説有三，不妨竝存。 唯『雲破月來』句清新婉麗，思境尚佳，自餘不過爾爾。 子野它作較勝此數句者，夥矣。 嘗謂北宋羣賢作詞誠未易企及，評詞或未爲定論，往往有軼倫獨到處，反不爲偁道所及也。

【校記】

〔一〕捲： 底本作『倦』，據《詩話總龜》卷四十、《苕溪漁隱叢話·前集》卷三十七等改。

〔二〕此則，底本無，據《宋人詞話》補。

〔三〕此則，底本只有『吳興郡圃今有六客亭』至『而五人者皆已亡之矣』數句，據《宋人詞話》補其餘。

〔四〕此則，底本無，據《宋人詞話》補。

〔五〕《謝池春慢》詞底本只錄前兩句，據《宋人詞話》補其餘。

〔六〕《宋人詞話》有『附攷』一項，凡四則，其中三則不見於《歷代詞人攷略》之『詞攷』，迻錄於下：

《嘉泰吳興志》： 子野晚歲優游鄉里，常泛扁舟，垂釣爲樂，至今號張公釣魚灣。 公仕至都官郎中，卒年八十九，葬卞山多寶寺之右。

《玉照新志》： 本朝有兩張先，皆字子野。 一則樞密副使遜之孫，與歐陽文忠同在洛陽幕府，其後文忠爲作墓誌銘，稱其志守端方、臨事敢決者。 一與東坡先生遊，東坡推爲前輩，詩中所謂『詩人老去鶯鶯在，公子歸來燕燕忙』，能爲樂府，號張三影者。

《齊東野語》：先世舊藏《張氏十咏圖卷》，乃張子野圖其父維詩，有十首也。其一太守馬太卿會六老於南園，其二庭鶴，其三玉蝴蝶花，其四孤帆，其五宿清江小舍，其六歸燕，其七聞砧，其八宿後陳莊，其九送卜遜秀才赴舉，其十貧女云云。孫覺莘老序之云：富貴而壽考者，人情之所甚慕；貧賤而夭短者，人情之所甚哀。然有得於此者，必遺於彼，故寧處康彊之貧、壽考之賤，不願多藏而病憂、顯榮而夭短也。贈尚書刑部侍郎張公，諱維，吳興人。少年學書，貧不能卒業。去而躬耕以爲養，善教其子，至於有成。平居好詩，以吟咏自娱，浮游閭里，上下於谿湖山谷之間，遇物發興，率然成章，不事彫琢之巧、采繪之華，而雅意自得。徜徉閒肆，往往與異時處士能詩者爲輩，蓋非無憂於中、無求於世，其言不能若是也。公不出仕，而以子封至正四品，亦可謂貴；不治職而受禄，養以終其身，亦可謂富；行年九十有一，可謂壽考。夫享人情之所甚慕而違其所哀，無憂無求，而見之吟咏，則其自得而無怨懟之辭，蕭然而有沈澹之思，其然宜哉！公卒十八年，公子尚書都官郎中先，亦致仕家居，取公平生所自愛詩十首，寫之縑素，號《十咏圖》，傳示子孫，而以序見屬。余既愛侍郎之壽、都官之孝，爲之序而不辭。都官字子野，蓋其年八十有二云。此事不詳於郡志，而張維之名亦不顯，故人少知者。會直齋陳振孫二卿方修《吳興志》，討摭舊事，見之大喜，遂傳其圖，且詳考顛末，爲之跋云。慶曆六年，吳興郡守晏六老於南園，酒酣賦詩。安定胡先生瑗教授湖學，爲序其事。六人者：工部侍郎郎簡，年七十九；司封員外郎范說，年八十六；衛尉寺丞張維，年九十一，俱致仕。劉維慶，年九十二；周守中，年九十五；吳琰，年七十二，皆有子弟列爵於朝，劉殿中丞述之仲父、周大理丞頌之父、吳大理丞知幾之父也。詩及序刻石園中，園廢，石亦不存。其事見《圖經》及《安定言行錄》。余嘗攷之：郎簡，杭人，或嘗寓於湖。范說，治平三年進士，同學究出身。周頌，天聖八年進士第。劉、吳，盛族，述與知幾皆有名蹟可見。獨張維無所攷。近周明叔史君得古畫三幅，號《十咏圖》者，乃維所作詩也。首篇卽南園宴集所賦，孫覺莘老序之，於是始知維爲子野之父也，時熙寧五年歲在壬子，逆數而上八十二年，子野之生當在淳化辛卯。其父享年九十有一，正當爲守會六老之年，實慶曆丙戌，逆數而上九十一年，則周世宗顯德丙辰也。後四年宋興，及於熙寧、元豐，再更甲子矣。子野於其間擢儒科，登膴仕，爲時聞人。贈其父官四品，仍父子皆耄期，流風雅韻，使人遐想，慨慕不能已，可謂吾鄉衣冠之盛事矣。世固知有子野而不知有其父也。自慶曆丙戌後十八年，子野爲《十咏圖》，當治平甲辰。又後八年，孫莘老爲太守爲之作序，當熙寧壬子。又後一百七十七年，當淳祐己酉，其圖爲好古博雅君子所得。會余方輯《吴興人物志》，見之，如獲珙璧。因細考而詳録之，庶子野之墓在卞山多寶寺，今其後影響不存矣。此圖之獲，豈不幸哉？本朝有兩張先，皆字子野。其一博州人，天聖三年進士，歐陽公爲作墓志。其一天聖八年進士，則吾州人也。二人名姓字皆同，又適同時，不可不知也。且賦詩云：『平生聞説張三影，十詠誰知有乃翁。逢世昇平百年久，與齡耆艾一家同。名賢敘述文章好，勝事流傳繪素工。遐想盛時生恨晚，恍如身在畫圖中。』余家又偶藏子野詩一帙，名《安陸集》，舊京本也。鄉守楊嗣翁見之，因取刻之郡齋。適二事皆出余家，似與子野父子有緣耳。

歷代詞人考略卷十一

宋五

石延年

延年，字曼卿，先世幽州人，徙宋城。累舉進士不第，真宗錄二舉進士，爲三班奉職，延年恥不就。張知白謂曰：『母老，乃擇祿耶？』不得已就命。以右班殿直改太常寺太祝，知金鄉縣，通判乾寧軍，徙永靜軍，爲大理評事、館閣校勘。歷光祿大理寺丞。坐與范諷友善落職，通判海州。久之，爲祕閣校理，終太子中允，同判登聞鼓院。有《扪蝨菴長短句》。

〔詞話〕

《澠水燕談錄》：石曼卿，天聖、寶元間以歌詩豪於一時，嘗於平陽作《代意寄師魯》一篇，詞意深美。曼卿死後，故人關詠夢曼卿曰：『延年平生作詩多矣，獨常自以爲《代平陽》一首最爲得意，而世人罕稱之。能令予此詩盛傳於世，在永言爾。』詠覺，增廣其詞爲曲，度以《迷仙引》，於是人爭歌之。他日，復夢曼卿謝焉。詠，字永言。

《古今仙鑑》：石曼卿，真宗朝學士，生平遺落世事，死後有見之者，曰：『我今爲仙，主芙蓉城。』其《捫蝨菴長短句》，少有流傳者。

《堯山堂外紀》：曼卿通守朐山，遣人以泥封桃李核，彈之巖谷間，嗣後花開滿山。又嘗攜伎石室中，鳴絃爲冰車鐵馬之聲，後党竹谿爲詞以弔之云：『鐵馬冰車斷遺響，林花石室自春風，芙蓉城闕五雲中。』

〔詞評〕

《漫叟詩話》：李長吉歌『天若有情天亦老』，人以爲奇絕無對，石曼卿對以詞曰『月如無恨月長圓』，足爲勍敵。

按：石曼卿《燕歸梁》云：『芳草年年惹恨幽。想前事悠悠。傷存傷別幾時休。算從古，爲風流。　春山總把，深勻翠黛，千疊在眉頭。不知供得幾多愁。更斜日，凭危樓。』後段前四句一意相承，說到第四句，幾無可再說，倘結句無力，或涉薄涉纖，得『更斜日，凭危樓』句，便厚便大，便覺竟體空靈，含意無盡，此中消息可參。　又按：曼卿《代平陽》一篇，乃《玉樓春》調，非詩也。身後見夢故人，諄諄託以傳世，彼芙蓉城主者，顧猶未忘結習耶？

蘇軾

軾，字子瞻，一字和仲，自號東坡居士，眉山人。嘉祐二年，試禮部第一，對制策，入三等。除大理評事，簽書鳳翔府判官。召試，直史館。熙寧初，知密、徐、湖三州，坐爲詩謗訕，謫黄州團練副使。哲宗朝，拜龍圖閣學士，出知杭州，召爲兵部尚書，改禮部，兼端明殿翰林、侍讀兩學士，出知定州。紹聖初，貶寧遠軍節度副使，惠州安置。又貶瓊州别駕，居儋耳。徽宗立，移舒州團練副使，復朝奉郎，提舉玉局觀。卒贈太師，謚文忠。有《東坡居士詞》二卷。

〔詞話〕

《坡仙集外紀》：蘇軾於中秋夜宿金山寺，作《水調歌頭》寄子由，神宗讀至『瓊樓玉宇』二句，乃歎云：『蘇軾終是愛君。』即量移汝州。又：東坡問陳無己：『我詞何如少游？』無己曰：『學士小詞似詩，少游詩似小詞。』又：東坡在儋耳，常負大瓢行歌田間，所歌皆《哨徧》也。一日，遇一媪，謂坡曰：『學士昔日富貴，一場春夢耳。』東坡因呼爲春夢婆。

《鐵圍山叢談》：歌者袁綯，宣和間供奉九重，嘗爲吾言：『東坡公昔與客游金山，適中秋夕，天宇四垂，一碧無際。加江流澒湧，俄月色如晝，遂共登金山山頂之妙高臺，命綯歌其《水調歌頭》曰：「明月幾時有，把酒問青天。」歌罷，坡爲起舞，而顧問曰：「此便是神仙矣。」』吾謂文章人物，誠千載一時，後世安所得乎？

《苕溪漁隱叢話》：《古今詞話》云：『東坡在黄州，中秋夜，對月獨酌，作《西江月》云云。「把盞淒涼北望」〔一〕，坡以讒言謫居黄州，鬱鬱不得志，凡賦詩綴詞，必寫其所懷，然一日不負朝廷，其懷君之心，末句可見矣。』苕溪漁隱曰：『《聚蘭集》載此詞，注曰「寄子由」，故後句云「中秋誰與共孤光，把酒淒涼北望」，則兄弟之情見於句意之間矣。疑是在錢唐作，時子由爲睢陽幕客。若《詞話》所云，則非也。』又：東坡別參寥長短句云：『西州路，不應回首，爲我沾衣。』東坡用此故事。若世俗之論，必以爲讖矣。然其詞石刻後，東坡自題云『元祐六年三月六日』，余以東坡先生年譜攷之，元祐四年知杭州，六年召爲翰林學士承旨，則長短句蓋此時作也。自後復守潁，徙揚，入長禮曹，出帥定武，至紹聖元年方南遷嶺表，建中靖國元年北歸至常，乃薨，凡十一載。則世俗成讖之論，安可信耶？又：東坡云：龍丘子自洛之蜀，載二侍女，戎裝駿馬，至溪山住處，輒留數日，見者以爲異人。後十年，築室黃岡之北，號靜菴居士。作《臨江仙》贈之云：『細馬遠馱雙侍女，青巾玉帶紅鞾。溪山好處便爲家。誰知巴峽路，卻是洛城花。面旋落英飛玉蘂，人間春日初斜。十年不見紫雲車。龍丘新洞府，鉛鼎養丹砂。』龍丘子卽陳季常也。又：《古今詞話》云：『蘇子瞻守錢唐，有官妓秀蘭，天性黠慧，善於應對。湖中有宴會，羣妓畢至，惟秀蘭不來。遣人督之，須臾方至。子瞻問其故，具以髮結沐浴，不覺困睡，忽有人叩門聲，急起而問之，乃樂營將催督之，非敢怠忽，謹以實告。子瞻亦恕之。坐中倅車屬意於蘭，見其晚來，恚恨未已。責之曰：『必有他事，以此晚至。』秀蘭力辯，不能止倅之怒。是時榴花盛開，秀蘭以一枝藉手告倅，其怒愈甚，秀蘭收淚無言。子瞻作《賀新涼》以解之，『乳燕非華屋』云云，其怒始息。子瞻之作，皆目前事，蓋取其沐浴新涼，曲名《賀新涼》也。後人不知，誤爲《賀新郎》，蓋不得子瞻之意也。子瞻真所謂風流太守也，豈可與俗吏同日語哉？』苕溪漁隱曰：『野哉！楊湜之言，真可入笑林。東坡此詞冠絕古今，託意高遠，寧爲一娼而發耶？「簾外誰來推繡戶。枉教人夢斷瑤臺曲。又卻是，風敲竹。」用古詩「捲簾風動竹，疑是故人來」之意。今乃云「忽有人叩門聲，急起而問之，乃樂營將催督」，此可笑者一也；「石榴半吐紅巾蹙。待浮花浪蘂都盡，伴君幽獨。濃豔一枝細看取。芳意千重似束〔二〕。」蓋初夏之時，千花事退，榴花獨芳，因以申寫幽閨之情。今乃云「是時榴花盛開，秀蘭以一枝藉手告倅，其怒愈甚」，此可笑者二也； 此詞腔調寄《賀新郎》，乃古曲名也，今乃云「取其沐浴新涼，曲名《賀新涼》，後人不知之，誤爲《賀新郎》」，此可笑者三也。《詞話》中可笑者甚衆，姑舉其尤者。第東坡此詞深爲不幸，横遭點汙，吾不可無一言雪其恥。 宋子京云「江左有文拙而好刻石者，謂之詅癡符」，今楊湜之言俚甚，而鋟板行世，殆類是也。」

《能改齋漫録》： 東坡先生謫居黄州，作《卜算子》『缺月挂疏桐』云云，其屬意蓋爲王氏女子也，讀者不能解。 又：『別酒送君君一醉。清潤潘郎，更是何郎壻。記取釵頭新利市。莫將分付東鄰子。 回首長安佳麗地。三十年前，我是風流帥。爲向青樓尋舊事。花枝缺處餘名字。』右《蝶戀花》詞，東坡在黄時送潘邠老赴省試作也，今集不載。 又： 王定國自嶺表歸，出歌者柔奴勸東坡飲。坡問：『廣南風土應不好？』柔奴曰：『此心安處，便是吾鄉。』東坡喜其語，作《定風波》詞以紀之，結云：『試問嶺南應不好，卻道此心安處是吾鄉。』

《冷齋夜話》： 東坡守錢唐，無一日不在西湖。嘗攜妓謁大通禪師，師慍形於色。東坡作長短句，令妓歌之曰：『師唱誰家曲，宗風嗣阿誰？借君拍板及門鎚。我也逢場作戲不須疑。 溪女方偷眼，山僧莫皺眉。卻嫌彌勒下生遲。不見阿婆三五少年時。』

《林下詞談》： 子瞻在惠州與朝雲閒坐，時青女初至，落木蕭蕭，悽然有悲秋之意，命朝雲把大白，唱『花褪殘紅』。朝雲歌喉將囀，淚滿衣襟，子瞻詰其故。答曰：『奴所不能歌，是「枝上柳緜吹又少。天涯何處無芳草」也。』子瞻翻然大笑曰：『是吾政悲秋，而汝又傷春矣。』遂罷。 朝雲不久抱疾而亡，子瞻終身不復聽此詞。

《侯鯖錄》：元祐七年正月，東坡先生在汝陰，州堂前梅花大開，月色鮮霽。先生王夫人曰：『春月色勝如秋月色，秋月色令人悽慘，春月色令人和悅，何如召趙德麟輩來，飲此花下。』先生大喜曰：『吾不知子能詩耶？此真詩家語耳。』遂相召，與二歐飲，用是語作《減字木蘭》詞『春庭月午』云云。又：東坡云琴曲有《瑤池燕》，其詞不協，而聲亦怨咽，變其詞作閨怨，寄陳季常，云：『此曲奇妙〔三〕，勿妄與人。』云：『飛花成陣，春心困。寸寸。別腸多少愁悶。無人問。偷啼自搵。殘妝粉。

抱瑤琴、尋出新韻。玉纖趁。南風未解幽慍。低雲鬟、眉峯斂暈。嬌和恨。』又：東坡自黃移汝，過金陵，見舒王，適陳和叔作守，多同飲會。一日，遊蔣山，和叔被召，將行，舒王顧江山曰：『子瞻可作歌。』坡醉中書云：『卻訝此洲名白鷺，非吾侶，翩然欲下還飛去。』和叔到任數日去，舒王笑曰：『白鷺者，得無意乎？』

《墨莊漫錄》：東坡在杭州，一日遊西湖，坐孤山竹閣前臨湖亭上。時二客皆有服，預焉。久之，湖心有一綵舟漸近亭前，靚粧數人，中有一人尤麗，方鼓箏，年且三十餘，風韻嫺雅，綽有態度。二客競目送之，曲未終，翩然而逝。公戲作長短句云：『鳳凰山下雨初晴。水風清。晚霞明。一朵芙蓉開過尚盈盈。何處飛來雙白鷺，如有意，慕娉婷。

忽聞江上弄哀箏。苦含情。遣誰聽。烟斂雲收，依約是湘靈。欲待曲終尋問取，人不見，數峯青。』

《獨醒雜志》：東坡守徐州，作燕子樓樂章，方具藁，人未知之。一日，忽閧傳城中，東坡訝焉，詰其所從來，乃謂發端於邏卒。東坡召而問之，對曰：『某稍知音律，嘗夜宿張建封廟，有歌聲，細聽，乃此詞也。記而傳之，初不知何謂。』東坡笑而遺之。

《鶴林玉露》：閭丘公顯致仕，居吳，東坡過之，必留連信宿。嘗言：『過姑蘇，不游虎丘，不謁閭丘，乃二欠事。』一日，閭丘出後房善吹笛者名懿卿佐酒，東坡作《水龍吟》詠笛材以遺之。

《漫叟詩話》：東坡最善用事，既顯而易讀，又切當。和人洗兒詞云：『深愧無功，此事如何到得儂？』南唐時，宫中嘗賜洗兒果，有近臣謝表云：『猥蒙寵數，深愧無功。』李主曰：『此事，卿安得有功？』尤爲親切。

《避暑録話》：子瞻量移汝州，與數客飲江上。夜歸，江面際天風露，浩然有當其意，乃作歌辭，所謂『夜闌風静縠紋平。小舟從此逝，江海寄餘生』者，與客大歌數過而散。翌日，喧傳子瞻夜作此詞，挂冠服江邊，拏舟長嘯去矣。郡守徐君猷聞之，驚且懼，以爲州失罪人，急命駕往謁，則子瞻鼻鼾如雷，猶未興也。然此語卒傳至京師，雖裕陵亦聞而疑之。

《東皋雜録》：東坡自錢塘被召，過京口，林子中作守郡。有宴會，座中營妓出牒，鄭容求落籍，高瑩求從良。子中命呈牒東坡，坡索筆題《減字木蘭花》於牒後云：『鄭莊好客。容我樓前先墮幘。落筆風生。籍籍聲名不負公。　高山白早。瑩骨柔肌那解老。從此南徐。良夜風清月滿湖。』暗用『鄭容落籍，高瑩從良』八字於句端。一作潤守許仲遠。校：《聚蘭集》作許仲塗。

《古今詞話》：《女紅餘志》云：『惠州溫氏女超超，年及笄，不肯字人，聞東坡至，喜曰：「我壻也。」日徘徊窗外，聽公吟詠，覺則亟去。東坡知之，乃曰：「吾將呼王郎與子爲姻。」及東坡泛海歸，超超已卒，葬於沙際。公因作《卜算子》，有「揀盡寒枝不肯棲」之句。』校：詞爲詠鴈，當别有寄託，何得以俗情傅會也。又：東坡有二韻事，見於《行香子》。秦、黄、張、晁爲蘇門四學士，每來，必命取密雲龍供茶，家人以此記之。廖明略晚登東坡之門，公大奇之。一日，又命取密雲龍，家人謂是四學士，窺之，則廖明略也。坡爲賦《行香子》一闋。又嘗約劉器之參玉版和尚，至簾泉寺，燒筍而食。劉問之，東坡指筍曰：『此玉版僧，最善説法，使人得禪悦味。』遂有『麯生禪，玉版局，一時參』之句，亦《行香子》也。

〔詞評〕

《吹劍録》：東坡在玉堂日，有幕士善歌。因問：『我詞何如柳七？』對曰：『柳郎中詞，只合十七八女郎執紅牙板，歌「楊柳岸、曉風殘月」，學士詞，須關西大漢銅琵琶、鐵綽板，唱「大江東去」。』東坡爲之絶倒。

《梁谿漫志》：程子山敦厚跋坡詞《滿庭芳》云：『予聞蘇仲虎云，有傳此詞以爲先生作，東坡笑曰：「吾文章冐以藻繪一香篆槃乎？」其間如「畫堂别是風光」，及「十指露」之語〔四〕，誠非先生冐云。』子山之説，固人所共曉。予嘗怪李端叔謂『坡在中山〔五〕，歌者欲試坡倉卒之才，於其側歌《戚氏》，坡笑而頷之。邂逅方論穆天子事，頗摘其虚誕，遂資以應之，隨聲隨寫，竟篇，纔點定五六字，坐中隨聲擊節，終席不問他辭，亦不容别一語。臨分曰：「足以爲中山一時盛事。」』然其詞有曰：『玉龜山，東皇靈姥統羣仙』，又『爭解繡勒香韉』，又『鑾輅駐蹕』，又『肆華筵，間作脃管鳴絃，宛若帝所鈞天』，又『盡倒瓊壺酒，獻金鼎藥，固大椿年』，又『浩歌暢飲，回首塵寰。爛漫遊、玉輦東還』。東坡御風騎氣，下筆真神仙語。此等鄙俚猥俗之詞，殆是教坊倡優所爲，雖東坡竈下婢，亦不爲之。而顧稱譽若此，豈果端叔之言耶？恐疑誤後人，不可不辨。

《老學菴筆記》：東坡在中山作《戚氏》詞，最得意，幕客李端叔跋三百餘字，敘述甚備，欲刻石傳後，爲定武盛事。會謫去，不果。今乃不載集中。至有立論排詆，以爲非公作者，識真之難如此。

《芥隱筆記》：『東坡詞「不與梨花同夢」，蓋用王建「夢中梨花雲」詩。』王昌齡《梅花》詩『落落寞寞路不分，夢中喚作梨花雲』，坡用此語。

《貴耳錄》：東坡《水籠吟・詠笛》詞，傳有八字謚：『楚山修竹如雲，異材秀出千林表』，此笛之質也；『龍鬚半翦，鳳膺微漲，玉肌雲繞』，此笛之狀也；『木落淮南，雨晴雲夢，月明風嫋』，此笛之時也；『自中郎不見，將軍去後，知孤負，秋多少』，此笛之事也；『聞道嶺南太守，後堂深、綠珠嬌小』，此笛之人也；『綺窗學弄，《涼州》初試，《霓裳》未了』，此笛之曲也；『嚼徵含宮，泛商流羽，一聲雲杪』，此笛之音也；『爲使君洗盡，蠻烟瘴雨，作霜天曉』，此笛之功也。『嚼徵含宮，泛商流羽』，五音已用其四，唯少一『角』字，末句作『霜天曉』，歇後一『角』字。

《曲洧舊聞》：章楶質夫作《水龍吟・詠楊花》，其命意用事，清麗可喜。東坡和之，若豪放不入律呂，徐而視之，聲韻諧婉，便覺質夫詞有織繡工夫。晁叔用云：『東坡如毛嬙西施，淨洗卻面，與天下婦人鬬好，質夫豈可比耶？』

《竹坡詩話》：白樂天《長恨歌》云：『玉容寂寞淚闌干，梨花一枝春帶雨。』人皆喜其氣韻之佳。東坡作送人小詞云：『故將別語調佳人，要看梨花枝上雨。』雖用樂天兩句，別有一種風味，非點石成金手不能爲此。

《後山詩話》：『退之以文爲詩，子瞻以詩爲詞，如教坊雷大使之舞，雖極天下之工，要非本色。』余謂後山之言過矣。子瞻佳詞最多，其間傑出者，如『大江東去，浪淘盡、千古風流人物』赤壁、『明月幾時有，把酒問青天』中秋、『落日繡簾捲，亭下水連空』快哉亭、『乳燕飛華屋，悄無人、桐陰轉午』初夏、『明月如霜，好風如水，清景無限』夜登燕子樓、『楚山修竹如雲，異材秀出千林表』詠笛、『玉骨那愁瘴霧，冰肌自有仙風』詠梅、『東武南城新堤固，漣漪初溢』宴流杯亭、『冰肌玉骨，自清涼無汗』夏夜、『有情風萬里捲潮來，無情送潮歸』別參寥、『缺月挂疏桐，漏下人初靜』秋夜、『霜降水痕收，淺碧鱗鱗露遠洲』重九涵輝樓，凡此十餘詞，皆絕去筆墨畦徑，直造古人不到處。子瞻自言生平不善唱曲，故間有不入腔處，非盡如此。後山乃比之教坊雷大使舞，是何每況愈下，蓋其謬耳。

《碧雞漫志》：東坡先生以文章餘事作詩，溢而作詞曲，高處出神入天，平處尚臨鏡笑春，不顧儕輩。

《花草蒙拾》：『枝上柳緜』，恐屯田緣情綺靡，未必能過，孰謂彼但解作『大江東去』耶？髯直是軼倫絕羣。又：『春事闌珊芳草歇』一首，凡六十字，字字驚心動魄，『衹爲一聲《河滿子》，下泉須弔孟才人』，恐無此魂消也。又：名家當行，固有二派。蘇公自云：『吾醉後作草書，覺酒氣拂拂從十指間出。』黃魯直亦云東坡書挾海上風濤之氣，讀坡詞當作如是觀，瑣瑣與柳七較錙銖，無乃爲髯公所笑。

《四庫全書》『東坡詞提要』：詞自晚唐五代以來，以清切婉麗爲宗，至柳永而一變，如詩家之白居易。至軾又一變，如詩家之韓愈，遂開南宋辛棄疾等一派。尋源溯流，不能不謂之別格，然謂之不工則不可，故至今日尚與《花間》一派竝行而不能偏廢。

《七頌堂詞繹》：詞中如『玉佩丁東』、如『一鉤殘月帶三星』，子瞻所謂恐它姬厮賴，以取娱一時可也。乃子瞻《贈崔廿四》全首，如離合詩、才人戲劇，興復不淺。

《蓮子居詞話》：蘇、辛竝稱，辛之於蘇，亦猶詩中山谷之視東坡也。東坡之大，與白石之高，殆不可以學而至。

《皺水軒詞筌》：蘇子瞻有『銅喉鐵板』之譏，然其《浣溪沙·春閨》曰：『綵索身輕常趁燕，紅窗睡重不聞鶯。』如此風調，令十七八女郎歌之，豈在『曉風殘月』之下。

晁無咎云：居士詞，人謂多不諧音律，然横放傑出，自是曲子内縛不住者。

陸務觀云：試取東坡諸詞歌之，曲終，覺天風海雨逼人。

周煇云：居士詞豈無去國懷鄉之感，殊覺哀而不傷。

胡元任云：東坡詞，絶去筆墨畦徑，直造古人不到處，使人一唱而三歎。

胡致堂云：眉山蘇氏一洗綺羅香澤之態，擺脱綢繆宛轉之度，使人登高望遠，舉首高歌，而逸懷浩氣，超乎塵垢之外，於是《花間》爲皁隸，而耆卿爲輿臺矣。

張叔夏云：東坡詞，清麗舒徐處高出人表，周、秦諸人所不能到。

樓敬思云：東坡靈氣仙才，所作小詞，衝口而出，無窮清新，不獨寓以詩人句法，能一洗綺羅香澤之態也。

許蒿廬云：子瞻自評其文云『如萬斛泉源，不擇地皆可出』，唯詞亦然。

〔詞考〕

《聞見後録》：東坡爲董毅夫作長短句：『文君壻知否，笑君卑辱。』奇語也。文君壻猶虞姬壻云，今刻本者不知，有自改『文君細知否』，可笑耳。

《四庫全書》『東坡詞提要』：《東坡詞》一卷，宋蘇軾譔。《宋史·藝文志》載軾詞一卷，《書録解題》則稱《東坡詞》二卷。此本乃毛晉所刻，後有晉跋云：『得金陵刊本，凡混黄、晁、秦、柳之作，俱經芟去，然刊削尚有未盡者，如開卷《陽關曲》三首，已載入詩集中，乃餞李公擇絶句。其曰以《小秦王》歌之者，乃唐人歌詩之法，宋代失傳；唯《小秦王》調近絶句，故借其聲律以歌之，非别有詞調謂之《陽關曲》也。使當時有《陽關曲》一調，則必自有本調之宮律，何必更借《小秦王》乎？以是收之詞集，未免泛濫，至集中《念奴嬌》一首，朱彝尊《詞綜》據《容齋隨筆》所載黄庭堅手書本，改「浪淘盡」爲「浪聲沈」、「多情應笑我早生華髮」爲「多情應是我笑生華髮」，因謂「浪淘盡」三字於詞不協，「多情」句應上四下五。然攷毛幵此調，如「算無地」、「閬風頂」，皆作仄平仄，豈可俱謂之未協？石孝友此調云「九重頻念此，衮衣華髮」，周紫芝此調云「白頭應記得，尊前傾蓋」，亦何嘗不作上五下四句乎？又趙彦衛《雲麓漫鈔》辨《賀新涼》詞版本「乳燕飛華屋」句，真蹟「飛」作「棲」；《水調歌頭》版本「但願人長久」句，真蹟「願」作「得」，指爲妄改古書之失。然二字之工拙，皆相去不遠。前人簷作時有改定，何以定以真蹟爲斷乎？』晉此刻不取洪、趙之説，則深爲有見矣。曾敏行《獨醒雜志》載軾守徐州日，作燕子樓樂章，其稿初具，邏卒已聞張建封廟中有鬼歌之，其事荒誕不足信。然足見軾之詞曲，輿隸亦相傳誦，故造作是説也。

延祐雲間本《東坡樂府》黄丕烈跋：延祐庚申刻《東坡樂府》與毛鈔《東坡詞》非一本，二卷雖同，其序次前後歧異。鈔本坿《東坡詞拾遺》一卷，有紹興辛未孟冬至游居士曾慥跋，謂東坡先生長短句既鏤板，復得張賓老所編並載於蜀本者，悉收之。似前二卷亦係曾刊。而《直齋解題》但云《東坡詞》二卷，不云有《拾遺》，似非此本。然直齋云集中《戚氏》敘穆天子、西王母事，今毛鈔本亦有此語，似宋刻卽毛鈔所自出。而此刻《戚氏》下無此注釋，大概錢遵王所云穿鑿坿會者也。且毛鈔遇注釋處，往往『公舊注』云云，俱與此刻合，而餘多不同，或彼有此無，或彼無此有。余以毛鈔注釋多標明『公舊注』，則此刻之注釋乃其舊文，遵王欲棄宋留元，未始無意。

四印齋刻《東坡樂府》跋：右延祐雲間本《東坡樂府》二卷。錢遵王《讀書敏求記》：『《東坡樂府》二卷，刻於延祐庚申。舊藏注釋宋本，穿鑿蕪陋，殊不足觀，棄彼留此，可也。』其說與葉序吻合。桉：《文獻通攷》：『《注坡詞》二卷，陳氏曰僊溪傅幹譔。』而黄蕘翁跋卽以毛鈔中《戚氏》敘穆天子、西王母云云，爲宋本穿鑿之證，或未盡然。光緒戊子春，鳳阿同年聞余有縮刻《稼軒長短句》之役，復出此册假我，遂借鈔合刻。中間字句，間有譌奪與缺筆敬避及不合六書字體者，悉仍其舊，略存影寫之意。

桉：臨桂王給諫鵬運自號半唐老人，近世詞學家之泰斗也。嘗謂北宋人詞，如潘逍遙之超逸、宋子京之華貴、歐陽文忠之騷雅、柳屯田之廣博、晏小山之疏俊、秦太虛之婉約、張子野之流麗、黄文節之雋上、賀方回之醇肆，皆可樵擬得其仿佛，唯蘇文忠之清雄，敻乎軼塵絶迹，令人無從步趨，蓋霄壤相懸，寧止才華而已。其性情，其學問，其襟抱，舉非恆流所能夢見。詞家蘇、辛並稱，其實辛猶人境也，蘇其殆仙乎？吾友蕙風舍人《香東漫筆》有云：『詞中求詞，不如詞外求詞。』文忠詞大都得之詞外，而竝勿庸求之者也。

【校記】

〔一〕把：底本作『托』，按下文引錄亦作『把』，此據《苕溪漁隱叢話》改。

〔二〕似：底本作『是』，據《苕溪漁隱叢話》改。

〔三〕云：底本作『去』，據《說郛》本《侯鯖錄》改。

〔四〕及：底本作『乃』，據《梁谿漫志》改。

〔五〕中山：底本作『山中』，據《梁谿漫志》改，下同。

蘇轍

轍，字子由，自號潁濱遺老。軾弟，年十九，與兄軾同第進士，又同策制舉，以直言置下等，授商州軍事推官。神宗立，上書，召對，爲三司條例屬官。坐兄軾詩禍，謫監筠州鹽酒稅。哲宗朝，代軾爲翰林學士，尋拜尚書右丞，進門下侍郎。以直諫落職，知汝州，又謫化州別駕，雷州安置。徽宗朝，復大中大夫，致仕。卒，追復端明殿學士。淳熙中，謚文定。有《欒城集》。

〔詞話〕

《花草粹編》：蘇子由《漁家傲·和門人祝壽》云：『七十餘年真一夢。朝來壽斝兒孫奉。憂患已空無復痛。心不動。此間自有千鈞重。　蚤歲文章供世用。中年禪味疑天縱。石墖成時無一縫。誰與共。人間天上隨它送。』

桉：東坡有《水調歌頭·和子由中秋作》『安石在東海』云云。歸安朱氏刻《東坡樂府》坿子由原作云：『離別一何久，七度過中秋。去年東武，今夕明月不勝愁。豈意彭城山下，同汎清河古汴，船上載涼州。鼓吹助清賞，鴻鴈起汀洲。　坐中客，翠羽帔，紫綺裘。素娥無賴西去，曾不爲人留。今夜清尊對客，明夜孤帆水驛，依舊照離憂。但恐同王粲，相對永登樓。』朱氏桉云此詞爲子由原作，元本、毛本題固甚明。王桉王文誥《蘇詩總案》於題首增『與』字，遂目爲坡公自作，不知公詞敘固謂子由作此曲以別也。桉：坡公詞敘云：『今年子由相從彭門百餘日，過中秋而去，此曲以別。余以其語過悲，乃爲和之。』子由詞末憂、樓二韻，所謂過悲之語矣。

徐都尉

徐都尉，名字、占籍待攷。

〔詞話〕

《堅瓠八集》：徐都尉於西山闢一花園，廣植奇花異果，名曰藏春塢。時值芳春，名花競秀。蘇東坡同佛印訪之，值都尉他出，洞門鎖鑰，無得啓扃。遥見樓頭有一女子，美貌，凭闌凝望。東坡遂索筆題詩於門曰：『我來亭館寂寥寥，鎮鎖朱扉不敢敲。一點好春藏不得，樓頭半露杏花梢。』佛印亦和云：『門掩青春春自饒，未容取次老僧敲。輸他蜂蝶無情物，相逐偷香過柳梢。』題畢而去。都尉回見詩，明日，乃約二人宴會。久而不至，用前韻自題云：『藏春日日春如許，門掩應防俗客敲。准擬款爲花下飲，莫教明月上花梢。』又以事他出。俄而佛印、東坡至，出家姬侍宴，徧賞紅紫。酒半酣，坡詠《殢人嬌》詞贈姬云：『滿院桃花，盡是劉郎未見。於中更、一枝纖軟。仙家日日，笑人間春晚。濃醉起，驚落亂紅千片。　密意難窺，羞容易見。平白地、爲伊腸斷。問君終日，怎安排心眼。須信道，司空自來見慣。』都尉歸見詞，卽和云：『小苑藏春，信道遊人未見。花臉嫩、柳腰嬌軟。停觴緩引，正夕陽將晚。鶯誤入，蹴損海棠花片。　只悵春心，當時露見。小樓外、曾勞目斷。燈前料想，也飢心飽眼。從此去，縈心有人可慣。』命姬歌詞以勸，坡大醉而別。

桉：《蘇文忠公詩集》有《留題徐氏花園》二首：『莫尋羣玉山頭路，莫看劉郎觀裏花。但解閉門留我住，主人休問是誰家。』『退之身外無窮事，子美尊前欲盡花。更有多情君未識，不隨柳絮落人家。』《密州藏春塢》一首：『朱閣前頭露井多，碧桃花下美人過。寒泉未必能勝此，奈有銀缾素綆何。』其《留題徐氏花園》二首，查注慎按：『此二首，施氏原本不載，諸刻本所載共三首，題云《藏春塢》。今據《外集》，以「莫尋羣玉山頭路」一首、「退之身外無窮事」二首係此題之下。其「朱閣前頭露井多」一首，題云《密州藏春塢》，分編兩卷，以正諸刻之譌』云云。文忠所題徐氏花園，卽藏春塢，徐氏卽徐都尉，惜諸家注蘇並不詳其名耳。

李子正

子正，名及占籍待考。桉：《萬姓統譜》：李奇，字子正，宜春人。景祐元年，登進士第。嘉祐中，任職方員外郎。性慷慨，不屑事家人生產，悉以祖產分諸兄弟，仍戒子孫不得追取。既卒，族人端以詩哭之，有「祖來產業分兄弟，身後詩書遺子孫」之句。』《梅苑》多北宋人詞，李子正或即李奇，惜無其它佐證，未便臆決。記俟詳考。

桉：李子正詞《減蘭十梅》並序云：『竊以花雖多品，梅最先春。始因暖律之潛催，正值冰澌之初泮。前邨雪裏，已見一枝；山上驛邊，亂飄千片。寄江南之春信，與隴上之故人。玉臉娉婷，如壽陽之傅粉；冰肌瑩徹，逞射姑之仙姿。不同桃李之繁枝，自有雪霜之素質。香欺青女，冷耐霜娥。月淺溪明，動詩人之清興；日斜烟暝，感行客之幽懷。偏宜淺蘂輕枝，最好暗香疏影。況是非常之標格，別有一種之風情。嫦娥『嫦娥』二字，元加墨圍，與下句『那更』字不對，疑誤。好景難拚，那更綵雲易散。凭闌賞處，已遍南枝兼北枝；秉燭看時，休問今日與昨日。且輟龍吟之三弄，更停畫角之數聲。庾嶺將軍，久思止渴；傅巖元老，專待和羹。豈如凡卉之嬌春，長賴化工而結實。又況風姿雨質，曉色暮雲。日邊月下之妖嬈，雪裏霜中之豔冶。初開微綻，欲落驚飛。取次芬芳，無非奇絕。錦囊佳句，但能髣髴芳姿；皓齒清歌，未盡形容雅態。追惜花之餘恨，舒樂事之餘情。試綴蕪詞，編成短闋。曲盡一時之景，聊資四座之歡。女伴近前，鼓子祇候。』總題云：『梅梢香嫩。雪裏開時春粉潤。雨蘂風枝。暗與黃昏取次宜。　日邊月下。休問初開兼欲謝。卻最妖嬈。不似羣花春正嬌。』風云：『東風吹暖。輕動枝頭嬌豔顫。片片驚飛。不似城南畫角吹。　香英飄處。定向壽陽妝閣去。莫損柔柯。今日清香遠更多。』雨云：『瀟瀟細雨。雨歇芳菲猶淡竚。密灑輕籠。濕徧柔枝香更濃。　瓊腮微膩。疑是凝酥初點綴。冷豔相宜。不似梨花帶雨時。』雪云：『六花飛素。飄入枝頭無覓處。密綴輕堆。只似香苞次第開。　闌邊欲墜。姑射山頭人半醉。牆外低垂。窺送佳人粉再吹。』月云：『寒蟾初滿。正是枝頭開爛漫。素質籠明。多少風姿無限情。　暗香疏影。冰麝蕭蕭山驛靜。淺蘂輕枝。酒醒更闌夢斷時。』日云：『騰騰初照。半拆瓊苞還似笑。莫近柔條。只恐凝酥暖欲消。　三竿已上。點綴胭脂紅蕩漾。剛道宜寒。不似前邨雪裏看。』曉云：『急催銀漏。漸漸紗窗明欲透。點綴花枝。曉笛吹時幾片飛。　淡烟初破。髣髴夜來飛幾朵。淺粉餘香。晨起佳人帶曉妝。』晚云：『天寒欲暮。別有一般姿媚處。半載斜陽。寶鑑微開試晚妝。　淡烟輕處。漸近黃昏香暗度。休怕春寒。秉燭重來仔細看。』早云：『陽和初布。入萼春紅纔半露。暖律潛催。與占百花頭上開。　香英微吐。折贈一枝人已去。楊柳貪眠。不道春風已暗傳。』殘云：『香苞漸少。滿地殘英寒不掃。傳語東君。分付南枝桃李春。　東風吹暖。南北枝頭開爛漫。一任飄吹。已占東風第一枝。』見《梅苑》。考鼓子詞，北宋時已有之，南宋詞人作者尤夥。《草窗詞選》云：『朱晦翁示黃銖以歐陽永叔鼓子詞，蓋所以諷之也。』《宋名臣言行錄》：『王盧溪先生嘗作上元鼓子詞寄《點絳脣》』云云。《武林舊事》：『淳熙十一年六月初一日，太上至冷泉堂。後苑小厮兒三十人打息氣唱《道情》，太上云：「此是張掄所譔鼓子詞。」』李子正詠梅詞十闋連綴，前有樂語，末云：『女伴近前，鼓子祇候。』是亦鼓子詞矣。此體爲大曲之濫觴。其先賦物，後乃詠事。其先每闋詠一事，後乃合如干闋詠一事，而大曲之體以成。又，後鼓子變爲搊彈，樂語變爲賓白，而大曲遂變爲散套、爲傳奇，語益通俗，格益不尊，每況愈下。迺至明以還之崑、弋，去古遠且甚矣。若夫大曲，固猶未涉俗調；鼓子詞則尤純是雅音也。子正雖不敢云卽是李奇，然詞筆實類北宋，故列於仁宗時代。

歷代詞人考略卷十二

宋六

楊適

適，字韓道，慈谿人。仁宗時，賜粟帛，嘉祐中，授將仕郎，起太學助教，不赴。

〔詞話〕

《西廬詞話》：《寶慶志》載題丈亭館《長相思》一闋，署慈川逸民，《卜算子》一闋，署古詞，並不著名氏。攷《乾道圖經》，慈谿人物後，特標『逸民』一條，曰：『楊適先生，隱居大隱山，生七十餘，行義聞於鄉里，人皆不敢道其姓名，以先生目之。仁宗訪天下遺逸，知州事鮑軻以適名聞，賜粟帛。嘉祐六年，知州事錢公輔又奏表適高節，遂授將仕郎，試太學助教。州遣郡從事躳捧詔書，仍具袍笏輿從。適辭而不受，終老於家。縣學有《大隱先生碑》，縣令林叔豹立』云云。則慈川逸民者，大隱先生也。

按：大隱先生《長相思·題丈亭館》云：『南山明，北山明。中有長亭號丈亭。沙邊供送迎。東江清，西江清。海上潮來兩岸平。行人分棹行。』《卜算子》前題云：『潮生浦口雲，潮落沙頭樹。潮本無心落又生，人自來還去。　今古短長亭，送往迎來處。老盡東西南北人，亭下潮如故。』兩詞落落清疏，漸近沈著，自是北宋風格。

晏幾道

幾道，字叔原，殊第七子。嘗監潁昌許田鎮。有《小山詞》二卷。

〔詞話〕

《古今詞話》：慶曆中，開封府與棘寺同日獄空，仁宗宫中宴集，宣晏幾道作《鷓鴣天》以歌之。得旨受賞。大意先賦昇平之盛，又見祥瑞之徵。而末句略近之，極爲得體，所傳『朝來又奏圜扉静，十樣宫眉捧壽觴』句是也，亦以誌一時之治化云。

《聞見後録》：晏叔原，臨淄公晚子，監潁昌府許田鎮。手寫自作長短句，上府帥韓少師。少師報書：『得新詞盈卷，蓋才有餘而德不足者。願郎君捐有餘之才，補不足之德，不勝門下老吏之望云。』一監鎮官敢以杯酒間自作長短句示本道大帥〔二〕，以大帥之嚴，猶盡門生忠於郎君之意，在叔原爲其豪，在韓公爲甚德也。

《碧雞漫志》：叔原年未至乞身，退居京城賜第，不踐諸貴之門。蔡京重九、冬至日遣客求長短句，欣然兩爲作《鷓鴣天》，『九日悲秋不到心』云云，竟無一語及於蔡者。

《詞林紀事》：晏叔原《臨江仙》『記得小蘋初見』云云。桉：《小山詞跋》：『始時，沈十二廉叔、陳十君龍，家有蓮、鴻、蘋、雲，品清謳娛客，每得一解，卽以草授諸兒。吾三人持酒聽之，爲一笑樂』云云。此詞當是追憶蘋、雲而作。又桉：《小山詞》尚有《玉樓春》兩闋，一云『小蘋若解愁春暮』，一云『小蓮未解論心素』，其人之娟姿豔態，一座皆傾，可想見矣。

〔詞評〕

《雪浪齋日記》：晏叔原工於小詞，『舞低楊柳樓心月，歌盡桃花扇底風』，不愧六朝宮掖體。無咎評樂章，乃以爲元獻，誤也。

《野客叢書》：晏叔原『今宵剩把銀釭照，猶恐相逢是夢中』，蓋出於老杜『夜闌更秉燭，相對如夢寐』，戴叔倫『還作江南夢，翻疑夢裏逢』，司空曙『乍見翻疑夢，相悲各問年』之意。

《詞苑叢談》：沈東江曰：填詞結句，或以動蕩見奇，或以迷離稱雋，著一實語，敗矣。晏叔原『紫騮認得舊遊蹤，嘶過畫橋東畔路』、秦少游『放花無語對斜暉，此恨誰知』、康伯可『正是銷魂時候也，撩亂花飛』，深得此法。

宋尚木云：小山，其詞聰俊。

王晦叔云：叔原如金陵王謝子弟，秀氣勝韻，將不可學。

周止庵云：晏氏父子仍步溫、韋，小晏精力尤勝。

〔詞考〕

《四庫全書》『小山詞提要』：黄庭堅《小山集序》曰：『其樂府可謂狹邪之大雅，豪士之鼓吹。其合者，《高唐》、《洛神》之流；其下者，豈減《桃葉》、《團扇》哉？』又《古今詞話》載程叔微之言曰：

『伊川聞人誦叔原詞「夢魂慣得無拘檢，又踏楊花過謝橋」，曰：「鬼語也。」意頗賞之。』然則幾道之詞，固甚爲當時推挹矣。馬端臨《經籍攷》載《小山詞》一卷，竝錄黄庭堅全序。此本庭堅序佚而不存，至舊本字句往往譌異，如《泛清波》摘徧一闋，『暗惜光陰恨多少』句，此刻於『光』字上誤增『花』字，衍作八字句；《詞匯》遂改『陰』作『飲』，再誤爲『暗惜花光，飲恨多少』。如斯之類，殊失其真，今並訂正焉。

《皕宋樓藏書志》：陸敕先、毛斧季手校本《小山詞》，陸氏手跋曰：『辛亥七月廿二日校，凡三鈔本，其一卽底本也。章次皆同，而此刻自《玉樓春》後，卽顛倒錯亂，不知何故。內一本分二卷，自《歸田樂》以下爲下卷，其本極佳，得脱謬字極多，惜下卷已逸去耳。』毛氏手跋曰：『己巳四月廿七日，從孫氏舊錄本校。孫氏凡二卷，其次如硃筆所標云，毛扆。』

校：叔原詞自序曰：『《補亡》一編，補樂府之亡也。』又曰：『嘗思感物之情，古今不易。竊以謂篇中之意，昔人所不遺，第於今無傳爾。故今所製，通以「補亡」名之。』今世所傳叔原詞，皆名曰《小山詞》，非讀其自序，不復知《補亡》之名矣。自序又曰：『始時，沈十二廉叔、陳十君龍或作寵，家有蓮、鴻、蘋、雲，清謳娛客。』廉叔、君龍，殆亦風雅之士，竟無篇闋流傳，竝其名亦不可攷。宋興百年已還，凡箸名之詞人，十九《宋史》有傳，或坿見父若兄傳，大都黄閣鉅公，烏衣華胄，卽名位稍遜者，亦不獲二三焉。顧梁汾有言：『燠涼之態，浸淫而入於風雅，良可浩嘆。』卽北宋詞人以觀，如叔原之才，庶幾跨竈，其名殆猶恃父以傳。夫傳不傳，亦何足重輕之有？唯是自古迄今，今不知薶沒幾許好詞！而其傳者或反不如不傳者之可傳，是則重可惜耳。

【校記】

〔一〕示：底本作『亦』，眉批：『「亦」字有誤，原本如此。』此據《文淵閣四庫全書》本《聞見後録》改。

劉敞

敞，字原父，新喻人。舉慶曆進士，廷試第一，以編排官親嫌改第二。通判蔡州，直集賢院，判尚書考功，權度支判官，徙三司使，以同修起居注擢知制誥。奉使契丹，使還，求知揚州，徙鄆州。召糾察在京刑獄，求知永興軍，拜翰林侍讀學士。召還，判三班院。復求外，以爲汝州，改集賢院學士，判南京御史臺。卒，門人私謚曰公是先生。有集。

〔詞話〕

《能改齋漫録》：侍讀劉原父守維揚，宋景文赴壽春，道出治下。原甫爲具以待宋，又爲《踏莎行》詞以侑歡云：『蠟炬高高，龍烟細細。玉樓十二門初閉。疏簾不捲水晶寒，小屏半掩琉璃翠。桃葉新聲，榴花美味。南山賓客東山妓。利名不肯放人間，忙中偷取功夫醉。』其云『南山賓客東山妓』，本白樂天詩。

桉：劉原父又有詠桂《清平樂》云：『小山叢桂。最有留人意。拂葉攀花無限思，雨溼濃香滿袂。　別來過了秋光。翠簾昨夜新霜。多少月宮閒地，姮娥與借微芳。』見《花草粹編》、《全芳備祖》。

劉攽

攽，字貢父，敞弟，與敞同登科。仕州縣二十年，始爲國子直講。熙寧中，判尚書考功，同知太常禮院。以忤王安石，斥通判泰州，以集賢校理判登聞檢院、戶部判官，知曹州。召爲國史編修，與司馬光同修《資治通鑑》。復出爲京東轉運使，徙知兖、亳二州。哲宗初，入爲祕書少監，以疾求去，加直龍圖閣，知蔡州，召拜中書舍人，卒。有《公非集》。

桉：劉貢父芍藥詞《醉蓬萊》云：『訪鶯花陳迹，姚魏遺風，綠陰成幄。尚有餘香，付寶階紅藥。淮海維揚，物華天產，未覺輸京洛。時世新妝，施朱傅粉，依然相若。束素腰纖，捻紅脣小，鄣袖嬌羞，倚闌柔弱。玉佩瓊琚，勸王孫行樂。況是韶華，爲伊挽駐，未放離情薄。顧盼階前，留連醉裏，莫教零落。』見《全芳備祖》。貢父詞未經選家箸錄。

曾鞏

鞏，字子固，南豐人。中嘉祐二年進士第，調太平州司法參軍，召編校史館書籍，遷館閣校勘、集賢校理。出通判越州，知齊、襄、洪三州。加直龍圖閣，知福州。神宗朝，判三班院，加史館脩撰，拜中書舍人，掌延安郡王牋奏，卒。有《南豐類稾》五十卷。

按：曾子固詞《賞南枝》云：『暮冬天地閉，正柔木凍折，瑞雪飄飛。對景見、南嶺梅露，幾點清雅容姿。丹染萼，玉綴枝。又豈是、一陽有私。大抵化工獨許，使占卻先時。　霜威莫苦浚持。此花根性，想羣卉爭知。貴用在和羹，三春裏、不管綠是紅非。攀賞處，宜酒卮。醉撚嗅、幽香更奇。倚闌仗何人去，囑羌管休吹。』見《花草粹編》及《御選歷代詩餘》。又《沁園春·詠臘梅》云：『絳萼欺寒，暗傳春信，一枝乍芳。向籬邊竹外，前邨雪裏，青梢猶瘦，疏影溪旁。惹露和烟凝酥豔，似瀟灑玉人初試妝。江南路，有多情竚立，迴盡柔腸。　倚樓最難忘處，正皓月千里流光。縱廣平心動，難思麗句，少陵詩興，猶愛清香。休怪東君先留意，問它日和羹誰又強？還輕許，笑淩空檜影，松蔭交相。』見《歷代詩餘》。子固詞，朱氏《詞綜》、陶氏《詞綜補遺》竝未箸錄。

曾布

布，字子宣，鞏弟。與鞏同第進士，調宣州司戶參軍，懷仁令。熙寧二年，徙開封。召見，授太子中允，加集賢校理，知制誥，爲翰林學士，以龍圖閣待制知桂州。紹聖初，拜同知樞密院，進知院事。徽宗立，拜右僕射。崇寧初，罷爲觀文殿大學士，知潤州。尋落職，累責降廉州司戶，復大中大夫，提舉崇福宮。卒贈觀文殿大學士，謚文肅，入黨籍。

〔詞話〕

《玉照新志》：《馮燕傳》見之《麗情集》，唐賈耽守太原時事也。元祐中，曾文肅帥并門，感歎其義，自製《水調歌頭》以亞大曲。然世失其傳，近閱故書，得其本，恐久而湮沒，盡錄於後。《排偏第一》：『魏豪有馮燕，年少客幽并。擊毬鬬雞爲戲，遊俠久知名。因避仇，來東郡，元戎逼，屬中軍。直氣淩貔虎，須臾叱咤風雲，凜凜座中生。　偶乘佳興。輕裘錦帶，東風躍馬，往來尋訪幽勝。遊冶出東城。隄上鶯花撩亂〔一〕，香車寶馬縱橫。草軟平沙穩，高樓兩岸春風，笑語隔簾聲。』《排偏第二》：『袖籠鞭敲鐙，無語獨閒行。緑楊下，人初靜。烟澹夕陽明。窈窕佳人，獨立瑤階，擲果潘郎，瞥見紅顔橫波盼，不勝嬌軟倚銀屏。　曳紅裳，頻推朱戶，半推還掩，似欲倚、咿啞聲裏，細說深情。因遣林間青鳥，爲言彼此心期，的的深相許，竊香解佩，綢繆相顧不勝情。』《排偏第三》：『說良人滑將張嬰。從來嗜酒，還家鎮長酩酊狂酲。屋上鳴鳩空鬬，梁間客燕相驚。誰與花爲主，蘭房從此，朝雲夕雨兩牽縈。　似遊絲飄盪，隨風無定。奈何歲華荏苒，歡計苦難憑。惟見新恩繾綣，連枝竝翼，香閨日日爲郎，誰知松蘿託蔓，一比一毫輕。』《排偏第四》：『一夕還醉，開戶起相迎。爲郎引裾相庇，低首略潛形。情深無隱，欲郎乘間起佳兵。　授青萍。茫然撫弄，不忍欺心。爾能負心於彼，於我必無情。熟視花鈿不足，剛腸終不能平。假手迎天意，一揮雙刃，窗前粉頸斷瑤瓊。』《排偏第五》：『鳳凰釵、寶玉凋零。慘然悵，嬌魂怨，飲泣吞聲。還被淩波呼喚，相將金谷同遊，想見逢迎處，揶揄羞面，妝臉淚盈盈。　醉眠人、醒來晨起，血凝螓首，但驚喧，白鄰里、駭我卒難明。致幽囚推究，覆盆無計哀鳴。丹筆終誣服，圜門驅擁，銜冤垂首欲臨刑。』《排偏第六》帶花偏：『向紅塵裏，有喧呼攘臂，轉身辟衆，莫遣人冤濫，殺張室，忍偷生。僚吏驚呼呵叱，狂辭不變如初，投身屬吏，慷慨吐丹誠。　仿佛縲紲，自疑夢中。聞者皆驚嘆。爲不平。割愛無心，泣對虞姬，手戮傾城寵，翻然起死，不教仇怨負冤聲。』《排偏第七・擷花十八》：『義城元靖賢相國，嘉慕英雄士，賜金繒。聞斯事，頻歎賞，封章歸印。請贖馮燕罪，日邊紫泥封詔，闔境赦深刑。　萬古三河風義在，青簡上，衆知名。河東注，任流水滔滔，水涸名難泯。至今樂府歌詠，流入管絃聲。』

《揮塵餘話》：曾文肅十子，最鍾愛外祖空青公，有壽詞云：『江南客，家有寧馨兒。』其後外祖果以詞翰名世，可謂父子爲知己也。

桉：王仲言所稱空青公，名紆，字公衮，文肅第三子。有《空青遺文》十卷。《四庫全書》『揮麈録提要』云：明清爲王銍之子，曾紆之外孫。紆爲曾布第十據《玉照新志》當作三子，故是録於布多溢美。『玉照新志提要』云：其載曾布『馮燕』《水調歌頭》排偏七章，爲詞譜之所未載，亦足以見宋時大曲之式。

【校記】

〔一〕擦：底本作『掩』，據《玉照新志》改。

曾布妻魏氏

魏氏，曾文肅布之妻，紆之母，封魯國夫人。

〔詞話〕

《樂府雅編》：魏夫人，曾子宣丞相内子，有《江城子》『捲珠簾』諸曲，膾炙人口。其尤雅正者，則有《菩薩蠻》『溪山掩映斜陽裏。樓臺影動鴛鴦起。隔岸兩三家。出牆紅杏花。　綠楊隄下路。早晚溪邊去。三見柳緜飛。離人猶未歸。』深得《國風·卷耳》之遺。

《林下詞選》：魏夫人與朱淑真爲詞友。

《玉塵集》：詞有以本色勝者，魏夫人：『爲報歸期須及早，休誤妾，一春閒。』

《聽秋聲館詞話》：宋時詞學盛行，然夫婦均有詞傳，僅曾布、方喬、陸游、易祓、戴復古五家。方、戴、易姓氏且無攷，戴、陸更係怨耦，易妻詞亦甚怨抑，唯子宣與魏夫人克稱良匹。它如趙明誠妻李易安盛以詞名，而明誠詞無傳。趙德麟詞甚工，其妻王夫人祇傳『白藕作花風已秋，不堪殘醉更回頭〔一〕。晚雲帶雨歸飛急，去作西窗一夜愁』一詩而已。琴鳴瑟應，天固若是靳惜耶？

校：《樂府雅詞》錄魏夫人詞十首，其中尤爲擅勝者，《定風波》云：『不是無心惜落花。落花無意戀春華。昨日盈盈枝上笑，誰道，今朝吹去落誰家。　把酒臨風千種恨，難問，夢回雲散見無涯。妙舞清歌誰是主，回顧，高城不見夕陽斜。』雖使方回、稼軒爲之，不過爾爾。又《點絳脣》後段云：『聚散匆匆，此恨年年有。重回首。淡烟疏柳。隱隱蕪城漏。』語淡而深，置之《淮海詞》中，亦允推佳構。

【校記】

〔一〕堪：底本脫，據《聽秋聲館詞話》補。

曾肇

肇，字子開，鞏幼弟。舉進士，調黄巖簿，累官吏部郎中，遷右司。元祐初，爲中書舍人，以寶文閣待制知潁州，入爲吏部侍郎，出知徐州。坐《實録》譏訕，降滁州。徽宗立，復爲中書舍人，遷翰林學士兼侍讀。兄布在相位，引故事避禁職，拜龍圖閣學士，出知陳州。崇寧初，落職，貶濮州團練副使，安置汀州，歸潤而卒。紹興初，謚文昭。有《曲阜集》。

桉：曾文昭有《好事近·亳州秋滿歸江南別諸僚舊》云：『歲晚鳳山陰，看盡楚天冰雪。不待牡丹時候，又使人輕別。如今歸去老江南，扁舟載風月。不似畫梁雙燕，有重來時節。』見《詞綜》。此詞輕清疏爽，後段尤漸近沈著。南豐家學，固自不凡。

沈括

括，字存中，錢塘人。以父任爲沭陽主簿。嘉祐八年第進士。編校昭文書籍，爲館閣校勘，遷太子中允，集賢校理，太常丞，擢知制誥兼通進銀臺司，拜翰林學士，權三司使。坐蔡確論劾，以集賢院學士知宣州，復龍圖閣待制知審官院，出知延州。坐夏人襲永樂不能救，謫均州團練副使。以光禄少卿分司居潤，卒。有《長興集》、《夢溪筆談》。

〔詞話〕

《侯鯖錄》： 沈存中括，元豐中入翰林爲學士，有《開元樂》詞四首，裕陵賞愛之。詞云：『鸛鵲樓頭日暖，蓬萊殿裏花香。草緑烟迷步元注：海虞本「鳳」輦，天高日近龍牀。』『樓上正臨宮外，人間不見仙家。寒食輕烟薄霧，滿城明月梨花。』『按舞驪山影裏，回鑾渭水光中。玉笛一天明月，翠華滿陌東風。』『殿後春旗簇仗，樓前御隊穿花。一片紅雲鬧處，外人遥認官家。』〔一〕

桉：《開元樂》本名《三臺》，或加『令』字。因沈存中詞有『翠華滿陌東風』句，又名《翠華引》。《古今詞話》引王建詞『魚藻池邊射鴨』云云，以爲《翠華引》命名由此，不知建詞中並無『翠華』字，蓋未見存中詞耳。又桉：《三臺》舞曲有《宮中》、《上皇》、《江南》、《突厥》之別。存中詞，《宮中三臺》也。《詞律》此調録韋應物詞爲譜，注云『平仄不拘』。韋詞云：『冰泮寒塘水緑，雨餘百草皆生。朝來衡門無事，晚下高齋有情。』第三、四句平仄與第一、二句不同，而存中四詞則第三、四句平仄竝與第一、二句同。《古今詞話》所録王建詞，則第三句與沈合，第四句與韋合。觀於韋、王二家之作，似乎平仄信可不拘； 觀於存中四首一律，安見其爲不拘者？ 聲律之學至宋代而益精，《三臺》定譜，與其據韋蘇州一詞，何如據存中之四首？ 或者紅友亦未見存中詞耳。

【校記】

〔一〕此後，《宋人詞話》有『附攷』一項，凡一則，迻録於下：

《方輿勝覽》： 沈存中宅在潤州朱方門外，存中嘗夢至一處小山，花如覆錦，喬木覆其上。山下有水，夢中樂之。後守宣城，有道人無外者爲言京口山川之勝，郡人有地求售，以錢三十萬得之。又六年坐邊議謫宦，廬於潯陽。元祐初道過京口，登所買地，卽夢中所遊處，遂築室焉，名曰夢溪。

陳師道

師道，字履常，一字無己，號後山，彭城人。年十六以文謁曾鞏，一見奇之。熙寧中，王氏經學盛行，師道心非其說，遂絶意進取。鞏典五朝史事，以白衣薦爲史館屬，章惇屢招之，卒不一往。元祐初，蘇軾、傅堯俞、孫覺薦其文行，起爲徐州教授，又用梁燾薦爲太學博士。言者謂在官嘗越境出南京見軾，改教授潁州。又論其進非科第，調彭澤令，不赴。元符間，除祕書省正字，卒。有《後山詞》一卷。

〔詞話〕

《苕溪漁隱叢話》：《後山詩話》云：『晁無咎言眉山公之詞短於情，蓋不更此境也，余謂不然。宋玉初不識巫山神女而能賦之，豈待更而知也？余它文未能及人，獨於詞自謂不減秦七、黄九。』苕溪漁隱曰：『無己自矜其詞如此，今《後山集》不載其小詞，世亦無傳之者，何也？』按：後山詞，宋時集外別行，胡元任未之見耳。

《墨莊漫錄》：晁無咎謫玉山，過徐州，時陳無己廢居里中。無咎置酒，出小姬娉娉舞《梁州》，無己作《減字木蘭花》長短句『娉娉裊裊』云云。無咎歎曰：『人疑宋開府鐵石心腸，及爲《梅花賦》，清豔殆不類其爲人。無己清通，雖鐵石心腸不至於開府，而此詞已過於《梅花賦》矣。』

《菊坡叢話》：陳後山寄晁大夫詩云：『墮絮隨風化作塵，黄樓桃李不成春。只今容有名駒子，困倚闌干一欠伸。』自注云：『周昉畫美人，有背立欠伸者最爲妍絕，東坡所賦麗人行也。』後山嘗有《南鄉子》詞並自序云：『晁大夫增飾披雲，務欲壓黃樓，而張、馬二子皆當年尊下世所謂英英、盼盼者。盼卒英嫁，而盼之子瑩頗有家風，而曹妓未有顯者，黃樓不可勝也。作《南鄉子》以歌之。』『風絮落東鄰。點綴繁枝旋化塵。闗鎖玉樓巢燕子，冥冥。桃李摧殘不見春。　流轉到如今。翡翠生兒翠作衿。花樣腰身宮樣立，婷婷。困倚闌干一欠伸。』蓋風絮以屬英，塵化以屬盼，名駒子以屬瑩，瑩母馬氏。

汲古閣《後山詞跋》：宋人好箸詩話，未有箸詞話者，唯《後山集》中略載一二。

〔詞評〕

《碧雞漫志》：陳無己作詞數十首，號曰《語業》，妙處如其詩，但用意太深，有時僻澀。又：陳無己作《浣溪沙》曲云：『暮葉朝花種種陳。三秋作意問詩人。安排雲雨要新清。　隨意且須追去馬，輕衫從使著行塵。晚窗誰念一愁新。』本是『安排雲雨要清新』，以末後句『新』字韻複，遂倒作『新清』。世言無己喜作莊語，其弊生硬是也。詞中暗帶陳三、念一兩名，亦有時不莊語乎？

《四庫全書》『後山詞提要』：胡仔《漁隱叢話》述師道自矜語，謂於詞不減秦七、黃九。今觀其《漁家傲》有云『擬作新詞酬帝力，輕落筆、黃秦去後無强敵』云云，自負良爲不淺。然師道詩，冥心孤詣，自是北宋巨擘；至强回筆端，倚聲度曲，則非所擅長，如贈晁補之舞鬟之類，殊不多見。其《詩話》謂曾子開、秦少游詩如詞，而不自知詞如詩，蓋人各有能有不能，不必事事第一也。

王半唐云：詞名詩餘，《後山詞》信其詩之餘矣。卷中精警之句，亦復隱秀在神，蕃豔爲質，秦七、黃九蔑以加，昔杜少陵詩云：『文章千古事，得失寸心知。』國朝納蘭容若自言其爲詩詞，如魚飲水，冷暖自知而已。篤行如後山，詎漫然自矜許者，特可爲知者道耳。

〔詞考〕

《四庫全書》『後山詞提要』：《後山詩餘》一卷，已附載集中。攷陳振孫《書錄解題》載《後山詞》一卷，《宋史・藝文志》則稱爲《語業》一卷。而魏衍作《師道集記》，但及《叢談》、《理究》，不及其詞，知宋時本集外別行也。

桉：《放翁題跋》云：『陳無已詩妙天下，以其餘作詞，宜其工矣。』顧乃不然，殆未易曉也。今世傳《後山詞》一卷，僅四十九闋，竊嘗一再循誦，如《菩薩蠻・七夕》云：『天上隔年期。人間長別離。』《蝶戀花・送彭舍人罷徐》云：『路轉河回寒日暮。連峯不許重回顧。』《卜算子》云：『不比陽臺夢裏逢，親向尊前見。』《木蘭花》云：『誰家言語似黃鸝，深閉玉籠千萬怨。』《臨江仙・送疊羅菊與趙使君》云：『欲知誰稱面，偏插一枝看。』或渾成而調高，或質樸而味厚。《清平樂》云：『夜堂簾合回廊。風帷吹亂凝香。』則尤漸近緻密，爲後來夢窗一派之濫觴。其《南鄉子・用東坡韻》者『潮落去帆收』云云，風骨高騫，直逼黃九，何庸以工之一字繩之。放翁題跋所云，殆不盡然。後山行誼高潔，略見《歸田詩話》。《宋史・文苑傳》云坿秦觀傳：『與趙挺之友壻，素惡其人。適預郊祀行禮，寒甚，衣無綿，妻就假於挺之家，問所從得，卻去，不肯服，遂以寒疾死。』其卓絕尤可傳也。

李公麟

公麟，字伯時，舒州人。元祐間第進士，歷南康、長垣尉，泗州錄事參軍。用陸佃薦爲中書門下後省删定官，御史檢法。元符三年，致仕。既歸老，肆意於龍眠山巖壑間。雅善畫，自作山莊圖，爲世寶。襟度超軼，名士交譽之，黄庭堅謂其風流不減古人。然因畫爲累，故世但以藝傳云。

桉：李伯時四時樂詞，見《花草粹編》。春云：『桃李花開春雨晴。聲聲布穀迎郎鳴。家家場頭酹酒觥。爲告莊主東作興。黄犢先破東南郎。』夏、秋、冬詞不備録。此調《詞律》及《詞律拾遺》竝未載。

俞紫芝

紫芝，字秀老，金華人。遊寓揚州，少有高行，與弟澹老、清老俱從黄山谷遊。有《敝帚集》。

〔詞話〕

《能改齋漫錄》：俞秀老弟清老，名字見王介甫、黄魯直集中。詩詞傳世雖少，亦間見於《文藴》等編。葉石林《詩話》誤以爲揚州人。桉：魯直《答清老寒夜》三詩，其一引牧羊金華山黄初平事，蓋黄上世亦出金華也。近覽智者草堂所藏張公詡《青溪圖》，有秀老手題《臨江仙》一闋，後書金華俞紫芝，不知石林何以誤也？此詞世少知者，錄於後：『弄水亭前十萬景，登臨不忍空回。水輕墨淡寫蓬萊。莫教世眼，容易洗塵埃。　收去雨昏都不見，展時還似雲開。先生高趣更多才。人人盡道，小杜卻重來。』

《苕溪漁隱叢話》：《潘子真詩話》云：俞紫芝，字秀老，喜作詩，人未知之。荊公愛焉，手寫其一聯『有時俗事不稱意，無限好山都上心』於所持扇，衆始異焉。弟清老，俱從山谷游〔一〕。山谷所書『釣魚船上謝三郎』一帖，石刻在金山寺。雞林每入貢，輒市模本數百以歸，亦秀老詞也。〔二〕

桉：山谷所書俞秀老詞刻石金山寺者，調寄《阮郎歸》，其全闋云：『釣魚船上謝三郎。雙鬢已蒼蒼。蓑衣未必清貴，不肯換金章。　汀草畔，浦花旁。靜鳴榔。自來好個，漁父家風，一片瀟湘。』陶氏《詞綜補遺》據《樂府雅詞·拾遺》箸錄此詞，補秀老一家。其《漫錄》所載《臨江仙》一闋，則未之見也。

【校記】

〔一〕『喜作詩』十句：底本無，據《宋人詞話》補。

〔二〕此後，《宋人詞話》有『附攷』一項，凡一則，迻錄於下：

《侯鯖錄》：山谷云：金華俞清老，名子忠（桉：漁洋叢話引山谷語作『中』）。三十年前與予共學於淮南，元豐甲子相見於廣陵，自云荊公欲使之脫掖逢，著僧伽梨，奉香火於半山宅寺，所謂報寧禪院也。予命之僧名曰紫琳，字清老。無妻子累，去作半山道人，似爲不難事，然生龜脫筒，亦難堪忍。後數年見之，儒冠自若也。因戲和清老詩云：『索索葉自雨，月寒遙夜闌。馬嘶車鐸鳴，羣動不遑安。有人夢超俗，去髮脫儒冠。平明視清鏡，政爾良獨難。』東坡常哦此詩以爲戲。

方教授

教授，婺州人，生於浙東。勺之父，官縣令，擢南陽教授。紹聖改元，致仕。

〔詞話〕

《泊宅編》：先子晚官鄧州，一日秋風起，思吳中山水，嘗信筆作長短句，名《黄鶴引》，遂致仕。其序云：『予生浙東，世業農。總角失所天，稍從里閈儒者遊。年十八，婺以充貢，凡八至禮部，始得一青衫。間關二十年，仕不過縣令，擢才南陽教授。紹聖改元，實六十五歲矣。秋風忽起，亟告老於有司，適所願也。謂同志曰：「仕無補於上下，而退號朝士。婚姻既畢，公私無虞，將買舟放浪江湖中，浮家泛宅，誓以此生，非太平之幸民而何？」因閲阮田曹所製《黄鶴引》，愛其詞調清高，寄爲一闋，命稚子歌之，以侑樽焉〔一〕。』詞曰：『生逢垂拱。不識干戈免田隴。士林書圃終年，庸非天寵。才初闐茸。老去支離何用。浩然歸，筭似黄鶴，秋風相送。　塵事塞翁心，浮世莊生夢。漾舟遙指烟波，羣山森動。神閒意聳。回首利韁名鞚。此情誰共。問幾許、淋浪春甕。』

桉：方教授之名，偏檢姓氏記載諸書，不可得。子勺箸有《泊宅編》十卷。《四庫全書提要》：勺家本婺州，後徙居湖州之西溪湖，有張志和泊舟處，後人以志和有『浮家泛宅』之語，謂之泊宅邨。勺寓其間，因自號泊宅翁。是編蓋卽是時所作也。其父教授詞序『予生浙東』云云，《吳興掌故集》『遊寓類』：『方勺，嚴瀨人。』嚴瀨政浙東地。蓋勺家本婺州，先世僑寄浙東，至勺乃移寓浙西耳。教授此詞又見《花草粹編》，署《泊宅編》，無姓名〔二〕。

【校記】

〔一〕『其序』以下至此，底本無，據《宋人詞話》補。

〔二〕此後，《宋人詞話》有云：『又桉：方勺之弟名匋，字仁夫，有石經跋，見《六硯齋二筆》，而其父之名不可攷。』

歷代詞人考略卷十三

宋七

黄庭堅

庭堅，字魯直，自號山谷道人，一號涪翁，分寧人。舉進士，調葉縣尉。元祐初，爲校書郎，《神宗實録》檢討官，加集賢校理，擢起居舍人。紹聖初，出知宣州，改鄂州。章惇、蔡卞與其黨論《實録》多誣，貶涪州别駕、黔州安置，移戎州。徽宗立，起監鄂州税，僉書寧國軍判官，知舒州，以吏部員外郎召，辭不行。丐郡，得知太平州，復除名，羈管宜州，徙永州，未聞命，卒。追謚文節，贈直龍圖閣，有《山谷詞》二卷。

〔詞話〕

《苕溪漁隱叢話》：山谷云：八月十七日，與諸生步自永安城，入張寬夫園待月，以金荷葉酌客，客有孫叔敏，善長笛，連作數曲。諸生曰：『今日之會樂矣，不可以無述。』因作此曲記之，文不加點，或以爲可繼東坡赤壁之歌云。桉：詞爲《念奴嬌》『雨淨天空』云云，見本集。又：魯直諸茶詞，余謂《品令》

一詞最佳，能道人所不能言，尤在結尾三四句，云：『恰如燈下，故人萬里，歸來對影。』

《能改齋漫録》：黄太史詞云：『一杯春露莫留殘。與郎扶玉山。』又詞云『杯行到手更留殘』，兩『殘』字下得雖險，而意思極佳。

《甕牖閒評》：黄太史《西江月》詞云：『斷送一生唯有，破除萬事無過。』此皆韓退之詩也，太史集之，乃天成一聯。陳無己以爲切對，而語益峻，蓋其服膺如此。

《東湖集》：張志和《漁父詞》『西塞山前白鷺飛』云云，顧況《漁父詞》『新婦磯邊月明』云云。東坡云：玄真語極麗，恨其曲度不傳，加數語以《浣溪沙》歌之，云：『西塞山前白鷺飛。散花洲外片帆微。桃花流水鱖魚肥。　自庇一身青篛笠，相隨到處緑蓑衣。斜風細雨不須歸。』山谷見之，擊節稱賞，且云：『惜乎「散花」與「桃花」字重疊，又漁舟少有使帆者。』乃取張、顧二詞，合爲《浣溪沙》云：『新婦磯邊眉黛愁。女兒浦口眼波秋。驚魚錯認月沈鉤。　青篛笠前無限事，緑蓑衣底一時休。斜風細雨轉船頭。』東坡跋云：『魯直此詞清新婉麗，問其最得意處，以山光水色替卻玉肌花貌，真得漁父家風也。然纔出新婦磯，便入女兒浦，此漁父無乃太瀾浪乎？』山谷晚年亦悔前作之未工。因表弟李如箎言漁父詞，以《鷓鴣天》歌之，其協律，恨語少聲多耳。因以憲宗遺像求玄真子文章，及玄真之兄松齡勸歸之意，足前後數句云：『西塞山前白鷺飛。桃花流水鱖魚肥。朝廷尚問玄真子，何處如今更有詩。　青篛笠，緑蓑衣。斜風細雨不須歸。人間欲避風波險，一日風波十二時。』東坡笑曰：『魯直乃欲平地起風波也。』

《耆舊續聞》：崇寧四年重九，山谷在宜城郡樓，聽邊人私語：『今當鏖戰取封侯耳。』因作《南鄉子》詞，有『花向老人頭上笑，羞羞。白髮簪花不解愁。』倚闌高歌，若不勝情。

《藝苑雌黄》：　黄魯直過瀘，瀘帥命寵妓盼盼侑觴，魯直贈以《浣溪沙》云：『料得有心憐宋玉，祇因無奈楚襄何。』而帥不知也。盼盼唱《惜春容》一曲云：『少日看花雙鬢綠。走馬章臺絃管逐。而今老更惜花深，終日看花看不足。　坐中美女顏如玉。爲我一歌《金縷曲》。歸時壓倒帽檐攲，頭上春風紅簌簌。』或謂此詞卽涪翁舊作。

《柳塘詞話》：　魯直少時使酒玩世，喜作詞。法雲秀誡之曰：『筆墨勸淫，乃欲墮泥犁中耶？』魯直曰：『空中語也。』後以桂香無隱，因緣有省，居官一如浮屠法。間作小詞，絶不似桃葉、團扇鬭妖麗者。

《古今詞話》：　溫飛卿詩云：『合歡桃核真堪恨，裏許元來別有人。』山谷衍爲詞云：『似合歡桃核，真堪人恨，心兒裏有兩箇人人。』此以短句衍爲長言也。

《花草蒙拾》：　《草堂》載山谷《品令》、《阮郎歸》二闋，皆詠茶之作。桉，黄集詠茶詩最多最工，所謂『雞蘇胡麻聽煮湯，煎成車聲遶羊腸〔一〕』。坡云：『黄九恁地那得不窮？』又有云：『更烹雙井蒼鷹爪，始耐落花春日長。』此老直是筆有薑桂。　僕嘗取黄詩：『黄金灘頭鎖子骨，不妨隨俗暫嬋娟。』以爲涪翁殆自道其文品耳。

〔詞評〕

蘇籀云：　黄太史詞，纖穠精穩，體趣天出，簡切流美，能中之能，投棄錡斧，有佩玉之雍容。

王世貞云：　黄九精而險。　又云：　魯直書勝詞，詞勝詩，詩勝文。

《藝概》：黄山谷詞，用意深至，自非小才所能辨。惟故以生字俚語侮弄世俗，若爲金元曲家濫觴。

〔詞考〕

《賭棋山莊詞話》：笛字讀丘玉切，陸游曰：『瀘邛間謂笛爲曲，故魯直《念奴嬌》詞：「老子平生，江南江北，最愛臨風笛。孫郎微笑，坐來聲噴霜竹。」笛與竹叶，今俗本竟改作「曲」，非是。』

《四庫全書》『山谷詞提要』：《宋史・藝文志》載庭堅樂府二卷，《書録解題》則載《山谷詞》一卷，蓋宋代傳刻已合併之矣。陳振孫於晁無咎詞調下引補之語曰：『今代詞手，唯秦七黄九，它人不能及也。』於此集條下又引補之語曰：『魯直間作小詞，固高妙，然不是當行家語，自是著腔子唱好詩。』二説自相矛盾。攷『秦七黄九』語在《後山詩話》中，乃陳師道語，殆振孫誤記歟？今觀其詞，如《沁園春》、《望遠行》、《千秋歲》第二首、《江城子》第二首、《兩同心》第二、三首、《少年心》第一、二首、《醜奴兒》第二首、《鼓笛令》四首、《好事近》第三首，皆褻諢不可名狀；至於《鼓笛令》第三首用『𨈖』字、第四首用『𡱰』字，皆字書所無，尤不可解，不止補之所云『不當行』已也。顧其佳者，則妙脱蹊徑，迥出慧心，補之著腔好詩之説頗爲近之。師道以配秦觀，殆非定論。觀其《兩同心》第二首與第三首、《玉樓春》第一首與第二首、《醉蓬萊》第一首與第二首，皆改本與初本竝存，則當時以其名重，片紙隻字皆一概收拾，美惡雜陳，故至於是，是固宜分別觀之矣。陸游《老學庵筆記》辨其《念奴嬌》詞『老子平生，江湖南北，愛聽臨風笛』句，俗本不知其用蜀中方音，改『笛』爲『曲』以叶韻。今攷此本仍作『笛』字，則猶舊本之未經竄亂者矣。

校：北宋詞人蘇、黄、秦三家尤見推重，三家詞格各不相同。以唐賢書學喻之，坡公如顔文忠，山谷如柳誠懸，太虚兼登善、嗣通之勝。或問：『蘇、黄二公詞不同之處安在？』答曰：『此中消息，政復難言。觀於二公字與詩文不同之處，大略可參耳。』又校：山谷詞《醉蓬萊》云：『對朝雲靉靆，暮雨霏微，翠峯相倚。巫峽高唐，鎖楚宮佳麗。畫戟移春，靚妝迎馬，向一川都會。萬里投荒，一身弔影，成何歡意。　盡道黔南，去天尺五，望極神州，萬重烟水。尊酒公堂，有中朝佳士。荔頰紅深，麝臍香滿，醉舞裀歌袂。杜宇催人，聲聲到曉，不如歸是。』又竄易前詞，連綴於後，前詞前段『畫戟』已下改：『蘸水朱門，半空霜戟，自一川都會。虜酒千杯，夷歌百轉，迫人垂淚。』後段『盡道』改『人道』，『萬重』改『萬種』，『荔頰』改『荔臉』，『尊酒』二句改『懸榻相迎，有風流千騎』。以意揣之，『畫戟』二句嫌殽色，亦欠超；『萬里』三句甚渾成矣，而質重不如後改之句；『懸榻』二句則視前詞稍矜鍊云爾；『重』改『種』，『頰』改『臉』，或由於四聲之講，求起調不起調之關係，可知盛名之副良非偶然，卽此選聲訂均之末伎，亦斷非率爾操觚也。

【校記】

〔一〕按黄庭堅《以小團龍及半挺贈無咎並詩用前韻爲戲》詩原作：『曲几團蒲聽煮湯，煎成車聲繞羊腸。鷄蘇胡麻留渴羌，不應亂我官焙香。』

秦觀

觀，字少游，一字太虛，高郵人也。舉進士不中。見蘇軾於徐，賦《黄樓賦》，以爲有屈宋才，勉以應舉，爲親養，始登第。調定海主簿、蔡州教授。元祐初，軾以賢良方正薦於朝，除太學博士，遷祕書正字兼國史院編修官。紹聖初，坐黨籍出判杭州。以增損《實録》貶監處州酒税。以謁告寫佛書削秩，徙郴州，編管横州，又徙雷州。徽宗立，復宣德郎，放還至藤州，卒。建炎末，贈直龍圖閣。有《淮海詞》三卷。

〔詞話〕

《冷齋夜話》：　東坡初未識少游，少游知其將復過維揚，作坡筆語，題壁於一山寺中，東坡果不能辨，大驚，及見孫莘老出少游詩詞數十篇讀之，乃歎曰：『向書壁者，定此郎也。』後與少游維揚飲別，作《虞美人》曰『波聲拍枕長淮曉』云云。世傳此詞是賀方回作。雖山谷亦云：『大觀中，於金陵見其親筆，醉墨超放，氣壓王子敬。』蓋東坡詞也。　又：　少游元豐初夢中作長短句曰『指點虛無征路』云云，既覺，使侍兒歌之，蓋《雨中花》也。　又：　少游到郴州作長短句，結云：『郴江幸自繞郴山，爲誰流下瀟湘去。』東坡絶愛其尾兩句，自書於扇，曰：『少游已矣，雖萬人何贖？』　又：　秦少游在處州夢中作《好事近》詞『醉臥古藤陰下，杳不知南北』，後南遷。久之，北歸，逗遛於藤州，遂終於瘴江之上光華亭。時方醉起，以玉盂汲泉欲飲，笑視之而化。

《藝苑雌黄》： 朝雲者，東坡侍妾也，嘗令就秦少游乞詞。少游作《南歌子》贈之云：『靄靄迷春態，溶溶媚曉光。不應容易下巫陽。只恐翰林前世是襄王。 暫爲清歌住，還因暮雨忙。瞥然歸去斷人腸。空使蘭臺公子賦高唐。』何其婉媚也。

《苕溪漁隱叢話》：《藝苑雌黄》云： 程公闢守會稽，少游客焉，館之蓬萊閣。一日，席上有所悦，眷眷不能忘情，因賦長短句云：『多少蓬萊舊事，空回首，烟靄紛紛。』其詞極爲東坡所稱道，取其首句，呼之爲山抹微雲君。

《高齋詩話》： 少游自會稽入都，見東坡。東坡曰：『不意别後，公卻學柳七作詞。』少游曰：『某雖無學，亦不如是。』東坡曰：『「銷魂，當此際」，非柳七語乎？』坡又問别作何詞，少游舉『小樓連苑横空，下窺繡轂雕鞍驟』。東坡曰：『十三箇字，只説得一箇人騎馬樓前過。』少游問公近作，乃舉『燕子樓空，佳人何在，空鎖樓中燕』。晁無咎曰：『只三句，便説盡張建封事。』 又： 秦少游在蔡州，與營妓婁婉字東玉者甚密，贈之詞云『小樓連苑横空』，又云『玉佩丁東别後』者是也。 又： 贈陶心兒詞《南歌子》云：『天外一鉤殘月帶三星』，謂心字也。

《容齋四筆》： 秦少游《八六子》詞云：『片片飛花弄晚，濛濛殘雨籠晴。正消凝。黄鸝又嗁數聲。』語句清峭，爲名流推激。予家舊有建本《蘭畹曲集》，載杜牧之一詞，但記其末句云：『正銷魂，梧桐又移翠陰。』秦公蓋效之，差不及也。

《五總志》： 潭守宴客合江亭，時張才叔在坐，令官妓悉歌《臨江仙》。有一妓獨唱兩句云『微波渾不動，冷浸一天星』。才叔稱歎，索其全篇。妓以實語告之：『賤妾夜居商人船中，鄰舟一男子遇月色明朗，卽倚檣而歌，聲極淒怨。但以苦乏性靈，不能盡記，願助以一二同列，共往記之。」太守許焉。至夕，乃與同列飲酒以待，果一男子三歎而歌。有趙瓊者傾耳墮淚，曰：『此秦七聲度也。』趙善謳，少游南遷經從，一見而悅之。商人乃遣人問訊，卽少游靈舟也。崇寧乙酉，張才叔過荊州，以語先子，乃相與歎息曰：『少游了了，必不致沈滯，戀此壞身，似有物爲之。然詞語超妙，非少游不能作，抑又可疑也？』

《詞品》：秦少游謫處州日，作《千秋歲》詞，有『花影亂，鶯聲碎』之句，後人慕之，建鶯花亭。陸放翁有詩云：『沙上春風柳十圍，綠陰依舊語黄鸝。故應留與行人恨，不見秦郎半醉時。』桉：鶯花亭乃范文穆所作，見《石湖集》。

《避暑錄話》：秦少游亦善爲樂府，語工而入律，知樂者謂之作家歌，元豐間盛行於淮楚。『寒雅千萬點，流水繞孤邨』，本隋煬帝詩也，少游取以爲《滿庭芳》辭，而首言『山抹微雲，天黏衰草』，尤爲當時所傳。蘇子瞻於四學士中最善少游，故他文未嘗不極口稱善，豈特樂府？然猶以氣格爲病，故常戲云『山抹微雲秦學士，露花倒影柳屯田』。『露花倒影』，柳永《破陣子》語也。

〔詞評〕

《詞源》：『春草碧色，春水綠波。送君南浦，傷如之何』，矧情至於離，則哀怨必至。苟能調感愴於融會中，斯爲得矣。秦少游《八六子》云『倚危亭。恨如芳草，萋萋剗盡還生』云云，離情當如此作，全在情景交鍊，得言外意。

《侯鯖錄》：無咎云：比來作者皆不及秦少游，如『斜陽外，寒鴉數點，流水遶孤村』，雖不識字人，亦知是天生好言也。

《四庫全書》『秦觀詞提要』：　觀詩格不及蘇、黄，而詞則情韻兼勝，在蘇、黄之上，流傳雖少，要爲倚聲家一作手。　宋葉夢得《避暑録話》曰：　『秦少游亦善爲樂府，語工而入律，知樂者謂之作家歌。』蔡絛《鐵圍山叢談》亦記觀壻范溫嘗預貴人家會，貴人有侍兒善歌秦少游長短句。坐間略不顧溫。酒酣懽洽，始問此郎何人，溫遽起叉手對曰：　『某乃「山抹微雲」女壻也。』聞者絶倒云云。　夢得，蔡京客；　絛，蔡京子，而所言如是，則觀詞爲當時所重可知矣。

《樂府餘論》：　《漁隱叢話》曰：　少游《踏莎行》爲郴州旅舍作也，黄山谷曰：　『此詞高絶，但「斜陽暮」爲重出，欲改「斜陽」爲「簾櫳」。』范元實曰：　『只看「孤館閉春寒」，似無簾櫳。』山谷曰：　『亭傳雖未有簾櫳，有亦無礙。』范曰：　『詞本摹寫牢落之狀，若曰簾櫳，恐損初意。』今《郴州志》竟改作『斜陽度』，余謂斜陽屬日，暮屬時，不爲累，何必改？　東坡『回首斜陽暮』，美成『雁背斜陽紅欲暮』，可法也。　桉：　引東坡、美成語是也；　分屬日、時，則尚欠明析。《説文》：　『莫，日且冥也，從日，在茻中。』今作暮者，俗。　是斜陽爲日斜時，暮爲日入時。　言自日昃至暮，杜鵑之聲，亦云苦矣。　山谷未解暮字，遂生轇轕。

《詞苑叢談》：　詞體大略有二，一體婉約，一體豪放。　婉約者欲其詞調藴藉，豪放者欲其氣象恢宏，然亦存乎其人。　如秦少游之作多是婉約，蘇子瞻之作多是豪放。　詞體以婉約爲正，故東坡稱少游爲今之詞手。　又：　沈東江曰：　秦少游『一向沈吟久』，大類山谷《歸田樂引》鏟盡浮詞，直抒本色，而淺人常以雕繪傲之。　此等詞極難作，然亦不可多作。　又：　少游《踏莎行》，東坡絶愛尾二句，余謂不如『杜鵑聲裏斜陽暮』，尤堪腸斷。　又：　周長卿曰：　古人好詞，卽一字未易彈改。少游『斜陽暮』，後人妄肆譏評，託名山谷，《淮海集》辨之詳矣。　又有人親在郴州見石刻是『斜陽樹』，『樹』字甚佳，猶未若『暮』字。

《皺水軒詞筌》：　少游『酒醒處，殘陽亂鴉』，情事可念，但細思此景多在冬間，與梨花時不合，豈一時偶有所觸耶？

《詞概》：　少游詞有小晏之妍，其幽趣則過之。　梅聖俞《蘇幕遮》云：　『落盡梅花春又了。滿地斜陽，翠色和烟老。』此一種似爲少游開先。

《蓮子居詞話》：　秦少游姬人邊朝華，極慧麗，恐礙學道，賦詩遣之，白傅所謂『春隨樊素一時歸』也。未幾南遷，過長沙，有妓生平酷慕少游詞，至是，託終身焉。　少游有『郴江幸自遶郴山，爲誰流下瀟湘去』云云，繾綣甚至，豈情之所屬，遽忘其前後之矛盾哉？　藉令朝華聞之，又何以爲情？　及少游卒於藤，喪還，妓自縊以殉。　此女固出婁婉、陶心兒上矣。按：　長沙妓事，見《夷堅志》，文長，不錄。

《金粟詞話》：　詞人用語助入詞者甚多，入豔詞者絕少。　惟秦少游『悶則和衣擁』，新奇之甚，用『則』字亦僅見此詞。　又：　詞家每以秦七黃九竝稱，其實黃不及秦甚遠，猶高之視史、劉之視辛，雖齊名一時，而優劣自不可揜。

《詞潔》：　秦少游《千秋歲》後結『春去也』三字，要占勝前面許多，攢簇在此收煞『落紅萬點愁如海』七字，銜接得力，異樣出精采。

《人間詞話》：　或曰：　淮海、小山，古之傷心人也，其淡語皆有味，淺語皆有致。　余謂此唯淮海足以當之。小山矜貴有餘，但可方駕子野、方回，未足抗衡淮海也。又：少游詞最爲凄婉，至『可堪孤館閉春寒，杜鵑聲裏斜陽暮』，則變而淒厲矣。東坡賞其後二語，尤爲皮相。

張綖云：少游多婉約，子瞻多豪放，當以婉約爲主。

蘇籀云：秦校理詞落盡畦畛，天心月脅，逸格超絕，妙中之妙，議者謂前無倫、後無繼。

樓敬思云：《淮海詞》風骨自高，如紅梅作花，能以韻勝。覺清真亦無此氣味也。

張叔夏云：秦少游詞，體制淡雅，氣骨不衰，清麗中不斷意脈，咀嚼無滓，久而知味。

蔡伯世云：子瞻辭勝乎情，耆卿情勝乎辭，辭情相稱者，惟少游而已。

王世貞云：少游詞勝書，書勝文，文勝詩。

宋尚木云：少游其詞清華。

張皋文云：少游最和婉醇正，稍遜清真者，辣耳。又：少游意在含蓄，如花初胎，故少重筆。

劉融齋云：少游詞得《花間》、《尊前》遺韻，卻能自出清新。

董晉卿云：少游正以平易近人，故用力者終不能到。

良卿云：見《介存齋論詞雜箸》，良卿，姓待攷。少游詞如花含苞，故不甚見其力量，其實後來作手無不胚胎於此。

〔詞考〕

《日損齋筆記》：范元實《詩眼》曰：『少游詞「杜鵑聲裏斜陽暮」，山谷曰：「既云『斜陽』，又云『暮』，即重出也。欲改『斜陽』爲『簾櫳』。」予曰：「既云『孤館閉春寒』，似無『簾櫳』。」山谷曰：

「亭傳雖未必有簾櫳，有亦無害。」予曰：「此詞本模寫牢落之狀，若云『簾櫳』，恐損初意。」山谷曰：「極難得好字，當徐思之。」」寶祐間，外舅王君仲芳隨宦至郴陽，親見其石刻，乃『杜鵑聲裏斜陽樹』，一時傳錄者，以『樹』字與英宗廟諱同音，故易以『暮』，蓋其詞一經元祐名公品題，雖有知者，莫敢改也。外舅每爲人言而爲之永歎。或曰：『傳錄者既以廟諱同音而爲之諱，少游安得不諱乎？』是不然，陸放翁引《北史》齊神武相魏時，法曹辛子炎讀署爲樹，神武怒其犯諱，殺之。則二字本不同音。『樹』字本不必避。《禮部韻略》諱而不收者，失於不攷也。況當時諸公詩篇中所用『樹』字不一而足，未嘗以爲諱，何獨疑少游之下避耶？

《四庫全書》『淮海詞提要』：《書錄解題》載《淮海詞》一卷，而傳本俱稱三卷。此本爲毛晉所刻，僅八十七調，裒爲一卷，乃雜采諸書而成，非其舊秩，其總目注：『原本三卷，特姑存舊數云爾。』晉跋雖稱訂譌搜遺，而校讎尚多疏漏。如集內《長相思》『鐵甕城高』一闋，乃用賀鑄韻，尾句作『鴛鴦未老否』，《詞匯》所載則作『鴛鴦未老綢繆』。攷當時楊無咎亦有此調，與觀同賦。注云：『用方回韻』，其尾句乃『佳期永卜綢繆』。知《詞滙》爲是矣。又《河傳》一闋尾句作『悶損人，天不管』，攷黃庭堅亦有此調，尾句作『好煞人，天不管』，自注云：『因少游詞，戲以「好」字易「瘦」字。』是觀原詞當是『瘦煞人，天不管』，『悶損』二字爲後人妄改也。至『喚起一聲人悄』一闋，乃在黃州詠海棠作，調名《醉鄉春》，詳見《冷齋夜話》。此本乃闕其題，但以三方空記之，亦爲失攷，今竝釐正，稍還其舊。

《詞苑叢談》：秦少游《滿庭芳》『山抹微雲，天黏衰草』，今本改『黏』作『連』，非也。韓文『洞庭汗漫，黏天無壁』，張祜詩『草色黏天鶗鴂恨』，山谷詩『遠水黏天吞漁舟』，邵博詩『老灘聲殷地，平浪勢黏天』，趙文昇詞『玉關芳草黏天碧』，嚴次山詞『黏雲紅影傷千古』，葉夢得詞『浪黏天、蒲桃漲綠』，劉行簡詞『山翠欲黏天』，劉叔安詞『暮烟細草黏天遠』，『黏』字極工，且有出處。若作『連天』，是小兒語也。　又：秦少游謫處州日，作《千秋歲》詞，今郡治有鶯花亭，因此詞取名。宋吴虎臣云：『少游《千秋歲》詞，在衡陽與孔毅甫作也。詞云「憶昔西池會」，言在京師與毅甫同朝，敘其爲金明池之遊耳。』今言處州，非也。

《古今詞話》：少游詞『半缺椰瓢共舀』，『舀』音『拗』。元詞『輕紈舀斷風』。

《觚賸》：『離離山抹雲，窅窅天黏浪』，此少游《松江》詩也。『山抹微雲，天黏衰草』，此少游《滿庭芳》詞也。其用意在『抹』字、『黏』字，蓋屢見矣。況庾闡賦『浪勢黏天』，張祜詩『草色黏天鶗鴂恨』，俱有來歷，俗本以『黏』作『連』，益信其謬。

《詞苑叢談》：《古今詞話》以古人好詞世所共知者，易甲爲乙，稱其所作，仍隨其詞，牽合爲說，殊無根蒂，不足信也。如秦少游《千秋歲》『水邊沙外，城郭春寒退』，末云『春去也，飛紅萬點愁如海』者，山谷嘗歎其句意之善，欲和之，而以『海』字難押。陳無己言此詞用李後主『問君能有幾多愁、恰似一江春水向東流』，但以『江』爲『海』耳。洪覺範嘗和此詞題崔徽頭子云『多少事，都隨恨遠連雲海』，晁無咎亦和此詞弔少游云『重感慨，驚濤自捲珠沈海』。觀諸君所云，則此詞少游作，明甚，乃以爲任世德作；　又《八六子》『倚危亭、恨如芳草，萋萋剗盡還生』，《浣溪沙》『腳上鞋兒四寸羅』二詞，皆見《淮海集》，乃以《八六子》爲賀方回作，以《浣溪沙》爲涪翁作，皆非也。

《餐櫻廡詞話》：《淮海詞》『怎奈向、歡娛漸隨流水』，今本『向』改作『何』，非是。『怎奈向』，宋時方言，他宋人詞亦有用者。

曹元忠《彊邨刻淮海詞黄蕘圃以殘宋刻校舊鈔本跋》：《淮海居士長短句》三卷，見《書録解題》。嘉慶間，蕘翁得江子屏家殘帙，以校舊鈔本。除《長相思》畢曲『不應同是悲秋』句爲各本所無外，其餘勝處，舊鈔本悉與相同。惟稱《淮海詞》爲異，意丁松生《藏書志》所稱明鈔《淮海詞》三卷，後有嘉靖己亥南湖張綖跋者，當與此舊鈔本同出宋刊，以張綖曾刻《淮海集》四十卷《後集》六卷《長短句》三卷於鄂州，即直齋箸録本也。舊鈔本所出既同，又得蕘翁以宋刻殘帙校定，彌足珍已。

桉：有宋熙豐間，詞學稱極盛，蘇長公提倡風雅，爲一代斗山。黄山谷、秦少游、晁無咎，皆長公之客也。山谷、無咎皆工倚聲，體格於長公爲近。唯少游自闢蹊徑，卓然名家。蓋其天分高，故能抽祕騁妍，於尋常濡染之外，而其所以契合長公者獨深。張文潛《贈李德載》詩有云『秦文倩麗舒桃李』，彼所謂文，固指一切文字而言，若以其詞論，直是初日芙蓉，曉風楊柳，倩麗之桃李，或當之猶有愧色焉。王晦叔《碧雞漫志》：『黄、晁二家詞皆學坡公，得其七八，而於少游獨稱其俊逸精妙，與張子野竝論。』不言其學坡公，可謂知少游者矣。

晁補之

補之，字無咎，鉅野人。舉進士，試開封及禮部別院皆第一，調澧州司戶參軍。元祐初，爲太學正，召試，除祕書省正字，遷校書郎，以祕閣校理通判揚州。召還，爲著作佐郎，出知齊州。坐修《神宗實錄》失實，降通判應天府、亳州，又貶監處、信二州酒稅。徽宗立，復以著作召拜禮部郎中，出知河中府，徙湖、密、果三州，主管鴻慶宮。大觀末，知達州，改泗州，卒。建炎末，贈直龍圖閣。有《雞肋集》詞一卷。

〔詞話〕

《能改齋漫錄》：元豐己未，廖明略、晁無咎同登科。明略所遊田氏者，姝麗也。一日，明略邀無咎晨過田氏。田氏遽起，對鑑理髮，且盼且語，草草妝掠，以與客對。無咎以明略故，有意而莫傳也，因爲《下水船》一闋：『上客驪駒，喚銀瓶睡起。起二句，《清波雜志》作「上客驥駒至，鸚喚銀屏睡」，《詞綜》作「上客驪駒繫，鸞喚銀屏睡起」。困倚妝臺，盈盈正解螺髻。鳳釵墜。繚繞金盤玉指。巫山一段雲委。半窺鏡，向我橫秋水。斜頷花枝交鏡裏。淡拂鉛華，悤悤自整羅綺。斂眉翠。雖有愔愔密意。空作江邊解佩。』

《柳塘詞話》：鉅野晁無咎又稱濟北詞人。次膺，其十二叔也。無斁，其八弟也。

〔詞評〕

《苕溪漁隱叢話》：凡作詩詞，要當如常山之蛇，救首救尾，不可偏也。如晁無咎作中秋《洞仙歌》辭，其首云：『青烟冪處，碧海飛金鏡。永夜閒階臥桂影。』固已佳矣，其後云：『待都將、許多明月，付與金尊。投曉共、流霞傾盡。更攜取、胡牀上南樓，看玉做人間，素秋千頃。』若此，可謂善救首尾者也。

《許彥周詩話》：晁無咎在崇寧間次李承之長短句韻以弔承之曰：『射虎山邊尋舊迹，騎鯨海上追前約。便江湖、與世永相忘〔一〕，還堪樂。』不獨用事的確，其措意高古，深悲而善怨，有似《離騷》，故特録之。

《四庫全書》『無咎詞提要』：　補之爲蘇門四學士之一，集中如《洞仙歌》第二首填盧仝詩之類，未免效蘇軾隱括《歸去來辭》之顰，然其詞神姿高秀，與軾實可肩隨。

陳質齋云：　無咎嘗云：『今代詞手，唯秦七黄九。』然兩公之詞亦自有不同，若無咎者，固未多遜也。

〔詞考〕

《四庫全書提要》：　晁無咎詞，《書録解題》作一卷，但稱『晁無咎』。《柳塘詞話》則稱其詞集亦名《雞肋》，又稱補之嘗白銘其墓，名《逃禪詞》。攷楊補之亦字無咎，其詞集名曰《逃禪》。不應名字相同，詞名亦復蹈襲，或誤合二人爲一歟？　此本爲毛晉所刊，題曰《琴趣外篇》。其跋語稱『詩餘不入集中，故名《外篇》』，又分爲六卷，與《書録解題》皆不合，未詳其故。卷末《洞仙歌》一首爲補之大觀四年之絶筆，則舊本不載，晉摭黄昇《花庵詞選》補録於後者也。刊本多譌，今隨文校正。其《引駕行》一首，證以柳永《樂章集》及集内『春雲輕鎖』一首，實佚其後半，無從攷補，今亦仍之。至《琴趣外篇》，宋人中如歐陽修、黄庭堅、晁端禮、葉夢得四家詞皆有此名，並補之此集而五，殊爲淆混，今仍題曰《晁無咎詞》，庶相别焉。

桉：　《碧雞漫志》：　『晁無咎、黄魯直皆學東坡韻製，得七八。黄晚年閒放於狹斜，故有少疏蕩處』云云。其於無咎，庶幾以醇雅許之。

【校記】

〔一〕江湖與世：底本作『與世江湖』，據《全宋詞》改。

張耒

耒，字文潛，淮陰人。弱冠第進士，歷臨淮主簿，壽安尉，咸平丞，入爲太學錄。范純仁以館閣薦，試祕書丞、著作郎、史館檢討，擢起居舍人。紹聖初，以直龍圖閣知潤州。坐黨籍，謫監黃州酒稅。徽宗立，召爲太常少卿，復出知潁州、汝州。復坐黨籍落職，主管明道宮。坐在潁聞蘇軾訃，爲舉哀行服，貶房州別駕、黃州安置。晚監南嶽廟，主管崇福宮，卒。建炎朝，贈集賢殿修撰、直龍圖閣。有《宛丘詞》。

〔詞話〕

《能改齋漫錄》：右史張文潛初官許州，喜官妓劉淑奴，張作《少年游令》云：『含羞倚醉不成歌。纖手掩香羅。偎花映燭，偷傳深意，酒思入橫波。看朱成碧心迷亂，翻脈脈，斂雙蛾。相見時稀隔別多。又春盡，奈愁何。』其後去任，又爲《秋蘂香・寓意》云：『簾幕疏疏風透。一線香飄金獸。朱闌倚偏黃昏後。廊上月華如晝。別離滋味濃如酒。著人瘦。此情不及牆東柳。春色年年如舊。』元祐諸公皆有樂府，惟張僅見此二詞，味其句意，不在諸公下矣。

《堯山堂外紀》：張文潛十七歲作《函關賦》，從東坡游。元祐中在祕閣，上巳日集西池，文潛詠云：『翠浪有聲黄繖動，春風無力綵旌垂。』少游云：『簾幕千家錦繡垂。』同人笑曰：『又將入小石調也。』因文潛作《大石調·風流子》故云。

桉：張文潛詞，傳作無多，以《風流子》『亭皋木葉下』云云一闋爲冠。文潛坐黨籍謫官，晚監南嶽廟，主管崇福宫。曰『楚天晚』，必其監南嶽時作也；其曰『玉容知安否』，憂主之心也；曰『分付東流』，愁豈隨流而去乎？亦與流俱長而已。《堯山堂外紀》所云《大石調·風流子》，後人輒以此闋當之，不知彼固作於上巳集西池之前，何得賦詠秋景？且其時文潛方年少，『老侵潘鬢』之句，尤爲不合。攷《樂府雅詞·拾遺》文潛《風流子》『亭皋』闋下，有前調一闋『淑景皇州滿』云云，不署名。此闋政賦春景，當亦文潛之作，即《外紀》所云大石調無疑。彊邨朱侍郎云：『曾見宋本《樂府雅詞》，其《拾遺》二卷，詞皆無名。今世通行享帚精舍《詞學叢書》本，其有名者，皆秦敦夫就所知者補署於下，不知者闕焉。此詞爲文潛作，敦夫未知，故不具名也。』

范純仁

純仁，字堯夫，仲淹子。以父任爲太常寺太祝。中皇祐元年進士第，知襄邑縣。治平中，擢江東轉運判官，遷侍御史。哲宗朝，除給事中，進吏部尚書，拜尚書右僕射。會章惇入相，純仁堅請去，遂以觀文殿大學士知潁昌府，徙河南府，又徙陳州。復忤惇意，落職，知隨州，又貶武安軍節度副使，永州安置。徽宗即位，以觀文殿大學士中太一宫使詔之，乞歸，許養疾。卒贈開府儀同三司，謚忠宣。

按：范忠宣詞本集不載，《鷓鴣天·贈韓持國》云：『臘後春前暖律催。日和風暖欲開梅。公方結客尋佳景，我亦忘形趁酒杯。添管籥，續尊罍。更闌秉燭未能回。清歡莫待相期約，乘興來時便可來。』此詞見《花草粹編》及《詞綜》，而《粹編》注『見本集』，意者晦伯所見《忠宣集》爲有詞之本耶？或猶不止此一闋矣。

韓嘉彦

嘉彦，琦第五子，尚神宗女齊國公主，拜駙馬都尉，終瀛海軍承宣使。

〔詞話〕

《花草粹編》：韓魏公子都尉嘉彦，才質清秀，頗有豪氣。因言語間與公主參商，安置鄧州。洎春來感懷作此詞《玉漏遲》云：『杏香消散盡，須知自昔，都門春早。燕子來時，繡陌亂鋪芳草。蕙圃妖桃過雨，弄笑臉、紅篩碧沼。深院悄，綠楊巷陌，鶯聲爭巧。　蚤是賦得多情，更遇酒臨花，鎮孤歡笑。數曲闌干，故國謾勞凝眺〔一〕。漢外微雲盡處，亂峯鎖，一竿殘照。問琅玕、東風淚零多少。』此詞都下盛傳。因教池開，公主出遊教池，李師師獻此詞以侑觴，聲韻悽惋。公主問詞之所由，師師具道其意。公主因緣感疾，帝乃遣使速召嘉彦還都。

按：《粹編》載韓公子《玉漏遲》坿記本事綦詳，惜未標出所據何書耳。《歷代詩餘》作宋子京詞，誤。後段『問琅玕』句，據譜應平仄仄，應叶韻，宋已來名作皆然，此闋獨異。又『漢外微雲盡處』句，『漢』字與下『殘照』不合，疑是『溪』字之譌。

【校記】

〔一〕國：底本作『園』，眉批：『「園」字疑是「國」字之訛，此字應仄也。』此據《花草粹編》改。

秦覯

覯，字少章，觀弟。校：《宋史·秦觀傳》：『弟覿，字少章；覯，字少儀。』天社任淵注陳后山詩云：『秦覯，字少章，從蘇長公學。』任淵，宋人，當無誤，今從之。元祐六年進士，爲錢塘尉。

〔詞話〕

《春渚紀聞》：司馬才仲初在洛下，晝寢，夢一美姝搴帷而歌曰：『妾本錢塘江上住。花落花開，不管流年度。燕子銜將春色去。紗窗幾陣黃梅雨。』才仲愛其詞，因詢曲名，云是《黃金縷》，且曰：『後日相見於錢塘江上。』及才仲以東坡先生薦應制舉中等，遂爲錢塘幕官，其廨舍後堂，蘇小墓在焉。時秦少章爲錢塘尉，爲續其詞後段云：『斜插犀梳雲半吐。檀板輕敲，唱出《黃金縷》。夢斷彩雲無覓處。夜涼明月生南浦。』不逾年而才仲得疾，所乘畫水輿艤泊河塘，柁工遽見才仲攜一麗人登舟，卽前聲喏，而火起舟尾，倉忙走報，家已慟哭矣。

校：秦少章續《黃金縷》後段句云：『夢斷彩雲無覓處。夜涼明月生南浦』，清空婉約，不墜太虛風格，惜傳作僅此半闋，誠吉光片羽矣。

王益柔

益柔，字勝之，河南人。父蔭入官。慶曆中，爲集賢校理，歷知制誥，以龍圖直學士、太中大夫知江寧府，移應天府。

校：王益柔《喜長新》云：『愁雲朔吹晚徘徊。雪照樓臺。梁王宴賞召鄒枚。相如獨逞英才。　明燭熏鑪香暖，深勸金杯。庭前粉豔有寒梅。一枝昨夜先開。』見《聽秋聲館詞話》。《花草粹編》有此詞，只四十三字，『愁雲』作『秋雲』，第二句無『梁王賞』三字，『英才』作『雄才』，末句作『昨夜一枝開』。　又校：東坡詞《漁家傲》題云：『金陵賞心亭送王勝之龍圖。王守金陵，視事一日，移南郡。』校：《景定建康志·年表》：『元豐六年癸亥八月五日，以龍圖閣直學士、太中大夫王益柔知江寧府事，六月移知應天府。七年甲子九月三日，端明殿學士王安禮知江寧府。』與東坡詞題所云『視事一日，移南郡』不合，俟攷。王文誥《蘇詩總案》云：甲子八月，與王益柔游蔣山作。又《西江月》題云『送建溪雙井茶谷簾泉與勝之』，坡詩施注云：『王勝之，樞密使晦叔子也，抗直，尚氣節，喜論天下事。』

歷代詞人考略卷十四

宋八

丁注

注，字葆光，歸安人。熙寧六年《吳興掌故集》及《直齋書録解題》作元豐間，誤。進士，知永州，嘗爲試官。有《丁永州集》三卷。

〔詞話〕

《直齋書録解題》：吳興丁葆光喜爲歌詞，世所傳《催雪》、《無悶》及重午《慶清朝》，皆有承平閒雅氣象。〔一〕

桉：丁葆光詠雪《無悶》云：『風急還收，雲凍又開，海闊無人翦水。算六出工夫，怎教容易。剛被郢歌楚舞，鎮獨向、尊前誇輕細。想謝庭詩詠，梁園賦賞，未成歡計。天意。是則是。便下得控持，柳梢梅蘂。又爭奈、看看漸回春意。好趁東君未覺，預先把、園林都妝綴。看是處，玉樹瓊枝，勝卻萬紅千翠。』見《陽春白雪》。其重午《慶清朝》一闋，惜已失傳。《泊宅編》稱丁葆光名經，當是傳寫之誤。

【校記】

〔一〕此後，《宋人詞話》有『附攷』一項，凡二則，迻録於下：

《吴興掌故集》：丁注居清遠門内，家有二園，一在所居，一在奉勝門内。又：丁氏園，丁葆光之别業，在奉勝門内，後依城，前臨水，蓋取萬元亨之南園、楊氏之水雲鄉合爲一園，每歲郡將勸農還，必於此艤舟。又：丁氏西園，葆光之故居，在清源門外，前臨苕水，築山鑿池，號曰寒巖，一時名士洪慶善、王元渤、俞居易、芮國器、劉行簡、曾天隱皆有詩。臨苕有茆亭，或稱爲芳庵丁家。

《北窗炙輠録》：有落第者作啓事，痛詆試官。時丁葆光爲試官，復其啓曰：『俯知有司之不明，仰見君子之所養。』又云：『當俾志氣塞乎天地之間，無使精神見於肝膈之上。』又曰：『韞匵而藏，何妨于待價之玉；踴躍自試，真所謂不祥之金。』

黄大臨

大臨，字元明，庭堅兄。紹聖中官萍鄉令。校：《能改齋漫録》云宰廬陵縣。

〔詞話〕

《復齋漫録》：自賀方回爲《青玉案》詞，山谷尤愛之，故作小詩以紀之。及謫宜州，山谷兄元明和以送之云：『千峯百嶂宜州路。天黯淡，知人去。曉别吾家黄叔度。弟兄華髮，舊山修水，異日同歸處。　尊罍飲散長亭暮。别語丁寧不成句。已斷離腸知幾許。水村山館，酒醒無寐，滴盡空階雨。』

《能改齋漫録》：豫章先生弟桉：當作兄黄元明宰廬陵縣，赴郡會，坐上，巾帶偶脱，太守喻妓令綴之。既畢，且俾元明譔詞，云：『畫堂銀燭明如晝。見林宗、巾墊羞蓬首。鍼指花枝，線縣羅袖。須臾兩帶逞依舊。　勸君倒戴休令後。也不須、更漉淵明酒。寶篋深藏，濃香熏透。爲經十指如蔥手。』蓋《七娘子》也。

桉：黄元明《青玉案》詞，見《花庵詞選》，題云『和賀方回韻送山谷弟貶宜州』。《能改齋漫録》『豫章先生弟黄元明』云云，誤。山谷和詞題云『至宜州上訓七兄』，知元明行次居七矣。花庵云『黄元明名知命』，亦誤。山谷弟叔達字知命，有數詩坿《山谷集》中。元明《青玉案》云『天黯淡，知人去』，又云『已斷離腸知幾許。水邨山館，酒醒無寐，滴盡空階雨』，極合别離時狀況，雅近東山風格。

毛滂

滂，字澤民，江山人。元祐間，爲杭州法曹。元符二年，知武康縣。蘇軾嘗以文章典麗可備著述科薦之，至祠部員外郎，知秀州。有《東堂集》十卷樂府二卷。〔一〕

〔詞話〕

《清波雜志》：秦少游發郴州，反顧有所屬，其詞曰『霧失樓臺』云云。山谷云：『語意極似劉夢得楚蜀間語。』『淚溼闌干花著露』云云，毛澤民元祐間罷杭州法曹至富陽所作贈别也。因是受知東坡，語盡而意不盡，意盡而情不盡，何酷似少游也！乾道間，舅氏張仁仲宰武康，煇往見，留三日，偏覽東堂之勝，蓋澤民嘗宰是邑，於彼老士人家見别語墨迹。

《樂府紀聞》：東坡守杭，毛滂爲法曹掾，常眷一妓。秩滿當辭，留連惜别，贈以《惜分飛》詞。明日東坡宴客，妓即歌此詞侑酒，云：『淚濕闌干花著露。愁到眉峯碧聚。此恨平分取。更無言語，空相覷。斷雨殘雲無意緒。寂寞朝朝暮暮。今夜山深處。斷魂分付，潮回去。』東坡問是誰作，妓愀然以毛法曹對。東坡語坐客曰：『郡寮有詞人而不及知，某之罪也。』折柬追還，爲之延譽，滂以此得名。〔一〕

樓思敬《書毛滂〈惜分飛〉詞後》：《東堂集》『淚濕闌干』詞，花菴詞客採入《唐宋絶妙詞》，其詞話云：『元祐中，東坡守錢塘，澤民爲法曹掾，秩滿辭去。是夕宴客，有妓歌此詞。坡問誰所作，妓以毛法曹對。坡語坐客曰：「郡寮有詞人，不及知，某之罪也。」翌日，折柬追還，留連數月，澤民因此得名。』余謂黄昇，宋人，其援據不應若是之疏。桉：蘇公詩集《次韻毛滂法曹感雨》詩云：『公子豈我徒，衣鉢傳一簞。定非郊與島，筆勢江湖寬。』公以郊、島目滂，以韓自況，衣鉢云云，傾倒者至矣。然則蘇公知滂，不在《惜分飛》詞；而滂之受知於蘇公，又豈待《惜分飛》詞哉？又桉：施元之蘇詩注：『元祐初，公在翰苑，澤民自浙入京，以書贄文一編自通。公出守錢塘，澤民適爲掾。』則是蘇公與滂已於翰苑日早知之矣。迨閲蘇集尺牘，有《答毛澤民》七首，其一、其二則翰林作也。品目澤民詩文，有『閒暇自得，清美可口』之語，至以黄魯直、張文潛爲比。其在惠州答寄《雙石堂》、《秋興賦》二札，謂其《韶》、《濩》之音追配騷人，且以宏詞秋期之，竝無瓊芳歌詞始爲激賞之事。且澤民之得名，亦不始於此詞也。其令武康，東堂《驀山溪》詞最著，其小序亦工。此外陽春亭、寒秀亭、松齋、花塢、定空寺、富陽水寺，一吟一詠，莫不傳唱人間，而衢州孫八太守雙石堂倡和尤多。《東堂集》載詞十又二闋，此卽蘇尺牘中『公素人來，寄示《雙石堂記》』者是也。迄今讀《山花子》、《剔銀燈》、《西江月》諸詞，想見一時主賓試茶勸酒，競渡觀燈，伐柳看山，插花劇飲，風流跌宕，承平盛事。試取『聽訟陰中苔自綠，舞衣紅』之句，曼聲歌之，不禁低徊欲絕也。而滂與沈會宗、賈耘老往來尤數，其留耘老《減字木蘭花》詞『既來且住，風月閒尋秋好處』、送會宗《燭影搖紅》詞『贈君明月滿前溪，直到西湖畔』、送耘老還郡《清平樂》詞『烟艇何時重理，更憑風月相催』，蕭然塵外，豈俗吏面目？卽如集中《調笑轉踏》舞隊曲、致語、破子、遣隊，悉備工妙，可以壓卷。而《南歌子》詞『更深不鎖醉鄉門。先遣歌聲留住欲歸雲』、《臨江仙》詞『酒濃春入夢，窗破月尋人』、《生查子》詞『烟暖柳惺忪，雪盡梅清瘦』、《上林春》詞『夜寒不到流蘇，祗憐他、後庭梅瘦』，皆佳句也。謂非元祐初一知名之士耶？知之者豈獨一蘇公，得名者豈獨一《惜分飛》詞耶？甚矣，詞話之承譌襲謬，其疏於考索者，在在皆是也。宜乎楊湜之《古今詞話》其爲苕溪漁隱彈駁者不少也。嗟乎！楊湜《古今詞話》雖小說家言，亦須有知人論世之識。信筆妙撮者，又安可忽乎哉？〔三〕

《鐵圍山叢談》：昔我先人魯公遭逢聖主，立政造事，以致康泰，每區區其間。有毛滂澤民者，有時名，上一詞，甚偉麗，而驟得進用。〔四〕

〔詞評〕

《皺水軒詞筌》：　毛澤民『酒濃春入夢，窗破月尋人』，此晚唐五律佳境也。

王晦叔云：　賀、周語意精新，用心甚苦，毛澤民、黄載萬次之。

〔詞考〕〔五〕

《四庫全書》『東堂詞提要』：　《東堂詞》一卷，載於馬端臨《經籍攷》，與今本相合。蓋其文集久佚，今乃裒錄成帙，其詞集則别本孤行，幸而得存也。端臨又引《百家詩序》，稱其罷杭州法曹時，以贈妓詞見賞於蘇軾，然集中有太師生辰詞數首，實爲蔡京而作。蔡絛《鐵圍山叢談》載其父柄政時，滂獻一詞，甚偉麗，驟得進用者，當卽在此數首之中。則滂雖由軾得名，實埘京以得官，徒擅才華，本非端士，方回《瀛奎律髓》乃以爲守正之士，蓋偶未及攷。其詞則情韻特勝。陳振孫謂滂它詞雖工，終無及蘇軾所賞一首者，亦隨人作計之見，非篤論也。其文集、詞集竝稱東堂者，滂令武康時，改盡心堂爲東堂，集中《驀山溪》一闋，自序其事甚悉云。

桉：　毛澤民詞中有壽蔡京數首，遂貽本非端士之譏。方毛之壽蔡也，蔡之姦猶未大著也。其後吳君特亦以壽賈相詞爲世詬病，方吳之壽賈也，賈方以幹濟聞於時，而其卒致姦庸誤國，亦非君特所預知也。且卽如蔡京生辰，以詩詞爲祝者，其姓名未易更僕數，而毛之詞獨傳，是則毛之至不幸，而君特殆亦一例也。澤民爲武康令，慈愛惠下，政平訟簡，詎非端士？若以寸楮之投爲畢生之玷，持論未免太苛。然而文字不可以假人，操觚家宜慎之又慎矣〔六〕。

【校記】

〔一〕此後，《宋人詞話》錄有詞集序跋文二則，迻錄於下：

汲古閣《宋六十家詞・東堂詞跋》： 澤民自敘少時喜筆硯，淺事，徒能誦古人紙上語。嘗知武康縣，改盡心堂爲東堂，簿書獄訟之暇，輒觴詠自娛，託其聲於《驀山溪》，如圖畫然。凡詩文、書簡、樂府總名《東堂集》，盛行于世。昔人謂因贈瓊芳一詞見賞東坡得名，果爾爾耶？ 古虞毛晉記。

《東堂詞・驀山溪》詞序： 東堂武康縣令舍，盡心堂也，僕改名東堂。治平中，越人王震所作。自吳興刺史府與五縣令舍，無得與東堂爭廣麗者。去年僕來，見其突兀出翳薈間，而菌生梁上，鼠走戶內，東西兩便室蛛網黏塵，蒙絡窗戶，守舍無有丈夫履聲，姑以告云。前大夫憂民勞苦，眠飯于簿書獄訟間，是堂也，向十餘間，傾撓于萬艾中，鵂嘯其上，貍經其下，磨鎌澤斧，以十夫日往刈之，纔可入。欲以居人，則有覆壓之患；取以爲薪，則又可憐。試擇其螻蟻之全，加以斧斤，乃能爲亭二，爲菴、爲齋、爲樓各一，雖卑隘，僅可容厀，然清泉修竹，便有遠韻。又伐惡木十許根，而好山不約自至矣。乃以生遠名樓，畫舫名齋，潛玉名菴，寒秀、陽春名亭，花名塢，蝶名徑，而疊石爲漁磯，編竹爲鶴巢，皆在北池上。獨陽春西窗高山最多，又有荼蘼一架。僕頃少時喜筆硯，淺事，徒能誦古人紙上語，未嘗與天下史師游，以故邑人甚愚其令，不以寄枉直，雖有疾苦，曾不以告也。庭院蕭然，鳥雀相呼，僕乃得饒食晏眠，無所用心于東堂之上，戲作長短句一首，託其聲于《驀山溪》云。

〔二〕此則，底本無，據《宋人詞話》補。

〔三〕『嗟乎』五句，底本無，據《宋人詞話》補。

〔四〕此則，底本無，據《宋人詞話》補。

〔五〕《宋人詞話》有『附攷』一項，凡一則，迻錄於下：

《嘉泰吳興志》：東堂在武康縣，本盡心堂，嘉祐三年縣令王震建，紹聖五年縣令毛滂新之，紹興初鍾燮重建，二十三年曾愷復加修葺。又舊編云：毛滂字澤民，元符二年爲武康令，慈愛惠下，政平訟簡，時旁邑多歉，惟武康豐穰，公餘多暇，尋訪山水，發諸文章，蘇公軾嘗以文章典麗可備著述科薦之，及見餘英志邑之亭館，多所剏建，游覽篇詠，竝在《東堂集》。

〔六〕《宋人詞話》按語與《歷代詞人攷略》按語有出入，迻錄於下：

按：有宋自熙、豐已還，詞稱極盛，文采風流之彥莫不咳唾珠玉，吐噏蘭荃，乃至以篇闋爲餽飪，無論於情事亦至常，以視尋常苞苴竿牘，其俗與雅之相去，寧復可道里計乎？毛澤民詞中有壽蔡京數首，遂貽徒擅才華、本非端士之譏。方毛之壽蔡也，蔡之姦猶未大著也，其後吳君特亦以壽賈相詞爲世詬病，方吳之壽賈也，賈方以幹濟聞於時，而其卒致姦庸誤國，亦非君特所預知也，且即如蔡京生辰，以詩詞爲祝者，其姓名未易更僕數，而毛之詞獨傳，是則毛之至不幸，而君特殆亦一例也。澤民爲武康令，慈愛惠下，政平訟簡，非端士，能若是乎？以寸楮之投爲畢生之玷，持論未免太苛，然而文字不可以假人，操觚家宜慎之又慎矣。至謂毛詞佳勝，不止《惜分飛》一闋，是則誠然，《清平樂》云：『錦屏夜夜。繡被熏蘭麝。帳捲芙蓉長不下。垂盡銀臺蠟灺。臉痕微著流霞，瞢騰越倦穠華。破睡半殘妝粉，月隨雪到梅花。』此以豔勝者也。《玉樓春·至盱眙作》云：『長安回首空雲霧。春夢覺來無覓處。冷烟寒雨又黄昏，數盡一堤楊柳樹。楚山照眼青無數。淮口潮生催曉渡。西風吹面立蒼茫，欲寄此情無雁去。』此以淡勝者也，即此二闋，可概其餘。

馬瑊

瑊，字中玉，校：《蘇東坡集》作忠玉。合肥人。校：《黄山谷年譜》：《咸淳臨安志》並作在平人。熙寧中，提舉永興路常平。九年，以王韶言改太子中舍，權發遣江南西路轉運判官，移荊湖北路轉運判官。元祐五年，自提點淮南西路刑獄改兩浙路提刑。紹聖三年，以通直郎知湖州，移潁州、荊州。坐與黄庭堅善，安置海州。

〔詞話〕

《玉照新志》：東坡先生知杭州，馬中玉瑊桉：《學津討源》本《玉照新志》瑊誤咸，《詞綜補遺》因之，兹改正。爲浙漕。東坡被召赴闕，中玉席間作詞曰：『來時吴會猶殘暑。去日武林春已暮。欲知遺愛感人深，灑淚多於江上雨。　歡情未舉眉先聚。别酒多斟君莫訴。從今寧忍看西湖，擡眼盡成腸斷處。』東坡和之，所謂『明朝歸路下塘西，不見鶯啼花落處』是也。中玉，忠肅亮之子，仲甫猶子也。

桉：《宋詩紀事》『補遺』載馬中玉《遂寧好》一首云：『遂寧好，勝地産糖霜。不待千年成虎珀，直疑六月凍瓊漿。』注：『見《輿地紀勝》。』此非詩，乃詞也，調《望江南》，脱末五字句耳。

蘇庠

庠，字養直，丹徒人。桉：《詞林紀事》云：『澧州人，徙丹徒。』未詳所本。紳之後，頌之族，伯固之子，號後湖居士。紹興中，與徐俯同被召，庠獨固辭。又命守臣以禮津遣，仍稱疾不赴，以壽終。有《後湖集》。

〔詞話〕

《苕溪漁隱叢話》：東坡云：『「屬玉雙飛水滿塘。菰蒲深處浴鴛鴦。白蘋滿棹歸來晚，秋著蘆花一岸霜。　扁舟繫岸依林樾。蕭蕭兩鬢吹華髮。萬事不理醉復醒，長占烟波弄明月。」此篇若置李太白集中，誰疑其非者？乃吾家養直所作《清江曲》也。』苕溪漁隱曰：養直《後湖集》又有後《清江曲》云：『屬波渺渺山蒼蒼。輕霜隕木蓮葉黃。呼兒極浦下笭箵，社甕欲熟浮蛆香。　輕蓑淅瀝鳴秋雨。日暮乘流自相語。一笛清風萬事休，白鳥翩翩落烟渚。』殊不及前篇也。桉：蘇養直《清江曲》前篇，《花草粹編》采錄。《詞律拾遺》云：此調與《玉樓春》、《瑞鷓鴣》相似，唯後段用仄韻，不能混爲一調也。

《詞品》：蘇養直《清江曲》有『屬玉雙飛水滿塘』句，當時盛傳。詞亦工，如『醉眠小隝黃茅店，夢倚高城赤葉樓』，佳句也。

桉：《樂府雅詞》錄蘇養直二十三首，多清微澹遠之音，近於不食人間烟火者。略摘警句如左：《虞美人》云『病來無處不關情。一夜鳴榔急雨雜灘聲』、《謁金門》云『竹裏江梅寒未吐。茆屋疏疏雨』、《鷓鴣天》云『相思恰似江南柳，一夜春風一夜深』、《訴衷情》云『溪上晚來楊柳，月露洗烟梢』、《木蘭花令》云『歸帆初張葦邊風，客夢不禁篷背雨』。　又桉：《花庵詞選》、《升庵詞品》俱作『蘇養直名伯固』，誤。東坡詩集有《次韻蘇伯固主簿重九》一首，施注云：『伯固名堅，博學能詩，東坡與講宗盟自黃徙汝，同遊廬山，有《歸朝歡》詞，以劉夢得比之。黃魯直謫死宜州，至大觀間，伯固在嶺外護其喪歸，葬雙井，其風義如此。子庠，字養直，學世其家。東坡手書所作《清江曲》，以爲可雜太白詩中，莫辨也。號後湖居士，有文集行於世。』伯固父子事實鑿然，花庵，宋人，其舛誤殊不可解，茲據蘇詩注訂正之。

賀鑄

鑄，字方回，衛州人。按：雙照樓宋詞目云共城人。孝惠皇后族孫。初娶宗女，授右班殿直，監太原工作。元祐中，换通直郎，通判泗州，又倅太平州。食宫祠禄，退居吴下，自號慶湖遺老。自裒其歌詞爲《東山寓聲樂府》三卷。

〔詞話〕

《中吳紀聞》：賀鑄，本山陰人，徙姑蘇之醋坊橋。嘗游定力寺，訪僧不遇，因題一絶『破冰泉脈漱籬根』云云，王荆公極愛之，自此聲價愈重。有小築在盤門之南十餘里，地名横塘。方回往來其間，嘗作《青玉案》詞云『淩波不過横塘路』云云。初，方回爲武弁，李邦直爲執政，力薦之，因易文階，積官至正郎，終於常倅。

《苕溪漁隱叢話》：《復齋漫録》云：方回詞有《雁後歸》云：『人歸落雁後，思發在花前。』山谷守當塗，方回過焉，人日席上作也。腔本《臨江仙》，山谷以方回用薛道衡詩，故易以《雁後歸》云。

《能改齋漫録》：賀方回眷一妓，寄詩云：『獨倚危闌淚滿襟，小園春色嬾追尋。深思縱似丁香結，難展芭蕉一寸心。』賀得詩，初敘分别之景色，或用所寄詩成《石州引》『薄雨初寒』云云。

《竹坡詩話》：賀方回嘗作《青玉案》詞，有『梅子黄時雨』之句，人皆服其工，士大夫謂之賀梅子。郭功父有示耿天隲一詩，王荆公嘗爲書之，其尾云：『廟前古木藏訓狐，豪氣英風亦何有。』方回晚倅姑孰，與功父游甚歡。方回寡髮，功父指其髻謂曰：『此真賀梅子也。』方回乃捋其鬚曰：『君可謂郭訓狐。』功父白髯而鬍，故有是語。

《老學庵筆記》：賀方回狀貌奇醜，色青黑而有英氣，俗謂之賀鬼頭。喜校書，朱黃未嘗去手。詩文皆高，不獨工長短句也。潘邠老贈方回詩云：『詩束牛腰藏舊藁，書譌馬尾辨新讎。』有二子，曰房，曰廩，於文，房從方，廩從回，蓋寓父字於二子名也。

《七修類稿》：秦觀與蘇、黄齊名，嘗於夢中作《好事近》一詞，其後以事謫藤州，竟死於藤。此詞，其讖乎？少游同時有賀鑄，嘗作《青玉案》悼之。山谷有詩云：『少游醉臥古藤下，誰與愁眉唱一杯。解道江南斷腸句，祇今唯有賀方回。』桉：方回《青玉案》詞爲悼秦少游作，於此僅見。

〔詞評〕

《鶴林玉露》：賀方回云：『試問閒愁知幾許。一川烟草，滿城風絮。梅子黄時雨。』蓋以三者比愁之多也。興中有比，意味更長。

《詞源》：句法中有字面，蓋詞中一箇生硬字用不得，須是深加煅煉，字字敲打得響，歌誦妥溜，方爲本色語。如賀方回、吳夢窗皆善於鍊字面，多於溫庭筠、李長吉詩中來。字面亦詞中之起眼處，不可不留意也。

《餐櫻廡隨筆》：金元已還，名人製曲如《西廂記》、《牡丹亭》之類，皆平側互叶，幾於句句有韻，付之歌喉，聲情極致流美。溯其初哉肇祖，出於宋人填詞，詞韻平側互叶，丁北宋已有之，姑舉一以起例。賀方回《水調歌頭》云：『南國本瀟灑，六代浸豪奢。臺城遊冶，襞牋能賦屬宮娃。雲觀登臨清夏。璧月留連長夜。吟醉送年華。回首飛鴛瓦，卻羨井中蛙。訪烏衣，尋白社，不容車。舊時王謝，堂前雙燕過誰家。樓外河橫斗挂。淮上潮平霜下。檣影落寒沙。商女篷窗罅，猶唱《後庭花》。』又《六州歌頭》云：『少年俠氣，交結五都雄。肝膽洞。毛髪聳。立談中。死生同。一諾千金重。推翹勇。矜豪縱。車蓋擁。聯飛鞚。鬥城東。轟飲酒壚，春色浮寒甕。吸海垂虹。閒呼鷹嗾犬，白羽摘雕弓。狡穴俄空。樂悤悤。似黄粱夢。辭丹鳳。明月共。漾孤篷。官冗從。懷倥偬，落塵籠。簿書叢，鶡弁如雲衆。供麤用。忽奇功。笳鼓動。漁陽弄。思悲翁。不請長纓，繫取天驕種。劍吼西風。悵登山臨水，手寄七絃桐。目送歸鴻。』此調中各三字句，它宋人之作，如張于湖、程懷古諸家，皆不叶側韻，唯韓无咎『東風著意』一闋，逐段自相爲叶，凡换五韻。而方回此詞，則尤通首平側韻悉叶東冬部，可謂極聲律家之能事矣。

王晦叔云：賀方回語意精新，用心甚苦，集中如《青玉案》者甚衆，大抵卓然自立，不肯浪下筆。

宋尚木云：方回，其詞新鮮。

沈際飛云：方回《望湘人》詞，厭鶯而幸燕，文人無賴。

先著云：方回長調便有美成意，殊勝晏、張。

《詞潔》：方回《青玉案》詞，工妙之至，無迹可尋，語句思路亦在目前，而千人萬人不能湊泊。

《香海棠館詞話》：《東山詞》：『歸臥文園猶帶酒，柳花飛度畫堂陰。只憑雙燕話春心。』『柳花』句融景入情，丰神獨絶。近來纖佻一派，誤認輕靈，此等處何曾夢見？

〔詞考〕

《碧雞漫志》：賀方回《石州慢》，予舊見其藁，『風色收寒，雲影弄晴』改作『薄雨收寒，斜照弄晴』，又『冰垂玉筯，向午滴瀝檐楹，泥融消盡牆陰雪』改作『烟横水際，映帶幾點歸鴻，東風消盡龍沙雪』。

《敬齋古今黈》：『賀方回《東山寓聲樂府・别集》有《定風波》，異名《醉瓊枝》者云：「檻外雨波新漲，門前烟柳渾青。寂寞文園淹臥久，推枕援琴涕自零。無人著意聽。　緒緒風披雲幌，駸駸月到萱庭。長記合懽東館夜，與解香羅掩翠屏。瓊枝半醉醒。」尋其聲律，與《破陣子》正同。不知此曲真爲《破陣子》，而但改名《定風波》乎？或别有聲調也。』予以爲但改其名，不然，何爲偏攷諸樂府中，無有詞語類此而名之爲《定風波》者也？　桉：《蕙風簃隨筆》：四印齋所刻《東山寓聲樂府》，此闋調名正作《破陣子》，不作《定風波》，亦不云異名。《醉瓊枝》末句『瓊枝半醉醒』五字缺，今據此補足，乃可讀，亦快事也。換頭『雲幌』，四印本『雲』作『芸』。

王迪《東山寓聲樂府跋》：《東山寓聲樂府》原本三卷，久已失傳。所傳者，亦園侯氏本而已。常熟張氏藏本與侯本同，皆缺中下兩卷，非足本也〔一〕。近獲知不足齋鮑氏手鈔校本兩種，一本與侯氏、張氏同；一本分爲兩卷，與侯氏、張氏本相較，同者僅八首。此本雖非原書，亦屬罕見，足可寶貴，不知鮑氏何自得之？頃以三家藏本彙而編之，得二百四十五首，錄成三卷，仍其舊名。又於諸家選本中輯得四十首爲補遺一卷坿於後。

王鵬運《東山寓聲樂府跋》：桉：《四庫全書總目》載方回《慶湖遺老集》十卷，偁其詞勝於詩，此集則未經箸録。《文獻通攷》引陳氏曰：『以舊調填新詞而易其名以别之，故曰寓聲。』即周益公《近體樂府》、元遺山《新樂府》之類，所以别於古也。此本由毛鈔録出，闕佚二十餘闋，據宋以來選本校之，僅補《小梅花》一調，知是書殘損久矣。至諸家譔録並云《東山寓聲樂府》三卷，此合百六十九首爲一，題曰《東山詞》。毛氏傳鈔，每變元書體例，不獨此集爲然。兹改從舊名，若分卷則無由臆斷，姑仍毛氏焉。末坿補遺，爲況夔笙舍人編輯。

又《東山寓聲樂府補鈔跋》：《東山詞》傳世者，唯前刻汲古閣未刻詞本，即所謂亦園侯氏本也。近讀歸安陸氏《皕宋樓藏書志》，知有王氏惠庵輯本，視前刻多百許闋，迺丐純伯舍人鈔得，爲補鈔一卷坿後。唯屢經傳寫，譌闕至不可句讀，與純伯、夔笙校讎一再，略得十之五六，其仍不可通者，則空格，或注元作某字於下，以俟好學深思者是之。

《香海棠館詞話》：賀方回《小梅花》『城下路』一闋，前段《詞綜》作『金人高憲』，詞調名《貧也樂》，於『家』均分段。半塘云：『或沿明人選本之譌也。』

桉：填詞以厚爲要指，蘇、辛詞皆極厚，然不易學，或不能得其萬一，而轉滋流弊，如麤率、叫囂、瀾浪之類。《東山詞》亦極厚，學之卻無流弊，信能得其神似，進而闚蘇、辛堂奥，何難矣？『厚』之一字，關係性情。『解道江南斷腸句』，方回之深於情也。企鴻軒蓄書萬餘卷，得力於醞釀者又可知。張叔夏作《詞源》，於方回但許其善鍊字面，詎深知方回者耶？　又桉：《宋史·文苑傳》：『賀鑄，衛州人。』近人吴氏《雙照樓宋詞目》云共城人，未詳所本。共城，衛州屬縣也。而《中吴紀聞》則曰本山陰人，它書亦多作山陰人者。攷《山樵書外紀》『焦山』：賀方回題名，文曰：『青社綦立與權、□陰賀鑄方回、南陽張德洵公美、廣陵左㫬和叟，建中靖國元年九月遊。』張開福跋石云：『米襄陽與賀方回同見蔡魯公，公書「龜山」二大字，方回持去，刻諸龜山寺。後米題曰「山陰賀鑄刻石」。』此刻『陰』上一字爲『山』字無疑，方回占籍山陰，卽此可證，衛州或其寄籍耳。

【校記】

〔一〕足：底本作『是』，據王迪跋文改。

李嬰

嬰，汴人。元豐間官蘄水縣令。

〔詞話〕

《苕溪漁隱叢話》：元豐間，都人李嬰調蘄水縣令，作《滿江紅》一曲往黄州上東坡，東坡甚喜之。其詞云：『荊楚風烟，寂寞近、中秋時候。露下冷，蘭英將謝，葦花初秀。歸燕殷勤辭巷陋。鳴蛩淒楚來牕牖。又誰念、江邊有神仙，飄零久。　橫琴膝，攜筇手。曠望眼，閒吟口。任紛紛萬事，到頭何有？君不見、淩烟冠劍客，何人氣貌長依舊。歸去來、一曲爲君吟，爲君壽。』

桉：文詞干謁之風亦已古矣，在當日亦復有幸不幸。周煇《清波雜志》：『先人任饒幕，與邵武黄堅叟爲代。一日，郡宴鄱江樓，黄作《木蘭花慢》詞上別乘，有「監郡風流懽洽」之語，貽怒，繳申郡牒，問風流懽洽實迹。黄歷攷古今風流懽洽出處，辯答甚苦，嘗取吏案以觀而得其詳。要知投獻本求人知，又當視其人如何，庶不反致按劍』云云。彼李嬰者，亦幸而遇東坡耳。堅叟詞，世無傳，作坿記其事，藉存其人焉。

周銖

銖，字初平，鄞縣人，崇寧二年第進士，官中牟簿。

〔詞話〕

《四明近體樂府》：周初平《驀山溪》云：『松陵江上，極目烟波緲。天際接滄溟，到如今、東流未了。吴檣越艑，都是利名人，空擾擾。知多少，只見朱顏老。故園應是，緑徧池塘草。家住十洲西，算隨分、生涯自好。漁蓑清貴，休羡謝三郎，紅蕖月，白蘋風，何似長安道？』〔一〕

桉：初平詞未經前人箸録。

【校記】

〔一〕此則，《宋人詞話》置於下一卷第一則桉語之前。

歷代詞人考略卷十五

宋九

張才翁

才翁，官邛州司理。

〔詞話〕

《能改齋漫録》： 張才翁風韻不羈，初仕臨邛秋官，郡守張公庠待之不厚。會有白鶴之游，郡守率屬官同往，才翁不預，乃語官妓楊皎曰：『老子到彼必有詩詞，可速寄來。』公庠既到白鶴，便留題云：『初眠官柳未成陰，馬上聊爲擁鼻吟。遠宦情懷消壯志，好花時節負歸心。別離長恨人南北，會合休辭酒淺深。欲把春愁閒抖擻，亂山高處一登臨。』皎録寄才翁，才翁增減作《雨中花》詞寄皎云：『萬縷青青，初眠官柳，向人猶未成陰。據雕鞍，馬上擁鼻微吟。遠宦情懷誰問，空嗟壯志消沈。正是好花時節，山城留滯，忍負歸心。別離長恨，飄蓬無定，誰念會合難憑？相聚裏，休辭金琖，酒淺還深。欲把春愁抖擻，春愁轉更難禁。亂山高處凭闌，垂袖聊寄登臨。』公庠再坐，皎歌於側。公庠問之，皎前稟曰：『張司理卻寄來，令皎歌之以獻台座。』公庠遂青顧才翁尤厚。

桉：張才翁以《雨中花》受知於公庠，與毛澤民以《惜分飛》見賞於東坡，二事相類，以櫻桃之素口爲蟠木之先容，何其韻也。才翁詞，輕清婉約，妙造自然，尤能傳出詩中不盡之意，宜公庠契賞深之矣。公庠，字元善，皇祐元年進士，有《泗州集》。

蔡挺

挺，字子政，宋城人。第進士，授陵州團練推官，通判涇州，徙鄜州，知博州，改陝西轉運副使，進直龍圖閣，知慶州。神宗立，加天章閣待制，知渭州，進右諫議大夫、直龍圖閣直學士。熙寧五年，拜樞密副使，七年，罷爲資政殿學士、判南京留司御史臺。元豐二年卒，贈工部尚書，謚敏肅。

〔詞話〕

《揮麈餘話》：　熙寧中，蔡敏肅以樞密直學士帥平涼。初冬置酒郡齋，偶成《喜遷鶯》一闋云：『霜天秋曉。正紫塞故壘，黄雲衰草。漢馬嘶風，邊鴻叫月，隴上鐵衣寒早。劍歌騎曲悲壯，盡道君恩須報。塞垣樂，盡櫜鞬錦帶，山西年少。　談笑。刁斗盡，烽火一把，時送平安耗。聖主憂邊，威懷遐遠，驕寇尚寬天討。歲華向晚愁思，誰念玉關人老。太平也，且歡娯，莫惜金尊頻倒。』詞成，閒步後園，以示其子朦。朦置袖中，偶遺墜，爲廳門老卒得之。老卒不識字，持令筆吏辨之。適郡之倡魁素與筆吏洽，因授之。會賜衣襖中使至，敏肅開燕，倡尊前執板歌此，敏肅怒，送獄根治。倡之儕類祈哀於中使，爲援於敏肅。敏肅舍之，復令謳焉。中使得其本以歸，達於禁中。宫女輩但見『太平也』三字，爭相傳授，歌聲徧掖庭，遂徹宸聽，詰其從來，迺知敏肅所製。裕陵卽索紙批出云：『玉關人老，朕甚念之。樞管有闕，留以待汝。』未幾，遂拜樞密副使。御筆見藏其孫稹家。史言敏肅交結内侍，進詞柄用，又不同也。

《宋史》本傳：敏肅在渭久，鬱鬱不自聊，寓意詞曲，有『玉關人老』之嘆。中使至，則使優伶歌之，神宗愍焉，遂有樞密之拜云。

校：六一居士譏范希文《漁家傲》爲窮塞主之詞，自矜其『戰勝歸來飛捷奏。傾賀酒。玉階遥獻南山壽』爲真元帥之事。明賀黄公論之曰：『宋以小詞爲樂府，被之管絃，往往傳于宫掖。范詞如「長烟落日孤城閉。羌管悠悠霜滿地。將軍白髮征夫淚」，令「綠樹碧簾相掩映，無人知道外邊寒」者聽之，知邊庭之苦如是，庶有所警觸。此深得《采薇》、《出車》「楊柳」、「雨雪」之意。若歐詞止於諛耳，何所感耶？』王氏《餘話》：『蔡敏肅《喜遷鶯》「誰念玉關人老」句，其微恉與范希文《漁家傲》闇合。而裕陵輒爲之動聽，所謂聲音之道感人易入者，非歟？卽或如史傳所云「敏肅納交中使，進詞柄用」，亦不失爲黼座好文，契合風雅。有宋一代，《金荃》、《蘭畹》，蔚爲國華，則夫提倡奬藉出自天家，其收效至閎遠耳。』

王觀

觀，字通叟，高郵人。中嘉祐二年進士第，官翰林學士。賦應制詞，宣仁太后以其近褻，謫之，世遂有逐客之號。一云熙寧中以將士郎守大理寺丞，知江都縣事。有《冠柳詞》一卷。

〔詞話〕

《能改齋漫録》：王觀學士嘗應制撰《清平樂》詞云：『黄金殿裏。燭影雙龍戲。勸得官家真個醉。進酒猶呼萬歲。折旋舞徹《伊州》。君恩與整搔頭。一夜御前宣住，六宮多少人愁。』翌日，宣仁太后聞之，語宰相曰：『豈有館閣儒臣應制作狎詞耶？』既而罷職，世遂有逐客之號。今集本乃以爲擬李太白應制，非也。

《苕溪漁隱叢話》：《復齋漫録》云：『王逐客送鮑浩然之浙東長短句：「水是眼波横，山是眉峯聚。欲問行人去那邊，眉眼盈盈處。纔始送春歸，又送君歸去。若到江南趕上春，千萬和春住。」』苕溪漁隱曰：山谷詞云：『春歸何處，寂寞無行路。若有人知春去處。唤取歸來同住。』王逐客云：『若到江南趕上春，千萬和春住。』體山谷語也。

《漫叟詩話》：古樂府詩云：『今世褦襶子，觸熱向人家。』褦襶，《集韻》解之曰：『不曉事。』予素畏熱，乃知人觸熱來人家，其謂不曉事，宜矣。嘗愛王逐客作夏詞《雨中花令》，不用浮瓜沈李等事，而天然有塵外涼思。其詞曰：『百尺清泉聲陸續。映瀟灑、碧梧翠竹。面千步回廊，重重簾幙。小枕欹寒玉。　試展鮫綃看畫軸，見一片、瀟湘凝綠。待玉漏穿花，銀河垂地，月上欄干曲。』此語非觸熱者之所知也。

《古今詞話》：　王逐客冬景《天香》詞云：『霜瓦鴛鴦，珠簾翡翠，今年又是寒早。矮釘明窗，窄開朱戶，切莫亂教人到。重陰不解，雲共雪、商量未了。青帳垂氈要密，錦縫放幃宜小。　呵梅弄妝試巧。繡羅襦、瑞雲芝草。共我語時同語，笑時同笑。已被金尊勸倒。更唱個新詞故相惱。盡道窮冬，元來恁好。』涪翁見而賞之，且曰此曲一處所一物色，無一不是嚴冬蕭索之境。但仔細詳味之，略無半點酸寒顛頷之意，亦善於造語者矣。　又：　王通叟少年游宦長安，負不羈之才，頗饒逸韻，輦下欣慕者眾。後數年復至，舊遊多有存者，仍寓意焉，遂作《感皇恩》一曲，有『長安重到。人面依然似花好』之句。

《詞苑叢談》：　王通叟作《慶清朝慢·踏青》詞，風流楚楚，世以爲高於屯田，遂以『冠柳』名其集。詞云：『調雨爲酥，催冰做水，東君分付春還。何人便將輕暖。點破殘寒。結伴踏青去好，平頭鞵子小雙鸞。烟郊外，望中秀色，如有無間。　晴則個，陰則個，餖飣得天氣，有許多般。須教撩花撥柳，爭要先看。不道吳綾繡韈，香泥斜沁幾行斑。東風巧，盡收翠綠，吹在眉山。』

〔詞評〕

王晦叔云：　王逐客才豪，其新麗處與輕狂處，皆足驚人。

黃叔暘云：　通叟風流楚楚，詞林中之佳公子也。

《皺水軒詞筌》：　詞之最醜者爲酸腐、怪誕、麤莽。然險麗，貴矣，須泯其鏤劃之痕乃佳。如蔣捷

『燈搖縹暈茸窗冷』，可謂工矣，覺斧跡猶在。如王通叟春遊曰『晴則個，陰則個』云云，則痕跡都無，真猶石尉香塵，漢皇掌上也。兩『個』字尤弄姿無限。

桉：昔人於通叟詞最稱許『調雨爲酥』一闋，又謂其詞格不高，雖通叟，幾無以自解矣。然如其《生查子》云：『關山魂夢長，塞鴈音書少。兩鬢可憐青，一夜相思老。歸傍碧紗窗，說與人人道。真箇別離難，不似相逢好。』《菩薩蠻》云：『單于吹落山頭月。漫漫江上沙如雪。誰唱縷金衣。水寒船舫稀。　蘆花楓葉浦。憶抱琵琶語。身未發長沙。夢魂先到家。』二詞格調視《慶清朝慢》何如？竊嘗謂北宋詞以淡勝，迺至其論詞，則唯豔之欲聞，非唯於通叟一家爲然也。

又桉：通叟應制《清平樂》『黃金殿裏』闋，《耆舊續聞》云作者王仲甫字明之，誤。

孔武仲

武仲，字常父，新喻人。至聖四十八代孫。嘉祐八年進士甲科，調穀城主簿、教授齊州。爲國子直講，歷祕書省正字、集賢校理、著作郎、國子司業，進起居郎兼侍講邇英殿，除起居舍人，旋拜中書直學士院。擢給事中，遷禮部侍郎，以寶文閣待制知洪州，徙宣州。坐黨籍奪職，居池州，卒。與兄文仲、弟平仲稱臨江三孔，遺箸合刻名《清江集》。

桉：孔常父詞有《水龍吟·詠梅》二首，見《御選歷代詩餘》。彊邨先生云：此二詞又見《梅苑》，作孔處度。今錄其一云：『淡烟池館霜飈，蕭條又是年華暮。黃花老盡，丹楓舞困，江梅初吐。點綴南枝，暗傳春信，玉苞微露。凭危闌望斷，誰家素臉，遙山遠，空凝竚。昨夜一枝開處。正前村、雪深幽曙。看來只恐，瑤臺雲散，玉京人去。庾嶺寒餘，漢宮妝曉，飛堆行雨。仗誰人惜取。孤芳雅致，作春光主。』

孔平仲

平仲，字毅父，桉：《宋史》本傳作義父。武仲弟。桉：《宋史·孔文仲傳》：『與弟武仲、平仲皆以文聲起江西』云云。傳亦武先平後，唯平仲詩集有《發儀徵寄常父弟》五言長篇，存疑待攷。治平二年，第進士，又應制科，用呂公著薦爲祕書丞、集賢校理。出爲江東轉運判官，提點江淛鑄錢、京西刑獄。紹聖中，坐元祐黨籍，屢謫韶州、惠州，安置英州。徽宗立，復朝散大夫，召爲戶部、金部郎中，提舉永興路刑獄，帥鄜延、環慶。黨論再起，罷，主管景靈宮，卒。箸有《續世說》、《談苑》等書行世。

〔詞話〕

《能改齋漫錄》：秦少游所作《千秋歲》詞，乃在衡陽時作也。少游云『至衡陽呈孔毅父使君』，其詞云云，今更不載。毅父本云『次韻少游見贈』，其詞云：『春風湖外。紅杏花初退。孤館靜，愁腸碎。淚餘痕在枕，別久香銷帶。新睡起，小園戲蝶飛成對。惆悵誰人會。隨處聊傾蓋。情暫遣，心何在。錦書消息斷，玉漏花陰改。遲日暮，仙山杳杳空雲海。』少游詞云：『憶昔西池會。鴛鴦同飛蓋。』亦爲在京師與毅父同在於朝，敘其爲金明池之遊耳。今越州、處州皆指西池在彼，蓋未知其本源而云也。

校：秦少游《千秋歲》詞，毅父次韻之後，蘇、黄皆有和作，毅父之作不幾爲二公揜耶？毅父詞『玉漏花陰改』五字，便可隱括元唱後段之意，雖清壯不如坡公，而婉麗停勻，政復當行出色。

舒亶

亶，字信道，慈谿人。治平二年第進士，調臨海尉，歷審官院主簿，遷奉禮郎，擢太子中允，提舉兩浙常平。元豐初，權監察御史裏行，加集賢校理。同李定劾蘇軾作詩譏訕時事，軾坐貶官。未幾，同修起居注，進知雜御史判司農寺，超拜給事中，權直學士院，爲御史中丞。坐在翰林受廚錢越法，追兩秩，勒停。久之，復通直郎。崇寧初，知南康軍，徙知荊南，由直龍圖閣進待制，卒贈直學士。有集。

〔詞話〕

《詞苑叢談》：舒信道，神宗朝御史，與李定同陷東坡於罪者〔一〕。嘗作《菩薩蠻》詞云：『江梅未放枝頭結。江樓已見山頭雪。待得此花開。知君來未來。　風帆雙畫鷁。小雨隨行色。空得郁金裙。酒痕和淚痕。』王阮亭極賞此詞，常曰：『鍾退谷評閻丘曉時，謂：「具此手段方能殺王龍標。」此等語，乃出渠輩手，豈不可惜？」僕每讀嚴分宜《鈐山堂詩》，至佳處，輒作此嘆〔二〕。』

《聽秋聲館詞話》：舒亶與蘇門四學士同時，詞亦不減秦、黄。《花庵詞選》録其《菩薩蠻》云：『畫船搥鼓催君去。高樓把酒留君住。去住若爲情。江頭潮欲平。　江潮容易得。只是人南北。

今日此尊空。與君何日同？』《樂府雅詞》録其《蝶戀花》云『最是西風吹不斷。心頭往事歌中怨』、《木蘭花》云『西湖一頃白菱花，惆悵行雲無覓處』、《虞美人》云『背飛雙燕貼雲寒。獨向小樓東畔倚闌看』，縱不識字人，亦知是天生好語。人因其傾陷坡公，已亦不免被斥惡其人，並陋其詞耳。此如蔡京之書、嚴嵩之詩、馬士英之畫，初不讓蔡君謨、王元美、董香光諸公，今詞壇藝苑中絕無齒及者。在小人得志之秋，率意徑行，非不炫赫一時；卒之身敗名裂，卽有寸長，曾不如豹皮雀尾，猶足供人玩惜。昔與楊伯夔丈談及此，丈笑曰：『此所謂「醉裏且貪歡笑，要愁那得工夫」，使秦人而知自哀，亦不爲秦人矣。』〔三〕

〔詞評〕

王晦叔云：舒信道思致妍密，要是波瀾小。〔四〕

桉：舒信道《菩薩蠻》『畫船搥鼓』云云，黄叔暘云此詞極有味。宋曾慥《樂府雅詞》録信道詞至四十八闋，視賀方回、周美成爲多，中間有味之作何止《菩薩蠻》一闋，卽丁杏舲《詞話》中所摘句亦未足盡信道之長，如《散天花》云『西風偏解送離愁。聲聲南去，雁下汀洲』、《醉花陰》云『冷對酒尊旁無語，含情別是江南信』、《菩薩蠻》『搔首立江干，春蘿挂暮山』、《木蘭花》『傷春還是嬾梳妝，想見綠雲垂鬌腳』、《鵲橋仙》云『兩堤芳草一江雲，早晚是、西樓望處』，非有味之極者乎？〔五〕

【校記】

〔一〕與：底本作『學』，據《詞苑叢談》改。

〔二〕『僕每讀』三句：　底本無，據《宋人詞話》補。

〔三〕『此如蔡京之書』十七句：　底本無，據《宋人詞話》補。

〔四〕此則後，《宋人詞話》有『附攷』一項，凡一則，迻錄於下：

《選巷談叢》：　宋刻東坡象殘石，十年前天寧門外濬河所出。石質堅緻，上鋭下平，高一尺一寸弱；下寬一尺三寸，象上半完整，畫手、刻手非宋已後克辦。題款僅存：『舒亶在』三字，在上方稍右鋭處。亶卽烏臺詩案同李定搆坡公者，此石後歸匋齋。

〔五〕《宋人詞話》此後有云：　『王文簡嘗曰：　此等語乃出渠輩手，其惜其臭味差池耳。』

王詵

詵，字晉卿，太原人，徙開封，贈中書令全斌五世孫。選尚英宗女蜀國長公主。桉：　據《宋史·王凱傳》及《畫繼》、坡詩查注、坡詩施注云，尚魏國賢惠公主。《詞綜》小傳亦作魏國，《宋詩紀事》作秦國。與蘇軾遊，軾以詩對御史臺，詵坐累，自絳州團練使追兩秩，停廢。公主薨，遂安置均州。元豐七年徙潁州。哲宗卽位，許居京師。元祐初，自登州刺史復文州團練使、駙馬都尉。徽宗立，自利州防禦使遷定州觀察使、開國公留後。卒贈昭化軍節度使，謚榮安。

〔詞話〕

《能改齋漫錄》：　王都尉有《憶故人》詞云：　『燭影搖紅向夜闌，乍酒醒，心情嬾。尊前誰爲唱

《陽關》，離恨天涯遠。無奈雲沈雨散。凭闌干、東風淚眼。海棠開後，燕子來時，黄昏庭院。』徽宗喜其詞意，猶以不豐容宛轉爲恨，遂令大晟府别譔腔。周美成增損其詞，而以首句爲名，謂之《燭影搖紅》。

《西清詩話》：王晉卿歌姬名囀春鶯，晉卿得罪外謫，姬爲密縣人所得。晉卿南還，至汝陰道中，聞歌聲，曰：『此囀春鶯也。』訪之，果然。賦詩云：『佳人已屬沙吒利，義士曾無古押衙。』有足成之者云：『回首音塵兩沈寂，春鶯休囀上林花。』尋復歸晉卿。晉卿有《人月圓》、《燭影搖紅》、《花發沁園春》諸調。

《耆舊續聞》：東坡《南歌子》詞『紫陌尋春去』云云，意有所屬也。或云贈王晉卿侍兒，未知然否？

劉後邨《西園雅集圖跋》：本朝戚畹唯李端愿、王晉卿二駙馬好文喜士，世傳孫巨源『三通鼓』、眉山公『金釵墜』之詞，想見一時風流藴藉，未幾烏臺鞫詩案，賓主俱謫，而囀春鶯輩亦流落於他人矣。

《詞品》：王晉卿詞：『小桃枝上春來早，初試羅衣。年年此夜，華燈盛照，人月圓時。』調名《人月圓》，卽詠人月圓，猶是唐人餘意。

〔詞評〕

黄山谷云：晉卿樂府清麗幽遠，工在江南諸賢季孟之間。

桉：元人製曲，幾於每句皆有襯字，取其能達句中之意，而付之歌喉，又抑揚頓挫，悦人聽聞，所謂遲其聲以媚之也。兩宋人詞間亦有用襯字者，王晉卿云：『燭衫搖紅向夜闌，乍酒醒，心情嬾。』『向』字、『乍』字是襯字。據《詞譜》，《燭影搖紅》第二句七字，仄平仄仄平平仄，周美成云『黛眉巧畫宮妝淺』，不用襯字，與換頭第二句同。

李之儀

之儀，字端叔，無棣人。元豐中，第進士，歷樞密院編修官，通判原州。元祐八年，蘇軾安撫定州，辟掌機宜文字。元符中，監内香藥庫。徽宗立，提舉河東常平。坐草范純仁遺表，編管太平州，遂居姑熟，號姑溪居士。久之，徙唐州，終朝請大夫，卒，入黨籍。有《姑溪前後集》七十卷詞一卷。

〔詞話〕

《織餘瑣述》：　姑溪詞《阮郎歸》云：『朱脣玉羽下蓬萊，佳時近早梅。』自注：朱脣玉羽，湖湘間謂之倒挂子，嶺南謂之梅花使，十二月半方出。桉：　東坡梅詞『倒挂綠毛幺鳳』，白石詞有『翠禽小小，枝上同宿』，馬古洲詞『枝上青禽休訴』，曰『綠毛』，曰『翠禽』，曰『青禽』，皆用《龍城錄》趙師雄游羅浮梅花樹下、翠羽啾嘈語，而端叔獨言玉羽，不知其何所本也。

〔詞評〕

汲古閣《姑溪詞跋》：　端叔小令更長於淡語、景語、情語，如『鴛衾半擁空牀月』，又如『步嬾恰尋牀。臥看遊絲到地長』，又如『時時浸手心頭熨，受盡無人知處涼』，即置之《片玉》、《漱玉集》中，莫能伯仲。至若『我住長江頭，君住長江尾。日日思君不見君，共飲長江水』，真是古樂府俊語矣。

〔詞考〕

《四庫全書》『姑溪詞提要』：《書錄解題》載《姑溪詞》一卷。此本爲毛晉刊，凡四十調，共八十有八闋。之儀以尺牘擅名，而其詞亦工，小令尤清婉峭蒨，殆不減秦觀。晉跋謂《花庵詞選》未經采入，有遺珠之嘆，其說良是。疑當時流傳未廣，黄昇偶未見之，未必有心於刪汰。至所稱『鴛衾半擁空牀月』諸句，亦不足盡之儀所長。其和陳瓘、賀鑄、黄庭堅諸詞，皆列元作於前，而已詞居後，唱和並載，蓋即謝朓集中坿載王融詩例，使贈答之情彼此相應，足以見措詞運意之故，較它集體例爲善。所載黄庭堅《好事近》後闋『負十分焦葉』句，今本《山谷詞》『蕉葉』誤作『金葉』，亦足以互資攷證也。

按：《四庫提要》云：毛子晉所稱『鴛衾半擁空牀月』等句不足盡端叔所長，誠然。兹略摘其佳勝如左：《早梅芳》云：『最銷魂，弄影無人見。』《謝池春》云：『不見又思量，見了還依舊。爲問頻相見，何似長相守。』《蝶戀花》云：『天淡雲閒晴晝永。庭戶深沈，滿地梧桐影。骨冷魂清如夢醒。夢回猶是前時景。』《浣溪沙》云：『酒韻漸濃歡漸密，羅衣初試漏初遲。已涼天氣未寒時。』又詠梅云：『戴了又羞緣我老。折來同嗅許誰招。憑將此意問妖嬈。』《鷓鴣天》云：『空驚絕韻天邊落，不許韶顏夢裏看。』《南鄉子》云：『點滴芭蕉疏雨過，微涼。畫角悠悠送夕陽。』又云：『前圃花梢都綠徧，西牆。猶有輕風遞暗香。』又云：『唯有鶯聲知此恨，殷勤。恰似當時枕上聞。』《減字木蘭花》云：『變盡星星。一滴秋霖是一莖。』綜論姑溪詞格，其清空婉約，自是北宋正宗，而漸近沈著，則又開南宋風會矣。毛子晉略骨幹而取情致，曷克盡攬其勝耶？

章楶

楶，字質夫，浦城人。以廕爲孟州司户參軍，試禮部第一，擢知陳留縣，累擢成都路轉運使，入爲考功吏部右司員外郎。元祐初，以直龍圖閣知慶州，召權户部侍郎，除知同州。紹聖初，知應天府，加集賢殿修撰，知廣州、渭州，進樞密直學士、龍圖閣端明殿學士、大中大夫。徽宗立，請老，徙知河南。入見，留拜同知樞密院事。踰年，罷授資政殿學士、中太一宫使。卒贈右銀青光禄大夫，謚莊簡。校：《宋史》本傳云謚莊簡，《燼餘録》作莊敏，朱氏《詞綜》小傳亦作莊敏，當有所本。

〔詞話〕

《詞苑叢談》：章質夫以功名顯，詩詞尤見稱於世。嘗作《水龍吟》詠楊花，東坡與之帖云：『柳花詞妙絶，使來者何以措詞？』

《織餘瑣述》：章莊簡《水龍吟·柳花》詞云：『時見蜂兒，仰黏輕粉，魚吞池水。』用杜少陵『仰蜂黏墜粉』句意；其換頭云：『蘭帳玉人睡覺。怪春衣、雪沾瓊綴。』則從壽陽公主梅花點額事運化而出，語雋而新。白石道人《疏影》換頭云：『猶記深宫舊事，那人正睡裏，飛近蛾緑。』命意約略相似。

〔詞評〕

黄叔暘云：質夫柳花詞『傍珠簾散漫』數語，形容盡矣。

《人間詞話》： 東坡《水龍吟》詠楊花，和均而似元唱，章質夫詞元唱而似和均，才之不可强也如是。

桉： 章莊敏《水龍吟·柳花》詞，東坡有和作。據《續通鑑長編》，元祐二年正月，章楶爲吏部郎中，四月出知越州。章詞蓋作於拜命知越之前，是時東坡官翰林學士，同在汴京。坡詞又有《水調歌頭》『昵昵兒女語』一闋，爲章質夫家善琵琶者乞爲歌詞而作。

劉燾

燾，字無言，長興人。未冠，補太學生。元祐三年，第進士甲科，歷安撫使管勾，官至祕閣修撰。有《見南山集》五十卷。

〔詞話〕

《能改齋漫錄》： 『仙女下，董雙成。漢殿夜涼吹玉笙。曲終卻從仙官去，萬戶千門惟月明。』『河漢女，玉鍊顔。雲軿往往在人間。九霄有路去無跡，裊裊香風生佩環。』李太白詞也。有得於石刻而無其腔，劉無言自倚其聲歌之，音極清雅。

〔詞考〕

《餐櫻廡詞話》： 劉無言《花心動》後段『再三留待東君看句，管都將讀、別花不惜句』，桉： 『管』猶管取、管教之『管』，『管都將』猶言準都將也。陶氏《詞綜補遺》於『管』字下注云： 一本無『看』字，

『管』字屬上句。『都將』下注云：一本有『那』字，一本作『都拚醉』。皆未審『管』字屬下句之誼，而以意爲增減者也。〔一〕

桉：劉無言詞《花心動》云：『偏憶江南，有塵表丰神，世外標格。低傍小橋，斜出疏籬，似向隴頭曾識。暗香孤韻冰霜裏。初不怕、春寒要勒。問桃杏嬌姿瞞，怎生向前爭得。省共蕭娘去摘。玉纖暎瓊枝，照人一色。澹粉暈酥，多少工夫，到得壽陽宮額。再三留待東君看，管都將、別花不惜。但只恐、南樓又三弄笛。』見《樂府雅詞·拾遺》。

【校記】

〔一〕此則，《宋人詞話》有『附攷』一項，凡三則，迻錄於下：

《上庠錄》：元祐間，馬涓、張庭堅等四人擅名太學，時號四俊。劉燾，湖州人，年少，亦自負。初補太學生，聞而慕之，以刺謁曰：『不識可當一俊否？』涓等哂之。燾復曰：『何得是名？』涓等設詭計以困之曰：『每試，當預約一字，限於程試中用之，善者乃預。』既而私試之，燾請字，涓曰：『第一句用「將」字。』其時策問《神宗實錄》。燾對曰：『秉史筆者，權猶將也。雖君命有所不受，而況其它乎？』後果爲第一，聞者服之，因目燾曰挨屍俊。

《嘉泰吳興志》：劉無言，宜翁次子。東坡知元祐三年舉，讀其文曰：『必巖谷間苦學者。』中第三人，廷對又中甲科。東坡薦燾文章典麗可備箸述科。帥中山，時以密漬荔枝遺之，詩末章云：『詩清真合與君嘗。』歸朝趙民彥嘗云：『在虜中飽觀君文，尤善書，書勢遒邁。在館中時，被旨修閣帖十卷，所謂《續法帖》者是也。』嘗注《聖濟經》，編修道史。

《皇宋書錄》：黃山谷《題續法帖》云：『劉無言箋題便不類今人書，使之春秋高，江東又出一羊欣薄紹之矣。』

劉頡

頡，字吉甫，爵里未詳。

〔詞話〕

《陽春白雪》：劉吉甫頡《滿庭芳》云：『鶯老梅黃，水寒烟淡，斷香誰與添溫。寶缸初上，花影伴芳尊。細細輕簾半捲，凭闌對、山色黃昏。人千里，小樓幽草，何處夢王孫。　十年羈旅興，舟前水驛，馬上烟郵。記小亭香墨，題恨猶存。幾夜江湖舊夢，空淒怨、多少銷魂。歸鴉被，角聲驚起，微雨暗重門。』趙立之云此詞宛有淮海風味，惜不名世。

桉：陶氏《詞綜補遺》劉頡一家卽據《陽春白雪》採錄，並爲小傳云：『頡，字吉甫。《宋詩紀事》：「吉甫入元祐黨籍。」又《臨漢隱居詩話》載：「楊文公《談苑》言：本朝武人多能詩，劉吉甫云：『一箭不中鵠，五湖歸釣魚。』大年稱其豪。據此，則吉甫曾官武職」云云。是合作《滿庭芳》詞之劉頡、入元祐黨籍之劉吉甫、官武職而能詩之劉吉甫，爲一人矣。攷《元祐黨籍碑》『餘官』一百七十七人，劉吉甫次九十三，武臣二十五人無劉吉甫名。《元祐黨人傳》：『劉吉甫，元符中，累官承務郎致仕，坐元符末應詔上書，言多詆譏，降官責遠，小處監當。崇寧三年，入黨籍邪上第八人。』元注：『據《宋史紀事本末》，夫入黨籍之劉吉甫，旣碻然非武職矣。其官承務郎，乃在元符中。』攷《宋史·楊億傳》：『億卒於天禧四年。』下距元符元年，凡七十八年，彼楊文公者，安得預見劉吉甫之詩而稱之乎？可知官武職而能詩之劉吉甫，必非入元祐黨籍之劉吉甫矣。而此二人者又皆非作《滿庭芳》詞之劉吉甫，何也？彼固名頡字吉甫，非名吉甫也，元祐黨籍碑斷無書字不書名之例。楊文公《談苑》『本朝武人多能詩』句下、『劉吉甫云』句上，尚有若曹翰句『曾經國難穿金甲，不爲家貧賣寶刀』云云。楊於曹既稱名，詎於劉獨稱字？彼二人皆名吉甫，於名頡者奚與焉？陳藏一《話腴》云：『郴之桂陽縣東有廟曰九江王，所祀之鬼乃英布、吳芮、共敖也。紹興間，劉頡爲守，乃謂：「九江王，項羽所僞封，芮、敖追義帝，而布殺之。放弑之賊，豈容廟食？」遂毁之。』此爲郴州守之劉頡，其卽作《滿庭芳》詞之劉頡乎？仍未敢據以實小傳也。細審《滿庭芳》詞風格，亦於南宋爲近。

洪思禹

思禹，名及占籍待攷。

桉：洪思禹詞《千秋歲·詠崔徽頭子》云：『半身屏外。睡覺脣紅退。春思亂，芳心碎。空餘簪髻玉，不見流蘇帶。誰與問，今人秀整誰宜對。　湘浦曾同會。手褰輕羅蓋。疑是夢，今猶在。十分春易盡，一點情難改。多少事，卻隨恨遠連雲海。』見《青泥蓮花記》引《冷齋夜話》。檢《學津討源》本《冷齋夜話》，凡十卷，未載此詞。或梅禹金所見別本有之。其人當在惠洪前，卽詞筆亦異於南宋也。惟《樂府紀聞》有之，稱爲釋惠洪題崔徽真子作，《蓮花記》恐是誤引。或洪思禹即洪覺範。惠洪，字覺範，人呼爲洪覺範。《冷齋夜話》亦惠洪所撰，多載其自作之詞，故誤《紀聞》爲《夜話》歟？抑洪思禹別有其人，詞與惠洪相混？殊不可知。今仍據《蓮花記》存其名，並爲考證如此。此非南宋人詞，故列之北宋。

歷代詞人考略卷十六

宋十

孫洙

洙，字巨源，廣陵人。未冠登進士，補秀州法曹。包拯、歐陽修、吳奎舉應制科，遷集賢校理，知太常禮院。治平中兼史館檢討、同知諫院。以王安石主新法，力求補外，得知海州。尋幹當三班院，同修起居注，進知制誥。元豐初，兼直學士院，譔《靈津廟碑》稱旨，擢翰林學士。有《孫賢良集》。

〔詞話〕

《苕溪漁隱叢話》：孫洙元豐間爲翰苑，名重一時。李端愿太尉世戚里，折節交搢紳間，而孫往來尤數。會一日鎖院，宣召者至其家，則已出。數十輩蹤跡之，得於李氏。時李新納妾，能琵琶，孫飲不肯去，而迫於宣命，李不敢留，遂入院，已二鼓矣。草三制罷，復作長短句寄恨恨之意。遲明，遣示李。其詞曰：『樓頭尚有三通鼓。何須抵死催人去。上馬苦悤悤。琵琶曲未終。回頭凝望處。那更廉纖雨。漫道玉爲堂。玉堂今夜長。』

桉：孫巨源《菩薩蠻》『樓頭尚有三通鼓』云云，近於遊戲之作。《花庵絶妙詞選》録巨源詞二闋。其一《河滿子》云：『悵望浮生急景，淒涼寶瑟餘音。楚客多情偏怨別，碧山遠水登臨。目送連天衰草，夜闌幾處疏碪。　黄葉無風自落，秋雲不雨常陰。天若有情天亦老，摇摇幽恨難禁。惆悵舊歡如夢，覺來無處追尋。』此詞氣静而味淡，於流麗婉約而外別爲一格。它選本輾轉傳録，唯朱氏《詞綜》獨遺此闋，蓋其去浙派遠矣。又《藝林伐山》云『孫巨源詞多爲晏叔原所奪』，斯言殊不足信，即《河滿子》以觀，亦與晏詞甚不類也。

劉涇

涇，字巨濟，陽安人。熙寧六年進士中第，王安石薦其才，除提舉修撰經義所檢討。久之，爲太學博士，罷知咸陽縣，常州教授，通判莫州成都府，除國子監丞，知處、虢、真、坊四州。元符末上書，召對，除職方郎中。有《前溪集》五卷。

〔詞話〕

《織餘瑣述》：劉巨濟《清平樂》云：『深沈院宇。枕簟清無暑。睡起花陰初轉午。一霎飛雲過雨。　雨餘隱隱殘雷。夕陽卻照庭槐。莫把珠簾垂下，妨他雙燕歸來。』寫夏閨晚景絶佳。歇拍云云，即陸放翁『待燕歸來始下簾』句意。

桉：劉巨濟於元符末官職方郎中，《清平樂》詞應指章惇、蔡卞紹述之禍，所謂『一霎飛雲過雨』也；黨人相軋，患害未已，所謂『隱隱殘雷』也；『夕陽』喻不明也；宣仁太后聽政，召用賢臣，朝野歡忭。太后卽世，哲宗信任姦邪，元祐諸賢貶逐殆盡，謂『莫把珠簾垂下』者，望諸賢歸來也。抑或借燕歸巢以寄其招隱之心耳。

趙令時

令時，初字景貺，蘇軾爲改字德麟，自號聊復翁，太祖次子燕王德昭元孫。元祐六年，簽書潁州公事，時軾爲守，薦其才於朝。軾被竄，坐交通罰金。紹聖初，官至右朝請大夫，改右監門衛大將軍。歷榮州防禦使、洪州觀察使。紹興初，襲封安定郡王，遷寧遠軍承宣使，同知行在大宗正事。薨，贈開府儀同三司，入黨籍。有《侯鯖集》、《聊復集》。

〔詞話〕

《苕溪漁隱叢話》：《王直方詩話》云：『「白藕作花風已秋。不堪殘睡更回頭。晚雲帶雨歸飛急，去作西窗一夜愁。」此趙德麟細君王氏所作也。德麟鰥居，因見此詩，遂與之爲姻，余以爲乃二十八字媒也。』苕溪漁隱曰：德麟有小詞贈其細君，句云：『臉薄難藏淚，眉長易覺愁。』人多稱之，乃全用《香匳集》『桃花臉薄難藏淚，柳葉眉長易覺愁』一聯詩，但去其上四字耳。

《曲話》：宋人集中多樂語一種，又謂之致語，又謂之念語，更有兼作舞詞者，秦觀、晁無咎、毛滂、鄭僅等之《調笑轉踏》是也。諸家《調笑》雖合多曲而成，然一曲分詠一事，非就一人一事之首尾而詠之也。惟石曼卿作《拂霓裳轉踏》述開元天寶遺事，今其辭不傳，傳者惟趙德麟之《商調・蝶戀花》述《會真記》事，凡十闋，並置原文於曲前，又以一闋起一闋結之。視後世戲曲之格律，幾於具體而微。德麟於子瞻守潁州時爲其屬官，至紹興初尚存，其詞作於何時雖不可攷，要在元祐之後、靖康之前。原詞具載《侯鯖錄》中，雖猶用通行詞調，而毛西河《詞話》已視爲戲曲之祖矣。

〔詞評〕

《古今詞話》：黄山谷論詞以陸健圓轉爲佳，屯田意過久許，筆猶未休，待制滔滔漭漭，不能盡變。如趙德麟云『新酒又添殘酒病，今春不減前春恨』、陸放翁云『只有夢魂能再遇。堪嗟夢不由人做』、梁貢父云『拚一醉留春，留春不住，醉裏春歸』，此則陸健圓轉之榜樣也。

《花草蒙拾》：『重門不鎖相思夢，隨意遶天涯』與『枕上片時春夢中，行盡江南數千里』同一機杼，然趙詞較勝岑詩。

《蓼園詞話》：休文『夢中不識路，何以慰相思』，聊復翁反其旨而用之：『重門不鎖相思夢，隨意遶天涯。』情思益纏綿動人。

王晦叔云：趙德麟、李方叔皆東坡之客，其氣味殊不近，趙婉而李俊，各有所長。

桉：趙德麟詞《菩薩蠻》云：『凭船閒弄水。中有相思意。憶得去年時。水邊初別離。』《好事近》云：『酒醒香冷夢回時，蟲聲正淒絕。只覺小窗風月。與昨宵都別。』語淡而深，耐人尋味。又《蝶戀花》云：『惱亂橫波秋一寸。斜陽只與黄昏近。』《浣溪沙》全闋云：『風急花飛晝掩門。一簾殘雨滴黄昏。便無離恨也銷魂。翠被任熏終不暖，玉杯慵舉幾番溫。個般情事與誰論？』益復婉約風流，置之子野、少游集中，亦不失爲合作。

李廌

廌，字方叔，陽翟人。《宋史·文苑傳》云：其先自鄆徙華。鄉舉，屢試禮部不第。元祐三年，蘇軾知貢舉，以不得廌愧甚，作詩謝之。與范祖禹謀將同薦諸朝，未幾，相繼去國，不果。元祐求言，廌上《忠諫書》、《忠厚論》并《兵鑒》二萬言，論西事。中年絕意進取，定居長社。縣令李佐及里人買宅處之，卒。有《濟南集》。

〔詞評〕

《碧雞漫志》：政和間，李方叔在陽翟，有攜善謳老翁過之者，方叔戲作《品令》云：『唱歌須是，玉人檀口，皓齒冰膚。意傳心事，語嬌聲顫，字如貫珠。老翁雖是解歌，無奈雪鬢霜須。大家且道，是伊模樣，怎如念奴。』方叔固是沈於習俗，而『語嬌聲顫』，那得『字如貫珠』？不思甚矣。

《餐櫻廡詞話》：李方叔《虞美人》過拍云：『好風如扇雨如簾，時見岸花汀草漲痕添。』春夏之交，近水樓臺，碻有此景。『好風』句絕新，似乎未經人道。歇拍云：『碧蕪千里思悠悠，唯有霎時涼夢到南州。』尤極淡遠清疏之致。

桉：李方叔《虞美人》全闋云：『玉闌干外清江浦。渺渺天涯雨。好風如扇雨如簾。時見岸花汀草漲痕添。青林枕上關山路。臥想乘鸞處。碧蕪千里思悠悠。唯有霎時涼夢到南州。』《好事近》全闋云：『落日水鎔金，天淡暮烟凝碧。樓上誰家紅袖，靠闌干無力。鴛鴦相對浴紅衣，短櫂弄長笛。驚起一雙飛去，聽波聲拍拍。』以氣格論，較《虞美人》尤高淡。

文同

同，字與可，自號笑笑先生，梓潼人。漢文翁之後，蜀人猶以石室名其家，蘇軾之從表兄。皇祐元年進士，歷太常博士、集賢校理，知陵州、洋州。元豐初知湖州，至陳州宛丘驛，忽留不行，沐浴衣冠，正坐而卒。有《丹淵集》四十卷。

桉：文與可詞游嘉禾南湖《天香引》云：『三月三，花霧吹晴。見麟鳳滄洲，鴛鷺沙汀。華鼓清簫，紅雲蘭棹，青紵旗亭。細看來，春風世情。都分在、流水歌聲。翦燕嬌鶯。冷笑詩仙，擊楫揚齡。』見《浙江通志》及《詞律拾遺》。

李清臣

清臣，字邦直，魏人。舉進士，調刑州司戶參軍。治平二年，試祕閣第一，以祕書郎簽書平江軍判官。歷集賢校理，同知太常禮院，出提點京東刑獄，召爲兩朝國史編修官，同修起居注。進知制誥、翰林學士，授朝奉大夫。元豐六年，拜尚書右丞。哲宗立，轉左丞。罷爲資政殿學士，知河陽。復拜中書侍郎，以大學士知河南。徽宗立，入爲門下侍郎，爲曾布所陷，出知大名府，卒贈金紫光祿大夫。

〔詞話〕

《侯鯖錄》：李邦直黄門在政府時，夜夢作春詞云：『楊花落。燕子横穿朱閣。苦恨春醪如水薄。閒愁無處著。　綠野帶江山絡角。桃葉參差殘蕚。歷歷危檣沙外泊。東風晚來惡。』又：秦少游、賀方回相繼以歌詞知名。少游有詞云：『醉臥古藤陰下，了不知南北。』其後遷謫，卒於藤州光華亭上。方回亦有詞云：『當年曾到王陵鋪，鼓角秋風。千歲遼東。回首人間萬事空。』後卒於北門，門外有王陵鋪云。校：《獨醒雜志》一則與此又一則同，唯『秋風』作『悲風』，末句『王陵鋪』下有『人皆以爲詞讖』六字。

《麈史》：王樂道幼子銍，少而博學，善持論。嘗爲予説李邦直作門下侍郎日，忽夢一石室，有石牀，李披髮坐於上，旁有人曰：『此王陵舍也。』夢中因爲一詞，既覺，書之，因示韓治循之。其詞曰：『楊花落。燕子横穿高閣。長恨春醪如水薄。閒愁無處著。　去年今日王陵舍，鼓角秋風。千歲遼東。回首人間萬事空。』後李出北都，逾年而卒。王陵舍，乃近北都地名也。

按：李邦直夢中所作詞，見於《侯鯖錄》者，後段『綠野帶江』云云，乃《謁金門》，全闋謂是邦直一人之作，《歷代詩餘》、朱氏《詞綜》同。見於《麈史》者，後段『去年今日』云云，則前半《謁金門》，後半《采桑子》，亦謂邦直一人之作，《花草粹編》同。《侯鯖錄》又一則載其後半《采桑子》，『去年今日』作『當年曾到』。謂是賀方回作，而不及其前半，《獨醒雜志》同。又《陽春白雪》載《謁金門》一闋署方回名，其詞前後段與《侯鯖》所錄邦直之作竝同，前有小序云：『李黄門夢得一曲，前徧二十言，後徧二十二言，而無其聲。余采其前徧，潤一「横」字，已續二十五字寫之。』則又以後段

『綠野帶江』云云爲方回之作矣，其云『後徧二十二言』，又似卽指後半《采桑子》。《塵史》所載『去年今日』云云，政二十二言，旣無其聲，則此詞半闋何自而來？以《侯鯖》之又一則及《獨醒雜志》攷之，疑此半闋自是方回別作，與李詞無涉者。顧何由與李詞牽合，而《東山寓聲樂府》中又未見此半闋，或傳本偶佚耶？其第二句『橫』字，則《侯鯖錄》、《塵史》皆有之，詎二家所錄，竝是方回已潤之闋耶？宋人之說若是糾紛，矧在今日？折衷奚自？姑竝存以借參攷。

米芾

芾，字元章，吳人。一云襄陽人。以母侍宣仁后藩邸舊恩，補浛光尉，知雍丘縣、漣水軍，歷校書郎、太常博士，出知無爲軍，召爲書畫學博士。上其子友仁所作《楚山清曉圖》，擢禮部員外郎，知淮陽軍，卒。有《寶晉英光集》，長短句一卷。

〔詞話〕

《襄陽書畫攷》：米元章與周熟仁試，賜茶於甘露寺，作《滿庭芳》詞，墨蹟爲世所重，其警句云：『輕濤起，香生玉塵，雪濺紫甌圓。』推爲獨絕。

桉：米元章《滿庭芳·試茶》詞全闋云：『雅燕飛觴，清談揮麈，使君高會羣賢。密雲雙鳳，初破縷金團。窗外爐烟自動，開缾試、一品香泉。輕濤起，香生玉塵，雪濺紫甌圓。嬌鬟。宜美盼，雙擎翠袖，穩步紅蓮。坐中客翻愁，酒醒歌闌。點上紗籠畫燭，花驄弄、月影當軒。頻相顧，餘歡未盡，欲去且留連。』此詞昔人盛稱過拍『輕濤起』三句。竊謂後段『坐中客翻愁，酒醒歌闌』句最佳，謂茶能醒酒，不黏不脱，詠物詞之小乘也；且换頭『嬌鬟』至『紅蓮』云云，得此句，尤合疏密相間之法。《寶晉長短句》一卷，近彊邨朱氏所刻趙氏星鳳閣寫本，絶精。

王重

重，字與善，元祐間人。

〔詞話〕

《能改齋漫録》：蜀人李久善長短句，有『鶯擲垂楊。一點黃金溜』，識者以爲新。余舊見王與善《蝶戀花》詞云：『粉面與花相間鬭。星眸一轉晴波溜。』殆出於此。全首云：『去歲花前曾記有。半醉嬉遊，花下攜纖手。粉面與花相間鬭，星眸一轉晴波溜。一見新花還感舊。淚眼逢春，忍更看花柳。春恨厭厭和永晝。寂寞黃昏後。』又《燭影搖紅》云：『烟雨江城，望中綠暗花枝少。惜春長待醉東風，卻恨春歸早。縱有幽歡會，奈如今、風情漸老。鳳樓何處，畫闌愁倚，天涯芳草。』

按：《漫録》所載王與善詞《蝶戀花》末句『寂寞』上缺二字，應平平。《燭影搖紅》换頭第一句『歡會』下缺一字，應叶韻。蜀人李久長短句未見著録，其傳者，唯『鶯擲垂楊，一點黃金溜』九字而已。秦少游《如夢令》云『鶯觜啄花紅溜』，李久詞句謂出於此，較爲近之。秦詞『紅溜』言花，李詞『黃金溜』言鶯，同一『溜』字，用法翻新，乃見其妙。

謝克家

克家，字任伯，汴人，官參政。

〔詞話〕

《鼠璞》：舊傳靖康淵聖狩北營，有人作《憶君王》詞云：『依依宫柳拂宫牆。宫殿無人春晝長。燕子歸來依舊忙。憶君王。獨立黄昏人斷腸。』語意悲淒，讀之令人淚墮，真愛君憂國之語也。

《避戎夜話》：淵聖幸北營不返，謝元及作《憶王孫》詞『依依宫柳壓宫牆』云云。桉：《北盟會編》亦云：『淵聖北狩不返，謝元及作此詞』，當是任伯又字元及，俟攷。

《古今詞話》：《東京軼事》曰：謝克家，東京故老，年七十，以忤權相蔡元長下獄。久之，得釋。徽宗北狩，克家作詞云云，即《豆葉黄》也。

桉：蔡元長爲相，當徽宗崇寧間，是時克家年已七十，計生於天聖、明道間。洎徽、欽北狩，克家之年殆近九十，作詞云云，可謂忠愛之忱老而彌篤者矣。其詞末句『獨立黄昏人斷腸』，《避戎夜話》『獨立』作『月破』，《古今詞話》同。

朱服

服，字行中，烏程人。熙寧六年，進士甲科，以淮南節度推官充修撰經義局檢討。歷國子直講、祕閣校理。元豐中，擢監察御史裏行，參知政事。俄知諫院，遷國子司業，起居舍人。以直龍圖閣知潤州，徙泉、婺、寧、廬、壽五州。紹聖初，召爲中書舍人，拜禮部侍郎，謫知萊州。徽宗立，加集賢殿修撰，再知廬州，徙廣州。坐詩句爲罪，黜知袁州；又坐與蘇軾遊，貶海州團練副使，蘄州安置，改興國軍，卒。

〔詞話〕

烏程舊志：朱行中歷官禮部侍郎，坐與蘇軾遊，貶海州團練副使。至東陽郡齋作《漁家傲》以寄意云：『小雨纖纖風細細。萬家楊柳青烟裏。戀樹濕花飛不起。愁無際。和春付與東流水。九十春光能有幾。金龜解盡留無計。寄語東陽沽酒市。拚一醉。而今樂事他年淚。』讀其詞，想見其人，不愧爲蘇軾黨也。

《泊宅編》：朱行中自右史帶假龍出典數郡，是時年尚少，風采才藻皆秀整。守東陽日，嘗作春詞『小雨纖纖風細細』云云。予以門下士，每或從客。公往往乘醉大言：『你曾見我「而今樂事它年淚」否？』蓋公自爲得意，故誇之也。予嘗心惡之而不敢言。行中後歷中書舍人，帥番禺，遂得罪，安置興國軍以死，流落之兆已見於此詞。

《香東漫筆》：白石詞『少年情事老來悲』，宋朱服句『而今樂事它年淚』，二語合參，可悟一意化兩之法。宋周端臣《木蘭花慢》句云：『料今朝別後，它時有夢，應夢今朝。』與『而今』句同意。〔一〕

桉：朱行中《漁家傲》詞題曰東陽郡齋作。攷地志：東陽，宋縣，兩浙路婺州。行中作詞蓋在自泉徙婺時。烏程舊志謂作於貶海州後，誤也。《泊宅編》云『自右史帶假龍出典數郡，是時年尚少，風采才藻皆秀整』等語，較合。〔二〕

【校記】

〔一〕此後，《宋人詞話》有『附攷』一項，凡二則，逐錄於下：

《萍洲可談》：先公崇寧元年帥廣，正月遊蒲澗，見遊人簪鳳尾花，作口號，中一聯云：『孤臣正泣龍髯草，遊子空簪鳳尾花。』蓋以被遇先朝，自傷流落。後監司乃指此句以爲罪其誣，注云：契勘正月十二日，哲宗皇帝已大祥，豈是孤臣正泣之時？鞫獄，竟無他，意讒口可畏如此。桉：《萍洲可談》，朱服子彧箸。

《嘉泰吳興志》：朱服之祖爲湖州長馬，慶曆庚寅會歲饑，以宋八百斛作粥散貧民，是歲其子臨生，服後遂顯貴，詳見王定國《三槐錄》。

〔二〕《宋人詞話》其後有數語，逐錄於下：

唯以『而今樂事它年淚』句爲行中流落之兆，則殊非通論。昔人詞中此等句亦夥矣，容猶有悽惋過之者，未必其皆爲語讖也。卽行中自爲得意，亦文人結習之常。方氏輒心惡之，何襟抱不廣若是？矧以門下士每或從容者耶？行中詞過拍云：『戀樹溼花飛不起，愁無際、《泊宅編》「際」作「比」和春付與東流水。』言情寫景，意境沈著，亦大可自爲得意者。

謝逸

逸，字無逸，臨川人。第進士。桉：《萬姓統譜》、《宋詩紀事》小傳俱云屢舉進士不第。《溪堂詞》漫叟序、《花菴詞選》俱云臨川進士。漫叟、花菴皆宋人，其說較可據依，今從之。學者稱溪堂先生。有《溪堂集》十卷詞一卷，又有《春秋廣微》、《樵談》等書，佚。

〔詞話〕

《苕溪漁隱叢話》：《復齋漫録》云：無逸嘗於黄州杏花邨館驛題《江神子》詞云『杏花邨館酒旗風』云云，過者必索筆於館卒，卒頗以爲苦，因以泥塗焉。其爲人所賞重可知。

〔詞評〕

《碧雞漫志》：謝無逸字字求工，不敢輒下一語，如刻削通草人，都無筋骨，要是力不足，然則獨無逸乎？曰：『類多有之，此最著者爾。』

《詞苑叢談》：謝無逸嘗作《詠蝶》詩三百首，其警句云：『飛隨柳絮有時見，舞入梨花何處尋。』人盛稱之，因呼爲謝蝴蝶。有《卜算子》詞『烟雨幕横塘』云云，標致雋永，全無薌澤，可稱逸調。

黄蓼園云：謝無逸《千秋歲》『楝花飄砌』云云，筆墨瀟灑，自饒一種幽俊之致。

〔詞考〕

《四庫全書》『溪堂詞提要』：《宋史·藝文志》載逸有集二十卷、《溪堂詩》五卷，歲久散佚，今已從《永樂大典》中蒐輯成編。《書錄解題》別載《溪堂詞》一卷〔一〕。今刊本一卷，末有毛晉跋，稱『既得《溪堂全集》，末載樂府一卷，遂依其章次就梓』。蓋其集明末尚未佚，晉故得而見之也。逸以詩名宣、政間，然《復齋漫錄》載其嘗過黄州杏花邨館，題《江神子》一闋於驛壁。是作今載集中，語意清麗，良非虛美，其他作亦極鍛鍊之工。卷首有序，署漫叟而不名，其所稱『黛淺眉痕沁，紅添酒面潮』二句，乃《菩薩蠻》第一闋中句。『魚躍冰池抛玉尺，雲横石嶺拂鮫綃』，乃《望江南》第二闋中句。然『紅潮登頰醉檳榔』本蘇軾語，『魚躍練江抛玉尺』亦王令語，皆剽竊前輩舊文，不爲佳句，乃獨摘以爲極工，可謂舍長而取短，殊非定論。晉跋語又載《花心動》一闋，謂『出近來吳門鈔本，疑是贋筆，乃沈天羽作』。《續詞譜》獨收此詞，朱彝尊《詞綜》選逸詞，因亦首登是闋。攷宋人詞集，如史達祖、周邦彦、張元幹、趙長卿、高觀國諸人，皆有此調，其音律平仄如出一轍，獨是詞隨意填湊，頗多失調，措語尤鄙俚不文，其爲贋作，蓋無疑義。晉刊此集，削而不載，特爲有見。

桉：毛子晉《跋溪堂詞》云：『共六十有三闋，皆小令，輕倩可人。』竊嘗雒誦竟卷，其全闋如《千秋歲》『楝花飄砌』云云，《漁家傲》『秋水無痕清見底』云云，皆非輭媚無骨之作。摘句如《虞美人》云：『落英點點拂闌干。風送清香滿院。』作輕寒空靈之筆。求之宋初人詞，卽亦未易多覯。《浣溪沙》云『暖日溫風破淺寒。短青無數簇幽蘭。三年春在病中看』，此等語尤漸近沈著。《踏莎行》云：『酒醒霞散臉邊紅，夢回山蹙眉間翠。』句法極矜鍊，卻無迫琢痕，亦非名手不辦。而毛子晉乃以『輕倩可人』一語概之，詎得謂知人之言耶？

【校記】

〔一〕解：底本作『載』，據《四庫全書總目提要》改。

謝薖

薖，字幼槃，逸弟，以詩文媲美，時稱二謝。有《竹友詞》一卷。

〔詞話〕

《古今詞話》：無逸弟薖，字幼槃。有《竹友詞》，其《減字木蘭花·贈弈妓宋瑤》云：『風篁度曲。倦倚銀屏初睡足。清簟疏簾。金鴨香消嬾去添。　纖纖露玉。風雹縱橫飛鈿局。頻斂雙娥。凝竚無言密意多。』

〔詞評〕

《餐櫻廡詞話》：《竹友詞》留董之南過七夕《蝶戀花》後段云：『君似庾郎愁幾許。萬斛愁生，更作征人去。留定征鞍君且住。人間豈有無愁處。』循環無端，含意無盡，小謝可謂善言愁矣。

按：《竹友詞》中秋懷無逸兄《醉蓬萊》云：『望晴峯染黛，暮靄澄空，碧天無漢。圓鏡高飛，又一年秋半。皓色誰同，歸心暗折，聽唳雲孤雁。問月停杯，錦袍何處，一尊無伴。　好在南鄰，詩盟酒社，刻燭爭成，引觴愁緩。今夕樓中，繼阿連清玩。飲劇狂歌，歌終起舞，醉冷光零亂。樂事難窮，疏星易曉，又成浩嘆。』此詞融景入情，如往而復，讀之令人增孔懷之重。即以才調論，微溪堂，殆難爲兄矣。《竹友詞》有武進董氏誦芬室舊鈔《南詞》本。

晁沖之〔一〕

沖之，字叔用，一字用道，鉅野人。不第，授承務郎。紹聖以來黨禍既作，避地具茨山下。有《具茨集》十五卷，詞一卷。

〔詞話〕

《苕溪漁隱叢話》：端伯所編《樂府雅詞》中，有《漢宮春·梅》詞，云是李漢老作，非也。乃晁沖之叔用作，政和間作此詞，獻蔡攸。是時朝廷方興大晟府，蔡攸攜此詞呈其父，云：『今日於樂府中得一人。』京覽其詞，喜之，即除大晟府丞。其詞曰：『瀟灑江梅。向竹梢稀處，橫兩三枝。東君也、不愛惜，雪壓風欺。無情燕子，怕春寒、輕失佳期。唯是有、南來歸雁，年年常見開時。清淺小溪如練，問玉堂何似，茅舍疏籬。傷心故人去後，冷落新詩。微雲淡月，對孤芳、分付它誰。空自倚，清香未減，風流不在人知。』此詞中用玉堂事，乃唐人詩云：『白玉堂前一樹梅，今朝忽見數枝開。兒家門戶重重閉，春色因何得入來。』或云玉堂乃翰苑之玉堂，非也。

〔詞考〕

《耆舊續聞》：梅詞《漢宮春》乃晁叔用贈王逐客之作。王官翰林學士，應制賦《清平樂》詞，宣仁太后以爲媟瀆，翌日罷職。館中同寮相約祖餞，及期，無一至者，獨叔用一人而已，因作梅詞贈別云『無情燕子，怕春寒、輕失花期』，正謂此爾。又云『問玉堂何似，茅舍疏籬』，指翰苑之玉堂，《苕溪叢話》卻引唐人詩『白玉堂前一樹梅』，謂人間之玉堂，蓋未知此作也。又『傷心故人去後，零落清詩』，今之歌者類云『冷落』，不知用杜子美《酬高適》詩『自從蜀中人日作，不意清詩久零落』，蓋『零』字與『泠』字同音，人但見『泠』字去一點爲『冷』字，遂云『冷落』，不知出此耳。

〔詞評〕

黄叔暘云：晁叔用《感皇恩》二曲最工。

蕙風詞隱云：晁叔用慢詞紆徐，排調略似柳耆卿。

桉：《漢宫春·梅》詞爲晁叔用作，胡元任、陳西塘言之，皆碻有事實。而王仲言《玉照新志》載李漢老以是詞受知於首相王黼，又若鑿鑿可信者。見後李邴詞話。此詞屬晁屬李，殊難臆決。唯晁叔用不乏佳詞，何庸斷斷爭此一闋？就《樂府雅詞》所錄，如《感皇恩》、《臨江仙》、《漁家傲》、《如夢令》，皆外孫齏臼也。

【校記】

〔一〕有眉批云：『有晁沖之，無晁補之，何也？當出在卷十三。但沖之與補之乃昆仲，年歲亦相若，當同置一卷，不當分開。』按晁補之在卷十三。

歷代詞人考略卷十七

宋十一

周邦彦

邦彦，字美成，自號清真居士，錢塘人。元豐初，游京師，獻《汴都賦》，神宗異之，命爲太學正。出教授廬州，知溧水縣。還爲國子主簿。哲宗召對，除祕書省正字。歷校書郎、考功員外郎、衛尉宗正少卿兼議禮局檢討，以直龍圖閣知龍德府，徙明州。入拜祕書監，進徽猷閣待制，提舉大晟府。未幾，知順昌府，徙處州。秩滿，以待制提舉南京鴻慶宮。卒贈宣奉大夫。有《清真集》二十四卷、《片玉詞》二卷。〔一〕

〔詞話〕

《耆舊續聞》：美成至汴，主角妓李師師家，爲賦《洛陽春》云：『眉共春山爭秀。可憐長皺。莫將清淚濕花枝，恐花也、如人瘦。清潤玉簫閒久。知音稀有。欲知日日倚闌愁。但問取、亭前柳。』〔二〕師師欲委身而未能也。

《花菴詞選》：周美成《花犯·詠梅花》云：『粉牆低。梅花照眼，依然舊風味。露痕輕綴。疑淨洗鉛華，無恨清麗。去年勝賞曾孤倚。冰盤同宴喜。更可惜、雪中高樹，香篝熏素被。　今年對花太忽忽，相逢似有恨，依依愁悴。凝望久，青苔上、旋看飛墜。相將見、脆圓薦酒，人正在、空江烟浪裏。但夢想、一枝瀟灑，黄昏斜照水。』叔暘云：『此只詠梅花，而紆餘反覆，道盡三年間事。昔人謂好詩圓美流轉如彈丸，余於此詞亦云。』又《瑞龍吟·春詞》云：『章臺路。還見褪粉梅梢，試花桃樹。愔愔坊陌人家，定巢燕子，歸來舊處。　黯凝竚。因記箇人癡小，乍窺門戶。侵晨淺約宫黄，障風映袖，盈盈笑語。　前度劉郎重到，訪鄰尋里，同時歌舞。惟有舊家秋娘，聲價如故。吟牋賦筆，猶記燕臺句。知誰伴、名園露飲，東城閒步。事與孤鴻去。探春盡是，傷離意緒。官柳低金縷。歸騎晚、纖纖池塘飛雨。斷腸院落，一簾風絮。』叔暘云：『此詞自「章臺路」至「歸來舊處」是第一段，自「黯凝竚」至「盈盈笑語」是第二段，此謂之雙拽頭，屬正平調。自「前度劉郎」以下即犯大石，係第三段。至「歸騎晚」以下四句再歸正平。今諸本皆於「吟牋賦筆」處分段者，非也。』〔三〕

《浩然齋雅談》：宣和中，李師師以能歌舞稱。時周邦彦爲太學生，每遊其家。一夕，值祐陵臨幸，倉卒隱去。既而賦小詞，所謂『并刀如水，吴鹽勝雪』者，蓋紀此夕事也。未幾，李被宣唤，遂歌於上前。問誰所爲，則以邦彦對。於是遂與解褐，自此通顯。既而朝廷賜酺，師師又歌《大酺》、《六醜》二解，上顧教坊使，問袁綯，綯曰：『此起居舍人新知潞州周邦彦作也。』問《六醜》之義，莫能對，急召邦彦問之。對曰：『此犯六調，皆聲之美者，然絶難歌。昔高陽氏有子六人而醜，故以比之。』上喜，意將留行，且以近者祥瑞沓至，將使播之樂府，命蔡元長微叩之。邦彦云：『某老矣，頗悔少作。』會起居郎張果與之不咸，廉知邦彥嘗於席上作小詞贈舞鬟『歌席上，無賴是横波。寶髻玲瓏欹玉燕，繡巾柔膩掩香羅。何況會婆娑。無箇事，因甚斂雙蛾。淺淡梳粧疑是畫，惺鬆言語勝聞歌。好處是情多。』〔四〕爲蔡道其事，上知之，由是得罪。師師入中，封瀛國夫人。朱希真有詩云：『解唱《陽關》别調聲，前朝唯有李夫人。』即其人也。

《貴耳集》：道君幸李師師家，偶周邦彥先在焉。知道君至，遂匿於牀下。道君自攜新橙一顆，云：『江南初進來。』遂與師師謔語，邦彥悉聞之，檃括成《少年遊》云：『并刀如水，吳鹽勝雪，纖手破新橙。』後云：『嚴城上，已三更。馬滑霜濃，不如休去，直是少人行。』李師師因歌此詞。道君問誰作，李師師奏云周邦彥詞。道君大怒，坐朝，諭蔡京云：『開封府有監税周邦彥者，聞課額不登，如何京尹不按發來？』蔡京罔知所以，奏云：『容臣退朝，呼京尹叩問，續得復奏。』京尹至，蔡以御前聖旨諭之。京尹云：『唯周邦彥課額增羨。』蔡云：『上意如此，只得遷就。』將上，得旨『周邦彥職事廢弛，可日下押出國門』。隔一二日，道君復幸李師師家，不見李師師，問其家，知送周監税。道君方以邦彥出國門爲喜，既至，不遇。坐久，至更初，李始歸，愁眉淚睫，顦顇可掬。道君大怒云：『爾去那裏去？』李奏：『臣妾萬死，周邦彥得罪押出國門，略致一杯相别，不知官家來。』道君問：『曾有詞否？』李奏云：『有《蘭陵王》詞。』今『柳陰直』者是也。道君云：『唱一徧看。』李奏云：『容臣妾奉一杯，歌此詞爲官家壽。』曲終，道君大喜，復召爲大晟樂正，後官至大晟樂樂府待制。邦彥以詞行當時，皆稱美成詞，殊不知美成文筆大有可觀，作《汴都賦》，如牋奏雜箸，皆是傑作，可惜以詞掩其他文也。

《樵隱筆錄》：紹興初，都下盛行周清真詠柳《蘭陵王慢》，西樓南瓦皆歌之，謂之《渭城三疊》，以用詞凡三换頭。至末段，聲尤激越，惟教坊老笛師能倚之以節歌者，其譜傳自趙忠簡家。忠簡於建炎丁未九日南渡，泊舟儀真，江口遇宣和大晟樂府協律郎某，叩獲九重故譜，因令家伎習之，遂流傳於外。

《碧雞漫志》：江南某氏者解音律，時時度曲。周美成與有瓜葛，每得一解，卽爲製詞，故周集中多新聲。美成初在姑蘇，與營妓岳七楚雲者遊甚久，後歸自京師，首訪之，則已從人矣。明日，飲於太守蔡巒子高坐中，見其妹，作《點絳脣》曲寄之，『遼鶴西歸』云云。

《玉照新志》：周美成以待制提舉南京鴻慶宫，自杭徙居睦州，夢中作長短句《瑞鶴仙》一闋。既覺，猶能全記，了不詳其所謂也。未幾，青溪賊方臘起，逮其鴟張，方還杭州舊居，而道路兵戈已滿，僅得脱死。始入錢塘門，但見杭人倉皇奔避，如蜂屯蟻沸。視落日，半在鼓角樓簷間，卽詞中所謂『斜陽映山落。斂餘暉、猶戀孤城闌角』者，應矣。當是時，天下承平日久，吴越享安閒之樂，而狂寇嘯聚，徑自睦州直擣蘇、杭，聲言遂踞二浙。浙人傳聞，内外響應，求死不暇。美成舊居既不可往，是日無處得食，飢甚，忽於稠人中有呼『待制何往』者，視之，鄉人之侍兒，素所識者也，且曰：『日昃，未必食，能捨車過酒家乎？』美成從之。驚遽間連引數杯，散去，腹枵頓解。乃詞中所謂『凌波步弱。過短亭、何用素約。有流鶯勸我。重解繡鞍，緩引春酌』之句，驗矣。飲罷，覺微醉，便耳目皇惑，不敢少留，徑出城北。江漲橋，諸寺士女已盈滿，不能駐足。獨一小寺經閣偶無人，遂宿其上，則詞中所謂『上馬誰扶，醉眠朱閣』，又應矣。既見兩浙處處奔避，遂絶江，居揚州。未及息肩，而傳聞方賊已盡據二浙，將涉江之淮、泗。因自計方領南京鴻慶宫，有齋廳可居，乃挈家往焉，則詞中所謂『念西園已是，花深無路，東風又惡』之語，應矣。至鴻慶宫，未幾，以疾卒，則『任流光過了，歸來洞天自樂』，又應於身後矣。美成平生好作樂府，將死之際，夢中得句，而字字俱應，卒章又驗於身後，豈偶然哉？美成之守潁上，與僕相知；其至南京，又以此詞見寄。尚不知此詞之言，待其死乃盡驗如此。

《談藪》：唐小説記紅葉事凡四：其一《本事詩》：顧況在洛，乘間與一二詩友遊苑中，流水上得大梧葉題詩云：『一入深宫裏，年年不見春。聊題一片葉，寄與有情人。』況明日於上流亦題云：『愁見鶯啼柳絮飛，上陽宫女斷腸時。君恩不禁東流水，葉上題詩寄與誰？』後十餘日有客來苑中，又於葉上得詩以示況，曰：『一葉題詩出禁城，誰人酬和獨含情。自嗟不及波中葉，蕩漾乘春取次行。』又明皇代，以楊妃、虢國寵盛，宫娥皆衰悴，不願備掖庭。嘗書落葉，隨御溝流出云：『舊寵悲秋扇，新恩寄早春。聊題一片葉，將寄接流人。』顧況聞而和之。既達聖聽，遣出禁内人不少，或有五使之號，況所和即前四句也。其二：《雲溪友議》：盧渥舍人應舉之歲，偶臨御溝，見紅葉上有詩云：『流水何太急，深宫盡日閒。殷勤謝紅葉，好去到人間。』其三：《北夢瑣言》：進士李茵嘗遊苑中，見紅葉自御溝出，上有題詩曰（元注與盧渥詩同）。其四：《玉溪編事》：侯繼圖秋日於大慈寺倚闌樓上，忽木葉飄墜，上有詩曰：『拭翠歛愁蛾，爲鬱心中事。搦筆下庭除，書作相思字。此字不書名，此字不書紙。書向秋葉上，願逐秋風起。天下有心人，盡解相思死。』余意前三則本只一事而傳記者各異耳。劉斧《青瑣》中有《御溝流紅葉記》最爲鄙妄，蓋竊取前説而易其名爲于祐云。本朝詞人罕用此事，惟周清真樂府兩用之。《埽花遊》云：『信流去。想一葉怨題，今到何處？』《六醜·詠落花》云：『飄流處，莫趁潮汐。恐斷紅尚有相思字。何由見得？』脱胎换骨之妙極矣。清真名邦彦，字美成，徽宗時爲待制，提舉大晟樂府〔五〕。

《山中白雲詞》：《國香詞》敘：『沈梅嬌，杭妓也。忽於京都見之，把酒相勞苦，猶能歌周清真《意難忘》、《臺城路》二曲，因屬余記其事。詞成，以素羅帕書之。』《意難忘》詞敘：『車氏秀卿，中吳樂部之翹楚，歌美成曲，得其音旨。』

《詞源》：崇寧立大晟府，命周美成諸人討論古音，審定古調。淪落之後，少得存者，由此八十四調之聲稍傳。而美成諸人又復增演慢曲、引、近，或移宮換羽，爲三犯、四犯之曲，按月律爲之，其曲遂繁。美成負一代詞名，所作之詞渾厚和雅，善於融化詞句，而於音譜且間有未諧，可見其難矣。作詞者多效其體製，失之軟媚而無所取。此唯美成爲然，不能學也。所可倣傚之詞，是一美成而已。又：昔人詠節序不爲不多，付之歌喉者類是率俗，不過爲應時納俗之聲耳。所謂清明『坼桐花爛漫』、端午『梅霖初歇』、七夕『炎光謝』，若律以詞家調度，則皆未然，豈如美成《解語花·賦元夕》：『風銷焰蠟，露浥烘爐，花市光相射。桂華流瓦。纖雲散、耿耿素娥欲下。衣裳淡雅。看楚女纖腰一把。簫鼓喧，人影參差，滿路飄香麝。因念帝城放夜。望千門如晝，嬉笑遊冶。鈿車羅帕。相逢處、自有暗塵隨馬。年光是也。惟只見舊情衰謝。清漏移、飛蓋歸來，從舞休歌罷。』如此等妙詞，不獨措詞精粹，又且見時序風物之盛，人家宴樂之同〔六〕。

《古今詞話》：《紅林檎近》調始於周美成，云：『風雪驚初霽，水鄉增暮寒。樹杪墮毛羽，簷牙挂琅玕。』四句起似古風。方千里和之，結句則云『歲華休作容易看』，句法當以結句之第六字爲仄字。

《柳塘詞話》：周邦彦以進《汴都賦》得官〔七〕，徽廟時提舉大晟樂府，每製一詞，名流輒爲賡和。

東楚方千里、樂安楊澤民全和之，或合爲《三英集》行世。

《苕溪漁隱叢話》：周美成：『水亭小。浮萍破處，簷花簾影顛倒。』桉：杜少陵詩：『燈前細雨簷花落。』美成用此『簷花』二字，全與出處意不相合，乃知用字之難矣。〔八〕

〔詞評〕

《花庵詞選》：周美成《花犯・詠梅花》『粉牆低』云云，黃叔暘云：『此只詠梅花，而紆徐反覆，道盡三年間事。昔人謂好詩圓美流轉如彈丸，余於此詞亦云。』

《皇宋書錄》：周美成有詞稾藏張宮講宓家。昔人詠節序不爲不多，付之歌喉者類是率俗，不過爲應時納俗之聲。所謂清明『拆桐花爛漫』、端午『梅霖初歇』、七夕『炎光謝』，若律以詞家調度，則皆未然，豈如美成《解語花・賦元夕》『風銷焰蠟』云云？如此等妙詞，不獨措詞精粹，又且見時序風物之盛，人家宴樂之同。

《鶴林玉露》：『楊東山言：《道藏》經云：「蝶交則粉退，蜂交則黃退。」周美成詞云『蝶粉蜂黃渾退了』，正用此也。而說者以爲宮粧，且以退爲褪，誤矣。』余因嘆曰：『區區小詞，讀書不博者尚不能得其旨，況古人之文章而可以臆見妄解乎？』〔九〕

《雲麓漫鈔》：周美成作《西河》詞，有云『莫愁艇子誰繫』，此郢州之石城，皆誤用。莫愁，郢人。古樂府云：『莫愁在何處，莫愁石城西。艇子打兩槳，催道莫愁來。』人不知攷。

《野客叢書》：苕谿漁隱謂：『周侍郎詞「浮萍破處，檐花簾影顛倒」，「檐花」二字用杜少陵「燈前細雨檐花落」，全與出處意不相合。』又趙次公注杜少陵詩，引劉邈『簷花初照日』之語。僕謂二說皆考究未至。少陵『簷花落』三字元有所自，丘遲詩曰：『共取落簷花。』何遜詩曰：『燕子戲還飛，簷花落枕前。』少陵用此語爾。趙次公但見劉邈有此二字，引以證杜詩；漁隱但見杜詩有此二字，引以證周詞，不知劉邈之先已有『簷花落』三字矣。李白詩：『簷花落酒中。』李暇亦有『簷花照月鶯對棲』之語，不但老杜也〔一〇〕。詳味周用『檐花』二字，於理無礙。漁隱謂與少陵出處不合，殆膠於所見乎？大抵詞人用事圓轉，不在深泥出處，其組合之工，出於一時自然之趣。又如周詞『午妝粉指印窗眼。曲理長眉翠淺。問知社日停鍼線。探新燕。寶釵落枕春夢遠。簾影參差滿院。』非工於詞，詎至是？或謂眉間爲窗眼，謂以粉指印眉心耳。此說非無據，然直作窗牖之眼，亦似意遠。蓋婦人妝罷，以餘粉指印於窗牖之眼，自有閒雅之態。僕嘗至一菴舍，見窗壁間粉指無限，詰其所以，乃其主人嘗攜諸姬抵此，因思周詞，意恐或然。『社日停鍼線』〔一一〕，張文昌句。

《樂府指迷》：凡作詞，當以清真爲主。蓋清真最爲知音，且無一點市井氣，下字運意皆有法度，往往自唐宋諸賢詩句中來，而不用經史中生硬字面，此所以爲冠絕也。學者看詞，當以周詞《集解》爲冠。又：結句須要放開，含有餘不盡之意，以景結情最好。如清真之『斷腸院落，一簾風絮』，又『掩重關，徧城鐘鼓』之類是也。或以情結尾亦好，往往輕而露，如清真之『天便教人，霎時廝見何妨』。又云『夢魂凝想鴛侶』之類，便無意思，亦是詞家病，卻不可學也。又：如詠物，須時時提調，覺不分曉，須用一兩件事印證方可。如清真詠梨花《水龍吟》第三、第四句，須用『樊川』、『靈關』事，又『深閉門』及『一枝帶雨』事，覺後段太寬，又用『玉容』事，方表得梨花。若全篇只說花之白，則是凡白花皆可用，如何見得是梨花？又：詠物詞最忌說出題字，如清真梨花及柳，何曾說出一箇『梨』、『柳』

字？梅川不免犯此戒，如《月上海棠》詠月出，兩箇『月』字，便覺淺露。它如周草窗諸人多有此病，宜戒之。

《渚山堂詞話》：周清真《渡江雲》首云『晴嵐低楚甸，暖回雁翅，陣勢起平沙』，繼云『千萬絲、陌頭楊柳，漸漸可藏鴉』，今以景物而觀，暖初回雁，柳漸藏鴉，則仲春候也。後乃云『今朝正對初弦月，傍水驛，深艤蒹葭』，又似夏秋之際，容非語病乎？謂若稍更句中，云『今宵正對江心月，憶年時、水宿蒹葭』，庶映帶過無礙也。

《皺水軒詞筌》：周清真《少年游》，吾極喜其『錦幄初溫，獸烟不斷，相對坐調笙』，情事如此。至『低聲問，向誰行宿。城上已三更，馬滑霜濃，不如休去』等語，幾於魂搖目蕩矣。及被謫後，師師持酒餞別，復作《蘭陵王》贈之，中云：『愁一箭風快，半篙波暖，回首迢遞便數驛。』酷盡別離之慘，而題作詠柳，不書其事，則意趣索然，不見其妙矣。又：詞家用意極淺，然愈翻則愈妙，如周清真《滿路花》後半云：『愁如春後絮，來相接。知它那裏，爭信人心切。除共天公說。不成也還，似伊無個分別。』酷盡無聊賴之致。又：長調推秦、柳、周、康爲䚡律，然康唯《滿庭芳·冬景》一詞可稱禁臠，餘多應酬鋪敘，非芳旨也。周清真雖未高出，大致勻淨，有柳攲花嚲之致，沁人肌骨處，視淮海，不徒娣姒而已。弇州謂其能入麗字不能入雅字，誠確；謂能作景語不能作情語，則不盡然，但生平景勝處爲多耳。

《七頌堂詞繹》：美成春恨《漁家傲》以『黃鸝久住如相識』、『重露成涓滴』作結，有離鉤三寸之妙。

《詞絜》：美成《應天長慢》空淡深遠，石帚專得此種筆意。

《藝概》：周美成詞，或稱其無美不備。余謂論詞莫先於品，美成詞信富豔精工，只是當不得一個『真』字，是以士大夫不肯學之，學之，則不知終日意縈何處矣？又：周美成律最精審，史邦卿句最警鍊，然未得爲君子之詞者，周旨蕩而史意貪也。

《人間詞話》：美成《青玉案》詞：『葉上初陽乾宿雨。水面清圓，一一風荷舉。』此真能得荷之神理者，覺白石《念奴嬌》、《惜紅衣》二詞猶有隔霧看花之恨。

樓攻媿云：清真樂府播傳，風流自命，顧曲名堂，不能自已。

陳質齋云：美成詞多用唐人詩櫽括入律，混然天成，長調尤善鋪敘，富豔精工，詞人之甲乙也。

王世貞云：美成能作景語不能作情語，能入麗字不能入雅字，以故價微劣於柳。然至『枕痕一線紅生玉』，又『喚起兩眸清炯炯。淚花落枕紅緜冷』，其形容睡起之妙，真能動人。

彭羨門云：美成詞如十三女子，玉豔珠鮮，政未可以其輭媚而少之也。

先著云：美成詞乍近之，覺疏樸苦澀，不甚悅口，含咀之久，則舌本生津。

周介存云：美成思力獨絕千古，如顏平原書雖未臻兩晉，而唐初之法至此大備，後有作者，莫能出其範圍矣。又：讀得清真詞，多覺他人所作都不十分經意。又：鉤勒之妙，無如清真。他人一鉤勒便薄，清真愈鉤勒愈渾厚。

王觀堂云：美成深遠之致不及歐、秦，唯言情體物，窮極工巧，故不失爲第一流之作者。但恨創調之才多，剏意之才少耳。

〔詞考〕

《鶴林玉露》： 楊東山言：《道藏》經云：『蝶交則粉退，蜂交則黄退。』周美成詞云『蝶粉蜂黄渾退了』，正用此也。而説者以爲宫妝，且以『退』爲『褪』，誤矣。

《花庵詞選》： 周美成《瑞龍吟》春詞『章臺路』云云，叔暘曰：『此詞自「章臺路」至「歸來舊處」是第一段，自「黯凝竚」至「盈盈笑語」是第二段，此之謂雙拽頭，屬正平調。自「前度劉郎」以下即犯大石，係第三段。至「歸騎晚」以下四句再歸正平。今諸本皆於「吟箋賦筆」處分段，非也。』

《四庫全書》『片玉詞提要』： 《宋史·文苑傳》稱邦彦疏雋少檢，不爲州里推重。好音樂，能自度曲，製樂府長短句，詞韻清蔚。《藝文志》載《清真居士集》十一卷，蓋其詩文全集久已散佚，其坿載詩餘與否，不可復攷。陳振孫《書録解題》載其詞有《清真集》二卷《後集》一卷。此編名曰《片玉》，據毛晉跋，稱爲宋時刊本，所題原作二卷，其補遺一卷，則晉采各選本成之。疑舊本二卷，即所謂《清真集》，晉所掇拾，乃其《後集》所載也。邦彦本通音律，下字用韻皆有法度，故方千里和詞一一案譜填腔，不敢稍失尺寸。今以兩集互校，如《隔浦蓮近拍》『金丸驚落飛鳥』句，毛本注云：『案譜，此處宜三字二句。』然千里詞作『夷猶終日魚鳥』，則周詞本是『金丸驚落飛鳥』，非三字二句。又《荔枝香近》『兩兩相依燕新乳』句，止七字，千里詞作『深澗斗瀉，飛泉灑甘乳』，句凡九字。觀柳永、吴文英二集，此調亦俱作九字句，不得謂千里爲誤，則此句尚脱二字。又《玲瓏四犯》『細念想夢魂飛亂』句七字，毛本因舊譜誤脱『細』字，遂注曰：『案譜，宜是六言〔一二〕。』不知千里詞正作『顧鬟影翠雲零亂』七字，則此句『細』字非衍文。又《西平樂》『爭知向此征途，區區佇立塵沙』二句，共十二字，千里和云：『流年迅景，霜風敗葦驚沙』，止十字，則此句實誤衍二字。至於《蘭陵王》尾句『似夢裏，淚暗滴』，六仄字成句，觀史達祖此調此句作『欲下處，似認得』〔一三〕，亦止用六仄字，可以互證。毛本乃於『夢』字下增一『魂』字，作七字句，尤爲舛誤，今竝釐正之。據《書錄解題》，有曹杓字季中號一壺居士者曾注《清真詞》二卷，今其書不傳。

《蓮子居詞話》：小說，周美成以《少年游》得罪外謫。攷《浩然齋雅談》，周時爲太學生，因此詞遂與解褐，未有外謫之事。既而上問《六醜》之義，教坊使袁綯進曰：『起居舍人新知潞州周邦彦作也。』召而訊之。對曰：『此犯六調，皆聲之美者，然絕難歌。昔高陽氏有子六人而醜，故以比之。』上喜，意將留行，會起居郎張果與之不咸，廉知周嘗於親王席上賦詞贈舞鬟，爲蔡京道其事，上知之，自此得罪〔一四〕。是周之得罪由於張果、蔡京之譖，非爲《少年游》詞，因親王席上妓非師師也。弁陽翁之言，較小說家差覈實可據。《六醜》，楊用修易爲《個儂》，殆未喻清真之義耶？

《清真先生遺事》：王國維桉：先生詞集行於世者，今推毛刻《片玉詞》二卷、王刻《清真集》二卷、陳注《片玉集》十卷，則元刻僅存。又見仁和勞巽卿手鈔本振綺堂藏《片玉集》十卷，目錄之下略有注釋，詞中注多已削去，殆亦從陳本出。其古本則見於《景定嚴州續志》、《花庵詞選》者曰《清真詩餘》，見於《詞源》者曰《圈法美成詞》，見於《直齋書錄》者曰《清真詞》、曰曹杓《注清真詞》。又與方千里、楊澤民《和清真詞》合刻者曰《三英集》。元注：見毛晉《方千里和清真詞跋》。子晉所藏《清真集》與王刻元本不同，其《氏州第一》一首作《熙州摘徧》，此北宋人語，非元以後人所知，則其源亦出宋本，加以溧水本，是宋時已有七本。而陳注《片玉集》十卷、王刻《清真集》二卷則爲元本，毛跋之《美成長短句》不識編於何時，其別本之多，爲古今詞家所未有。溧水本編於淳熙庚子，故闋數雖多，頗有僞詞。陳注十卷與王刻二卷編次均同。方千里、楊澤民和詞既不據溧水本，又題《和清真詞》，則必據《清真詞》。今其次序與陳注本、王刊本正同，則此二本疑卽出於《直齋》著錄之《清真詞》三卷。今以此數本比較觀之，方、楊和詞均至《滿路花》而止，元注：陳注本卷八之末、王刊本卷二第五十三闋。而陳注本、王刊本尚有《綺寮怨》以下三十一闋。疑宋本《清真詞》二卷當至《滿路花》止，而《綺寮怨》以下卽所謂《後集》。王刊元本以《後集》一卷合於下卷，而陳本則分《前集》爲八卷，《後集》爲二卷。雖皆出於《清真詞》，然皆非《清真詞》之舊矣。由此觀之，則《清真詞》三卷之編次亦復不難推測。至毛刊《片玉詞》，子晉謂出宋本，或據陳注本。劉必欽序謂『片玉』之名乃必欽所改題，溧水舊本不應先有此名。然此本編次既與他本絕異，而所增詞甚多，其中僞作間出，而其佳者又絕非清真不辦，且陳允平《西麓繼周集》全從此本次第，足證宋末已有此本。又，子晉未見陳注本，則亦無從改題爲《片玉》。余疑劉序乃釋『片玉』二字，特措辭不倫，此又元明人常態，無足怪也。又疑《清真詞》三卷篇篇精粹，雖非先生手定，要爲最先之本。考王灼《碧雞漫志》成於紹興己巳年，而書中已有美成『集中多新聲』一語，則先生詞集紹興間已盛行矣。《片玉》本，强煥所編，又益以未收諸詞，既編於數十年後，羼入他作，自不能免。惟子晉宋本之說，固無可疑也。〔一五〕

按：元人沈伯時作《樂府指迷》，於清真詞推許甚至，唯以『天便教人，霎時廝見何妨』、『夢魂凝想鴛侶』等句爲不可學，則非真能知詞者也。清真又有句云：『多少暗愁密意，唯有天知』、『最苦夢魂，今宵不到伊行』、『拚今生，對花對酒，爲伊淚落』，此等語愈樸愈厚，愈厚愈雅。至真之情，由性靈肺腑中流出，不妨說盡，而愈無盡。南宋人詞如姜白石云〔一六〕：『酒醒波遠，政凝想、明璫素韈。』庶幾近似，然已微嫌刷色。誠如清真等句，唯有學之不能到。如曰不可學也，詎必顰眉搔首，作態幾許，然後出之，乃爲可學耶？明已來，詞纖豔少骨，致斯道爲之不尊，未始非伯時之言階之厲矣〔一七〕。清真詞事，散見宋人說部絕夥，或一事兩歧，或歲時舛盭，比勘辨證，未易更僕，兹擇其語近雅馴、較可據依者，薈錄於編，備參攷焉。又《清真詞》名改爲《片玉》，實自陳元龍注本，始其命名之意，見於劉肅序中，非美成所自名，亦猶朱淑真詞，明人魏端禮以『斷腸』名之，非淑真所自名也。劉肅，宋末人，入元。陳注《片玉詞》刻於宋淳熙間，近人有收得宋本者。

【校記】

〔一〕此後，《宋人詞話》有詞集序跋文四則，迻錄於下：

《片玉詞序》：文章政事，初非兩塗。學之優者，發而爲政，必有可觀，政有其暇，則遊藝於詠歌者，必其才有餘刃者也。漂當作溧水爲負山之邑，官賦浩穰，民訟紛沓，似不可以絃歌爲政，而待制用當作周公元祐癸酉春仲當作中爲邑長於斯，其政敬簡，民到於今稱之者，固有餘愛。而其尤可稱者，於撥煩治劇之中，不妨舒嘯，一觴一詠，句中有眼，膾炙人口者，又有餘聲，聲洋洋乎在耳，則其政有不亡者存。余慕周公之才名，有年於兹，不謂於八十餘載之後，躡公舊蹤，既喜而且媿。故自到任以來，訪其政事，於所治後圃，得其遺致，有亭曰『姑射』，有堂曰『蕭閒』，皆取神仙中事揭而名之，可以想像其襟抱之不凡。而又睹『新綠』之池，『隔浦』之蓮，依然在目。抑又思公之詞，其撫寫物態，曲盡其妙。方思有以發揚其聲之不可忘者，而未能及乎。暇日，從容式燕嘉賓，歌者在上，果以公之詞爲首唱，夫然後知邑人愛其詞，乃所以不忘其政也。余欲廣邑人愛之之意，故裒公之詞，旁搜遠紹，僅得百八十有二章，釐爲上下卷。迺輟俸餘，鳩工鋟木，以壽其傳，非惟慰邑人之思，亦蘄傳之有所託，俾人聲其歌者，足以知其才之優於爲邑如此，故冠之以序而述其意云。公諱邦彥，字美成，錢塘人也。淳熙歲在上章困敦孟陬月圉赤奮若，晉陽强煥序。

又序：辭不輕措，辭之工也。閱辭必詳其所措，工於閱者也。措之非輕而閱之非詳，工於閱而不工於措，胥失矣，亦奚胥望焉？是知雌霓之誦方脱諸口，而見謂知音，白題八滑之事既陳當作成，而當世之疑已釋。楛矢萍實，苟非推其所從，則是物也，棄物耳，誰歟能知？觸物而不明其原，睹事而莫徵所自，與冥行何別？故曰無張華之博，則孰知五色之珍？乏雷煥之識，則孰辨衝斗之靈？況措辭之工，豈有不待於閱者之箋釋耶？周美成以旁搜遠紹之才，寄情長短句，縝密典麗，流風可仰。其徵辭引類，推古誇今，或借字用意，言言皆有來歷，真足冠冕詞林。歡筵歌席，率知崇愛，知其故事者，幾何人？斯殆猶屬目於霧中花、雲中月，雖意其美而皎，然識其所以美則未也。章江陳少章家世以學問文章爲廬陵望族，涵泳經籍之暇，閱其辭，病舊注之簡略，遂詳而疏之，俾歌之者究其事、達其意，則美成之美益彰，猶獲崑山之片珍，琢其質而彰其文，豈不快夫人之心目也？因命之曰《片玉集》云。廬陵劉肅必欽序。

汲古閣《宋六十名家詞·片玉詞跋》：美成于徽宗時提舉大晟樂府，故其詞盛行於世。余家藏凡三本：一名《清真集》，一名《美成長短句》，皆不滿百闋；最後得宋刻《片玉集》二當作三卷，計調百八十有奇，晉陽强煥爲敘。余見評注厖雜，一一削去，釐其訛謬，間有兹集不載，錯見清真諸本者，坿《補遺》一卷，美成庶無遺憾云。若乃諸名家之甲乙，久著人間，無待予備述也。湖南毛晉識。

四印齋影元巾箱本《清真集》跋：右影元巾箱本《清真集》二卷，坿《集外詞》一卷。案：美成詞傳世者以汲古毛氏《片玉詞》爲最著，近仁和丁氏《西泠詞萃》所刻，卽汲古本。此本二卷，百二十七闋，爲余家所藏，末有盟鷗主人誌語，蓋明鈔元本也，編次體例與《片玉詞》迥別，而調名字句亦多不同。陳振孫《書録解題》云《清真集》二卷《後集》一卷，又毛子晉《片玉詞跋》：『美成詞一名《清真集》，一名《美成長短句》，皆不滿百闋。』與此均不合。久欲刊行，以舊鈔剝蝕過甚，無本可校而止。去年從孫駕航京兆丈假得元刻廬陵陳元龍《片玉詞》注本，編次體例與鈔本正同，特分卷與題號異耳，爰據陳注校訂，依式影寫，付諸手民。其集中所無而見於毛刻者共五十四闋，爲《集外詞》一卷坿後。毛本强序、陳注劉序，鈔本不載，今皆補入。美成集又名《片玉詞》，據序卽劉必欽改題也。光緒丙申春三月十有三日，臨桂王鵬運鶩翁記。

〔二〕《洛陽春》一詞底本只錄首句，據《宋人詞話》補全。

〔三〕此則，底本無，據《宋人詞話》補。

〔四〕『無賴是橫波』九句：底本無，據《宋人詞話》補。

〔五〕此則，底本作：『《談藪》：唐小說紀紅葉事，本朝詞人罕用此事，惟周清真樂府兩用之，《埽花遊》云：「信流去，想一葉怨題，今到何處？」《六醜·詠落花》云：「飄流處，莫趁潮汐，恐斷紅尚有相思字，何由見得？」脫胎換骨之妙極矣。』據《宋人詞話》改。

〔六〕『又昔人詠節序』三十四句：底本無，據《宋人詞話》補。

〔七〕周：底本作『用』，據人名改。

〔八〕此則，底本無，據《宋人詞話》補。

〔九〕此則，底本無，據《宋人詞話》補。

〔一〇〕『又趙次公注』十八句：底本無，據《宋人詞話》補。

〔一一〕社：底本作『往』，據《野客叢書》改。

〔一二〕譜：底本作『譜譜』，係衍一『譜』字，據《四庫全書總目提要》刪。

〔一三〕調：底本作『詞』，據《四庫全書總目提要》改。

〔一四〕『既而上問六醜之義』十六句：底本無，據《宋人詞話》補。

〔一五〕此後，《宋人詞話》有『附攷』一項，凡二則，其中一則不見於《歷代詞人攷略》，迻錄於下：

《話腴》：周邦彦，字美成，自號清真。二百年來以樂府獨步，貴人學士、市儂妓女知美成詞爲可愛，而能知美成爲何如人者，百無一二也。蓋公少爲太學内舍，選年未三十，作《汴都賦》，鋪張揚厲，凡七千言，奏之，天子命近臣讀於邇英閣，遂由諸生擢大學正，聲名一日震耀海内。神宗上賓，哲宗寘之文館，徽宗列之郎曹，皆自文章而得。至於詩歌，自經史中流出，當時以詩名家如晁、張皆自歎以爲不及。姑以一二篇言之，如《薛侯馬》云：薛侯，河東土豪也，以戰功累官左侍禁。西方罷兵，薛歸吏部授官，帶所乘騧馬寓武城坊，經年不得調。羈馬庳屋下，馬怒，敗主人屋，時時蹶碎市販盎器，薛悉賣裝以償，傷己阨屋，因對馬以泣。鄰居李文士因之爲薛作傳，同舍賦詩者十一人，僕與其一焉。『薛侯俊健如生猱，不識中原生土豪。蛇矛丈八常在手，騧馬蕃鞍雲錦袍。往屬嫖姚探虎穴，狐鳴蕭蕭風立髮。短韉淋血斬胡歸，夜斲堅冰濡馬渴。中都久住武城坊，屋頭養騧如養羊。枯萁不飽籬壁盡，狹巷怒蹶盆盎傷。只今栖栖守環堵，五月涇風柔巨黍。千金夜出酬市兒，客帳晝眠聽戲鼓。邊人視死亦尋常，笑裏辭家登戰場。銓勞定次屈壯士，兩眼熒熒收淚光。齒堅食肉何曾老，騎馬身輕飛一鳥。焉知不將萬人行，横槊秋風賀蘭道。』如《天賜白》云：永樂城陷，獨王湛、曲真夜縋以出，真持木爲兵，且走且戰。前陷大澤中，顧其旁有馬而白，暫騰上馳去，五鼓達米脂城，因以得脱。真名其馬爲天賜白。蔡天啓得其事於西人，邀余同賦：『君不見書生鐫羌勒兵入，羌來薄城束縛急。蠟丸飛出辭大家，帳下健兒紛雨泣。鑿沙到石終無水，擾擾萬人如渴蟻。挽絙竊出兩將軍，虜箭隨來風掠耳。道傍神馬白雪毛，噤口不嘶深夜逃。忽聞漢語米脂下，黑霧壓城風怒號。脱身歸來對刀筆，短衣射虎朝朝出。自椎雜賓塗箭創，心折骨驚如昨日。穀城魯公天下雄，陰陵一跌兵刀窮。檥舟不渡謝亭長，有何面目歸江東。將軍偶生名已弱，鐵花暗澀龍文鍔。縞帳肥芻酬馬恩，鬨望旄頭向西落。』若此凡數百篇，豈區區學晚唐者可及耶？樓攻媿謂其聲鏡、烏几之銘，可與鄭圃、漆園相周旋。而禱神之文，則《送窮》、《乞巧》之流亞，不爲溢美矣。擬清真者，又當於樂府之外求之。

〔一六〕如：底本作『如如』，其中一個係衍文，刪其一。

〔一七〕此後，《宋人詞話》有數語爲《歷代詞人攷略》所無，逐錄於下：竊嘗以刻印比之，自六代作者以縈紆拗折爲工，而兩漢方正平直之風蕩然無復存者，救敝起衰，欲求一丁敬身、黄大易而未易遽得，乃至倚聲小道，卽亦將成絕學，良可嘅夫。

葛勝仲

勝仲，字魯卿，丹陽人。登紹聖四年進士第，調杭州司理參軍，薦試學官及詞科俱第一，除兗州教授，入爲太學正，差提舉議曆所檢討官兼宗正丞，擢禮部員外郎。坐建言違衆議，責知休寧縣。尋復原官，權國子司業兼太子諭德，徙太常少卿，除國子祭酒。出知汝州，改湖州，徙鄧州，復知湖州。紹興元年丐祠歸，校：《直齋書錄解題》：勝仲官顯謨閣待制。《宋史》文苑本傳無此文。卒謚文康，有《丹陽集》八十四卷，詞一卷別行。

〔詞話〕

《詞品》：葛魯卿《驀山溪》詞詠天穿節郊射也。宋以前以正月二十三日爲天穿節。相傳云女媧氏以是日補天，俗以煎餅置屋上，名曰補天穿，今其俗廢久矣。詞不甚工而事奇，故拈出之。

《織餘瑣述》：《丹陽詞》：章圃賞瑞香《臨江仙》句云：『更攜金鑿落，來賞錦薰籠。』校：《苕溪漁隱叢話》：陳子高九日瑞香盛開有詩云：『宣和殿裏春風早，紅錦薰籠二月時。』因此詩，遂號瑞香爲錦薰籠，葛詞用之。

〔詞評〕

許蒿廬云：魯卿父子門第既高，譽望亦重，特其所作不逮元獻、小山耳。

〔詞考〕

《四庫全書》『丹陽詞提要』：宋葛勝仲詞，《書錄解題》別載一卷。此爲毛晉所刻，蓋其單行之本也。勝與葉夢得酬唱頗多，而品格亦復相埒。唯葉詞中有《鷓鴣天·次魯卿韻觀太湖》一闋，此卷内未見原唱。而此卷有《定風波·燕騶駝橋次少蘊韻》二闋，葉詞内亦未見。非當時有所刊削，卽傳寫佚脱。至《浣溪沙》三首，在葉詞以爲次魯卿韻，在此卷又以爲和少蘊韻，則兩者必有一僞，不可得而復攷矣。其《江城子》後闋押『翁』字韻，益可證葉詞復押『宮』字之誤。《鷓鴣天·生辰》一詞獨用仄韻，諸家皆無是體，據調當改《木蘭花》。至於字句譌缺，凡《永樂大典》所載者，如《鷓鴣天》後闋，『懽華』本作『懽娛』，第二首後闋『紅囊』本作『紅裳』。《西江月》第二首後闋『縈塗』本作『榮塗』。《臨江仙》第三首後闋『擂鼓』本作『釂鼓』。《浣溪沙》第二首後闋『容貌』本作『容見』。《驀山溪》第一首前闋『袨服』本作『袨服』，『摸名』本作『摸石』；第二首後闋『横石』亦本作『摸石』；第三首前闋『使登榮』本作『便登榮』，『隨柳岸』本作『隋柳岸』。《西江月》第三首後闋『鱸魚』本作『鱸蓴』。《瑞鷓鴣》後闋『還過』本作『還遇』。《江城子》第二首後闋『歌鐘』下本有『捲簾風』三字。《蝶戀花》後闋今本作二方空者，本『黃紙』二字，『龍濩』本作『龍護』。《臨江仙》前闋『儒似』本作『臞仙』；第二首後闋今本缺十二字，本作『憑誰都卷入，芳尊賦歸懽靖節』二句。《醉花陰》前闋『凍拚萬林梅』句，本作『凍枿萬林梅』。《浪淘沙》第二首後闋『閔宴』本作『開燕』，皆可證此本校讎之疏。又《永樂大典》本尚有小飲《浣溪沙》一首、九日《南鄉子》一首、題靈川廣瑞禪院《虞美人》一首，爲是本所無，則譌脱又不止字句矣。

桉：嘗閲《丹陽詞》，以其題攷之，作於休寧縣者約三分之一。士君子懷抱高異，不諧於俗，排擠不已，至於遷謫，亦唯是寄情豪素，託恉吟弄，以發抒其無聊抑鬱之思，如蘇長公、黄涪翁、秦太虚諸名輩，其拔俗遺世之作大都得自蠻烟瘴雨中矣。《丹陽詞》如《漁家傲》云：『興盡碧雲催日暮。招晚渡。遙遙一葉隨鷗鷺。』《水調歌頭》云：『今夜長風萬里，且倩澄泓浩蕩，一爲洗塵容。』《西江月》云：『鳳山香雪定應空，昨夜疏枝入夢。』《南鄉子》云：『笑語忘懷機事盡，鷗邊。萬頃溪光上下天。』《江城子》云：『賴是尋芳無素約，端不恨，緑陰重。』雖未必方駕黄、秦，要亦不在晁、陳下矣。又《鷓鴣天・賞菊疊韻》云：『已邀騷客陶元亮，不用歌姬盛小叢。』韻絶新。

滕宗諒

宗諒，字子京，河南人。大中祥符八年進士，以泰州軍事推官召試學士院，改大理丞，知當塗、邵武二縣，遷殿中丞。仁宗時，上疏請章獻太后還政。太后崩，除左正言，遷左司諫。坐言事不實，降尚書祠部員外郎，知信州。與范諷相善，諷貶，宗諒降監池州酒稅。久之，通判江寧府，徙知湖州。除刑部員外郎，直賢院，知涇州。擢天章閣待制，徙慶州。坐在涇費公錢，降知虢州，徙岳州，遷蘇州，卒。

〔詞話〕

《能改齋漫錄》：唐錢起《湘靈鼓瑟》詩末句『曲終人不見，江上數峯青』，滕子京嘗在巴陵以前兩句填詞云：『湖水連天天連水，秋來分外澄清。君山自是小蓬瀛〔一〕。氣蒸雲夢澤，波撼岳陽城。帝子有靈能鼓瑟，淒然依舊傷情。微聞蘭芷動芳馨。曲終人不見，江上數峯青。』

按：《清波雜志》：『放臣逐客一旦棄置遠外，其憂悲顦顇之嘆，發於詩什，特爲酸楚，極有不能自遣者。滕子京守巴陵，修岳陽樓，或贊其落成，答以「落甚成，只待凭闌大慟數場」。閔己傷志，固君子所不免，亦豈至是哉』云云，今觀子京《臨江仙》詞，唯換頭稍涉淒抑，而前段則饒有興會。意者周昭禮之言，殆傳聞失實歟？抑或賓朋晤語與抽象命牘不同，容有抑鬱牢騷之言，流露於不自覺歟？

【校記】

〔一〕蓬：底本作『蓮』，據《詞綜》、《御選歷代詩餘》改。

元絳

絳，字厚之，錢塘人。天聖八年進士，調江寧推官，攝上元令。歷永新、海門令，擢江西轉運判官，知台州。入爲度支判官，以直集賢院爲廣東轉運使，擢工部郎中，歷兩浙、河北轉運使。拜鹽鐵副使，擢天章閣待制，知福州，進龍圖閣直學士，徙廣、越、荊南。爲翰林學士，知開封府，拜三司使，參知政事。罷知亳州，改潁州，加資政殿學士，留提舉中太一宮，以太子少保致仕。卒贈太子少師，謚章簡。

〔詞話〕

《織餘瑣述》：宋元絳有牡丹詞，調寄《映山紅慢》『縠雨風前』云云。吾廣右呼杜鵑花爲映山紅，每届清明前後，峯巒蒼翠間，火齊競吐，照灼雲霞，奇景也。〔一〕

桉：元厚之牡丹《映山紅慢》云：『縠雨風前，占淑景、名花獨秀。露國色仙姿，品流第一，春工成就。羅幃護日金泥皺。映霞腮動檀痕溜。長記得天上，瑤池閬苑曾有。　千匝繞、紅玉闌干，愁只恐、朝雲難久。須款折、繡囊賸帶，細把蜂鬚頻嗅。佳人再拜擡嬌面，斂紅巾、捧金杯酒。獻千千壽。願長恁、天香滿袖。』見《花草粹編》。此調萬氏《詞律》失載。徐氏《詞律拾遺》補收，卽據元詞定譜，注云：『羅幃』二句與後『佳人』二句同，但『面』字不叶韻耳，俞蔭甫云：『面』字疑『手』字之誤。

【校記】

〔一〕此後，《宋人詞話》有『附攷』一項，凡一則，迻錄於下：

《石林詩話》：元厚之知荊南，夢至仙府，三人者聯書名，旁有告之曰：『君三人蓋兄弟也。』覺而思之，莫知所謂。未幾，入爲學士，韓持國維、楊元素繪先已在院，一日書名，三人名皆從絞絲，始悟夢中兄弟之意。已而持國、元素外補，厚之尹京後三年，復與元素還職，而鄧文約綰相繼爲直院，則三人之名又皆從絞絲。許大夫選作《四翰林詩》紀其事，厚之和云：『聯名適似三株樹，傳玩驚看五朵雲。』亦一時之異也。

歷代詞人考略卷十八

宋十二

蔡襄

襄，字君謨，其先自光州固始入閩，家仙遊，又遷莆田，遂爲莆田人。天聖八年進士，爲西京留守推官。慶曆三年，擢知諫院，進直史館兼修起居注。以母老求知福州，改福建路轉運使。復修起居注，進知制誥，遷龍圖閣直學士，知開封府。以樞密直學士再知福州，徙知泉州。召爲翰林學士，三司使，乞爲杭州，拜端明殿學士以往。治平四年卒，贈吏部侍郎。乾道中，賜謚忠惠。有《蔡忠惠公集》。

桉：蔡忠惠《好事近》云：『瑞雪滿京都，宮殿盡成銀闕。常對素光遙望，是江梅時節。如今江上見寒梅，幽香自清絕。重看落英殘豔，想飄零如雪。』見《花草粹編》。此詞以雪梅起興，後段云云，其江湖魏闕之思乎？『幽香清絕』，蓋以自喻，恉趣厚而意境高，非尋常寫景詠物之作。忠惠詞，它選本未經箸錄。

蒲宗孟

宗孟，字傳正，新井人。皇祐五年進士，調夔州觀察推官。熙寧元年，改著作佐郎，召試學士院，以爲館閣校勘，檢正中書戶房兼修條例，進集賢校理。俄同修起居注，直舍人院，知制誥，同修兩朝國史，爲翰林學士兼侍讀，拜尚書左丞。坐繕治府舍過制，罷知汝州。踰年加資政殿學士，徙亳、杭、鄆三州。方徙河中，坐在鄆治盜慘酷，奪職。知虢州，復知河中，帥永興，移大名，卒。有《蒲左丞集》十卷。

桉：　蒲傳正《望梅花》云：『一陽初起。暖律未勝寒氣。堪賞素華長獨秀，不竝開紅抽紫。青帝只應憐潔白，肯使雷同衆卉。　淡然難比。粉蝶豈知芳蘂。半夜捲簾如乍失，只在銀蟾影裏。殘雪枝頭君認取，自有清香旖旎。』見《梅苑》。蓋詠白梅詞也。此調萬氏《詞律》失收。徐氏《詞律拾遺》有之，卽據蒲詞定譜，第二句『暖律』作『暖力』。《詩眼》：晏叔原謂蒲傳正曰：『先公一生小詞未嘗作婦人語。』意者傳正深於詞，故叔原與之言乎？

吳師孟

師孟，字醇翁，成都人。以通議大夫致仕。

桉：　吳醇翁《蠟梅香》云：『錦里陽和，看萬木彫時，早梅獨秀。珍館瓊樓畔，正絳跗初吐，穠華將茂。國豔天葩，真淡冶、雪肌清瘦。似廣寒宮，鉛華未御，自然妝就。　凝睇倚朱闌，噴清香暗度，易襲襟袖。好與春爲主，宜秉燭、頻觀泛湘酎。莫待南枝，隨樂府、新聲吹後。對賞心人，良辰好景，須信難偶。』見《梅苑》及《花草粹編》。此調萬氏《詞律》失載。徐氏《詞律拾遺》補收，卽據吳詞定譜，惟師孟誤作帥益。

魏泰

泰，字道輔，襄陽人。曾布之妻弟。米元章稱其與王平甫竝爲詩豪。崇觀間，章惇爲相，欲官之，不就。晚節卜隱漢上。有《臨漢隱居集》二十卷、《詩話》一卷、《東軒筆錄》十五卷。

桉：魏道輔上定齋《水晶簾》云：『誰道秋期遠。更旬浹、雙星相見。雨足西簾，正玉井蓮開，壽筵初展。麈尾呼名祛暑淨，那更著、綸巾羽扇〔一〕。殢清歌，不計杯行，任深任淺。　湖邊小池苑。漸苔痕、草色青青如染。辦橘中荷屋，晚芳自占。蝸角虛名身外事，付骰子、紛紛戲選。喜時平、公道開明，話頭正轉。』又有《如意令》，並見《花草粹編》。《水晶簾》調，萬氏《詞律》失載〔二〕。徐氏《詞律拾遺》補收。《如意令》卽《如夢令》雙調，則徐氏亦失載矣。

【校記】

〔一〕綸：底本作『給』，據《花草粹編》、《欽定詞譜》改。

〔二〕詞：底本作『調』，據書名改。

劉弇

弇，字偉明，安福人。元豐二年進士，繼中宏詞科，知峨眉縣，改大學博士。元符中，進《南郊大禮賦》，除祕書省正字。徽宗立，改著作佐郎，實錄檢討官，卒。有《龍雲集》三十卷。

〔詞話〕

《苕溪漁隱叢話》：《復齋漫錄》云：劉偉明既喪愛妾而不能忘，爲《清平樂》詞云：『東風依舊。著意隋堤柳。搓得鵝兒黄欲就。天氣清明時候。　去年紫陌青門。今朝雨魄雲魂。斷送一生顦顇，能消幾個黄昏。』與唐張阿灰之詞有間矣。

桉：劉偉明《清平樂》『東風依舊』闋，《花菴詞選》作趙德麟，未知孰是。偉明又有《洞仙歌》，見《樂府雅詞·拾遺》。又《惜雙雙令》云：『風外橘花香暗度。飛絮綰、殘春歸去。醞造黄梅雨。冷烟曉占横塘路。　翠屏人在天低處。驚夢斷、行雲無據。此恨憑誰訴。恁時卻、情危絃語。』見《御選歷代詩餘》。此詞風格不在《清平樂》下，『翠屏人在天低處』，情景逼真，尤爲未經人道，與『斷送一生顦顇，能消幾個黄昏』手筆之妙，政復如驂之靳。

王雱

雱，字元澤，安石之子。未冠，舉進士，調旌德尉。時安石執政，雱與父謀曰：『執政子雖不可預事，而經筵可處。』乃以所作策及《注道德經》鏤板鬻於市，遂達於上。鄧綰、曾布又力薦之，召見，除太子中允、崇德殿說書，擢天章閣待制兼侍講，遷龍圖閣直學士，不拜。卒，特贈左諫議大夫。

〔詞話〕

《捫蝨新話》：王元澤不作小詞，或者笑之，元澤遂作《倦尋芳慢》一首，時服其工。詞云：『露晞向曉，簾幙風輕，小院閒晝。翠徑鶯來，驚下亂紅鋪繡。倚危闌，登高榭，海棠著雨臙脂透。算韶華，又因循過了，清明時候。　倦游燕、風光滿目，好景良辰，誰共攜手？恨被榆錢買斷，兩眉長皺。憶得高陽人散後，落花流水仍依舊。這情懷，對東風、盡成消瘦。』

《古今詞話》：王荊公子雱多病，因令其妻樓居而獨處。荊公別嫁之，雱念之，爲作《秋波媚》詞云：『楊柳絲絲弄輕柔。烟縷織成愁。海棠未雨，梨花先雪，一半春休。　而今往事難重省，歸夢遶秦樓。相思只在，丁香枝上，荳蔻梢頭。』

《東皋雜鈔》：宋魏泰《東軒筆錄》載：『王荊公子雱爲太常寺太祝，素有心疾。娶同郡龐氏女爲妻，逾年生一子，雱以貌不類己，百計欲殺之，竟以悸死。又與妻日相鬬鬩。荊公知其子失心，念此婦無罪，欲離異之，則恐其誤被惡聲，遂與擇壻而嫁之，時有「王太祝生前嫁婦，侯工部死後休妻」之諺。』桉：史稱元澤未冠，著書千百言，作策三十餘篇，極論天下事，不類失心者，其後病疽死。魏泰所云恐未必然。細味其《眼兒媚》詞所謂『海棠未雨，梨花先雪，一半春休』，又云：『相思只在，丁香枝上，荳蔻梢頭。』意元澤或是病婦者。桉：『病』字上疑脱『念』字。不然，人卽失心，亦無遽嫁其婦之理，荊公雖執拗，當不至是。

〔詞評〕

王元美云：王元澤『恨被榆錢買斷，兩眉長皺』，可謂巧而費力矣。

黄蓼園云：王元澤《眼兒媚》詞，語語清新婉倩，後人爭妍鬬豔，終不能及。數百年來，脱口如新。

桉：王元澤詞傳者，僅《倦尋芳慢》、《眼兒媚》二闋，竝皆吐屬清華。嘗謂填詞與其人生平處境極有關係，宋人如晏叔原、王元澤，國朝如納蘭容若，固由姿稟穎異，亦其地望之高華，有以玉之於成也。叔原云：『舞低楊柳樓心月，歌盡桃花扇底風。』元澤云：『翠徑鶯來，驚下亂紅鋪繡。』容若云：『屏障厭看金碧畫，羅衣不奈水沈香。』此等語非郇學究所能道也。

秦湛

湛，字處度，觀之子，官宣教郎。

〔詞話〕

《花草蒙拾》：『亂鴉啼後，歸興濃於酒。』蘇叔黨詞也。『擬倩東風浣此情，情更濃於酒』，秦處度詞也。二公可謂有子。李、晏家世，豈得獨擅？

〔詞評〕

沈偶僧云：蓮詞共推永叔諸作，後見處度句云『藕葉清香勝花氣』，清新自無人道。《詞概》：少游《水龍吟》：『小樓連苑横空，下窺繡轂雕鞍驟。』東坡譏之云：『十三箇字，只説得一箇人騎馬樓前過。』語極解頤。其子湛作《卜算子》云：『極目烟中百尺樓。人在樓中否？』言外無盡，似勝乃翁，未識東坡見之云何。

〔詞考〕

《古今詞譜》：《卜算子》歇指調曲，平韻，卽《巫山一段雲》也。秦湛詞『極目烟中百尺樓，人在樓中否』，又名《百尺樓》，有八十九字，中調。

桉：秦處度《卜算子》全闋云：『春透水波明，寒峭花枝瘦。極目烟中百尺樓，人在樓中否？四和裊金鳬，雙陸思纖手。擬倩東風浣此情，情更濃於酒。』其『藕葉清香勝花氣』句，惜全闋不傳，不知寄何調也。又有《謁金門》云：『鴛鴦浦。春漲一江花雨。隔岸數聲初過艣。晚風生碧樹。舟子相呼相語。載取暮愁歸去。寒食江邨芳草路。愁來無著處。』王阮亭極稱賞『載取』句，謂與『載不動，許多愁，只載一船離恨向西州』，政可互觀。

李元膺

元膺，東平人。南京教官。紹聖間，李孝美作《墨譜法式》，元膺爲之序，蓋同時人也。

〔詞話〕

《冷齋夜話》：許彦周曰：李元膺作南京教官，喪妻，作長短句曰：『去年相逢深院宇。海棠下、曾歌《金縷》。歌罷花如雨。翠羅衫上，點點紅無數。今歲重尋攜手處。物是人非春暮。回首青門路。亂紅飛絮。相逐東風去。』桉：調寄《茶瓶兒》。元膺尋亦下世。

《蓼園詞話》：元膺爲南京教官，澹泊好學。《洞仙歌》詞『廉纖細雨』云云，不知所指。讀集中有《茶瓶兒・悼亡》詞，情詞淒切，此闋或亦爲悼亡後作也。是雨是淚，寫得婉轉流動，比興深切，筆筆飛舞，自是超詣。

〔詞評〕

《七頌堂詞繹》：詞有與古詩同義者，『已失了春風一半』，鯢居之諷也。

王晦叔云：李元膺思致妍密，要是波瀾小。

桉：李元膺《洞仙歌》句云『已失春風一半』，劉公勇謂是『鯢居之諷』，則此詞殆作於南渡後乎？其全闋云：『雪雲散盡，放曉晴庭院。楊柳於人便青眼。更風流多處，一點梅心，相映遠，約略顰輕笑淺。一年春好處，不在濃芳，小豔疏香最嬌軟。到清明時候，百紫千紅花正亂。

已失春風一半。早占取、韶光共追游，但莫管春寒，醉紅自暖。』又前調一闋，卽蓼園所云悼亡後作者。其全闋云：『簾纖細雨，殢東風如困。縈斷千絲爲誰恨。向楚宫一夢，多少悲涼無處問。愁到而今未盡。　分明都是淚，泣柳沾花，長與騷人伴孤悶。記當年，得意處，酒力方酣，怯輕寒、玉爐香潤。又豈識、情懷苦難禁。對點滴簷聲，夜寒燈暈。』蓼園黄氏之言曰『讀集中有《茶瓶兒·悼亡》詞』云云，詎元膺有集流傳而黄氏得見之耶？　又：元膺又有《驀山溪·送蔡元長》一闋，見《御選歷代詩餘》，亦可爲元膺時代之證。此詞作於元長被謫時，視盛時貢諛之作爲可存耳。

葉夢得

夢得，字少藴，吴縣人。紹聖四年進士，調丹徒尉。徽宗朝官禮部郎，大觀初，除翰林學士，以龍圖閣直學士知汝州。尋落職，提舉洞霄宫。政和五年，起知蔡州，移帥潁昌府，尋提舉南京鴻慶宫。高宗南渡，除戶部尚書，拜尚書左丞。紹興初，爲江東安撫大使兼知建康府，兼壽春等六州宣撫使。加觀文殿學士，移知福州，兼福建安撫使，拜崇信軍節度使，致仕。卒贈檢校少保。有《石林詞》一卷。

〔詞話〕

《詞苑》：　葉夢得九月望日與客習射西園，病不能射，因作《水調歌頭》以寄意，『霜降碧天靜』云云。

《夷堅丁志》：　葉少藴左丞初登第，調潤州丹徒尉。郡守器重之，俾檢察徵税之出入。務亭在西津上，葉嘗以休日往，與監官並闌干立望。江中有綵舫，傃亭而南，滿載皆婦女，嬉笑自若，謂爲貴富家人。方趨避之，舫已泊岸，十許輩袨服而登，徑詣亭上，問小史曰：『葉學士安在？幸爲入白。』葉不得已，出見之，皆再拜，致詞曰：『學士儁聲滿江表，妾輩乃真州妓也，常願一侍尊俎，愜平生心。』其魁捧花牋以請，葉命筆立成，不加點竄，卽今所傳《賀新郎》詞『睡起聞鶯語』云云，蓋紀實也。此詞膾炙人口，配坡公『乳燕華屋』之作。而葉公自以爲作其絕唱，人亦罕知其事云。元注：葉晦叔説。

〔詞評〕

《古今詞話》：關注曰：葉右丞詞能於簡淡處時出雄傑，合處不減靖節、東坡，豈近世樂府之比哉？而尤以《虞美人》爲絕唱，如『美人不用歛歌眉，我亦多情，無奈酒闌時』是也。

王晦叔云：後來學東坡者，葉少藴、蒲大受亦得六七，其才力比晁、黄差劣。

黄蓼園云：葉石林生於北宋，入南宋初，其爲詞清剛疏爽，風格於北宋初人爲近。

〔詞考〕

《蘆浦筆記》：石林《賀新郎》詞有『誰採蘋花寄與，但悵望、蘭舟容與』，下『與』字去聲。《漢書·禮樂志》：『練時日，澹容與。』顏注：『閒舒也。』今歌者不辨音義，乃以其疊兩『與』字，妄改上『與』作『寄取』，而不以爲非，良可笑也。慶元庚申石林之孫筠守臨江，嘗從容語及，謂賦此詞時年方十八。而傳者乃云爲儀真妓女作，詳味句意，皆不相干，或是書此以遺之爾。

《四庫全書》『石林詞提要』：《石林詞》卷首有關注序稱其兄聖功『元符中爲鎮江掾，夢得爲丹徒尉，得其小詞爲多。味其詞，婉麗有溫、李之風，晚歲落其華而實之，能於簡淡處時出雄傑，合處不減靖節、東坡』云云。攷倚聲一道，去古詩頗遠，集中亦唯《念奴嬌》『故山漸近』一首雜用陶潛之語，不得謂之似陶，注所擬殊爲不類。至於『雲峯横起』一首，全仿蘇軾『大江東去』，並卽參用其韻。又《鷓鴣天》『一曲青山』後闋，且直用軾詩語足成，是以舊刻頗有與東坡詞彼此混入者，則注謂夢得近於蘇軾，其説不誣。夢得著《石林詩話》，主持王安石之學，而陰抑蘇、黄，頗乖正論。乃其爲詞則又挹蘇氏之餘波，所謂是非之心有終不可澌滅者耶？卷首《賀新郎》一詞，毛晉注：『或刻李玉。』攷王楙《野客叢書》：『章茂深嘗得其婦翁所書《賀新郎》詞，首曰：「睡起嗁鶯語」，章疑其誤，頗詰之。石林曰：「老夫常得之矣。流鶯不解語，嗁鶯解語，見《禽經》」』云云。則碻爲夢得之作，晉蓋未核。又《野客叢書》所記，正謂此句作『嗁鶯語』，故章沖疑『嗁』字、『語』字相復。此本乃改爲『流鶯』，與王楙所記全然牴牾，知毛晉疏於攷證，妄改古書者多矣。

《吹網録》：《石林詞》，近代唯毛氏汲古閣《宋名家詞》中有之，凡九十九闋，郡中顧氏藝海樓舊鈔本同。此外單行本絶少。吾友戈君順卿載嘗得一本見示，乃戊戌秋婁縣裔孫光復新刊。序中未言從何本翻雕，而其闋亦九十九，疑卽以毛刻爲祖本，特以意分上下二卷。書中駁誤不少，順卿曾依汲古閣原本及戴竹友所藏舊鈔本校勘一過。因余借録謀重刻，復爲蒐檢羣書，詳加訂正，拾遺刊誤，裨益良多。潘君功甫曾沂見之，亦爲補勘數處。余於手繕之餘，又稍稍參校一二，皆注明句下。校語中稱光復本爲原刻，如《鷓鴣天·次韻魯卿大錢觀太湖》，題中『錢』字，原刻誤作『夫』，今依顧氏舊鈔本改正。校：大錢口爲苕霅下太湖之大路，葛魯卿當日蓋於此泛舟觀湖，俗手不知，而誤改『夫』字，舉此以見一斑。戈、潘二君從宋人書中搜得逸詞四闋，潘校采《花菴詞選·江神子》一闋，戈校采《樂府雅詞·南歌子》、《菩薩蠻》二闋，《全芳備祖·卜算子》一闋。坿存卷末，此外尚不及徧搜。而毛刻之非完本，已可概見。《念奴嬌》第二闋題爲『中秋燕客有懷壬午歲吴江長橋』，詞中有『高城』語，初不解作於何地。後見張仲宗元幹《蘆川詞》中《代洛濱次韻》此題一闋，有『老去專城』及『坐揖龍江』等語，乃知公此詞是鎮建康時作。攷公第一次鎮建康以紹興元年九月奉詔，辭而不允，十一月乙未始至。二年閏四月卽被命提舉洞霄宫。歸隱未及，遇中秋，是此詞作於再鎮時矣。證以《石林詞》同調第三闋題爲《次東坡赤壁懷古韻》，中有『萬里雲屯瓜步晚』之句，益信前闋爲鎮建康同時所製無疑也。

《織餘瑣述》：石林有熙春臺與王取道、賀方回、曾公袞會別《臨江仙》詞，則猶及與方回唱酬矣。

桉：《石林詞》詔芳亭贈坐客《臨江仙》過拍云：『恨無羯鼓打《梁州》。遺聲猶好在，風景一時留。』少藴自注：『世傳《梁州》，西梁府初進此曲，會明皇遊月宫還，記《霓裳》之曲，適相近，因作《霓裳羽衣曲》，以《梁州》名之。』今攷鄭嵎《津陽門詩注》：葉法善引明皇入月宫，聞樂歸，以笛寫其半，會西涼都督楊敬述進《婆羅門》，聲調脗合，遂以月中所聞爲散序，敬述所進爲其腔，製《霓裳羽衣》。據此，則『梁州』當作『涼州』，少藴蓋偶誤耳。

唐庚

庚，字子西，丹稜人。第進士，爲宗子博士，張商英薦其才，除提舉京畿常平，且欲用爲諫官。商英罷相，庚坐貶，安置惠州。大觀五年會赦北歸，復官承議郎，提舉上清太平宫。歸蜀，道病卒。有《眉山集》十卷。桉：《苕溪漁隱叢話》所引有《唐子西語録》。

按：唐子西《訴衷情》云：『平生不會斂眉頭。諸事等閒休。元來卻到愁情，須著與它愁。殘照外，大江流。去悠悠。風悲蘭麝，烟淡滄浪，何處歸舟。』見《花草粹編》。子西詞，它選本未見箸録。『愁情』『情』字疑誤，此字它家無作平聲者，唯柳耆卿有云『不堪更倚危闌』，與子西句同。

顔博文

博文，字持約，德州人。政和戊戌登甲科，靖康初，官著作佐郎。金人立僞楚時，充事務官，草勸進表。南渡初，竄澧州，移賀州卒。

〔詞話〕

《能改齋漫録》：顔持約流落嶺外，舟次五羊，作《品令》云：『夜蕭索。側耳聽、清海樓頭吹角。停歸棹，不覺重門閉恨，只恨暮潮落。偷想紅啼緑怨，道我真箇情薄。紗窗外、厭厭新月上，應也則，睡不著。』不減唐人語。

《花庵詞選》：顔博文《西江月》云：『草草書傳錦字，懨懨夢繞梅花。海山無計駐仙槎。腸斷芭蕉影下。缺月舊時庭院，飛雲到處人家。而今鬒領鬢先華。說著多情已怕。』詞簡意高，佳作也。

按：萬氏《詞律·品令》第一體四十九字，據顔博文『夜蕭索』闋定譜，前段末句『恨』下落

『只恨』二字，注云：『「恨」字上下必有落字。』後段末句『應也』下落『則』字。紅友殆未見《漫錄》耶？《詞律》又列五十二字一體，定譜據少游『掉又臞』闋，句法與顔詞竝同，唯叶韻與平仄稍有不同耳。

陳亞

亞，字亞之，揚州人。登咸平五年進士第。嘗爲杭之於潛令，擢知潤州。慶曆七年，以司封郎中知越州，仕至太常少卿。晚年退居，年七十卒。有《澄源集》三卷、《藥名詩》一卷。

〔詞話〕

《青箱雜記》：陳亞與章郇公同年友善。郇公當軸，將用之，而爲言者所抑。亞作藥名《生查子·陳情》獻之曰：『朝廷數擢賢，旋占淩霄路。自是鬱陶人，險難無移處。　也知沒藥療飢寒，食薄何相誤。大幅紙連黏，甘草歸田賦。』亞又別成藥名《生查子·閨情》三首，其一曰：『相思意已深，白紙書難足。字字苦參商，故要檀郎讀。　分明記得約當歸，遠至櫻桃熟。何事菊花時，猶未回鄉曲。』其二曰：『小院雨餘涼，石竹風生砌。罷扇盡從容，半下紗櫥睡。　起來閒坐北亭中，滴盡真珠淚。爲念壻辛勤，去折蟾宫桂。』其三曰：『浪蕩去未來，躑躅花頻換。可惜石榴裙，蘭麝香銷半。　琵琶閒抱理相思，必撥朱弦斷。擬續斷來弦，待者冤家看。』又自爲亞字謎曰：『若教有口便啞，且要無心爲惡。中間全沒肚腸，外面强生稜角。』此雖一時俳諧之詞，然所寄興亦有深意。

〔詞評〕

《詞苑叢談》： 宋陳亞，性滑稽，嘗集藥名作閨情《生查子》三首云云，此等詞偶一爲之可耳，畢竟不雅。

桉： 集藥名詞，非不可爲，唯不雅，誠不可。 陳亞之《生查子》其第一首後段云云，何嘗不渾雅可誦，唯第三首歇拍近俗，第二首末句尤俗，徐氏之言非過矣。

李冠

冠，字世英，歷城人。 與石曼卿同時，以文學稱京東。 舉進士不第，得同三禮出身。 調乾寧主簿。有《東皋集》二十卷。

〔詞話〕

《後山詩話》： 尚書郎張先善著詞，有句云『雲破月來花弄影』，王介甫謂不如李冠『朦朧淡月雲來去』也。 冠，齊人，爲《六州歌頭》，道劉、項事，慷慨雄偉。 劉潛，大俠也，喜誦之。

《渚山堂詞話》： 李世英《蝶戀花》句云『朦朧淡月雲來去』，歐陽公《蝶戀花》句云『珠簾夜夜朦朧月』，二語一律，不知者疑歐出李下，子細較之，狀夜景則李爲高妙，道幽怨則歐爲醞藉，蓋各適其趣，各擅其極，殆未易優劣也。

桉： 『朦朧淡月雲來去』，第狀景，能工而已，於格調氣息何當也？ 即張子野『雲破月來』句亦復不過爾爾，而同時名輩亟稱賞之。嘗謂北宋詞人往往手高於眼，觀於此等處，益信。世英又有《千秋萬歲》詠杏花詞，見《花草粹編》。此調名絕新。

孔夷魯逸仲

夷，字方平，孔子四十七代孫，元祐間隱士。父旼，隱居汝州龍興縣龍山之滍陽城，夷因自號滍皋漁父，所作詞或託名魯逸仲云。

按：《宋詩紀事》小傳云：孔方平，劉攽、韓維之畏友，《參寥集·次韻李端叔題孔方平書齋壁》云：『草堂早晚投君子，紙帳蒲團不用收。』又：『不見諸郎事絃管，幽窗唯有讀書聲。』可以想見高致。方平詞《水龍吟》又一體云：『去年今日關山路，疏雨斷魂天氣。據鞍驚見，梅花的皪，籬邊水際。一枝折得，雪妍冰麗，風梳雨洗。正水邨山館，倚闌愁立。有多少、春情意。好是孤芳莫比。自不分、歌梁舞地。暗香疏影，高禪文友，清談相對。琴韻初調，茗甌催瀹，鑪熏欲試。向此時，一段風流，付與晉人標致。』其託名魯逸仲者有《選冠子》『弄月餘花』云云、《南浦》『風悲畫角』云云、《水龍吟·詠梅》『歲窮風雪』云云等闋，見宋已來各選本。

杜安世

安世，字壽域，京兆人。有《壽域詞》一卷。

〔詞評〕

《四庫全書存目》『壽域詞提要』：杜安世事蹟本末，陳振孫已謂未詳。集內各調皆不載原題，無可參攷。觀振孫列之張先詞後、歐陽修詞前，則北宋人也。振孫稱其詞不甚工。核集中所載八十六闋，往往失之淺俗，字句尤多湊泊，卽所載《折紅梅》一詞，毛晉跋指爲吳感作者，通體皆剽竊柳永《望梅》詞，未可謂之佳製，振孫之言非過。至《菩薩蠻》第二首，乃南唐李後主詞。《鳳銜杯》第二首，乃晏殊詞，唯結句增一『空』字爲小異，晉皆未注。晉所稱《訴衷情》一首見於《花菴詞選》者，僅坿載跋中，亦未補入集內，字句譌敓，尤不一而足。首尾僅二十餘紙，舛謬不可勝乙。晉殆亦忽視其詞，漫不一校耶？

〔詞考〕

《古今詞話》：《選聲集》曰：杜安世有《朝玉階》，與《小重山》落句稍異者，詞云：『簾卷春寒小雨天。牡丹花落盡，悄庭軒。高空雙燕舞翩翩。無風輕絮墜，暗苔錢。　擬將幽怨寫香箋。中心多少事，語難傳。思量真個惡姻緣。那堪長夢見，在伊邊。』祗上作五字句，下作三字叶。又：沈雄曰：桉《絕句衍義》樂府《水鼓子》，卽『千年一遇聖明君』也，後衍爲《漁家傲》，永叔蓮詞、希文塞上詞無異，獨杜安世作聲調少異，其詞曰：『疏雨纔收澹竚天。微雲綻處月嬋娟。寒雁一聲人正遠。添幽怨。那堪往事思量徧。　誰道綢繆兩意堅。水萍風絮不相緣。舞鑑鸞腸虛寸斷。芳容變。好將顦顇教伊見。』杜詞以平仄韻參半耳。

《聽秋聲館詞話》：詞家有以入聲作平，亦有以平聲作上去二聲者。如滕子京《臨江仙》前起云『湖水連天天連水』，下『連』字應讀如歛。又如杜壽域《漁家傲》『疏雨纔收淡淨天』云云，宋人《漁家傲》調均用仄叶，此詞上用『淡』、『兩』、『月』、『不』，兩上聲、兩入聲字以代平聲，則所叶四平聲俱應讀作仄聲方協。　桉：此說太新，恐未必然，姑存之。

桉：汲古閣刻本《壽域詞》斠讎未精，字句多敚誤，尤多混入他人之作。除《四庫提要》攷出二首外，如《醜奴兒》『櫻桃謝了』闋、『微風簾幕』闋、《更漏子》『雪肌輕』闋，皆馮正中作。《生查子》『關山魂夢長』闋，乃王逐客作。陳直齋《書錄解題》嗤《壽域詞》不工，毛子晉跋語中駮之，舉《訴衷情》『燒殘絳蠟』闋，謂其語纖致巧。夫語纖致巧，遂得謂之工耶？矧此詞乃王益作，見《能改齋漫錄》。詳前王益詞話。毛氏雖稱其工，卻未補入集，內容亦尚疑其非杜作，胡爲據以駮陳也？杜詞風格在柳耆卿、康伯可之間，而涉淺俚，其疵纇處亦與二家略同。唯是連情屬藻，旖旎纏緜，未遠樸厚之風，猶不失爲古豔。

歷代詞人考略卷十九

宋十三

裴湘

湘，字楚老，仁宗朝內臣。有《肯堂集》。

〔詞話〕

《青箱雜記》：內臣裴愈，字益之，好吟詠。累居三館祕閣職任。有子曰湘，喜爲小詞，嘗在河東路走馬承受，有詠并門《浪淘沙》小詞云：『鴈塞說并門。郡枕西汾。山形高下遠相吞。古寺樓臺依碧障，烟景遙分。　晉廟璅溪雲。簫鼓仍存。牛羊斜日自歸村。唯有故城禾黍地，前事消魂。』復有詠汴州《浪淘沙》小詞，仁宗命錄進，亦嘉之。黃詞曰：『萬國仰神京。禮樂修明。蔥蔥佳氣鎖龍城。日御明堂天子聖，朝會簪纓。　九陌六街平。萬物充盈。青樓絃管酒如澠。別有隋隄烟柳暮，千古含情。』

桉：裴湘詞向來各選家未經箸錄，兩詞勝處，竝在歇拍，略有事外遠致。詠并門閡較蒼淡，入高格。

蘇過

過，字叔黨，軾第三子。年十九以詩賦解兩浙路，禮部試下，初任右承務郎，監太原府稅，次知潁昌府郎城縣，皆以法令罷。晚權通判中山府。家潁昌，營淮陰水竹數畝，名曰小斜川，自號斜川居士。有《斜川集》六卷補遺二卷。

〔詞話〕

《花庵詞選》：蘇叔黨，坡仙季子。《點絳脣》云：『新月娟娟，夜寒江靜山銜斗。起來搔首。梅影橫窗瘦。　好個霜天，閒卻傳杯手。君知否。亂鴉啼後。歸興穠如酒。』此詞作時，方禁坡文，故隱其名，以傳於世。今或以爲汪彥章所作，非也。

《詞品》：叔黨，坡公少子，所箸詞，人以『小坡』目之，有《斜川集》。常以山芋作玉糝羹進公，公喜而爲詩。

桉：《能改齋漫錄》：汪彥章在翰苑，屢致言者。嘗作《點絳脣》『永夜厭厭，畫簷低月山銜斗』云云，歇拍『曉鴉啼後。歸夢濃如酒』云云。或問曰：『「歸夢濃如酒」，何以在「曉鴉啼後」？』公曰：『無奈這一隊畜生聒噪何。』此詞與《花庵詞選》定爲蘇叔黨作之《點絳脣》，僅字句稍有不同。而《漫錄》竝追溯作詞緣起，與夫當日問對之言以實之，則碻爲彥章詞矣。而花庵所云

『作時方禁蘇文，故隱其名以傳』，於事實亦近是。能改、花庵，皆宋人，究何説爲可信耶？其前調又一闋云：『高柳蟬嘶，采菱歌斷秋風起。晚雲如髻。湖上山横翠。簾捲西樓，過雨涼生袂。天如水。畫闌十二，少個人同倚。』此詞風格略不逮前闋。據楊湜《古今詞話》校：楊湜、國朝沈雄並有《古今詞話》。謂當時亦託名彦章，今卻不聞謂彦章詞者，何也？〔一〕

【校記】

〔一〕此後，底本空九行，眉批云：『此處原爲陳克，時代不合，移至廿八卷。此處接下陳瓘，不空行。』

陳瓘

瓘，字瑩中，沙縣人。元豐二年進士，簽書越州判官。入爲太學博士，遷祕書省校書郎。出通判滄州，知衛州。徽宗立，召爲右正言，遷左司監。坐疏言皇太后預政，罷監揚州糧料院，改知無爲軍，還爲著作郎，遷右司員外郎。以忤曾布出知泰州，俄除名，竄袁州、廉州，移郴州。稍復宣德郎。以子正彙告蔡京失實，坐安置通州，徙台州。五年乃得自便，卜居江州，旋令居南康，又移楚，卒。靖康初，贈諫議大夫。紹興二十六年，賜謚忠肅。有《了齋集》，詞一卷。

〔詞話〕

《冷齋夜話》：初，張丞相召自荊湖，跛子校：跛子劉野夫，青州人，詳《夜話》别條。與客飲市橋。客聞車馬過甚，都起觀之。跛子挽其衣，使且飲，作詩曰：『遷客湖湘召赴京，車驩迎迓一何榮。爭如與子市橋飲，且免人間寵辱驚。』陳瑩中甚愛之，作長短句贈之，其略曰：『槁木形骸，浮雲身世，一年兩到京華。又還乘興，閒看洛陽花。　說甚姚黃魏紫，春歸終委泥沙。忘言處，花開花謝，都不似、我生涯。』

《苕溪漁隱叢話》：《復齋漫錄》云：鄒志全徙昭，陳瑩中貶廉，間以長短句相諧樂：『有箇胡兒模樣別。滿頸頷髭鬚。生得渾如漆。見說近來頭也白。髭鬢那得長口黑。元注：逸忘一句。鑷子鑷來，須有千堆雪。莫向細君容易說。恐他嫌你將伊摘。』此瑩中語，謂志全之長髭也。『有箇頭陀修苦行，頭上頭髮毵毵。身披一副醦裙衫。緊纏雙腳，苦苦要游南。　聞說度牒朝夕到，并除頷下髭鬚。鉢中無粥住無庵。摩登伽處，只恐卻重參。』此志全語，謂瑩中之多慾也。廣陵馬推官往來二公間，亦嘗以詩詞贈之：『有才何事老青衫，十載低徊北斗南。肯伴雪髯千日醉，此心真與古人參。不見故人今幾年，年來風物尚依然。遙知閒望登臨處，極目江山萬里天。』志全語也。『一尊蒲酒。滿酌勸君君舉手。不是親朋。誰肯相從寂寞濱。　人生如夢。夢裏惺惺何處用。盞到休辭。醉後全勝未醉時。』瑩中語也。校：瑩中詞前闋調寄《蝶戀花》，第二句『滿頸頷髭鬚』，『頷』字是襯字。

〔詞評〕

黃蓼園云：陳了翁詞間涉佛語，別具格調。

校：陳瑩中詞，《樂府雅詞》錄十七首，余最喜其《驀山溪》句云『千古送殘紅，到如今、東流未了』。又《滿庭芳》云：『盤旋。那忍去，它邦縱好，終異鄉關。向七峯回首，清淚斑斑。』讀之，令人增尊罏之感。其贈劉跛子《滿庭芳》下半闋云：『年華。留不住，飢餐困寢，觸處爲家。這一輪明月，本自無瑕。隨分冬裘夏葛，都不會、赤水黄沙。誰知我，春風一拐，談笑有丹砂。』又贈别《臨江仙》云：『聞道洛陽花正好，家家庭户春風。道人飲散百壺空。年年花下，開謝幾番紅。此别又從何處去，風萍一任西東。語聲雖異笑聲同。一輪深夜月，何處不相逢。』似亦爲跛子作。《花庵詞選》『陳瑩中名瓘』，與它書異，當是誤字。

劉野夫

野夫，以劉跛子稱，青州人。

〔詞話〕

《冷齋夜話》：劉野夫留南京，久未入都，劉淵材以書督之。野夫答書曰：『跛子一生别無路，展手教化，三飢兩飽，回視雲漢，聊以自誑元神。新來被劉法師、徐神翁形跡得不成模樣，深欲上京相覷，又恐撞著文人、泥沱佛，驀地被乾拳濕踢，著甚來由。』其不羈如此。嘗自作長短句曰：『跛子年年，形容何似，儼然一部髭鬚。世上詩人，拐上有工夫。達南州北縣，逢著處、酒滿葫蘆。醺醺醉，不知來日，何處度朝晡。洛陽花看了，歸來帝里，一事全無。若還與匏羹，不記依舊，再作門徒。驀地思量下水，輕船上，蘆席横鋪。呵呵笑，睢陽門外，有個好西湖。』

按：《冷齋夜話》所載劉野夫詞，調寄《滿庭芳》，陳瑩中『槁木形骸』闋即和此調贈野夫也。野夫詞『世上詩人』句，應平平仄仄；『達南州』句，『達』字上敚一字；换頭『洛陽』，『陽』字失叶：『若還』至『門徒』，誤多四字，如陳云『這一輪明月，本自無瑕』方合。唯是野夫所作，純任天籟，勿庸以律繩之耳。

波唐

唐，始爲楚州職官，熙寧間，辟充大名府簽判，復辟渭州簽判，卒於官。

〔詞話〕

《畫墁錄》：波唐善詞曲，始爲楚州職官。胡知州楷差打蝗蟲，唐方少年，負氣不堪，其後作蝗蟲三疊，且曰：『不是這下輩無禮，都緣是我自家遭逢。』楷大怒，科其帶禁軍隨行，坐贓三十年。至熙寧魏公劄子特旨改官，辟充大名府簽判，作《霜葉飛》云『願早作歸來計』之語，介甫大怒，矢言曰：『誰教你？』及河大決，曹邨凡豫事者皆獲免。其桉：『其』字疑誤。惟唐銜替久之，王廣淵以鄉閭之素辟渭州簽判，作《雨中花》云：『有誰念我，如今霜鬢，遠赴邊堠。』廣淵聞之亦怒，責歌者，唐鬱不自安，竟卒於官。先自曲初成，識者曰：『唐不歸矣。』以其有『身在碧雲西畔，情隨隴水東流』之語，已而果然。

桉：波唐《霜葉飛》詞，其全闋云：『霜林凋晚，危樓迥，登臨無限秋思〔一〕。望中閒想，洞庭波面，亂紅初墜。更蕭索、風吹渭水，長安飛舞千門裏。變景催芳謝，唯賸有蘭衰暮叢，菊殘餘蘂。回念花滿華堂，美人一去，鎮掩香閨經歲。又覩珠露，碎點蒼苔，敗梧飄砌。謾贏得、相思淚眼，東君早作歸來計。便莫惜丹青手，重與芳菲，萬紅千翠。』見《樂府雅詞·拾遺》及《花草粹編》，竝作『沈唐』。其《雨中花》全闋則未見箸録。北宋詞人有沈子山者，選家或譌波子山見前卷，此波唐卻又作沈唐。波、沈二字左偏殊未爲近似，何屢涉疑誤若是？《粹編》自沿《雅詞》，若張録曾選孰是孰非，則不可攷矣。《霜葉飛》詞，竟體匀穩，雅近倚聲嫥家。

【校記】

〔一〕思：底本作『思量』，據《樂府雅詞》、《欽定詞譜》删『量』字。

晁端禮

端禮，字次膺。其先澶州清豐人，徙家彭門。登熙寧六年進士第，兩爲縣令。忤上官，坐廢。政和三年，蔡京薦赴闕，進詞稱旨，以承事郎除大晟府協律郎。有《閒適集》一卷。

〔詞話〕

《能改齋漫録》：政和癸巳大晟樂成，嘉瑞既至，蔡元長以晁端禮次膺薦於徽宗，詔乘驛赴闕。次膺至都，會禁中嘉蓮生，分苞合趺，夐出天造，人意有不能形容者。次膺效樂府體屬詞以進，名《竝蔕芙蓉》，上覽之，稱善，除大晟府協律郎，不克受而卒。

《鐵圍山叢談》：昔我先人魯公遭逢聖主，立政建事，以致康泰，每區區其間。有晁次膺者，先在韓師朴丞相中秋坐上作聽琵琶詞，爲世所重。又有一曲曰：『深院鎖春風，悄無人、桃李自笑。』亦歌之，遂入大晟，亦爲製譔。時燕樂初成，八音告備，因作《徵招》、《角招》，有曲名《黄河清》、《壽香明》，二者音調極韶美。次膺作一詞曰『晴景初升風細細』云云，時天下雖偉男髫女皆爭唱之。

《獨醒雜志》：琵琶詞《綠頭鴨》『路漫漫、漢妃出塞，夜悄悄、商婦江邊』，『出塞愁思，移船感恨』，迺當時語。

《花菴詞選》：晁次膺宣和間充大晟府協律郎，與万俟雅言齊名，按月律進詞。

《苕溪漁隱叢話》：中秋詞自東坡《水調歌頭》一出，餘詞盡廢。然其後亦豈無佳句？如晁次膺《綠頭鴨》一詞殊清婉，但尊俎間歌喉以其篇長，憚唱，故湮沒無聞焉。其詞云：『晚雲收，淡天一片琉璃。爛銀盤、來從海底，皓色千里澄輝。瑩無塵，素娥淡泞〔一〕，淨可數、丹桂參差。玉露初零，金風未凜，一年無似此佳時。向坐久，疏星時度，烏鵲正南飛。瑤臺冷，闌干凭暖，欲下遲遲。　念佳人，音塵隔後，對此應解相思。最關情、漏聲正永，暗斷腸、花影潛移。料得來宵，清光未減，陰晴天氣又爭知。共凝戀、如今別後，還是隔年期。人縱健，清尊素月，長願相隨。』

《聽秋聲館詞話》：晁端禮以蔡京薦爲大晟府協律，時值河清，獻詞『晴景初升』云云，卽以《黄河清慢》名調。京子絛《鐵圍山叢談》謂其音調極美，天下無問遐邇大小皆爭唱之。桉：葉少蘊《避暑錄話》言崇寧初大樂無徵調，蔡京徇議者請，欲補其闕。教坊大使丁仙現云：『音已久亡，不宜妄作。』京不聽，遂使他工爲之。踰旬得數曲，卽《黄河清》之類。京喜極，召求衆工按試，使仙現在旁聽之。樂闋，問何如，仙現曰：『曲甚好，只是落韻。』蓋末音寄煞他調，俗所謂落腔是也。詞中『六樂初調』句正以諛京，其時朝臣無不從風而靡，仙現一樂工耳，獨矯矯不阿如此，與石工安民不肯刊名元祐黨碑政復相似。噫！是非風節不在士大夫而在草莽，宋之所以南渡歟！

〔詞評〕

《織餘瑣述》：宋晁端禮桃花詞調《水龍吟》云『嶺梅香雪飄零盡』云云，婉麗清空，不黏不脫，尤能熨帖入妙，移詠它花不得。嘗謂北宋詞不易學，此等詩詞卻與人可以學處，其寫情景有含蓄，及其用事靈活處，具有消息可參。

王晦叔云：晁次膺源流從柳氏來，病於無韻，間作側豔，有佳句。

桉：《花庵詞選》注云：『仁宗時，太史奏老人星見，屯田員外郎柳永應制，譔進《醉蓬萊》詞。仁廟讀至「太液波翻」句，曰：「何不言波澄？」投之於地。自此不復擢用。次膺蓋習聞柳氏已事，故《竝蒂芙蓉》詞首句政用「太液波澄」也。』據吳氏《漫錄》，次膺除大晟府協律不克受而卒，然《花庵詞選》云次膺宣和間充大晟協律，與万俟雅言桉月律進詞，則固嘗供職大晟，云『不克受』者，誤也。宣和初，燕樂新成，作《黃河清》、《壽香明》二曲，次膺有詞『晴景初升』云云，是其爲郎進詞之碻證。《漫錄》紀事往往舛誤，不足信也。次膺詞如《水龍吟》詠梅、杏花三闋，《鴨頭綠》即《多麗》，《樂府雅詞》作《鴨頭綠》。『晚雲收』闋、《驀山溪》『輕衫短帽』闋，皆集中佳勝。其《綠頭鴨》詞題云『韓師朴相公會上觀佳妓輕盈彈琵琶』，汲古閣《六十家詞》此闋誤入晁無咎《琴趣外編》，蓋未攷本事。又沈雄《古今詞話》云『次膺崇寧中擢第』，與它書異，恐誤。

【校記】

〔一〕淡：底本作『淡澹』，據《樂府雅詞》刪『澹』字。

郭祥正

祥正，字功父，當塗人。母夢李白而生，少有詩聲，梅堯臣見而歎曰：『真太白後身也。』熙寧中，舉進士，知武岡縣，僉書保信軍節度判官，以殿中丞致仕。元豐中，復出，通判汀州，攝守漳州。自號漳南浪士。一云知端州。元祐初，階至朝請大夫。請老歸，家於青山下，卒。有《青山集》三十卷。

〔詞話〕

《入蜀記》：秀州本覺寺，故神霄宮也，廢於兵火，建炎後再修。寺西廡有蓮花池十餘畝，飛橋小亭，頗華潔。亭中有小碑，乃郭功甫元祐中所作《醉翁操》，後自跋云『見子瞻所作未工，故賦之』，亦可異也。

桉：郭功甫《醉翁操》，惜今失傳。雖未必工於子瞻，以其詩例之，計亦當行之作矣。其它所作詞，亦未經箸錄。

向子諲

子諲，字伯恭，自號薌林居士，臨江人。欽聖憲肅皇后再從姪。元符三年，補假承奉郎。宣和七年，以直祕閣爲京畿轉運副使。高宗立，遷直龍圖閣、江淮發運副使。以素善李剛，爲黃潛善庌罷。起復知潭州，紹興元年移鄂州，主管荊湖東路安撫使。拒賊曹成於安仁，援絕陷賊。得釋，詔提舉江州太平觀。旋起知廣州，復罷。復起知江州，進徽猷閣待制，爲兩浙路都轉運使，除戶部侍郎。坐入見論事及珍玩，以徽猷閣直學士知平江府。復忤和議，致仕，卒。有《酒邊詞》二卷。

〔詞話〕

《古今詞話》：向子諲有《梅花引·戲代李師周作》，即所傳『花如頰，眉如葉，小時笑弄堦前月』是也。又有席上贈侍兒輕輕《殢人嬌》詞云：『白似雪花，柔於柳絮。蝴蝶兒、鎮長一處。春風駘蕩，驀地吹去。爭得倩遊絲，半空惹住。波上精神，掌中態度。分明是、彩雲團做。當年飛燕，從今不數。只恐是、高唐夢中神女。』

《碧雞漫志》：向伯恭用《滿庭芳》曲賦木犀，約陳去非、朱希真、蘇養直同賦，『月窟蟠根，雲巖分種』者是也。然三人皆用《清平樂》和之。後伯恭再賦木犀，亦寄《清平樂·贈韓璜叔夏》云：『吳頭楚尾。踏破芒鞵底。萬壑千巖秋色裏，不奈惱人風味。如今老我薌林。世間百不關心。獨喜愛香韓壽，能來同醉花陰。』

《皺水軒詞筌》：向伯恭詠鞦韆曰：『霞衣輕舉疑奔月，寶髻傾攲若墜樓。』追琢工緻，絕似楊、劉詩體。

〔詞考〕

《四庫全書》『酒邊詞提要』：子諲晚年以忤秦檜致仕，卜築於清江五柳坊楊遵道光祿之別墅，號所居曰薌林。既作七言絕句以紀其事，而復廣其聲爲《鷓鴣天》一闋。樓鑰《攻媿集》嘗紀其事，然鑰僅述其詩而不及其詞。又子諲之號薌林居士，據《西江月》『五柳坊中烟綠』一闋注，是已在政和年間，鑰亦攷之未審也。《書録解題》載子諲詞有《酒邊集》一卷，《樂府紀聞》則稱四卷，此本毛晉所刊，分爲二卷，上卷曰『江南新詞』，下卷曰『江北舊詞』，題下多自注甲子。新詞所注，皆紹興中作；舊詞所注，則政和、宣和中作也。卷首有胡寅序，稱『退江北所作於後，而進江南所作於前，以枯木之心，幻出葩華；酌玄酒之尊，棄置醇味』。玩其詞意，此集似子諲所自定，然《減字木蘭花》『斜江疊翠』一闋，注：『兼紀絕筆』云云，已屬後人綴入；而此詞以後，所載甚多年月先後，又不以甲子爲次，殆後人又有所竄亂，非原本耶？其《浣溪沙》詠巖桂第二闋『別樣清芬撲鼻來』一首，據注云『曾端伯和』，蓋以端伯和詞坿録集內，而目録乃並作子諲之詞，題爲《浣溪沙》十二首，則非其舊次明矣。

桉：胡寅序稱『退江北所作於後，而進江南所作於前，以枯木之心幻出葩華，酌元酒之尊棄置醇味』云云，竊嘗瀏覽竟卷，舊詞佳構，實較新詞爲多。其全闋如《生查子》『春心如杜鵑』闋、『近似月當懷』闋、『娟娟月入眉』闋、『相思嬾下牀』闋，《好事近》『初上舞裀時』闋，摘句如《梅花引》云：『莫猜疑，莫嫌遲，鴛鴦翡翠，終是一雙飛。』《玉樓春》云：『只今梅雪可憐時，都似綠窗前日夢。』《鷓鴣天》云：『朝雲無限飄春態，暮雨情知更可憐。』《踏莎行》云：『欲將尊酒遣新愁，誰知引到愁深處。』竝婉麗可誦。新詞唯《七娘子》後段云：『而今不見生塵步。但長江、無語東流去。滿地落花，漫天飛絮。誰知總是離愁做。』寫情能作大言，卻非舊詞所及。

蔡伸

伸，字伸道，一作仲道，自號友古居士，仙遊人。據《宋史》坿見子洸傳，洸以父蔭補將仕郎。一云莆田人，忠惠公襄之孫。政和五年，登進士第，歷倅徐、楚、饒、真四州。一云宣和中官彭城倅，歷左中大夫。有《友古詞》一卷。

〔詞話〕

《古今詞話》：宣和壬寅蔡伸道與向伯恭同爲大漕屬官，向有詞云『憑書續斷腸』，蔡因感而作《南鄉子》云：『木落雁南翔。錦鯉殷勤爲渡江。淚墨銀鉤相憶字成行。滴損雲箋小鳳凰。陳事費思量。回首烟波捲夕陽。儘道憑書聊破恨難忘。及至書來更斷腸。』

〔詞評〕

《餐櫻廡詞話》：友古詞《念奴嬌》云：『檻外長江，樓中紅袖，淡蕩秋光裏。』妙在第三句。《清平樂》云『回首綠窗朱戶，斷腸明月清風』二句，含意無盡。《愁倚闌令》云：『木犀微綻幽芳。西風透、窕窈紅窗。恰似個人鴛被裏，玉肌香。』詠桂花乃能作如是膩語。《洞仙歌》云：『但人心堅固後，天也憐人，相逢處，依舊桃花人面。』語絕癡，卻有至理存焉。又《虞美人》云：『有情還解憶人無。過盡寒沙新雁甚無書。』又云：『郵亭今夜月空圓。不似當時攜手對嬋娟。』亦佳句也。

蕙風詞隱云：《友古詞》婉儁疏達，風格非《酒邊詞》所及。

〔詞考〕

《四庫全書》『友古詞提要』：仲嘗與向子諲同官彭城漕屬，故屢有贈子諲詞。而子諲《酒邊詞》中所載倡酬人姓氏甚夥，獨不及伸，未詳其故。伸詞固遜子諲，而才致筆力亦略相伯仲。即如《南鄉子》一闋自注云：『因向詞有「憑書續斷腸」句而作。』今攷向詞，乃《南歌子》，以伸詞相較，其婉約未遽相遜也。毛晉刊本頗多疏舛，如『飛雪滿羣山』一調，晉注云『又名《扁舟尋舊約》』，不知此乃後人從本詞後闋起句改名，非有異體，亦不應即以名本詞。《惜奴嬌》一調，晉注云『一作《粉蝶兒》』，不知《粉蝶兒》另有一調，與《惜奴嬌》判然不同。至《青玉案·和賀方回韻》前闋『處』字韻譌作『地』字，賀此調，南宋諸人和者不知凡幾，晉不能互勘其誤，益爲失攷矣。

桉：毛子晉《跋友古詞》云：『其和向伯恭木犀諸闋，亦遜《酒邊》三舍矣。』《四庫全書提要》遂云：『伸詞固遜子諲。』嗟嗟！吾不能不爲友古痛矣。如魚飲水，冷煖自知，宇宙悠悠，賞音能幾？夫向伯恭特達官耆操雅者，其『江北舊詞』猶時有濃至沈郁之作，『江南新詞』未免簪紱氣多，性靈語少。《友古詞》清言雋句，駱驛行間，雖未必卓然名家，其於詞中境界，要有一番閱歷。擘精以求深皓，非唯興到口占、閒中筆涉已也。

万俟詠

詠，字雅言。桉：《碧雞漫志》云：雅言自稱大梁詞隱，疑是汴人。嘗遊上庠，不第。徽宗朝召試，被官大晟樂府製撰。有《大聲集》五卷。

〔詞話〕

《花庵詞選》：黄叔暘云：雅言精於音律，崇寧中充大晟樂府製撰，依月用律製詞，故多應制之作。有《大聲集》五卷，周美成爲之序。校：《直齋書録解題》：田不伐亦爲作序。黄山谷亦稱之爲一代詞人。

《碧雞漫志》：沈公述、李景元、孔方平處度叔姪、晁次膺、万俟雅言皆有佳句，就中雅言又絶出。然六人者，源流從柳氏來，病於無韻。雅言初自集分兩體，曰雅詞，曰側豔，目之曰《勝萱麗藻》。後召試入官，以側豔體無賴太甚，削去之。再編成集，分五體，曰應制，曰風月脂粉，曰雪月風花，曰脂粉才情，曰雜類，周美成目之曰《大聲》。又：崇寧間，建大晟樂府，周美成作提舉官，而製撰官又有七。万俟詠雅言，元祐詩賦科老手也。三舍法行，不復進取，放意歌酒，自稱大梁詞隱。每出一章，信宿喧傳都下。政和初，召試，補官寘大晟樂府製撰之職。新廣八十四調，患譜弗傳，雅言請以盛德大業及祥瑞事蹟制詞實譜。有旨依月用律，月進一曲，自此新譜稍傳。時田爲不伐亦供職大樂，衆謂樂府得人云。

《苕溪漁隱叢話》：木樨，閩中最多，路旁往往有參天合抱者。漕守門前兩徑自有一二百株，至秋花盛開，籃輿行清香中，殊可愛也。万俟雅言有詞云：『芳菲葉底。誰會秋江意。深緑護輕黄，怕青女、霜侵顛領。開分早晚，都占九秋天，花四出。香七里，獨步珠宫裏。　佳名巖桂。卻是因遺子。不自月中來，又那得、蕭蕭風味。《霓裳》舊曲，休問廣寒人，飛大白。酬仙蘂，香外無香比。』

《古今詞話》：万俟雅言清明應制一首尤佳，即『見梨花初帶夜月，海棠半含朝雨』之詞也。

〔詞評〕

《蓼園詞話》：万俟雅言詠山驛《長相思》：『短長亭。古今情。樓外涼蟾一暈生。雨餘秋更清。　暮雲平。暮山橫。幾葉秋聲和雁聲。行人不要聽。』桉：『一暈生』三字，仍帶有古今情之意；『行人不要聽』五字，含無限惋惻。

黄叔暘云：雅言之詞，詞之聖者也。發妙旨於律呂之中，運巧思於斧鑿之外，平而工，和而雅，比諸刻琢句意而求精麗者遠矣。

桉：万俟雅言名詠，見《碧雞漫志》。自《直齋書錄解題》及諸選本皆以字傳，而其名遂佚，今攷補。光緒中葉，臨桂王氏鵬運四印齋彙刻宋元名人詞於北京；紅羊已還，歸安朱氏祖謀彊邨又彙刻於吳中，先後不下百數十家，唯雅言所箸《大聲集》訖未得見，誠缺憾也。近人吳氏雙照樓有輯本，見所印行《宋金元詞集見存卷目》。吳氏嘗刻宋詞數種，而此本未付梓人，容或有目無書，未可知耳。楊湜所稱雅言清明應制一首，調寄《三臺》，後半闋云：『錫香更、酒冷踏青路。會暗識、夭桃朱戶。向晚驟、寶馬雕鞍，醉襟惹、亂花飛絮。正輕寒輕煖漏永，半陰半晴雲暮。禁火天、已是試新妝，歲華到、三分佳處。清明看、漢宮傳蠟炬，散翠烟、飛入槐府。斂兵衛、閶闔門開，住傳宣、又還休務。』此詞擅勝處在換頭，『錫香』至『佳處』五十七字得融景入情之妙〔一〕，自餘第停匀緜麗而已。

【校記】

〔一〕七：底本作『五』，據實有字數改。

歷代詞人考略卷二十

宋十四

方千里〔一〕

千里，三衢人，官舒州簽判，有《和清真詞》一卷。

〔詞評〕

《七頌堂詞繹》：千里偏和美成詞，非不甚工，總是堆鍊法，不動宕，唯『鴻影又被戰塵迷』闋差有氣。

《聽秋聲館詞話》：方千里《和清真詞》雖不能如驂之靳，與陳西麓頗堪並駕。予尤愛其《少年遊》云：『東風無力颺晴絲，芳草弄餘姿。淺綠還池，輕黃歸柳，老去願春遲。闌干凭暖慵回首，閒把小花枝。怯酒情懷，惱人天氣。清瘦有誰知。』起二句，卽寓君子道消、小人道長意，措語極婉。

〔詞考〕

《四庫全書》『和清真詞提要』：《和清真詞》一卷，宋方千里譔。此集皆和周邦彦詞。邦彦妙解聲律，爲詞家之冠，所製諸調不獨音之平仄宜遵，卽仄字中上去入三音亦不容相混，所謂分刌節度，深契微芒，故千里和詞字字奉爲標準。今以兩集相較，中有調名稍異者，如《浣溪沙》，目錄與周詞相同，而題則誤作《浣沙溪》；《荔枝香》，周詞作《荔枝香近》，吴文英《夢窗稿》亦同，此集獨少『近』字；《浪淘沙》，周詞作《浪淘沙慢》，蓋《浪淘沙》製調之始皇甫松，唯七言絶句，李後主始用雙調，亦止五十四字，周詞至百三十三字之多，故加以『慢』字，此去『慢』字，卽非此調。蓋皆傳刻之譌，非千里之舊。又其字句互異者，如《荔枝香》第二調前闋『是處池館春徧』，周詞作『但怪燈偏簾卷』，不唯音異，平仄亦殊；《霜葉飛》前闋『自偏拂塵埃，玉鏡羞照』句，止九字，周詞作『透入清輝半晌，特地留殘照』，共十一字，則和詞必上敓二字；《塞垣春》前闋結句『短長音如寫』句，止五字，周詞作『一懷幽恨如寫』，乃六字句，則和詞亦敓一字，後闋『滿堆襟袖』，周詞作『兩袖珠淚』，則第二句不用平聲，和詞當爲『堆滿襟袖』之誤；《三部樂》前闋『天際留殘月』句，止五字，周詞作『何用交光明月』，亦六字句，則和詞又敓一字。若《六醜》之分段，以『人間春寂』句屬前半闋之末，周詞刊本亦同，然證以吴文英此調，當爲過變之起句，則兩集傳刻俱譌也。

《聽秋聲館詞話》：《詞綜》所選四詞尚有錯敓，如《齊天樂》後闋云：『鱗鴻音信未睹，夢魂尋訪後，關山又隔無限。客館愁思，天涯倦跡，幾許良宵輾轉。情閒意遠，記密閣深閨，繡衾羅薦。睡起無人，料應眉黛斂。』元注：『情閒』倒作『閒情』。第三句增四爲六，宋元人詞僅此一闋。《塞垣春》云：『四遠天垂野。向晚景，雕鞍卸。吴藍滴草，塞緜藏柳，風物堪畫。對雨收霧霽初晴也。正陌上、烟光灑。聽黄鸝、嗁紅樹，短長音調如寫。懷抱幾多愁，年時趁、歡會幽雅。盡日足相思，奈春晝難夜。念征塵、堆滿襟袖，那堪更、獨游花陰下。一別鬢毛減，鏡中霜滿把。』元注：『堆滿』倒作『滿堆』。『音』字下落『調』字。校：美成與夢窗、西麓詞前段末句均六字，唯楊澤民詞『把心事都寫』係五字，然楊詞前有『向晚把』，後有『羅帕把』，不應一詞中重用三『把』字，恐原闕二字，後人就其語意，誤以『把』字補之。

校：方千里時代未詳。毛子晉《和清真詞跋》：『美成提舉大晟樂府，每製一調，名流輒依律賡唱。獨東楚方千里、樂安楊澤民有和清真全詞各一卷，或合爲《三英集》行世』云云，以其語意審之，似乎周、方爲同時人矣。然黃花庵錄千里詞三闋，入《中興以來絕妙詞選》，則當爲南宋人。考《夷堅志·癸集》有云：『乾道辛卯饒州將秋試〔二〕，是時以薦福寺爲舉場，鄱陽士人李似於八月七日夜夢行天慶觀街，逢報榜人騶驛呼云：「解元是王播之秀才。」未及細問而寤，偏思朋游卓卓，皆無此姓名，獨念《尚書·盤庚》篇有「王播告之修，不匿厥指，王用丕欽，罔有逸言，民用丕變」之句，是一好書義題目。因入州學，語其友方千里子邨曰：「吾夢如是，想必出此，正係子邨本經，決非偶然，故密以相告，盍預爲之備？」子邨曰：「固已曾商量，未必然也。」殊不介意。及引試，果爲第一篇題。子邨悔不從李言，怏悵失色，既揭榜，遭黜。』志止此。此李似之友姓方名千里者，殆卽和清真詞之方千里，則其字與時代均可考得。蓋千里，宋孝宗時人，花庵列之南宋，古虞毛氏誤也。諸家以千里爲三衢人，乃依據《花庵詞選》。而楊湜《古今詞話》則云東楚方千里，此云饒州。攷地志，饒州本楚番邑，吳置鄱陽郡，隋改饒州，至宋因之，與楊云『東楚』政合〔三〕。千里詞，如花庵所選《過秦樓》『柳灑鵞黃』闋，《詞綜》所選《塞垣春》『四遠天垂野』闋，竝近清真風格。其《訴衷情》起調云：『一鉤新月淡於霜，楊柳漸分行。』『楊柳』句得淡月之神。《風流子》歇拍云：『爭表爲郎，顩頷相見。』方知作質樸語，亦刻意學清真處。

【校記】

〔一〕有眉批云：『改列三十一卷王炎後。』

〔二〕眉批云：『辛卯爲七年，乾道乃孝宗年號，則千里仍在南宋。花庵並無錯誤，此人當移後。』

〔三〕眉批云：『案語乃謂千里與周清真同時，故引《夷堅志》以實之，而即據以列千里於北宋，乃忘卻乾道爲孝宗年號，乃有此矛盾。考據入迷惘之途，即易譌誤。嘗觀諸家校詞，如劉繼增、劉毓盤、朱彊村，均不免錯誤矛盾。惟王觀堂獨不同，一校勘，固大有分別也。除王外，則彊村爲次，蓋繆、葉二氏校書，則譌誤觸目皆是矣。又：楊澤民亦收列卅一卷，仍次方千里後。』

楊澤民朱用之

澤民，樂安人。有《續和清真詞》一卷。

〔詞評〕

《善本書室藏書志》：毛子晉云：『東楚方千里、樂安楊澤民有《和清真詞》各一卷。花庵詞客止選千里《過秦樓》、《風流子》、《訴衷情》各一闋，而澤民不載，豈楊劣於方耶？』竊謂《花庵詞選》初無成意，子晉卽以未選爲劣，殆未見澤民原本，而爲是影響之辭耳。

《聽秋聲館詞話》：宋楊澤民有《續和清真詞》，其詞遠不如方，於周更無論矣。然亦有數闋，不失爲外孫齏臼。如《玉樓春》云：『奇容壓盡羣芳秀，枕臂濃香猶在袖。自從草草爲傳杯，但覺懨懨常病酒。　隄上路長官柳瘦，愁在月明霜落後。須知斗帳夜寒多，早趁西風迴鷁首。』《望江南》云：『尋勝去，驅馬上南隄。信腳不知程遠近，醉眠猶勸玉東西。歸路任衝泥。　春雨過，農事在瓜溪。野卉無名隨地發，山禽著意傍人啼。難解是悲悽。』元注：一作『鼓角已悲悽』。《大酺》云：『漸雨回春，風清夏，垂柳涼生芳屋。餘花猶滿地，引蜂遊蝶戲，慢飛輕觸。院宇深沈，簾櫳寂靜，蒼玉時敲疏竹。雕梁新來燕，恣呢喃不住，似曾相熟。但雙去並來，漫縈幽恨，枕單衾獨。　仙郎去又速，料今在、何許停車轂。元注：一作『駐雙轂』。任夢想、頻登臺榭，偏倚闌干，水雲千里空流目。縱遇雙魚客，難盡寫、別來心曲。媚容幸、堪傾國。今日何事，還又難分辯菽。寸心上天可燭。』竹垞《詞綜》僅錄《滿庭芳》一詞，乃賦體耳。

《蕙風簃詞話》：『良人輕逐利名遠，不憶幽花靜院』，楊澤民《秋蘂香》句。『幽花靜院』，抵多少『盈盈秋水，淡淡春山』。『良人』句質不俗，是澤民學清真處。

桉：楊澤民《和清真詞》，曩曾見知聖道齋鈔本，錢塘丁氏善本書室所藏，亦精鈔本。近唯海豐吳氏依北海鄭氏石芝堪校本刻入《山左人詞》，其書印行無多，傳本卽已難致。丁杏舲所稱之三闋，以《玉樓春》爲尤勝，所謂自然從追琢中出，雅近清真消息。　又桉：《陽春白雪》載有朱用之詞《意難忘·和周清真韻》云：『宮額塗黃。怕帴凝怨墨，酒漬離觴。紅樓春寄夢，青瑣夜生香。花氣暖，柳陰涼，棹曲水滄浪。愛弄嬌、臨流梳洗，顧影低相。　桃花結子成雙。縱題紅去後，枉誤劉郎。琴心挑別恨，鶯語學新妝。千萬恨，惱愁腸，便憔悴何妨。待共伊、平消別後，幾度風光。』用之事蹟無攷，因此詞亦和清真，姑坿楊澤民之後。

趙師使 一作師俠

師使，字介之，汴人。太祖次子燕懿王德昭七世孫。舉進士。校：《四庫全書·坦菴詞提要》：師使宦遊所及，繫以甲子，見於詞注中者，大約始丁亥，終丁巳。丁亥爲大觀元年，則師使舉進士當在徽廟初年。有《坦菴長短句》一卷。

〔詞話〕

《賭棋山莊詞話》：《詞綜·凡例》云：『趙師俠《坦菴長短句》一卷，而所選止《謁金門》一闋。』暇日偶讀《坦菴詞》，見其《浣溪沙》『雪絮飄池』云云，所謂清絕滔滔者，而《謁金門》闋反不見於集中，知名詞之散佚多矣。《坦菴詞》凡八十餘首，有《訴衷情》三首，題曰『莆中酌獻白湖靈惠妃』，則今祀典之天后也，然其詞云『專掌握，雨暘權』，則湄州在宋代祈晴禱雨，不獨思在海舶矣。坦菴在莆陽詠桃花有《滿江紅》，題壺山閣有《柳梢青》，而鹿鳴宴填《漢宮春》云『莆中舊傳盛事，六亞三魁』，此尤足資文獻之談助也。

《織餘瑣述》：宋趙師使《坦菴詞·蝶戀花》歇拍云：『茶飲不歡猶自可，臉兒瘦得旹娘大。』『旹』字僅見《字彙補》，云音未詳；據《坦菴詞》，當作平聲讀矣。《元史·哈嘛傳》：元順帝號所處曰旹，即兀該言事事無礙也。元已前書未見用此字者。旹娘當是人名。又《小重山》題云『農人以夜雨晝晴爲夜春』，『夜春』二字亦新。

〔詞考〕

《四庫全書》『坦菴詞提要』：《坦菴詞》一卷，宋趙師使譔，集中有和葉夢得、徐俯二詞，蓋南宋初人也。桉：陳振孫《書錄解題》載《坦菴長短句》一卷，稱趙師俠譔。陳景沂《全芳備祖》載《梅花》五言一絕，亦稱師俠，與此本互異，未詳孰是。蓋二字點畫相近，猶田肯、田肎，史傳亦姑兩存耳。毛晉刊本謂師使一名師俠，則似其人本有兩名，非事實也。今觀其集蕭疏淡遠，不肯爲翦紅刻翠之文，洵詞中之高格，但微傷率易，是其所偏。師使嘗舉進士，其宦遊所及，繫以甲子，見於各詞注中者，尚可指數，大約始於丁亥，而終於丁巳；其地爲益陽、豫章、柳州、宜春、信豐、瀟湘、衡陽、莆中、長沙。其資階則不可詳攷矣。

桉：趙師使之名一作師俠，誤也。當作『師使』，其字介之，取一介之使之誼。歸安陸心源《宋詩紀事補遺》亦作師俠，小傳云：『淳熙二年進士，《坦菴詞》有和石林韻《水調歌頭》。』攷《宋史·葉夢得傳》，夢得卒於紹興十八年，下距淳熙二年凡二十七年，時代迥不相合。就令趙舉進士甚遲，其在紹興十八年已前，亦年少已甚，而夢得則已耆年高位，何繇與之唱和，且徑稱之曰石林，若儕輩相等夷者耶？陸氏云云，未知何據，亦疏於攷訂矣。

侯彭老

彭老，長沙人。一云衡山人。建中靖國時以太學生上書得罪，詔歸本貫編管。後由鄉貢登崇、觀末進士第。紹興三年知藤州。

〔詞話〕

《清波雜志》：侯彭老，建中靖國時以太學生上書得罪，詔歸本貫，綴小詞別同舍：『十二封章，三千里路。當年走徧東西府。時人莫訝出都忙，官家送我歸鄉去。　三詔出山，一言悟主。古人料得皆虛語。太平朝野總多懽，江湖幸有寬閒處。』雖曰小挫，而意氣安閒如此。煇頃得於故老，此詞既傳，各齋厚贐其行，亦傳入禁中，卽降旨令改正，屬同獲譴者不一，乃格。後谿鄉貢竟登甲科。

桉：侯彭老詞調寄《踏莎行》，筆意沖澹可存，自來選家未經箸錄。《宋詩紀事》據《合璧事類前集》錄其立春七律一首，大約彭老所作流傳至今者，僅此一詩一詞而已。

張閣

閣，字臺卿，河陽人。第進士，崇寧初由衛尉主簿遷祠部員外郎，俄徙吏部，擢宗正少卿、起居舍人。屬疾，不能朝，改顯謨閣待制，提舉崇福宮。疾愈，拜給事中、殿中監，爲翰林學士。大觀四年以龍圖閣學士知杭州，召拜兵部尚書兼侍讀，復爲學士，上特賜敕詔，有意大用。未幾卒。

〔詞話〕

《夷堅丁志》：國朝故事，翰林學士草宰相制，或次補執政，謂之帶入。大觀三年六月八日，何清源執中登庸；四年六月八日，張無盡商英登庸，皆張臺卿閣草麻，竟無遷寵。時蔡京責太子少保，張當制，詆之甚切，爲搢紳所傳誦，京衎之。會復相，卽出張知杭州。明年六月八日，宴客中和堂，忽思前兩歲宿直命相正與是日同，乃作長短句紀其事，曰：『長天霞散，遠浦潮平，危闌駐目江皋。長記年年榮遇，同是今朝。金鑾兩回命相，對清光、頻許揮毫。雍容久正，茶杯初賜，香袖時飄。歸去玉堂深夜，泥封罷，金蓮一寸才燒。帝語丁寧，曾被華袞親褒。如今漫勞夢想，嘆塵蹤、杳隔仙鼇。無聊意，强當歌對酒怎消。』觀者美其詞，而訝其卒章失意。未幾，以故物召還，遽卒於官，壽止四十。元注：吳傅朋說。

桉：《夷堅志》所記張臺卿詞，調寄《聲聲慢》。臺卿詞，傳作止此一首，自昔選家未經箸錄。其詞感懷紀事，略同賦體，殊少事外遠致，卻能勻穩入格，筆意亦沈著，故觀者美之耳。

汪藻

藻，字彥章，婺源人。桉：《宋史》本傳：德興人。崇寧二年進士，由宣州教授稍遷江西提舉學士幹當公事。入爲九域圖志所編修官，遷著作佐郎。與王黼不咸，出通判宣州。欽宗立，召爲屯田員外郎，擢起居舍人。建炎初，召試中書舍人，黃潛善惡之，免爲集英殿修撰，提舉太平觀。俄復召爲中書舍人，累遷至翰林學士，除龍圖閣直學士，知湖州，移撫州。八年，以顯謨閣學士知徽州，改宣州。坐嘗爲蔡京、王黼客，奪職，居永州，卒。秦檜死，復職。有《浮溪集》六十卷。

〔詞話〕

《柳塘詞話》：汪藻詞亦美贍一時，不爲流傳者，曾爲張邦昌雪罪表故也。乃其《小重山·秋閨》云：「月下潮生紅蓼汀。殘霞都歛盡，四山青。柳梢風急墮流螢。隨波去，點點亂寒星。」卻從庾信「秋風驅亂螢」不及寒星句來，而景自勝。過變云：「別語記丁寧。如今能間隔，幾長亭？夜來秋氣入銀屏。梧桐雨，還恨不同聽。」又從小杜「銀燭秋光冷畫屏」不及夜長句來，而情自勝。

《銅熨斗齋隨筆》：汪彥章「曉鴉啼後」一詞，事見《能改齋漫錄》。今觀黄考功公度《知稼翁集》，有《點絳脣》詞，前有其子沃跋語，云：「汪藻彥章出守泉南，移知宣城，内不自得，乃賦詞『新月娟娟』云云。」公時在泉南僉幕，依韻作此送之。又有《送汪内翰移鎮宣城》長篇，見集中。比有《能改齋漫錄》載：「汪在翰苑，屢致言者，嘗作《點絳脣》」云云，最末句「曉鴉啼後，歸夢濃如酒」。或問：「歸夢濃如酒」何以在「曉鴉啼後」？汪曰：「無奈這一隊畜生何。」不唯事失其實，而改竄二字，殊乖本義。然則虎臣所言，乃當日傳聞之誤也。又王明清《玉照新志》云〔二〕：「汪彥章在京師，嘗作小闋云云。紹興中，彥章知徽州，仍令席間聲之。坐客有挾怨者，亟以納檜相，指爲新製以譏會之。會之怒，諷言者遷之於永。是當日皆以此詞爲彥章在京師所作，而傳聞復異辭。《康熙歸安縣志》：「紅蓼汀，在白蘋洲對岸。」宋汪藻有調《小重山》詞詠紅蓼汀。

校：汪彥章《點絳脣》詞，黄花菴以爲蘇叔黨過作，其《絕妙詞選》錄叔黨詞，止此一闋，起調「新月娟娟，夜寒江靜山銜斗」，歇拍「亂鴉啼後，歸興濃如酒」，與《玉照新志》同。注云：「此詞作時，方禁坡文，故隱其名，以傳於世。」今或以爲汪彥章所作，非也。花菴，宋人，其說當有所本，姑存以備攷。彥章又有詠梅《霜天曉角》云：『疏明瘦直。不受東皇識。留取伴春應肯，萬紅裏、怎箸得。　秋色。何處笛。曉寒無奈力。若在壽陽宮殿，一點點、有人惜。』《全芳備祖》：『疏明瘦直』四字極能傳梅之神。

【校記】

〔一〕照：底本脱，此據書名補。

周銖

銖，字初平，鄞縣人。崇寧二年第進士，官中牟簿。

桉：周初平詞《驀山溪》云：『松陵江上，極目烟波渺。天際接滄溟，到如今、東流未了。吳檣越艑，都是利名人，空擾擾。知多少，只見朱顏老。　故園應是，綠徧池塘草。家住十洲西，算隨分、生涯自好。漁蓑清貴，休羡謝三郎，紅蕖月，白蘋風，何似長安道。』見《四明近體樂府》。初平詞未經前人著錄。

趙鼎

鼎，字元鎮，聞喜人，自號得全居士。崇寧五年進士，累官開封市曹。金人議立張邦昌，鼎逃太學，不書議狀。高宗立，擢右司諫，歷官至尚書左僕射、同中書門下平章事。爲秦檜所忌，出爲奉國軍節度使，徙知泉州。檜諷王次翁論之，安置潮州。詹大方希檜意，誣其受賄，移吉陽軍。檜意猶未已，鼎遂不食，卒。孝宗朝追謚忠簡，封豐國公。有《忠正德文集》，校：忠簡纂修《實錄》成，高宗親書『忠正德文』四字賜之，因以名集。詞一卷。

〔詞話〕

《古今詞話》：趙鼎，中興名相，而詞章婉媚，不減《花間》。其《點絳脣》云：『夢回鴛帳餘香嫩。更無人問，一枕江南恨。』《醉桃源》云：『青春不與花爲主。花正開時春暮。只有一尊芳醑。留得春光住。』較《花間》更饒情思。

《百琲明珠》：忠簡趙公丁未九月南渡泊真州作《滿江紅》詞，最佳。其詞曰：『慘結秋陰，西風送、絲絲雨濕。凝望眼、征鴻幾字，暮投沙磧。欲問鄉關何處是，水雲浩蕩連南北。但修眉、一抹有無中，遥山色。天涯路，江上客。腸已斷，頭應白。空搔首興嘆，暮年離隔。欲待忘憂除是酒，奈酒行有盡愁無極。便挽將、江水入尊罍，澆胷臆。』

沈雄《古今詞話》：周德清曰：『作詞十法，始卽對偶，有扇面對、重疊對、救尾對。』趙元鎮《滿江紅》云：『欲往鄉關何處是，正水雲浩蕩連南北。』又：『欲待忘憂須是酒，奈酒行欲盡愁無極。』此卽扇面對也。

〔詞評〕

李越縵云：宋四名臣中，得全居士之詞最爲豔發，似晏元獻。

按：趙忠簡詞有四印齋刻本，爲《宋四名臣詞集》之一。其詞清剛沈至，卓然名家。故國故君之思，流溢楮墨之表。激楚者多悲，掩抑者彌苦，令人不堪卒讀。如《鷓鴣天·建康上元作》及《洞仙歌》「空山雨過」云云，讀之，可以想見。

李光

光，字泰發，自號讀易老人，上虞人。崇寧五年進士，知常熟縣。除司勳員外郎，遷符寶郎。欽宗受禪，擢右司諫。高宗卽位，擢祕書少監。紹興元年，擢吏部侍郎，進尚書，歷官至參知政事。以忤秦檜意，乞去。改提舉洞霄宮，爲万俟卨、吕愿中前後論劾，責授建寧軍節度副使，瓊州安置，移昌化軍。以郊恩，復左朝奉大夫，任便居住。至江州，卒。孝宗朝復資政殿學士，追謚莊簡。有《莊簡集》，詞一卷。〔一〕

〔詞話〕

《詞綜補遺》：陶樑按：《宋史·李光傳》：「秦檜議撤淮南守備，奪諸將兵權，光極言『和不可恃，備不可撤』。檜以親黨鄭億年爲資政殿學士，光面折之。又與檜詰難上前，因丐去。中丞万俟卨論光陰懷怨望，安置瓊州。居八年，仲子孟堅坐陸升之誣以私譔國史，吕愿中又告光與胡銓賦詩倡和，譏訕朝政，移昌化軍。論文攷古，怡然自適」云云。茲讀瓊山、昌江諸詞，絕無抑鬱不平之意，而趨坿權門者猶欲摭掎其後，是可慨也。

〔詞評〕

李越縵云：宋四名臣中，先莊簡及梁溪、澹菴，詞多近東坡，而尤與後來朱子爲似。雖處阸窮患難，而浩然自得，無一怨尤不平之語，則非東坡所及。〔一〕

桉：李莊簡詞有四印齋《宋四名臣詞》刻本，其中《漢宫春·瓊臺元夕次太守韻》「危閣臨流」云云，乃謫居瓊州時作也。陶氏録入《詞綜補遺》，脱去調名，以題首「瓊臺」二字爲調名，下注云此調《詞律》不載，誤甚。此詞過拍「清江瘴海」句，上缺三字，陶不云缺字。後段「華燈耀添綺席，笑語烘春」，陶作「華燈耀綺席，競笑語烘春」。缺字未知，斷句又異，愈不審其爲《漢宫春》調矣。陶氏是書，蒐羅不可謂不廣，檢斠殊不無偶疏也。

【校記】

〔一〕此後，《宋人詞話》有序跋文數則，迻録於下：

《四印齋所刻詞·莊簡詞》坿李慈銘書：

幼霞仁兄同年大人閣下：久苦俗冗，兼年老多病，未克相晤，甚念。前承雅屬，爲宋四賢詞序，於風雅中激揚名教，甚盛事也。録録久未下筆，然稍暇，必爲之。頃辱手教，欲改爲炎興三賢詞，以趙、李、胡三公同朝，合爲一集。知人論世，益足令讀者興感。然鄙意「炎興」二字，究犯蜀漢年號，況高宗之中興，實不足言。以今日而目以炎興，亦似未妥。先莊簡公諱光，與忠定同朝至好，與趙忠簡同年，後與胡忠簡同在海外，往還甚密。集無刻本，弟於四庫書鈔得之，是從《永樂大典》掇拾而成。弟久擬付刊，因無善本可校，脱誤甚多。集中坿詞十三闋，雖苦太少，然與三公真一家眷屬也。若並而刻之，名爲「南宋四名臣詞」，似較穩妥，未知尊意以爲何如？閣下耆古博搜，日以流通祕笈爲事，此爲功於古人不少。杭人許益齋增深於詞學，近擬校刻浙西後六家詞，中有項蓮生《憶雲詞》，有甲乙而無丙丁。益齋春初寄書相詢，弟蓄詩詞甚少，尊藏有傳本否？如可借鈔，以寄益齋。其人老矣，好事彌甚。倘有先莊簡公集，更能假一閱，感興尤多。餘容晤談，即請箸安不宣。年愚弟慈銘頓首，閏月十一日。

手示敬悉，承惠新刻白蘭谷《天籟集》，平生未見書也，謝謝！《四名臣詞》先莊簡公詞，小兒早已録出，因尚有誤字，再校兩過，重命繕録。頃尚有兩闋未竟，容午後並原冊送上，拙序亦當於明早奉繳耳。兄孜孜文獻，此舉尤足廉頑立懦，非僅聲音感人。衰病久稽，無任皇恐，弟自痰厥後，久未復元。前日有鄉人强邀皖館樂宴，下車時馬驚，被蹶傷脛，幸無大礙，復請箸安。弟慈銘頓首，重九前二日。

幼遐仁兄同年侍讀閣下：頃奉手教，並校刻《四名臣詞》樣本一冊，敬悉。先莊簡詞當即命小兒謹取原本再校一過，並拙序明日奉上。讀執事後序，激昂奮迅，能抉四公之深心，有功詞學甚鉅，非止字句警卓可傳也。弟比因感寒身熱，前月二十六日力疾赴觀，是日又被旨派監試，現任筆帖式及繙漢官，八日方出，病益加重，容俟小愈趨談。敬請箸安，惟鑒不盡。弟慈銘頓首，十一月十日。

委撰《南宋四名臣詞序》，比日小極，兼以校訂《宋史·藝文志》，紛駈數日。今日大風掩關，悤悤撰成，即命小兒録奉，伏希察正。此刻爲功甚鉅，故發明盛意，不覺詞繁。至執事之深究詞源，雅懷搜耆，俱不暇及，體例宜然。亮蒙鑒督。至尊意欲並刻拙札數通，固近耆痂，亦足徵往復之誼，惟裁奪之。餘容晤罄，不一一。敬請幼遐仁兄同年大人箸安。弟慈銘頓首，十一月十二日三鼓作。

〔二〕此後，《宋人詞話》有『附攷』一項，凡二則，迻録於下：

《老學庵筆記》：李泰發，一字泰定。又：李莊簡公泰發奉祠還里，居于新河。先君築小亭，曰千巖亭，盡見南山。公來，必終日。嘗賦詩曰：『家山好處尋難遍，日日當門只臥龍。欲盡南山巖壑勝，須來亭上少從容。』每言及時事，往往憤切興嘆，謂秦相曰咸陽。一日，來坐亭上，舉酒屬先君曰：『某行且遠謫矣，咸陽尤忌者，某與趙元鎮耳。趙既過嶠，某何可免？然聞趙之聞命也，涕泣别子弟。某則不然，青鞵布襪，即日行矣。』後十餘日，果有藤州之命。先君送至諸暨，歸而言曰：『泰發談笑慷慨，一如平日。問其得罪之由，曰不足問，但咸陽終誤國家耳。』

《雲谷雜紀》：李莊簡公光作詩極清絶可愛，予嘗見其《越州雙鴈道中》一絶云：『晚潮落盡水涓涓，柳老秧齊過禁烟。十里人家靜雞犬，竹扉斜掩護蠶眠。』後在政府，與秦檜議不合，爲中司所擊，命下，送藤州安置，差樞密院使臣伴送。公戲贈之云：『日日孤邨對落暉，瘴烟深處忍分離。追攀重見蔡明遠，贖罪難逢郭子儀。南渡每憂鳶共墮，北轅應許鴈相隨。馬蹏慣踏關山路，他日重來又送誰。』亦婉而有深意。

歐陽珣

珣，字全美，廬陵人。崇寧五年進士，調忠州學教授，知鹽官縣。以薦上京師，遇國難。及出使，加將作監丞。金人犯京師，朝議割絳、磁、深三鎮地媾和，珣率友九人上書，極言祖宗尺寸地不可與人。及事急會議，珣復抗論當與力戰：『戰敗而失其地，它日取之直；不戰而割其地，它日取之曲。』時宰怒，欲殺珣，迺遣珣奉使割深州。珣至深州城下，慟哭，謂城上人曰：『朝廷爲姦臣所誤至此，吾已辦一死來，汝等宜勉爲忠義報國。』金人怒，執送燕，焚死之。

〔詞話〕

《獨醒雜志》：歐陽全美靖康初調官京師，時金人欲求三鎮，全美行次關山，以樂府寄其内曰：『雁字成行，角聲悲送，無端又作長安夢。青衫小帽者回來，安仁兩鬢秋霜重。孤館燈殘，小樓鐘動，馬蹴踏破前郵湅。平生牽繫爲浮名，名垂萬古知何用。』全美至京師，應詔陳利害，奏曰：『割地，敵亦來；不割，亦來。特遲速有間。今日之策，唯有力戰耳。』時宰執有主棄地之議者，不悦，卽除將作監丞，使金，竟不復還。

桉：歐陽全美詞，調寄《踏莎行》。全美《宋史》列《忠義傳》，大節凜然，詞以人重者也。『輕衫小帽』、『兩鬢秋霜』、『孤館燈殘，小樓鐘動』，亦復繾綣，深情溢於言表。嘗謂情者，性之所發，臣忠子孝，皆緣情至。非忠孝人，必不工言情。杜陵野老一涉筆，不忘君國，不能無『香霧雲鬟濕，清輝玉臂寒』之句。明末國初，某名輩執騷壇之牛耳，嘗製傳奇四種，無一字不精麗，顧言情獨缺如，其故可深長思矣。

李邴

邴，字漢老，任城人。崇寧五年登進士第，累官起居舍人，試中書舍人，除給事中，同修國史，遷翰林學士。坐言者罷，提舉南京鴻慶宮。欽宗立，除徽猷閣待制，知越州。建炎初，召爲兵部侍郎，拜尚書右丞，改參知政事，權知行臺三省樞密院事。以與呂頤浩不合，提舉杭州洞霄宮。起知平江府，升資政殿學士。卒，謚文敏。有《雲龕草堂集》。

〔詞話〕

《玉照新志》：李漢老邴少年日作《漢宮春》詞，膾炙人口，所謂『問玉堂何似，茅舍疏籬』者是也。

政和間，自中書省丁憂歸山東。服終造朝，舉國無與立談者。方悵悵無計，時王黼爲首相，忽遣人招至東閣開宴，延之上座，出其家姬數十人，皆絕色也。漢老惘然莫曉，酒半，羣唱是詞以侑觴，漢老私竊自欣，知除目可無慮矣。喜甚，大醉而歸。又數日，遂有館閣之命。不數年，遂入翰苑。

《能改齋漫錄》：寶文閣直學士連南夫鵬舉罷守泉南，李右丞邴漢老送之以詞，寄《玉蝴蝶》云：『壯歲分符方面，惠風草偃，禾稼春融。報政朝天，歸去穩步鼇宮。望堯蓂、九重絳闕，頒漢詔、五色芝封。湛恩濃。錦衣槐里，重繼三公。　雍容。臨歧祖帳，綺羅環列，冠蓋雲叢。滿城桃李，盡將芳意謝東風。柳烟輕、萬條離恨，花露重、千點啼紅。莫悤悤。且陪珠履，同醉金鍾。』

《苕溪漁隱叢話》：曾端伯《樂府雅詞》以秋月詞《念奴嬌》爲徐師川作，誤也。秋月詞乃李漢老作，詞云：『素光練淨，映秋山、隱隱修眉横綠。鳷鵲樓高天似水，碧瓦寒生銀粟。千丈斜暉，奔雲湧霧，飛過盧仝屋。更無塵氣，滿庭風碎梧竹。　誰念鶴髮仙翁，當年曾共賞，紫巖飛瀑。對影三人聊痛飲，一洗離愁千斛。斗轉參横，翩然歸去，萬里騎黄鶴。滿天霜曉，叫雲吹斷横玉。』末二句乃用崔魯《華清宮》詩『銀河漾漾月輝輝，樓礙天邊織女機。横玉叫雲清似水，滿空霜逐一聲飛。』或云叫雲乃笛名，非也。

《古今詞話》：李邴，任城人。伯昭圯，元祐名士。邴固世其家學者，後受一禪師授記，爲《雲龕居士詞》。

《織餘瑣述》：宋李邴詠美人書字《玉樓春》詞，楊湜謂是《雲龕集》中最纖麗者。詞云：『沈吟不語晴窗畔。小字銀鉤題欲徧。雲情散亂未成篇，花骨欹斜終帶軟。　重重說盡情和怨。珍重提攜常在眼。暫時得近玉纖纖，翻羨鏤金紅象管。』《曝書亭集》詠金指環云：『愛它金小小，曾傍玉纖纖。』似從此詞末二句脱出。

〔詞評〕

《碧雞漫志》：李漢老富麗，而韻平平。

桉：《苕溪漁隱叢話》既辨月詞《念奴嬌》非徐師川乃李漢老作，又辨梅詞《漢宮春》『瀟灑江梅』非李漢老乃晁叔用作，《耆舊續聞》亦云乃晁叔用贈王逐客之作，竝與《玉照新志》異。又桉：漢老月詞『萬里騎黄鶴』句，『鶴』非韻，當是『鵠』誤。

胡世將

世將，字承公，晉陵人。崇寧五年進士。范汝爲寇閩，世將爲監察御史、福建路撫諭使。賊平，遷尚書右司員外郎，擢中書舍人。坐言者落職。未幾，除徽猷閣待制，知鎮江府，入爲禮、刑二部侍郎。出知洪州，兼江西安撫制置使。除兵部侍郎，以樞密直學士出爲四川安撫制置使，兼知成都府。紹興九年爲寶文閣學士宣撫川陝〔一〕，除端明殿學士，以資政學士致仕，僉書樞密院事，卒。有集十卷。

桉：胡承公《酹江月·秋夕興元使院作用東坡赤壁韻》云：『神州沈陸，問誰是、一范一韓人物。北望長安應不見，抛卻關西半壁。塞馬晨嘶，胡笳夕引，赢得頭如雪。三秦往事，漢家只數三傑。試看百二山河，奈君門萬里，六師不發。閫外何人回首處，鐵騎千羣都滅。拜將臺欹，懷賢閣杳，空指衝冠髮。闌干拍徧，中天獨對明月。』陶氏據《陝西通志》録入《詞綜補遺》，『六師』句下注云朝議主和，『鐵騎』句下注云當平之敗。又桉云：世將夙嫻韜略，讀此詞，知其寄慨深矣。承公詞自來選本未經箸録，陶氏采輯之勤弗可沒也。

【校記】

〔一〕川：底本作『州』，據地名改。

張擴

擴，字彦實，一字子微，桉：《樂府雅詞·拾遺》云：張彦實，字智宗、子微。《中吳紀聞》作紫微。德興人。崇寧中登進士第，授國子監主簿，遷博士，調處州工曹，召爲祕書省校書郎。南渡後擢左史，出知平江府，歷官至中書舍人，坐言者罷爲宫祠。有《東窗集》五十卷。

桉：張彦實詠海棠《殢人嬌》云：『深院海棠，誰倩春工染就？映窗戶、爛如錦繡。東君何意，便風狂雨驟。堪恨處、一枝未曾到手。　今日乍晴，悤悤命酒。猶及見、臙脂半透。殘紅幾點，明朝知在否？問何似、去年看花時候。』又前調用前韻云：『多少臙脂，著意匀成點就。千枝亂、攢紅堆繡。花無長好，更光陰去驟。對景憶、良朋故應招手。　曾記年時，花開把酒。枉淋淋、春衫濕透。文園今病，問還能來否？卻道有、荼蘼牡丹時候。』竝見《樂府雅詞·拾遺》。

侯蒙

蒙，字元功，高密人。進士及第，調寶雞尉，知柏鄉縣，徙知襄邑縣。擢監察御史，進殿中侍御史。崇寧星變求言，蒙疏十事，徽宗聽納，遷侍御史，拜給事中，又拜御史中丞，遷刑部尚書，改戶部，同知樞密院，進尚書左丞、中書侍郎。坐幾事獨受旨，爲蔡京所基，罷知亳州。旋加資政殿學士，命知東平府，未赴而卒。贈開府儀同三司，謚文穆。

〔詞話〕

《夷堅甲志》：侯中書元功蒙，密州人。自少遊場屋，年三十有一始得鄉貢。人以其年長貌悅不加敬，有輕薄子畫其形於紙鳶上，引線放之。蒙見而大笑，作《臨江仙》詞題其上，曰：『未遇行藏誰肯信，如今方表名蹤。無端良匠畫形容。當風輕借力，一舉入高空。纔得吹噓身漸穩，只疑遠赴蟾宮。雨餘時候夕陽紅。幾人平地上，看我碧霄中。』蒙一舉登第，年五十餘遂爲執政。

桉：侯元功《臨江仙》詞又見《苕溪漁隱叢話》。

田爲

爲，字不伐。徽宗朝供職大晟樂府。

〔詞話〕

《碧雞漫志》：田爲不伐，爲崇寧間亦供職大樂，才思與雅言抗行，不聞有側豔。

《五總志》：馬氏南平王時，有王姓者善琵琶，忽夢異人傳之數曲，僊家紫雲之亞也。又云：此譜請元昆製敘，刊石於甲寅之方，與世異者，有《獨指泛清商》、《醉吟商》、《鳳鳴羽》、《應聖羽》之類。余先友田爲不伐得音律三昧，能度《醉吟商》、《應聖羽》二曲，其聲清越，不可名狀。不伐死矣，此曲不傳。

《銅熨斗齋隨筆》：《陽春白雪》多選田不伐詞，竹垞《詞綜》亦載不伐詞二首。桉：《五總志》云『余先友田爲不伐』，《碧雞漫志》亦云時田爲不伐『亦供職大樂』，然則不伐名爲，朱氏以不伐爲名，誤也。

〔詞評〕

黄蓼園云：張子野句云『生香真色人難學』，田不伐詞佳處似之。

〔詞考〕

《天籟集·水龍吟》小序：么前三字用仄者，見田不伐《萍嘔集》。《水龍吟》二首皆如此。田妙於音，蓋仄無疑，或用平字，恐不堪協。

桉：田不伐自宋已來卽以字傳，今據《碧雞漫志》及《五總志》補箸其名。不伐詞，《花菴詞選》錄《南柯子》二闋，《詞綜》卽轉錄之。其前闋云：『淒涼懷抱向誰開。些子清明時候被鶯催。』又云：『多情簾燕獨徘徊。依舊滿身花雨又歸來。』頗饒鮮翠生動之致。《陽春白雪》錄慢詞四闋〔一〕,《江神子慢》前段云:『雨初歇。樓外孤鴻聲漸遠,遠山外、行人音信絕。此恨對語猶難,那堪更寄書說。』則情文悱惻,令人消魂暗然,非深於情者不辨。吴坰謂不伐能度《醉吟商》、《應聖羽》二曲,今《詞譜》並無之。唯白石詞有《醉吟商》小品;不伐所度,自是大曲也。《遺山樂府·品令·題清明夜夢酒間唱田不伐映竹園啼鳥樂府》;又金世宗書田不伐望月《婆羅門引》,見遺山詩題。

【校記】

〔一〕按:有眉批云:『《陽春白雪》所載有四闋,不伐詞共得六首。』

歷代詞人考略卷二十一

宋十五

宇文虛中

虛中，字叔通，廣都人。大觀二年登進士第，累官資政殿大學士。罷知青州，遷祠職。建炎二年，復資政殿大學士，充祈請使，留金，仕爲翰林學士。紹興十五年，謀劫金主，事洩，全家皆死。淳熙初，贈開府儀同三司，謚肅愍。有集。

〔詞話〕

《碧雞漫志》：宇文叔通久留金國不得歸，立春日作《迎春樂》曲云：『寶幡綵勝堆金縷。雙燕釵頭舞。人間要識春來處。天際雁，江邊樹。故國鶯花又誰主？念憔悴、幾年羈旅。把酒祝東風，吹取人歸去。』

《古今詞話》：《金源樂府》曰：吳激赴金人張總管家集，出侍兒侑觴，故宋宮姬也。時宇文叔通賦《念奴嬌》將成，見激所作《人月圓》『南朝千古傷心事』云云，叔通遂閣筆。自後人有求作樂府者，叔通輒批云：『吴郎近以樂府名天下，可往求之。』

校：金元遺山《中州詩集》首録宇文肅愍詩五十首，其遺聞軼事見於前人記載非一。其正確者，如《北窗炙輠》云：『宇文虚中在金作三詩，所謂「人生一死渾閒事」云云，豈李陵所謂欲一效范蠡、曹沫之事？後虚中仕金爲國師，遂得其柄，令南北講和，大母獲歸，往往皆其力也。近傳明年八月間果欲行范蠡、曹沫事，欲挾淵聖以歸。前五日爲人告變，虚中覺有警急，發兵直至金主帳下，金主幾不能脱，遂爲所擒。嗚呼痛哉！實紹興乙丑也。』審如是，始不負太學讀耳。其言如此，論者不察，或竟以事仇失節譏之。唯錢塘厲太鴻先生輯《宋詩紀事》，於肅愍詩僅録其在金日作三律，前人記載僅録《北窗炙輠》一則；小傳中凡肅愍在金所歷官，自翰林學士以後皆從略焉，以其中有所圖，不得已而受命。可謂尚論有識，能諒肅愍之心者矣。故余皆從之。即其《迎春樂》曲，亦惓懷故國之思，見吴彦高《人月圓》詞。而遂以詞名歸之，尤虚心懷賢之恉，未可以微詞中之也。

孫覿

覿，字仲益，校：《樂府雅詞》作仲翼。晉陵人。大觀三年登進士第，政和四年中詞科。以薦爲侍御史，進翰林學士，高宗朝仕至户部尚書。校：《寧國府志》：覿，太平人。崇寧間進士，授中書舍人。靖康時侍欽宗如青城。金以二帝北去，而歸覿與馮澥、曹輔等。高宗中興，安置歸州。赦還，又謫象郡。未幾，擢知臨安，調平江，累官至户部尚書。罷職，提舉鴻慶宮。有《鴻慶居士集》四十二卷。

桉：孫仲益詞《浣溪沙》云：『弱骨輕肌不耐春。一枝江上玉梅新。巡簷索笑爲何人。素影徘徊波上月，碎香搖蕩竹間雲。酒醒人散夢仙邨。』見《樂府雅詞·拾遺》。其《鴻慶居士集》四十二卷本今不可得見。武進盛氏所刻《常州先哲遺書·鴻慶集補》二十卷，無詞，蓋輯本也。

左譽

譽，字與言，天台人。登大觀三年進士第，仕至湖州通判。棄官爲浮屠。有《筠翁長短句》。

〔詞話〕

《玉照新志》：左與言，天台之名士大夫也。其孫裒其樂章，求爲序其後云：『天台左君與言，委羽之詩裔，飽經史而下筆有神，名重一時。平日行事，蓋見之國子虞仲容所述誌碑詳矣。吟詠詩句，清新嫵麗，而樂府之詞，調高韻勝，好事者尤所爭先快睹。承平之日，錢塘幕府樂籍中有名姝張足桉：當作芸女名濃桉：一作穠者，色藝妙天下，君頗顧之。如「無所事，盈盈秋水，淡淡春山」，與「一段離愁堪畫處〔二〕，橫風斜雨搖衰柳」及「堆桉：當作帷雲翦水，滴粉搓酥」，皆爲濃而作，當時都人有「曉風殘月柳三變，滴粉搓酥左與言」之對，其風流人物可以想像。俶擾之後，濃委身於立勳大將家，易姓章，遂疏封大國。紹興中，君因覓官行闕，暇日訪西湖兩山間，忽逢車輿甚盛，中睹一麗人，褰簾顧君而顰曰：「如今若把菱花照，猶恐相逢是夢中。」視之，乃濃也。君醒然悟入，即拂衣東渡，一意空門，不復以名利關心，老禪宿德莫不降伏皈依。此殆與夫僧史所載樓子和尚公案若合一契。君之孫文本編次遺詞若干首，名曰《筠翁長短句》，欲以刻行，求予爲序。筠翁，君之自號；與言，其字，字蓋析其名云。余既識之，服膺三歎，並爲書此一段奇事。』

〔詞評〕

《織餘瑣述》：宋左譽詞《眼兒媚》『樓上黄昏』闋後段云云，可與杜少陵『今夜鄜州月』一律同看。

校：左與言《眼兒媚》全闋云：『樓上黄昏杏花寒。斜月小闌干。一雙燕子，兩行征雁，畫角聲殘。綺窗人在東風裏，無語對春閒。也應似舊，盈盈秋水，淡淡春山。』此詞《草堂詩餘》作秦少游，花庵《絕妙詞選》作阮閱〔二〕。茲據《玉照新志》載與言本事綦詳，知作秦作阮，皆誤也。且卽以風格論，謂是秦詞，尤爲不類。《三朝北盟會編》：『張浚妾張穠，錢塘名妓也，知書，嘗代張文字，封榮國夫人。』

【校記】

〔一〕『堪』字後，底本空半頁，共計十一行。

〔二〕此句後《宋人詞話》有數語，云：『評云：閱休小詞惟有此篇見于世，英妙傑特，所謂「百不爲多，一不爲少」。』

李彌遜

彌遜，字似之，吴縣人。大觀三年校：《宋史》本傳作三年，據《夷堅志》，當作二年進士。政和四年除會要所檢閲文字，遷校書郎。累官起居郎。以封事剴切貶知盧山縣。宣和末，知冀州。靖康元年，召爲衛尉少卿，出知瑞州，以江東判運領郡事，改知饒州，以直寶文閣知吉州。召復起居郎，試中書舍人、戶部侍郎。再上疏乞歸田。以徽猷閣直學士知端州，改漳州。歸隱連江西山。卒，詔復敷文閣待制。有《筠谿集》，詞一卷。

〔詞考〕

《四庫全書》『筠谿樂府提要』：《筠谿樂府》舊本坿綴《筠谿集》末。攷彌遜家傳，稱所譔奏議三卷、外制二卷、詩十卷、雜文六卷，與今本《筠谿集》合，而不及樂府，則此集本別行也。凡長短調八十一首。其長調多學蘇軾，與柳、周纖穠別爲一派，而力稍不足以舉之，不及蘇之操縱自如。短調則不乏秀韻矣，中多與李綱、富知柔、葉夢得、張元幹唱和之作。又有鵬舉座上歌姬唱《夏雲峯》一首，攷岳飛與湯邦彥皆字鵬舉，皆彌遜同時，然飛於南渡初倥傯戈馬，不應有聲伎之事，或當爲湯邦彥作歟？開卷寄張仲宗《沁園春》一首，注『《蘆川集》誤刊』字，然《蝶戀花》第五首今亦見《蘆川集》中，又不知誰誤刊也。自《虞美人》以下十二首皆祝壽之詞，顢頇通用，一無可取。宋人詞集往往不加刊削，未喻其故。亦姑仍元本，存其舊焉。

校：李似之詞《菩薩蠻》云：『江城烽火連三月。不堪對酒長亭別。休作斷腸聲，老來無淚傾。風高帆影疾。目送舟痕碧。錦字幾時來，薰風無雁回。』見《花庵絶妙詞選》、《花草粹編》、竹垞《詞綜》。《詞綜》錄似之詞，止此一闋。光緒中葉臨桂王氏四印齋刻本《宋元三十一家詞》，《筠谿詞》凡八十七闋，比《四庫》箸錄之本多詞六闋，調《菩薩蠻》者四闋，卻無此『江城烽火』闋，可知王刻尚非足本也。

胡舜陟

舜陟，字汝明，自號三山老人，績溪人。大觀三年登進士第，歷州縣官，爲監察御史。欽宗時遷侍御史。高宗卽位，除集英殿修撰，知廬州，擢徽猷閣待制，充淮西置制使，知建康府，充沿江都置制使，改知臨安府，充京畿路宣撫使，尋罷。遷廬壽鎮撫使，改淮西安撫使，改知鎮江府。後爲廣西經略，封績溪伯。爲秦檜所陷，死獄中，贈少師。

〔詞話〕

《苕溪漁隱叢話》：先君嘗云：『古詞《絳都春》有「鼇山綵構蓬萊島」之句，當云「綵締」，東坡詞《水調歌頭》「低綺戶」句當作「窺綺戶」，二字既改，其詞益佳。』先君頃嘗丐祠，居射邨，作《感皇恩》一詞云：『乞得夢中身，歸棲雲水，始覺精神自家底。峭帆輕棹，時與白鷗遊戲。畏途都不管，風波起。　光景如梭，人生浮脆。百歲何妨盡沈醉。臥龍多事，漫說三分奇計。算來爭似我，長昏睡。』又嘗江行阻風，作《漁家傲》一詞云：『幾日北風江海立。千車萬馬鏖聲息。短棹峭寒欺酒力。飛雨急。瓊花細細穿窗隙。　我本綠蓑青篛笠。浮家泛宅烟波逸。渚鷺沙鷗多舊識。行未得，高歌與爾相尋覓。』

校：『鼇山綵構蓬萊島』，乃丁仙現上元《絳都春》句，當日教坊供奉應詔填詞，被諸宮絃已久，而胡汝明始聞之，故以爲古詞也。東坡詞『㡳綺戶』句改『窺』字，遠遜，汝明未爲知音。

韓駒

駒，字子蒼，仙井監人。政和初，以獻頌補假將仕郎。召試，賜進士出身，除祕書省正字。坐爲蘇氏學，謫監華州蒲城縣市易務，知洪州分寧縣。召爲著作郎，校正御前文籍。宣和五年，除祕書少監，遷中書舍人兼修國史，尋權直學士院。復坐鄉黨曲學，以集英殿修撰提舉江州太平觀。高宗卽位，知江州。卒，贈中奉大夫。有《陵陽集》三卷。

桉：《韓子蒼詩話》，兩宋人士多所稱述，而詞事殊罕聞。據《宋史》子蒼本傳，政和間召三館士分譔《親祠》、《明堂》、《圓壇》、《方澤》等樂曲五十餘章，多駒所作，則子蒼精孁宮律可知。乃其詞亦不多見。《花菴詞選》、《樂府雅詞》、《陽春白雪》竝未載子蒼詞。竹垞《詞綜》僅錄詠雪《昭君怨》『昨日樵邨』一闋，《草堂詩餘》有詠月《水調歌頭》『江山自雄麗』闋、《念奴嬌》『海天向晚』闋。《念奴嬌》尤疏爽可誦，朱氏不錄，何耶？

江漢

漢，字朝宗，西安人。政和初，官大晟府製撰。

〔詞話〕

《鐵圍山叢話》：政和初，有江漢朝宗者，獻魯公詞曰：『昇平無際。慶八載相業，君臣魚水。鎮撫風稜，調燮精神，合是聖朝房魏。鳳山政好，還被畫轂朱輪催起。按錦韉。映玉帶金魚，都人爭指。丹陛。常注意。追念裕陵，元佐今無幾。繡衮香濃，鼎槐風細，榮耀滿門朱紫。四方具瞻師表，盡道一夔足矣。運化筆。又管領年年，烘春桃李。』時兩學盛謳，播諸海內。魯公喜，爲將上進呈。命之以官，爲大晟府製撰，使遇祥瑞，時時作爲歌曲焉。〔一〕

桉：江朝宗獻時相詞有頌無規，殊嫌傷格。然竟體精穩，語不涉俗。其前段云：『鳳山政好，還被畫轂朱輪催起。』漸近跌宕生姿。歇拍寓扶植晚進意，遣辭亦生動切合，自是嫥家之筆。

【校記】

〔一〕此後，《宋人詞話》有『附攷』一項，凡二則，迻錄於下：

《鐵圍山叢談》：江漢，字朝宗，有宋史學。嘗與吾論史家流，學當取古人用意處，便見調度。太史公曰：『投機之會，間不容秒忽。』班孟堅曰：『投機之會，間不容髮。』至宋景文又曰：『投機之會，間不容穟。』

《寓簡》：西安諸江多名士，有江漢字朝宗，買奴適姓于，因命之曰于海。蓋取江漢朝宗于海也。其好戲謔如此。

徐伸

伸，字幹臣。三衢人。政和初，爲太常典樂，出知常州。有《青山樂府》一卷。桉：據《御選歷代詩餘》

『詞人姓氏』，當是內府藏有是書傳本，未見。

〔詞話〕

《揮麈餘話》： 徐伸，政和初以知音律爲太常典樂，出知常州。嘗自製《轉調二郎神》云：『悶來彈鵲，又攪碎、一簾花影。謾試著春衫，還思纖手，薰徹金虬燼冷。動是愁端如何向，但怪得、新來多病。嗟舊日沈腰，如今潘鬢，怎堪臨鏡。 重省。別時淚滴，羅襟猶凝。想爲我厭厭，日高慵起，長託春酲未醒。雁足不來，馬蹄難駐，門掩一庭芳景。空佇立，盡日闌干倚遍，晝長人靜。』既成，會開封尹李孝壽來牧吳門。李以嚴治京兆號『李閻羅』，道出郡下，幹臣大合樂燕勞之，喻羣娼令謳此詞，必待其問乃止。娼如戒，歌至三四，李果詢之。幹臣蹙額云：『某頃有一侍婢色藝冠絕，前歲以亡室不容，逐去。今聞在蘇州一兵官處，屢遣信，欲復來，而今之主公靳之，感慨賦此。詞中所敘，多其書中語。適有天幸，公擁麾於彼，不審能爲我致之否？』李云：『此甚不難，可無慮也。』既次無錫，賓贊者請受謁次第。李云：『郡官當至楓橋。』橋距城十里而遠，翌日，艤舟其所，官使上下望風股栗。李一閱刺字，忽大怒云：『都監在法不許出城，乃亦至此，使郡中萬一有大盜之虞，豈不殆哉？』斥都監下階，荷校送獄。又數日，取其供牘，判奏字。其家震懼求援，宛轉哀鳴致懇。李笑云：『且還徐樂典之妾了來理會。』兵官者解其指，卽日承命，然後舍之。

《詞律》注：『悶來彈鵲』，『彈』字乃去聲，是彈弓之彈，意謂鵲本報喜之物，今乃無憑準，因以丸彈之。此字不可讀作平聲。夢窗首句亦作『素天際水』是也。

桉： 徐幹臣《二郎神》詞，紆徐爲妍，情日兼擅。其雅在骨，故緻而不纖；其峭在筆，故麗而有則。被之管絃，想見循聲赴節，絲絲入扣之妙。李孝壽能賞會之，抑非尋常俗吏所可同日語矣。幹臣此詞〔一〕，乃自製《轉調二郎神》，萬氏《詞律·二郎神》第三體據湯恢詞『瑣窗睡起』闋定譜，恢詞卽和幹臣韻者。《詞律》不云轉調，注云此爲本調正格，作者多從之。又云：『《嘯餘》載徐幹臣詞，亂注平仄。』蓋《詞律》未出以前，詞家多用《嘯餘譜》。萬氏未攷《揮麈錄》，見此調此體從之者，遂謂爲正格，而不審其爲轉調，是亦少疏矣。

【校記】

〔一〕『紆徐爲姸』至此，底本無，據《宋人詞話》補。

李綱

綱，字伯紀，邵武人。政和二年進士，積官至監察御史，兼權殿中侍御史，以忤權貴，改比部員外郎。宣和七年，爲太常少卿，欽宗時，拜尚書左丞。出爲河東北宣撫使，尋召赴闕，除觀文殿學士知揚州。高宗立，拜尚書右僕射兼中書侍郎，遷左僕射兼門下侍郎。坐譏者落職。紹興二年，爲湖廣宣撫使兼知潭州。五年，除江西安撫制置大使兼知洪州。九年，除知潭州、荊湖南路安撫大使，辭不赴。卒，贈少師，謚忠定。有《梁溪集》一百二十卷，詞一卷。

〔詞話〕

《雲麓漫鈔》：紹興初盛傳《蘇武令》詞，『塞上風高，漁陽秋早。惆悵翠華音杳。驛使空馳，征鴻歸盡，不寄雙龍消耗。念白衣金殿，除恩黄閣，未成圖報。誰信我、致主丹衷，傷時多故，未作救民方召。調鼎爲霖，登壇作將，燕然卽須平埽。擁精兵十萬，横行沙漠，奉迎天表。』云李丞相綱作，未知是否。桉：此詞《梁溪詞》不載。

桉：李忠定身丁南北宋之間，忤觸權姦，屢起屢躓，居相位廑七十日，不克展其素志。今觀其所爲詞，大都委心安遇、陶情適性之作，略無抑塞磊落、牢騷不平之氣，足徵學養醇至，襟褱坦夷，乃至《江城子》云『回首中原何處是，天似幕，碧周遭』，《六么令》云『縱使歲寒途遠，此志應難奪』，《喜遷鶯》云『暮雲斂，放一輪明月，窺人懷褱』，則貞悃孤光，有流露於不自覺者矣。其《水龍吟·次韻和質夫、子瞻楊花詞》，亦復與二公工力悉敵。《梁溪詞》有四印齋《南宋四名臣詞》本。

胡松年

松年，字茂老，懷仁人。政和二年，上舍釋褐，補濰州教授；八年，改校書郎，爲殿試參詳官，遷中書舍人。坐言事咈時相意，提舉太平觀。建炎間，召赴行在，出知平江府，加徽猷閣待制，召爲中書舍人，除給事中。王倫使金還，言金人欲再遣重臣來計議，以松年試工部尚書，充大金奉表通問使。使還，拜吏部尚書，除端明殿學士，僉書樞密院事，權參知政事。俄以疾提舉洞霄宫，卜居陽羨，卒。

〔詞話〕

《雲麓漫鈔》：樞密胡公松年紹興間使虜，彼盛稱甲兵之富。胡曰：『兵猶火也，弗戢，將自焚。』既歸，作《石州詞》二首：『月上疏簾，風射小窗，孤館岑寂。一杯强洗愁懷，萬里堪嗟行客。亂山無數，晚秋雲物蒼然，何如輕抹淮山碧。喜氣拂征衣，作眉間黄色。　役役。馬頭塵暗斜陽，隴首路回飛翼。夢裏姑蘇城外，錢塘江北。故人應念我，負吹帽佳時，同把金英摘。歸路且加鞭，趁梅花消息。』又：『歌闋陽關，腸斷短亭，唯有離别。畫船送我薰風，瘦馬迎人飛雪。平生幽夢，豈知塞北江南，而今真嘆河山闊。屈指數分攜，蚤許多時節。　愁絶。雁行點點雲垂，木葉霏霏霜滑。正是荒城落日，空山殘月。一尊誰念我，苦顧頷天涯，陡覺生華髮。賴有紫樞人，共揚鞭丹闕。』

桉：胡茂老詞二闋，意境清疏，猶是北宋風格。第二闋『闊』字韻，尤覺感慨無盡。《石州詞》卽《石州慢》，一名《石州引》，又名《柳色黄》。萬氏《詞律》據《東山詞》『薄雨催寒』闋定譜，凡一百二字。胡詞止一百字，後段句法、字數竝與賀詞不同，卻是兩首一律，當爲又一體。此體徐氏《詞律拾遺》亦失載，當補收。

陳與義

與義，字去非，洛人。桉：《宋史》本傳云自京兆遷洛，一云汝州葉縣人。登政和三年上舍甲科。累遷太學博士、符寶郎，謫監陳留酒稅，召爲兵部員外郎。紹興元年，遷中書舍人兼掌內制，拜吏部侍郎，以徽猷閣直學士知湖州。召爲給事中，以顯謨閣直學士提舉江州太平觀。復爲中書舍人，直學士院。六年，拜翰林學士知制誥。七年，參知政事。八年，復以資政殿學士知湖州，提舉臨安洞霄宮，卒。有《簡齋集》、《無住詞》。

〔詞話〕

《苕溪漁隱叢話》： 陳去非九日詞云：『九日登臨有故常，隨晴隨雨一傳觴。』用退之《淮西碑》『欲事故常』之語。又《憶洛中舊遊詞》云：『憶昔午橋橋上飲，坐中多是豪英。長溝流月去無聲。杏花疏影裏，吹笛到天明。』此數語奇麗。《簡齋集》後載數詞，唯此詞爲最優。

〔詞評〕

《四庫全書》『無住詞提要』： 與義以所居有無住菴，故以名之。詞不多，且無長調，而語意超絕。此本爲毛晉所刊，僅十八闋，而吐言天拔，不作柳亸鶯嬌之態，亦無蔬筍之氣，殆首首可傳，不能以篇帙之少而廢之。方回《瀛奎律髓》稱杜甫爲一祖，而以黄庭堅、陳師道及與義爲三宗。如以詞論，則師道爲勉强學步，庭堅爲利鈍互陳，皆迥非與義之敵矣。開卷《法駕導引》三闋，與義已自注其詞爲擬作，而諸家選本尚有稱爲赤城韓夫人所製，列之仙鬼類中者。證以本集，亦足訂小説之誣焉。

黄花莽云： 去非詞雖不多，語意超絶，識者謂可摩坡仙之壘。

《古今詞話》：『杏花疏影裏，吹笛到天明』，爽語也，其詞在濃與淡之間。

《藝概》： 詞之好處，有在句中者，有在句之前後際者。陳去非《虞美人》『吟詩日日待春風，及至桃花開後卻匆匆』，此好在句中者也。《臨江仙》：『杏花疏影裏，吹笛到天明』，此因仰承『憶昔』、俯注『一夢』，故此二句不覺豪酣，轉成悵悒，所謂好在句外者也。儻謂現在如此，則騃甚矣。

許蒿廬云： 陳去非《臨江仙》，神到之作，無庸拾襲。

桉：《無住詞》除毛刻外，有朱彊邨刻，爲宋胡穉箋本。《四庫全書提要》所稱開卷《法駕導引》三闋，朱竹垞《詞綜》、周勒山《林下詞選》，竝作赤城韓夫人。《古今詞話》云：『紹興間，都下有烏衣椎髻女子歌云：「朝元路，朝元路」云云，凡九闋，皆非人世語。或記之，以問一道士。道士驚曰：「此赤城韓夫人所製水府蔡真君《法駕導引》也。烏衣女子，疑龍云。」』去非詞自序與《詞話》所云略同。《詞話》以去非詞屬韓夫人，選家遂遞相沿襲矣。《花草粹編》作『陳去非』，蓋明人尚不誤。《夷堅志》云：『陳東靖康間嘗飲於京師酒樓，有倡向座而歌，東不之顧。乃去，倚闌獨立，歌《望江南》詞，音調清越。東不覺傾聽，視其衣服故敝，時以手揭衣爬搔，肌膚綽約如雪。乃復召，使前再歌之。其詞曰：「闌干曲，紅颺繡簾旌。花嫩不禁纖手捻，被風吹去意還驚。眉黛蹙山青。　　鏗鐵板，閒引步虛聲。塵世無人知此曲，卻騎黃鶴上瑤京。風冷月華清。」東問何人所製。曰：「上清蔡真人詞也。」歌罷，得數錢卽下樓，亟追之，已失所在矣。』此二詞清超絕俗，與去非詞意境相若，又未知誰氏所託，不可攷。

何㮚

㮚，字文縝，仙井人。政和五年進士第一，擢祕書省校書郎，歷主客員外郎、起居舍人，遷中書舍人兼侍講。坐與蘇軾鄉黨，出知遂寧府，未行，留爲御史中丞。疏論王黼姦邪專橫十五罪，黼罷，㮚亦以徽猷閣待制知秦州。欽宗卽位，復以中丞召，除翰林學士，進尚書右丞、中書侍郎，俄以資政殿大學士領開封尹，拜尚書右僕射。徽、欽北狩，隨扈陷金，不食，卒。建炎初，贈大學士，官其家七人。

〔詞話〕

《碧雞漫志》：何文縝在館閣時，飲一貴人家，侍兒惠柔者解帕子爲贈，約牡丹開再集。何甚屬意，歸作《虞美人》曲，曲中隱其名云：『分香帕子揉藍膩。欲去殷勤惠。重來直待牡丹時。只恐花枝知後故開遲〔一〕。元注：桉《詞綜》云：『重來約在牡丹時，只恐花枝相妒故開遲。』別來看盡閒桃李。日日闌干倚。催花無計問東風。夢作一雙蝴蝶遶芳叢。』何書此曲與趙詠道，自言其張本云。

《香東漫筆》：晏同叔賦性剛峻，而詞語特婉麗。蔣竹山詞極穠麗，其人則褎節終身。何文縝少時會飲貴戚家，侍兒惠柔慕公丰標，解帕爲贈，約牡丹時再集。何賦《虞美人》詞，有『重來約在牡丹時，只恐花枝相妒故開遲』之句，後爲靖康中盡節名臣。國朝彭羨門孫遹《延露詞》吐屬香豔，多涉閨襜；與夫人伉麗綦篤，生平無姬侍，詞固不可槩人也。

桉：據晦叔《漫志》，何文縝屬意侍兒惠柔，曲中隱其名云云，則首句『揉藍』字當作『柔藍』，歇拍『夢爲蝴蝶』託恉空靈。昔人詞評有云語盡而意不盡，意盡而情不盡，此等處庶幾似之。通首吐屬名雋，風華掩映，固當與小宋抗行。

【校記】

〔一〕枝：底本作『知』，參照下文改。

潘良貴

良貴，字義榮，一字子賤，號默成居士，金華人。政和五年，以廷試第二人爲辟雍博士，歷祕書郎、主客郎中，提舉淮南東路常平。建炎初，爲左司諫。黄潛善、汪伯彦惡之，改除工部，主管明道宫。越數年，除考功郎，遷左司。乞補外，以直龍圖閣知嚴州。到官兩月請祠，主管亳州明道宫。起爲中書舍人，出知明州，除徽猷閣待制。李光得罪，坐嘗與通書，降二官。卒，贈左朝奉大夫。有《默成集》五卷。〔一〕

桉：默成居士中秋《滿庭芳》云：『夾水松篁，一天風露，覺來身在扁舟。桂花當午，雲捲素光流。起傍篷窗危坐，飄然竟、欲到瀛洲。人世樂，那知此夜，空際列瓊樓。休休。閒最好，十年歸夢，兩眼鄉愁。謾贏得、蕭蕭華髮盈頭。往事不須追諫，從今去、拂袖何求。尊餘酒，持杯顧影，起舞自相酬。』此詞清空蕭爽，意境甚高，作磨鏡帖人襟袌，固當如是。陶氏録入《詞綜補遺》，未詳所出。

【校記】

〔一〕此後，《宋人詞話》有『附攷』一項，凡一則，迻録於下：

《鶴林玉露》：潘良貴，字子賤，自少有氣節。崇觀間爲館職，不肯遊。蔡京父子間使淮南，不肯與中官同燕席。靖康召對，力論時宰何㮚、唐恪誤國。未幾，言皆驗。宋建炎初，召爲右司諫，首論亂臣逆黨當用重法，以正邦典，壯國威，且及當時用事者姦邪之狀，大爲汪、黄所忌。書奏三日，左遷而去。復召爲右史從臣。向子諲奏事，高宗因與論筆法，言久不輟。子賤舉笏近前，厲聲曰：『向子諲以無益之言，久瀆聖聽。』叱之使下，左右皆膽落，由是又去國。晚年力量尤凝定。秦檜勢正炎炎。冷處一角，笑傲泉石，作《三戒説》，深以在得之規痛自警勵。秦雖令人致語，亦不答。自少至老，出入三朝，而前後在官不過八百六十餘日。所居僅蔽風雨，郭外無尺寸之田，經界法行，獨以丘墓之寄輸帛數尺而已。有《磨鏡帖》行於世，言：『讀書者將以治心養性，如用藥以磨鏡也。若積藥鏡上而不加磨治，未必不反爲鏡累。張禹、孔光是已。』其大意如此，世以爲名言。子賤自號默成居士。

洪皓

皓，字光弼，番陽人。政和五年進士，宣和中秀州司録。建炎三年召對，遷五官，擢徽猷閣待制，假禮部尚書。爲大金通問使，留金十五年。校：當作十四年。紹興十二年還朝，除徽猷閣直學士，提舉萬壽觀兼權直學士院。秦檜甚之，侍御史李文會承檜指劾皓，出知饒州。罷爲提舉江州太平觀，責濠州團練副使，安置英州。居九年，復朝奉郎，徙袁州，至南雄州，卒。復徽猷閣學士，謚忠宣。有集五十卷。

〔詞話〕

《容齋五筆》：先忠宣公好讀書，北困松漠十五年，南謫嶺表九年，重之以風淫末疾，而繙閱書策，早暮不置。紹興丁巳，所在始歌《江梅引》詞，不知爲誰人所作，己未、庚申年，北庭亦傳之。至於壬戌，公在燕，赴張總侍御家宴，侍妾歌之，感其『念此情，家萬里』之句，愴然曰：『此詞殆爲我作。』既歸，不寐，遂用韻賦四闋。時在囚拘中，無書可檢，但有《初學記》、韓、杜、蘇、白樂天集，所引用句語，一一有來處。北方不識梅花，士人罕有知梅事者，故皆注所出。其一《憶江梅》云：『天涯除館憶江梅。幾枝開。使南來。還帶餘杭、春信到燕臺。準擬寒英聊慰遠，隔山水，應銷落，赴愬誰？　空恁遐想笑摘蘂。斷回腸，思故里。漫彈綠綺。引三弄、不覺魂飛。更聽胡笳、哀怨淚沾衣。亂插繁華須異日，待孤諷，怕東風，一夜吹。』其二《訪寒梅》云：『春還消息訪寒梅。賞初開。夢吟來。映雪銜霜、清絕繞風臺。可怕長洲桃李妒，度香遠，驚愁眼，欲媚誰？　曾動詩興笑冷蘂。效少陵，慙下里。萬株連綺。嘆金谷、人墜鶯飛。引領羅浮、翠羽幻青衣。月下花神言極麗，且同醉，休先愁，玉笛吹。』其三《憐落梅》云：『重閨佳麗最憐梅。牖春開。學妝來。爭粉翻光、何遽落梳臺。笑坐雕鞍歌古曲，催玉柱，金卮滿，勸阿誰。　貪爲結子藏暗蘂。斂蛾眉，隔千里。舊時羅綺。已零散、沈謝雙飛。不見嬌姿、真悔著單衣。若作和羹休訝晚，墮烟雨，任春風，片片吹。』第四篇失其稾。每首有一『笑』字，北人謂之《四笑江梅引》，爭傳寫焉。

桉：洪忠宣《江梅引》詞，換頭『蘂』、『里』、『綺』三韻仄叶，調情婉麗可憙。詞本四闋，《容齋五筆》云第四篇失其稿。檢《陽春白雪》載忠宣《江梅引》一闋，政用此韻，題爲『使北時和李漢老』，詞云：『去年湖上雪欺梅。月飛來。片雲開。雪月光中、無處認樓臺。今歲梅開依舊雪，人如月，對花笑，還有誰？　一枝兩枝三四蘂。想西湖，今帝里。綵牋爛綺。孤山外、目斷雲飛。坐久花寒、香露濕人衣。誰作叫雲橫短玉，三弄徹，對東風，和淚吹。』此詞過拍亦有『笑』字，未知即失稿之第四篇否。

李持正

持正，字季秉。政和五年登進士第，歷知德慶、南劍、潮陽三郡，終朝請大夫。

桉：李季秉詞《明月逐人來》云：『星河明澹。春來深淺。紅蓮正、滿城開徧。禁街行樂，暗塵香拂面。皓月隨人近遠。　天半鼇山，光動鳳樓西觀。東風靜、珠簾不捲。玉輦待歸，雲外聞絃管。認得宮花影轉。』見《御選歷代詩餘》。此詞乃都門元夕之作，首句『星河明澹』，春夕無河，所謂星河，或就燈市風景約略言之，亦猶紅蓮、鼇山之類，而『明澹』字亦欠合，殆乘興涉筆，勿庸於字句間認筌執象耳。

沈與求

與求，字必先，德清人。政和五年進士，除太學錄。靖康改元擢博士。建炎初，通判明州，除監察御史。疏論執政過失，遷兵部員外郎，更除殿中侍御史，遷御史中丞，改吏部尚書，權翰林學士兼侍讀。歷知潭州，知鎮江府，荊湖南路、兩浙西路安撫使，除參知政事，知樞密院事。卒，贈左銀青光祿大夫，謚忠敏。有《龜溪集》十二卷，長短句坿。〔一〕

桉：《龜溪集》長短句坿第三卷律詩後，僅四闋。《浣溪沙·和鄭慶襲雪中作》云：『雲幕垂垂不掩關。落鴻孤沒有無間。雪花欺鬢一年殘。　欲把小梅還鬭雪，冷香嫌怕亂沈檀。惱人歸夢繞江干。』又：『花信催春入帝關。玉霙爭臘去留間。不禁風力又吹殘。　客舍不眠清夜冷，縈愁一縷嫋旃檀。空庭月落斗闌干。』

【校記】

〔一〕此後，《宋人詞話》有『附攷』一項，凡一則，迻錄於下：

李彥穎《龜溪集序》：忠敏沈公由吏尚書奉祠歸里，論文說詩，亹亹不倦。尤喜論體製格律，源流所自，不務苟作。

王昂

昂，政和八年狀元。

〔詞話〕

《山房隨筆》『補遺』：探花王昂榜下擇壻，時作《催妝詞》云：『喜氣滿門闌光動，綺羅香陌。行到紫薇花下，悟身非凡客。不須脂粉汙天真，嫌怕太紅白。留取黛眉淺處，畫章臺春色。』

桉：王昂《催妝詞》調寄《好事近》，《山房隨筆》作王昂，誤。《花菴絕妙詞選》錄昂此詞，小傳云嘉王榜狀元及第一；《隨筆》云探花，亦異。《御選歷代詩餘》以此詞屬之荊公父益，亦撰輯者之誤。

歷代詞人考略卷二十二

宋十六

何大圭

大圭，字揗之，桉：一作晉之。廣德人。政和八年登進士第，爲祕書省著作郎。

〔詞評〕

《古今詞話》：『玉船風動酒鱗紅』，何大圭《小重山》句，高恥菴列爲麗句圖，曰：『此等句在天壤間有限，如雲錦月鉤，造化之巧，非人力所能。』然又本於山谷『酒面紅鱗恰細吹』也。

《珠花簃詞話》：何揗之《小重山》『玉船風動酒鱗紅』之句見稱於時，此等句列爲麗句則可，謂『在天壤間有限』，似乎獎許太過。余喜其換頭『車馬去悤悤，路隨芳草遠』十字，寓情於景，其麗在神。

《織餘瑣述》：『玉船風動酒鱗紅』，此『紅』字與『小槽酒滴珍珠紅』之『紅』字不同，蓋酒與臉霞相映，此其所以爲麗也。此句作如此解，與下過拍二句意尤貫穿。

桉：何揗之《小重山》全闋云：『綠樹鶯啼春正濃。釵頭青杏小，綠成叢。玉船風動酒鱗紅。歌聲咽，相見幾時重。　車馬去悤悤。路隨芳草遠，恨無窮。相思只在夢魂中。今宵月，偏照小樓東。』見《花菴絶妙詞選》。又有《蝶戀花》一闋『魚尾霞收』云云，見《陽春白雪》，元注又出《清真集》。

王庭珪

庭珪，字民瞻，安福人。崇寧癸未試三舍，爲首選。政和八年進士，調茶陵丞兼造船場。憲臺初與薦牘，久之，欲役船工造家俱，庭珪卻其薦，遂告歸，葺草堂於盧溪，人稱盧溪先生。紹興十二年，胡銓上疏乞斬秦檜，謫新州，庭珪以詩送行，坐訕謗，送辰州編管。檜死，許自便。孝宗立，改承奉郎，除國子監主簿。以年老乞祠，主管台州崇道觀。乾道六年，以胡銓薦復召，明年始到闕，引對，除直敷文閣，領祠如故。卒年九十三。有《盧溪集》五十卷，詞二卷。

〔詞話〕

《宋名臣言行錄》：　王盧溪先生知時事阽危，無宦遊意，學道箸書，若將終身焉。壽皇之代，與朱晦菴同以詩人薦，敦召再三，踰年始至。壽皇一見契合，優詔獎之，曰：『粹然純儒，凜有直節。』命直敷文閣，時年九十有三。其詩詞格力雅健，興寄高遠，不知其齒之宿也。嘗作上元鼓子詞云：『玉漏春遲，鐵關金鎖星橋夜。暗塵隨馬，明月應無價。　天半朱樓，銀漢波光射。更深也，翠蛾如畫，猶在涼蟾下。』蓋寄《點絳脣》云。

案：盧溪先生以送行詩得罪除名，編隸辰州。《花菴絶妙詞選》盧溪詞凡五闋，有辰州泛舟送郭景文、周子康赴行在《桃源憶故人》云：『催花一霎清明雨。留得東風且住。兩岸柳汀烟塢。未放行人去。　人如雙鵠雲間舉。明夜扁舟何處。只向武陵南渡。便是長安路。』又《感皇恩》句云：『無情江水，斷送扁舟何處。』《解佩令》歇拍云『送人行、水聲淒咽』，狀别離之景，肆口而成，不煩追琢，自然含意無盡。《盧溪詞》有海寧趙氏萬里新輯《宋金元人詞》本〔一〕。

【校記】

〔一〕按：末句係增補。眉批云：『趙輯詞，原本皆未注出，蓋此書編輯在趙書之先也。今爲補出。』

朱翌

翌，字新仲，自號灊山居士，懷寧人。晚居鄞，號省事老人。政和八年進士，任溧水主簿，爲江寧王彦昭幕官。高宗朝爲祕書監，預修《徽宗實録》，歷官中書舍人。秦檜相，逐趙鼎，翌以鼎黨貶韶州，在韶十九年。起知嚴國，寧國、平江三郡，官至敷文閣待制。卒，累贈少師。有《灊山集》三卷。

〔詞話〕

《耆舊續聞》：待制公十八歲時嘗作樂府云：『流水泠泠，斷橋斜路横枝亞。雪花飛下。全勝江南畫。　白璧青錢，欲買應無價。歸來也。風吹平野。一點香隨馬。』朱希真訪司農公不值，於几案間見此詞，驚賞不已，遂書於扇而去。初不知何人作也，一日，洪覺範見之，敏其所從得，朱具以告。二人因同往謁司農公，問之，公亦愕然。客退，從容詢及待制公，公始不敢對，既而以實告。司農公責之曰：『兒曹讀書，正當留意經史間，何用作此等語耶？』然其心實喜之，以爲此兒他日必以文名於世。今諸家詞集及《漁隱叢話》皆以爲孫和仲或朱希真所作，非也。正如詠摺疊扇詞云：『宮紗蜂趁梅，寶扇鸞開翍。數摺聚清風，一捻生秋意。　搖搖雲母輕，裊裊瓊枝細。莫解玉連環，怕作飛花墜。』余嘗親見稾本於公家。今《于湖集》乃載此詞，蓋張安國嘗爲人題此詞於扇故也。大抵公於文不苟作，雖遊戲嘲謔，必極其精妙。嘗詠五月菊詞云：『玉臺金盞對炎光。全似去年香。有意莊嚴端午，不應忘卻重陽。　菖蒲九節，金英滿把，同泛瑤觴。舊日東籬陶令，北窗正臥羲皇。』又與秦師垣啓：『雞鳴函谷，孟嘗繇是以出關；雁落上林，屬國已聞於歸漢。』蓋秦嘗留金庭，未幾縱還；既而金人復悔，遣騎追之，已無及矣。公之用事親切多類此，遂得擢用。

《揮麈後錄》：朱新仲仕江寧，在王彥昭幕中。彥昭好令人歌柳三變樂府新聲，新仲嘗作樂語曰：『正好歡娛，歌葉樹，數聲啼鳥。不妨沈醉，拚畫堂、一枕春酲。』皆柳詞中語。

〔詞評〕

《詞苑》：朱新仲嘗雪中至西湖看梅，作《點絳脣》詞云云。西湖詠梅者多矣，而不爲瑪琢，自然大雅，首推此詞。

桉：朱新仲詠摺疊扇詞，調寄《生查子》；《詠五月菊》詞，調寄《朝中措》。陳西塘氏辨《生查子》詞入《于湖詞》之譌。今檢汲古閣刻本《于湖詞》並無此詞，陳氏所見當別是一本。乾隆時，鄞縣袁陶軒鈞輯《四明近體樂府》，新仲詞又有道山亭餞張椿老赴行在《謁金門》云：『風露底。

石上岸巾愁起。月到房心天似水。亂峯青影裏。 此去登瀛須記。今夕道山同醉。春殿明年人共指。玉皇香案史。』《灊山詩餘》有朱彊村刻本〔一〕。

【校記】

〔一〕按：末句係增補。眉批云：『編此書時，《彊村叢書》尚未刻全，故多遺漏，今爲補出。』

朱松

松，字喬年，婺源人。政和八年登進士第，調尤溪尉。胡世將、謝克家薦之，擢祕書省正字。趙鼎都督川陝荊襄軍馬，辟松爲屬，辭。鼎再相，除校書郎，遷著作郎。以御史中丞常同薦，除度支員外郎、史館校勘，歷司勳吏部郎。以忤和議，秦檜風御史論劾，出知饒州，未上，卒。有《韋齋集》。

〔詞話〕

《聽秋聲館詞話》：朱子父韋齋公松尉尤溪時，醉宿鄭氏閣，賦《蝶戀花》云：『清曉方塘開一鏡。落絮飛花，肯向春風定。點破翠奩人未醒。餘寒猶倚芭蕉勁。 擬託行雲醫酒病。簾捲閒愁，空占紅香徑。青鳥呼君君莫聽。日邊幽夢從來正。』見《南溪書院志》。《詞綜》及補遺均未錄。

桉：韋齋先生《詠筍》詩，曾端伯《百家詩選》稱其點化精巧。其《蝶戀花》句云『落絮飛花，肯向春風定』，亦從陳謝元正貞『風定花猶落』句點化而出，此二句乃擅全闋之勝。

李璆

璆，字西美，汴人。政和間登進士第，調陳州教授，入爲國子博士，出知房州。宣和三年，廷議將取燕，上疏切諫，不省。及燕平，責監英州清溪鎮。尋赦還，爲郎，試中書舍人，以建言忤權要罷。紹興四年，以集英殿修撰知吉州，累遷徽猷閣直學士、四川安撫制置使。有《清溪集》二十卷。

桉：李西美詞《滿庭芳·詠梅》二首並見《梅苑》。今録其一，云：『白玉肌膚，清冰神彩，仙妃何事烟郵。自然標韻，羞入百花羣。不意盈盈瘦質，犯寒臘、獨作春溫。溪橋外，斜枝半吐，行客一銷魂。　清香無處著，雪中暗認，月下空聞。算誰許幽人，相伴芳尊。莫放高樓弄笛，忍教看、雪落紛紛。堪調鼎，濛濛烟雨，滋養待和羹。』其第二闋，《梅苑》連綴於前闋之後，未具作者姓字。《花草粹編》僅録此一闋，署李西美，從之。

李乘

乘，字德載。政和中，官昆山令。

桉：李德載詞《眼兒媚·詠梅》云：『雪兒魂在水雲鄉。猶憶學梅妝。玻瓈枝上，體薰山麝，色帶飛霜。　水邊竹外愁多少，不斷俗人腸。如何伴我，黄昏攜手，步月斜廊。』見《梅苑》。

袁綯

綯，政和中，教坊判官；宣和六年，爲教坊大使。

〔詞話〕

《續骫骳說》：政和中，袁綯爲教坊判官譔文字。一日，爲蔡京譔《傳言玉女》詞云：『淺淡梳妝，愛學女真梳掠。豔容司畫，那精神怎貌，校：「貌」字應叶，疑誤。此詞又見《樂府雅詞》「拾遺」、《花草粹編》，竝作「貌」。鮫綃映玉，鈿帶雙穿纓絡。歌音清麗，舞腰柔弱。宴罷瑤池，御校：「御」字下疑敓一平聲字，《雅詞》、《粹編》竝同。此調換頭應四字一句、三字二句叶風跨皓鶴。鳳凰臺上，有蕭郎共約。一面笑開，向月斜褰朱箔。東園無限，好花羞落。』上見之，改『女真』二字爲『漢宮』，而人莫解。蓋當時已與女真盟於海上矣，而中外未知。帝忌其語，故竄易之也。

《宣和遺事》：校：《宣和遺事》二卷，宋人所記，雖辭近瞽史，頗傷不文。但檢《述古堂書目》刊宋人詞話門，《百川書志》、《文淵閣書目》竝皆箸錄。茲據影覆宋本移錄一則，不稍刪潤，以存其舊云。宣和六年正月十四日夜，去大內門直上，一條紅緜繩上飛下一個仙鶴兒來，口內銜一道詔書。有一員中使接得展開，奉聖旨宣萬姓。有那快行家手中把著金字牌，喝道宣萬姓。少刻，京師民有似雲浪，盡頭上戴著玉梅、雪柳、鬧蛾兒，直到鼇山下看燈。卻去宣德門直上，有三四個貴官，金燃線幞頭舒角，紫羅窄袖袍，簇花羅。那三四貴官姓甚名誰？楊戩、王仁、何霍六、黃太尉，這四個得了聖旨，交撒下金錢銀錢，與萬姓搶金錢。那教坊大使袁綯曾作一詞，名做《撒金錢》：『頻瞻禮。喜昇平，又逢元宵佳致。鼇山高聳翠。對端門、珠璣交製。似嫦娥降仙宮，乍臨凡世。　恩露勻施。凭御闌、聖顔垂視。撒金錢，亂抛墜。萬姓推搶沒理會。告官裏。這失儀、且與免罪。』是夜撒金錢後，萬姓各各偏遊市井，可謂是：燈火熒煌天不夜，笙歌嘈雜地長春。

桉：《撒金錢》詞調，萬氏《詞律》、徐氏《詞律拾遺》及《拾遺補遺》竝未經箸録。其詞後段雖涉淺俚，然如前段句云：『鼇山高聳翠，對端門、珠璣交製。』尚不失爲工麗。若《傳言玉女》闋，則進乎作者矣。

范周

周，字無外，吴縣人。仲淹之姪孫，贊善大夫純古之子。政和時，諸生所居曰范家園。

〔詞話〕

《中吴紀聞》：范周少負不羈之才，工於詩詞，不求聞達，士林甚推重之。盛季文作守時，頗嫚士。無外嘗於元宵作《寳鼎現》詞投之，極蒙嘉獎，因遺酒五百壺。其詞播於天下，每遇燈夕，諸郡皆歌之。又雙蓮堂在木蘭堂東，舊芙蓉堂是也。至和初，光禄吕大卿濟叔以雙蓮花開，故易此名。政和中，盛密學季文作守，亦產雙蓮。范無外賦《木蘭花慢》詞云：『美蘭堂晝永，晏清暑、晚迎涼。控水檻風簾，千花競擁，一朵偏雙。銀塘。盡傾醉眼。訝湘娥、倦倚兩霓裳。依約凝情鑑裏，竝頭宮面高妝。　蓮房。露臉盈盈。無語處、恨何長。有翡翠憐紅，鴛鴦妒影，俱斷柔腸。淒涼。芰荷夜雨，褪嬌紅、換紫結秋房。堪把丹青對寫，鳳池歸去攜將。』桉：換頭『蓮房』句叶，與下『秋房』複；『露臉盈盈』句亦應叶。

桉：《詞林紀事》錄范無外《寶鼎現·元夕》詞云：『夕陽西下，暮靄紅溢，香風羅綺。乘夜景、華燈爭放，濃燄燒空連錦砌。睹皓月、浸嚴城如畫，花影寒能籠絳蘂。漸掩映、芙蕖萬頃，迆邐齊開秋水。　太守無限行歌意。擁麾幢、光勁珠翠。傾萬井、歌臺舞榭，瞻望朱輪駢鼓吹。控寶馬、耀貔貅千騎，銀燭交光數里。似亂簇、寒星萬點，擁入蓬壺影裏。　來伴宴閣多才，環豔粉、瑤簪珠履。恐看看丹詔歸春，宸遊燕侍。便趁早、占通宵醉。莫放笙歌起。任畫角、吹徹寒梅，月落西樓十二。』張宗橚桉：『此闋別本作康伯可，今從《中吳紀聞》訂正』云云。今檢《樂府雅詞》、《草堂詩餘》，此詞竝作康伯可，《花草粹編》亦作伯可，唯坿引《中吳紀聞》謂無外所作，疑卽此詞。張氏竟定此詞爲無外作，未知何所依據。《中吳紀聞》固未之載也。無外《雙蓮堂詞》及其詞事，張氏竝未採錄，詎未見《紀聞》全書耶？

蔡柟

柟，字堅老，南城人。宣和以前人，官宜春別駕，沒於乾道庚寅。曾公袞、呂居仁輩皆與之倡和。有《雲壑隱居集》三卷、《浩歌集》詞一卷。

桉：蔡堅老《鷓鴣天》云：『病酒厭厭與睡宜。珠簾羅幙捲銀泥。風來綠樹花含笑，恨入西樓月斂眉。　驚瘦盡，怨歸遲。休將桐葉更題詩。不知橋下無情水，流到天涯是幾時。』見《絕妙好詞》。此詞清麗芬惻，卓然名家，歇拍尤有神韻。堅老詞名《浩歌集》，陶氏《詞綜補遺》作《浩嘆集》，誤。

張元幹

元幹，字仲宗，自號蘆川居士，長樂人。向子諲之甥，太學上舍。政、宣間，以樂府擅名。坐紹興八年作詞送胡銓貶新州及寄李綱除名。有《歸來集》六卷、《蘆川詞》二卷。校：依宋本。

〔詞話〕

《百琲明珠》參《揮塵後錄》：張元幹以送胡銓及寄李綱詞坐罪，皆《金縷曲》也，元幹以此得名。仲宗挂冠後數年，秦檜始聞此詞，以它事追付大理，削籍焉。

《鶴林玉露》：山谷題玄真子圖詞，所謂『人間底是無波處，一日風波十二時』者，固已妙矣。張仲宗詞云：『釣笠披雲青嶂曉。橛頭細雨春江渺。白鳥飛來風滿棹。收綸了。漁童拍手樵青笑。明月太虛同一照。浮家泛宅忘昏曉。醉眼冷看朝市鬧。烟波老。誰能惹得閒煩惱。』語意尤飄逸。仲宗年逾四十卽挂冠，後因作詞送胡澹菴貶新州，忤秦檜，亦得罪，其標致如此，宜其能道玄真子心事。

《苕溪漁隱叢話》：張仲宗有《漁家傲》一詞『釣笠披雲』云云，余往歲在錢塘，與仲宗從遊甚久，仲宗手寫此詞相示，云舊所作也。其詞第二句元是『橛頭雨細春江渺』，余謂仲宗曰：『橛頭雖是船名，今以雨襯之，語晦而病。因爲改作「綠蓑雨細」。』仲宗笑以爲然。

《古今詞話》：沈雄曰：『《蘆川詞》如「溪邊翠靄藏春樹。小艇風斜沙觜路」，與「簾旌翠波颯，窗影殘紅一線」，楊慎《詞品》極歎賞之。』又：徐士俊曰：『張仲宗《踏莎行》云：「醒來扶上木蘭舟，將愁不去將人去。」引用李端詩「青楓綠草將愁去，遠入吳雲暝不還。」此返用之爲勝。』又：宋詞多以『否』字爲『府』，與『主』字、『舞』字同叶。張仲宗『短夢今宵還到否』，曹元寵謂閩音而通用者。

《賭棊山莊詞話》：宋時諺謂『吹笙』爲『竊嘗』，見張仲宗《蘆川詞》。校：仲宗《浣溪沙》詞小序：『范才元自釀，色香玉如，直與《綠萼梅》同調，宛然京洛氣味也，因名曰萼綠春，且作一首。諺以「竊嘗」爲「吹笙」云云。』

〔詞考〕

《四庫全書》『蘆川詞提要』：《宋史·藝文志》載其詞二卷，陳振孫《書錄解題》則作一卷，與此本合。校：紹興八年十一月，待制胡銓謫新州，元幹作《賀新郎》詞以送，坐是除名。元注：攷《宋史·胡銓傳》，其上書乞斬秦檜在戊午十一月，則元幹除名，自屬此時。毛晉跋以爲辛酉，殊爲未審。謹坿訂於此。又：李綱疏諫和議亦在是年十一月，綱斯時已提舉洞霄宮。元幹又有寄詞一闋，今觀此集，卽以此二闋壓卷，蓋有深意。其詞慷慨悲涼，數百年後尚想見其抑塞磊落之氣。然其它作則多清麗婉轉，與秦觀、周邦彥可以肩隨。毛晉跋曰：『人稱其長於悲憤，及讀《花菴》、《草堂》所選，又極嫵秀之致。』可謂知言。至稱其『洒窗間，唯稷雪』句，引《毛詩疏》爲證，謂用字多有出處，則其說似是而實非。詞曲以本色爲最難，不尚新僻之字，亦不尚典重之字。『稷雪』二字，拈以入詞，究爲別格，未可以之立制也。又卷內《鶴沖天》調本當作《喜遷鶯》，晉乃注云：『向作《喜遷鶯》，誤。今改作《鶴沖天》。』不知《喜遷鶯》之亦稱《鶴沖天》，乃後人因韋莊《喜遷鶯》詞有『爭看鶴沖天』句而名調，止四十七字，元幹正用其體。晉乃執後起之新名，反以元名爲誤，尤疏於攷證矣。

校：宋人《菉斐軒詞韻》五『車夫』上聲、《詞林正韻》第四部『魚語韻』上聲，竝有『否』字，方古切。張仲宗《賀新郎》以『否』叶『土』、『舉』，不得謂用閩音叶韻也。黄元寵詠早梅《驀山溪》歇拍云：『消瘦損，東陽也，試問花知否。』其詞通首亦魚語韻。又：仲宗所作壽詞太半以一『壽』字爲題，不箸壽者何人，此法可師。《蘆川詞》近吴氏有覆宋刻本二卷。

邢俊臣

俊臣，宣、政間戚里子，嘗責爲越州鈐轄。

〔詞話〕

《詞苑叢談》：宣、政間戚里子邢俊臣性滑稽，喜嘲詠，常出入禁中。善作《臨江仙》詞，末章必用唐律兩句爲謔，以寓調笑。徽皇置花石綱，石之大者曰神運石，大舟排聯數十尾，僅能勝載。既至，上大喜，置艮嶽萬歲山，命俊臣爲《臨江仙》詞，以『高』字爲韻。末句云：『巍峩萬丈與天高。物輕人意重，千里送鵝毛。』又令賦陳朝檜，以『陳』字爲韻。檜亦高五六丈，圍九尺餘，枝葉覆地幾百步。詞末云：『遠來猶自憶梁陳。江南無好物，聊贈一枝春。』上容之，不怒也。内侍梁師成位兩府，甚尊顯用事，以文學自命，尤自矜爲詩。因進詩，上稱善，顧謂俊臣曰：『汝可爲好詞，以詠師成詩句之美。』且命押『詩』字韻。俊臣口占，末句云：『欲知勤苦爲新詩。吟安一個字，撚斷數莖髭。』上大笑。師成恨之，譖其漏泄禁中語，謫爲越州鈐轄。太守王嶷聞其名，置酒待之。宴罷醉歸，燈火蕭疏，明日攜詞見帥，敘其寥落之狀，末云：『捫窗摸戶入房來。笙歌歸院落，燈火下樓臺。』席間有妓秀美，而肌白如玉雪，頗有腋氣。豐甫令乞詞，末云：『酥胷露出白皚皚。遙知不是雪，爲有暗香來。』又有善歌舞而體肥者，末云：『只愁歌舞罷，化作綵雲飛。』邢雖小才，亦是滑稽之雄，子瞻若在，當爲絕倒。

《古今詞話》：沈雄曰：『蘇長公爲遊戲之聖，邢俊臣亦滑稽之雄。蘇贈舞鬟云：『春入腰支，金縷細輕柔。種柳應須柳柳州。』蓋用呂溫嘲宗元詩『柳州柳刺史，種柳柳江邊』也。邢作《花石綱》應制云：『巍峩萬丈與天高。物輕人意重，千里送鵝毛。』末用成句以諷徽宗也。若稼軒之《重疊金》云：『人言頭上髮，總向愁中白。拍手笑沙鷗，滿身都是愁。』便不成詞意。

桉：邢俊臣喜用唐人律句作《臨江仙》詞，惜全闋不傳於世，其賦艮嶽大石及陳朝檜，託恉諷刺，庶幾譎諫者流。乃至奉諭詠梁師成詩，一以俳諧出之，不但不涉諛詞，其曰『吟安一個字，撚斷數莖髭』，直是誚其不能爲詩，徒自苦耳，頗不爲權閹氣燄所懾。斯人風格，信非康伯可、曹元寵輩所可同日語。唯沈偶僧作詞話，乃竟與蘇長公相提並論，是則俊臣萬不克當耳。

韓師厚 鄭雲娘

師厚，字及占籍不詳。

〔詞話〕

《織餘續述》：韓師厚《御街行》云：『無言倚定馬門兒，獨對滔滔雪浪。』今人猶呼船門爲馬門，船有幾倉曰幾道馬門。

按：韓師厚詞《御街行》云：『合和朱粉千餘兩。捻個觀音樣。大都卻似五三分，少一副玲瓏五臟。等人合眼，來人眼底，終夜空勞攘。　香魂媚魄知何往。料只在、船兒上。無言倚定馬門兒，獨對滔滔雪浪。若將愁淚，還做水算，幾個黃天蕩。』見《花草粹編》。又《粹編》卷十二錄鄭雲娘《勝州令》，姓名下注：『韓師厚妻。』

呂頤浩

頤浩，字元直。其先樂陵人，徙齊州。登進士第。徽宗時，歷官至河北都轉運使，以病乞退，提舉崇福宮。高宗即位，起知揚州，除戶部侍郎，進吏部尚書。建炎二年，拜同簽書樞密院事、江淮兩浙制置使，改江東安撫制置使兼知江寧府，進尚書右僕射、中書侍郎兼御營使，改同中書門下平章事兼知樞密院事。紹興八年，以少傅、醴泉觀使致仕。卒，贈太師，封秦國公，謚忠穆。有《忠穆集》八卷。

按：呂元直詠紫微觀石牛《水調歌頭》云：『一片蒼崖璞，孕秀自天鍾。渾如暖烟堆裏，乍放力猶慵。疑是犀眠海畔，貪玩爛光銀彩，精魄入蟾宮。潑墨陰雲妒，蟾影淡朦朧。　潙山頌，戴生筆，寫難窮。些兒造化，憑誰細與問元工。那用牧童鞭索，不入千羣萬隊，扣角起雷同。莫怪作詩手，偷入錦囊中。」見《詞綜補遺》。

趙長卿

長卿，桉：宋玉牒命名，無卿字輩。長卿疑其字也，名不可攷。自號仙源居士，南豐人。宋宗室。有《惜香樂府》十卷。

〔詞考〕

《四庫全書》『惜香樂府提要』：是集分類編次，凡春景三卷、夏景一卷、秋景一卷、冬景一卷，總詞三卷拾遺一卷。據毛晉跋語，乃當時鄉貢進士劉澤所定。其體例殊屬無謂，且夏景中如《減字木蘭花·詠柳》一闋、《畫堂春·輦下游西湖》一闋宜屬之春，冬景中《永遇樂》一闋宜屬之秋，是分隸亦未盡愜也。其詞往往瑕瑜互見，卷二中《水龍吟》第四闋以『了』、『少』、『峭』叶『晝』、『秀』，純用江右鄉音，終非正律；卷五中《一翦梅》尾句『纔下眉尖，恰上心頭』，勦襲李清照此調元句，竄易三字，殆於點金成鐵；卷六中《叨叨令》一闋純作俳體，已成北曲。至卷七中《一叢花》一闋，本追和張先作，前半第四句，張詞三字一句、四字一句，此乃作七字一句；後半末三句，張詞四字二句、五字一句，此乃作三字一句、五字二句，是並音律亦多不協。然長卿恬於仕進，觴詠自娱，隨意成吟，多得淡遠蕭疏之致，固不以一眚廢之。它如《小重山》前闋結句用『疏雨韻入芭蕉』六字，亦不合譜，殆毛晉刊本誤增『雨』字。又，卷六中梅詞一首題曰《一翦梅》，而注曰『或刻《攤破醜奴兒》』，不知此調非《一翦梅》，當以別本爲是。卷五之《似娘兒》卽卷八之《青杏兒》，亦卽名《醜奴兒》。詧於《似娘兒》下注云『或作《青杏兒》』，於《青杏兒》下注云『舊刊《攤破醜奴兒》』，非不知，誤在『攤破』二字。《醜奴兒》實非誤刻，是又明人校讐之失，其過不在長卿矣。

校：《惜香樂府》有《驀山溪·和曹元寵賦梅韻》，知長卿爲徽宗時人。又有《清平樂·忠孝堂呈李宜山同舍》，當是曾爲太學諸生。詞凡十卷，約三百闋，在六十家中爲裒然鉅帙。其《眼兒媚》『樓上黄昏』闋，乃秦少游作；《念奴嬌》『見梅驚笑』闋，乃朱希真作；《賀新郎》『篆縷銷金鼎』闋，乃李玉作。皆明人改編時羼入也。

張綱

綱，字彦正，金壇人。校：《宋史》本傳：丹陽人。入太學，以上舍及第，除太學正。歷博士校書郎，與蔡京論事不合，去職，主管玉局觀。久之，還故官，遷著作佐郎、屯田司勳郎，出爲兩浙提刑，移江東。以左司召，權監察御史，進中書舍人，除給事中、侍御史。秦檜用事，久臥家，不與通問。檜死，召爲吏部侍郎兼侍讀，權吏部尚書，除參知政事。以資政殿學士知婺州，致仕。卒，謚文定，改章簡。有《華陽集》，長短句一卷。

〔詞話〕

《織餘瑣述》：宋人集中壽詞，太半敷衍無味之作，然如張綱《華陽長短句·浣溪沙·榮國生日》

三首，其二云：『臘日銀罌翠管新。潘輿迎臘慶生辰。捲簾花簇錦堂春。百和寶薰籠瑞霧，一聲珠唱駐行雲。流霞深勸莫辭頻。』其三云：『象服華年兩鬢青。喜逢生日是嘉平。何妨開宴雪初晴。酒勸十分金鑿落，舞催三疊玉娉婷。滿堂歡笑祝椿齡。』未嘗不清新流麗也。

桉：張章簡《華陽長短句》，近彊邨朱氏刻本，詞凡三十五闋。嘗謂兩宋人詞，雖非塼家之作，大都深穩沈著，以氣格勝。雖有不經意處，亦是宋人不經意處，甚至於有疵纇，亦是宋人之疵纇，竝非時下人所及。如《華陽長短句》之類，即非塼家而沈著入格者。

王寀一作采

寀，字輔道，一字道輔，自號南陝居士，德安人。登第後爲校書郎，歷翰林學士。宣和初，官至兵部侍郎，以譖坐法。

〔詞話〕

《能改齋漫錄》：『日月無根天不老。浮生總被銷磨了。陌上紅塵常擾擾。昏復曉。一場大夢誰先覺。　雒水東流山四繞。路旁幾個新華表。見說在時官職好。爭通道。冷烟寒雨埋荒草。』王寀輔道侍郎《漁家傲》詞也。歌之，使人有遺世之意。王在徽宗朝，嘗奏天神降其家，徽宗欲出幸，左右奏恐有不測，宜有以審其真僞。既中使至，其家無有也，因坐誣以死。世謂輔道乃曉人，不應爾。蓋輔道，韶之子，韶熙河用兵，濫殺者多，故冤以致其禍耳。

〔詞評〕

《碧雞漫志》：王輔道、履道善作一種俊語，其失在輕浮。輔道誇捷敏，故或有不縝密。

桉：王道輔詞《玉樓春》云：『多情只有舊時香，衣上經年留得住。』《浣溪沙》云：『舊事只將雲入夢，新歡重借月爲期。』王晦叔所謂俊語也。『幾時能句姑后切夜何長』，則近於輕浮矣。又有詠梨花《蝶戀花》云：『縷雪成花檀作蘂。愛伴秋千，摇曳東風裏。翠袖年年寒食淚。爲伊牽惹愁無際。　幽豔偏宜春雨細。紅粉闌干，有個人相似。鈿合金釵誰與奇。丹青傳得淒涼意。』見《全芳備祖》及《詞綜》。許蒿廬云：『後半闋暗用《長恨歌》語意。』又有前調詠牡丹、海棠、桃花、木瓜四闋，末句竝用『丹青傳得』云云，疑是題畫之作，竝見《全芳備祖》。其牡丹闋換頭云：『斜倚青樓臨遠道。不管旁人，密共東君笑。』語絕媚嫵，似乎未經人道，施之牡丹，尤爲宜稱。

夏倪

倪，字均父，蘄州人。英公竦之孫，以宗女夫入仕。宣和庚子，自府曹左遷監祁陽酒稅，後知江州，卒。有《遠遊堂集》。

〔詞話〕

《能改齋漫録》：夏倪均父宣和庚子自府曹左遷祁陽酒官，過浯溪，登浯臺，愛其山水奇秀，自謂非中州所有，不減淵明斜川之遊，且作長短句，以《減字木蘭花》歌之云：『江涵曉日。蕩漾波光摇槳入。笑指浯溪。聱叟雄文鎖翠微。　休嗟不偶。歸到中州何處有。獨立風烟。湘水浯臺總接天。』

桉：浯臺在湖南祁陽縣境，唐大曆二年元次山結譔《㾶字从山，作峿臺銘》，夏均父詞止此一闋，它無傳作。據宗稷辰《永州金石志》，有張耒《題浯溪碑後》詩，王安中維舟石刻字，卟其時代，竝在靖康已前、宣和年間。當時永昌一邑詞流薈萃，金荃紅杏，齊芳楚畹已。

胡寅

寅，字明仲，學者稱致堂先生，崇安人。寶文閣直學士謚文定安國弟子，安國子之。宣和三年登進士第，以薦除祕書省校書郎，遷司門員外郎。建炎三年，爲駕部郎官，擢起居郎。以上書切直，呂頤浩惡之，除直龍圖閣，主管江州太平觀，尋命知永州。紹興四年，復起居郎，遷中書舍人，改集英殿修撰，以待制知嚴州，尋除禮部侍郎。秦檜當國，除徽猷閣直學士，仍提舉太平觀。坐與李光書譏訕朝政落職。檜死，復官。卒，謚文忠。有《斐然集》三十卷。

〔詞考〕

《渚山堂詞話》：　嚴瀨釣臺有書《水調歌頭》一闋，或謂朱晦翁所賦，然無可考證。予輯《草堂遺音》，寘此詞其中，姑依舊本定爲胡明仲之作，後有知者，或能是正也。

桉：　胡文忠過子陵釣臺《水調歌頭》云：『不見嚴夫子，寂寞富春山。空留千丈危石，高出暮雲端。想像羊裘披了，一笑兩忘身世，來把釣魚竿。肯似林間翮，飛倦始知還。　中興主，功業就，鬢毛斑。馳驅一世人物，相與濟時艱。獨悉狂奴心事，未羨癡兒鼎足，放去任疏頑。爽氣動星斗，終古照林巒。』見《聽秋聲館詞話》。元註：此詞或云朱文公作。檢朱文公《晦庵詞》，無此闋，當是文忠知嚴州時作。《嚴州圖經》云：紹興六年八月，胡寅以左奉議郎充徽猷閣待制知州事；七年閏十月，移永州。在嚴凡一年餘。

劉一止

一止，字行簡，歸安人。述之族孫，燾之族弟。七歲能屬文。宣和三年進士，爲越州教授。參知政事李邴薦爲詳定一司勑令所删定官，除祕書省校書郎，遷監察御史。歷起居郎、祠部郎，出知袁州，改浙東路提點刑獄，爲祕書少監，擢中書舍人兼侍講，遷給事中。以繳奏不已，爲用事者所忌，罷提舉江州太平觀，進敷文閣待制直學士，致仕，卒。有《非有齋類稾》五十卷、《苕溪集》三十卷、詞一卷。

〔詞話〕

《直齋書錄解題》：劉行簡嘗爲曉行詞，盛傳於京師，號劉曉行。〔一〕

桉：劉行簡曉行詞調寄《喜遷鶯》，詞云：『曉光催角。聽宿鳥未驚，鄰雞先覺。迆邐烟邨，馬嘶人起，殘月尚穿林薄。淚痕帶霜微凝，酒力衝寒猶弱。嘆倦客、悄不禁，重染風塵京洛。　追念，人別後，心事萬重，難覓孤鴻託。翠幌嬌深，曲屏香暖，爭念歲寒飄泊。怨月恨花煩惱，不是

不曾經著。這情味、望一成消滅，新來還惡。』其所箸《苕溪詞》已佚，近彊邨朱氏輯《湖州詞徵》，錄行簡詞，凡四十二闋。〔二〕

【校記】

〔一〕此後，《宋人詞話》有『附攷』一項，凡一則，迻錄於下：

《吳興備志》：劉一止與寧止梭：一止同榜進士，岑皆羣從昆弟，高宗嘗稱一止清、寧止忠、岑敏云。

〔二〕此後，《宋人詞話》有數語，迻錄於下：

秀城元夕《醉蓬萊》云：『正官橋柳潤，候館梅開，暮雲淒冽。澤國春歸，是燒燈時節。吹綻紅蕖，挽低星斗，共水光澄澈。霜瓦樓臺，參差似與，蓬壺相接。　千騎遨遊，萬家嬉笑，簾捲東風，弄妝成列。慢舞尊前，看輕盈回雪。來歲今宵，舜韶聲裏，對六鼇雙闕。鳳檢飛來，玉驄去踏，青門華月。』此詞勻穩精麗。《浣溪沙》云：『曾向蓬萊得姓名。坐中省識是飛瓊。琵琶翻作步虛聲。　一自當時收撥後，世間絃索不堪聽。夢回淒斷月朧明。』亦流麗可憙。《西河》句云：『淡花明玉不勝寒，綠尊初試冰蝗。』『淡花明玉』四字能傳美人之神。《念奴嬌》句云：『佳時輕過了，它年空憶。』誦之發人深省。

歷代詞人考略卷二十三

宋十七

曹組田中行

組，字彦章，後字元寵，潁昌人。未第之前已在西班。宣和三年進士。郊禮，進《祥光賦》，詔换武階兼閤門宣贊，舍之。中書召試，仍給事殿中，官至防禦使。有《箕潁集》二十卷。

〔詞話〕

《碧雞漫志》：政和間，曹組元寵每出長短句，膾炙人口，作《紅窗迥》雜曲數百解。

《苕溪漁隱叢話》：《桐江詩話》云：潁昌曹緯彦文、弟組彦章俱有俊才。彦文釋褐卽物故，彦章多依棲中貴人門下。一日，徽廟苑中射弓，左右薦至，對御作射弓詞《點絳脣》一闋云：『風勁秋高，頓知斗力生弓面。弝分筠簳。月到天心滿。　白羽流星，飛上黄金椀。胡沙雁。雲邊驚散。壓盡天山箭。』今人但知彦章善謔，不知其才，良可惜也。彦章兄弟幼孤，母王氏教養成就。王氏亦能詩。

又：曹元寵本善作詞，特以《紅窗迥》戲詞盛行於世，遂掩其名，如《望月婆羅門》詞亦豈不佳？詞云：『漲雲暮捲，漏聲不到小簾櫳。銀河淡埽澄空。皓月當軒高挂，秋入廣寒宮。正金波不動，桂影朦朧。　佳人未逢。嘆此夕、與誰同。望遠傷懷，對景霜滿愁紅。南樓何處，想人在、長笛一聲中。凝淚眼、泣盡西風。』此詞病在『霜滿愁紅』之句，時太早耳。曾端伯編《雅詞》，乃以此詞爲楊如晦作，非也。

《松窗錄》：元寵六舉不第，箸《鐵硯篇》自勵。宣和中成進士。有寵於徽宗，曾賞其《如夢令》『風弄一枝花影』及《點絳脣》『暮山無數。歸雁愁邊度』句。

《玉照新志》：『蹙破眉峯碧。纖手還重執。鎮日相看未足時，便忍使、鴛鴦隻。　薄暮投郵驛。風雨愁通夕。窗外芭蕉窗裏人，分葉上、心頭滴。』祐陵親書其後云：『此詞甚佳，不知何人作，奏來。』蓋以詢曹組者。宸翰今尚藏其家。

《清波別志》：紹興初，故老閒坐，必談京師風物，且喜歌曹元寵『甚時得歸京裏去』十小闋，聽之感慨有流涕者。五六十年後更無人說著，蓋耆舊日就淪謝，言之可勝於悒？

桉：宋曾慥《樂府雅詞》錄曹元寵詞三十一首。據晦叔《漫志》謂『元寵滑稽無賴之魁』，今就《雅詞》所錄審之，唯《相思會》、《品令》、《醉花陰》三首稍涉俚諺，自餘皆雅正入格，尤有疏爽沖淡之筆，詎可目之曰滑稽、詆之爲無賴耶？其《如夢令》『門外綠陰千頃』、《驀山溪》『護霜雲際』二首，尤爲卷中佳勝。它選本或誤《如夢令》爲秦少游作，雖少游，曷以加焉？其斷句如《阮郎歸》云『鞦韆人散月溶溶，樓臺花氣中』，《好事近》云『一陣暗香飄處，已難禁愁絕』，寫景言情，竝臻超詣。又《品令》歇拍云：『促織兒聲響雖不大，敢教賢睡不著。』『賢』字作『人』字用，蓋宋時方言，至今不嫌其俗，轉覺其雅。《箕潁詞》有海寧趙氏輯本。　又桉：《碧雞漫志》云：『今有過鈞容班教坊者，問曰：「某宜何歌？」必曰：「汝宜唱田中行、曹元寵小令。」田中行，極能寫人意中事，雜以鄙俚，曲盡要妙，當在万俟雅言之右，然莊語輒不佳。嘗執一扇，書句其上云：「玉蝴蝶戀花心動。」語人曰：「此聯三曲名也，有能對者，吾下拜。」北里狹邪間橫行者也。』據此，則田中行必工詞曲，今雖無傳作，其姓名弗可沒也。因坿著於曹組之次。

趙溫之

溫之，宋宗室，名及官位待攷。

〔詞話〕

《碧雞漫志》：田中行極能寫人意中事，雜以鄙俚，曲盡要妙。宗室溫之次之。長短句中作滑稽無賴語，起於至和，嘉祐之前猶未盛也。

桉：趙溫之有詞三闋，見《梅苑》。《踏莎行》云：『妖豔相偎，清香交噴。花王尤喜來親迎。有如二女事唐虞，羣芳休更誇相竝。　小雨資嬌，輕風借問。天應知我憐孤韻。莫驚歲歲有雙葩，儀真自古風流郡。』似詠竝蒂梅之作。此外尚有《喜遷鶯》、《踏青遊》二闋。

宋齊愈

齊愈，字文淵，一字退翁，里居未詳。宣和三年上舍第一。建炎初，官諫議大夫。

〔詞話〕

《古今詞話》：花菴詞客曰：宋退翁齊愈，宣和間爲太學官，固陵召對，曰：『卿文章新奇，可作梅詞進呈，須是不經人道語。』齊愈立進《眼兒媚》詞云：『霏霏疏影轉征鴻。人語暗香中。小橋斜渡，曲屏深院，水月濛濛。　人間不是藏春處，五笛曉霜空。江南處處，黄垂密雨，緑漲薰風。』天語稱善。次日，語近臣曰：『宋齊愈梅詞非唯不經人道，又且自開花説至結子，黄熟並天色言之，可謂盡之矣。』

按：《御選歷代詩餘》後坿詞話，録《宣和遺事》一則，所記宋齊愈被召進梅詞事，與沈雄《古今詞話》所述、黄昇《花菴詞選》之言政同，張宗橚《詞林紀事》因之。今檢《宣和遺事》影覆宋本，碻無記載此事之文，宗橚亦未攷也。徐釚《詞苑叢談》亦有此一則，未詳所出何書。

陳康伯

康伯，字長卿，弋陽人。宣和三年中上舍丙科，累遷太學正。建炎末，爲勑令删定官。紹興間，累遷軍器監，借吏部尚書使金。端午賜扇帕，與論拜受禮，坐言者罷知泉州。召對，除吏部侍郎，進尚書，拜參知政事，以通政大夫守尚書右僕射、同中書門下平章事，拜光祿大夫，轉左僕射。孝宗即位，命兼樞密使，封信國公，以太保、觀文殿大學士、福國公判信州。丐外祠，除醴泉觀使。未幾，復相，進封魯國公。卒，謚文恭。慶元初，配享孝宗廟庭，改謚文正。

校：陳文正詞《阮郎歸》云：『閒來溪上有雲飛。溪光接翠微。江南三月落花時。春波去櫂遲。尋竹路，破林扉。蒼苔舊釣磯。欲歸回首未成歸。黃塵滿素衣。』見《花草粹編》。

王之道

之道，字彥猷，自號相山居士，無爲軍人。宣和六年登進士第。靖康改元，調和州歷陽丞，攝歷陽令。建炎間，以便宜攝無爲軍，敘守禦功，改左宣議郎，進承奉郎，鎮撫司參謀官。紹興六年，知開州；八年，通判滁州。投匭上書，忤秦檜意，責監南雄州溪塘鎮鹽稅。檜死，起知信陽軍，提舉湖北常平茶鹽兼攝鼎州，除湖南轉運判官，權安撫使。以朝奉大夫致仕，卒。有《相山居士集》三十卷、詞一卷。

〔詞考〕

《善本書室藏書志》『相山居士詞提要』：之道，濡溪人。宣和六年與兄之義、之深同舉進士。歷官樞密使，封魏國公。閣本《相山集》三十卷，錄自《永樂大典》，已失元編次。第此詞一卷，出自明鈔，灼爲舊帙。前有梅雨金藏書印，後有『甲午季秋十九日下春校』朱字一行。

桉：《宋史翼》據尤袤《王公神道碑》，參《建炎以來繫年要録》，之道終湖南轉運判官，權安撫使。丁氏《藏書志》云『歷官樞密使，封魏國公』，則本於《歷代詩餘》『詞人小傳』也。相山居士才品甚高，詞則近沈著，乏韻致。竊嘗瀏覽竟卷，錄其一二：《如夢令·江上對雨》云：『一餉凝情無語。手撚梅花何處。倚竹不勝愁，暗想江頭歸路。東去。東去。短艇淡烟疏雨。』摘句如《玉連環·題載安僧舍》云：『懸知俗客不曾來，門外蒼苔如許。』《江城子·和彥明兄》云：『濁酒一杯從徑醉，家縱遠，夢中歸。』《點絳脣》云：『柔腸斷。寒鴉噪晚。天共蒹葭遠。』《南歌子》云：『青山終日對柴門。柳外斷橋流水幾家邨。』均集中佳勝也。

張燾

燾，字子功，德興人。宣和八年進士第三人，爲祕書省正字。建炎初，通判湖州。紹興二年，除司勳員外郎，遷起居舍人。坐言者，以集英殿修撰提舉江州太平觀。未幾，以兵部侍郎召，尋權吏部尚書、徽猷閣待制，以寶文閣學士知成都府兼本路安撫使，乞祠歸。久之，除知建康府，進端明殿學士，除吏部尚書，遷參知政事，以老病不拜。除資政殿大學士，提舉萬壽觀兼侍讀，致仕。卒，謚忠定。

〔詞話〕

《玉照新志》：元符中，饒州舉子張生遊太學，與東曲妓楊六者好，甚密。會張生南宮不利歸，妓欲與之俱，而張不可，約半歲必再至，若渝盟一日，則任其從人。張偶以親之命，後約幾月至。至京師，首訪舊遊。其鄰僦舍者迎謂曰：『君非饒州張君乎？六娘每恨君失約，日託我訪來期於學舍，其母痛折之，而念益切。前三日，母以歸洛陽富人張氏，遂偕去矣。臨發涕泣，多與我金錢，令候君來，引觀故居畢，乃僦後人。』生入觀，則小樓奧室，歡館宛然，几榻猶設不動，知其初去，如所言也。生大感愴，不能自持，跡其所向，百計不能知矣。作《雨中花》詞，盛傳於都下云。或云卽知常之子子功，燾也。其詞云：『事往人離，還似暮峽歸雲，隴上流泉。强分圓鏡，枉斷哀絃。曾記酒闌歌罷，難忘月底花前。舊攜手處，層樓朱戶，觸目依然。　從來嬾向，繡幃羅帳，鎮交比翼文鴛。誰念我、而今清夜，常是孤眠。入戶不如飛絮，傍懷爭及爐烟。這回休也，一生心事，爲爾縈牽。』此得之廉宣仲布所記云。

桉：《宋史·張燾傳》云『祕閣修撰根之子。根亦有傳，字知常』，與《玉照新志》云云政合。張忠定以不附和議，與姦檜忤，罷政臥家十有三年。檜死，始除知建康府，可謂忠鯁名臣矣。而其弱齡詞事，乃復淒豔若是，是知《閒情》一賦，甚非累德之言。世之道貌端嚴者，其中反不可恃也。《梅苑》有張尚書子功《踏莎行》云：『陽復寒根，氣回枯桿。前邨昨夜梅初綻。誰言造化沒偏頗，半開何獨南枝暖。　素豔幽輕，清香遠散。雪中豈恨和羹晚。不知何處誤東君，至今不使春拘管。』忠定遺著，此外不多概見。

米友仁

友仁，一名尹仁，字元暉，小字虎兒，自稱嬾拙老人，襄陽人。桉：《宋史·米芾傳》作吳人。芾之子，世號小米。宣和中，官大名少尹。紹興中，擢兵部一作工部侍郎，進敷文閣直學士，出爲滁陽守，乞宮祠，寓居平江。有《陽春集》詞一卷。

〔詞話〕

《鐵網珊瑚》：米元暉《瀟湘圖》跋云：夜雨欲霽，曉烟既泮，余蓋戲爲瀟湘，寫千變萬化不可名神奇之妙，非古今畫家者流也。伯壽，余生平至友，昨豪奪予自祕著色袖卷，盟於天，而後不復力取歸。往歲挂冠神武，乃居京口舊廬，以《白雪》詞寄之，世所謂《念奴嬌》也。詞云：『洞天晝永，正中和時候，涼飆初起。羽扇綸巾，雲流處，水繞山重雲委。好雨新晴，綺霞明麗。全是丹青戲。豪攘横卷，誓天應解深祕。留滯。字學書林，折腰緣爲米。無機涉世。投組歸來欣自肆。目卬雲霄醒醉。論少卑之，家聲接武，月旦評吾子。凭高臨望，桂輪徒共千里。』

按：米元暉《陽春集》，近彊邨朱氏據聚珍版《寶真齋法書贊》本刻行，詞凡十八闋，體格清超，不染塵俗，兹錄二闋如左。《小重山》云：『醉倚朱闌一解衣。碧雲迷望眼，斷虹低。近來休說帶寬圍。人千里，還是燕雙飛。　深院日初遲。綺窗簾幙靜，恨生眉。不堪虛度是花時。鴻來速，爭解寄相思。』《阮郎歸》云：『碧溪風動滿文漪。雨餘山更奇。淡烟横處柳行低。鴛鴦來去飛。　人似玉，醉如泥。一枝隨鬢攲。夷猶雙槳月平西。幽尋歸路迷。』

胡仔

仔，字仲任一作元任，號苕溪漁隱，績溪人。舜陟子。宣和間，官建安主簿，擢晉陵令，寓居吳興。有《叢話》前後集一百卷。

〔詞話〕

《苕溪漁隱叢話》：余卜居苕溪，日以漁釣自適，因自稱苕溪漁隱。臨流有屋數椽，亦以此命名。僧了宗善墨戲，落筆瀟灑，爲余作《苕溪漁隱圖》，覽景攄懷，時有鄙句，皆題之左方。《滿江紅》一闋云：『泛宅浮家，何處好、苕溪清境。占雲山萬疊，烟波千頃。茶竈筆牀渾不用，雪蓑月笛偏相稱。爭不教、二紀賦歸來，甘幽屏。紅塵事，誰能省？青霞志，方高引。任家風舴艋，生涯笭箵。三尺鱸魚真好膾，一瓢春酒宜閒飲。問此時懷抱向誰論，惟箕潁。』又：李長吉《美人梳頭歌》填入《水龍吟》云〔一〕：『夢寒綃帳春風曉，檀枕半堆香髻。轆轤初轉，闌干鳴玉，咿啞驚起。眠鴨凝烟，舞鸞翻鏡，影開秋水。解低鬟試整，牙牀對立，香絲亂，雲撒地。纖手犀梳落處，膩無聲、重盤鴉翠。蘭膏勻漬，冷光欲溜，鸞釵易墜。年少偏嬌，髻多無力，惱人風味。甚含情不語，下階漫自，折花枝戲。』《蓮子居詞話》：嘗疑李長吉《美人梳頭歌》『玉釵落處無聲膩』，『釵』當作『梳』，於義爲順，且與下『釵』字不複，苦無從校勘。後閱苕溪漁隱《水龍吟》詞櫽括《梳頭歌》云：『纖手犀梳，落處膩無聲，重盤鴉翠。』乃信今本長吉詩之譌，賴有漁隱詞爲之證也。

桉：胡仲任詞唯《滿江紅》、《水龍吟》各一闋，見《苕溪漁隱叢話》中，此外別無傳作。花菴黃氏《中興以來絕妙詞選》錄仲任詞止一闋，《感皇恩》『乞得夢中身』云云，據《叢話》後集卷第三十九『長短句』第六則。此詞乃仲任之父汝明丐祠居射邨作，卽以體格論，亦與仲任兩詞不類，未審花菴何以誤收。近彊邨朱氏輯《湖州詞徵》，亦以此闋入仲任詞，蓋沿花菴之誤，當訂正也。

【校記】

〔一〕頭：底本脫，參照前後文補。

李祁

祁，字蕭遠。歷官至尚書郎，宣和間，責監漢陽酒稅。

〔詞評〕

卜清姒云：李祁詞如微風振簫，幽鳴可聽。

桉：李蕭遠詞以輕倩勝。《樂府雅詞》錄十四闋，《鵲橋仙》云：『小舟誰在落梅邨，正夢繞、清溪烟雨。』《西江月》云：『瓊璈珠珥下秋空，一笑滿天鸞鳳。』皆警句也。《點絳脣》後段云：『碧水黃沙，夢到尋梅處。花無數。問花無語。明月隨人去。』意境不求甚深，讀者悅其幽靜。竹垞《詞綜》首錄此闋，蓋此等詞固浙西派之初祖也。然如《西江月》『瓊璈珠珥』二句，是又稍稍軼出浙西派之範圍者。

王以寧

以寧，字周士，晚號正信居士，又稱彌陀弟子，湘潭人。以父長孺蔭，由太學生仕鼎澧帥幕，嘗單騎羈制溪蠻。靖康元年，金兵入寇，徵天下兵，以寧走鼎州乞師解太原圍。建炎初，除宣教郎〔一〕，添差監台州酒務，累官宣撫司參謀，爲襄鄧制置使。上章乞養，以朝奉郎致仕。有詞一卷。

〔詞話〕

《織餘瑣述》：宋人王周士詞『汪周佐夫婦五月六日同生』《慶雙椿》云：『問政山頭景氣嘉。仙家綠酒薦昌牙。仙郎玉女共乘槎。　學士文章舒錦繡，夫人冠帔爛雲霞。壽香來自道人家。』夫婦同月日生，殊僅見，亦詞壇佳話也。

桉：王周士詞，陳直齋曾著録，《四庫未收書目》有阮文達提要，謂乃依毛晉汲古閣書鈔過録，凡三十一首。近彊邨朱氏有刻本，較阮氏進呈本多一闋。

【校記】

〔一〕除：底本作『陰』，據文意改。

高登

登，字彦先，漳浦人。宣、靖間太學生，與陳東等上書乞斬六賊，不報。紹興二年廷對極言，坿第五甲。歷富川簿、古縣令，授迪功郎。十四年，爲潮州考官，以題忤秦檜削籍，編管容州，卒。乾道間，立祠容州學宮。有《東溪集》，詞一卷。

〔詞話〕

《珠花簃詞話》：高彦先，吾廣右宦賢也。《東溪詞·行香子》云：『瘴氣如雲。暑氣如焚。病輕時、也是十分。沈痾惱客罪罟縈人。欺檻中猿，籠中鳥，轍中鱗。　休負文章，休説經綸。得生還、已早因循。菱花照影，筇竹隨身。奈沈郎尫，潘郎老，阮郎貧。』蓋編管容州時作，極寫流離困瘁狀態，足令數百年後讀者爲之酸鼻。曩余自題《菊夢詞》，句云：『雪虐霜欺須拚得，鬢邊絲。』彦先先生可謂飽經霜雪矣。

桉：四印齋所刻高彦先《東溪詞》僅八闋，其《好事近》全闋云：『富貴本無心，何事故鄉輕別。空惹猿驚鶴怨，誤松蘿風月。　囊錐剛强出頭來，不道甚時節。欲命巾車歸去，恐豺狼當轍。』近閩人葉申薌輯《閩詞鈔》，僅據《御選歷代詩餘》錄彦先《好事近》疊韻三闋，而此闋不載，蓋未見《東溪詞》也。又《好事近·題黄義卿畫帶霜竹》云：『瀟灑帶霜枝，獨向歲寒時節。觸目千林憔悴，更幽姿清絶。』則先生自道也。

呂濱老

濱老一作渭老，字聖求，秀州人。宣、靖間朝士。有《聖求詞》一卷。

〔詞話〕

《織餘瑣述》：宋呂濱老《聖求詞·千秋歲》歇拍云『怎奈向、繁陰亂葉梅如豆』，『怎奈向』，宋人方言，秦少游《八六子》云『怎奈向、歡娛漸隨流水』，亦用此語。〔一〕

〔詞評〕

《古今詞譜》：林鐘商調曲：呂聖求《醉蓬萊》詞，佳處不減少游。

《升庵詞品》：呂聖求在宋不甚著名，而詞極工。詞選載有《望海潮》、《醉蓬萊》、《撲蝴蝶近》、《惜分釵》、《薄倖》、《選冠子》、《百宜嬌》、《豆葉黃》、《鼓笛慢》諸調，佳處不讓少游，卽《東風第一枝·詠梅》亦何減東坡之『綠毛幺鳳』也？但疑中興後不復有此等詞。

《古今詞話》：沈雄曰：渭老，宣和末朝士，善屬詞，又散落人間。《江神子慢》，盡人以爲婉麗；《西江月慢》，有無限穠華，消不得也。

〔詞考〕

《四庫全書》『聖求詞提要』：陳振孫《書錄解題》作呂渭老。攷嘉定壬申趙師岊序，亦作濱老，二字形似，其取義亦同，未詳孰是也。濱老在北宋末，頗以詩名。師岊稱其《憂國》詩二聯、《痛傷》詩二聯、《釋憤》詩二聯，皆爲徽、欽北狩而作。《憂國》詩有『尚喜山河歸帝子，可憐麋鹿入王宮』語，則南渡時尚存矣。其詩在師岃時已無完帙，詞則至今猶傳。《書錄解題》作一卷，與此詞相合。楊慎《詞品》稱其《東風第一枝·詠梅》不減東坡之『綠毛么鳳』。今考詠梅詞集中不載，僅坿見毛晉跋中。晉跋亦不言所據，未詳其故。晉跋又稱其《惜分釵》一闋，尾句用二疊字，較陸游《釵頭鳳》用三疊字更有別情。不知濱老爲徽宗時人，游乃寧宗時人，《釵頭鳳》詞實因《惜分釵》舊調而變平仄相間爲仄韻相間耳。晉似謂此調反出於《釵頭鳳》，未免不檢。

校：呂聖求詞《望海潮》一闋最爲前人所稱道，卽今卷中第二闋。此詞沈著停勻，自是嫥家之作，唯風格漸近南宋耳。其摘句如《思佳客》云『春風攪樹花如雨，夕靄迷空燕趁門』、《南歌子》云『一林楓葉墮愁紅，歸去暮烟深處聽疏鐘』、《一落索》云『花花葉葉盡成雙，渾似我、梁間燕』，又云：『殘燈不剪五更寒，獨自與、餘香語』，亦復吐屬清新。

【校記】

〔一〕此後，《宋人詞話》有序跋文二則，迻錄於下：

《聖求詞序》：世謂少游詩似曲，子瞻曲似詩，其然乎？至荊公《桂枝香》詞，子瞻稱之：『此老真野狐精也。』詩詞各一家，惟荊公備衆作豔體，雖樂府柔麗之語，亦必工緻，真一伐（當作『代』）奇材。後數十年，當宣和末，有呂聖求者，以詩名，諷詠中率寓愛君憂國之意，不但弄筆墨清新俊逸而已。其《憂國》詩云：『憂國憂身到白頭，此生風雨一沙鷗。』又云：『尚喜山河歸帝子，可憐麋鹿入王宮。』《痛傷》詩云：『塵斷征車口（《全宋詩》作『杳』），雲低虜帳深。古今那有此，天地亦何心？』《釋憤》詩云：『未湔嵇紹血，誰發諫臣章。』赤心皆口詩史氣象。縉紳巨賢，多錄藁家藏，但不窺全帙，未能爲刊行也。一日，復得聖求詞集一編，婉媚深窈，視美成、耆卿伯仲耳。余因念聖求詩詞俱可以傳後，惜不見他所著述，以是知世間奇才未嘗乏也。士友輩將刻《聖求詞》，求序於余，故余得言其大槩。聖求居嘉興，名濱老，嘗位周行，歸老於家云。嘉定壬申中秋，朝奉大夫成都路轉運判官趙師屶序。

汲古閣《宋六十名家詞·聖求詞》跋：呂聖求名渭老，或云濱老，檇李人。有聲宣和間，其詠梅詞寄調《東風第一枝》，先輩與坡仙《西江月》並稱，茲集中不載，不知何故。其詞云：『老樹渾苔，橫枝未葉，青春肯誤芳約？背陰未返冰魂，陽梢已含紅萼。佳人寒怯，誰驚起、曉來梳掠。是月斜窗外棲禽，霜冷竹間幽鶴。雲澹澹、粉痕漸薄。風細細、凍香又落。叩門喜伴金尊，倚闌怕聽畫角。依稀夢裏，半面淺窺珠箔。甚時重寫鸞牋，去訪舊遊東閣。』又《惜分釵》，其自製新譜也，尾句用二疊字云『重重』，又云『忡忡』，較之陸放翁《釵頭鳳》尾句云『錯錯錯』、『莫莫莫』更有別韻。又喜用險峭字，如『側寒斜雨』之類，楊升庵云：『其用「側寒」字甚新，唐詩「春寒側側掩重門」，韓偓詩「側側輕寒翦翦風」，又無名氏詞「玉樓十二春寒側」，與此「側寒」相襲用之，不知所出。大意，側，不正也，猶云峭寒爾。』今坊本俱作『惻寒』，幾認『壹笑』爲『壺矢』矣。古虞毛晉子晉識。

王望之

望之，官侍郎。

桉：王望之詞《眼兒媚》詠梅云：『淩寒低亞出牆枝。孤瘦雪霜姿。歲華已晚，暗香幽豔，自與時違。　化工放出江頭路，沙水冷相宜。東風自此，別開紅紫，是處芳菲。』見《梅苑》。

李士舉

士舉，官浙運使。

按：《宋詩紀事》：李士舉《過仙都徐氏山居》絶句：『四海無塵戰馬閒，稻粱桑柘緑迴環。不知盡是君王力，華屋重重對好山。』元注：『見《仙都山志》。』其詞有《菩薩蠻》詠蠟梅云：『薰沈刻蠟工夫巧。蜜脾鎖碎金鐘小。別是一般香。解教人斷腸。　冰霜相與瘦。清在江梅否？念我忍寒來。憐君特地開。』見《梅苑》。

權無染

無染，字及占籍待攷。

按：權無染詞《鳳凰臺上憶吹簫》詠梅云：『水國雲鄉，冰魂雪魄，朝來新領春還。便未怕、天暄蜂蝶，笛轉羌蠻。一樹垂雲似畫，香暗暗、白淺紅斑。東風外，清新雪月，瀟灑溪山。　應是飛瓊美玉，天不管、年年謫向人間。占芳事，鉛華一洗，紅葉俱殘。多少烟愁雨恨，空脈脈、意遠情閒。無人見，翠袖倚竹天寒。』又《烏夜啼》云：『洗淨鉛華污，玉顏自發輕紅。無言雪月黄昏後，別是個丰容。　骨瘦難禁消瘦，香蒙不並芳穠。與君高卻看花眼，紅紫謾春風。』並見《梅苑》。又有《孤館深沈》詠梅云：『瓊英雪豔嶺梅芳。天付與清香。向臘後春前，解壓萬花，先占青陽。　擬待折、一枝相贈，奈水遠天長。對妝面、忍聽羌笛，又還空斷人腸。』見《御選歷代詩餘》。今世所傳《梅苑》，乃揚州詩局重刻曹楝亭藏本，其目錄卷五有《別館深沈》一首，注：『缺。』疑卽無染此詞。內府所藏《梅苑》係足本，有之，當時據以入選耶？此調萬氏《詞律》失載。

李坦然

坦然，字及占籍待攷。

桉：李坦然詞《風流子》詠梅云：『東君雖不語，年華事、今歲恰如期。向寒雨望中，曉霜清處，領些春意，開兩三枝。又不是、山桃紅爛錦，溪柳綠搖絲。別是一般，孤高風韻，絳裁纖蕚，冰翦芳蕤。　清香還有意，輕飄度句引，幾句新詩。須是放懷追賞，莫恁輕離。更嫦娥爲愛，寒光滿地，故移疏影，來伴南枝。誰道壽陽妝淺，偏入時宜。』見《梅苑》。

范夢龍

夢龍，字及占籍待攷。

桉：范夢龍詞《臨江仙·成都西園賦梅》云：『試問前村深雪裏，小梅未放雲英。陽和先到錦官城。南枝初破粉，東閣有餘清。人在高樓橫怨管，寄將隴客新聲。西園下晚看飛瓊。春風催結子，金鼎待調羹。』見《梅苑》。

趙耆孫

耆孫，字及占籍待攷。

校：趙耆孫詞《遠朝歸》詠梅云：『金谷先春，見乍開江梅，晶明玉膩。珠簾院落，人靜雨疏烟細。横斜帶月，又別是、一般風味。金尊裏。任遺英亂點，殘粉低墜。惆悵杜隴當年，念水遠天長，故人難寄。山城倦眼無緒，更看桃李。當時醉魄，算依舊、裵回花底。斜陽外。謾回首、畫樓十二。』見《梅苑》〔一〕。又前調前韻一闋連綴耆孫詞後，不具作者姓名，或耆孫自疊韻，抑它人和作，不可攷。

【校記】

〔一〕苑：底本作『花』，據書名改。

史遠道

遠道，字及占籍待攷。

校：史遠道詞《獨腳令》詠梅云：『牆頭梅蘂一枝新。宋玉東鄰算未真。折與冰姿綽約人。怯霜晨。桃李紛紛不當春。』見《梅苑》。《獨腳令》即《憶王孫》，又名《豆葉黃》，又名《闌干萬里心》，它書無作《獨腳令》者。

喻仲明

仲明，名及占籍待攷〔一〕。

校：喻仲明詞《蠟梅香》詠梅云：『晚日初長，正錦里輕陰，小寒天氣。未報春消息，喜瘦梅先發，淺苞纖蘂。搵玉勻香，天賦與、風流標致。問隴頭人，音容萬里。待憑誰寄。一樣晚妝新，倚朱樓凝盼，素英如墜。映月臨風處，度幾聲羌管，惹愁思。電轉光陰，須信道、飄零容易。且頻歡賞，柔芳正好，滿簪同醉。』見《梅苑》。考按《金華府志·人物志》：喻良能，字叔奇，其先居富陽，宋初遷義烏之香山。登進士第，仕至工部郎官，除太常丞，知處州。著有《香山集》三十四卷。兄良倚，字伯壽，與叔奇同年登進士，官臨海丞。有詩文集十卷。弟良弼，字季直，太學生特科，補喻尉。有《山堂集》十卷、樂府五卷。疑仲明與伯壽、叔奇、季直，或晜季行也。季直樂府當是長短句，惜今失傳。

【校記】

〔一〕眉批云：『喻陟，字明仲，疑即其人。』

蘇仲及

仲及，名及占籍待攷。

桉：蘇仲及詞《念奴嬌》詠梅云：『問梅何事，對巖東微笑，暗中輕馥。韻絶姿高直下視，紅紫端如童僕。遶樹千回，臨風三嗅，待與論心曲。何人還解，爲伊特地青目。　瀟灑些個精神，誰憐孤瘦，正無語幽獨。不許春知應自負，一生風月心足。傲雪難陪，欺霜無伴，耿耿横修竹。紛紛桃李，自憐脂粉粗俗。』見《梅苑》。

薛幾聖

幾聖，名及占籍待攷。

桉：薛幾聖詞《漁家傲》詠梅影云：『雪月照梅溪畔路。幽姿背立無言語。冷侵瘦枝清淺處。香暗度。妝成處士横斜句。　渾似玉人常淡竚。菱花相對成清楚。誰解小圖先畫取。天欲曙。恐隨月色雲間去。』見《梅苑》。

郭仲宣

仲宣，名及占籍待攷。

桉：郭仲宣詞《江神子》詠梅云：『臘寒猶重見年芳。爲花忙。佇雕牆。準擬巡簷一笑但清狂。冷蘂疏枝渾不奈，憑折取，泛清觴。　揚州春夢雨微茫。記娥妝。耿冰腸。春信全通，何用王奩香。誰見月斜人去後，疏影亂，蘸寒塘。』見《梅苑》。

邵叔齊〔一〕

叔齊，名及占籍待攷。

桉：邵叔齊詞《連理枝》詠梅云：『澹泊疏籬隔。寂寞官橋側。綠萼青枝風塵外，別是一般姿質。念天涯、憔悴各飄零，記初曾相識。　雪裏清寒逼。月下幽香襲。不似薄情無憑準，一去音書難得。看年年、時候不踰期，報陽和消息。』又《撲蝴蝶》云：『蘭摧蕙折，霜重曉風惡。長安何處，孤根謾自託。水寒斷續溪橋，月破黃昏□□〔二〕。相逢儼然瘦削。　最蕭索。星星蓬鬢，杳杳家山路正邈。攀枝嗅蘂，露暗清淚閣。已無蝶使蜂媒，不共鶯期燕約。甘心伴人澹泊。』又《鷓鴣天》詠蠟梅云：『不比江梅粉作花。天香肯作俗香誇。高懸蠟蓓蜂房密，偏挂金鐘鴈字斜。　侵月影，上窗紗。中央顏色自仙家。玉人插向烏雲畔，渾似靈犀正透芽。』並見《梅苑》。

【校記】

〔一〕眉批：『是否邵公濟博兄弟行，待考。　又：博，伯溫之子。伯溫子三人：溥、博、傅。』

〔二〕底本闕兩字，《文淵閣四庫全書》本《梅苑》作『簾幙』，《花草粹編》和《欽定詞譜》作『院落』。

房舜卿

舜卿，名及占籍待攷。

桉：房舜卿詞《憶秦娥》詠梅云：『與君別。相思一夜梅花發。梅花發。淒涼南浦，斷橋斜月。　盈盈微步淩波韈。東風笑倚天涯闊。天涯闊。一聲羌管，暮雲愁絕。』又《玉交枝》云：『蕙死蘭枯待返魂。暗香梅上又重聞。粉妝額子，多少畫難真。　竹外冰清斜倒影，江頭雪裏暗藏春。千鍾玉酒，休更待飄零。』並見《梅苑》。前闋較澹遠可誦。

周忘機〔一〕

忘機，名及占籍待攷。

桉：周忘機詞《滿庭芳》詠墨梅云：『脂澤休施，鉛華不御，自然林下真風。欲窺餘韻，何處問仙蹤。路壓橫橋夜雪，看暗淡、殘月朦朧。無言處，丹青莫擬，誰寄染毫工。　遙通。塵外信，寒生墨暈，依約形容。似疏疏斜影，蘸水搖空。收入雲窗霧箔，春不老、芳意無窮。梨花雨，飄零盡也，難入夢魂中。』《瑞鷓鴣》詠梅云：『一痕月色挂簾櫳。梅影斜斜小院中。狂醉有心窺粉面，夢魂無處避香風。　愁來夢楚三千里，人在巫山十二重。咫尺藍橋無處問，玉簫聲斷楚山空。』竝見《梅苑》。

【校記】

〔一〕眉批云：『周忘機，名純。』

南山居士

南山居士，姓名字籍待攷。

　桉：南山居士詞《永遇樂·梅贈客》云：『滿眼寒姿，桂蟾匀素，霜女同瑩。野屋噴香，池波弄影，髣髴鸞窺鏡。一枝堪寄，天涯遠信，惆悵塞鴻難倩。這情懷、厭厭怎向，無人伴我孤另。　風淒露冷。仙郎此夜，若許枕衾相並。解吐芳心，綢繆共約，學取雙交頸。好天難遇，從今一去，荏苒後期無定。把柔腸、千縈萬斷，爲伊薄倖。』前調《客答梅》云：『玉骨冰肌，野牆山徑，烟雨蕭索。公子豪華，貪紅念紫，誰分憐孤萼。想應窺見，潘毛相似，故把素懷相託。豈知人、年來悶損，苦被名利拘縛〔一〕。　當歌對酒，如癡如夢，欲笑嘑痕先落。二十年前，歡娛一醉，不忍思量著。衾寒枕冷，不教孤另，不是自家情薄。枉將心、千尤萬殢，算應殢著。』見《梅苑》。

右《梅苑》所載詞人十五家，時代未能確定。此書爲黄大輿所輯。黄氏生於北宋之末，則其所録當無南宋人詞，至遲亦是同輩。今故列於北宋末黄大輿之前，庶幾近是。

【校記】

〔一〕苦被：底本作『被□』，據《梅苑》改。

黄大輿

大輿，字載萬，自號岷山耦耕。蜀人，曾游寓山陽。生於北宋季年。有詞名《樂府廣變風》，又輯《梅苑》十卷。

〔詞話〕

《碧雞漫志》：吾友黄載萬歌詞號《樂府廣變風》，學富才贍，意深思遠，直與唐名輩相爭逐。又輔以高明之韻，未易求也。夏幾道序之曰：『惜乎語妙而多傷，思窮而氣不舒，賦才如此，反嗇其壽，無乃情文之兆歟？』載萬所居齋前梅花一株甚盛，因録唐以來詞人才士之作凡數百首，爲齋居之玩，命曰《梅苑》。《樂府廣變風》有賦梅花數曲，亦自奇特。又：余少年時喜作《清平樂》曲，贈妓盧姓者云：『盧家白玉爲堂。于飛多少鴛鴦。縱使東牆隔斷，莫愁應念王昌。』黄載萬亦有《更漏子》曲云：『憐宋玉，許王昌。東西鄰短牆。』予每戲謂人曰：『載萬似曾經界兩家來。』蓋宋玉《好色賦》稱東鄰之子，卽宋玉爲西鄰也；東家王，卽東鄰也。載萬用事如此之工。又：《虞美人》，《脞說》稱起於項籍『虞兮』之歌。予謂後世以此命名，可也；謂曲起於當時，非也。曾子宣夫人魏氏作《虞美人·草行》，亦有就曲誌其事者，世以爲工。其詞云：『帳前草草軍情變。月下旌旗亂。褫衣推枕愴離情。遠風吹下楚歌聲。正三更。撫騅欲上重相顧。豔態花無主。手中蓮鍔懍秋霜。九泉歸去是仙鄉。恨茫茫。』黄載萬追和之，壓倒前輩矣。其詞：『世間離恨何時了。不爲英雄少。楚歌聲起伯圖休。一似□□□□水東流。元校：陳耀文《花草粹編》載此詞作『玉帳佳人血淚滿東流』。葛荒葵老蕪城暮。元注：一作『蔓葛荒葵城隴暮』，平仄與調不合，似誤。玉貌知何處。至今芳草解婆娑。只有當年魂魄未消磨。』

桉：《清波雜志》云：『紹興庚辰，予在江東，得蜀人黄大輿《梅苑》四百餘闋。』庚辰，紹興三十年也。《梅苑》自序云：『己酉之冬，予抱疾山陽。』己酉，建炎三年也。載萬時代丁南北宋之間，行輩在周煇之前，略可攷見。其詞向來選本罕見箸錄，《詞綜補遺》亦僅見其《虞美人》一闋，其《更漏子》全闋及王灼所稱賦梅數曲均佚不傳。其所輯《梅苑》，據《清波雜志》，凡四百餘闋，今世傳本闕九十六首，尚得四百十二首。據目錄，五百八首，豈周煇所見已非足本歟？《雜志》又云：『後在上饒，《梅苑》爲湯平甫借去。湯時以寓客假居王顯道侍郎宅，不戒於火，廈屋百間，一夕煨燼，尚何有於《梅苑》哉？雖嘗補亡，而非元本，每歲當花開時未嘗不歌其曲，懷舊編而訴遺恨焉。』似煇所得《梅苑》，係載萬未刻手稿，被焜於火，卽已不可復得。今世所傳，或卽周氏補亡之本，而沿襲載萬之名，未可知耳。〔一〕

【校記】

〔一〕此段參閲後『周煇』條校記〔一〕。

李洪

洪，字耘叟，昭武人。校：《大典》本《芸菴集》：洪占籍未詳。《花菴詞選》錄其《木蘭花慢》一闋，署李耘叟，小傳云：『名芸子，號芳洲，昭武人。』彊邨朱氏刻《芸菴詩餘》因冠昭武於洪姓名上。又校：《芸菴詩餘·南鄉子》云：『萬疊雲鬟真似畫，雲州。』又云『別駕無功愧食浮』，當是洪曾官通判。雲州，今山西大同府大同縣治。洪詞又有《滿江紅·和鹽田驛駒父留題》，駒父疑即洪駒父芻。芻，紹聖元年進士，靖康中爲諫議大夫。李洪與芻同時，則亦北宋末人矣。有《芸菴集》，詩餘一卷。

〔詞考〕

《珠花簃詞話》：箸《芸菴詩餘》之李洪，與廬陵人字子大、箸《花萼集》之李洪，姓名並同。古人同姓名者絕夥，而詞人中不多覯，兩李洪外，尚有兩韓玉、一宋人，一金人。兩張榘一字子成，一字方叔。字子成者，一名龍榮。而已。

校：李耘叟《耘菴詩餘》，彊邨朱氏移鈔江南圖書館藏《大典·芸菴集》本刻行。耘叟詞清言玉屑，多山林隱逸之思，其殆曾經薄宦而淡於榮利者乎？耘叟，昭武人。昭武，今甘肅甘州府張掖縣西北。《閩詞鈔》錄李芸子《木蘭花慢》一闋，小傳云：『字耘叟，邵武人。』未詳所據。

孫肖之

肖之，北宋末人。

桉：孫肖之詞《點絳脣》云：『烟洗風梳，司花先放江梅吐。竹邨沙路。脈脈遙寒雨。醉魄吟魂，無著清香處。愁如縷。繫春不住。又折冰枝去。』見《樂府雅詞・拾遺》。《長相思》云：『雲一窩，玉一梭』云云，見《陽春白雪》〔一〕，實李後主詞，非肖之作也。王銍《雪溪集》有《送孫肖之還縉雲》詩。銍，建炎初爲樞密院編修官，則肖之時代，當亦在南北宋之間。

【校記】

〔一〕雪：底本作『雲』，據詞集名改。

劉子翬

子翬，字彦沖，自號病翁，學者稱屏山先生，崇安人。以父韐任授承務郎，辟真定府幕。屬韐死靖康之難，子翬廬墓三年。服除，通判興化軍，以禦寇事聞詔。因任始執喪致羸疾，至是以不堪吏責，辭歸武夷山。有《屏山集》，詞坿。

〔詞話〕

《歷代詞話》：劉子翬，晦庵之師，以承務郎通判興化軍。辭歸，隱武夷山，有九日《蓦山溪》詞云：『浮烟冷雨，此日還重九。秋去又秋來，但黄花、年年依舊。平臺戲馬，無處問英雄，茅舍小，竹籬疏，兀坐空搔首。客來何有，草草三杯酒。一醉萬緣空，休貪他、金印如斗。病翁老矣，誰共賦歸歟，芟隴麥，網溪魚，未落他人後。』

桉：劉子翬《屏山詞》，彊邨朱氏依明刻《屏山集》本刻行，詞僅四闋，首闋卽《蓦山溪》『浮烟冷雨』云云，題云『寄寶學』疑有脱誤。次《滿庭芳·和明仲木犀花》、《南歌子·和章潮州》二首。

周煇

煇，字昭禮，淮海人。祖居錢塘，邦彦之子，曾試宏詞，奏名。有《清波雜志》十二卷、《别志》三卷行世；《梅史》三十卷，不傳。

〔詞話〕

《清波雜志》：江南自初春至首夏，有二十四番風信，梅花風最先，楝花風居後。煇少小時嘗從同舍金華潘元質和人春詞，有『捲簾試約東君，問花信風來第幾番』之句。潘曰：『宮詞體也，語太弱，則流入輕浮。』又嘗和人蠟梅詞，有『生怕凍損蜂房，膽瓶湯浸，且與温存著』，規警如前。朋友琢磨之益，老不敢忘，潘墓木拱矣。〔一〕

校：周昭禮，名父之子，家學淵源，又得良友切磋，虛懷受益。觀其論毛澤民詞『語盡而意不盡，意盡而情不盡』云云見《清波雜志》卷九，頗得詞中三昧。乃至《梅史》之輯，尤極留心雅故。其生平所作詞，詎無一二名篇〔二〕？惜今世流傳，僅此寥寥斷句耳。其詠蠟梅句較春詞句，稍近沈著。

【校記】

〔一〕此後，《宋人詞話》有『附攷』一項，凡二則，迻錄於下：

《清波雜志》：紹興庚辰，在江東得蜀人黄大輿《梅苑》四百餘闋，煇續以百餘闋，復謂昔人譜竹及牡丹、芍藥之屬皆有成詠，何獨于梅闕之？乃采掇晉宋暨國朝騷人才士凡爲梅賦者，第而錄之，成三十卷，謀於東州王錫老：『詞以苑名矣，詩以史目，可乎？』王曰：『近時安定王德麟詩云：「自古無人作花史，官梅須向紀中書。」蓋已命之矣。』煇復攷《少陵詩史》，專賦梅纔二篇，因他汎及者固多，取專賦略汎及，則所得甚鮮；若併取之，又有疑焉。敂於汝陰李遐年，李曰：『《詩史》猶國史也，《春秋》之法，褒貶於一字，則少陵一聯一語及梅，正《春秋》法也。如「巡簷索笑」「滿枝斷腸」，「健步移遠梅」之句，至今宗之，以爲故事，其可遐遺？非少陵，則取專賦可也。』後在上饒，《梅苑》爲湯平甫借去，湯時以寓客假居王顯道侍郎宅，不戒于火，厦屋百間，一夕煨燼，尚何有于《梅苑》哉？《梅史》隨亦散失，雖嘗補亡，而非元本。歲當花開時，未嘗不哦其詩，歌其曲，神交揚州法曹、西湖處士，懷舊編而訴遺恨焉。

《南宋古蹟攷》：周昭禮寓在清波門南，其《清波別志》云：『煇祖居在後洋街，第宅燬於陳通之亂。今韓蘄王府，其地也。』

〔二〕此句後，《宋人詞話》有『足與蘇叔黨、秦處度輩分鑣平轡者』句。

周玉晨

玉晨，號晴川，錢塘人。邦彦從子。仕履未詳。有《晴川詞》。

〔詞話〕

《詞苑叢談》：周晴川作《十六字令》云：『眠。月影穿窗白玉錢。無人弄，移過枕函邊。』朱竹垞云：『按《十六字令》即《蒼梧謠》也。張安國集中三首，蔡伸道集中一首，其首俱以一字句斷，今本訛「眠」字爲「明」，遂作三字句斷，非也。是詞見《天機餘錦》，係周晴川作。』今相沿刻美成，然《片玉集》無此，其不係美成，明矣〔一〕。

《古今詞話》：桉《詞統》以《十六字令》始於周邦彦，《片玉集》中不載，見《天機餘錦》。句法多譌，讀不一體。《詞綜》曰：『曾見宋人作《蒼梧謠》，張安國集中三首，蔡伸道集中一首，迺知刻本譌「眠」字爲「明」字，遂聯下文三字作句起，五字作句叶；或以五字作句起，三字作句叶。今讀《晴川集》，以一字作句起，七字作句叶，如云「眠。月影穿窗白玉錢。無人弄，移過枕函邊」爲是。因攷周玉晨爲邦彦從子，號晴川，有《晴川詞》，此乃周玉晨所作。』元初程鉅夫曰：『予於近代諸家樂府，惟《清真集》犂然當於心目。晴川殊有宗風。雨坐空山，試閱一解，便如輕衫俊騎上下五陵，花發鶯啼，垂楊拂面時也。』

桉：周清真有才，子煇字昭禮，嘗以填詞與金華潘元質切磋，見所著《清波雜志》。而其小阮又有《晴川詞》之作，即『無人弄，移過枕函邊』八字，想見空靈蕭爽之致。可謂家傳珠玉，人握蘭荃矣。《晴川詞》，元初程鉅夫嘗見之。《古今詞話》：『今讀《晴川集》，以一字作句起，七字作句叶』云云，曰讀其集，則竝不止見其詞矣。今不唯集與詞不可得見，兼《十六字令》而外，别無片語流傳。五陵俊騎，拂面垂楊，夢想徒勞，曷勝悵惘？

【校記】

〔一〕此則，底本無，據《宋人詞話》補。

郭章

章，字仲達，崑山人。少工文，遊京太學有聲，以守城功拜，官至通直郎。

桉：郭仲達詞《點絳脣·天聖宫作》云：『翠柏丹崖，碧雲深鎖神仙府。勢盤龍虎。樓觀雄中土。我欲停時，又恐斜陽暮。黄塵路。客懷良苦。滿目西山雨。』見《山西通志》。《中吴紀聞》載郭仲達詩《遊太學歸省》七律，後四句云：『中原百甓知誰運，今日分陰敢自閒。倘有寸功裨社稷，歸來恰好賦衣斑。』知其生當北寇鴟張，中原未陷時也。

文珏

珏，西蜀人。

桉：文珏詞《虞美人》詠虞美人草云：『歌脣乍啓塵飛處。翠葉輕輕舉。似通舞態逞妖容。嫩條纖麗玉玲瓏。怯秋風。　虞姬珠碎兵戈裹。莫認埋魂地。只應遺恨寄芳叢。露和清淚濕輕紅。古今同。』見《花草粹編》。姓名上冠以『西蜀』二字，編次在黄載萬詞前，當亦北宋人也。

歷代詞人考略卷二十四

宋十八

莫少虛

少虛，名及爵里待攷〔一〕。

〔詞話〕

《碧雞漫志》參《夷堅支志》：《水調歌頭》：『瑤草一何碧，春入武陵溪。溪上桃花無數，花上有黃鸝。』世傳爲魯直作，予于建炎初見蜀人石耆翁，言此莫少虛壯年詞也〔二〕。莫此詞本始，耆翁能道其詳。予嘗見莫《浣溪沙》曲『寶釧緗裙上玉梯。雲重應恨翠樓低。愁同芳草兩萋萋。』又云：『歸夢悠颺見未真。繡衾恰有暗香薰。五更分得楚臺春。』造語頗工。晚年心醉富貴，不復事文筆，今人鮮有知其所作者。

桉：《水調歌頭》全闋云：『瑤草一何碧，春入武陵溪。溪上桃花無數，花上有黃鸝。我欲穿花尋路，直入白雲深處，浩氣展虹霓。祇恐花深裏，紅露濕人衣。坐白石，欹玉枕，拂金徽。

謫仙何處，無人伴我白螺杯。我爲靈芝仙草，不爲朱脣丹臉，長嘯亦何爲？醉舞下山去，明月逐人歸。』此詞一往深秀，吐屬雋雅絶倫。莫少虛又有《豆葉黄》詞云：『春風樓上柳腰肢。初試花前金縷衣。嫋嫋婷婷不自持。曉妝遲。畫得蛾眉勝舊時。』見《花草粹編》。又前調梅詞云：『絳脣初點粉紅新。鳳鏡臨妝已逼真。苒苒釵頭香趁人。惜芳晨。玉骨冰姿别是春。』又有詠梅《木蘭花令》十首，竝見《梅苑》。其《豆葉黄》調名改作《獨腳令》，甚奇。

【校記】

〔一〕眉批云：『莫少虛名將。』

〔二〕眉批云：『「壯年」二字疑作「將」字，當另檢善本校之。』

石耆翁

耆翁，蜀人。名及仕履未詳。

〔詞話〕

《碧雞漫志》：蘇在庭、石耆翁，入東坡之門矣。

校：晦叔《漫志》又云：予於建炎初見蜀人石耆翁，言《水調歌頭》『瑤草一何碧』闋爲莫少虛壯年詞。耆翁有詠梅《蝶戀花》云：『半夜六龍飛海嶠。滉漾鼇波，露出珊瑚小。玉粉枝頭春意早。東風未綠瀛洲草。　姑射仙人真窈窕。淨鍊明妝，如伴商巖老。夢入水雲閒縹緲。一樓明月千山曉。』見《梅苑》。此詞殆非其至者，惜其它所作無傳。

李重元

重元，字及爵里無攷。

〔詞評〕

沈際飛云：李重元春詞，一句一思。

桉：李重元《憶王孫》詞，春、夏、秋、冬各一首，見《花菴絕妙詞選》。黄蓼園云：『柳外樓高空斷魂』，『空』字已悽惻，況聞杜宇乎？末句尤比興深遠，言有盡而意無窮。

柳富

富，字偃畏，東都人。

〔詞話〕

《古今詞話》：毛騤《詞譜》載有《醉高春》一闋，傳是宋東都柳富別王幼玉詞，曰：『人世最苦，最苦是分離。伊愛我，我憐伊。青草岸頭人獨立，畫樓東去艣聲遲。楚天低，回望處，兩依依。後會也知，也知俱有願，未知何日是佳期。心下事，亂如絲。好天良夜還虛過，孤負我，兩心知。』殊有盛宋風味。桉：《青瑣高議》載此詞，調作《醉高樓》，過拍『回』下有『首』字，换頭作『後會也知俱有願，後會未知何日再』，與此不同。

桉：王幼玉，京師人。宋時衡州名妓，柳富眷之久。既而柳之親促其歸里，不忍別，賦此詞贈幼玉。玉念富致疾，竟死。詳宋劉斧所著《青瑣高議》。此書皆託宋時豔異事，殆稗官之流，向無刻本。據《士禮居藏書題跋記》，黄蕘圃曾見藍格綿紙舊鈔本，卷尾有『正德年間鈔録』字，爲惠松崖所藏本。蕘翁移鈔一本，一再跋之。此移鈔本後歸錢塘丁氏善本書室，今歸南京圖書館，蓋宇内流傳，僅此二本而已。柳富别王幼玉詞，調名《醉高樓》，卽《最高樓》，小變其體。毛駿《詞譜》作《醉高春》，誤。

劉斧

斧，字及爵里無攷。桉《善本書室藏書志》：『《青瑣高議》前有資政殿大學士孫副樞序，稱劉斧秀才。』有《青瑣高議》前集、後集、别集各十卷。

〔詞話〕

《青瑣高議》：劉隨州《謫仙怨》詞，未知本事，及詳其意，但以貴妃爲懷。明皇登駱谷之時，本有思賢之意。竇之所製，殊不述焉。因更廣其詞，蓋欲兩全其事。雖才情淺拙，不逮二公，而理或可觀，貽諸識者。詞云：『晴山凝日横天。碧映君王馬前。鑾輿西巡蜀國，龍顔東望秦川。曲江魂斷芳草，妃子愁凝暮烟。長笛此時吹罷，何言獨爲嬋娟。』〔一〕

按：《青瑣高議》載《謫仙怨》詞三闋，前二闋，唐人劉長卿、竇弘餘作，末一闋則斧自作也。《花草粹編》錄此三詞，即以《謫仙怨》爲調名。《詞律拾遺》云：『本唐時樂府新聲，其後用以填詞，實即《迴波》而加後疊也。劉斧時代不可攷，唯所箸《青瑣高議》，其目見於晁公武《郡齋讀書志》。公武，沖之子，生於北宋哲、徽之世，其《讀書志》已箸錄斧所箸書，則斧必北宋人無疑，其時代當距柳富不遠，故於柳詞本事，得聞詳悉之記述也。

【校記】

〔一〕眉批云：『按：此詞已見唐卷三康駢詞下，劉斧《青瑣高議》即錄自《劇談錄》者，詞屬康駢，不當再列爲劉斧。』

孫覿

覿，字濟師，爵里未詳。

〔詞話〕

《苕溪漁隱叢話》：孫覿，字濟師。嘗作《落梅詞》，甚佳：『一聲羌管吹嗚咽。玉溪夜半梅翻雪。江月正茫茫。斷橋流水香。含章春欲暮。落日千山雨。一點著枝酸。吳姬先齒寒。』

按：此詞調寄《菩薩蠻》，起句空靈超逸；『江月』二字，梅落時之景，景中卻有情；『落日千山雨』，言梅落之因；『含章』句暗用壽陽公主事，不放空『落』字。歇拍從『落』後著想，託恉稍豔，語意便不衰颯。通首雖切落梅，卻無熨帖刻畫之跡，故漁隱賞之也。

程過

過，字觀過，爵里未詳。

按：程觀過詞《昭君怨》『試問愁來』闋、《謁金門》『江上路』闋，詠梅《滿江紅》『春欲來時』闋，竝見《樂府雅詞・拾遺》，自餘選家竝輾轉移鈔此三闋而已。此三闋中，以《謁金門》前段、《滿江紅》後段較爲擅勝，摘録如左。《謁金門》云：『江上路。依約數家烟樹。一枕歸心郵店暮。更亂山深處。』《滿江紅》云：『荒草渡，孤舟泊。山斂黛，天垂幕。黯銷魂，無奈暮雲殘角。便好折來和雪戴，莫教酒醒隨風落。待慇懃、留取寄相思，誰堪託。』

解昉

昉，字方叔，爵里未詳。

按：解方叔《永遇樂》『風暖鶯嬌』云云，見《花菴絕妙詞選》。又有《陽臺夢》一闋『仙姿本寓』云云，見《花草粹編》。此詞語意近質，亦不失北宋風格，特雅令不如《永遇樂》耳。

潘元質

元質，金華人。

〔詞話〕

《織餘瑣述》：燈煤碾極細，用以畫眉，可代石黛，宋人小説嘗言之。鄭谷《貧女吟》有『笑翦燈花學畫眉』之句，潘元質詞『旋翦燈花，兩點翠眉誰畫』。

〔詞評〕

《皺水軒詞筌》：作長詞最忌演湊，如蘇養直桉：元注：一作潘元質作，當依注爲是。『獸鐶半揜』前半皆景語也，至『漸池邐、更催銀箭，何處貪歡，猶繫驕馬。旋翦燈花，兩點翠眉誰畫？香減羞回空帳裏，月高猶在重簾下。恨疏狂，待歸來、碎揉花打』，則觸景生情，復緣情布景，節節轉換，穠麗周密，譬之織錦家，真竇氏回文梭也。

桉：潘元質《倦尋芳》全闋云：『獸鐶半揜，鴛甃無塵，庭院瀟灑。樹色沈沈，春盡燕嬌鶯奼。夢草池塘青漸滿，海棠軒檻紅相亞。聽簫聲，記秦樓夜月，彩鸞齊跨。　漸池邐、更催銀箭，何處貪歡，猶繫驄馬。旋翦燈花，兩點翠眉誰畫？香減羞回空帳裏，月高猶在重簾下。恨疏狂，待歸來、碎揉花打。』此詞《花菴詞選》作潘元質。《草堂詩餘》作蘇養直，誤也。元質又有《醜奴兒慢》云：『愁春未醒，還是清明天氣。對濃綠陰中庭院，燕語鶯嗁。數點新荷翠鈿，輕泛水平池。一簾風絮，才晴又雨，梅子黄時。　忍記那回，玉人嬌困，初試單衣。共攜手、紅窗描繡，畫扇題詩。怎有而今，半牀明月兩天涯。章臺何處，多應爲我，蹙損雙眉。』此詞緣情布景，穠麗周密，與《倦尋芳》體格政同，可爲前詞決是潘作之證。更以養直詞互勘之，《樂府雅詞》録二十三首。孰非孰是，無待煩言矣。

查荎

荎，字及爵里未詳。

〔詞話〕

《皺水軒詞筌》：　傷離念遠之詞，無如查荎『斜陽影裏，寒烟明處，雙槳去悠悠』，令人不能爲懷。然尚不如孫光憲『兩槳不知消息，遠汀時起鸂鶒』，尤爲黯然。洪叔璵『醉中扶上木蘭舟，醒來忘卻桃源路』，造語雖工，卻微著色矣。兩君專以淡語入情。

《聽秋聲館詞話》：　宋曹勳作《透碧霄》詞，一百十七字，較柳永、查荎所填一百十二字體，句讀迥異。萬氏未見曹集，致未收入又一體。柳、查二作，字句相同，而查作尤佳。其詞云：『艤蘭舟。十分端是載離愁。練波送遠，屏山遮斷，此去難留。相從爭奈，心期久要，屢變霜秋。嘆人生、宛似萍浮。又翻成輕别，都將深恨，付與東流。　想斜陽影裏，寒烟明處，雙槳去悠悠。愛渚梅、幽香動，采掇須倩纖柔。豔歌粲發，誰傳餘韻，來説仙遊。念故人、滯此遐州，但春風老後，秋月圓時，獨倚江樓。』换頭三語，真是繪水繪聲之筆。《詞綜》錄此詞，『宛似』作『杳似』，『滯此』作『留此』，似不如『宛』字、『滯』字。又『采掇』句，本作『須采掇、倩纖柔』，六字折腰，與柳詞『空恁嚲轡垂鞭』句法小異。《詞律》謂文義亦有可疑，若作『采掇須倩纖柔』，則理順語協，宜從之。

桉：查荎時代無攷，《花菴絕妙詞選》錄其《透碧霄》一闋，與周美成、晁次膺詞同卷，知其爲北宋人矣。唐韋應物《初發揚子寄元大》句『悽悽去親愛，汎汎入烟霧』，與查詞換頭意境仿佛，皆融景入情之筆。昔人詞評有云『饒烟水迷離之致』者，此等句，庶幾近之。

林少詹 一作少瞻

少詹，字及爵里無攷〔一〕。桉：少詹疑是字，名無攷。花菴錄各家詞，多署字不署名。

桉：林少詹早行《少年遊》云：『霽霞散曉月猶明。疏木挂殘星。山徑人稀，翠蘿深處，嗁鳥兩三聲。霜華重迫駝裘冷，心共馬蹏輕〔二〕。十里青山，一溪流水，都做許多情。』見《花菴絕妙詞選》。過拍三句能寫幽靜之趣，『心共馬蹏輕』五字，未經人道。《花草粹編》作林少瞻。

【校記】

〔一〕眉批云：『林仰，字少詹。』

〔二〕蹏：底本作『嗁』，參照後文改。

李玉

玉，字及爵里未詳。

〔詞評〕

《織餘瑣述》：『今夜故人來不來，教人立盡梧桐影』，唐呂洞賓《題景德寺僧房》句也，調名《明月斜》，見《詩話總龜》。宋人李玉用之，『嘶騎不來銀燭暗，枉教人、立盡梧桐影』。只此七字入呂詞，但覺其清；入李詞，便覺其豔。

卜清似云：李玉詞，藻思綺合，清麗芊緜。

桉：李玉春情《賀新郎》『篆縷銷金鼎』云云，見《花菴絕妙詞選》，黄叔暘云：『李君之詞雖不多見，然風流醞藉，盡此篇矣。』

向鎬

鎬，字豐之，河内人。官位未詳。有《樂齋詞》一卷。

〔詞考〕

《善本書室藏書志》『樂齋詞提要』：《書録解題》：『《樂齋詞》一卷，向鎬豐之之譔。』各家書目罕見著錄，《四庫》所未收也，見《皕宋樓藏書記》。此本不分卷，詞凡四十三闋，鮑以文記於末云：『豐之詞，傳本未廣，亦頗清婉流麗，雖未能與秦、柳抗衡，要不失爲第二流也。』

桉：《樂齋詞》，元和江氏靈鶼閣有刻本。《朝中措》云：『平生此地幾經過。家近奈情何。長記月斜風勁，小舟猶渡烟波。　而今老大，歡消意減，只有愁多。不似舊時心性，夜長聽徹漁歌。』《如夢令》云：『楊柳千絲萬縷。特地織成愁緒。休更唱《陽關》，便是渭城西路。歸去。歸去。紅杏一腮春雨。』

孫浩然〔一〕

浩然，字及爵里未詳。

〔詞話〕

《草堂詞箋》：孫浩然在北宋時代，氏籍俱未詳。選詞家俱薄其聲口庸俗，然如元夕《傳言玉女》云：『豔妝初試，把朱簾半揭。嬌羞向人，手撚玉梅低說。相逢長是，上元佳節。』情致斐亹，亦人所不易到。

桉：孫浩然詞，見《草堂詩餘·後集》者，凡六闋，其五皆詠節序之作，其一則賦春情，即《詞箋》所稱者。又有《夜行船》云：『何處采菱歸暮。隔宵烟、棹歌輕舉。白蘋風清，月華寒影，朦朧半和梅雨。　脈脈相逢心似許。扶蘭棹、黯然凝竚。遙指前邨，隱隱烟樹。含情背人歸去。』

見《花草粹編》。過拍『白蘋風清句，月華寒影句，朦朧半和梅雨句』，與歇拍三句字數政合。『白蘋風清』，三平；『隱隱烟樹』，三仄，亦遥遥相應。《詞律》有愈拗愈起調者，或揚者使之抑，徐者使之疾；或使幽咽者激昂，流轉者頓挫。參變制宜，非擅聲家之目，弗能喻也。《歷代詩餘》乃毅然改之『白蘋風浸月華寒句，影朦朧句，半和梅雨句』，竝注云『又一體』，其失甚矣。又《花菴絕妙詞選》有孫浩然詞一首，調《離亭燕》『一帶江山如畫』云云，此詞據它選本，竝是張康節昇作，花菴蓋偶誤耳。

【校記】

〔一〕眉批：『詞話所錄詞作胡浩然作；胡，宣和年間人。孫浩然另係一人。均見《花草粹編》。』

何籀

籀，字子初，信安人。官位未詳。

〔詞話〕

《浩然齋雅談》：何籀作《宴清都》，有『天遠山遠，水遠人遠』之語，一時號爲何四遠。然前是，宋景文出知壽春過維揚，賦《浪淘沙近·留別劉原父》云：『少年不管。流光如箭。因循不覺韶光換。至如今，始惜月滿花滿酒滿。　扁舟欲解垂楊岸。尚同歌宴。日斜歌闋將分散。倚闌遥望，天遠水遠人遠。』籀蓋用此也。

〔詞考〕

《詞律》：《宴清都》注：桉此詞何籀於前結云『那更天遠山遠，水遠人遠』，書舟效之云『那更春好花好，酒好人好』，因名之曰《四代好》。人見《四代好》之名甚新，不知其卽《宴清都》也。但『遠』字、『好』字上聲，可以代平，故借入平用，不礙音律。若不知其理，而泛謂仄聲可以上去通用，填入去字，則爲大謬。明王渼陂作南曲〔一〕，亦採『天遠』八字爲結，歌者不以爲拗，因是上聲也，去則唱不得矣。

桉：何子初春詞，調寄《宴清都》，見《樂府雅詞·拾遺》。《花菴絕妙詞選》選此詞，清麗鏗緻，嫭家之筆。

【校記】

〔一〕陂：底本作『波』，按：王九思，字敬夫，號渼陂，明代文人，有散曲集《碧山樂府》，此改。

廖世美

世美，字及爵里未詳。

〔詞話〕

《織餘瑣述》：李易安詞云『落日鎔金，暮雲合璧』，廖世美句云『落日水鎔金』，李、廖皆倚聲嫭家，句或闇合，未必有意沿襲。其時代孰先孰後，亦未能考定也。

〔詞評〕

《珠花簃詞話》：廖世美《燭影揺紅》過拍云：『塞鴻難問，岸柳何窮，別愁紛絮。』神來之筆，卽已佳矣。換頭云：『催促年光，舊來流水知何處。斷腸何必更殘陽，極目傷平楚。晚霽波聲帶雨。悄無人、舟横古渡。』語淡而情深，令子野、太虚輩爲之，容或未必能到。此等詞一再吟誦，輒沁人心脾，畢生不能忘。《花菴絶妙詞選》中真能不愧『絶妙』二字，如世美之作，殊不多覯也。

桉：廖世美《好事近・夕景》、《燭影揺紅・別愁》均見《花菴絶妙詞選》。其《燭影揺紅》第二句失叶；『雲漢』，《御選歷代詩餘》作『雲渚』；題作『安陸浮雲樓』。

陸敦信

敦信，字及爵里無攷。

桉：《花菴絶妙詞選》録陸敦信《感皇恩》詞『殘角兩三聲』云云，列何大圭之後、趙企之前，知其爲北宋人也。

蔣子雲

子雲，字元龍，爵里待攷。

〔詞評〕

黄蓼園云：『簾捲日長人静，任楊花飄泊』，言閒者自閒，飄泊者自飄泊耳，翛然有物外觀化之意，斯爲淡遠。

桉：蔣元龍初夏《好事近》云：『葉暗乳鴉啼，風定老紅猶落。蝴蝶不隨春去，入薰風池閣。休歌《金縷》勸金巵，酒病煞如昨。簾捲日長人静，任楊花飄泊。』見《樂府雅詞・拾遺》。

趙軏

軏，字信可，許人。爲陜曹屬，被薦，改秩而終。

〔詞話〕

《過庭録》：趙軏以才稱鄉里，爲陜曹屬，潦倒選調。先子與之鄉舊，既在太原，趙沿檄相謁，因館於書室。是夕八月十四日夜，先子具酒飲食。宣使張永錫召先子會酌，趙獨處寂寥，就枕即作一詞達先子，云：『今夜陰雲初霽。晝簾外、月華如水。露霭晴空，風吹高樹，滿院中秋意。皎皎蟾光當此際。怎奈何、不成況味。莫近檐間，休來窗上，且放離人睡。』永錫見之大喜，贈上尊數壺。先子爲求薦章，僅改秩而終。

桉：范録所載趙信可詞，調寄《夜行船》，與趙長卿《惜香樂府》『龜甲鑪烟』闋同體。換頭『怎奈何、不成況味』句，『何』字當是『向』字之譌。『怎奈向』，宋人方言。據《詞譜》，此字應用仄聲，與前段『畫簾外』『外』字同。秦少游《八六子》云『怎奈向、歡娱漸隨流水』，後人亦誤用『向』爲『何』也。

岳飛

飛，字鵬舉，湯陰人。宣和四年應真定宣撫劉韐募，爲敢戰士，補承信郎。高宗卽位，以越職上書奪官。未幾，借修武郎，補英州刺史。累立戰功，官至河南北諸路招討使，進樞密副使，加少保，封武昌郡開國公，罷爲萬壽觀使。以不附和議，爲秦檜所陷，殞大理寺獄中。淳熙六年追謚武穆，嘉定四年晉封鄂王，淳祐六年改謚忠武。有集。

〔詞話〕

《古今詞話》：岳侯，忠孝人也。其《小重山》詞，夢想舊山，悲凉悱惻之至。詞云：『昨夜寒蛩不住鳴。驚回千里夢，已三更。起來獨自遶階行。人悄悄，簾外月朧明。　白首爲功名。故山松菊老，阻歸程。欲將心事付瑤箏。知音少，絃斷有誰聽？』

《話腴》：武穆《賀講和赦表》云：『莫守金石之約，難充谿壑之求。』故作詞云：『欲將心事付瑤箏。知音少，絃斷有誰聽』，蓋指和議之非也。又作《滿江紅》，忠憤可見，其不欲『等閒白了少年頭』，足以明其心跡。

〔詞評〕

王定甫云：岳鄂王《滿江紅》詞〔一〕，穿雲裂石之音，讀之令人神王。

校：岳忠武王孫珂所箸《桯史》錄王之遺箸，詞僅二闋，卽《小重山》、《滿江紅》是也。嘗謂兩宋詞人唯文忠蘇公足當『清雄』二字，清，可及也；雄，不可及也。鄂王《滿江紅》詞，其爲雄，並非文忠所及。二公之詞皆自性真流出，文忠只是誠於中、形於外；忠武直是先行其言而後從之，蓋千古一人而已。

【校記】

〔一〕紅：底本脫，據詞牌名補。

韓世忠

世忠，字良佐，延安人。宣和二年方臘反，以進勇副尉從王淵討平之，積功遷嘉州防禦使。南渡，歷官至橫海、武寧、安化三鎮節度使，授少師，進太保，封英國公兼河北諸路招討使。秦檜收三大將權，拜樞密使，連疏乞骸，罷爲醴泉觀使，奉朝請，封福國公，改潭國公，改封咸安郡王。卒，晉太師，通義郡王。孝宗封蘄王，謚忠武，配饗高廟。

〔詞話〕

《齊東野語》：韓忠武王以元樞就第〔一〕，絕口不言兵，自號清涼居士。時乘小騾，放浪西湖泉石間。一日至香林園，蘇仲虎尚書方宴客，王徑造之。賓主歡甚，盡醉而歸。明日，王餉以羊羔，且手書二詞以遺之。《臨江仙》云：『冬日青山瀟灑靜，春來山暖花濃。少年衰老與花同。世間名利客，富貴與貧窮。　榮華不是長生藥，清閒是不死門風。勸君識取主人公。單方只一味，盡在不言中。』《南鄉子》云：『人有幾何般。富貴榮華總是閒。自古英雄都是夢，爲官。寶玉妻兒宿業纏。　年事已衰殘。鬚鬢蒼蒼骨髓乾。不道山林多好處，貪歡。只恐癡迷誤了賢。』王生長兵間，未能知書，晚歲忽有悟，能作字及小詞，詩詞皆有見趣，信乎非常之才也。

桉：韓蘄王《南鄉子》詞歇拍云：『不道山林多好處，貪歡。只恐癡迷誤了賢。』可知湖上騎驢，無日不心存魏闕。岳鄂王《小重山》云：『白首爲功名。舊山松竹老，阻歸程。』一則思歸而未忍決然，一則身隱而終難恝，詞恉雖殊，其悃款之忠則一也。蘄王兩詞又見《梁谿漫志》，字句間有出入。讀此等詞，可以振作志氣，毋庸求之聲律文字間也。

【校記】

〔一〕韓忠武王：底本作『韓世忠武王』，衍『世』字，據《齊東野語》刪。

俞處俊

處俊，字師郝，新淦人。登建炎龍飛乙科，不及除官，遽卒。

〔詞話〕

《獨醒雜志》： 俞師郝嘗因重九日賦長短句云：『殘蟬斷鴈，政西風蕭索，夕陽流水。落木無邊幽眺處，雲擁登山屐齒。歲月如馳，古今同夢，惟有悲歡異。綠尊空對，故人相望千里。追念淮海當年，五雲行殿，咫尺天顔喜。清曉臚傳仙杖裏，衣染玉龍香細。今日天涯，黄花零亂，滿眼重陽淚。艱難多病，茂陵無奈秋思。』詞既出，邑人爭歌之。或曰詞固佳，然其言太酸辛，何故？ 師郝明年竟卒。其登科時在維揚，以重九日唱名，故詞中及之。

按： 俞師郝九日詞，調寄《百字令》，其曰『艱難』者，蓋指國事而言。當時河山半壁，將杭作汴，隱忍偷安，儒生幸叨一第，雖有悃款之忠，何以自致？ 此時搔首問天，危絃促柱，音哀及以思，何止師郝一人一詞而已哉？ 師郝之未久下世，抑亦會逢其適耳，豈真詞爲之讖耶？

胡銓

銓，字邦衡，廬陵人。建炎二年登進士第，授撫州軍事判官。以薦除樞密院編修，上封事，極詆和議，謫吉陽軍。秦檜死，量移衡州。孝宗即位，復奉議郎，知饒州。歷吏部郎官、祕書少監、宗正少卿兼國子祭酒，權兵部侍郎，以集英殿修撰知漳州，改泉州。乞致仕，升龍圖閣學士，提舉玉龍萬壽宫。卒謚忠簡。有《澹菴集》一百卷，長短句一卷。

〔詞話〕

《揮麈後録》：『胡邦衡在新興，嘗賦《好事近》云：「富貴本無心，何事故鄉輕別。空使猿驚鶴怨，誤薜蘿秋月。　囊錐剛要出頭來，不道甚時節。欲駕巾車歸去，有豺狼當轍。」郡守張棣繳上之，以謂譏訕，秦檜愈怒，移送吉陽軍編管。』按：《好事近》詞乃宋高登彥先作，見登所著《東溪詞》，王氏四印齋刻本半唐老人跋云：『蓋彥先亦以發策忤檜被謫，事釁略同，張棣遂牽合爲澹菴作。』

《織餘瑣述》：　宋胡忠簡詞《青玉案》云『宜霜開盡秋光老』，芙蓉名拒霜，詎又名宜霜耶？俟攷。

　按：胡忠簡《澹菴長短句》爲四印齋所刻《南宋四名臣詞》之一，詞凡十五闋。《醉落魄》云：『千巖競秀。西湖好是春時候。誰知梅雪飄零久。藏白收香，空袖和羹手。　天涯萬里情難逗。元注：一作透。眉峯豈爲傷春皺。片愁未信花能繡。若說相思，只恐天應瘦。』《鷓鴣天·用山谷均》云：『夢繞松江屬玉飛。秋風蓴美更鱸肥。不因入海求詩句，萬里投荒亦豈宜？　青箬笠，綠荷衣。斜風細雨也須歸。崖州險似風波海，海裏風波有定時。』公不以詞名，此兩闋略見其襟褱，自餘大都沖夷疏曠，寓坎止流行之趣。半唐王氏所謂『摧剛藏棱』者也。

陳剛

剛，字中孚，天台人。官編修〔一〕。

〔詞話〕

《山房隨筆》『補遺』：天台陳剛中孚在燕，端陽日，當母誕，作《太常引》二章云：『綵絲堂上簇蘭翹。記生母，正今朝。無地捧金蕉。奈烟水、龍沙路遥。　碧天迢遞，白雲何處，急雨蕭蕭。萬里夢魂消。待飛逐、錢塘夜潮。』其二：『短衣孤劍客乾坤。奈無策，報親恩。三載隔晨昏。更疏雨、寒燈斷魂。　赤城霞外，西風鶴髮，猶想依柴門。蒲醑漫盈尊。倩誰寫，青山淚痕。』時爲編修云。

〔詞評〕

《賭棋山莊詞話》：陸太沖以謙曰其事關倫紀者，陳剛（元誤陳剛中，據《山房隨筆》改正）《太常引》有陟屺瞻望、不遑將母之思。

桉：陳中孚詞《太常引》前闋『急雨蕭蕭』句，『雨』下敓一字。謝枚如《詞話》誤以中孚『中』字屬之其名之下，宋有陳剛中字彦柔，長樂人，建炎二年進士，卽以啓送胡忠簡貶新州者，謝氏殆誤以《太常引》爲其所作也。

【校記】

〔一〕眉批云：『陳孚剛中《太常引》詞本事詳陶宗儀《輟耕録》，陶、陳同時人，似未致誤。』又：『周慶雲《歷代兩浙詞人考》亦載此詞，作「爲宋時之陳剛（中孚）」，《輟耕録》載爲元人。陳孚、陳剛當作兩人，須再考之。』

劉均國

均國，按：一作鈞國。字及占籍待攷。

按：劉均國詞《小梅花》詠梅云：『千里月。千山雪。梅花正落寒時節。一枝昂。一枝藏。清香冷豔，天付與孤光。孤光似被珠簾隔。風度烟遮好顔色。粉垂垂。玉纍纍。先春挺秀，不管百花枝。　似霜結。與霜別。莫使幽人容易折。短牆邊。矮窗前。横斜峭影，重疊鬥嬋娟。黄昏莫聽樓頭角。只恐聽時亂零落。醉來看，醒來看。縈伴麗人，瀟灑倚闌干。』見《梅苑》及《花草粹編》，竝作均國。《御選歷代詩餘》作鈞國，未詳所本。《小梅花》調，作者易涉俗滑，均國此詞筆近凝重，尚留得住。　又按：劉宰，字平國，號漫塘。《御選歷代詩餘》不載其詞，而其姓名乃見『詞人姓氏』中。《歷代詩餘》有名無詞者，尚有陸域、張良謨、蔡幼學、趙蕃、梅扶、王義山諸家。其趙、陸、梅三家詞均別見，其張、蔡、王三家當亦必有詞。《歷代詩餘》經諸臣分纂，非出一人手，容或曾經入錄，而彙次時偶遺之，特坿記於此，俟攷求焉。

歐陽澈

澈，字德明，崇仁人。按：《飄然集》有《秋試下第有感》七律，蓋亦諸生也。靖康間，嘗三上書。建炎初，徒步行在，伏闕上封事，請誅汪、黄等，與陳東俱死於市。紹興初，追贈承事郎，加朝奉郎、祕閣修撰，官一子。有《飄然集》六卷，校：今《豫章叢書》本只三卷，宋吴沆編輯本。詞坿。

〔詞話〕

《織餘瑣述》：《飄然集·玉樓春》云：『歸時桂影射簾旗，沈水烟消深院悄。』『簾旗』二字甚新，卽簾旌，謂簾額也。

桉：《飄然集》坿詞僅七闋。《玉樓春》云：『年時醉倚溫溫玉。妒月精神疑可掬。香絲篆裊一簾秋，瀲灧十分浮蟻綠。興來笑把朱絃促。切切含情聲斷續。曲中依約斷人腸，除卻梨園無此曲。』此闋風格極似大晏。《虞美人》云：『玉樓縹緲孤烟際。徙倚愁如醉。鴈來人遠暗銷魂。簾卷一鉤新月怯黄昏。那人音信全無個。幽恨誰憑破。撲花蝴蝶若知人。爲我一場清夢去相親。』此闋亦輕清婉麗，雅近北宋。自餘亦皆詞人之筆，不似撾壞登聞鼓人所作。《飄然詞》有彊村朱氏刻本。

張輯陸象澤

輯，字宗瑞，自號東澤，又號東仙，或稱廬山道人，一稱東澤詩仙，鄱陽人。履信子。嘗隱居馬蹏山。有《欸乃集》，詞名《東澤綺語債》、《清江漁譜》，各一卷。

〔詞話〕

《東澤綺語債》朱湛盧序：東澤得詩法於姜堯章，世所傳《欸乃集》，皆以爲采石月下謫仙復作，不知其又能詞也。其詞皆以篇末之語而立新名云。校：朱序今佚，此數語見《花菴絕妙詞選》。

《詞品》：張宗瑞樂府一卷，名《東澤綺語債》，其詞皆倚舊腔而別立新名，亦好奇之故也。《草堂》選其《疏簾淡月》一篇，卽《桂枝香》也。余尤愛其《垂楊碧》一篇，卽《謁金門》，其詞曰：『花半濕。睡起一窗晴色。千里江南空咫尺。醉中歸夢直。　前度蘭舟送客。雙鯉沈沈消息。樓外垂楊如許碧。問春來幾日。』

《織餘瑣述》：宋張輯《東澤綺語債·如此江山》寓《齊天樂》過拍云：『欲下斜陽，長淮渺渺正愁予。』此『予』字同『余』訓，與上渡、古、去、樹叶，殊廑見。

〔詞評〕

儀墨莊云：俊妙乃東澤勝處，然筆太快利，便乏深美，而失聲音之妙。唯姜仙氣魄大，力量厚，乃自不妨，人亦不覺。東澤師法石帚，固僅得其半耳，郤已是南宋一家數。

校：張宗瑞《東澤綺語債》一卷，彊邨朱氏依善本書室藏明鈔本刻行。其《清江漁譜》一卷，則近人吳某輯本，僅據《陽春白雪》及《江湖後集》得詞十二闋，壽詞居其太半。宗瑞生平傑作大約具載《綺語》中矣。《疏簾淡月》寓《桂枝香·秋思》此闋最膾炙人口。《貂裘換酒》寓《賀新郎·乙未冬別馮可久》『笛喚春風起』云云；《沙頭雨》寓《點絳脣》『帶醉歸時』云云，此兩闋風調清婉，不在《桂枝香》下也。斷句如《月上瓜洲》寓《烏夜啼·南徐多景樓作》云：『塞草連天，何處是神州？』《祝英臺近》云：『對酒相思，爭似且留醉。』其寫緜邈遙深之景、低徊往復之情，尤有事外遠致，未可第以綺語目之。

中興野人 一作吳雲公〔一〕

野人，姓名佚。元徐大焯《燼餘錄》云：『吳雲公，靖康國難後所更號。』詳前林外桉語。雲公，其字，名待攷，吳人，有《香天雪海集》。

〔詞話〕

《苕溪漁隱叢話》：東坡居士赤壁詞語意高妙，真古今絕唱。有稱中興野人和此詞，題於吳江橋上，桉：一作郵亭壁上。語雖粗豪，而氣概可喜。車駕巡師江表，過而睹之，詔物色其人，不復見矣。詞云：『炎精中否。嘆人才委靡，都無英物。戎馬長驅三犯闕。誰作長城堅壁。萬里奔騰，兩宮幽隔。此恨何時雪。草廬三顧，豈無高臥賢傑？　天意眷我中興，吾皇神武。踵曾孫周發。海嶽封疆俱效順，狂虜會須灰滅。翠羽南巡，叩閽無路，徒有衝冠髮。孤忠耿耿，劍芒冷浸秋月。』

桉：《燼餘錄》云：『吳雲公居吳縣城東，臨頓里，箸有《香天雪海集》。靖康國變後，更號中興野人。』其追東坡赤壁詞韻《念奴嬌》『炎精中否』云云，乃和李山民之作。山民與雲公爲僚壻，爲社友，言之綦詳。徐大焯，元初人，時代距南宋未遠，《燼餘錄》一編媍紀鄉邦雅故，大焯，吳縣人。其說似乎可信，惜無它書之言可資佐證耳。

【校記】

〔一〕此則所記中興野人詞，原見宋方勺《泊宅編》卷九。據元黄溍《金華黄先生文集》卷三《記居士公樂府》，乃其六世祖黄中輔作。

鄧肅

肅，字志宏，沙縣人。宣和間入太學，以詩諷花石綱，黜歸。靖康召對，補承務郎，授鴻臚寺簿，使金營。張邦昌僭位，肅義不屈，奔赴行在。高宗擢左正言，會李綱罷，肅抗疏爭，忤執政，送吏部，罷歸。紹興二年卒。有《栟櫚集》，詞一卷。

〔詞話〕

《織餘瑣述》：宋鄧肅《栟櫚詞·西江月》換頭云：『玉筍輕籠樂句，流鶯夜轉詩餘。』『詩餘』入詞，於此僅見。

〔詞評〕

蕙風詞隱云：《栟櫚詞》新聲振綺，好語如珠，寓北宋之輕靈，涉五代之緜麗。宋人稱詞曰『韻令』，如志宏所作庶幾足當韻令之目。

校：鄧志宏《栟櫚詞》一卷，半塘老人刻入《宋元三十一家詞》，凡四十五闋，皆短調。其《臨江仙》、《浣溪沙》、《菩薩蠻》諸作莫不芳情悱惻，妙語蟬嫣，蕙風詞隱所稱，足當之無愧色。其《瑞鷓鴣》云：『北書一紙慘天容。花柳春風不敢穠。未學宣尼歌鳳德，姑從阮籍哭途窮。　此身已落千山外，舊事迴思一夢中。何日中興煩吉甫，洗開陰翳放晴空。』志宏先生抗志高節，不屈於金營，不汙於張邦昌，因李忠定罷去，諫爭而獲罪，眷懷故都，想望興復，悃款之志，流溢楮墨之表。其《臨江仙》句云：『百卉叢中紅紫亂，玉肌自唉孤光。』亦自寫其襟抱也。《南歌子》云：『鳳城一別幾經秋。身在天涯海角忍回頭。』又云：『都人應也望宸遊。早晚蔥蔥佳氣滿皇州。』略與《瑞鷓鴣》同意。又《一翦梅·題泛碧齋》云：『雨過春山翠欲浮。影落寒溪碧玉流。片帆乘興挂東風，夾岸花香擁去舟。　尊酒時追李郭遊。醉臥烟波萬事休。夢回風定斗杓寒，漁笛一聲天地秋。』此《一翦梅》又一體，萬氏《詞律》、徐氏《詞律拾遺》，杜氏《詞律補遺》並未載。泛碧齋，船名。

楊太尉

楊太尉，名字占籍待攷。

按：楊太尉詞《蘇武慢》云：『碧眼連車。黄頭閈座，望斷故人何處。當時勝麗，舊日繁華，今都變虜言胡語。萬里銜冤，幾年蘊恨，子細向誰分訴。對南風、凝眺神旌，觸目淚流如雨。　幸會，雹埽雷驅。雲開霧歛，一旦青天重睹。桃林臥草，華嶽嘶風，行迓太平周武。洗盡腥羶巷陌，從此追歡，酒盃頻舉。任笙簫聲裏，花朝月夕，醉中歌舞。』見《花草粹編》。太尉當是南渡初人，詞前段言汴京淪陷，後段言高宗正位臨安。『故人何處』，思舊君也；『幾年蘊恨』，重睹青天，其殆歸自兵間者乎？『對南風』、『凝眺』、『淚流如雨』，言其思歸至切。其苦節，視汪水雲輩爲何如也？

衛元卿

元卿，洋州人，領薦不第。

〔詞話〕

《貴耳集》：衛元卿，洋州人，曾領薦，不得志。遊處山谷間，作《謁金門》詞曰：『杏花過雨。又是一番紅素。燕子歸來愁不語。故巢無覓處。　誰在玉樓歌舞。誰在玉關辛苦。若使胡塵吹得去。東風侯萬戶。』

桉：《謁金門》調，據譜，首句應平仄仄，只三字，衛元卿詞云『杏花過雨』，以句意審之，一字不能省，可知非誤。多一字，當是又一體矣。此體，萬氏《詞律》、徐氏《詞律拾遺》、杜氏《詞律補遺》並未載。其詞云『故巢無覓處』，則黍離麥秀之傷也，滿目風塵，中興何日？『東風侯萬戶』，尤無聊之極思。當是汴京遺老之作。元卿又有《齊天樂·填溫飛卿〈江南曲〉》云：『藕花洲上芙蓉檝，羞郎故移深處。弄影萍開，搴香袖罥，鸂鶒雙雙飛去。垂鞭笑顧。問住否横塘，試窺簾戶。妙舞妍歌，甚時相見定相許。　歸來顛頷錦帳，久塵金犢幰，連娟黛眉顰嫵。扇底紅鉛，愁痕暗漬，消得腰支如杵。鸞絃解語。鎮明月西南，伴人淒楚。悶拾楊花，等閒春又負。』見《御選歷代詩餘》，換頭第三句應平仄平仄四字句，元卿作平平仄平平仄六字句，列爲又一體也。

歷代詞人考略卷二十五

宋十九

朱敦儒朱敦復

敦儒，字希真一作希直，河南人。靖康中召至京師，將處以學官，固辭。高宗立，淮西部使者言敦儒有文武才。召之，又辭，避亂客南雄州。張浚奏赴軍前計議，弗起。紹興二年，詔以爲右迪功郎，敦遣詣行在。既至，命對便殿，賜進士出身，除祕書省正字兼兵部郎官，遷兩浙東路提點刑獄。坐與李光交通，罷歸。復除鴻臚寺少卿。有《樵歌》三卷。

〔詞話〕

《四朝聞見錄》：希真有詞名，以隱德著。思陵必欲見之，累詔始至。上面授以鴻臚卿，希真下殿拜訖，亟請致仕，上改容許之。

《能改齋漫錄》：朱希真流落嶺外，九日作《沙塞子》詞，不減唐人語。『萬里飄零南越，山引淚〔一〕，酒添愁。不見龍樓鳳闕又驚秋。九日江亭閒騁望，蠻樹瘴雲浮〔二〕。腸斷紅蕉花晚水東流。』

《貴耳集》：朱希真南渡以詞得名，月詞有『插天翠柳，被何人、推上一輪明月』之句，自是豪放。賦梅詞如不食烟火人語，『横枝銷瘦一如無，但空裏、疏花數點』，語意奇絶。詞集曰《太平樵唱》。

《二老堂詩話》：朱希真詩詞獨步一世。致仕居嘉禾，秦丞相欲令希真教秦伯陽作詩，遂落致仕，除鴻臚寺少卿，蓋久廢之官也。蜀人武横作詩譏之云：『少室山人久挂冠，不知何事到長安。如今縱插梅花醉，未必王侯著眼看。』蓋希真舊有《鷓鴣天》詞云：『我是清都山水郎。天教分付與疏狂。曾批給露支風敕，屢上留雲借月章。　詩萬首，酒千觴。幾曾著眼看侯王。玉樓金闕慵歸去，且插梅花醉洛陽。』故横以此譏之。

《皺水軒詞筌》：朱希真《鷓鴣天》云：『道人還了鴛鴦債，紙帳梅花醉夢間。』咸謂朱素心之士，然其《念奴嬌》末云：『料得文君，重簾不卷，且等閒消息。不如歸去，受它真箇憐惜。』如此風情，周、柳定當把臂，此亦子瞻所云鸜鵒禪、五通氣毬，皋陶所不能平反也；而語則妙矣。

〔詞評〕

汪叔畊云：希真詞多塵外之想，雖雜以微塵，而其清氣自不可没。桉：希真詞品絶清，汪氏所云微塵，殆指晚節鴻臚之拜，則是論人，非論詞也。

黄蓼園云：朱希真微尚清遠，詞筆亦瀟灑出塵。

〔詞考〕

《古今詞話》：《柳枝》一名《壽杯詞》，唐人所作，皆與七言絶句同。朱敦儒别有一調云：『江南岸柳枝。江北岸柳枝。折送行人無盡時。恨分離柳枝。酒一杯柳枝。淚雙垂柳枝。君到長安心事違。校：四印本作「百事違」。幾時歸柳枝？』音節鏗麗，絕似《長相思》琴調曲，而以添聲爲排調者。

《蓮子居詞話》：宋朱希真嘗擬《詞韻》，元陶南邨譏其侵尋、鹽咸、廉纖閉口三韻混入，欲重爲改定。今其書不傳。此亦宋詞韻之可攷者。學宋齋本分入聲作四，與希真合，而平上去僅止十一，希真則十六也，似仍非有所據而爲之。

桉：《樵歌》久無傳本，阮文達曾得汲古閣抄本進呈，載入所作《四庫未收書目提要》。王氏四印齋輯刻宋、元人詞，先得汲古閣抄本《樵歌拾遺》三十四首刻之，後又得吳枚庵校三卷足本詞二百五十五首者再刻之，具《拾遺》之詞，亦均載三卷之內，並據他書補二闋，王半塘、繆藝風均有跋，詳之不贅。又《過庭錄》：『洛陽朱敦復，字無悔，并弟希真，以才豪稱。有爲老子學者曰劉跛子，頗有異行，時至洛看花。一日，告人曰：「吾某日當死。」至期，果然。劉公有一僕曰尚志，隨劉四十年，劉常以畜生呼之。及劉死，人恐其有所得，士夫競叩之。尚志曰：「何所得，但喫畜生四十年矣。」無悔因作一詞曰：「尚志服事跛神仙。辛勤了、萬千般。一朝身死入黃泉。至誠地、哭皇天。　旁人苦苦叩玄言。不免得、告諸賢。禁法偈兒不曾傳〔三〕。喫畜生、四十年。」』范氏以才豪偁。敦復其平昔倚聲之作必有佳者，今僅見此一闋，語以諧而涉俚，未便據此列爲詞家，坿記於此，藉存梗概。

【校記】

〔一〕山：底本作『州』，據《樵歌》改。

〔二〕『九日』二句：《樵歌》作『九日江亭閒望，蠻樹繞，瘴雲浮』。
〔三〕偈：底本作『蝎』，據宋范公偁《過庭錄》改。

康與之

與之，字伯可，號順菴。其先滑州人，後居嘉興。渡江初，以詞受知高宗，擢爲臺郎，待詔金馬門，後貶五羊。有《順菴樂府》五卷。

〔詞話〕

《貴耳集》：慈寧殿賞牡丹，時椒房受冊，三殿極歡。上洞達音律，自製曲，賜名《舞楊花》。停觴，命小臣賦詞，俾貴人歌以侑玉巵爲壽〔一〕，左右皆呼萬歲。詞云：『牡丹半坼初經雨，雕檻翠幕朝陽。嬌困倚東風，羞謝了羣芳。洗烟凝露向清曉，步瑤臺、月底霓裳。輕笑淡拂宫黃。淺擬飛燕新妝。楊柳啼鴉晝永，正鞦韆庭館，風絮池塘。三十六宫，簪豔粉濃香。慈寧玉殿慶清賞。占東君、誰比花王。良夜萬燭熒煌。影裏留住年光。』此康伯可《順菴樂府》所載。

《花菴詞選》：康伯可以文詞待詔金馬門，凡中興粉飾治具及慈寧歸養歡集，必假伯可之歌詠，故應制之詞爲多。書市刊本皆假託其名，今得官本，乃其壻趙善貢及其友陶安世所校定，篇篇精妙。汝陰王性之，一代名士，嘗稱伯可樂章非近代所及，雖晏叔原復作，亦不能獨擅，蓋知人之言云。

《鶴林玉露》：宋建炎中，大駕經維揚，康伯可上《中興十策》，時宰相汪、黃輩不能聽用，而伯可聲名由是益著。余觀其策正大的確，雖李伯紀、趙元鎮，亦何以遠過？厥後，秦檜當國，伯可乃附會求進，擢爲臺郎。值慈寧歸養，兩宮燕樂，伯可專應制爲歌詞，諛豔粉飾，於是聲名埽地，而世但以比柳耆卿輩矣。及檜死，伯可亦貶五羊。

《升菴詞品》：康伯可《長相思》詞云：『南高峯。北高峯。一片湖光烟靄中。春來愁煞儂。郎意濃。妾意濃。油壁車輕郎馬驄。相逢九里松。』蓋效和靖『吳山青』之調也，二詞可謂敵手。

《詞苑叢談》：康伯可專應制爲歌詞，重九遇雨，奉敕口占雙調《望江南》云：『重陽日，陰雨四郊垂。戲馬臺前泥拍肚，龍山會上水平臍。直浸到東籬。　茱萸胖，菊蘂濕滋滋。落帽孟嘉尋箬笠，休官陶令覓蓑衣。兩個一身泥。』上覽之大笑。

〔詞評〕

《默記》：康與之長安懷古《訴衷情》云：『阿房廢止漢荒丘。狐兔又羣遊。豪華盡成春夢，留下古今愁。　君莫上，古原頭。淚難收。夕陽西下，塞雁南來，渭水東流。』如此等詞居然不俗，今有晏叔原，亦不得獨擅。

《葦航識小錄》：乾道中德壽劉妃以綠華、璚玉二內人進納壽皇，時康伯可侍宴，獻《菩薩蠻》詞，有曰：『弱柳小腰身。雙雙蛾翠顰。』伯可雖以滑稽得幸，然應制歌詞敢作無禮之語，去郭舍人之『齧妃女脣甘如飴』者幾希耳。

沈伯時云：康伯可、柳耆卿音律甚協，句法亦多有好處，然未免有鄙俗語。

《皺水軒詞筌》：詞雖宜於豔冶，亦不可流於穢褻。吾極喜康與之《滿庭芳》『寒夜』一闋，真所謂樂而不淫。且雖填詞小技，亦兼詞令、議論、敘事三者之妙。首云：『霜幕風簾，閒齋小戶，素蟾初上雕籠。』寫其節序景物也；繼云：『玉杯醽醁，還與可人同。古鼎沈烟篆細，玉筍破、橙橘香濃。梳妝冷，脂輕粉薄，約略澹眉峯。』則陳設之濟楚，殽核之精良，與夫手爪顏色，一一如見矣；換頭云：『清新，歌幾許，低隨慢唱，笑語相供。道文書鍼線，今夜休攻。莫厭蘭膏更繼，明朝又、紛冗悤悤。』則不唯以色執見長，宛然慧心女子小窗中喁喁口角；末云：『酩酊也，冠兒未卸，先把被兒烘。』一段溫存婍妮之致，咄咄逼人。觀此形容節次，必非狹斜曲里中人，又非望宋窺韓者之事，正如朱希真所云『受它真個憐惜』也。

《梅墩詞話》：康伯可《瑞鶴仙·上元應制》詞：『風柔夜煖。花影亂。笑聲喧，鬧蛾兒成團打塊〔二〕，簇著冠兒鬬轉。喜皇都、舊日風光，太平重見。』壽皇喜此數句，甚念東京故事，賜賚無算。此正弇州所評『以進奉故，未免淺俗取妍也』，然唯順齋老人能賦之。

《詞苑叢談》：沈東江曰：填詞，結句或以動蕩見奇，或以迷離稱雋，著一實語，敗矣。康伯可『正是消魂時候也，撩亂花飛』，深得此中三昧。

《詞學集成》：康、柳詞亦自批風抹月中來，『風月』二字在我發揮，二公不免爲風月所使耳。

桉：宋倚聲家如曹元寵、康伯可輩，專工應制之作，其詞有誦無規，亦無庸寄託感槩，所謂和聲鳴盛，雍容揄揚，亦復有獨到處。陳直齋云《書錄解題》：『伯可詞鄙褻之甚』，則詆謗未免過情。花菴詞客《絕妙詞選》錄伯可詞二十三闋，或以清疏勝，或以緜麗勝，得謂鄙褻之甚耶？《順菴樂府》全帙久佚，只此二十三闋中可誦者不勝臚舉，玆事具有消息，可爲知者道耳。

【校記】

〔一〕人：底本脱，據《貴耳集》補。

〔二〕鬧蛾兒：《全宋詞》後有『滿路』二字。

陸凝之

凝之，字永仲，號石室，餘杭人。布衣，高宗召見，稱疾不赴。

桉：陸永仲詞《念奴嬌·觀潮》云：『遠山一帶。遡晴空、極目天涯浮白。楓落鴉翻談笑處，不覺雲濤橫席。酒病方蘇，睡魔猶殢。一掃無留跡。吳帆越棹，恍然飛上空碧。長記草賦梁園，淩雲筆勢。倒三江秋色。對此驚心空悵望，老作紅塵閒客。别浦烟平，小樓人散，回首千波寂。西風掃霧，爲君重噴霜笛。』見《御選歷代詩餘》。歇拍『掃霧』，《詞綜》作『掃露』，誤。

徐俯

俯，字師川，分寧人。黄魯直之甥。以父禧死國事，授通直郎，累官至司門郎。靖康中，張邦昌僭位，遂致仕。建炎初，胡直孺、汪藻迭薦之，除右諫議大夫。紹興二年，賜進士出身，兼侍讀。三年，遷翰林學士，擢端明殿學士，簽書樞密院事。四年，兼權參知政事。九年，知信州，卒。有《東湖集》。

〔詞話〕

《樂府雅詞》：張志和《漁父詞》，東湖老人因坡、谷互有異同之論，故作《浣溪沙》、《鷓鴣天》各二闋。《浣溪沙》云：『西塞山前白鷺飛。桃花流水鱖魚肥。一波纔動萬波隨。黄帽豈如青箬笠，羊裘何似緑蓑衣。斜風細雨不須歸。』其二云：『新婦磯邊秋月明。女兒浦口晚潮平。沙頭鷺宿戲魚驚。青箬笠前明此事，緑蓑衣底度平生。斜風細雨小舟輕。』《鷓鴣天》云：『西塞山前白鷺飛。桃花流水鱖魚肥。朝廷若覓玄真子，恆在長江理釣絲。青箬笠，緑蓑衣。斜風細雨不須歸。浮雲萬里烟波客，唯有滄浪孺子知。』其二云：『七澤三湘碧草連。洞庭江漢水如天。朝廷若覓玄真子，不在雲邊在酒邊。明月棹，夕陽船。鱸魚恰似鏡中懸。絲綸釣餌都收卻，八字山前聽雨眠。』

《獨醒雜志》：徐公師川嘗言：東坡長短句有云：『山下蘭芽短浸溪。松間沙路淨無泥。』白樂天詩云：『柳橋晴有絮，沙路潤無泥。』『淨』、『潤』兩字，當有能辨之者。

〔詞評〕

《詞苑叢談》：沈東江曰，徐師川『門外重重疊疊山，遮不斷、愁來路』，歐陽永叔『强將離恨倚江樓，江水不能流恨去』，古人語不相襲，又能各見所長。

《蓼園詞話》：徐師川《卜算子》云：『門外重重疊疊山，遮不斷、愁來路。』與少陵『憂端如山來，澒洞不可掇』，趙嘏『夕陽樓上山重疊，未抵春愁一倍多』之句，合爲三絶。

按：徐師川詞，《樂府雅詞》載十七闋，其它選本竝只録其《卜算子》一闋，詞云：『胷中千種愁，挂在斜陽樹。緑葉陰陰自得春，草滿鶯啼處。不見淩波步。空想如簧語。門外重重疊疊山，遮不斷、愁來路。』此詞意致自是高迴，不言所愁何事，曰『千種』，曰『遮不斷』，意象壯闊，大約爲憂時而作。『綠葉』二句似喻小人之得意。『淩波』二句似嘆君門之遠，《離騷》美人之恉也。又前調云：『清池過雨涼，暗有清香度。縹緲娉婷絕代歌，翠袖風中舉。 忽歛雙眉去。總是關情處。一段江山一段雲，又下陽臺雨。』極虚靈幽渺之致。

聞人武子

武子，號蓬池先生，寓居丹徒。紹興三年，補從政郎，授淮東宣撫司幹辦公事，以右從政郎特改京官。有《蓬池編》。

校：聞人武子詞《菩薩蠻》云：『晴風吹煗枝頭雪。露華香沁庭中月。屏上小江南。雨昏天際帆。 翠釵香霧濕。側鬢雲鬆立。鐙背欲眠時。曉鶯還又啼。』見《陽春白雪》。麗句頗近《花間》。

關注

注，字子東，自號香巖居士，錢塘人。紹興五年進士，官湖州教授，至太常。校：《直齋書錄解題》作太學博士。有《關博士集》二十卷。

〔詞話〕

《墨莊漫録》：宣和二年，睦寇方臘起幫源，浙西震恐。關注子東在錢塘，避地於梁溪。明年臘就擒，子東以貧甚未能歸，乃僑寓於毗陵郡崇安寺古柏院中。一日，忽夢臨水有軒，主人延客，儀觀甚偉，玄衣美髯，揖坐，使兩女子以銅盃酌酒，謂子東曰：『自來歌曲新聲先奏天曹，然後散落人間。他日東南休兵，有樂府曰《太平樂》，爾先聽其聲。』遂使兩女子舞，主人抵掌而爲之節。已而恍然而覺，猶能記其五拍，子東因以詩紀之云：『玄衣女子從雙鬟。緩節長歌一解顔。滿引銅盃效鯨吸，低回紅袖作弓彎。舞留月殿春風冷，樂奏鈞天曉夢還。行聽新聲《太平樂》，先傳五拍到人間。』後四年，子東始歸杭州，而先廬已焚於兵，因寄家菩提寺。復夢美髯者腰一長笛，手披書冊，舉以示子東，小朱闌界，間行似譜，有其聲而無其詞。笑謂子東曰：『將有待也。往時在梁溪，曾按《太平樂》，尚能記其聲乎？』子東因爲之歌，美髯者援腰間笛，復作一弄，亦能記其聲，蓋是重頭小令。已而遂覺。其後又夢至一處，榜曰廣寒宫，然門鑰不啓。或有告之者，曰：『但曳鈴索，呼月姊，則門開。』從其言，果有膺者。乃引入，見二仙子，因問引者曰：『此謂誰？』曰：『月姊也。』月姊因問：『往時梁溪曾令雙鬟歌舞，傳《太平樂》，尚能記否？又遣紫髯翁吹新聲，亦能記否？』子東曰：『悉記之。』因爲歌之。月姊喜，見顔面，復出一紙書以示子東，曰：『亦新詞也。』姊歌之，其聲宛轉，似樂府《昆明池》。子東因欲强記之，姊有難色，顧視手中，紙化爲碧，字皆滅跡。覺時，已夜闌矣。獨記其一句云：『深誠杳隔無疑。』亦不知爲何語。前後三夢，多忘其聲，惟紫髯翁笛聲尚在，乃倚其聲而爲之詞，名曰《桂華明》，云：『縹緲神清開洞府。遇廣寒宫女。問我雙鬟梁溪舞。還記得、當時否？　碧玉詞章教仙女。爲按歌宮羽。皓月滿窗人何處。聲永斷、瑶臺路。』子東嘗自爲予言之。

《洞霄圖志》：太傅關注子東《贈石室陸先生詞序》云：『吾鄉陸永仲博學高才，自其少時有聲場屋。今棲白鹿洞下，絶葷酒，屏世事，自放塵埃之外。行將六十，而有嬰兒之色，非得道者，能如是乎？』乃作《水調歌頭》一闋詞云：『鳳舞龍蟠處，玉室與金堂。平生想望真境，依約在何方？誰信許君丹竈，便與吳君遺劍，只在洞天傍。若要安心地，須是遠名場。　幾年來，開林麓，建山房。安眠飽飯清坐，無事可思量。洗盡人間憂患，看見仙家風月，和氣滿清揚。一笑塵埃外，雲水遠相忘。』〔二〕

按：關子東《桂華明》記夢詞又見《梁溪軼事》，與張氏《漫錄》所記略同。其夢中所聞《太平樂》，醒而以詩記之，『玄衣仙子從雙鬟』云云，乃《瑞鷓鴣》調，《詞譜》因子東詩句，又名《太平樂》，又名《五拍》，實七言八句也。惜乎子東夢中所記之《五拍》，今不傳矣。

【校記】

〔二〕此後，《宋人詞話》有『附攷』一項，凡三則，迻錄於下：

《南窻記談》：錢塘關注，字子東，家世爲文，雅稱喜爲詩，有唐人之風。嘗賦松聲一篇云：『夢破松聲枕上聞，睡魔夜半戰吟魂。初疑秋雨連江岸，乍覺寒潮上海門。招引好風來古寺，追隨月色下前村。晚行欲問聲來處，鬱鬱蒼波漫不分。』

《春渚紀聞》：『鍾聲互起東西寺，燈火遙分遠近村』，此余友關子東西湖夜歸所作，非身到西湖，不知此語形容之妙也。關氏詩律精深妍妙，世守家法。子東二兄子容、子開，皆稱作者。

《夷堅志》：關子東博士家，其孫出乃祖所藏水精絛環，表裏瑩徹，有生竹葉一片。

郭世模

世模，字從範。校：一作從范。《宋詩紀事》作名從範，字世模，誤。

校：郭從範詞見《陽春白雪》，凡五首，茲録其一。《瑞鶴仙》云：『雲階連月地。記舊遊、身在溫柔鄉裏。花陰透窗綺。羅衾擁殘夢，流鶯驚起。銀瓶水沸，待梳妝、屏風共倚。看情肩恨眼，宿粉剩香，亂愁無際。　長記。多情消減，宋玉連牆，茂陵同里。離懷似水。天涯路，嘆愁悴。想鴛機織錦，鸞臺窺鏡，秦絲幽怨未已。好歸去、共把琹書，倚嬌扶醉。』

葛立方

立方，字常之，江陰人。勝仲子。紹興八年登進士第，由宮教除祕書省正字，歷校書郎、考功員外郎，以吏部侍郎攝西掖。忤秦相檜得罪，檜卒，召用爲尚書左司郎中，充賀大金生辰使。坐言者劾罷，遂不復起。有《歸愚詞》一卷。

〔詞話〕

草窗詞評：　葛常之《卜算子》校：《歸愚集》有題曰：『賞荷，以蓮葉勸酒作。』云：『裊裊水芝紅，脈脈蒹葭浦。淅淅西風澹澹烟，幾點疏疏雨。　草草展杯觴，對此盈盈女。葉葉紅衣當酒船，細細流霞舉。』用十八疊字，妙手無痕，本色學道人，胷中乃有此奇特。

《堅瓠補集》：韎鞨，國名，古肅慎地。產寶石，大如巨栗，中國謂之韎鞨。文與可《朱櫻歌》有『翡翠一盤紅韎鞨』句，葛魯卿《西江月》詞『韎鞨斜紅帶柳』云云，詩詞中韎鞨事甚多，人罕知者，故錄之。

《珠花簃詞話》：《歸愚詞·西江月·詠開鑪》云：『風送丹楓卷地，霜乾枯葦鳴溪。獸爐重展向深閨。紅入麒麟方熾。翠箔低垂銀蒜，羅幃小釘金泥。笙歌送我玉東西。誰管瑤華舞砌。』桉《夢粱錄》：『十月朔，貴家新裝暖閣，低垂繡簾，淺斟低唱，以應開爐之節。』《武林舊事》：『是日御前供進夾羅御服，臣僚服錦襖子，夾公服，授衣之意也。自此御爐日，設火，至明年二月朔止。』此詞蓋專詠暖閣繡簾中景物，亦承平盛概也。

〔詞評〕

王定甫云：歸愚，學人之詞，閱之，可以矯纖佻之失。

〔詞考〕

《四庫全書總目》『歸愚詞提要』：《歸愚詞》〔一〕，宋葛立方譔。宋人之中父子以填詞名家者，惟晏殊、晏幾道，後則立方與其父勝仲爲最著。其詞多平實鋪敘，少清新宛轉之思，然大致不失宋人規格。毛晉跋稱：『集内《雨中花》、《眼兒媚》兩俱不合譜，未敢妄爲更定。』今參考諸家詞集，其《眼兒媚》乃《朝中措》之譌，歐陽修『平山闌檻倚晴空』一闋可以互證。至《雨中花》調，立方兩詞疊韻，初無舛誤，以音律反覆勘之，實題中脫一『慢』字。京鏜、辛棄疾皆有此調。立方詞，起三句可依辛詞讀；

第四、第五句，辛、京兩作皆作上五下四，立方則作上六下三，雖微有不同，而同是九字；其餘不獨字數相符，平仄亦毫無相戾，其爲《雨中花慢》亦無可疑。晉蓋攷之未審。他如《滿庭芳》一調，連城十闋，凡後半換頭二字，有用韻者，亦有不用韻而直作五字句者。攷宋人此詞，此二字本無定式，山谷詞用韻，書舟詞不用韻，立方兩存其體，亦非傳寫有譌也。

桉：《四庫全書提要》云：『其詞平實鋪敘，少清新宛轉之思。』然如《滿庭芳》評梅云：『北枝方半吐，水邊疏影，綽約娉婷。問横空皎月，匝地寒霙。何似此花清絕，憑君爲、子細推評。』《好事近》云：『歸語隔年心事，秉夜闌紅燭。』又前調云：『已是飛花時候，賴東風無力。』未嘗不清新宛轉也。《風流子》詠梅云：『淡妝宜瘦，玉骨禁寒。』亦佳句。

【校記】

〔一〕愚：底本脱，據前後文補。

王之望

之望，字瞻叔，穀城人，寓居台州。紹興八年登進士第，爲太學博士。出知荊門軍，提舉湖南茶鹽。歷潼川府路轉運判官，成都府路計度轉運副使，提舉四川茶馬，除太府少卿，總領四川財賦，陞太府卿。孝宗立，除戶部侍郎，充川陜宣諭使。隆興初，除集英殿修撰，提舉江州太平興國宫，俄兼直學士院，爲淮西宣諭使，擢右諫議大夫，拜參知政事兼同知樞密院事，坐論罷。乾道元年，起知福州，福建路安撫使，移知溫州，卒。有《漢濱集》，詩餘一卷。

〔詞話〕

《織餘瑣述》：宋王之望《漢濱詩餘·好事近》云：『弓韡三寸坐中傾，驚歎小如許。子建向來能賦。過凌波仙浦。』此詞當是之望宦蜀時作，蜀中纖足之風，至今猶未改也。又《臨江仙》云：『遠山思翠黛，蔓草記羅裙。』此十字非甚新奇，而自覺其佳。

桉：王瞻叔《漢濱詩餘》一卷，彊邨朱氏依《漢濱集》本刻行，詞凡二十七首，令勝於慢，其中贈妓、别妓諸詞亦復風華流麗，但欠沈著，廁之集中，微嫌傷格。

黄公度 黄童

公度，字師憲，自號知稼翁，莆田人。紹興八年省試第一，是科免廷試，賜進士及第。簽書平海軍節度判官，除祕書省正字。時秦檜當國，用李文會居言路，排擊無虚日。公度移書文會，責其受檜風旨，坐劾罷歸，主管台州崇道觀，改高要倅，攝恩平郡事。檜死，召還，授尚書考功員外郎兼金部，尋卒。累贈中奉大夫。有《知稼翁集》，詞一卷。

〔詞話〕

《賭棋山莊詞話》：閩中以六月爲荔支天，宋莆田黄師憲公度《好事近》所謂『還家應是荔支天』。

《珠花簃詞話》：《知稼翁詞·菩薩蠻》云：『愁緒促眉端。不隨衣帶寬。』二語未經前人道過。

〔詞考〕

《四庫全書總目》『知稼翁詞題要』：公度有《知稼翁集》，所作詞一卷，已見集中，此則毛晉所刊別行本也，詞僅十三調，共十四闋。據卷末其子沃跋語，乃收拾未得其半，錄而藏之，以傳後裔者。每詞之下係以本事，並詳及同時倡酬詩文，公度之生平本末可以見其大概，較他家詞集特爲詳備。至汪藻《點絳脣》詞『亂鴉啼後，歸思濃於酒』句，吳曾《能改齋漫錄》改竄作『曉鴉啼後，歸夢濃於酒』，兼憑虛撰一事實，殊乖本義。沃因其父有和詞，辨正其謁，自屬確鑿可據。乃朱彝尊選《詞綜》，猶信吳曾曲說，改藻原詞，且坐《草堂》以擅改之罪，不知《草堂》惟以『歸思』作『歸興』，其餘實未嘗改，彝尊殆偶誤記歟？

桉：黄師憲《知稼翁詞》有《卜算子·別士季弟之官》云：『薄宦各東西，往事隨風雨。先自離歌不忍聞，又何況、春將暮。愁共落花多，人逐征鴻去。君向瀟湘我向秦，後會知何處？』注云：『公之從弟童，士季，其字也。以紹興戊午同榜乙科及第。有和章云：「不忍更回頭，別淚多於雨。肺腑相看四十秋，奚止朝朝暮暮？何事值花時，又是匆匆去。過了陽關更向西，總是思兄處。」』士季之官何地何職，惜不可攷。又桉：知稼翁《卜算子》詞前段末句六字，後段末句五字，萬氏《詞律》即據此闋，列爲《卜算子》又一體。其弟士季和作前段末句云：『奚止朝朝暮暮』，不作上三下三，又稍變原唱句法。竊疑原作『又』字是襯字，非又一體，和作則竟誤多一字，乃至句法平仄均異。士季倚聲之作，蓋亦偶一爲之耳。

邵博

博，字公濟，洛陽人，伯溫次子。屢官右朝奉大夫，主管襲慶府仙源縣太極境，居犍爲縣。紹興八年以趙鼎薦賜同進士出身，除祕書省校書郎，兼實録院檢討官。出知果州，旋以左朝奉大夫知眉州。爲轉運副使吴坰所劾，捕置成都司理獄，提點刑獄周綰知其冤，亟詣獄疏決，乃得出。坐以酒餽遊客及用官紙，降三官，授左朝奉郎，卒於犍爲。校：博官位事實據《宋史》補傳。有《聞見後録》三十卷。

校：邵公濟詞，世僅有傳者，《念奴嬌》詠梅云：『天然瀟灑，盡人間、無物堪齊標格。只與姮娥爲伴侶，方顯一家顔色。好是多情，一年一度，首作東君客。竹籬茆舍，典型別是清白。惆悵玉杵無憑，藍橋人去，空鎮神仙宅。今日天涯憇馬上，忽見輕盈冰魄。恰似當年，溫柔鄉裏，曉看新妝額。臨風三嗅，挽條不忍空摘。』見《花草粹編》。『典型清白』，其公濟自道歟？『溫柔鄉裏，曉看新妝額』，康節文孫亦復作此旖旎語。

邵公序

公序是名是字，及爵里，並未詳。

〔詞話〕

《渚山堂詞話》：岳武穆駐師鄂州，紀律嚴明，路不拾遺，秋毫無犯，軍民胥樂，古名將莫能加也。有邵公序者薄游江湘，道其管內，因作《滿庭芳》贈之云：『落日旌旗，清霜劍戟，塞角聲喚嚴更。論兵慷慨，齒頰帶風生。坐擁貔貅十萬，啣枚勇、雲槊交橫。笑談頃，匈奴授首，千里靜欃槍。荊襄。人按堵，提壺勸酒，布穀催耕。芝夫蕘子，歌舞威名。好是輕裘暖帶，驅營陣、絕漠橫行。功誰紀，風神宛轉，麟閣畫丹青。』《鄂王遺事》云：『此詞句句緣實，非尋常諛詞也。』

桉：邵伯溫次子博，字公濟有詞見前。竊疑公序或公濟晜季行伯溫三子：溥、博、傅。時代政合，惜無左證，未敢決其是否。《滿庭芳》詞後段『芝夫蕘子』句應五句，一領四句，首脫一仄聲字。

呂直夫

直夫，字及占籍待攷。

桉：呂直夫詞《洞仙歌》云：『征鞍帶月，濃露沾襟袖。馬上輕衫峭寒透。望翠峯深淺，憶著眉兒，腰支嫋，忍看風前細柳。別時頻囑付，早寄書來，能趁元注：一作及清明到家否？這言語，便夢裏、也在心頭。重相見、不知伊瘦我元注：一作儂瘦。縱百卉千花已離披，也元注：一作須趁得、酴醾牡丹時候。』見《樂府雅詞·拾遺》。

程欽之

欽之，字及占籍待攷。

桉：程欽之詞《西江月》云：『階下寶鞍羅帕，門前絳蠟紗籠。留連佳客恨匆匆。賴有新團小鳳。瓊碎黄金碾裏，乳浮紫玉甌中。歸來襲襲袖生風。齒頰餘甘入夢。』見《樂府雅詞・拾遺》。當是詠茶詞也。

梁寅

寅，字及爵里待攷。按：元梁寅，新喻人，著有《周易參義》等書。曾慥《樂府雅詞》編於紹興間，當别是一人。

桉：梁寅詞《侍香金童》云：『寶臺蒙繡，瑞獸高三尺。玉殿無風烟自直。迤邐傳杯盈綺席。苒苒菲菲，斷處凝碧。是龍涎鳳髓。惱人情意極。想韓壽、風流應暗識。去似綵雲無處覓。惟有多情，袖中留得。』見《樂府雅詞・拾遺》。

李元卓

元卓，字及占籍待攷。

桉：李元卓詞《菩薩蠻》云：『一枝絳蠟香梅軟。宜春小勝玲瓏翦。拂曉上瑶釵。春從鬓底來。　菱花頻自照。粉面驚春早。淡拂遠山眉。爲誰今日宜。』見《樂府雅詞·拾遺》。

李敦詩

敦詩，字及占籍待攷。

桉：李敦詩詞《卜算子》云：『南北利名人，常恨家居少。每到春時聽子規，無不傷懷抱。　好去向長安，細與公卿道。待得功成名遂時，不似歸來早。』見《樂府雅詞·拾遺》。

右《樂府雅詞》載詞人五家，不能確指其時代。此書爲曾端伯所輯。端伯，紹興時人，此各家當在其前，故列之於曾慥之上。

曾慥

慥，字端伯，自號至遊子，溫陵人。紹興十一年以太府少卿進太府卿，總領湖廣、江西財賦，充祕閣修撰。以疾自請提舉玉隆觀，退居銀峯。有《樂府雅詞》三卷拾遺二卷。

〔詞話〕

《古今詞話》：曾慥、曾惇，故相之孫，皆以詞章擅名，而端伯編《樂府雅詞》，尤有功詞學。其詠梅《調笑令》云：『清友。羣芳右。萬槁紛披茲獨秀。天寒月薄黃昏後。縞袂亭亭招手。故山千里迷雲岫。借問如今安否？』

桉：曾端伯《樂府雅詞》撰錄精審，關鍵兩宋，允爲詞林矩矱。其所自作，必多佳構，乃今世所傳只楊湜《詞話》中寥寥三十許字，吉光片羽，彌足珍矣。

周紫芝

紫芝，字少隱，自號竹坡居士，宣城人，居陵陽山南。兩以鄉貢試禮部，不第，從李之儀、呂本中遊。紹興十二年，年六十一，始以廷對第三同學究出身，監戶部麯院。歷樞密院編修官、右司員外郎，出知興國軍。秩滿，奉祠，居廬山。有《太倉稊米集》七十卷、《竹坡詩話》三卷、《竹坡詞》一卷。

〔詞話〕

《織餘瑣述》：宋周紫芝《竹坡詞·漢宮春》題云：『別乘趙季成以山谷道人反魂梅香材見遺，明日劑成，下幃一炷，恍然如身在孤山。又明日，乃作此詞。』又《菩薩蠻·賦疑梅香》『寶薰拂拂濃如霧』云云，返魂梅香、疑梅香，二名絕韻，別乘當即別駕，此稱謂亦新，於此僅見。

〔詞考〕

《四庫全書》『竹坡詞提要』：《書録解題》載《竹坡詞》一卷，此本作三卷，攷卷首高郵孫兢序稱離爲三卷，則《通考》一卷，乃三卷之誤。兢序稱其詞一百四十八闋，此本乃一百五十闋。據其子栞乾道九年重刊跋，則《憶王孫》爲絕筆，初刻止於是篇。其《減字木蘭花》、《採桑子》二篇乃栞續得佚藁，別坿於末，故與原本數異也。集中《鷓鴣天》凡十三闋，後三闋自注云：『予少時酷喜小晏詞，故其所作時有似其體製者。此三篇是晚年歌之，不甚如人意，聊載乎此』云云，則紫芝填詞本從晏幾道入，晚乃刊除穠麗，自爲一格。兢序稱其少師張耒，稍長，師李之儀者，乃是詩文之淵源，非詞之淵源也。栞跋稱是集『先刻於潯陽，譌舛甚多，乃親自校讎』。然集中《瀟湘夜雨》一調，實爲《滿庭芳》，兩調相似，而實不同。其《瀟湘夜雨》本調有趙彦端一詞可證，自是集誤以《滿庭芳》當之，《辭匯》遂混爲一調，至《選聲集》列《瀟湘夜雨》調，反不收趙詞而止收周詞，是愈轉愈譌，其失實由於此。又第三卷《定風波令》實爲栞調《相思引》，亦有趙彦端詞可證。其《定風波》另有正體，與此不同，皆爲疏舛，殆後人又有所竄亂，非栞手勘之舊矣。

桉：《四朝聞見録》：宋高宗因林外《洞仙歌》詞，以『鎖』字押『老』字，知是福州秀才之作，以其用韻蓋閩音云。《竹坡詞·水龍吟》『楚山木落』闋，以『老』、『表』、『杪』、『少』、『曉』叶『瘦』、『秀』，《虞美人》『西園摘處』闋以『小』叶『後』，《宴桃源》『綠盡小池』闋以『草』叶『晝』，詎亦方音之獨異耳？

陳克〔一〕

克，字子高，自號赤城居士，臨海人，僑居金陵。嘗就試應舉，紹興中爲勅令所刪定官。呂社以督府參謀軍事往淮西撫諭諸軍，辟爲幕僚。有《天台集》十卷外集四卷，長短句三卷坿。校：《天台集》，《四庫》未箸錄。〔二〕

〔詞話〕

《耆舊續聞》：余謂後輩作詞無非前人已道底句，近日陳子高作《謁金門》云：『春滿院。飛去飛來雙燕。紅雨入簾寒不捲。小屏山六扇。』乃《花間集》和凝詞：『拂水雙飛來去燕。曲檻小屏山六扇。』特善能轉換耳。〔三〕

《六硯齋二筆》：古人閨閣極重畫衣，士大夫燕居亦有服之者，是以南朝諸公有九華半臂之製。宋《赤城詞》選載陳子高《虞美人》詞，題云：『曹申甫以著色山水小景作短製，思極蕭散。方倅，襲明邀予爲詠。』短製者，卽半臂之類也。詞曰：『越羅巧畫春山疊。個裏融香雪。滿身空翠不勝寒。恰似那回偷印小眉山。青驄油壁西陵下。髩鬌當時話。而今眼底是高唐。拂拂淡雲疏雨斷人腸。』

校：《花庵詞選》録陳子高詞十三首，《樂府雅詞》録三十六首，此闋竝未載。

〔詞評〕

盧祖皋云：子高《菩薩蠻》云：『幾處簸錢聲。綠窗春夢輕。』《謁金門》云：『檀炷繞窗燈背壁。畫簷殘雨滴。』殊覺其香倩。

陳質夫云：陳子高詞格高麗，晏、周之流亞也。

《織餘瑣述》：《赤城詞·鷓鴣天》云：『薄情夫壻花相似，一片西飛一片東信。』語豔而質。國初人句云：『儂似飛花郎似絮，東風捲起卻成團。』古今人不相及處，消息可參〔四〕。

校：據李子長《跋天台集後》：『陳子高生于元豐四年辛酉，應舉不第，洎紹興初得官入幕，年已五十餘矣。』嘗謂北宋詞人享盛名者，泰半達官貴冑，沈淪侘傺如子高，其詞得流傳至今，幸矣。《樂府雅詞》録子高詞三十六闋，大都高麗香倩之作，絶少窮愁抑塞之音，足見其有過人襟抱。如《鷓鴣天》云：『鯉魚不寄江南信，綠盡菖蒲春水深。』又云：『梨花院落黃茆店，繡被春寒此夜同。』陳直齋所謂詞格高麗，殆指此等句。《虞美人》云『紅蘭干上刺薔薇。蝴蝶飛來飛去兩三枝』，二語最有生氣。又云『池光不定藥闌低。閒立一雙鸂鶒沒人時』，尤能狀深靜之景。《臨江仙》云：『簷雨爲誰凝咽，林花似我飄零。』『簷雨』句，未經人道。

【校記】

〔一〕眉批云：『改列二十五卷周紫芝之下。克乃南北宋之間人，原列北宋，非是。』

〔二〕此後，《宋人詞話》録序跋文一則，遂録於下：

《天台集·長短句》附李庚跋，見《直齋書錄解題》：刪定，鄉人也，少時侍運判公貽序宦學四方，曾慥《詩選》敘爲金陵人，蓋失其實。今考集中首末多在建康，且嘗就試焉，當是僑寓也。《詩選》又言不事科舉，以呂安老薦入幕府得官，按集有《聞榜》二絕，則嘗應舉矣。又有《甲午歲所作》詩云三十四，則其生當在元豐辛酉，得官入幕，蓋已老矣。詩多情致，詞尤工。

〔三〕此則，底本無，據《宋人詞話》補。

〔四〕『國初人句』五句：底本無，據《宋人詞話》補。又，此則之後《宋人詞話》有『附攷』一項，凡二則，迻錄於下：

《三朝北盟會編》：紹興七年，命呂祉節制淮西軍馬，辟陳克子高爲參謀，子高欣然應其辟。葉夢得曰：『呂安老，非馭將之才；子高，詩人，非國士也。』勸止之，不從。夢得贈以詩曰：『解談孫破虜，那厭羽征西。』克留其家，以單騎從軍，後酈瓊之變，終於不免。

《許彥周詩話》：陳克子高作贈別詩云：『淚眼生憎好天色，離觴偏觸病心情。』雖韓偓、溫庭筠未嘗措意至此。

歷代詞人考略卷二十六

宋二十

魏杞

杞，字南夫，壽春人，徙居鄞。祖蔭入官。紹興十二年登進士第，知涇縣。召對，擢太府寺主簿，進丞，以考功員外郎遷宗正少卿。爲金通問使，還朝，守起居舍人，遷給事中，同知樞密院事，進參知政事，右僕射兼樞密使。會郊祀冬雷，用漢制災異策，免。守左諫議大夫，提舉江州太平興國宮，授觀文殿學士，知平江府。後以端明殿學士奉祠告老，復資政殿大學士。卒贈特進，謚文節。有《山房集》。

〔詞話〕

《珠花簃詞話》：兩宋鉅公大僚能詞者多，往往不脱簪紱氣，魏文節《虞美人》詠梅云：『只應明月最相思，曾見幽香一點未開時。』輕清婉麗。詞人之詞，專對抗節之臣，顧亦能此。宋廣平鐵石心腸，不辭爲梅花作賦也。

按：魏文節詞《虞美人》詠梅云：『冰膚玉面孤山裔。肯到人間世。天然不與百花同。卻恨無情輕付與東風。　麗譙三弄江梅曉。立馬溪橋小。只應明月最相思，曾見幽香一點未開時。』見《全芳備祖》。文節所箸《山房集》，世尠傳本，《宋詩紀事》僅據《寧國府志》錄其《送左彥武歸鄉》五律一首，詞亦僅見此闋而已。

洪适

适，字景伯，初名造，鄱陽人，皓長子。紹興十二年中博學宏詞科，除敕令所删定官，改祕書省正字。皓忤秦檜，适亦出爲台州通判，復論罷。檜死，起知荊門軍，改知徽州，升尚書戶部郎中。孝宗立，遷司農少卿，召貳太常兼權直學士院，除中書舍人。爲賀金生辰使，還翰林學士，除端明殿學士、簽書樞密院事，拜參知政事，諫議大夫，進尚書右僕射、同中書門下平章事兼樞密使。乞退，除觀文殿學士，提舉江州太平興國宮。尋起知紹興府，浙東安撫使，再奉祠。卒謚文惠。有《盤洲集》八十卷，樂章三卷。

〔詞評〕

《織餘瑣述》：『宋洪文惠《盤洲詞》，余最喜其《生查子》歇拍云：「春色似行人，無意花間住。」《漁家傲引》後段云：「半夜繫船橋北岸。三杯睡著無人喚。睡覺只疑橋不見。風已變。纜繩吹斷船頭轉。」意境亦空靈可喜。』蕙風云：余所喜異於是，《漁家傲引》云：『子月水寒風又烈。巨魚漏網成虛設。圉圉從它歸丙穴。謀自拙。空歸不管旁人說。　昨夜醉眠西浦月。今宵獨釣南溪雪。妻子一船衣百結。長歡悦。不知人世多離别。』委心任運，不失其爲我；知足長樂，不願乎其外，詞境有高於此者乎？是則非娱所能識矣。

桉：洪文惠《盤洲樂章》三卷，《御選歷代詩餘》及《詞綜》小傳竝作二卷。彊邨朱氏依洪氏晦木齋校刊《盤洲集》本刻行，卷一曰《番禺調笑》，曰《句降黄龍舞》，曰《句南吕薄媚舞》，曰《漁家傲引》。卷二、卷三最長短句一百蘁三首，雅韻深致，流溢行間，而以令爲尤勝。

范智聞

智聞，桉：智聞疑是字，名佚。高平人。

桉：范智聞詞《西江月·贈人博山》云：『紫素全如玉琢，清音不假金粧。海沈時許試芬芳。髣髴雲飛仙掌。 烟縷不愁淒斷，寶釵還與商量。佳人特特爲翻香。圖得氤氲重上。』見《樂府雅詞·拾遺》。劉子翬《屏山集》有《同范智聞五月十四夜賞月》詩。子翬，高宗時人也。

史浩

浩，字直翁，鄞人。紹興十四年登進士第，累官宗正少卿，除起居郎兼太子右庶子。孝宗立，以中書舍人遷翰林學士知制誥，除參知政事，拜尚書右僕射。出知紹興府，坐言者，予祠。起，仍知紹興，浙東安撫使，知福州。除少保，觀文殿大學士，復爲右承相，拜少傅，保寧軍節度使。請老，除太保，致仕，封魏國公，進太師。卒，封會稽郡王，謚文惠，追封越王，改謚忠定。有《鄮峯真隱大曲》，詞曲各二卷。〔一〕

〔詞話〕

《珠花簃詞話》：史直翁有《滿庭芳》立春詞，時方獄空，云：『愛日輕融，陰雲初斂，一番雪意闌珊。柳搖金縷，梅綻玉顋寒。知是東皇翠葆，飛星漢、來至人間。開新宴。笙歌逗曉，和氣滿塵寰。　風光，偏舜水，賢侯政美，棠蔭多歡。更圜扉草鞠，木索長閒。休向今朝惜醉，紅妝映、羣玉頹山。行將見，宜春帖子，清夜寫金鑾。』《詞苑叢談》：慶曆中，開封府與棘寺同日奏獄空，仁宗於宮中宴集，晏小山叔原作《鷓鴣天》詞：『碧藕花開水殿涼。萬年枝上轉紅陽。昇平歌管隨天仗。祥瑞封章滿御牀。　金掌露，玉鑪香。歲華方共聖恩長。皇州又奏圜扉靜，十樣宮眉捧壽觴。』〔二〕大稱上意。直翁詞可與並傳。蓋華貴之筆，宜於和聲鳴盛也。

《織餘瑣述》：宋史浩《鄮峯真隱詞·臨江仙·詠閨人寫字》云：『檻竹敲風初破睡，楚臺夢雨精神。背屏斜映小腰身。山明雙翦水，香滿一釵雲。　鑪裊金絲簾窣地，綺窗秋靜無塵。半鉤春筍帶湘筠。蘭亭初寫就，愁殺衛夫人。』『背屏』句極能橅繪閨娃神態，又詞題中有扇鼓、遷哥鞚，其制並待攷。

〔詞考〕〔三〕

彊邨所刻詞《鄮峯真隱大曲》吴梅跋：宋時大曲有《水調歌》、《道宮薄媚》、《逍遙樂》諸種，大抵以詞聯綴之。其中節目有散序、靸、排徧、攧、正攧、入破、虛催、實催、衮徧、歇拍、煞衮，始成一曲，謂之大徧。其詞段數繁簡不同，類皆文人爲之，曾慥《樂府雅詞》可證也。陳暘《樂書》云：『大曲前緩疊不舞，至入破，則羯鼓、襄鼓、大鼓與絲竹合作，勾拍益急，姿制俯仰，百態橫出。』據此，則當時舞態猶可想見。第宋代作者如六一、東坡，往往僅作勾放樂語，而不製歌詞，鄭僅、董穎之徒則又止有歌詞而無樂語，二者鮮有兼備焉。《鄮峯大曲》二卷，有歌詞，有樂語，且諸曲之下各載歌演之狀，尤爲歐、蘇、鄭、董諸子所未及，宋人大曲之詳，無有過於此者矣。

桉：史直翁《鄮峯真隱大曲》二卷、詞曲二卷，彊邨朱氏依史氏裔孫傳錄《四庫》本刻行，其大曲曰《采蓮》，曰《采蓮舞》，曰《太清舞》，曰《柘枝舞》，曰《花舞》，曰《劍舞》，曰《漁父舞》。大曲入詞總集，宋曾氏《樂府雅詞》已開其例矣。其詞曲前卷較勝，足當『莊雅』二字〔四〕。彊邨有校詞跋語，考證綦詳。又桉：鄮峯詞《教池回·競渡》云：『雲淡天低，疏雨乍霽，桃溪嫩綠蒙茸。珠簾映畫轂，金勒耀花驄。繞湖上、羅衣溢香風。擘波雙引蛟龍。尋奇處，高標錦段，各騁英雄。　縹緲初登綵舫，簫鼓沸，羣仙玉佩丁東。夕陽低、拚一飲千鍾。看看見、璧月穿林杪，十洲三島春容。醉歸去，雙旌搖曳，夾路金籠。』此調《詞律》及《詞律拾遺》、《補遺》並未載，疑直翁自度曲也。《宋史·太祖本紀》：『二年三月辛巳幸教船池，賜水軍將士衣有差。』詞名蓋用此，與競渡相切。

【校記】

〔一〕此後，《宋人詞話》有序跋文二則，迻錄於下：

《彊邨所刻詞·鄮峯真隱大曲》吳梅跋： 宋時大曲有《水調歌》、《道宮薄媚》、《逍遙樂》諸種，大抵以詞聯綴之。其中節目有散序、靸、排偏、攧、正攧、入破、虛催、實催、衮偏、歇拍、煞衮，始成一曲，謂之大偏。其詞段數繁簡不同，類皆文人爲之，曾慥《樂府雅詞》可證也。陳暘《樂書》云：『大曲前緩疊不舞，至入破，則羯鼓、襄鼓、大鼓與絲竹合作，勾拍益急，姿制俯仰，百態横出。』據此，則當時舞態猶可想見。第宋代作者如六一、東坡，往往僅作勾放樂語，而不製歌詞，鄭僅、董穎之徒則又止有歌詞而無樂語，二者鮮有兼備焉。《鄮峯大曲》二卷，有歌詞，有樂語，且諸曲之下各載歌演之狀，尤爲歐、蘇、鄭、董諸子所未及，宋人大曲之詳，無有過於此者矣。彊村先生，詞家之南董也，比年校刻宋元諸詞，不脛而徧天下。近得此曲，謂足以盡詞之變也，爲刊而傳之。夫詞之與曲，犁然爲二，及究其變遷蟬蛻之跡，輒不能得其端倪。今讀此曲，則江出濫觴，河出崑崙，源流遞嬗之所自，昭若發矇。錫惠來學，豈有既哉？乙卯季夏，長洲吳梅跋。

又《鄮峯真隱詞曲校記》跋： 《鄮峯真隱大曲》二卷、《詞曲》二卷，史氏裔孫傳寫。四庫《鄮峯真隱漫錄》本，乃天一閣范氏所進呈者。范氏藏底本，今歸繆氏藝風堂。去年臘月借校一過，卷中率信筆芟薙，殆寫進時出於妄人之手。詞曲亦多竄改字句，鄮刻正與符合，始知經進本亦未足盡據也。直翁本不爲倚聲專家，落腔失韻，增減文字，往往而有，改之者以其不勰於律也，勇違不知蓋闕之義，遂蹈削足適履之失。塗飾真面，迷誤方來。今一一臚舉，得百四十餘條，記注如右。其原誤脱者亦頗類及，俾後之讀是編者有所鉤考焉。丁巳二月，朱孝臧跋。

〔二〕《鷓鴣天》一詞： 底本只錄首句，據《宋人詞話》補全。

〔三〕此後，《宋人詞話》『附攷』有一則，迻錄於下：

《鄮峯真隱漫錄》： 丁酉九月丙辰，錫宴澄碧殿，抵暮，送以金蓮燭，宿玉堂直廬。

〔四〕此後，《宋人詞話》尚錄有三詞，迻錄於下：

《青玉案·用賀方回韻》云：『湧金斜轉青雲路。也逐紛紛玉塵去。春色勾牽知幾度。月簾風幌，有人應在，唾線餘香處。　年來不夢巫山暮。但但字襯苦憶、江南斷腸句。一笑恩恩何爾許。客情無奈，夜闌歸去，簌簌花空雨。』《慶清朝·詠梅花》前段云：『翠竹莖疏，碧溪流淺，綺窗爲爾時開。依稀遠岸，纔見一點寒梅。冷定半疑是雪，因風還度暗香來。乘清興，瘦策過橋，黄帽青鞵。』頗得梅邊冷靜之趣，近於詞人之詞矣。《朝中措·詠雪》云：『凍雲著地靜無風。簌簌墜遙空。無限人間險穢，一時爲爾包容。　凭高試望，樓臺改觀，山徑迷蹤。唯有碧江千里，依然不住流東。』

洪邁何善

邁，字景盧，號野處，又號容齋，鄱陽人。皓季子。紹興十五年登進士第，爲敕令所删定官，以忤秦檜出添差教授福州。累遷左司員外郎，進起居舍人，假翰林學士，充賀金主登位使，坐論罷。起知泉州，復知吉州，遷起居郎，拜中書舍人、直學士院。出知贛州，徙婺州。特遷敷文閣待制，以提舉祐神觀兼侍講，同修國史，進煥章閣學士，知紹興府。提舉玉隆萬壽宫，上章告老，進龍圖閣學士，以端明殿學士致仕。卒贈光禄大夫，謚文敏。有《野處類稿》。

〔詞話〕

《夷堅丙志》：　紹興十五年三月十五日，予在臨安試詞科，第三場畢，出院，時尚早，同試者何善伯明、徐摶升甫相率遊市，時族叔邦直應賢、鄉人許良佐舜舉，省試罷，相與同行，因至抱劍街。伯明素與明娼孫小九來往，遂拉訪其家，置酒於小樓。夜月如畫，兩燭結花燦然，若連珠。孫娼白坐中曰：『今夕桂魄皎潔，燭光呈祥，五君皆較藝蘭省，其爲登名高第，可證不疑。願各賦一詞紀實。』升甫、應賢、舜舉皆謝不能，伯明俊爽敏捷，卽操筆作《浣溪沙》一闋曰：『草草杯盤訪玉人。燈花呈喜坐添春。邀郎覓句要奇新。　黛淺顏嬌情脈脈，雲輕柳弱意真真。從今風月屬閒人。』衆傳觀歎賞。獨恨其末句失意，予續成《臨江僊》曰：『綺席留歡歡正洽，高樓佳氣重重。釵頭小篆燭花紅。直須將喜事，來報主人公。　桂月十分春正半，廣寒宮殿蔥蔥。姮娥相並曲闌東，雲梯知不遠，平步躡東風。』孫滿酌一觥相勸曰：『學士必高中，此瑞殆爲君設也。』已而，予果奏名賜第，餘四人皆不偶。

《歲時記》：紹興中禁中避暑，多御復古、選德等殿及翠寒堂納涼，長松修竹，濃翠蔽日。御榻兩旁各設金盤數十架，冰雪如山，初不知人間有塵暑也。洪景盧學士嘗賜對於翠寒堂，當三伏中，戰栗，不可久立。高宗問故，遣中貴人以北綾半臂賜之，景盧作詞紀恩而出。

桉：洪文敏詞《踏莎行》云：『院落深沈，池塘寂靜。簾鉤捲上梨花影。寶箏拈得鴈難尋，篆香消盡山空冷。　釵鳳斜欹，鬢蟬不整。殘紅立褪慵看鏡。杜鵑啼月一聲聲，等閒又是三春盡。』見《絕妙好詞》。《滿江紅·立夏前一日借坡公韻》云：『雨翌風慳，雙溪閟、幾曾洋溢。長長是、非霞散綺。岫雲凝碧。修禊歡遊今不講，流觴故事何從覓？待它時、水到卻尋盟，籌輸一。　燕舞倦，鶯吟畢。春肯住，纔明日。池塘波綠皺，小荷爭出。童子舞雩渾悵望，吾人提筆誰飄逸。記去年、修竹暮天寒，無蹤跡。』見《盤洲樂章》坿錄。其翠寒堂紀恩詞惜未得見。又桉：何善伯明所賦《浣溪沙》見《夷堅志》者，頗流麗渾雅，其人必夙工倚聲，惜無它作流傳，茲坿名於洪文敏下，不復列爲一家。

袁去華

去華，字宣卿，奉新人。紹興十五年登進士第，改石首令，卒。桉：宣卿詞《柳梢青》題云釣臺，紹興甲子赴試南宫登此，今三十三年矣。據此，則去華淳熙四年尚存，非得第改官遽卒，蓋告歸隱居不仕耳。其《歸字謠》云『陶元亮千載是吾師』，是其證矣。有《宣卿詞》一卷。

〔詞話〕

《織餘瑣述》：袁去華《宣卿詞・念奴嬌・次郢州張推韻》云：『客裏清歡隨分有，爭似還家時樂。料得厭厭，雲窗深鎖。寬盡黃金約。』『約』韻三句，從左譽《眼兒媚》『也應似舊，盈盈秋水，淡淡春山』脫化而出。『寬盡黃金約』，則非似舊之謂矣，筆意妙能變化。

〔詞評〕

王半塘云：《宣卿詞》氣清而筆近澀。詞筆最忌留不住，閱宣卿之作，可以藥其失矣。

桉：《袁宣卿詞》一卷，臨桂王氏四印齋刻入《宋元三十一家詞》，其中《水調歌頭・定王臺》一闋『雄跨洞庭野』云云，卽張于湖所稱賞者。《宣卿詞》研鍊而非追琢，凝重而能騫舉，在南宋詞人中不失其爲上駟也。

王淮

淮，字季海，金華人。紹興十五年登進士第，爲臨海尉。辟蜀帥幕，遷校書郎，除監察御史，遷右正言，除祕書少監兼恭王府直講。出知建寧府，改浙江提刑，召除太常少卿，歷中書舍人兼直學士院翰林學士知制誥。淳熙二年除端明殿學士，同知樞密院事，參知政事，擢知院事樞密使，拜右丞相兼樞密事，進左丞相。上章求去，以觀文殿大學士判衢州，改提舉洞霄宫。卒贈少師，謚文定。〔一〕

桉：王文定詞《滿江紅·題雨花臺用二吳退庵、履齋韻》云：『踏徧江南，予豈爲、解衣推食。謾贏得、烟波短棹，月樓長笛。看劍功名心已死，積薪涕淚今誰滴。想中原、一望一傷情，英雄客。形勢地，還如昔。談笑裏，封侯覓。豈有於前代，無於今日。龍豹莫藏韜略手，犬羊快掃腥膻跡。看諸公、事業卜梟盧，何勞擲。』見《景定建康志》。

【校記】

〔一〕此後，《宋人詞話》有『附攷』一項，凡一則，迻録於下：

《湧幢小品》：晉天福以前，有巧工來自霅川，見有石浮於水，歎曰：『石豈真能浮乎？是必神使之然也。』其夕夢一老人，揖而前曰：『吾楚歷陽侯范增也，大功不成，邑鬱而死，未有主我祠者，附石以告君，君能留意，必有以報。』遂取以爲石像，奉香火惟虔。烟隨風飛，直至蘭溪縣，止于苧峯之巔。邦人歸向，聚木石而成廟，題曰福祐括蒼。王淮詩云：『關中失鹿人爭逐，一去鴻門不可尋。千古英雄死遺恨，封侯廟食更何心？』

石安民

安民，字惠叔，臨桂人。紹興十五年登進士第，爲象州判官，分教廉、藤二州。晚知吉陽軍，未赴而卒。有《惠叔文集》。

桉：石惠叔詞疊綵山題壁紹興辛未季秋二日《西江月》云：『飛閣下臨無地，層巒上出重霄。重陽未到客登高。信是今年秋早。　隨意烟霞獻傲。多情猿鶴招邀。山翁笑我太丰標。竹杖樅鞵桐帽。』有刻石，《粤西金石略》失載。

林仰

仰，字少瞻，桉：一作詹。侯官人。紹興十五年登進士第，官至朝奉郎。

桉：林少瞻詞《少年游·早行》云：『霽霞散曉月猶明。疏木挂殘星。山徑人稀，翠蘿深處，啼鳥兩三聲。　霜華重迫駝裘冷，心共馬蹄輕。十里青山，一溪流水，都做許多情。』見《花菴絕妙詞選》。署林少詹，名及爵里未詳。過拍三句能寫幽靜之趣，『心共馬蹄輕』五字，未經人道。此詞《閩詞鈔》失載。

湯思退

思退，字進之，青田人。紹興十五年以右從政郎授政和令，試博學宏詞科，除祕書省正字，自是登郎曹，貳中祕，秉史筆二十五年。由禮部侍郎除端明殿學士，二十六年除知樞密院事。明年，拜尚書右僕射，進左僕射，坐論罷。以觀文殿大學士奉祠。隆興元年復相，拜左僕射，封岐國公。言者極論急和徹備之罪，再罷相。責居永州，卒。〔一〕

校：湯進之詞《菩薩蠻·水月寺》云：『畫船橫絕湖波練。更上雕鞍窮翠巘。霜橘半垂黃。征衣盡日香。鐘聲雲外聽。金界青松映。何處是華山。峯巒杳靄間。』見《御選歷代詩餘》。考《吳郡志》，此詞乃思退尉吳縣時游水月禪院作。

【校記】

〔一〕此後，《宋人詞話》有『附攷』一項，凡一則，迻錄於下：

《湖海新聞》：宋高宗一日坐寢殿，湯丞相思退侍立。上曰：『卿家處州有何異迹？』思退曰：『臣鄉有石僧題詠云：「雲作袈裟石作身，巖前獨立幾經春。有人若問西來意，默默無言總是真。」』遂大稱旨。本無此詩，徹夜遣人歸，刻石石僧之旁。

朱子

朱子諱熹，字元晦，一字仲晦，號晦菴，又號雲谷老人、滄洲病叟，最後更號遯翁。先世婺源人，父松宦游建陽之考亭，遂家焉。紹興十八年登進士第，除同安主簿，歷事高、孝、光、寧四朝，累官轉運副使、崇政殿説書、焕章殿待制。僞學禁起，落職奉祠，卒。嘉泰二年賜謚曰文，特贈中大夫、寶謨閣直學士，寶慶三年贈太師，追封信國公，改徽國，後從祀孔子廟庭。有《大全集》一百卷，《晦菴詞》一卷。

〔詞話〕

《鶴林玉露》：世傳《滿江紅》詞云：『膠擾勞生，待足後、何時是足？據見定、隨家豐儉，便堪龜縮。得意濃時休進步。須知世事多翻覆。謾教人、白了少年頭，徒碌碌。誰不愛，黄金屋。誰不羨，千鍾禄。奈五行不是，這般題目。枉費心神空計較，兒孫自有兒孫福。也不須、采藥訪神仙，唯寡欲。』以爲朱文公所作。余讀而疑之，以爲此特安分無求者之詞耳，決非文公口中語。後官于容南，節推翁謂爲余言其所居與文公鄰，嘗舉此詞問公。公曰：『非某作也，乃一僧作，其僧亦自號晦菴』云。又《水調歌頭》：『富貴有餘樂，貧賤不堪憂。那知天路幽險，倚伏互相酬。請看東門黄犬，更聽華亭清唳，千古恨難收。何似鴟夷子，散髮弄扁舟。鴟夷子，成霸業，有餘謀。收身千乘卿相，歸把釣魚鉤。春晝五湖烟浪，秋夜一天雲月，此外盡悠悠。永棄人間事，吾道付滄洲。』此詞乃文公作，然特櫽括李、杜之詩耳。

《讀書續錄》：晦菴先生《菩薩蠻》回文詞，幾於家絃戶誦矣，其櫽括杜牧之《九日齊山登高》詩。《水調歌頭》一闋，氣骨豪邁，則俯視辛、蘇；音韻諧和，則僕命秦、柳，洗盡千古頭巾俗態。詞云：『江水浸雲影，鴻鴈欲南飛。攜壺結客，何處空翠渺烟霏。塵世難逢一笑，況有紫萸黃菊，堪插滿頭歸。風景今朝是，身世昔人非。　酬佳節，須酩酊，莫相違。人生如寄，何用辛苦怨斜暉。不盡今來古往，多少春花秋月，那更有危機。與問牛山客，何必淚沾衣。』

〔詞評〕

王定甫云：朱文公詞質而不俚，清而能剛，非學養兼到不辦。

按：晦菴詞《菩薩蠻》回文云：『晚紅飛盡春寒淺。淺寒春盡飛紅晚。尊酒綠陰繁。繁陰綠酒尊。　老仙詩句好。好句詩仙老。長恨送年芳。芳年送恨長。』《晦菴詞》，元和江氏依彭文勤知聖道齋鈔本刻行於湘南。

黃銖

銖，字子厚，自號穀城翁，崇安人。有《穀城集》。

〔詞話〕

《草牕詞選》：朱晦翁示黃子厚以歐陽永叔鼓子詞，蓋所以諷之也。子厚賦《漁家傲》云：『永日離憂千萬緒。霜舟遠泛清漳浦。珍重故人寒夜雨。揮玉麈。沈沈畫閣凝香霧。　風砌落花留不住。紅蜂翠蝶閒飛舞。明日柳陰江上路。雲起處，蒼山萬疊人歸去。』

桉：黄子厚詞《菩薩蠻·夜宿旅館聞吹簫》云：『海山疊翠青螺淺。暮雲散盡天容遠。匹馬渡江臯。北風生怒號。　解鞍棲倦翮。皓月空庭白。何處小闌干。玉簫吹夜寒。』見《花菴絕妙詞選》。《江城子·晚泊分水》云：『秋風嫋嫋夕陽紅。晚烟濃。暮雲重。萬疊青山，山外叫孤鴻。獨上高樓三百尺，凭玉楯，睇層空。　人間日月去匆匆。碧梧桐。又西風。北去南來，銷盡幾英雄。擲下玉尊天外去，多少事，不言中。』見《詞綜》。子厚不以填詞名家，興之所至肆口而成，饒有清疏蕭爽之趣。

周必大

必大，字子充，一字洪道，自號平園老叟，廬陵人。紹興二十一年登進士第，授徽州戶曹，中博學宏詞科，教授建康府，除太學錄。召試館職，守祕書省正字，除監察御史。孝宗即位，除起居郎。歷祕書少監、敷文閣待制、翰林學士、禮部尚書、樞密使。拜右丞相、濟國公，進左丞相，許國公。光宗踐祚，拜少保、益國公。以少傅致仕，卒贈太師，謚文忠。箸書八十一種，有《平園集》二百卷，《近體樂府》一卷。

〔詞話〕

《齊東野語》：周平園嘗出使，過池陽，太守趙富、文彥博招飲，籍中有曹聘者潔白純静，或病其訥而不傾。公爲賦梅以見意云：『踏白江梅，大都玉軟酥凝就。雨肥霜逗。癡騃閨房秀。　莫待冬深，雪墜風欺後。君知否。卻嫌伊瘦。又怕伊僝僽。』酒酣，又出家姬小瓊，舞以侑歡。公又賦一闋云：『秋夜乘槎，客星容到天孫渚。眼波微注。將謂牽牛渡。　見了還非，重理霓裳舞。雖無誤。幾年一遇。莫訝周郎顧。』范石湖嘗云：『朝士中姝麗有三傑，謂韓無咎、晁伯如家姬，及小瓊也。』禁中亦聞之，異時有以此事中傷公者，阜陵亦爲一笑。

《蓮子居詞話》：歌者小瓊，石湖居士所謂三傑之一也，周益公贈以《點絳脣》詞。桉：益公夫人極妒，《韋居聽輿》載其事，頗足發哂。《南宋相眼》：『益公有侍妾曰芸香，姓孫氏，錢唐人，能爲新聲。』豈卽夫人所妒之媵與？

桉：周文忠平園《近體樂府》，彊邨朱氏依宋槧《平園集》本鍥行。文忠文章名世，箸述等身，鐵板紅牙，誠爲餘事。然如《點絳脣·次葛守韻》歇拍云：『高歌起。浮雲閒事。渾付烟中翠。』《醉落魄·次江西帥吳明可韻》後段云：『相逢未穩愁相別。南園烟草南樓月。陽關西出重吹徹。垂柳新栽，寧忍便攀折。元注：明可新創南園。』或寓情於景，或融景入情，自是詞人之筆，絕不覺有簪笏氣。

程大昌

大昌，字泰之，休寧人。紹興二十一年登進士第，主吳縣簿，擢太平州教授。召爲太學正，試館職，爲祕書省正字。孝宗即位，遷著作佐郎，選爲恭王府贊讀，遷國子司業兼權禮部侍郎，直學士院，除江東提點刑獄，徙江西轉運副使，進祕閣修撰，召爲祕書少監兼中書舍人，權刑部侍郎，升侍講兼國子祭酒，兼給事中，權吏部尚書。出知泉州，遷知建寧府。光宗嗣位，徙知明州，尋奉祠。紹熙五年以龍圖閣學士致仕，卒謚文簡。有《文簡公詞》一卷。

〔詞話〕

《餐櫻廡詞話》：程文簡大昌《臨江仙·和正卿弟生日》詞云：『紫荊同本但殊枝。直須投老日，常似有親時。』《感皇恩·淑人生日》詞云：『人人戴白，獨我青青常保。只將平易處，爲蓬島。』此等句，非性情厚、閱歷深，未易道得。元劉靜修《樵菴詞·王利夫壽》云：『吾鄉先友今誰健。西鄰王老時相見。每見憶先公。音容在眼中。　今朝故人子。爲壽無多事。唯願歲長豐。年年社酒同。』此詞余極喜誦之，與文簡詞庶幾近似。

《織餘瑣述》：近人稱壽五十一歲曰開六，六十一曰開七。程大昌《韻令》校：宋人稱詞曰韻令，此以爲調名，僅見。碩人生日云：『壽開八秩，兩鬢全青。顔紅步武輕。』自注：『白樂天《開六秩》詩自注云：「年五十歲即曰開第六秩矣。」言自五十一即爲六十紀數之始也。』五十即曰開六，與今小異。又《折丹桂》校：此調名亦僅見。小序云：『通奉嘗欲爲先碩人篆帔，命爲詩語。某獻語曰：「詩禮爲家慶，貂蟬七葉餘。庭闈稱壽處，童稚亦金魚。」通奉喜，自爲小篆，綴珠其上。』帔、詩、珠字，事韻而新，它書未之見也。又《好事近》云：『此去春濃絮起，應翻成新曲。』『春濃絮起』，活潑有生趣。

校：程文簡詞一卷，歸安朱氏彊邨依《典雅詞》鈔本付梓。其詞隨筆抒寫，無意求工，然亦非無佳製。

鄭聞

聞，松江人。紹興二十一年登進士第，淳熙元年以資政殿大學士出爲四川宣撫使，未幾，拜參知政事。

〔詞話〕

《甕牖閒評》：近日鄭聞眷一官妓周韻者，作《瑞鶴仙》遺之，其末句云：『醉歸來，不悟人間天上，雲雨難尋舊跡。但餘香、暗著羅衾，怎生忘得？』

按：聞《瑞鶴仙》詞全闋已佚，事蹟《松江府志》略載之，謂聞遊學華亭，與錢良臣同舍。紹興間魁南省，後與錢並參大政。嘗題名于學之達材齋，後人以碧紗籠之，爲一時盛事云云。

張孝祥

孝祥，字安國，烏江人。年十六，領鄉書。紹興二十四年廷試第一，授承事郎、簽書鎮東軍節度判官，除祕書省正字，遷校書郎。歷尚書禮部員外郎，尋爲起居舍人，權中書舍人。坐劾罷，提舉江州太平興國宮。旋起，知撫州。孝宗立，復集英殿修撰，知平江府。以張浚薦，除中書舍人，直學士院，兼領建康留守，再罷。再起，以知荊南湖北路安撫使請祠，卒進顯謨閣直學士，致仕。有《于湖詞》三卷。

〔詞話〕

《四朝聞見錄》：張于湖嘗舟過洞庭，月照龍堆，金沙盪射，公得意，命酒，唱歌所作詞，呼羣吏而酌之，曰：『亦人子也。』其坦率皆類此。

《朝野遺記》：張孝祥《紫薇雅詞》，湯衡稱其平昔未嘗著稿，筆酣興健，頃刻即成，卻無一字無來處。一日，在建康留守席上作《六州歌頭》，張魏公讀之，爲罷席而入。

《癸辛雜識・續集》：張于湖知京口，王宣子代之，適多景樓落成，于湖爲大書樓扁，公庫送銀二百兩爲潤筆，于湖卻之，但需紅羅百匹。於是大宴合樂，酒酣，于湖賦詞，命妓合唱甚歡，遂以所得紅羅百匹犒之。

《吳禮部詩話》：于湖玩鞭亭，晉明帝覘王敦營壘處。自溫庭筠賦詩後，張文潛又賦《于湖曲》以正湖陰之誤。詞皆奇麗警拔，膾炙人口。張安國賦《滿江紅》，雖間采溫、張語，而詞氣亦不在其下。嘗見安國大書此詞後題云：『乾道元年正月十日。』筆勢奇偉可愛。

《皺水軒詞筌》：楊升菴極稱張孝祥詞，而佳者不載，如『醒時冉冉夢時休。擬把菱花一半，試尋高價皇州』，此則壓卷者也。

《花草蒙拾》：張安國雪詞，校：調寄《憶秦娥》。前半闋刻畫不佳，結乃云：『楚溪山水，碧湘樓閣。』則寫照象外，故知頰上三毛之妙也。古今詞人詠雪，以『柳絮因風』爲佳話第一，自羊孚贊陶淵明詩後，僅見此八字。銀盃縞帶，傖父鈍根，與擦鹽何以異？

《古今詞話》：張于湖《醉羅歌·閨情》詞以『毒』、『蹴』字爲韻：『多情早是眉峯蹙。一點秋波，閒裏覷人毒。歸來想見櫻桃熟。不道秋千，誰伴那人蹴。』此限韻之險者。

《樂府餘論》：南宋詞人繫情舊京，凡言歸路，言家山，言故國，皆恨中原隔絕，此周公謹《絕妙好詞》所由選也。公謹生宋之末造，見韓侂胄函首，知恢復非易言，故所選以張于湖爲首，以于湖不附和議，而蚤知恢復之難，不似辛稼軒輩率意輕言，後復自悔也。

《宋史·張孝祥傳》曰：『渡江初，大議唯和戰，張浚主復讎，湯思退主秦檜之說，力主和。孝祥出入二人之門，而兩持其說，議者惜之。』桉：孝祥登第，思退爲考官，然以策不攻程氏專門之學，高宗親擢爲第一，則非爲思退所知也。本傳又言：『張浚自蜀還朝，薦孝祥，召赴行在。孝祥既素爲湯思退所知，及受浚薦，思退不悅。孝祥入對，乃陳二相當同心勠力，以副陛下恢復之志。且靖康以來，唯和戰兩言，遺無窮禍患，要先立自治之策以應之。復言用才之路太狹，乞博采度外之士以備緩急之用，上嘉之。』桉：大臣異論，人材路塞，俱非朝廷所以自治。孝祥所陳，可謂知恢復之本計。傳乃謂『兩持其說』，何也？故北宋之初，未嘗不和，由自治有策；南宋之末，未嘗不言戰，以自治無策。于湖《念奴嬌》詞過拍云：『悠然心會，妙處難與君說。』亦惜朝廷難與暢陳此理也。《慶元黨禁》云：『嘉泰四年，辛棄疾入見，陳用兵之利，乞付之元老大臣。侂胄大喜，遂決意開邊。』則稼軒先以韓爲可倚，後有《書江西造口壁》一詞，《鶴林玉露》言『山深聞鷓鴣』之句，謂恢復之事行不得也，則固悔其輕言。

〔詞評〕

魏了翁云：張于湖有英姿奇氣，著之湖湘間，未爲不遇。洞庭所賦，在集中最爲傑特，方其吸江酌斗、賓客萬象時，詎知世間有紫微青瑣哉？

朱竹垞云：張安國詞『點點不離楊柳外，聲聲只在芭蕉裏』，無名子詞『窗外芭蕉窗裏人，分明葉上心頭滴』，古之愁夜雨者多以芭蕉葉爲詞，高荷大芋，非所憎也。

《珠花簃詞話》：于湖詞《菩薩蠻》云：『東風約略吹羅幕。一簷細雨春陰薄。試把杏花看。濕紅嬌暮寒。佳人雙玉枕。烘醉鴛鴦錦。折得最繁枝。暖香生翠幃。』此詞緜麗蕃豔，直逼《花間》，求之北宋人集中，未易多覯。

〔詞考〕

《四庫全書》『于湖詞提要』：《于湖詞》三卷，宋張孝祥譔。《宋史·藝文志》載其詞一卷，陳振孫《書録解題》亦載《于湖詞》一卷。黄昇《中興詞選》則稱《紫微雅詞》，以孝祥曾官中書舍人故也。此本爲毛晉所刊，第一卷末卽繫以跋，稱『恨全集未見』，蓋祇就《詞選》所載二十四闋，更摭四首益之，以備一家。後二卷則無目録，亦無跋語，蓋其後已見全集，删其重複，另編爲兩卷以續之，而首卷則未重刊，故體例特異耳。卷首載陳應行、湯衡兩序，皆稱其詞寓詩人句法，繼軌東坡。觀其所作，氣概亦幾幾近之。《朝野遺記》稱其在建康留守席上賦《六州歌頭》一闋，感憤淋漓，主人爲之罷席，則其忠憤慷慨有足動人者矣。又《耆舊續聞》載：孝祥十八歲時，卽有《點絳脣》『流水泠泠』一詞，爲朱希真所驚賞。或刻孫和仲，或以爲希真作，皆誤。今集不載是篇，或以少作而佚之歟？陳應行序稱《于湖集》長短句凡數百篇，今本乃僅一百八十餘首，則元稿散亡，僅存其半，已非當日之舊矣。

桉：《于湖詞》原本五卷、拾遺一卷，乃宋乾道間刻，稱《于湖先生長短句》。古里瞿氏有影抄本，武進董氏又據《南詞》本校補一卷，此外又有項城袁氏翻刻宋《于湖集》本四卷。《直齋》、《宋史》均作一卷者，所據乃宋長沙坊本也。汲古閣之續刻二卷，乃據《全集》本，然次第移易，又刪去目錄中所注宫調，非盧山真面矣。

歷代詞人考略卷二十七

宋二十一

曹冠

冠，字宗臣，自號雙溪居士，東陽人。紹興二十四年以第二人登進士第，擢太常博士，坐累罷。孝宗時，得旨再試，中進士乙科，遷知郴州。告老，轉朝奉大夫致仕。有《忠誠堂集》、《燕喜詞》一卷。〔一〕

〔詞話〕

《詞林紀事》：樓敬思書曹冠《霜天曉角》詞：『浦潋凝烟。誰家女採蓮。手撚荷花微笑，傳雅令、侑清歡。擘葉勸金船。香風襲綺筵。最後殷勤一瓣，分付與、酒中仙。』詞後，冠自注：『荷花令，用歐陽公故事，歌《霜天曉角》詞，擘荷花徧分席上，各人一片，最後者飲』云云。及觀葉夢得《避暑録話》：『歐陽文忠公在揚州作平山堂，每暑時，輒淩晨攜客往遊，遣人走邵伯，取荷花千餘朶，以畫盆分插百許盆，與客相間。遇酒行，卽遣妓取一花傳客，以次摘其葉，盡處則飲酒，往往侵夜載月而歸。』

乃知摘花爲歐公故事，而唱詞則曹冠所增也。猶記歐公《蝶戀花》校：當作《漁家傲》：『酒盞旋將荷葉當。蓮舟蕩。時時盞裏生紅浪。』花氣酒香如撲紙上，荷花亦何幸而見知於六一乎？頓使花腮酒面一時生色。〔二〕

《詞綜補遺》：《燕喜詞》傳本絕少，竹垞亦云隻字未見，舊從藏書家搜訪得之，無異獲珍珠船也。《織餘瑣述》：《燕喜詞·鳳棲梧》云：『飛絮撩人花照眼。天闊風微，燕外晴絲卷。』狀春晴景色絕佳，每值香南研北，展卷微吟，便覺日麗風暄，淑氣撲人眉宇。全帙中似此佳句，竟不可再得。

桉：《燕喜詞》有別下齋刻本，王氏四印齋得鈔本重刻之。此詞《四庫》未經箸錄，《未收書目》有之，謂從毛氏汲古閣舊藏本錄出，有陳鬚、詹傚之二序，蓋與四印齋刻本同。王刻所據傳鈔本，其源亦出自毛鈔也。宗臣詞取徑質實，尚有骨幹，卻非嫥家之作。撰錄二闋如左：《念奴嬌·詠中秋月》云：『碧天如水，湛銀潢清淺，金波澄澈。疑是姮娥將寶鑑，高挂廣寒宮闕。林葉吟秋，簾櫳如畫，元注：別作晝。丹桂香風發。年年今夕，庾樓此興清絕。　因念重折高枝，壯心猶鬱，已覺生華髮。好向林泉招隱處，時講清遊真率。乘興歌歡，熙然朝野，何日非佳節。百杯千首，醉吟長對風月。』《八六子·九日》云：『晚秋時。碧天澄爽，云何宋玉興悲。對美景良辰樂事，采萸簪菊登臨，共上翠微。　堪嗟烏兔如飛。秉燭歡遊須屢，傳杯到手休辭。念戲馬臺存，雋游安在，且開懷抱，聽歌《金縷》，從教下客疏狂落帽，也勝齷齪東籬。元注：太白詩：「齷齪東籬下，淵明不足羣。」醉中歸。　花陰月影正移。』斷句如《青玉案》云：『細草平沙騎款段。漁翁欸乃，卻驚鷗鷺，飛起澄波面。』《鷓鴣天》云：『要知昨夜方壺景，只在芸齋杖屨前。』均可采〔三〕。

【校記】

〔一〕此後，《宋人詞話》有序跋文三則，迻錄於下：

《燕喜詞》陳鬚序： 春秋列國之大夫聘會燕饗，必歌詩以見意，詩之可歌尚矣。後世陽春白雪之曲，其歌詩之流乎？ 沿襲至今，作之者非一，造意正平，措詞典雅，格清而不俗，音樂而不淫，斯爲上矣。高人勝士，寓意於風花酒月，以寫夷曠之懷，又其次也。若夫宕蕩於檢繩之外，巧爲淫褻之語，以悅俚耳，君子無取焉。議者曰：『少游詩似曲，東坡曲似詩。』蓋東坡平日耿介直諒，故其爲文似其爲人。歌赤壁之詞，使人抵掌激昂，而有擊楫中流之心；歌《哨遍》之詞，使人甘心淡泊，而有種菊東籬之興。俗士則酣寐而不聞。少游情意嫵媚，見於詞則穠豔纖麗，類多脂粉氣味，至今膾炙人口，寧不有愧於東坡耶？ 同年檢正曹公，文雄學奧，節勁氣嚴，三十年臺省舊人也。不辭小試，來游宣幕，使君大監狀元詹公既深知之，一見其文集，尤加歎賞，敘而鋟板於郡庠，名之曰《雙溪》，因其居也。又以其所著樂府可歌於閨門之內者，別爲一集，名之曰《燕喜》，摭其實也。方其花朝月夕，少長團欒，尊俎之餘，出而歌之，於以導嘻嘻怡怡之情，佳作樂事，卒於一門，近世之所未有者。鬚淳熙丁未備倅於此，公餘清閒，辱以見教。熟讀三復，玩其辭而繹其意，豈非中有所本歟？ 吁！ 寥寥百餘年，繼坡仙之作，非公而誰？ 中秋前一日，長樂陳鬚。

宋廣平鐵石心腸，猶爲梅花所賦，議者疑之。殊不知感物興懷，歸於雅正，乃聖門之所取，而亦何疑於廣平乎？《語》曰：『子與人歌而善，必使反之，而後和之。』以見其詳復致意如此，無他焉，善言，欲其不忘也。檢正曹公行兼九德，渾然天成，文章政事，淵源經術，廉介有守，既和且正。太守大監詹公歎賞其文，摭其大略，而刊諸宣城學宮。既有成集矣，復以其所著樂府析爲別集，名曰『燕喜』。竊嘗玩味之，旨趣純深，中含法度，使人一唱而三歎，蓋其得於六義之遺意，純乎雅正者也。昔王褒爲益州刺史，作《中和樂職宣布詩》，出於一時歆羡，猶且選好事者依《鹿鳴》之聲習而歌之，至於轉而上聞，漢宣帝褒美之。矧斯作也，和而不流，足以感發人之善心，將有採詩者播而颺之，以補樂府之闕，其有助於教化，豈淺淺哉？　淳熙丁未仲夏望日，宣城丞鈞臺詹傚之書。

四印齋刻《宋元三十一家詞·燕喜詞》況周頤跋：　宗臣詞，世尟傳本，僅一刻于海昌蔣氏《别下齋叢書》中，印行未廣。兵燹後，版佚無存。近杭州書賈倣袖珍本石印，譌誤幾不可讀。此傳鈔本較爲精整，間有誤字，據蔣本改正，遂成完璧。卷中《和歸去來辭》一首，非長短句體，或當時可被筦弦，故坿於此，仍之目存舊觀。癸巳七月，半唐屬斠，羼提生記。時移居宣武門外將軍校場頭條胡同，與半唐同衖，是月半唐擢諫垣。

〔二〕『及觀葉夢得』以下至此，底本無，據《宋人詞話》補。

〔三〕『撰錄二闋如左』以下至此，底本無，據《宋人詞話》補。

楊萬里某教授　羅永年

萬里，字廷秀，學者稱誠齋先生，吉水人。紹興二十四年登進士第，爲贛州司戶，調零陵丞，知奉新縣。召爲國子博士，轉將作少監。出知常州，提點廣東刑獄，召爲尚左郎官。歷侍讀、左司郎中，以直祕閣出知筠州，召爲祕書監兼實錄院檢討官。出爲江東轉運副使，權總領淮西、江東軍馬錢糧。忤宰相意，改知贛州，不赴，乞祠，提舉興國宮。升寶謨閣學士。卒贈光祿大夫，謚文節。有《誠齋集》。

〔詞話〕

《續清言》：　楊萬里不特詩有别才，卽詞亦有奇致。其《好事近》云：『月來到誠齋，先到萬花川谷。不是誠齋無月，隔一庭修竹。　如今纔是十三夜，月色已如玉。未是秋光奇絶，看十五十六。』

昔人謂東坡詞是『曲子中縛不住者』，廷秀詞又何多讓？乃知有氣節人，筆墨自然不同。

《行都紀事》：楊誠齋爲監司時，巡歷至一郡，郡守宴之。官妓歌《賀新郎》詞以送酒，其中有『萬里雲帆何日到』之句，誠齋遽曰：『萬里昨日到。』守大慙，監繫此妓。誠齋之善謔也。桉：『萬里雲帆何日到』，葉石林詞句。

桉：《好事近》詞後段首句末一字應用平聲，楊文節詞『如今纔是十三夜』，『夜』字用仄聲，殊僅見。《貴耳集》：『楊誠齋帥某處，有教授狎一官妓，誠齋怒，黥妓之面，押往謝辭教授，是欲愧之。教授延妓入，酒酌爲別，賦《眼兒媚》云：「鬢邊一點似飛鴉，莫把翠鈿遮。三年二載，千擱百就，今日天涯。奈桉：奈字是襯字楊花又逐東風去，隨分落誰家。若還忘得，除非睡起，不照菱花。」誠齋得詞，方知教授是文士，卽舉妓送之。教授此詞雖涉遊戲，風趣政復不惡。』惜其姓名失傳，坿記於此。又桉：羅永年詞《酹江月·壽楊誠齋》云：『郎星錦帳，忽翩然歸訪，南溪孤鶩。前日登高誰信道，壽酒重浮萸菊。風露盃寒，芙蓉帳冷，笑受長生籙。廣寒宮殿，桂華應已新續。不用翠倚紅圍，舞裙歌袖，共理稱觴曲。只把文章千古事，留伴平生幽獨。但使明年，鬢青長在，萱草春風綠。諸郎如許，轉頭百事都足。』見《花草粹編》。羅事蹟無攷，並附置誠齋後。

甄龍友

龍友，字雲卿，永嘉人，遷樂清。紹興二十四年登進士第。孝宗時爲臨安府某縣令。召見，得添倅，官至國子監簿。

〔詞話〕

《庶齋老學叢談》：甄龍友題赤壁：『蛾眉仙客。四海文章伯。來向東坡遊戲，人間世、著不得。去國誰愛惜。在天何處覓？但見尊前人唱，《前赤壁》、《後赤壁》。』〔一〕

桉：甄龍友題赤壁詞見盛庶齋《叢談》，詞寄《霜天曉角》。又《水調歌頭》云：『西風新葉墮，南國九秋初。周天三百六十五度，片雲無。上有迢迢河漢，下有滔滔江水，橫截洞庭湖。一葉放流去，人在渾儀圖。滿虛空，張寶蓋，綴明珠。琉璃爲地，遊戲乾象駕坤輿。爛醉蓬萊方丈，遍入華嚴法界，試問夜如何。北斗轉魁柄，東海欲飛烏。』見《陽春白雪外集》。此詞語頗奇恣，不免近狂，幸不失其爲清耳。

【校記】

〔一〕此後，《宋人詞話》有『附攷』一項，凡二則，迻錄於下：

《談藪》：甄龍友雲卿，永嘉人。滑稽辨捷，爲近世之冠。樓宣獻自西掖出守，以首春觴客，甄預坐席間，謂公曰：『今年春氣一何太盛？』公問其故，甄曰：『以果匳甘蔗知之，根在公前而末已。』至此，公爲罰掌吏，衆訾其猥率。遊天竺寺，集詩句贊大士，大書於壁云：『巧笑倩兮，美目盼兮。彼美人兮，西方之人兮。』孝廟臨幸，一見賞之，詔侍臣物色其人。或以甄姓名聞，曰：『是溫州狂生，用之，且敗風俗。』上曰：『惟此一人，朕自舉之。』甄時爲某邑宰，趣召登殿。上迎問曰：『卿何故名龍友？』甄罔然不知所對，既退，乃得之曰：『君爲堯舜之君，故臣得與夔龍爲友。』由是不稱旨，猶得添倅。後至國子監簿。甄嘗頌臨安北山大佛頭云：『色如黃金，面如滿月。盡大地人，只見一橛禪。』人多許之。

《西湖遊覽志餘》：甄龍友嘗遊西湖，作大佛頭贊云：『色如黄金，面如滿月。盡大地人，只見一橛禪子。』多稱之。又嘗遊僧舍，具饌延款。僧有雌鷄，久畜，甄請烹爲供。僧曰：『公能作頌，予當不靳也。』龍友援筆題曰：『頭上無冠，不報四時之曉；腳根欠距，難全五德之名。不解雄先，促張雌伏。汝生卵，卵復生子，種種無窮；人食畜，畜又食人，冤冤何已？若要解除業障，必須割去本根。大衆煎去，波羅香水，先與推去頭面皮毛，次運菩薩慧刀，割去心腸肝膽。咄，香水源源化爲霧，鑊湯滚滚成甘露。飲此甘露乘此霧，直入佛牙深處去，化生彼國極樂土。』僧笑曰：『鷄死無憾矣。』乃烹以侑酒，盡歡而去。

姚述堯

述堯，字進道，其先世華亭人，占籍錢塘。紹興二十四年登進士第。乾道四年知樂清縣事。有《簫臺公餘詞》一卷。〔一〕

〔詞話〕

《珠花簃詞話》：錢塘姚進道，南宋道學家也。其詞如《南歌子·九日次趙季益韻》云：『悠然此興未能忘，似覺庭花全勝去年黄。』又贈趙順道云：『不求名利不譚玄。明月清風相對自怡然。』殊盎然有道意。然如《浣溪沙·青田趙宰席間作》云：『醉眼斜拖春水綠，黛眉低拂遠山濃。此情都在酒杯中。』《鷓鴣天·縣有花名日日紅，高仲堅席間作》云：『夜深莫放西風入，頻遣司花護錦裀。』《瑞鷓鴣·賞海棠》云：『一抹霞紅匀醉臉，惱人情處不須香。』《如夢令·水仙用雪堂韻》云：『鉤月襯淩波，仿佛湘江烟路。』《行香子·抹利花》云：『香風輕度，翠葉柔枝。與玉郎摘，美人戴，總相宜。』《好事近·重午前三日》云：『梅子欲黄時，霖雨晚來初歇。誰在緑窗深處，把綵絲雙結。　淺斟低唱笑相偎，映一團香雪。笑指牆頭榴火，倩玉郎輕折。』亦復能爲綺語、情語，可知規行矩步中，政不廢《金荃》、《蘭畹》也。又《臨江仙·九日》云：『莫將烏帽任風吹。動容皆是舞，出語總成詩。』『動容』句亦有深情。〔二〕

桉：姚進道《簫臺公餘詞》，皆其官樂清時所作，故以爲名。《四庫》及《孚經室外集》均未著錄，可知傳本之少。仁和勞氏有鈔本，光緒中錢塘丁氏據以刻入《西泠詞萃》，陸存齋先生跋稱其詞清麗芊緜，絶無語錄氣，信然。〔三〕《宋詩紀事》錄進道詩，僅《過青田》斷句云：『簇簇魚鹽喧古市，聲聲絃誦偏儒家。』其全首竟無存者，而詞集獨未散佚，亦云幸矣。

【校記】

〔一〕此後，《宋人詞話》有序跋文一則，迻錄於下：

《西泠詞萃·簫臺公餘詞》陸心源跋：《簫臺公餘詞》一卷，錢塘姚述堯撰。《宋史·藝文志》著於錄。案：述堯，字進道，華亭人。以錢塘籍登紹興二十四年進士。乾道四年知溫州樂清縣，縣有簫臺峯，其詞皆官樂清時所作，故以爲名。進道在太學日，每夜必市兩蒸餅，明日輒以飼齋僕。同舍怪而問之。進道曰：『某來時，老母戒以夜飢無所得食，宜以蒸餅爲備。某雖未飢，不敢忘老母之教也。』其篤於內行如此。生平與縣張横浦、葉先覺、施彦執爲友。彦執没，横浦祭之以文，云『生平朋友不過四人，姚、葉先亡』云云。姚，卽進道也。其事蹟僅見于《咸淳臨安志》、《張横浦集》、《弘治溫州府志》、《北窗炙輠錄》。進道與横浦同調，而其調清麗芊緜，絶無語錄氣，亦南宋道學家所罕見也。是本流傳極罕，《四庫》及《孚經室外集》皆未著錄。余從仁和勞氏得鈔本。丁君松生將有宋元明杭彦詞集之刻，移書借錄，並屬攷訂仕履，因識其顛末於後。光緒紀元之十二年冬十二月，歸安陸心源識。

〔二〕此後，《宋人詞話》有『附攷』一項，凡一則，迻錄於下：

《北牕炙輠錄》：進道嘗渡揚子江，遭大風浪，舟人皆號呼。進道乃徐顧一親□，徐德立遽以名呼之曰：『周公保取吾□來。』德立强忍爲取之，曰：『姚生平不爲不義事，江神倘有知乎，使吾言不虛，風浪即止。不爾者，請就溺死。』俄而風霽。又：進道《雜書》云：『上士雖不讀書亦進，下士雖讀天下之書，亦不進。惟在我輩，正當讀書耳。』進道此語殊有味。雖然，上士安可不讀書？進道第一等人，乃自處以自必讀書，蓋可知矣。

〔三〕《宋人詞話》桉語與以上桉語有出入，迻錄如下：

桉：姚進道《簫臺公餘詞》，光緒間錢塘丁氏刻入《西泠詞萃》。《水調歌頭・詠酴醾》云：『上苑暮春好，烟雨正溟濛。桃蹊冷落無語，嫩綠翳殘紅。好是翠帡乍展，喜見玉英初坼，裁翦費春工。綽約更嬌輭，輕颸萬條風。散清馥，翻素豔，照晴空。佳人羞妒，競把粉質鬬芳容。無限惱人風味，別有留春情韻，都付酒杯中。極目凭闌久，月影在牆東。』《西江月》云：『嫩綠烟籠碎玉，繁紅日護香綃。故人去後恨迢迢，獨倚危樓情悄。脈脈望窮雲杪，看看月上花梢。嫩添金鴨任烟鎖，杜宇一聲春曉。』陸存齋先生跋云其詞清麗芊緜，絕無語錄氣，信然。兹錄二闋以概其餘。

范端臣

端臣，字元卿，學者稱蒙齋先生，蘭溪人。紹興二十四年登進士第，以奉議郎爲嚴州倅，累官至中書舍人、右史，充殿試官。有集三卷。

〔詞話〕

《兩山墨談》：范元卿上太守月詞中有云：『有人吟諷，紫荷香滿晴陌。』《韻語陽秋》云：《晉書·輿服志》：『八座尚書則荷紫，以生紫爲袷囊，服之在左肩。』所謂荷紫者，非荷芰之荷，乃負荷之荷也。人徒見《南史》『著紫荷囊』四字，遂作一句言之，蓋不知《晉書》紫荷之義。予讀《宋史》：『宣和間任子太濫，有年始十餘歲而蔭補通顯者。諫官李會疏論，以謂尚嬉竹馬，已獲荷囊。』以荷囊對竹馬，則紫荷相承之誤，久矣。〔一〕

桉：范元卿詞《念奴嬌·賦中秋月》：『尋常三五，問今宵何夕，嬋娟多勝。天闊雲收崩浪靜，深碧琉璃千頃。銀漢無聲，冰輪直上，桂濕扶疏影。綸巾玉麈，庾樓無限清興。誰念江海飄零，不堪回首，驚鵲南枝冷。萬點蒼山何處是，修竹吾廬三徑。香霧雲鬟，清輝玉臂，醉了愁重醒。參橫斗轉，轆轤聲斷金井。』見《御選歷代詩餘》。

【校記】

〔一〕此後，《宋人詞話》有『附攷』一項，凡二則，逐錄如下：

《尚友錄》：元卿，賢良浚之從子，受學於浚。雖入官，未嘗廢學，文詞典雅，尤工於詩，有集三卷。出入諸家，卓然名。潘慈明誌其墓，謂『篆楷草隸，皆造於妙』，吳道師亦稱其『天才俊逸，詞翰絕人』。乾淳中著聲館閣。

《夷堅己志》：魏南夫與范元卿充殿試官，同一幕。范好書大字，於是內諸司祗應者皆以扇乞題詩。范各爲采杜公兩句，或行或草，隨其職分付之，仍爲解釋其旨，無不歡喜。而退儀鸞司云：『曉隨天伏入，暮惹御香歸。』翰林詩云：『春酒盃濃琥珀薄，冰漿盌碧瑪瑙寒。』御龍直云：『竹批雙耳駿，風入四蹄輕。』衛士云：『雨拋金鎖甲，苔臥綠沈鎗。』鈞容部云：『銀甲彈箏用，金魚換酒來。』御廚云：『紫駝之峯出翠釜，水晶之盤行素鱗。』唯司青者別日以致，仍致請，魏公曰：『正恐杜詩無此句。』范執筆，沈吟久之，云：『端臣思得之矣。』遂書：『雨洗涓涓淨，風吹細細香。』相與一笑。内侍傳觀，亦皆啓齒。

葛郯

郯，字謙問，歸安人。桉：《御選歷代詩餘》作丹陽人。立方次子。桉：《宋史·葛立方傳》云：『子郯、郯。』而立方所箸《韻語陽秋》又有『郯姪，留意星曆學』云云。與史傳異，待攷。紹興二十四年登進士第。終毘陵倅。有《信齋詞》一卷。

〔詞話〕

《織餘瑣述》：葛郯《信齋詞·水調歌頭·舟回平望過烏戍值雨向晚復晴》云：『應是陽侯薄相，催我胷中錦繡，清唱和鳴鷗。』薄相，猶言遊戲，吾吳閭里語曰『白相』，白，蓋『薄』之聲轉，一作『孛相』。烏程張鑑《冬青館詩·山塘感舊》云：『東風西月燈船散，愁煞空江孛相人。』

〔詞評〕

丁松生云：信齋先生詞筆婉娈，頗多雅令。〔二〕

桉：葛謙問《信齋詞》一卷，有亦園侯氏所刻《十名家詞》本。光緒乙未，元和江建霞標又依臨桂況氏所藏知聖道齋鈔本鍥行於湘中。《感皇恩》云：『花似鏡中人，不堪衰老。空羡青青岸邊草。多情消瘦，更被無情相惱。近來無限事，憑誰道。　蝴蝶滿園，叢邊空繞。睡起流鶯、語聲小。瑣窗危坐，更被玉蟾孤照。夜闌梅影瘦，憑誰掃。』《洞仙歌・六月十三夜賞月云》云：『藐姑仙子，天外誰爲侶。八極浮游氣爲馭。看朝餐沆瀣，暮飲醍醐，瑤臺冷，吹落九天風露。翠空雲幕淨，寶鑒無塵，碧樹秋來暗消暑。殘夜水明樓，影落寒溪，行人起、沙頭喚渡。任角聲、吹落小梅花，夢不到漁翁，一蓑烟雨。』《滿庭芳・述懷》云：『歸去來兮，心空無物，亂山不鬭眉峯。夜禪久坐，窗曉日升東。已絕乘槎妄想，滄溪迴、不與河通。維摩室，從教花雨，飛舞下天宮。何人，開宴豆，楚羹蓴嫩，吳鱠盤豐。看一聲欸乃，落日收筒。應笑紅塵陌上，津亭暮、十里斜風。從今去，青鞋黄帽，分付紫髯翁。』此三闋饒有逸韻。《鷓鴣天・詠野梅》後段云：『橋斷港，水横門。殘霞零落晚烟昏。只因留住三更月，暗裏香來別是春。』亦婉令可誦。《蘭陵王・和吳宣卿》云：『亂烟簇。簾外青山漸肅。蓮房靜，荷蓋半殘，欲放清漣媚溪綠。凭高送遠目，飛起滄洲雁鶩。寒窗靜，茶椀未深，一枕胡牀晝眠足。閒行問松菊，今雨誰家，空對銀燭。簫聲忽下瑤臺曲。看鶴舞風動，烏啼雲起，何須舟内怨女哭。抱琴寫幽獨。情觸。會相續。況節近中元，月浪翻屋。長鯨愁曉寒蟾促。要百舵傾□，萬花流玉。山肴倒盡，又空腹。膾野蔌。』〔二〕其長調熨帖停勻，足徵其詣力所屆。

【校記】

〔一〕此後，《宋人詞話》有『附攷』一項，凡二則，迻錄於下：

《清波雜志》：先人任江東漕幕，與葛公謙問爲代，文康公孫也，魁然重厚，古君子。宦情世故，皆應以無心。文采外，深契禪悅。後倅毗陵。

《韻語陽秋》：郟姪留意星曆學，紹興癸酉取解漕臺間『斗爲帝車賦』，省試復以『日星爲紀三台色齊』爲詩賦題，其所爲貫穿甘石之學甚詳。小孫女夜夢郟登樓，至十六級而止，筮之爲省闈第十六人之祥。已而果然。予作詩贈之曰：『張鈴走幟到金溪，喜子文闈預品題。名字巍峩先蘂牓，詞章斐亹動文奎。階梯已合嬰兒夢，星斗先分天老題。後日臚傳當第一，天倫科甲尚爲低。』時郟弟部王佐牓甲科第七人。

〔二〕自『《感皇恩》云』至此，底本無，據《宋人詞話》補。

梁安世

安世，字次張，括蒼人。紹興二十四年登進士第。淳熙庚子、辛丑間官桂林轉運使。有《遠堂集》。

桉：《粤西金石略》：梁安世《西江月》詞磨崖在臨桂棲霞洞：『南國秋光過二，賓鴻未帶初寒。洞中駞褐已嫌單，洞口猶須揮扇。夕照千峯互見。晴空萬象都還。羡它漁艇繫澄灣。欹枕玻瓈一片。』淳熙庚子重九，梁次張拉韓廷玉、但能之、陳穎叔同遊，次張又有詩刻屏風山乳牀，賦刻彈子巖。

李長庚

長庚，字子西，號冰壺，寧遠人。紹興二十四年登進士第，仕至朝議大夫。有《冰壺集》。桉：《陽春白雪》錄長庚詞一首，署李冰壺子西。瞿刻《陽春白雪》詞人姓氏及陶氏《詞綜補遺》小傳，遂竝作李子西字冰壺，檢《宋詩紀事補遺》小傳：李長庚，字子西，箸有《冰壺集》，竝詳載其占籍、官位。《陽春白雪》不書其名，又因字形相近，譌子西爲子酉，後人不攷，遂相沿襲，兹亟更正之。

桉：李子西詞《玉樓春》云：『紗窗春睡朦朧著。相見尚懷相別惡。夢隨城上角聲殘，淚逐樓前花片落。東風不解吹愁卻。明月幾番乖後約。當時惟恐不多情，今日情多無處著。』見《陽春白雪》。《宋詩紀事補遺》錄子西詩十五首，皆遊陽華巖之作，無它題焉，蓋有山水癖，而襟情軼俗者。

王十朋

十朋，字龜齡，樂清人。紹興二十七年以第一人登進士第，授紹興府簽判，召爲祕書郎兼建王府小學教授。除著作郎，遷大宗正丞，請祠歸。起知嚴州，拜司封郎中。累遷國子司業、起居舍人，升侍講，除侍御史，改除吏部侍郎。出知饒州，移夔州、湖州，再請祠歸。再起知泉州，除太子詹事，力辭，以龍圖閣學士致仕。卒謚忠文。有《梅溪集》。

〔詞話〕

《詞苑》：王十朋以忠諫著稱，與胡澹庵同爲孝宗所親拔。其《梅溪集》中詠荼蘼一闋云：『野態芳姿，枝頭占得春長久。怕鉤衣袖。不放攀花手。　試問東風，花似當時否？還依舊。謫仙去

後。風月今誰有？』蓋《點絳脣》也。〔一〕

桉：王忠文有《點絳脣・詠十八香》詞，見溫州府屬某縣志。今錄二首以見一斑。《異香牡丹》云：『亭院沈沈，異香一片來天上。傲春遲放。衆卉咸推讓。憶昔西都，姚魏聲名旺〔二〕。堪惆悵。醉翁何往。誰爲花標榜。』《溫香芍藥》云：『近侍盈盈，向人似笑還無語。牡丹飄雨。閒伴羣芳主。軟質溫香，翦染勞天女。青雲暮。花前歌舞。有個狂韓愈。』《歷代詩餘》錄其《點絳脣》三闋，其詠梅、詠瑞香，即十八香詞之二；詠荼蘼『野態芳姿』闋，則見於《梅溪集》中者也〔三〕。

【校記】

〔一〕此後，《宋人詞話》有『附攷』一項，凡二則，逐錄於下：

《西吳里語》：宋王十朋乾道三年知湖州事，崇儒重道，以教化爲先。郡有貢院廢弛已久，公出俸錢，率州之士大夫助成之。尤能禁戢强横，撫御小民。及去任，昏皆扳戀涕泣。《游何山》詩云：『去秋游道場，俯瞰何山路。林泉雖在眼，未暇飛杖屨。塵埃汩城市，遙望隔烟霧。春光忽已半，播穀催農務。欲作卞山行，偶逢風伯怒。肩輿出城南，乘興訪幽趣。山藏佛屋深，迹躡陳朝故。老松不記年，脩竹莫知數。鳥鳴說法池，花落在禪處。書空何公堂，木拱安定墓。青山看未足，回首日已暮。小溪何處是，歸誦蘇仙句。』

《昨非庵日纂》：侍郎梅溪王公見人禮塔，呼而告之曰：『汝有在家佛，何不供精養？』

〔二〕旺：底本闕，據《御定佩文齋廣羣芳譜》卷三十四補。

〔三〕《宋人詞話》桉語與《歷代詞人攷略》桉語不同，逐錄於下：

桉：王忠文詞見《御選歷代詩餘》，凡三闋，《點絳脣》詠酴醾『野態芳姿』云云，又前調詠梅云：『雪徑深深，北枝貪睡南枝醒。暗香疏影。孤壓羣芳頂。　玉豔冰姿，妝點園林景。凭闌詠。月明溪靜。憶昔林和靖。』又詠瑞香云：『闌檻陰沈，紫雲呈瑞餘寒凜。捲簾欹枕。香逼幽人寢。　入夢何年，廬阜聞名稔。風流甚。阿喚作薰龍錦。』

閻蒼舒

蒼舒，字才元，元名安中，字惠夫，晉原人。紹興二十七年高宗親擢進士第二人。隆興元年官監察御史，歷吏部郎，至侍郎，以試吏部尚書使金賀正旦。淳熙九年丐祠，得請歸蜀。

〔詞話〕

《蘆浦筆記》：蜀人閻侍郎蒼舒使北，過汴京賦《水龍吟》云：『少年聞說京華，上元景色烘晴晝。朱輪畫轂，雕鞍玉勒，九衢爭驟。春滿鼇山，夜沈陸海，一天星斗。正紅毬過了，鳴鞘聲斷，迴鑾馭、鈞天奏。　誰料此生親到，五十年、都城如舊。而今但有，傷心烟霧，縈愁楊柳。寶籙宮前，絳霄樓下，不堪回首。願黃圖早復，端門燈火，照人還又。』

《燼餘錄》：閻侍郎蒼舒使金感賦《念奴嬌》一闋：『疏眉秀目。向尊前、依舊宣和裝束。貴氣盈盈風韻爽，舉止知非凡俗。皇室宗姬，陳王愛女，曾嫁貂蟬族。干戈流蕩，事隨天地翻覆。　珠淚搵了偷彈，勸人飲盡，愁怕吹笙竹。留落天涯俱是客，何必平生相熟。舊日繁華，如今顦顇，付與杯中醁。興亡休問，爲予且嚼船玉。』

桉：閻才元《水龍吟》詞，撫今追昔，感槩係之，令人不堪卒讀。當與《蓮社詞·燭影搖紅》

『雙闕中天』闋並傳。

京鏜

鏜，字仲遠，豫章人。紹興二十七年登進士第。以龔茂良、王希呂薦擢爲監察御史，累遷右司郎官，轉中書門下省檢正諸房公事，充金國報謝使。還朝，除權工部侍郎。出爲四川安撫制置使，兼知成都府。召入，進刑部尚書。寧宗卽位，由政府累遷爲左丞相。以年老請免相，許之。卒贈太保，謚文忠，改謚忠定。有《松坡集》七卷，樂府一卷。

〔詞評〕

儀墨莊云：京松坡詞能用方筆，惜沈箸中尚乏超曠之趣，此事攸關襟褱，不可彊也。

桉：京仲遠《松坡詞》，吾湖彊邨朱氏依知聖道齋藏明鈔本刻行。《木蘭花慢》『算秋來景物』云云、《念奴嬌》『綿城城北』云云、《洞仙歌》『東皇著意』云云，此三闋在卷中最爲停勻熨帖，侔色揣稱之作。

吳儆

儆，字益恭，學者稱竹洲先生，初名偁，避秀邸諱，更名，休寧人。紹興二十七年登進士第，授鄞縣尉，晉秩，知安仁縣，以殺盜自劾，坐累數年。淳熙初通判邕州，攝府事，以經略張栻薦舉召見，首論恢復至計，孝宗嘉之。授廣南西路安撫使，以親老丐祠，主管台州崇道觀，轉朝散郎，致仕，卒。寶祐四年追謚文肅。有《竹洲集》三十卷，詞一卷。

〔詞話〕

《善本書室藏書志》『竹洲詞提要』：儆生南宋最盛之時，其時姜白石、辛稼軒二詞家尤負盛名，儆集中有與石湖倡和之作，其爲名流推挹者久矣。雖所傳僅十八闋，而『水滿池塘』之《滿庭芳》、『十里青山』之《浣溪沙》二闋，置之白石集中，亦無以辨，固不必以少而見棄矣。

《織餘瑣述》：『生綃籠粉倚窗紗。全似瑤池疏影浸梅花』，吳儆《竹洲詞·虞美人》句也，余極喜誦之。昔林逋詩云：『疏影橫斜水清淺，暗香浮動月黄昏。』彼形容梅，此形容似梅者，尤爲妙肖絶倫。

按：《竹洲詞》，無錫侯氏曾刻入《宋元十名家詞》。光緒乙未，元和江建霞氏又依知聖道齋藏書鈔本鍥行於湘中。文肅詞饒有骨幹，不事塗澤，兩刻本並與《信齋》、《樂齋》纚屬，風格亦復近似。

李南金

南金，字晉卿，自號三谿冰雪翁，樂平人。紹興二十七年登進士第，除光化軍教授。

〔詞話〕

《鶴林玉露》：有良家女流落可嘆者，余同年李南金贈以詞曰：『流落今如許。我亦三生杜牧，爲秋娘著句。先自多愁多感慨，更值江南春暮。君看取、落花飛絮。也有吹來穿繡幌，有因風、飄墜隨塵土。人世事，總無據。　佳人命薄君休訴。若說與、英雄心事，一生更苦。且盡尊前今日意，休記綠窗眉嫵。但春到、兒家庭戶。幽恨一簾烟月曉，恐明朝、雁亦無尋處。渾欲倩，鶯留住。』此詞淒婉頓挫，不減古作者。《南史》：齊范縝謂竟陵王子良曰：『人生如樹花同發，隨風而散。或拂簾幌，墜茵席之上；或關籬牆，落糞溷之中。墜茵席者，殿下是也；落糞溷者，下官是也。』此詞前闋蓋祖此說。南金自號三谿大雪翁。

桉：《賀新郎》調第二韻應三字一句、四字二句。晉卿詞云『我亦三生杜牧，爲秋娘著句』，作兩句，上句六字，下句五字，與律不合，未知有所本否？詞人作長短句，以聲倚之，但求高下清濁，赴節合拍，無聱牙捩喉之疵，分句字數可勿拘定。昔人曾有是說。唯是晉卿詞句平仄尤不盡合。『杜牧』『杜』字必須用平聲，晉卿乃用上聲，詎亦可以通融耶？意者當日隨筆紀事，未經斟酌，設令改句協律，亦何難之有哉？

范成大

成大，字致能，號石湖居士，又號此山居士，吴郡人。紹興二十八年登進士第，授戶曹，累遷著作郎、吏部郎官。言者論其超躐，罷，奉祠。起知處州，除禮部員外郎，遷起居郎，假資政殿大學士充金祈請國信使。歸，除中書舍人。出知靜江府，改四川制置使。召對，除權吏部尚書，拜參知政事，坐言者奉祠。起知明州，尋帥金陵。以病請閒，進資政殿學士，加大學士。卒謚文穆。有《石湖集》，詞一卷。

〔詞話〕

《澄懷録》：范石湖云：始余使燕，是日過燕山館，嘗賦《水調》，首句云『萬里漢家使』，後每自和，桂林云『萬里漢都護』、成都云『萬里橋邊客』。明年，徘徊藥市中，頗嘆倦遊，不復再賦，但有詩云：『莫向登臨怨落暉，自緣羈宦阻歸期。年來厭把三邊酒，此去休哦萬里詩。烏帽不辭欹短髮，黃花終是欠東籬。若無合坐揮毫健，誰嗣西風楚客悲。』今年幸甚獲歸故園，偕鄰曲二三子酧酢佳節於鄉山之上，乃復用舊韻，首句云：『萬里吳船泊，歸訪菊籬秋。』

《蘆浦筆記》：《白玉樓賦》，道君皇帝親灑宸翰於圖之後，石湖跋云：『自玉階及紅雲法駕之後，以至六小樓意趣超絶，形容高妙，必夢遊帝所者彷彿得之，非世間俗吏意匠可到。明窗淨几，盡卷展玩，恍然便覺身在九霄三景之上。』《簡齋集》有《水府法駕導引》曲，乃倚其體作《步虛詞》六章，羽人有不俗者，使歌之風清月明之下，雖未得仙，亦足豪矣。詞一云：『琳霄境，卻似化人宮。梵炁彌羅融萬象，玉樓十二倚晴空。一片寶光中。』云：『浮黎路，依約太微間。雪色寶階千萬丈，人間遙作白虹看。幢節度高寒。』三云：『剛風起，背負玉虛廷。九素烟中寒一色，扶欄四面是青冥。環拱萬珠星。』四云：『流鈴響，龍馭簫雲來。夾道鶱華籠綵仗，紅雲扶輅輾天街。迎駕鶴毰毸。』五云：『鈞天奏，流韻滿空明。琪樹玲瓏珠網碎，仙風吹作步虛聲。相和八鸞鳴。』六云：『樓欄外，輦道插非烟。間上鬱蕭臺上看，空歌來自始青天。揚袂揖飛仙。』校：《法駕導引》首句應疊，劉氏《筆記》誤脫去。

《清波別志》：巴蜀海棠富豔，成都燕王公碧雞坊尤名奇特。客云：碧雞王氏亭館，先中植一株，繼益於四隅，歲久，繁盛袤延至三兩間屋，下瞰覆冒錦繡，爲一城春遊之冠。石湖范致能詞『碧雞坊裏花如屋，只爲海棠，也合來西蜀』，謂是也。

《升菴詞品》：范成大行宜春道中，見野塘春水可喜，有懷舊隱，作《謁金門》詞云：『塘水碧。仍帶麴塵顏色。泥泥縠紋無氣力。東風如愛惜。恰似越來溪側。也有一雙鸂鶒。只欠柳絲千百尺。繫船春弄笛。』成大出使回，每思石湖，故言之悒悒如此。

《淥水亭雜識》：遼曲宴宋使，酒一行，觱篥起歌；酒三行，手伎入；酒四行，琵琶獨彈。然後食入，雜劇進，繼以吹笙彈箏，歌，擊架樂角觝。王介甫詩：『涿州沙上飲盤桓。看舞春風小契丹。』蓋紀其事也。至范致能北使有《鷓鴣天》詞，亦云：『休舞銀貂小契丹。滿堂賓客盡關山。』則金源燕賓，或襲爲故事，未可定耳。

《絕妙好詞箋》：《石湖詞·浪淘沙》云：『黯淡養花天。小雨能慳。烟輕雲薄有無間。官柳絲絲都綠偏，猶有春寒。空翠濕征鞍。馬首千山。多情若是肯俱還。別有玉杯承露冷，留共君看。』玉杯，官舍中牡丹絕品也。

〔詞評〕

《珠花簃詞話》：詞亦文之一體，昔人名作亦有理脈可尋，所謂蛇灰蚓線之妙。如范石湖《眼兒媚·萍鄉道中》云：『酣酣日腳紫烟浮。妍暖試輕裘。困人天氣，醉人花底，午夢扶頭。春慵恰似春塘水，一片縠紋愁。溶溶洩洩，東風無力，欲皺還休。』『春慵』緊接『困』字、『醉』字來，細極。

〔詞考〕

《樂府餘論》〔一〕：范石湖《醉落魄》詞：『棲烏飛絕。絳河綠霧星明滅。燒香曳簟眠清樾。花影吹笙，滿地淡黃月。好風碎竹聲如雪。昭華三弄臨風咽。鬢絲撩亂綸巾折。涼滿北窗，休共軟紅說。』高江村曰：『「笙」字疑當作「簾」，不然與下「昭華」句相犯。』桉：高說非也。此詞正詠吹笙。上解從夜中情景點出吹笙，下解『好風碎竹聲如雪』，寫笙聲也。『昭華三弄臨風咽』，吹已止也；『鬢撩亂』，言執笙而吹者，其竹參差，時時侵鬢也；吹時風來，則『綸巾折』，知『涼滿北窗』也。若易去『笙』字，則後解全無意味，且花影如何吹簾，語更不屬。

《織餘瑣述》：《石湖詞》『春若有情春莫去，花如無恨花休落』與『天若有情天亦老，月如無恨月常圓』句法政同，未知孰先後也。

桉：《石湖詞》有知不足齋刻本，乃據鈔本付刊，鮑淥飲又輯補遺。但鈔本字多譌脫，王半塘翁曾以舊本校之，朱彊村刻入《叢書》，又自《花菴詞選》等書補輯二十二首，皆陳夢弼所未和。中間如《醉落魄》『棲烏飛絕』闋，在《石湖詞》中尤爲黃絹幼婦。夢弼所和，大都石湖通顯以後之作，其佳詞如《醉落魄》者，不盡在元唱中也。

【校記】

〔一〕府：底本脫，據作品名補。

陳三聘

三聘，字夢弢，吴郡人。官位未詳。有《和石湖詞》一卷。

〔詞評〕

《珠花簃詞話》：陳夢弢和石湖《鷓鴣天》云：『指剝春葱去采蘋。衣絲秋藕不沾塵。眼波明處偏宜笑，眉黛愁來也解顰。　巫峽路，憶行雲。幾番曾夢曲江春。相逢細把銀釭照，猶恐今宵夢似真。』歇拍用晏叔原『今宵賸把銀釭照，猶恐相逢是夢中』句，恐夢似真，翻新入妙，不特不嫌沿襲，幾於青勝於藍。

桉：陳夢弢《和石湖詞》某調某題某韻以及先後次第，並皆遵守不易。上彊邨人謂其唱和相間，原編一卷者是也。然如卷中第二十四闋《西江月》調，石湖詞云：『十月誰云春小。一年兩見紅嬌。人間霜葉滿庭皋。别有東風不老。　百媚朝天淡粉，六銖步月生綃。雲英寂寞倚藍橋。誰伴玉京霜曉。』夢弢和詞云：『詩眼曾逢花面，圖畫還識春嬌。當年風格太妖饒。粉膩酥柔更好。　酒暈不溫香臉，玉慵猶怯輕綃。春風别後又秋高。再見只應人老。』叶韻亦不盡同。詎今世所傳《石湖詞》非當日唱和相間原編一卷之本耶？夢弢詞，名雋華貴不逮石湖，亦復華健氣清，迥殊凡響，宜乎石湖當日不辭引爲同調也。

韓元吉

元吉，字無咎，雍丘人，徙上饒。以蔭爲龍泉主簿，調南劍州主簿。紹興二十八年知建安縣，以薦召赴行在，除司農寺主簿。乾道三年除江東轉運判官，以朝散郎入守大理少卿，權中書舍人、吏部侍郎、禮部尚書。爲賀金生辰使，除吏部侍郎。以待制知婺州，移知建安府，轉朝奉大夫。召入，進正奉大夫，除吏部尚書。乞州郡，除龍圖閣學士。復知婺州，罷爲提舉太平興國宫。爵至潁州郡公，卒。有《南澗甲乙稿》，詩餘一卷。桉《御選歷代詩餘》及《詞綜》小傳有《焦尾集》一卷。

〔詞話〕

《絕妙好詞箋》：韓元吉《好事近·汴京賜宴聞教坊樂有感》云：『凝碧舊池頭，一聽管絃淒切。多少梨園聲在，總不堪華髮。杏花無處避春愁，也傍野花發。惟有御溝聲斷，似知人嗚咽。』《金史·交聘表》云：大定十三年三月癸巳朔，宋遣試吏部尚書韓元吉、利州觀察使鄭興裔等賀萬春節。桉：宋孝宗乾道九年爲金世宗大定十三年，南澗《汴京賜宴》之詞當是此時作。

〔詞評〕

《冷廬雜識》：作小詞貴含蓄，言盡意不盡。韓南澗《霜天曉角·采石蛾眉亭》云：『倚天絕壁。直下江千尺。天際兩蛾横黛，愁與恨、幾時極？暮潮風正急。酒闌聞塞笛。試問謫仙何處，青山外、遠烟碧。』作長調貴曲折，而清空一氣。王沂孫《摸魚兒》『洗芳林夜來風雨』云云，二作各極其妙。

《織餘瑣述》：宋韓元吉《南澗詩餘·霜天曉角》起調云：『幾聲殘角。月照梅花薄。』歇拍云：『莫把玉肌相映，愁花見、也羞落。』花羞玉肌，其海棠、芍藥之流亞乎？對於梅花，殊未易言。人世幾曾見此玉肌也。

蕙風詞隱云：《南澗詩餘》竟卷疏俊，無積唐犄率之筆，它宋人集似此勻稱者不多覯也。

桉：《南澗詩餘》，彊村朱氏依《南澗甲乙稿》校補本刊行。無咎詞以《陽春白雪》所錄三首最爲擅勝：《永遇樂·爲張安國賦》，《六州歌頭·詠桃花》，其一卽《好事近·汴京賜宴作》也。斷句如《虞美人·送韓子師》云：『天公也自惜君行。小雨霏霏，特地不成晴。』《醉落魄·務觀席上索賦》云：『明年此夜知何處。且插梅花，同聽畫簷雨。』能以淡語入情，不假琱飾。《菩薩蠻·夜宿余家樓聞笛聲》前段云：『薄雲捲雨涼成陣。雨晴陡覺荷花潤。波影澹寒星。水邊燈火明。』寫出幽靜之景，絕佳。